My Arrogant KNIGHT

ASHLEY JADE

My Arrogant KNIGHT

ROMAN

Traduit de l'anglais (États-Unis) par
REBECCA DEMONGE

Titre original :
RUTHLESS KNIGHT

HARPERCOLLINS FRANCE
83-85, boulevard Vincent-Auriol, 75646 PARIS CEDEX 13.

www.harlequin.fr

ISBN 978-2-2804-7630-0 — ISSN 2271-0256

« Inquiète est la tête qui porte une couronne. »

William Shakespeare, *Henri V*

À toutes les filles qui ont l'impression de n'être jamais assez bien. Et à tous les garçons à l'armure fissurée. Puissions-nous tous un jour trouver l'amour que nous méritons… en nous-mêmes.

Prologue

Deux mois plus tôt…
Cole

— Tu vas être en retard.

Ma petite sœur a la sale manie de débouler dans ma chambre sans crier gare. Il faut vraiment que ça change.

On pourrait croire que me surprendre le mois dernier avec Casey en train de me sucer aurait pu la choquer à vie mais, manifestement, non.

Je la regarde de travers.

— Frapper avant d'entrer, tu sais faire ?

Elle plaque sa main sur sa hanche et, là, j'ai l'impression d'halluciner. Elle n'a décidément plus rien de la fillette aux cheveux frisottés, portant un appareil dentaire. Plus rien de celle qu'elle était encore il y a à peine deux ans.

Surtout dans cet uniforme de pom-pom girl.

Punaise. Où avais-je la tête quand j'ai convaincu Casey de l'intégrer à l'équipe ?

Bianca n'est qu'en seconde, ce qui fait d'elle la cadette des pom-pom du lycée. C'est aussi ce qui explique le surnom que les joueurs de mon équipe de foot américain lui ont attribué : Lolita.

Jace va m'étrangler quand il saura.

Mon frère n'a qu'un an de plus que moi, mais vu que mon père a jeté l'éponge de l'éducation après le décès de notre mère, il nous a pour ainsi dire élevés, Bianca et moi.

Jusqu'à l'an passé. Son diplôme en poche, il a loué un appartement près de l'université avec sa copine Dylan.

Tous les deux, ils s'aiment si fort que ça me file la nausée, mais je n'ai pas l'intention de gâcher leur bonheur.

Le rictus jubilatoire de Bianca me dit qu'elle sait pertinemment à quoi je pense.

— C'est tellement marrant qu'il te fiche autant la trouille !

Avant que je ne puisse rétorquer que je suis capable de lui flanquer une raclée, à lui comme à n'importe qui d'autre, même avec un bras attaché dans le dos, elle enchérit :

— Si tu daignais vérifier tes SMS, tu saurais qu'il ne peut pas assister au match aujourd'hui.

Je réprime la déception qui m'étreint la poitrine. Il n'a jamais loupé un seul de mes matchs… encore moins le premier de la saison. Je lui réponds en haussant les épaules.

— Oh ! Pas grave.

Elle examine ses ongles.

— La boîte de *gaming* lui a imposé un délai hyper serré pour boucler son truc de *Zombie Island*. (Elle plisse les yeux.) Entre nous, je pense qu'il ment. En fait il n'est pas foutu de s'éloigner deux secondes de Dylan. Qu'il vive avec cette chieuse et qu'il la voie tous les jours ne lui suffit pas, il faut encore qu'elle le force à nous zapper.

Pas question que je m'en mêle. Son embrouille avec Dylan est son problème, pas le mien.

Quoique…

— T'es trop grande pour les caprices de princesse maintenant, dis-je en me retournant pour attraper mon sac de sport sur le lit. Si tu continues, tout le monde te soupçonnera de fantasmer sur tes frères.

— Arg, trop dégueu.

Je pivote vers elle en levant les sourcils.

— T'en fais pas, peu de gens te le reprocheraient, vu mon physique. T'as vu la misère qu'ils ont fait vivre à Dylan l'année dernière, quand ils pensaient tous qu'elle avait couché avec Oakley ? Tu crois sérieusement que tu pourrais encaisser autant d'agressivité ?

Oakley est le cousin par alliance de Dylan et le meilleur ami de Jace.

Le mien aussi, d'ailleurs.

Et techniquement, du moins ces temps-ci, il est aussi notre locataire, vu que mon père a consenti à lui prêter notre dépendance parce que sa famille…

Bon, disons simplement qu'à côté de sa famille, la mienne a presque l'air équilibrée… ce qui veut tout dire.

— Qu'est-ce que tu insinues, relou ?

Ouais, elle a presque tout d'une grande fille. Possible que ses heures à bûcher pour devenir médecin commencent à payer.

Ce serait tordant de la faire descendre de son piédestal.

— Tu sais tout juste lacer tes chaussures sans Jace. (Je me rapproche d'elle.) Mais il a quitté la maison. Ce qui me rend responsable de toi.

Elle a l'audace de me défier.

— Oh ! j'en ai les pompons qui tremblent.

Elle pousse un petit cri quand je lui saisis le bras.

— Aïe ! Qu'est-ce qui te prend, Cole ?

— Fais gaffe et enfonce-toi bien ça dans le crâne. (Mon regard menaçant dissout son sourire.) Je ne suis pas Jace, ne t'attends pas à ce que je rattrape tes conneries. Cette année, tu assumes tes actes. Pigé ?

Elle a besoin d'apprendre à se débrouiller sans nous, au plus vite. D'accord, c'est le bébé de la fratrie, mais je ne la surprotégerai pas comme Jace ou notre mère autrefois.

Comme lui, avant.

Si elle dérape, y a pas moyen qu'elle m'entraîne avec elle.

Mon frère et moi régnons sur la Royal Hearts Academy depuis

quatre ans. Si Jace a gouverné d'une poigne de fer, j'exerce mon autorité en m'imposant comme le chouchou du lycée.

Tous les garçons rêvent d'être moi, et toutes les filles d'être la chanceuse qui aura le droit de me sucer et de me baiser frénétiquement.

Tout ce que j'aime.

— T'es vraiment qu'un sale con.

— Fais gaffe. Aux dernières nouvelles, c'est moi qui te conduis au match, dis-je avec un sourire forcé. J'ai cru comprendre que ta capitaine tolérait mal les retards.

Secouant la tête, elle me fusille du regard.

— C'est pour cette raison que tu m'as pistonnée ? (Elle me repousse.) Je pensais que tu me donnais un coup de pouce, alors que c'était juste pour me manipuler.

— Manipuler, bouh ! le vilain mot. (Avec un claquement de langue, je me frotte le menton.) Disons que c'est pour que tu te tiennes à carreaux.

— Pff, jamais je ne comprendrai pourquoi…

Elle referme la bouche en pleine phrase.

— Pourquoi… quoi ?

Nous connaissons tous les deux la suite, autant qu'elle crache le morceau.

Son enthousiasme laisse place à de l'anxiété.

— C'est injuste.

Sur ce, elle sort en trombe.

J'attrape mes clés de voiture sur la commode quand je croise mon reflet dans le miroir.

Instantanément, je détourne le regard.

Elle a raison… ce n'est pas juste.

Le mauvais jumeau a perdu la vie ce jour fatidique.

Et c'est entièrement ma faute.

Sawyer

Venir à cette soirée était une mauvaise idée.

Pour une raison que j'ignore, j'ai cru Oakley quand il a déclaré qu'il souhaitait planifier ses cours de soutien autour d'une bière à la fête de Christian.

Il a redoublé et, comme sa cousine Dylan est ma meilleure amie, j'ai accepté de le dépanner. Je me suis donné pour mission de tout faire pour qu'il réussisse ses examens cette année.

Cela dit, depuis une heure, il n'a rien fait d'autre que fumer des joints, engloutir des quantités astronomiques de whisky et enfoncer sa langue dans la bouche d'une pom-pom girl.

Et pas n'importe laquelle. Morgan, qui se trouve être la super copine de Casey, la capitaine de l'équipe et emmerdeuse en chef à la RHA.

Ça m'agace tellement qu'il m'ait traînée là pour rien que je lui chipe son gobelet et avale quelques gorgées.

— Oakley, tu peux essayer de te concentrer trois secondes ?

C'est la dixième fois de la soirée que je le relance.

Finalement, il détache ses lèvres de Morgan.

— Merde. Pardon, fait-il en calant sa tête contre le dossier du canapé, avant de rallumer son mégot. Où en étions-nous ?

Je rassemble les miettes de patience qu'il me reste, sans doute aidée par le whisky qui coule désormais dans mon organisme.

— Je travaille les lundis, jeudis, vendredis et dimanches soir. Je dirige en plus le club des jeunes de mon église le mercredi après les cours, mais…

— Seigneur ! gémit-il quand Morgan entreprend de lui mordiller le lobe de l'oreille.

Moins d'une seconde après, elle lui saute dessus comme un tigre.

Purée ! Je commence à regretter son ancienne copine Hayley. Au moins elle le laissait terminer une phrase.

Je vide le fond du gobelet et le repose sur la table basse.

— Je renonce. Envoie-moi un SMS demain si t'es sérieux pour les cours de soutien.

Je décampe avant qu'il puisse m'arrêter – non qu'il le fasse, de toute façon. Mince, je doute fortement qu'il se souvienne de mon apparition à cette fête.

Je cherche mon téléphone dans mon sac quand une voix familière lance d'une voix traînante.

— C'est le pull le plus moche de la création. Rends service à la terre entière, équipe-toi de lunettes plus fortes.

Bianca.

La dernière recrue de l'équipe des pom-pom girls du lycée, et la cadette de la fratrie des Covington.

Je redresse les épaules.

— Tiens, tiens. Tes frères ont enfin ouvert ta cage.

Sans surveillance, rien de moins… ce qui nécessite un courage inouï, à mon humble avis. Non seulement cette fille est ridiculement sublime, mais elle traîne la réputation d'attirer les ennuis.

Réflexion faite, étant donné la distance respectueuse à laquelle se tiennent les garçons des environs… je ne peux que présumer que son statut d'intouchable est de notoriété publique.

Bianca n'a pas vraiment l'air de s'en soucier, cela dit.

— Ouais. Cole s'en fout de ce que je fais ce soir.

Pas étonnant. L'enfant chéri de la RHA, doté d'un bras en or, a remporté le premier match de la saison cet après-midi. Il est fort probable qu'il célèbre sa victoire jusqu'à en oublier son prénom.

Je suis sur le point de demander qui veille sur elle, étant donné que Jace, son frère aîné, n'est pas de la fête, quand elle dit :

— Si tu cherches le *quarterback* qui s'aperçoit à peine que tu existes, la dernière fois que je l'ai vu, il roulait des patins à sa copine Casey dans le jacuzzi.

Sa déclaration ne devrait pas me donner l'impression qu'elle a planté un pic à glace dans ma poitrine. Pourtant…

Il est bien là.

Mon expression me trahit sans doute, vu que, la tête rejetée en arrière, elle éclate de rire.

— Trop facile. (Elle rapproche son gobelet de sa bouche.) Un conseil ? Endurcis-toi un peu, ma petite. Le monde est rempli de salopards.

— Ce qui explique pourquoi ils pullulent à la RHA.

— Bah ouais. Ils sont élevés au lycée. (Elle m'examine une seconde de trop.) À propos de salopards, il y a quelque chose que j'ai envie de te demander depuis un moment.

Je peux affirmer sans risque que cela m'étonne.

— Quoi ?

Elle prend une mine pensive.

— Qu'est-ce qui te plaît chez mon frère ? Et juste pour être claire, ce n'est pas une façon de dire que « tu peux trouver mieux » parce que, soyons honnêtes, tu ne peux pas. Mais je suis vraiment curieuse de savoir pourquoi tu gaspilles sciemment tes sentiments pour lui, sachant que ce ne sera jamais réciproque ?

Bianca est une garce avec un G majuscule, mais elle n'a pas complètement tort…

— Je n'ai pas de sentiments pour lui.

Pas tout à fait. C'est juste que… Cole Covington me fascine depuis que je le connais. Mais pas comme toutes les filles du lycée.

Sans pouvoir me l'expliquer, je sens qu'il est plus profond que ce qu'il laisse paraître.

Possible qu'il analyse les gens de la même manière que moi.

En observateur extérieur.

Ce qui est insensé vu qu'il est le plus séduisant, le plus populaire et le plus talentueux des *quarterbacks* de la planète… n'empêche.

Peu importe le nombre de fois où il m'a rembarrée, je ne peux m'empêcher de penser que sa vraie personnalité n'est pas aussi unidimensionnelle ou superficielle qu'il aime le faire croire.

— Je ne sais pas. Parfois, on est juste…

— Attiré par la mauvaise personne ? elle suggère, le regard rivé sur un point dans le fond de la pièce.

J'en suis la direction, et découvre Oakley et Morgan qui continuent de se tripoter sur le canapé.

Oh ! ça craint. J'espère réellement que c'est Morgan qu'elle mate, parce que ses frères ne lui permettraient en aucun cas de sortir avec son copain.

Non seulement Bianca n'est qu'en seconde… mais Oakley est le meilleur ami de Jace et de Cole.

Sans oublier qu'il est tout l'opposé de monsieur Stable.

Il squatte la dépendance des Covington, parce qu'il a eu une aventure avec sa belle-mère – ce que son père ignore – et qu'elle est enceinte.

Par bonheur, c'est le bébé de son mari et pas celui d'Oakley mais d'après ma meilleure amie, la belle-mère a sorti le grand jeu à son beau-fils et lui a brisé le cœur.

Le pauvre, il ne fait qu'essayer d'en recoller les morceaux.

Et d'après ce que je vois il sollicite l'assistance de Morgan ce soir… ce qui passe mal pour Bianca.

C'est un cauchemar de voir quelqu'un qui nous attire à la manière d'une étrange force gravitationnelle embrasser une autre personne.

— Les garçons sont nuls, je déclare pour lui apporter mon soutien. Tu es belle et…

— Quoi ? Tu essaies de m'emballer parce que mon frère ne te laisse pas l'approcher ? (Elle ricane, me fixe lourdement.) Crois-moi, il n'y a pas assez d'alcool ou de désespoir dans ce monde pour que je te laisse me lécher la chatte ce soir. Tout comme mon frère, j'applique des critères rigoureux. (Elle sourit avec suffisance.) La perfection, c'est le minimum requis. Malheureusement pour toi, tu n'es qu'un petit cinq sur dix.

Super… qu'elle aille se faire foutre.

Certaines personnes sont juste pourries jusqu'à l'os.

— C'est vraiment dommage que Dieu ait gâché autant de beauté pour une langue de vipère comme toi. (Je la bouscule en m'éloignant, quand j'ai un déclic.) Tu dis que Cole se moque que tu fasses la fête ?

Elle grimace.

— Ouais, et ?

Je brandis mon portable.

— Justement, je m'apprêtais à passer un coup de fil à Dylan, tu sais, la copine de Jace. Je ne pensais pas mentionner que je t'ai croisée mais…

— Très bien, t'as gagné. Retrouve-moi aux toilettes dans cinq minutes.

Je cligne les yeux.

— Attends, quoi ? Pourquoi ?

— Pour faire quoi, à ton avis ?

Choquée par son sous-entendu, j'écarquille les yeux. Elle esquisse un sourire en coin.

— Oh ! la vache ! Si tu voyais ta tête. Pas étonnant que Cole s'amuse à te faire marcher.

Elle sort son miroir de son sac à main, retouche son gloss et reprend en soupirant.

— L'astuce numéro deux de la soirée ? Si tu vas jusqu'à menacer quelqu'un, assure-toi au moins d'en tirer quelque chose de positif.

Visiblement satisfaite, elle agite les doigts et me fait un clin d'œil.

— Ma chatte se transforme en citrouille à minuit, alors je te suggère de me retrouver avant, si tu changes d'avis.

Impossible de savoir si elle me fait sérieusement des avances, ou si elle se paie ma tête. Non que cela importe, c'est de toute façon exclu.

Même si les filles m'attiraient, elle apparaîtrait si bas dans ma liste de choix acceptables, que je mourrais de vieillesse avant que ce soit son tour.

Quand mon téléphone vibre, mon humeur maussade s'évapore à la vue du nom de Dylan qui éclaire l'écran.

Je réponds au plus vite.

— Les grands esprits se rencontrent. J'allais t'appeler.

Dylan dit quelque chose mais la musique couvre sa voix.

— Attends une seconde.

Sans trop réfléchir, je m'engouffre dans l'escalier. Les chambres à l'étage sont évidemment occupées par des couples en quête d'intimité, mais je réussis à en dégoter une disponible au fond du couloir.

— Excuse, dis-je en me laissant tomber sur le lit, sans prendre la peine d'allumer. J'ai dû monter pour t'entendre. Tu disais ?

— Je te demandais si tu avais décidé de retrouver Oakley chez Christian, mais la musique et le brouhaha ont répondu à ma question.

— Oh ! ouais.

J'hésite à signaler que j'ai échoué à programmer les cours de son cousin, parce qu'il est trop déchiré et affairé avec Morgan quand elle demande :

— Dis-moi ce qui te tracasse. Tout va bien ? Tu as besoin que je…

— Non, ça va.

— Menteuse.

Je déteste sa perspicacité. Presque autant que je ne supporte pas qu'elle ait terminé le lycée l'an dernier et que je me retrouve de nouveau seule dans cet enfer.

— Tu sais, j'ai essayé mais je n'ai pas réussi à fixer un planning avec Oakley. Il était occupé à picoler et à chatouiller les amygdales de Morgan.

— Quoi ? grogne-t-elle. Flûte. Je suis désolée. Nous avons discuté ce matin, il s'est engagé à redresser la barre.

Comme moi, Dylan accorde le bénéfice du doute au plus grand nombre.

— Tu n'y es pour rien. Il me téléphonera sûrement demain pour s'excuser.

— Il a intérêt. Sinon il aura affaire à moi. Je refuse de le voir foutre sa vie en l'air. Il doit réussir ses examens cette année.

Nous sommes d'accord. Oakley est un mec génial bourré de potentiel… il est juste pris dans une spirale infernale. Mais je sais qu'avec une bonne dose de persévérance, Dylan et moi pouvons l'en extraire et le remettre dans le droit chemin.

— Te fais pas de soucis. La première semaine de cours se termine à peine. À nous deux, je suis sûre que nous lui ferons entendre raison.

À brève échéance, espérons-le.

Elle soupire.

— Tu as raison. Malgré tout, merci de garder un œil sur lui. Je sais que tu as un planning chargé… à propos, que fais-tu demain soir ?

— Demain, c'est samedi. Tu sais, comme d'hab, rien.

— Top. Tu viens dormir chez moi ? On pourra s'empiffrer de glucides, tu me raconteras les derniers potins de la RHA, et on enchaînera les films des années 1980.

Le paradis, mais je n'aime pas les déranger. Ou pire… être la cinquième roue du carrosse.

Je ne lui avouerai jamais parce que, en toute honnêteté, je suis super heureuse qu'elle soit en couple avec son âme sœur et tout ça, mais ça craint franchement qu'il s'agisse de Jace Covington.

Le frère aîné de Cole et Bianca.

Toutefois, en ce qui concerne le triangle infernal des frères et sœur, il est le meilleur du trio.

Enfin… maintenant. Il n'a pas toujours été sympa avec Dylan, surtout après le tragique malentendu qui a laminé leur amitié initiale.

Par bonheur, il s'est assagi, il s'est sorti la tête du cul et à présent il la traite comme une déesse.

À tel point que leur amour est à la fois écœurant et inspirant. Jace ne quitte pas une pièce sans s'assurer que Dylan va bien, ou qu'elle n'a besoin de rien… en plus ils vivent carrément ensemble.

Le gars vénère littéralement le sol que foulent ses pieds.

Et ces jours-ci, Dylan sourit tellement que – d'après ma mère – de profondes rides d'expression autour de sa bouche et de ses yeux apparaîtront avant ses vingt-cinq ans.

J'espère de tout mon cœur qu'elle a raison. Je veux que le bonheur de mon amie reste intact à tout jamais.

Cependant, je ne veux pas m'imposer durant la joyeuse phase lune de miel du couple.

D'autant que Dylan a laissé entendre que Jace lui prodigue autant d'attention au lit que partout ailleurs.

— Tu es sûre que ton copain n'y verra pas d'inconvénient, si je passe la nuit chez vous ?

— Tu plaisantes ? Non seulement Jace sait qu'il ne faut pas me déranger pendant mes soirées entre copines, mais il bosse dur pour terminer la deuxième partie de Zombies Island et je sais qu'il sera secrètement soulagé que je sois occupée dans mon coin.

— Et pas oc-cul-pée, tu veux dire ?

Son rire m'emplit les oreilles.

— Et voilà l'une des raisons pour lesquelles tu dois venir. Nous n'avons pas passé une seule minute ensemble depuis dix jours, je suis en manque de Sawyer. J'ai trop hâte qu'on se retrouve de nouveau dans la même école.

Mon ventre se noue.

— Peut-être que ça n'arrivera plus… tout dépend si Duke m'accorde une bourse.

Intégrer Duke's Heart nécessite un esprit de compétition à toute épreuve. Il faut avoir soit les finances soit les facultés intellectuelles pour être admis… la plupart du temps, ils demandent les deux.

Je n'ai que l'un de ces critères… et je crains que cela ne suffise pas.

Rien de ce que j'ai à offrir ne suffit jamais.

— Hé, lance Dylan. Tu es l'une des personnes les plus brillantes et remarquables que je connaisse, Sawyer Church. Duke aurait une chance inestimable d'accueillir quelqu'un comme toi, ils devraient te baiser les pieds. Je sais que ton dossier de candidature sera épatant, et que tu vas déchirer aux examens. Toi, mon amie, tu iras loin. Très loin. Church arrive, le monde ferait bien de se préparer.

C'est à mon tour de m'esclaffer.

— Voilà un discours de motivation hors pair. Tu l'as improvisé ?

— Oui, et j'en pense chaque mot. (Elle expire d'un coup sec.) Il se peut aussi que je suive un cours de marketing et que j'apprenne comment recruter de nouveaux clients… ou dans mon cas, des groupes de rock alternatif. J'étais convaincante ?

Je lui réponds en toute franchise :

— À fond. Où je signe ?

— Si tu consentais à faire entendre ta magnifique voix au monde entier…

Je la coupe immédiatement.

— Désolée, je passe dans un tunnel, je capte mal. Bisous, vivement demain.

Je raccroche avant qu'elle ne puisse protester. Depuis qu'elle m'a surprise en train de chanter en voiture l'été dernier, elle me relance à tout bout de champ.

Toutefois, je ne le fais qu'à l'église, avec une chorale, parce que c'est là que je me sens le plus à l'aise.

Je n'ai pas la confiance nécessaire pour affronter un autre public que Dieu, parce qu'il est le seul qui ne critique pas mon physique.

Le monde n'est pas tendre avec les filles enrobées. Cette dure et froide vérité, ma mère me l'a implantée dans le crâne dès l'instant où la balance a signalé un surpoids, quand j'étais en sixième.

Ce serait du gâchis, et je me mettrais la honte si j'essayais de me produire sur scène. À moins que je ne perde vingt-cinq kilos. Malheureusement, pour moi, maigrir, c'est plus facile à dire qu'à faire. Si je suis douée dans certains domaines, suivre un régime n'en fait pas partie.

M'installant confortablement sur le lit, je ferme les yeux et soupire.

Parfois, j'imagine un monde où je suis jolie et mince, et où je bénéficie des mêmes opportunités que les personnes attirantes.

Mais à d'autres moments, quand je n'ai pas trop le moral, j'espère secrètement faire ravaler leurs railleries à tous les garçons mignons et à toutes les filles hargneuses qui se sont un jour moqués de moi, et qu'ils s'étouffent avec.

Ce qui domine ? Je veux juste pouvoir me regarder dans le miroir et apprécier ce que je vois.

Je veux savoir ce que ça fait de se sentir à la hauteur.

Ne nous méprenons pas, mon amour-propre n'est pas faible au point que je me déteste. Bien au contraire, j'aime qui je suis et je sais qu'à l'intérieur je suis une personne géniale. Je suis une bosseuse, je donnerais ma chemise aux nécessiteux – ou toutes les chemises de rechange que je garde dans mon sac – et j'ai un sens de la repartie exemplaire… mais le monde n'estime pas ces qualités suffisantes.

Passez cinq minutes sur les réseaux sociaux et vous comprendrez que le pire qu'on puisse être… c'est gros.

Passez cinq minutes dans une pièce avec ma mère et ma sœur aînée, et vous comprendrez la piètre opinion que je me fais de moi-même à côté de ces reines de beauté.

Je suis la pièce ronde qui s'échine à vouloir entrer dans un trou carré… qui fait tout pour que l'extérieur corresponde à l'intérieur.

C'est un combat silencieux, un démon vociférant que je réprime et garde pour moi… parce que personne n'apprécie une Nellie Négative ou une Debbie Déprimante.

Personne n'aime écouter une fille en surpoids se plaindre qu'elle se sent affreuse ou malheureuse quand on se moque d'elle.

Qu'elle aimerait tant être mince.

Parce que, en leur for intérieur, les personnes attirantes et minces vous soupçonnent de vous être mis de vous-même dans cette situation.

Dans leur esprit, des idées de ce genre fusent : « Si elle était moins paresseuse, si elle se décidait à se mettre au sport et à manger équilibré, elle perdrait du poids. » Et ma réflexion préférée : « Elle devrait essayer ce nouveau truc, le régime Keto, et se faire réduire la ceinture ventrale. »

Peut-être que les personnes fortes n'ont pas envie de suivre un nouveau régime sans saveur ou de subir une opération chirurgicale.

Peut-être que fréquenter la salle de sport provoque chez les personnes fortes des crises d'angoisse, ce qui les conduit à renoncer avant même de commencer… parce que la moitié des sportifs nous regardent de travers. Pendant que l'autre moitié se demande combien de temps nous tiendrons avant d'abandonner, et de nous ruer au McDonald le plus proche.

Peut-être que les personnes fortes veulent simplement qu'on les accepte… avec leurs faiblesses et tout le reste.

Comme le reste de la société.

Et peut-être, seulement peut-être, que les gens devraient cesser de nous juger. Parce que toute personne enveloppée vous le dira : personne ne nous juge plus sévèrement que nous-mêmes.

Nous savons précisément ce que le miroir nous renvoie.

Chaque kilo en trop.

Chaque larme versée en secret, de frustration ou de tristesse.

Chaque régime que nous avons essayé, puis échoué à suivre.

Chaque peur et insécurité qui nous taraudent.

Chaque attente que nous ne remplirons pas.

Rien que des coups durs.

Si je pouvais formuler un seul vœu… après la paix dans le monde, éradiquer la pauvreté et se débarrasser du racisme et des connards homophobes…

Je ferais le vœu de devenir mince et jolie.

Fini le stress. Finies les attentes déçues. Finis les jugements.

Pour une fois, les gens me regarderaient parce que je suis belle… pas en pensant : « Elle serait belle si elle maigrissait. »

Mais désirer quelque chose de cet ordre est vain… parce que ce genre de vœux ne se réalisent pas pour les filles comme moi.

Il n'y a pas de chevaliers en armure rutilante qui attend de nous emporter au soleil couchant, pour vivre un bonheur éternel.

Les chevaliers en armure brillante ne veulent pas de nous.

Ils veulent les jolies pom-pom girls toutes fines comme Casey, Morgan et Bianca.

Les filles comme moi doivent creuser profond et trouver un moyen de se satisfaire de la boîte dans laquelle l'humanité a décidé de les ranger. Elles doivent se contenter de nettement moins que ce qu'elles méritent.

Parce que nous sommes conditionnées pour ça.

Je suis tellement occupée à me lamenter sur mon sort que je n'entends pas la porte s'ouvrir avant qu'il ne soit trop tard pour réagir, et qu'une silhouette baraquée n'entre en titubant dans la chambre.

Seule.

Ou pas exactement… étant donné que je suis couchée sur le lit.

— Désolée… occupée.

Super malin, Sawyer. Tu viens de suggérer à un mystérieux inconnu que tu te donnes du plaisir en solo.

Il marmonne quelques mots incohérents mais, cette voix, je la reconnaîtrais n'importe où.

Cole Covington.

Avant que je n'aie assimilé ma stupeur, il se laisse lourdement tomber sur le lit.

Quelques centimètres plus à droite, il aurait atterri sur moi, mais peu importe. La seule question cruciale, c'est pourquoi il se trouve ici.

Allongé sur un lit… avec moi. En pleine teuf.

— Cole.

— Salut.

Ah ?

— Salut.

J'incline mon visage pour l'examiner, mais c'est une mauvaise idée parce que même dans la pénombre, il est tellement sublime que ça devrait être illégal.

— Tu te sens bien ?

Il bredouille :

— Non.

Merde.

— Envie d'en parler ?

— Non.

Bon, d'accord.

Les yeux rivés au plafond, nous ne prononçons pas un mot pendant ce qui me semble une éternité.

Je me creuse les méninges pour dégoter une bribe de je ne sais quoi qui l'aiderait, mais c'est perdu d'avance, vu que j'ignore la nature de son problème.

Ça aussi, ça passera. C'est ce que me disait ma grand-mère dans les moments difficiles.

Toutefois, je n'ai pas l'occasion de le rassurer, parce qu'il dit d'une voix cassée :

— C'est mon anniversaire… je pense. (Il prend une inspiration tremblante.) On est déjà le 21 ?

Qu'il soit accablé de fêter ses dix-huit ans me laisse perplexe – ainsi que le fait que son anniversaire soit en août et pas en novembre comme je l'ai toujours cru. Puis je me souviens que son frère jumeau est décédé il y a quelques années.

Je regarde le réveil sur la table de nuit. Il est minuit. Pile.

Je lui aurais volontiers souhaité un joyeux anniversaire mais je ne suis pas cruelle.

— Je suis désolée, je murmure à la place.

Honnêtement, je ne sais pas quoi dire d'autre. Je ne suis pas sûre qu'il y ait autre chose à dire, considérant la situation.

Il ricane.

— Ça en fait au moins un sur deux. Hein ?

Je suis complètement perdue, mais je ne veux pas insister, alors je me tais.

Cole et moi avons toujours eu un drôle de… truc.

Ce n'est pas un secret que nous ne sommes pas vraiment amis mais il pousse un peu plus le curseur, en flirtant et en balançant des remarques dont il sait qu'elles me rendront dingue.

Il est tellement convaincant que, l'année dernière, j'ai fini par croire que je l'intéressais peut-être… puis il y a eu Casey.

Casey est la capitaine des pom-pom girls, et la nouvelle reine des emmerdeuses de la Royal Hearts Academy.

Elle est aussi la fille que j'ai tabassée l'an passé lors d'une soirée, après qu'elle m'avait traitée de grosse.

En fait, « grosse » aurait été préférable. Ses mots ont été tellement méchants et abjects, que je doute que mes prières ou celles de quiconque parviennent à sauver son âme répugnante.

Cole avait assisté à l'altercation et n'approuvait clairement pas ses injures. En fait, il avait franchement l'air dégoûté par elle.

Une fraction de seconde, j'ai cru percevoir quelque chose en lui… quelque chose de noble et droit.

Puis il s'est mis à m'ignorer et à sortir avec elle.

Depuis, nous nous adressons à peine la parole. Sauf ce soir, on dirait.

— Ce sont des conneries, bafouille-t-il dans l'obscurité.

Je ne suis pas très avancée, mais c'est un bon début.

— De quoi ?

— Tout.

Il y a tant de chagrin contenu dans ce petit mot que mon cœur chute.

Je déteste ne pas trouver les paroles qu'il faut pour alléger sa peine.

Cela dit, peut-être que Cole n'a pas besoin que quelqu'un résolve ses problèmes.

Peut-être qu'il a juste besoin que quelqu'un l'écoute.

Au mépris de la petite voix qui hurle dans ma tête que ce que je m'apprête à faire équivaut à titiller un tigre qui pourrait parfaitement se retourner et me lacérer… je lui prends la main.

Un souffle court lui échappe à l'instant où le contact s'établit mais, étonnamment, il n'esquive pas.

Il agrippe ma main comme s'il se noyait… et que j'étais sa bouée de sauvetage.

— Personne n'est ce qu'il prétend être.

Je détache mon regard du plafond pour le regarder.

— Comment ça ?

— Tout le monde est factice. Personne n'est réel. Nous sommes des moutons… nous nous suivons les uns les autres, nous tournons en rond sans aller nulle part.

Aussi déprimante que soit sa pensée, il n'a pas totalement tort. Ce monde abrite plus d'hypocrites que de gens authentiques.

— Tout le monde est tellement bidon, martèle-t-il. Y compris moi.

Ça me démange de lui dire qu'en ce moment il est vrai, mais ce qu'il dit ensuite me coupe le souffle.

— Je n'ai rencontré qu'une seule personne qui ne fasse pas semblant d'être ce qu'elle n'est pas.

— Qui ?

Des papillons se dispersent dans mon ventre quand ses lèvres frémissent, et que ses yeux d'un vert profond se focalisent sur moi.

— Ma Bigote préférée.

Je suis partagée entre l'envie de le gifler, et de sourire, parce que je suis tout de même sa préférée dans un domaine.

— Crétin.

Il sourit largement, et que Dieu me vienne en aide, je suis fichue.

Autrefois, je levais les yeux au ciel quand des filles se plaignaient de ne pas réussir à se contrôler en présence de garçons mignons, ce qui les poussait à prendre des décisions stupides.

Il s'avère que le *karma* n'est pas toujours vache. Parfois, il se manifeste sous la forme d'un *quarterback* au charme ravageur, aux pommettes tellement saillantes qu'elles trancheraient de la pierre, aux yeux verts si perçants qu'on se demande sérieusement s'il n'a pas des gènes de loup, et au corps mince et ferme qui me fait…

Ohé, reprends-toi, Sawyer.

— Je suis un petit con, dit Cole en orientant son corps face à moi. Et si t'étais à moitié aussi futée que tu le penses, tu te lèverais de ce lit et tu t'en irais.

Les menaces de mon interlocuteur ne m'effraient pas.

— Pourquoi je ferais ça ?

Son regard s'obscurcit.

— Parce que ton Dieu si précieux te confisquerait ton billet d'entrée pour le paradis si tu restais.

Oh. Bon, compris.

La bouche sèche, mes mains deviennent moites… puis je me souviens.

Cole est certes bourré et il passe une soirée difficile, mais il a aussi une copine.

Quelqu'un doit dire stop avant qu'il ne fasse quelque chose de regrettable.

— Je ne pense pas que Casey, tu sais, ta copine, apprécierait.

Il rompt le contact visuel.

— Elle s'en fout, je crois.

Ouais, il est plus alcoolisé que je ne le pensais.

— Bien sûr que non, elle ne…

— J'ai la quasi-certitude qu'elle me trompe.

Casey est la dernière personne au monde que j'ai envie de défendre, mais je mets un point d'honneur à prodiguer de bons conseils.

— Tu ne penses pas que tu devrais lui en parler, lui poser la question au lieu de supp…

— Nan, dit-il avec un rire amer. Je me contrefous de savoir pour qui elle écarte les cuisses en secret.

— Oh.

Alors le problème est ailleurs.

— Tout le monde triche. (Je regarde sa pomme d'Adam remonter.) Tout le monde ment. (Un rire amer jaillit entre ses lèvres.) Même mon père a trompé ma mère, alors qu'il la regardait comme si elle était tout pour lui.

Il serre les mâchoires.

— Il l'a emmenée loin de l'Inde, loin de sa carrière et de sa famille. Parce qu'il était égoïste, et qu'il ne tolérait pas l'idée d'être sans elle. Ensuite, ce salaud a couché avec une autre… et maintenant elle est six pieds sous terre, pendant qu'il est toujours en vie. Il couche avec une pute, une Nadia qui est le portrait craché de sa femme décédée, et il persiste à négliger ses enfants. (Il inspire profondément.) Ce n'est pas juste.

Ouah.

— Je…

— Pas ça. Ne le défends pas, ne me dis pas que tout le monde commet des erreurs. Qu'il macère dans sa culpabilité. C'est tout ce qu'il mérite (La colère froisse ses traits, sa voix n'est plus qu'un murmure.) Tout comme moi.

Mon cœur se replie sur lui-même. Ce n'est pas la faute de Cole si sa mère est morte.

Pas celle de son père non plus – même s'il était infidèle – mais il n'est pas question que je m'aventure sur ce terrain.

— Hé, je fais en posant ma paume sur sa joue, pour qu'il me regarde. Ce n'était pas ta faute.

Baissant les yeux, il s'appuie contre ma main.

— Redis-le.

— Ce n'était pas ta faute, je répète avec davantage de conviction.

Le souffle court, il scrute mon visage.

— Bigote ?

Malgré le surnom, je réponds.

— Ouais ?

La souffrance qui virevolte dans ses yeux est sans ambiguïté.

— Comment se fait-il que les mensonges soient si beaux et la vérité si laide ?

Avant ce soir, je n'aurais jamais catalogué Cole comme un introspectif. Toutefois, l'impression tenace qu'il est plus profond qu'il ne le paraît se justifie.

Je cogite un peu puis lui dis la seule chose qui ait du sens pour moi.

— Les mensonges sont plus faciles à croire parce qu'ils protègent généralement quelqu'un ou cachent quelque chose de dramatique. (Je me mordille la lèvre inférieure.) Ou, peut-être que c'est parce qu'il n'y a pas de vérité… ou qu'elle n'est pas définitive. Nous avons chacun notre vérité… et nous gravitons autour de la version qui coïncide le mieux avec la nôtre, nos convictions… même si elles sont éloignées de la vérité. Je crois qu'au bout du compte ça se résume à de l'égoïsme.

Je hoche un peu la tête, quand je me rends compte que ma réponse délayée prête à confusion.

— Pardon, je n'ai pas vraiment répondu à ta question.

Son expression s'assombrit.

— Au contraire. (Il passe son pouce sur ma phalange.) Dis-moi quelque chose sur toi que j'ignore. (Son visage anguleux devient sérieux.) Quelque chose de vrai… une souffrance.

C'est vague… et un peu tordu.

Mais bon, les gens ivres tiennent rarement des propos sensés.

— Je ne sais pas. Je ne suis pas sûre qu'il y ait…

— Cherche bien.

Il a raison, je garde pour moi des choses privées, blessantes, que je ne partage avec personne… et je ne prends pas trop de risques à les lui révéler, car avec tout ce qu'il a bu, il les oubliera probablement.

— Mes parents font chambre à part depuis deux ans, ils se parlent à peine, sauf si je me trouve dans la même pièce, auquel cas je sers d'intermédiaire. Mais ils sont opposés au divorce.

J'attends de ressentir quelque chose, mais rien ne vient. Cela dure depuis si longtemps que j'en parle avec détachement.

Ou peut-être que je deviens insensible ?

— Pourquoi ?

Oh que non. Je ne suis pas disposée à lui confier ça. Déjà qu'il se moque de ma foi à la moindre occasion. Cela ne ferait qu'alimenter ses railleries.

— C'est personnel.

De toute évidence, ma réponse lui déplaît. Pour autant, il n'insiste pas.

— Cole n'est pas mon vrai prénom.

Là, je tombe des nues.

— Ah non ?

Il secoue la tête.

— Techniquement, non.

Le suspense est intenable.

— Quel est ton vrai nom ?

— Pourquoi tes parents ne divorcent pas ?

Même bourré, il m'enquiquine. Il pourrait parfaitement le deviner, mais il tient à me le faire dire.

Je croise souvent des gens athées et la plupart sont respectueux envers les croyants… mais pas Cole.

C'est comme s'il gardait une rancune personnelle à l'encontre de Dieu et utilisait n'importe quelle excuse pour le tourner en dérision. Je change de sujet :

— Ton anniversaire n'est pas en novembre ? Pourtant, l'année dernière, Christian a donné une fête pour ton anniversaire à cette période.

Il hausse les épaules.

— Et alors ?

On est en août.

— Tu as menti.

Il a un sourire en coin.

— Bah oui… tout le monde ment.

Ça ne passe pas… surtout qu'il m'a demandé de lui dire une chose vraie.

Cela étant, j'avoue que ce serait hypocrite de m'en plaindre alors que j'esquive délibérément sa question. Bon, pas le choix.

— Mon oncle et mon grand-père sont pasteurs. Ma mère est la secrétaire et tient la comptabilité de leur église. Nous avons grandi dans un…

Je ferme les yeux et vais droit au but. Le fait que j'ai passé mon enfance dans une bourgade du vieux Sud n'est pas pertinent.

— Le divorce est vu d'un mauvais œil.

Je retiens mon souffle, un éclat de douleur se déployant dans ma poitrine. La voilà.

Mes parents ne sont plus amoureux, mais par respect pour notre foi, ils sont convaincus que c'est mal de se séparer… même si je ne doute pas que Dieu ne souhaite pas qu'ils s'enfoncent dans le malheur.

Le sourire complaisant de Cole m'est insupportable.

— Parce que le bonhomme imaginaire là-haut les expédierait en enfer ?

Je retire ma main.

— Pourquoi tu le hais autant ?

Le regard noir qu'il me lance est d'une cruauté sans nom.

— Je ne peux pas haïr quelqu'un qui n'existe pas. (Il hausse une épaule.) Mais pour info, si ton petit homme chimérique dans le ciel était réel, alors c'est lui qui aurait initié la guerre entre nous… pas moi.

Je commence à avoir le cœur gros. Il y a assurément quelque chose d'indigné et de laid qui couve en lui.

Son pouce qui effleure le coin de ma bouche me prend par surprise.

— C'est dingue que la personne la plus authentique que j'aie jamais croisée puisse croire en un truc aussi bidon.

Cela ne m'atteint pas, je me rappelle, bien que mon cerveau ignore le message.

— C'est dingue que le garçon le plus magnifique que j'aie jamais vu puisse être aussi hideux à l'intérieur.

Je murmure un juron quand je me rends compte que je me suis exprimée à voix haute.

— Pardon. C'était méchant. Je ne voulais pas…

— Oh que si.

Il ne semble ni vexé ni affecté. Plutôt le contraire… il a presque l'air heureux. Sûrement l'alcool.

— Colton, dit-il, les yeux plissés. Dis-le à qui que ce soit, et je ferai de ta vie un enfer… du genre dix fois plus atroce que là où ton petit Dieu menace de t'envoyer.

Je repousse sa main d'une tape.

— T'es un vrai connard.

— Tu vas continuer longtemps à énoncer l'évidence ? (Son regard s'échappe vers la porte.) Ou tu vas faire le choix le plus avisé : partir ?

Il me teste. S'il voulait réellement que je m'en aille, il ne continuerait pas de me regarder comme s'il avait besoin que quelqu'un lui vienne en aide.

Cole attend que je me décide, toutefois je refuse de lui montrer une quelconque réaction.

— Comme tu voudras. (Son regard tombe sur ma poitrine.) Je me demande si tu serais à l'aise si je déboutonnais ton gilet et que je frottais mon visage entre tes seins ?

Je suis reconnaissante qu'il fasse sombre, parce que je sens mes joues s'embraser.

— Colton…

— Cole, il rectifie. Détends-toi, Bigote. Si tes seins m'intéressaient, ils seraient déjà dans ma bouche. Pareil pour ta chatte vierge.

Une chose est sûre, il met ma patience à rude épreuve, jouant avec chacun de mes nerfs comme avec sa guitare personnelle.

Il attrape ma main et, à mon grand désarroi, je le laisse faire.

— Je suis né le 21 août, mais nous ne fêtons mon anniversaire qu'en novembre.

Étrange…

— Pourquoi ?

Sa main se contracte.

— Ma famille n'est pas disposée à faire la fête le jour où Liam est né depuis qu'il s'est donné la mort. Jace a suggéré que je choisisse un autre jour. Un jour qui ne leur rappelle pas la disparition de Liam.

Ma poitrine vrille. J'ai un mal fou à ne pas l'entourer de mes bras, mais quelque chose me dit qu'il l'interpréterait comme de la pitié, et cela causerait une réaction négative.

— Tu as choisi novembre pour une raison particulière ?

— Le 7 novembre. (Ses lèvres se recourbent.) C'est le mois le plus faste au football américain.

J'assimile l'ironie, quand une image de Cole sur le terrain de foot traverse mon esprit.

— Le numéro sur ton maillot. Tout le monde te surnomme le 7 porte-bonheur.

Il hausse les sourcils.

— C'est parce que je suis chanceux.

Un instant, je pense qu'il va se vanter de son bras impressionnant ou énumérer ses statistiques, mais ce qu'il dit est nettement plus grave.

— Comme je suis le jumeau toujours en vie et tout.

Se dénigrer, c'est une chose mais ça…

C'est en quelque sorte la version déformée de son armure.

Un peu comme une fille obèse qui plaisante sur son poids pour éviter que les autres le fassent.

Même si le but est de se protéger, cela ne fait qu'enfoncer le couteau dans la plaie… car ainsi nous validons l'image que les autres se font de nous.

Nous reconnaissons que nous avons aussi peu de valeur qu'ils nous en accordent.

Je ne peux imaginer ce que ça doit faire de se trouver dans la position de Cole et d'avoir perdu un jumeau, mais je sais ce que c'est de brandir des parties de sa personnalité en bouclier, pour préserver ce qui se cache à l'intérieur.

Parce que la vérité est d'une laideur affligeante.

— Cole…

— Stop, dit-il sur un ton sans appel. Ne perds pas ton temps à essayer de me rafistoler. Tu ne réussirais qu'à te couper sur mes putain de débris. (Le regard qu'il me lance me serre les tripes.) Et le moment venu… je te regarderais te vider de ton sang avec le sourire aux lèvres.

Je n'ai jamais rencontré quelqu'un d'irrécupérable, mais il y a sans doute un début à tout.

Je devrais disparaître.

Je devrais oublier cette étrange conversation inopinée… le laisser seul ici.

Je devrais continuer à faire semblant que je ne suis pas entièrement fascinée par lui.

Il y a tant de choses que je devrais faire…

Pourtant, je me rapproche.

— Menace-moi autant que tu veux, je n'ai pas peur de toi, Cole Covingt…

Je suis interrompue par sa bouche qui s'écrase sur la mienne.

Oh. Mon. Dieu.

Je jure que mon cerveau se déconnecte et que mon cœur loupe plusieurs battements.

Cole a la saveur que j'ai toujours imaginée. Bière, paradis… et péché charnel.

Ce dernier goût est un rappel flagrant de ma religion.

Rompre ce baiser requiert davantage de force de volonté que repousser un gâteau au chocolat après un jeûne de douze heures.

— Nous ne pouvons pas. Ce n'est pas bien.

— Non seulement ton Dieu est critique, mais en prime il fait sacrément débander.

C'est difficile de ne pas rire parce que… bon, il n'a pas tout à fait tort.

Toutefois, il se méprend sur ce qui me motive à mettre le holà.

— Dieu n'y est pour rien. C'est parce que tu tromp…

— Casey n'est pas là. Elle a sûrement retrouvé ce gars avec qui elle a échangé des SMS toute la semaine.

Se décalant, il se frotte contre moi et, de nouveau, met mes sens à l'épreuve.

— Même si elle était là, je ferais le vœu que ce soit toi à la place.

Il n'y a pas assez d'air dans la chambre pour sa déclaration.

Mais, si tant est que j'aimerais y croire et qu'il soit sincère, je ne suis pas naïve.

— Tu es ivre mort.

— Et tu es belle. (Mes paupières s'abaissent alors qu'il sème des baisers le long de ma mâchoire.) Et réelle.

Le rejet blessant que Cole a proféré quelques minutes plus tôt reflue dans mon esprit.

— C'est marrant, j'aurais juré que tu avais prétendu que je ne t'intéressais pas, tout à l'heure.

Il m'offre un sourire présomptueux.

— Je t'avais prévenue, ma douce… je suis un menteur.

Ses lèvres parcourent la distance qui nous sépare avant que je n'aie pu protester.

Seigneur. Lutter contre le baiser de Cole, c'est comme se débattre dans des sables mouvants où l'on s'enfonce déjà.

J'ai tenté la solution la plus respectable. Cela compte forcément, non ?

Toute ma vie, je me suis efforcée de suivre la voie de la sagesse. Pour une fois, je veux succomber et voir ce que ça fait d'être la fille qui laisse faire le garçon.

Même si c'est uniquement parce que ledit garçon a trop bu et que je suis… là.

Entrouvrant les lèvres, je laisse sa langue s'introduire dans ma bouche.

Comme actionné par un interrupteur, son baiser léger et aguicheur se fait intense et dévorant.

C'est un combat de respirer, pendant qu'il explore avec avidité chaque centimètre de ma bouche, comme s'il ne pouvait étancher son désir.

Mon cœur s'emballe, à la fois de nervosité et de plaisir, dès lors que ses mains s'aventurent sur moi.

Ses doigts jouent avec le premier bouton de mon cardigan.

— Ça va ?

Non. Je suis pétrifiée.

Les choses sont restées superficielles avec Tommy DaSilva.

Ce loup déguisé en mouton. Une ordure dissimulée derrière un extérieur de gentil garçon.

Et l'ennemi juré des Covington.

Mais j'ignorais tout cela quand j'ai fait sa connaissance sur Internet… sur un forum de rencontres chrétien.

C'est seulement quand on a commencé à tchatter en privé qu'il a révélé qu'il était lui aussi de Royal Manor. Néanmoins, il ne fréquentait pas la RHA, contrairement à moi. L'an dernier, il était scolarisé dans un établissement public, à l'autre bout de la ville.

Tommy a suggéré de se rencontrer… mais j'ai décliné.

Un mois s'est écoulé pendant lequel, aussi régulièrement qu'une horloge, il m'invitait à sortir.

Finalement, j'ai avoué que je me défilais parce que je craignais que mon physique lui déplaise. Il ne m'avait pas semblé superficiel mais, d'après sa photo de profil, je savais qu'il était mignon et faisait partie de l'équipe de football américain.

Tommy m'a rassurée sur ce point, arguant qu'il ne jugeait pas les gens sur leur apparence.

J'ai fini par consentir à un rendez-vous dans un *drive-in*, à plusieurs kilomètres de la ville.

Ça a instantanément fait tilt entre nous, la conversation était fluide, les rires fusaient... tout était parfait.

Une chose en entraînant une autre, nous sommes allés plus loin que je ne l'avais anticipé.

Je n'ai pas regretté de l'avoir masturbé... ou plutôt pas avant qu'il déclare que l'heure tournait et qu'il devait rentrer.

J'étais certaine qu'il m'ignorerait après cela, à en juger par son départ précipité juste après avoir joui, pourtant j'ai eu la surprise de recevoir un SMS dans la soirée, assorti d'une floppée de mots qui m'ont fait rougir et me sentir désirée.

Nous sommes tombés d'accord pour nous revoir le week-end suivant.

Toutefois, il a fait comme si je n'existais pas.

Ou, plutôt, il a quitté la soirée avec ses copains du foot.

J'aurais dû savoir dès cet instant que notre relation n'était pas sérieuse, qu'il cherchait juste un plan cul mais, par manque d'expérience, je lui ai accordé le bénéfice du doute.

Et à force de persuasion... il a eu droit à une seconde branlette.

Là encore, il s'est envolé aussi vite qu'il a éjaculé.

Si ce n'est que cette fois son SMS de la soirée n'était pas truffé de compliments et de mots salaces.

Il me disait que j'étais adorable, mais qu'il ne voyait pas d'avenir entre nous parce que ma morphologie ne l'attirait pas. Il avait essayé de passer outre mais, lors du second rencard, il avait compris qu'il préférait que nous restions amis.

À sa décharge, nous avons gardé le contact quelques semaines après cela, et sa conversation est demeurée respectueuse et amicale.

Même si je ne pouvais pas le blâmer de ne pas se sentir attiré par moi, et que je devais saluer son honnêteté sur ce point, je mentirais si je prétendais que cela n'avait pas blessé mon amour-propre.

Peut-être que je ne mérite pas le dix de la perfection, mais je n'en suis pas moins un être humain doué d'émotions

Des émotions qui se détraquent devant Cole qui me regarde comme s'il avait envie de me dévorer, cela en détachant les premiers boutons de mon gilet.

J'ai une peur bleue qu'il soit rebuté par ce qu'il s'apprête à découvrir ; qu'il bricole une excuse pour détaler.

Ma main sur la sienne, je l'arrête avant qu'il ne s'attaque au dernier bouton.

À ma grande stupéfaction, sans protester, Cole se remet à m'embrasser.

— Je te veux, il murmure entre deux baisers ou, du moins, c'est ce qu'il me semble entendre.

Son élocution est de plus en plus laborieuse, sa respiration s'accélère.

Je suis sur le point de lui demander s'il se sent bien mais ses lèvres descendent… puis sucent et mordent un point sensible dans mon cou, ce qui disperse des picotements le long de mon dos.

Merde.

Je dois dire stop. Il ne sait plus ce qu'il fait.

Tu veux rire, me nargue mon esprit. *Cole sait parfaitement ce qu'il fait.*

Malin comme il est, le salopard me rend plus malléable que de la pâte à modeler à chaque coup de langue.

Un souffle confus m'échappe quand sa bouche plonge et s'égare dans mon décolleté.

— Nom de Dieu, grogne-t-il. Je savais qu'ils étaient gros, mais en fait ils sont…

Méga-énormes, un peu flasques, asymétriques.

— La perfection.

Il exhale un souffle d'air sur le tissu blanc qui enveloppe mon sein, sa grande main pétrissant l'autre.

— J'ai besoin de les sentir dans ma bouche.

À l'aide ! Au Jardin d'Eden, ils avaient la tâche facile avec cette foutue pomme.

Si le diable tenait vraiment à tenter Ève, il aurait dû la placer dans une pièce deux minutes, seule, avec Cole Covington lui touchant le corps et lui murmurant des choses érotiques.

Les joues en feu, je le regarde enfouir son visage entre mes seins, grognant mon nom.

Je prie en silence pour trouver la force de l'arrêter avant que ça n'aille trop loin.

— Nous ne pouvons pas coucher ensemble, dis-je d'une voix rauque, en reprenant mes esprits.

— Stresse pas. (Ses dents qui mordillent mon téton à travers mon soutien-gorge me font haleter.) Je veux juste les sucer un petit peu. (Sa main me masse pendant que l'autre s'abaisse, triture la taille de mes leggings.) Et découvrir la saveur de ta chatte que personne n'a jamais touché.

Oh. Bordel.

J'ai beau me fouiller la cervelle, je ne trouve pas de raison valable de m'opposer à sa volonté.

Ma virginité est réservée à mon futur mari, ce qui ne m'interdit pas d'expérimenter des alternatives.

En particulier celles qui me procurent du bien-être.

Comme la manière dont Cole me presse les seins, sa bouche passant goulûment de l'un à l'autre comme s'il n'était pas fichu de décider lequel il préfère et s'était mis en tête d'avoir les deux à la fois.

Un frémissement me transperce quand il tire sur les bonnets de mon soutien-gorge pour m'exposer.

— Encore mieux.

Mes poumons se contractent, les tremblements s'amplifient à la seconde où sa bouche atterrit sur ma peau. Je suis tellement nerveuse que j'ai l'impression de ne plus pouvoir respirer.

— Quelle douceur, il marmonne contre ma chair.

Sa voix endormie semble à mille lieux de moi.

J'essaie de répondre, mais la pression dans ma poitrine se renforce.

Si j'étais moins avisée, j'aurais juré que je faisais une...

Bon sang.

Je n'ai pas subi de crise d'asthme depuis plus de six mois, et il faut que ça me tombe dessus maintenant.

La respiration sifflante, je tends le bras au-dessus de ma tête pour attraper mon sac à main sur l'oreiller. C'est là que je range mon inhalateur que je garde avec moi en permanence sur l'insistance de ma mère. En cas d'urgence.

L'approchant de mes lèvres, j'inspire une dose rapide, suivie d'une seconde. L'apaisement m'envahit à mesure que la pression se dissipe, et que je remplis mes poumons d'air.

Cole est étonnamment calme depuis le début de ma crise, mais ça se conçoit. Je peux dire sans trop m'avancer que j'ai officiellement plombé l'ambiance.

J'inspire à fond avant de parler.

— Désolée de...

Au son de ses légers ronflements, je retiens la suite.

Je baisse les yeux et, sans surprise, je constate que ses yeux sont fermés, sa joue posée sur mon sein gauche. Comme si ma poitrine était son oreiller personnel.

Sa mine satisfaite serait presque émouvante s'il n'avait pas piqué du nez à un moment inopportun.

J'ai du mal à croire qu'il se soit endormi pendant que j'étouffais et qu'il...

En fait, je ne sais pas trop si je dois me sentir vexée ou embarrassée... ou les deux.

Je m'efforce de replacer mes seins dans mon soutien-gorge quand des claquements de talon résonnent derrière la porte.

Malheur. Pourvu que ce ne soit pas Casey et son clan de sorcières.

Lors de ma première semaine à la RHA, Britney – la fille qui précédait Casey – ainsi que cette dernière et quelques autres pom-pom girls ont subtilisé mes vêtements dans mon casier, pendant que je me douchais. Je n'ai pas eu d'autre choix que d'arpenter le couloir en serviette, dans l'espoir de localiser un enseignant, tout en me faisant huer par tout le lycée.

Bien sûr, Brian s'est empressé de publier une photo de l'événement sur Instagram. C'était cauchemardesque et affreusement vexant, mais j'en ai tiré une leçon inestimable. Plusieurs, même :

Ne te mets pas dans une situation compromettante, parce qu'à la RHA, ça les éclate de lancer et d'alimenter les ragots.

Ne baisse pas la garde en présence de personnes mal intentionnées.

Veille à conserver des vêtements de rechange dans ta voiture et ton sac à dos.

Mon cœur s'effondre. J'ai déjà enfreint la première règle ce soir.

— Lève-toi, je chuchote en reboutonnant fébrilement mon gilet.

Cole ne bouge pas, et il est trop lourd pour que je le repousse, mais peu importe… la poignée s'abaisse déjà.

Nous sommes tous les deux complètement grillés.

C'est tout ce que je mérite. Voilà ce qu'on récolte quand on chipe le copain d'une autre.

Même si Cole est persuadé que Casey lui est infidèle. On ne répare pas une injustice par une autre.

Quel que soit le plaisir procuré par l'une d'elles.

— Pousse-toi, je grogne dans un ultime effort, avant que la porte ne s'ouvre et que la lumière ne s'allume.

— Que se passe-t-il ici ? Y a un problème ? lance Bianca, les yeux ronds comme des soucoupes.

Un instant, je pense qu'elle s'adresse à son frère, mais son regard s'attarde sur moi.

Cette fille généralement pleine d'assurance a une expression qui pousse à se demander si le monde s'écroule.

C'est alors que je me rends compte de l'image que ça donne, de son point de vue.

— Rien de spécial, ça va…

Je dois trouver un moyen d'expliquer pourquoi son frère est allongé sur moi, sans rien dévoiler de notre petite incartade.

— Cole m'aidait à respirer.

Je brandis l'inhalateur dans ma main, comme si l'objet était la clé de tout.

Bianca lève un sourcil.

— Quoi ?

Son « quoi » est justifié étant donné que je prépare un gros bobard fumant. Mais bon, comme je suis déjà mal barrée, c'est le mieux que je puisse faire.

Sans compter que mon orgueil refuse de me laisser lui révéler l'embarrassante vérité.

Je note dans un coin de ma tête de téléphoner à Dylan en rentrant, parce que au moins elle ne s'esclaffera pas quand elle saura que Cole s'est écroulé au beau milieu d'une séance de pelotage.

— J'étais en pleine crise d'asthme quand il a débarqué, gravement pinté, dis-je pour clarifier la situation en combinant deux éléments véridiques. Je lui ai fait comprendre que j'étouffais et il… m'a fait du bouche-à-bouche.

Ouais, nettement plus logique.

De manière compréhensible, elle me regarde comme si une deuxième tête avait jailli de mon cou.

— Pourquoi t'aurait-il fait du bouche-à-bouche si tu as un

inhalateur dans la main, et si tu avais encore le souffle nécessaire pour l'alerter que tu ne pouvais plus respirer ? (Elle croise les bras.) D'ailleurs, comment a-t-il pu intervenir en dormant ?

D'excellentes questions, ma foi. Qui aurait pu deviner que Bianca était aussi perspicace ?

— Eh oui ! Pour tout te dire, je me posais la même question… mais tu sais comment est Cole, quand il a bu. Il n'est pas le plus…

— Tu l'as trouvé ? crie Oakley en entrant en trombe derrière elle.

Je ne sais que faire de son expression, quand son regard tombe sur Cole, toujours assoupi… sur moi.

— Cole lui a fait du bouche-à-bouche, dit Bianca avec un sourire espiègle.

Éberlué et grisé, Oakley se gratte la tête.

— Soit il a dérapé, soit Sawyer était en manque au point de lui piquer tout son oxygène et il a tourné de l'œil. (Les yeux plissés, il agite un doigt menaçant à mon intention.) T'as intérêt à le remettre en état.

Les cours de soutien sont décidément urgents, il a tout faux en biologie.

— L'un de vous peut fermer cette porte, s'il vous plaît ?

Je préfère étouffer cette petite affaire en privé, et qu'elle reste entre nous trois – ou disons quatre.

Bianca commence à la refermer puis s'immobilise.

— D'accord, si tu fais quelque chose pour nous.

Cela n'augure rien de bon mais je n'ai pas vraiment le choix.

— C'est-à-dire ?

Elle regarde Oakley, qui est en train d'allumer un pétard.

— Oakley est venu en voiture, mais il est trop défoncé pour conduire. Cole comate suite au bouche-à-bouche, et je n'ai pas le permis. Du coup, il faut que quelqu'un nous raccompagne.

— Affaire conclue.

Je les considère d'un œil sévère. Si Bianca se permet de recourir à la manipulation, moi aussi.

— Tant que vous gardez pour vous ce que vous avez vu. Non qu'il se soit passé quelque chose, mais je ne voudrais pas qu'on se fasse de fausses idées.

D'autant plus que je n'ai pas encore eu l'occasion de digérer notre parenthèse.

Je ne m'attends pas du tout à ce que Cole quitte Casey pour moi, mais je suis convaincue que nous devons discuter de ce que nous avons partagé ce soir. Quand il aura dessoûlé.

Oakley inhale une bouffée.

— Tu parles, j'ai déjà du mal à me rappeler ce que j'ai fait il y a cinq minutes.

— Il y a cinq minutes, ta langue explorait la gorge de Morgan, marmonne Bianca en refermant la porte avant de marcher vers le lit.

Ensemble, nous tentons de déplacer son frère. Peine perdue. Non seulement Cole est plus lourd qu'il n'y paraît, mais même un bombardement ne saurait tirer du sommeil.

Elle claque des doigts pour attirer l'attention d'Oakley, qui fume gaiement dans son coin.

— Un petit coup de main ?

Il jette le mégot par la fenêtre avant de se joindre à nos efforts.

— T'aurais pas dû commencer par descendre tout ce whisky, mon pote, dit Oak en soulevant un Cole chancelant, encore dans les vapes. Je t'avais dit, la bière avant tout alcool fort…

Avant qu'Oakley n'ait terminé sa phrase, Cole est secoué par des haut-le-cœur… puis rend ses tripes sur le lit.

Je suis reconnaissante d'avoir eu le bon sens de dire stop. Aussi, je me sens plus à l'aise avec l'idée qu'il s'est écroulé sur moi, sans quoi ça aurait pu être beaucoup plus grave.

Frissonnant, je me souviens que Dylan m'avait raconté que Jace avait vomi sa pizza à l'ananas sur Britney Caldwell, au beau milieu d'une soirée, l'année dernière.

Après cela, sa réputation a été réduite à néant. Encore que ce soit moins lié à la pizza qu'au fait qu'il ait révélé qu'elle manquait de fraîcheur, côté intimité.

Dans tous les cas, c'était le *karma*.

— Si tu peux éviter d'être malade, conclut Oakley avant de reporter son attention sur une Bianca visiblement dégoûtée. Je l'emmène dans la salle de bains.

— Bonne idée, approuve Bianca.

— Je vais chercher un seau ou un saladier, dis-je pendant qu'Oakley le traîne sous son bras.

J'ai un jour reconduit un garçon de mon club de jeunes qui avait été pris de nausées à l'église. Il m'a fallu un mois pour venir à bout des relents nauséabonds, et je n'ai aucune envie de revivre l'expérience de frotter du vomi dans mon van.

Je m'apprête à sortir quand Bianca m'arrête.

— Sawyer ?

— Ouais ?

La bouche légèrement relevée, elle désigne mon gilet.

— Tu as un bouton défait.

Sawyer

Le ventre vibrant de nervosité, je descends de mon van et me dirige vers le lycée.

C'est lundi matin, ce qui craint déjà en soi mais d'autant plus quand on a attendu un appel ou un SMS tout le week-end.

Certes, Cole n'a pas mon numéro. Mais son frère étant en couple avec ma meilleure amie, il n'aurait pas dû avoir trop de mal à se le procurer.

Même un message sur Instagram aurait suffi.

Mais rien. *Nada*.

Ce qui me met dans la position détestable de devoir prendre les devants.

Je suppose que je pourrais prétendre qu'il ne s'est rien passé, mais c'est stupide étant donné qu'il s'est produit quelque chose.

Quelque chose de susceptible de provoquer un malaise.

Je ne veux pas que nous nous sentions gênés ou bizarres.

Et peut-être qu'une infime part de moi espère secrètement qu'il ressentira lui aussi ce truc entre nous, quoi que ce soit.

Boum boum… ce truc-là.

La microscopique parcelle de vérité que j'essaie à tout prix d'enfouir dans l'espoir qu'elle s'évapore.

J'ai un faible pour Cole Covington… et je me déteste pour cela.

Il est tout ce que je méprise chez un être humain.

Prétentieux, impitoyable, dragueur invétéré et, pire que tout, il ridiculise ma foi.

Pourtant… il y a quelque chose en lui que je ne peux ignorer.

Stupides hormones de l'adolescence. Elles bousillent tout.

Mon estomac fait un salto au moment où je passe devant sa voiture, sur le parking.

Je ne m'embête pas à masquer ma grimace.

Sa Ferrari vert pétant est aussi détestable, tape-à-l'œil et arrogante que lui. Le bruit court que, non seulement elle a coûté une fortune, mais qu'en plus elle est d'une extrême rareté. Du genre, moins de vingt personnes dans le monde possèdent un modèle similaire.

Je ne peux pas dire que cela me surprenne. Les Covington sont aussi friqués qu'ils sont maudits.

La mère de Cole était actrice à Bollywood avant de périr dans un dramatique accident de voiture. D'après le moulin à cancans, non seulement elle était sublime, comme ses enfants, mais elle serait issue d'une famille royale hindoue.

Je ne sais que peu de choses sur Jason Covington, le père de Cole, si ce n'est qu'il dirige une entreprise pharmaceutique renommée.

Je coche une nouvelle case sur ma liste d'arguments « contre ». Tout le monde sait que les dirigeants des entreprises pharmaceutiques n'ont pas d'âme.

On sait de qui Cole tient.

D'accord, ce n'est pas juste. Cole a une âme.

Il m'en a révélé des parcelles, l'autre soir.

Me préparant à la suite, je continue de marcher vers l'entrée.

Je le sens à l'instant où je franchis la porte. L'énergie à l'intérieur est… figée.

Ou plutôt, elle est entièrement concentrée sur moi, sous la forme de regards à la dérobée, de coups d'œil agacés très peu subtils émanant de différentes filles, de quelques grands sourires de la part d'une poignée de garçons, et de murmures à foison.

De petites gouttes de sueur affleurant sur mon front et dans mon dos, je me force à respirer.

La seule manière de survivre à cet enfer est de ne jamais montrer que l'on a peur.

Me forçant à regarder mes pieds, je prends la direction de mon casier.

Quelques rangées plus loin, j'avise Cole, près du sien, qui discute avec Dwight Davis, Cortland Bennet et quelques joueurs de son équipe.

Dwight est un gars correct. Enfin, c'est ce qu'il dégage quand je le vois le dimanche matin à l'église.

Mais Cortland ? Ce mec est un connard avec un grand C.

Non seulement je l'ai surpris en train de reluquer mes seins de façon éhontée un nombre incalculable de fois, mais il est vantard et a la sale habitude de harceler les élèves les moins populaires, juste pour le plaisir.

C'est sans doute logique qu'il soit ami avec Cole. Ils font la paire.

Quoi qu'il en soit, je ne suis pas assez cloche pour l'aborder quand il discute avec eux.

Il y a des choses que l'on n'oublie jamais, et quand j'ai dû traverser le couloir en serviette, c'est Cortland qui a meuglé le plus fort, et encouragé tout le monde à l'imiter.

Le nez dans mon sac à dos, j'arrange mes livres.

— Désolée d'apporter la mauvaise nouvelle, mais j'ai entendu dire que Casey voulait ta peau.

Une boule dans la gorge, je me retrouve face aux deux iris bleu cobalt d'Oakley.

— Pardon ?

Pourquoi diable Casey, ou qui que ce soit sur cette Terre, m'en voudrait ?

Parce que tu as branché son mec, souligne inutilement mon cerveau.

— Relax, dit-il. Elle ne va pas t'abattre. (Il hausse une épaule.) Elle a juste l'intention de te flanquer une raclée avant la fin de la journée.

Cet étourdi a sûrement oublié que la seule et unique fois où je me suis bagarrée avec Casey, j'en suis ressortie victorieuse.

— Qui t'a d…

Je m'arrête en pleine phrase.

Je refuse d'admettre que j'ai commis des méfaits. Pas avant de m'être entretenue avec Cole.

Peut-être pourrons-nous expliquer à Casey que son copain était bourré, que nos baisers ne signifiaient rien ? Mon cœur se serre. Il ne valide clairement pas cette idée.

— Pourquoi voudrait-elle me frapper ?

Oakley m'observe d'un air sans équivoque.

— Apparemment, elle a eu vent de ta petite séance de bouche-à-bouche avec son mec. Comme tout le monde. (Il lève les mains avec innocence.) Ne me regarde pas comme ça, je n'ai rien dit. Quelqu'un a dû vous entendre ou ouvrir la porte pendant que vous étiez bouches collées.

Eh merde. Cela expliquerait tous les regards et les chuchotements que je récolte.

— Oh ! C'est pas vrai.

Tout se met à tourner autour de moi.

Que Casey me mette une dérouillée, je peux gérer, mais que tout le monde sache ce qui s'est passé et spécule sur ma vie privée…

Je ne veux pas devenir le sujet de tous les bavardages du lycée. Je ne veux pas qu'on parle de moi, tout simplement.

Je sais d'avance ce qu'ils vont raconter.

— Oh ! là, tu n'as pas l'air dans ton assiette, observe Oakley. Tu veux que j'appelle Dylan ? C'est sûr qu'elle la ferait fuir.

— Pas la peine.

Je ne doute pas que ma super copine soit capable de recadrer Casey sans même la toucher, mais ce combat n'incombe pas à Dylan.

C'est le mien.

J'ai commis une bourde et maintenant je dois en assumer les conséquences.

— Je reviens. Je dois juste…

J'indique les sanitaires et m'éloigne.

J'ai besoin de m'accorder une seconde, pour respirer et me remettre de mes émotions avant d'affronter les retombées.

Je suis ravie de constater qu'ils sont vides.

Enfin, il y a Bianca, qui applique du mascara sur ses cils déjà longs devant les lavabos.

— Tu as une mine affreuse, dit-elle en guise de bonjour, quand nos regards se croisent dans le miroir.

J'ouvre le robinet.

— Je me sens affreusement mal, dis-je en m'aspergeant le visage d'eau froide. Tout le monde parle de Cole et moi.

Inutile d'esquiver. Elle entendra nécessairement la vérité, tôt ou tard.

— Punaise. Ça s'est ébruité encore plus rapidement que je le pensais. (Avec un sourire ironique, elle pioche un tube de brillant à lèvres dans sa pochette.) Pas de quoi.

J'ai toutes les difficultés du monde à ne pas lui enfoncer son tube dans la gorge.

— Une seconde… c'est toi as répandu la rumeur ? À quoi joues-tu, Bianca ? Tu m'avais donné ta parole.

Levant les yeux au ciel, elle applique du brillant sur ses lèvres rouges.

— Les grands mots, tout de suite. Je t'ai rendu service.

Ma pression artérielle grimpe d'une manière alarmante.

— Service ? Quel genre de ser…

— Désolée de devoir te l'apprendre, mais tu es une tocarde, dit-elle avant de hausser nonchalamment des épaules. Maintenant, un peu moins. (Elle fait claquer ses lèvres.) En l'espace d'un week-end, tu es passée de la timide fanatique de Jésus à la fille qui a couché avec le garçon le plus populaire du lycée. Cela amène tout le monde à te considérer mystérieuse et sexy… au lieu de barbante et fêlée. (Nos regards se connectent de nouveau dans le miroir.) Donc : y a pas de quoi.

Elle délire.

— Je ne veux pas que les autres me voient de cette façon. Je ne veux pas qu'ils pensent à moi du tout. (Je me presse la poitrine pour me forcer à m'oxygéner.) Grâce à ta grande bouche, Casey est décidée à me coller une raclée.

Elle lève les yeux au ciel.

— Ne te soucie pas pour ça. Cette connasse ne sait pas se battre. Tu l'écraseras aisément.

Elle ne comprend pas.

— Je ne veux pas la battre. Ce que je veux, c'est…

— Mon frère ? dit-elle, puis sans me laisser le temps de contester : Bonne nouvelle, Church ! Je pense qu'il te veut aussi. Pour ce que ça vaut, je préfère le voir avec toi qu'avec Casey. Jace sort déjà avec une fille que je ne peux pas saquer. Et l'idée que mes deux frères…

— Hé, je gronde. Dylan est extraordinaire.

— Ouais, une pétasse extraordinairement manipulatrice.

Sérieusement ? Bianca s'est regardée dans la glace ?

— C'est l'hôpital qui se fout de la charité.

Une fois de plus, elle lève les yeux au ciel.

— Si tu le dis, elle souffle en attrapant son sac sur le bord des lavabos. J'aurai essayé de t'aider.

— Ce n'est pas ainsi qu'on aide une amie, je crie pendant qu'elle s'éloigne. Tu aurais tout de même pu me dire…

La cruauté de son rire m'arrête net.

— Oh ! dit-elle en se retournant, la main sur le cœur. Tu as cru que nous étions amies ?

Pas précisément, mais pas ennemies non plus. Et puis, sinon, pourquoi aider quelqu'un qu'elle n'apprécie pas ?

— Je ne sais pas. Peut-être.

— Ma biche, non. (Son joli minois se plisse.) Je n'ai pas d'amis. Tout au plus, j'ai des alliées temporaires qui ne me donnent pas envie de leur broyer le crâne avec mes talons.

Lentement, elle se rapproche de moi.

— Casey est la capitaine de l'équipe des pom-pom girls, donc elle se croit à tort cheffe de la RHA. (Elle examine ses ongles.) La bécasse a également commis la regrettable erreur d'envoyer des SMS non-stop à quelqu'un qui n'est pas mon frère pendant l'entraînement de la semaine dernière. Quand j'aurai identifié cette personne et que je disposerai des preuves irréfutables, j'anéantirai sa vie. (Un sourire malicieux éclaire son visage) Ensuite je prendrai sa place… et je la mènerai à la baguette, elle, mais aussi tous les élèves de la RHA.

Rien que ça.

Elle se rapproche trop près de mon visage.

— Un conseil ? Reste du bon côté, le mien, dit-elle en reprenant son gloss. Et ne bouge pas. Une touche de couleur ne te ferait pas de mal.

Avant que je ne puisse décliner, elle entreprend de m'en enduire les lèvres.

— Mon frère est un petit con, mais pour une étrange raison, il t'aime bien. (Replaçant le pinceau dans le tube, elle soutient mon regard.) Je pense que tu serais bien pour lui, Sawyer. Mais je dois t'avertir que si un jour tu le trompes ou tu le blesses intentionnellement, je te tranche la gorge comme si tu étais mon agneau sacrificiel. Compris ?

— Je…

— Compris ?

Comme j'acquiesce, elle sourit.

— Cool. À présent, cesse de papoter avec moi et va récupérer ton homme.

Mon homme ? Bianca a une imagination débordante. Les filles comme moi ne récupèrent pas leurs hommes… parce qu'ils ne veulent généralement pas d'elles.

Ils veulent des filles comme elle.

Et si Cole n'était pas comme tous les autres ? Et s'il m'aimait bien, vraiment ?

Il en donnait assurément l'impression, le soir de la fête.

— D'accord, je murmure.

— Attends, dit-elle alors que me retourne.

— Que… que fais-tu encore ?

Je tente de repousser sa main, mais elle ruse et ouvre le premier bouton de ma chemise.

— Tu as une poitrine d'enfer. Ne la cache pas en permanence. (Après un coup d'œil critique, elle fait la moue.) Jette ce bandeau ridicule. Il te donne l'air d'une gamine de dix ans, le jour de la photo de classe.

Seigneur, accordez-moi la force. C'est une enfant gâtée !

Après l'avoir placé dans la poubelle et arrangé avec ses doigts mes cheveux noirs qui retombent jusqu'à ma taille, elle hausse les épaules.

— Pas top, mais c'est le mieux que je puisse faire en deux minutes. Tu devrais sérieusement envisager de passer aux lentilles de contact… et de te faire des mèches. Te maquiller, ce ne serait pas du luxe non plus.

— Je suis maquillée.

J'ai mis du mascara ce matin. En vue de parler à Cole.

Elle fronce le nez.

— La prochaine fois, essaie un style qui t'embellit, pas le contraire.

— Super, merci.

Après un regard irrité, je quitte les sanitaires.

La nervosité que je tentais d'endiguer étant sur le point de faire exploser ma cage thoracique, je traverse le hall. Toutefois, je reprends vite mes esprits quand je m'aperçois que Cole continue de bavarder avec des membres de son équipe.

Ce n'est sûrement pas le moment idéal pour déclarer mes étranges sentiments ou pour évoquer nos baisers.

Cela requiert de l'intimité. Ainsi, personne ne pourra nous écouter ou faire courir des bruits de couloir.

Je m'apprête à bifurquer vers mon casier quand son regard attrape le mien.

Mes genoux se dérobent sitôt que j'avise ses yeux pénétrants aux tons vert-noisette, ses cheveux noirs en bataille, sa mâchoire parfaitement structurée, et ses pommettes tellement saillantes qu'elle couperait du granit.

C'est injuste. Les garçons comme lui ne devraient pas être aussi magnifiques.

Bien que mon sentiment d'insécurité réapparaisse, je l'enfouis aussitôt.

Je lui plais.

Certes, il n'a pas téléphoné, mais on ne partage pas ce genre de choses sans une connexion particulière.

Et on n'embrasse surtout pas quelqu'un comme il m'a embrassée, si l'on n'est pas attiré par cette personne.

Ivre ou pas, Cole m'a offert un aperçu de celui qu'il est réellement, cette nuit-là.

Peut-être qu'il est temps que je bâillonne définitivement la voix pessimiste dans ma tête, pour éviter qu'elle ne détruise cette chose entre nous avant même qu'elle ne s'épanouisse.

Parce que peut-être, juste peut-être… qu'une fille comme moi mérite le garçon qui lui plaît.

Cole

Je sens sa présence dès qu'elle ressort des sanitaires.

Je ne sais pas ce qu'elle a fait à l'intérieur, mais ses lèvres charnues en forme de cœur sont rouges et brillantes.

Je parviens tout juste à retenir le grognement irrité qui bourdonne dans ma gorge.

Elle cherche à m'impressionner. Ce qui ne peut signifier qu'une seule chose.

Bon sang. Mes bourdes ne cessent de s'entasser.

Je n'aurais pas dû picoler ce week-end.

Je n'aurais pas dû m'aventurer à l'étage.

Et je n'aurais sûrement pas dû discuter avec Sawyer Church – Little Miss Bigote – ni lui dévoiler cette facette de ma personne.

Je serre si fort mes molaires que je suis surpris qu'elles ne soient pas réduites en poussière.

D'après les ragots, il y a deux ou trois choses que je n'aurais pas dû faire avec elle.

Des choses dont je ne garde aucun souvenir, parce que j'ai perdu connaissance en pleine conversation.

Putain.

Derrière ses lunettes à monture noire, ses grands yeux marron soutiennent mon regard… cherchant des réponses à une volée de questions non formulées.

Des réponses que je ne peux lui fournir, vu que je ne me souviens de rien.

Tout ce que je sais, c'est que, quoi que nous ayons fait ou pas ce soir-là, cela entache sa réputation immaculée.

Et la mienne.

Détachant mon regard du sien, je reporte mon attention sur Dwight et Cortland.

Comme toujours, Cortland se la raconte. Il tourne autour du pot de sa manière moqueuse pleine de prétention qui m'exaspère.

— Alors, c'était comment ?

Je bourre ma veste dans mon casier.

— Quoi ?

J'endure ses sous-entendus débiles depuis cinq minutes et je suis à court de patience.

Il échange un regard avec Dwight.

— Sois pas farouche, Covington. Dis-nous comment était ta séance de baise.

Je serre le poing. Je dois me rappeler que mon bras vaudra des millions un jour, et que Cortland ne vaut pas un clou.

— C'est sûr qu'une fille qui ressemble à ça est prête à tout pour faire plaisir, intervient Lennox Wallace, l'un de mes défenseurs.

Plusieurs joueurs de l'équipe rigolent.

Les ignorant, j'oriente mon regard de l'autre côté du couloir. Comme si ça ne pouvait pas aller plus mal, Casey et sa clique viennent vers moi.

Bianca m'a informé par SMS que Casey avait annoncé aux filles de l'équipe qu'elle ferait la peau à Sawyer si c'était vrai.

Que Casey s'offusque que je l'aie trahie quand j'étais éméché est presque comique, étant donné que Bianca m'a garanti qu'elle me trompait.

Néanmoins, ce n'est que pure spéculation, et je n'ai pas de quoi le prouver.

Tout ce que j'ai, c'est une copine en rogne qui me fusille du regard, ses talons claquant sur le carrelage.

Et une autre fille qui me mange des yeux comme si j'étais une sorte de chevalier en armure brillante.

La même fille que je m'interdis d'approcher depuis trois mois.

Sawyer trouve le moyen de se faufiler sous ma peau et dans ma tête comme personne d'autre... ce qui fait d'elle un danger.

Encore plus désormais.

Il n'existe qu'une seule façon de ramener l'ordre et d'arranger ce foutoir.

Je m'adresse à Cortland.

— Tu vas devoir être plus précis. J'ai couché avec un certain nombre de filles.

Bien plus que lui.

Cette fois, c'est lui qui paraît confus.

— Tu ne te rappelles vraiment rien ?

— Me rappeler quoi ? je rugis, canalisant l'attention de tous. J'étais bourré comme un coing vendredi.

Le pas de Sawyer vacille.

Avec un sourire sarcastique, Cortland considère le cercle de personnes autour de nous. Tout le monde semble s'intéresser à notre petite réunion.

— Navré de te l'apprendre, mon gars, mais on raconte que t'as baisé Sawyer Church chez Christian, le week-end dernier. (Sans me laisser répondre, il abat sa main sur mon épaule.) Je n'aurais jamais cru que tu avais un faible pour les grassouillettes, mais on dit que les culs bénis se déchaînent au pieu.

Mon rire sonne convaincant, même à mes propres oreilles.

— Tu me fais marcher ? Pourquoi j'irais coucher avec une vierge potelée alors que je peux avoir le fin du fin, quand je veux ?

Je sens le poids de tous les regards à l'instant où Casey se glisse à côté de moi. À point nommé, j'enroule mon bras autour d'elle.

Du coin de l'œil, je vois Oakley me regarder comme si j'étais une grosse merde.

Pas grave. Qu'il aille au diable. C'est ma réputation qui est en jeu.

Et la sienne, à elle.

Non seulement Sawyer serait stigmatisée comme une traînée, parce que c'est la norme entre filles au lycée, mais Casey et toute son équipe lui pourriraient la vie.

Sans compter que, Casey et moi, ça tombe sous le sens. Que nous sortions ensemble, c'est ce qu'ils attendent tous.

Ce que quelqu'un comme moi est supposé vouloir.

J'ai passé tellement de temps à construire ma vie actuelle que je ne suis pas prêt à laisser un faux pas alcoolisé tout compromettre.

Peu importe que Sawyer m'intrigue comme c'est pas permis.

Je regarde ma copine.

— Mon chou, dis à cet imbécile ce qu'on a fait vendredi, puisqu'il tient tant à savoir ce que je fais de ma queue.

Sans perdre un instant, Casey fanfaronne.

— Tu t'es mis minable, après quoi nous sommes montés dans une chambre. (Elle observe Bennet avec suspicion.) Pourquoi t'intéresses-tu autant au pénis de mon mec, Cortland ? Si tu changes de camp, c'est pas de chance pour toi. Mon équipe est au complet.

Elle a beau être fâchée, je savais qu'elle monterait au créneau.

Pas parce qu'elle m'aime, ou qu'avec elle ce serait à la vie à la mort, mais parce que nous avons été élus couple de pouvoir de la RHA, et l'idée que je la trompe avec une fille comme Sawyer est une insulte gigantesque pour son ego insipide.

Tout comme moi, Casey sait que maintenir les apparences est crucial, de même que se donner en spectacle.

Camoufler qui on est réellement.

Cortland paraît embarrassé, mais je n'en ai pas fini avec lui.

De ma main libre, je le saisis par le col et le cloue d'un regard qui l'avertit de ne plus me contrarier.

— La prochaine fois que tu me cuisines sur ma vie sexuelle, je frappe ta sale gueule à coups de bite. C'est comme ça que je calme tous les morveux qui la ramènent.

La mâchoire lui en tombe, sous les huées de la foule.

Tout sourires, j'enfonce doucement mon poing dans son épaule.

— Ne te pointe pas à l'entraînement avant d'avoir retrouvé tes couilles, Bennet. Le foot, c'est pour les vrais hommes. Pas pour les grandes gueules arrivistes qui ne sont bonnes qu'à répandre des potins de préado.

Je regarde les joueurs de mon équipe.

— Ça s'applique à vous aussi.

Une fois de plus, le respect irradie de leurs visages. Crise tuée dans l'œuf.

Je me sens aussi léger que si un poids avait quitté mes épaules, ma main trouve celle de Casey, et nous empruntons le couloir.

Comme toujours, tout le monde me suit des yeux.

Hormis Sawyer.

Elle baisse les siens… comme si me regarder lui était trop pénible.

Bien.

Je l'avais prévenue de ne pas trop s'approcher.

1

Sawyer
2 mois plus tard

— Catherine va se marier, s'écrie presque ma mère avant même que je ne sois assise.

— Oh ! c'est vraiment… pas rien, maman. Peux-tu me passer la purée ?

En vérité, je suis beaucoup plus excitée à la perspective de manger de la purée que par l'annonce des fiançailles de ma sœur.

Du bout de la table, le coin des lèvres de mon père se relève.

Je peux affirmer sans trop de risque que j'ai hérité de lui mon sens du sarcasme.

Ma mère fait la moue.

— Tout de même, Sawyer. Catherine est ta sœur. Tu es censée manifester un minimum d'enthousiasme.

Remontant ses lunettes sur son nez, mon père s'éclaircit la voix.

— Sawyer doit penser la même chose que moi. Catherine n'a même pas terminé ses études. Elle est trop jeune pour se marier, déclare-t-il, puis l'inquiétude paraît sur ses traits. Elle sort depuis trop peu de temps avec lui. Trois ou quatre mois, tout au plus, et nous ne l'avons rencontré qu'une fois. Ils devraient attendre quelques années avant de se mettre en ménage.

Ma mère se compose un sourire pincé, une sorte de mimique

signifiant « Que Dieu te bénisse ». Du genre que la plupart des femmes du Sud conservateur maîtrisent avant le cap de l'adolescence.

— Catherine passe son diplôme d'infirmière cette année, Dan. Et puis penses-tu qu'un médecin déterminé et cultivé comme Marvin attende éternellement qu'une fille soit prête à se marier ?

Et c'est reparti.

Pour voir le bon côté des choses, ils ne s'étaient pas autant parlé depuis très longtemps.

— S'il l'aime, il patientera. (Il s'essuie la bouche avec une serviette.) Je refuse de me disputer avec toi, mais je n'ai pas envie que ma petite fille, aucune de mes filles, commette l'erreur d'épouser un homme qui ne lui convient pas.

Elle soupire.

— Par pitié, j'avais à peine dix-huit ans quand nous nous sommes mariés.

— Exact, et tu vois le résultat. (À son expression, il est clair qu'il aimerait effacer sa dernière remarque.) Je ne voulais pas…

Le mettant à l'écart de la conversation, elle arrange ses cheveux bruns et dirige son attention sur moi.

— Elle veut donner sa réception à Knightdale.

Quelque chose me dit que l'idée vient davantage de ma mère que de Catherine. La reine de beauté légendaire de Caroline du Nord piaffe sans doute d'impatience de montrer à tous les habitants de notre ville d'origine que sa fille tout aussi belle et devenue infirmière épouse un médecin.

Toutefois, je ne peux qu'adhérer au choix du lieu.

Nous avons déménagé voilà trois ans, et une petite partie de moi se languit de la simplicité de cet endroit.

— Super, dis-je avant de mâcher de la nourriture et d'avaler. Tu me diras quand elle aura arrêté la date, pour que je pose des jours de congé.

Je tends le bras vers le plat de purée pour me resservir mais elle l'éloigne de moi.

— Troisième week-end de mars.

— Bon, puisque je le préviendrai plus d'un an en avance, monsieur Gonzales devrait me l'accorder.

Ou pas.

Mon patron peut s'avérer excessivement… pénible. Du genre, franchement frappé. Il prépare aussi le meilleur poulet de la ville, ce qui fait que les gens laissent couler.

— Pas l'année prochaine, andouille, rectifie ma mère. Ce mois de mars.

Mon père s'étrangle en buvant de l'eau.

— C'est dans moins de six mois. Pourquoi aussi tôt ?

— Pour profiter des vacances de printemps de Catherine.

— Tu ne trouves pas que ça fait beaucoup ?

Comme son regard se durcit, je me justifie.

— Tu sais, elle est en dernière année à l'école d'infirmière. Les examens de fin d'année ne sont pas à la portée de tout le monde. Se marier au cours du dernier semestre me semble un peu…

— Insensé, intervient mon père. Sawyer a raison, Jolene. C'est trop. Elle va s'épuiser à planifier ce fichu mariage pile au moment où elle a besoin de se concentrer sur ses examens de fin d'étude. Des études qui coûtent les yeux de la tête à sa famille, et qui nous mettent sur la paille.

Pas faux. Nous n'en sommes plus à compter nos derniers centimes… nous avons commencé à compter ceux que nous ne possédons pas.

D'après la conversation téléphonique que j'ai entendue récemment, la solvabilité de mes parents est bientôt dans le rouge.

J'espère pour le bien de Catherine que Marvin est issu d'une famille aisée, et qu'il propose de participer, parce que honnêtement j'ignore comment ils espèrent financer ce mariage.

Raison de plus pour que j'obtienne une bourse universitaire qui couvrirait intégralement mes frais.

Non seulement l'église de mon oncle et de mon grand-père pâtira de mon départ l'an prochain, étant donné que ma mère devra gérer seule les collectes de fonds et les donations alors qu'elle admet que ce n'est pas son fort, mais mes parents aussi en subiront les conséquences.

Il ne manquerait plus que je leur coûte de l'argent. Je ne veux pas de ça pour eux.

Ma mère jette sa serviette dans son assiette.

— Catherine conserve de bonnes notes. Elle se débrouille parfaitement. De toute façon, je doute qu'elle soit obligée de travailler quand ils auront des enfants. Marvin l'aime vraiment…

— Il l'aime tellement qu'il n'a pas eu la correction de me demander sa main ?

Oh ! merde.

Mon père est d'un tempérament docile et décontracté, mais comme tout bon père, ses filles sont son monde, et ont la faculté de le faire sortir de ses gonds.

Que Marvin ne sollicite pas sa permission avant de se fiancer serait considéré comme insultant par la plupart des pères du Sud.

— En fait, il l'a demandée, objecte ma mère d'une voix neutre.

— Comment ?

Les yeux baissés, elle fixe la nappe.

— Il a téléphoné il y a deux semaines pour savoir si nous lui accorderions notre bénédiction s'il voulait épouser Catherine.

Le pauvre homme semble faire tout son possible pour ne pas lancer le saladier de haricots verts en travers de la cuisine.

— Pourquoi tu ne m'as rien dit ?

Elle agita la main.

— Je savais que tu émettrais des réserves, et que tu gâcherais tout pour elle. De la même façon que tu gâches toujours tout.

Mince. Je m'abstiens de prendre parti quand mes parents se querellent, mais c'était mal de la part de maman d'omettre de lui communiquer une information aussi déterminante.

Son air dévasté quand il se lève me fend le cœur.

— Je vois.

Sur ce, il sort de la cuisine.

Peu après, j'entends sa voiture démarrer. Le connaissant, je pense qu'il se rend au garage. En plus d'être son gagne-pain, c'est son havre de paix.

Là où il se réfugie pour se couper du monde.

— Ne me regarde pas de cette façon, Sawyer.

C'est plus fort que moi. Je trouve déjà merdique qu'ils s'ignorent mais quand ils se font du mal, n'en parlons pas. Je lui murmure cette réponse en promenant ma fourchette dans le reste de nourriture, dans mon assiette :

— Tu n'aurais pas dû, maman, Catherine est aussi sa fille.

Ce qu'elle semble oublier trop souvent ces temps-ci.

Elle se tord les mains.

— Au lieu de te mêler de ce qui ne te regarde pas, concentre-toi sur toi-même.

Avant que je n'aie pu demander un éclaircissement, elle souffle :

— Tu vas être demoiselle d'honneur.

Youpi. Ou pas.

J'apprécie l'intention et tout ça, mais je ne me suis jamais sentie particulièrement proche de ma sœur aînée. Non seulement elle a cinq ans de plus que moi, mais elle est la copie conforme de ma mère, sur le plan physique de même qu'au regard de sa passion pour les concours de beauté et les pom-pom girls.

Je ne sais pas trop comment réagir.

— Oh… dis-lui que je la remercie…

L'agacement durcit ses traits.

— Tu sais, je ne dis pas ça méchamment, mais tu feras tache à côté de Catherine et de ses amies si tu ne maigris pas un peu avant le grand jour. (Son petit sourire n'atténue en rien ma vexation.) Cela m'ennuierait que tu sois mal à l'aise.

Faux. Elle ne veut pas avoir honte de moi.

D'aussi loin que ma mémoire remonte, elle a mis Catherine sur un piédestal parce qu'elle est belle et mince.

De mon côté, je suis la fille obèse qui lui fait honte sans qu'elle essaie de s'en cacher.

Cela la tue que Jolene Church, reine de beauté de presque tous les concours de Caroline du Nord, ait mis au monde un être aussi imparfait et laid que moi.

Heureusement que mon père ne m'a jamais donné l'impression d'être une erreur.

Me levant de la table, je me dirige vers le placard.

— Catherine va m'envoyer par e-mail un programme minceur que nous pensons que tu devrais essayer, m'informe ma mère pendant que je déroule du film étirable. L'une de ses camarades de sororité a perdu dix kilos en deux mois en le suivant. Je suis sûre que si tu le respectes à la lettre, cette fois tu réussirais à fondre de vingt kilos avant le mariage. Peut-être même plus.

Elle n'a peut-être pas complètement tort, étant donné que l'idée que ma sœur parfaite discute diététique et du nombre de kilos que j'ai besoin de perdre suffit à me couper l'appétit.

J'emballe illico le reste de l'assiette de mon père.

— D'accord.

Avec elle, le plus simple est d'acquiescer.

— Que fais-tu ?

— J'apporte à papa le reste de son dîner.

— Sawyer, tu sais que mon intention n'est pas de te chagriner. Je veux juste prendre soin de ta santé. Tu sais aussi bien que moi que tu te sentirais mieux dans ton corps si tu mincissais.

Possible. Mais je me sentirais encore mieux si elle apprenait à m'accepter telle que je suis, au lieu d'essayer de me transformer en ce qu'elle veut.

— Entendu, je murmure parce que je n'ai jamais eu le courage de lui tenir tête.

Probablement parce que au fond de moi je sais qu'elle a raison.

Ce n'est pas comme si je n'étais pas consciente que perdre vingt kilos ne me ferait pas de mal. Même plus si je me réfère à l'IMC, mais c'est sa manière de me faire constamment me sentir insuffisante qui m'est insupportable.

L'assiette en équilibre dans une main, j'attrape mes clés sur le plan de travail.

— Je me dépêche.

Peu avant la porte, je m'arrête. En dépit de ses attaques au sujet de mon poids, elle n'en est pas moins ma mère, et je tiens à elle.

Je ne veux pas qu'elle interprète le fait que j'apporte l'assiette à mon père comme une prise de position en sa faveur.

— Je t'aime.

Après une longue pause, elle reprend :

— Je ferais bien de m'attaquer à la vaisselle.

La déception s'enfonce dans ma poitrine comme une brique.

Je ne sais pas pourquoi je cultive l'espoir qu'elle le dise en retour.

Elle ne le dit jamais.

2

Cole

Il n'y a rien de comparable à l'euphorie de la victoire. L'énergie addictive s'infiltre dans les pores et afflue dans le corps comme un courant électrique.

J'en suis tellement gonflé à bloc que la présence de cet emmerdeur de Cortland ne m'affecte pas.

Dwight, qui a marqué le dernier *touchdown* du match, sourit à s'en décrocher la mâchoire.

— Mec, cette progression en *hook and ladder* était génialissime. Super tactique, Covington. Comment savais-tu que ça marcherait à la perfection ?

Je hausse les épaules en menant mon équipe aux vestiaires. Nous disposons de moins de quinze minutes pour nous doucher avant de devoir retourner sur le terrain pour l'annonce du roi et de la reine du lycée.

Comme si tout le monde ne connaissait pas d'avance les vainqueurs.

— Facile. Le numéro 62 ne s'est pas encore remis de sa blessure au genou, donc il ne peut pas courir vite, et le numéro 44 a peur de se blesser, du coup il ne se donne pas à fond.

Pour ne pas m'attribuer toute la gloire, je lui glisse un compliment vu que, d'après mon entraîneur, j'ai besoin d'aiguiser mon esprit d'équipe.

— De toute façon, je savais que tu serais trop rapide pour eux.

— Tu sais quoi ? J'ai tellement galopé que je ne les ai même pas sentis derrière moi. À se demander s'ils ont tenté leur chance !

Cortland ricane.

— Quelle bande de dégonflés.

— Ouais, mon pote. Ces abrutis devraient considérer cela comme ma vengeance pour l'année dernière, dit Lennox, notre défenseur, en me tapant sur l'épaule. Difficile de modérer un *quarterback* de la trempe de Covington.

Mon sourire est à l'image du sien.

— Je peux pas dire mieux.

L'année dernière, Tommy DaSilva, le plus pourri des manipulateurs de la planète, m'a délibérément blessé sur le terrain au cours du deuxième match le plus important de la saison.

À cause de la commotion qu'il m'a infligée, je n'ai pas été autorisé à jouer le championnat.

Du coup, les Saints ont décroché la coupe.

Je mentirais si je disais que je ne l'ai pas haï du plus profond de mon être, lui et tous les Vikings.

Heureusement que Tommy a terminé le lycée l'an dernier, je n'ai plus à le supporter.

Dommage que je ne puisse pas en dire autant de Todd Harris, le nouveau *quarterback* des Vikings.

Ce type est talentueux, j'avoue. Mais c'est uniquement parce que son père, son oncle et son grand-père ont tous joué en Ligue nationale.

Le salopard portait encore des couches quand il a débuté.

Il n'a pas eu à s'entraîner aussi âprement que moi.

Bon, je suppose que je suis amer parce que tout lui est tombé dans le bec, mais quelque chose chez lui me hérisse.

Même si c'est probablement parce que nous convoitons la même chose.

On raconte que Duke's Heart, qui détient la meilleure équipe universitaire de la côte Ouest, recrutera un seul *quarterback* la saison prochaine.

Todd Harris vise la place.

Tout comme moi.

Comme s'il déchiffrait mes pensées, Dwight demande :

— Tu penses qu'Harris est hors circuit pour toute la saison ?

On ne peut que l'espérer.

Juste avant la mi-temps, il a été viré par Lennox ainsi que quelques autres. Il boitait quand il s'est levé, voilà pourquoi ils l'ont expulsé du terrain et ont fait entrer son remplaçant pour la fin du match.

Je déteste devoir l'admettre, mais sa blessure a sûrement facilité notre victoire ce soir.

J'ouvre la porte des vestiaires.

— Non, ça m'étonnerait…

La suite de ma phrase est engloutie par des bruits de sexe qui m'emplissent les oreilles.

— Nom d'un chien, marmonne Dwight en riant.

— Quelqu'un a pris de l'avance pour célébrer la victoire, plaisante Cortland.

Reste à savoir qui ?

— Encore, supplie une fille d'une voix essoufflée. Plus fort.

Les petits cheveux dans ma nuque se dressent : je connais ce gémissement haletant.

Presque aussitôt, ma meuf entre dans mon champ de vision.

Sa jupe de capitaine est remontée sur ses cuisses, ses jambes au bronzage artificiel sont nouées autour de la taille d'un Viking, lequel la pilonne contre les casiers. Mon sang se glace dans mes veines à la vue du numéro au dos de son maillot.

Todd Harris.

3

Cole

— Oh ! mon Dieu ! s'écrie Casey.

Tout le monde est trop estomaqué pour parler, y compris Cortland qui ne loupe pourtant pas une occasion de la ramener, pendant que le couple se sépare.

— Je garde la porte ? propose Dwight.

— Tu n'as qu'un mot à dire, frère, grogne Lennox derrière moi. Relayons-nous pour lui faire la peau.

— Où est le pop-corn quand on en a besoin ?

Ça, c'est Cortland.

— Cole, chuchote Casey, la voix chevrotante.

Sans prêter attention à cette maudite traîtresse, je me concentre sur le second bon à rien devant moi.

Quand il se retourne, la tension est à couper au couteau.

Tous les yeux se livrent à une partie de ping-pong entre nous, sans doute dans l'attente du premier coup.

Le sourire excessivement satisfait qu'il me renvoie me dit clairement que non seulement il souhaite, mais qu'il attend que je sorte de mes gonds.

Hélas pour Todd, je préférerais me scier les couilles avec un couteau à beurre que de montrer la moindre réaction.

Parce que je sais qu'une fois que j'aurai posé la main sur lui je ne m'arrêterai plus avant de lui avoir refait le portrait de manière définitive.

Et c'est exactement ce qu'il cherche.

Pas besoin d'être un génie pour comprendre qu'il porterait plainte et que je pourrais tirer un trait sur Duke.

Le pauvre gars doit se sentir affreusement menacé s'il ressent la nécessité de s'abaisser à se taper ma copine.

Rectification : mon ex.

— Cole, murmure Casey pour la seconde fois.

La dédaignant, je regarde Todd et tends la main.

— Beau match, mon gars.

La confusion navigue sur son visage et, brièvement, il lance des regards autour de lui avant de me serrer la main, avec une certaine appréhension.

Quand je lâche sa paume, il se contracte, se préparant sans doute à recevoir un uppercut.

Mais il n'en recevra pas.

Au lieu de ça, je me tire.

Pas une personne au monde ne mérite que je renonce à mes rêves.

— Hé, crie Jace alors que j'ai déjà parcouru la moitié du couloir.

Je suis tellement préoccupé que je ne l'ai pas remarqué en passant devant lui.

Reprends tes esprits.

Je me retourne vivement.

— Yo.

Le visage pétri d'inquiétude, il vient à ma rencontre.

— Tu te sens bien ?

— Pourquoi ça n'irait pas ?

Les mains dans les poches de son sweat-shirt à capuche ultra-large, il libère un souffle.

— Je sais pas. T'as l'air à côté de tes pompes.

Mon frère et moi entretenons une relation spéciale. Malgré notre petit écart d'âge, c'est lui qui a tout pris en charge quand notre famille s'est effondrée.

Il est aussi la seule personne qui se soucie de moi.

Jace ne prendrait pas juste une balle pour nous protéger, Bianca et moi… il encaisserait un chargeur entier.

C'est pourquoi il est la seule personne de ma vie qui bénéficie du peu de respect que j'ai à accorder.

Après m'être assuré que personne ne pouvait nous entendre, je lui explique.

— J'ai surpris Casey en train de baiser avec Todd Harris dans les vestiaires. Et toute mon équipe les a vus.

Ses yeux s'écarquillent.

— Merde. Ça craint méchamment, dit-il et la veine sur son front fait son apparition. Si tu veux que je lui pète les dents, t'as qu'à demander. Ne compromets surtout pas tes chances d'entrer à Duke pour ce pauvre con.

S'il est vrai que j'apprécie qu'il propose de régler son compte à Todd, c'est mon problème, pas le sien.

— Nan, ne gâche pas ton temps. La vérité est que je songe à larguer Casey et son cul vulgaire depuis un petit bout de temps. Elle m'a devancé, c'est tout.

Ses lèvres frémissent.

— Ne te prends pas la tête avec ça. Tu ne resteras pas longtemps célibataire. Une ribambelle de filles seraient prêtes à donner leur sein droit juste pour avoir l'honneur de te faire jouir.

Pas faux.

À mon grand regret, j'ai déjà baisé la plupart d'entre elles, et je me lasse de leurs gémissements simulés et de leurs mouvements monotones.

La moitié du temps, elles restent aussi figées qu'un bout de bois. Comme si l'idée de se faire baiser par moi était plus alléchante que l'acte en lui-même.

Je comprends mieux pourquoi Oakley couchait avec sa belle-mère.

Les lycéennes sont à mourir d'ennui. En particulier les vierges.

Coucher avec l'une d'elles est l'équivalent de se forcer à avaler du poulet nature et desséché sans assaisonnement pendant vingt minutes histoire de se remplir l'estomac.

Perso, je préfère mourir de faim.

Je tape mon poing contre le sien.

— T'as raison, dis-je avant d'indiquer le bout du couloir. Faut que je file. Ils vont m'appeler d'une minute à l'autre. Merci d'être venu voir le match.

— Une seconde, dit-il quand je commence à m'éloigner.

— Qu'est-ce qui urge ?

— Le donneur de sperme n'est pas rentré de son voyage d'affaires ?

— Non. Il me semble qu'il a mentionné qu'il reviendrait mardi.

Alors que Jace nourrit de la rancœur à l'égard de notre père, et refuse un seul centime de lui maintenant qu'il est capable de subvenir à ses besoins, je n'ai aucun scrupule à lui soutirer un max de fric.

Selon moi, c'est le minimum que Jason Covington puisse faire.

Sans compter que je me débrouille pour me faire offrir des cadeaux sympas, quand je ne donne pas l'impression de l'exécrer au bout de cinq minutes.

Comme mon bien le plus précieux. Une Ferrari à deux millions de dollars, alias le monstre vert.

Je l'ai gagnée peu après avoir surpris papa la main dans le sac avec sa dernière pétasse, Nadia, et que Jace ait laissé entendre qu'il avait trompé notre mère avant qu'elle décède.

Ordure.

— Impec. Je passerai dimanche. (Il se masse la nuque.) Bianca est tout le temps sur mon dos en ce moment. Elle estime que Dylan m'éloigne de vous deux. (Son regard transperce le mien.) Ce qui n'est pas le cas. Dylan ne ferait jamais une chose pareille.

Pas ça.

— Tu n'as pas à te justifier. Dylan te rend heureux. Ne laisse pas Bianca abîmer ça.

Il soupire.

— Je sais. Mais je déteste qu'elle pense que je ne me soucie pas de…

— Elle sait que tu es là pour nous, Jace. Si Bianca fait sa gamine jalouse, c'est seulement pour attirer l'attention et parce qu'elle adore sentir qu'elle possède un semblant de pouvoir sur ta relation avec Dylan.

Parfois mon frère aîné a besoin d'une dose de réalité.

Il sait aussi bien que moi que Bianca adore faire sa chieuse, et s'infiltrer dans le cerveau des gens pour les contrôler.

Par chance pour elle, elle compte parmi ses atouts le physique de notre mère, en plus d'avoir hérité de notre père le gène de la vacherie façon Covington.

Par malheur pour le reste du monde, elle a zéro limite, et il est impossible de dire jusqu'où elle irait pour parvenir à ses fins.

Le fait qu'elle projette de devenir psychiatre est… perturbant.

Le monde foncera droit dans le mur une fois que Bianca commencera à manipuler la tête des névrosés et des criminels.

Raison pour laquelle Jace ne doit plus la laisser le mener par le bout du nez. Mon frère s'est trop adouci depuis qu'il est tombé amoureux, si bien qu'il finira par s'en mordre les doigts s'il ne se méfie pas.

— Tu as raison, soupire-t-il. Je ne veux pas lui donner l'impression qu'elle ne peut pas venir me trouver, ou que je l'abandonne ou je ne sais quoi. Elle…

— Arrête ça. Bianca fait ce qu'elle veut de toi, et plus tu cèdes, plus elle te contrôle.

C'est ma sœur cadette, je serai toujours là pour la défendre mais elle est aussi une manipulatrice de premier ordre.

Je plains le pauvre bougre sur lequel elle jettera son dévolu. Il ne pourra plus échapper à ses griffes.

D'ailleurs, si Cortland n'était pas aussi pervers, je m'arrangerais pour les caser ensemble.

Ce con mérite de souffrir un peu.

Hochant la tête, Jace croise les bras.

— Je vais régler ça. Samedi, je la prendrai à part, et je lui dirai de se calmer, que Dylan restera avec moi, et qu'il faut qu'elle l'accepte.

— Je valide ton plan. J'inviterai Oakley à se joindre à la réunion de famille. Avec nous trois, elle saura qu'on ne rigole pas et elle se calmera.

Je commence à m'éloigner pour la troisième fois mais il m'arrête de nouveau.

— À ce propos, dit-il avec un air sombre que je ne sais comment interpréter. Je préfère ne pas voir Oakley.

C'est… curieux. Oak est comme notre frère d'une autre mère.

— Il participe à toutes nos réunions de famille.

— Plus maintenant.

L'agacement me gagne.

— Pourquoi ça ?

— Il est passé à la maison un soir, et il était raide défoncé. Et juste quand je commençais à le chapitrer, Loki a téléphoné et il a disparu.

Loki est le dealer issu des quartiers chauds. Ce gars pue la mort, et Oak a admis lui avoir acheté de l'ecstasy, de la coke et de l'héroïne à plusieurs occasions, par le passé.

Cependant, Loki vend aussi de l'herbe, et d'après Oak, la marijuana l'aide à calmer son épilepsie.

J'ouvre la bouche pour défendre mon ami mais Jace reprend.

— Quelques minutes plus tard, je l'ai trouvé sur la terrasse en pleine crise.

— Merde.

À cause de son problème de santé, Oakley fait des crises... mais pas souvent.

Sauf en cas de stress extrême ou s'il se drogue.

Même si l'idée qu'il replonge m'est insupportable, Jace ne devrait pas le bannir à cause d'un écart. Sa vie n'est pas une partie de plaisir, dernièrement.

— Il se dispute fréquemment avec son père ces derniers temps, je l'informe. Wayne exige qu'il réintègre la maison, mais Oak s'y oppose.

Jace demeure impassible.

— Je sais.

— Ouais et tu sais aussi à quel point le fait que Crystal soit enceinte le perturbe. Sois un peu indulgent avec lui.

Il me défie de son regard assombri.

— Je suis à court d'indulgence. Quand le donneur de sperme rentrera, je lui dirai de virer Oak du pavillon. Il recommence à traîner avec Loki, et je ne veux pas le savoir à proximité de toi ou de Bianca. Le virer est le seul moyen de vous protéger.

Nous nous querellons rarement, mais quand il est aussi prompt à critiquer, ça coince.

— Oakley n'est pas Walter White[1], Jace. C'est notre meilleur ami, et il traverse une période difficile. Si tu demandes à papa de le jeter à la rue, tu signeras son arrêt de mort, parce qu'il traînera encore plus souvent avec Loki et nous savons tous deux comment se conclura leur relation.

Avec Oakley mort sur un talus ou mendiant au coin d'une rue pour financer sa prochaine dose.

— Il fait du mal à Dylan, dit-il, de la colère dans les yeux. Je peux

1 Le personnage principal de *Breaking Bad* qui s'improvise dealer.

supporter les conneries d'Oakley mais pas le malheur de Dylan. Hier soir, quand il est parti, elle s'est endormie en larmes parce qu'il était déchiré, et ce n'est pas acceptable.

J'ai un petit rire railleur.

— Ton modèle de vertu a besoin de s'endurcir.

Je me réjouis que Jace soit heureux mais, ces jours-ci, j'ai sa copine dans le collimateur.

Quand les choses ont mal tourné avec Sawyer, il y a quelques mois, Jace m'a passé un savon et m'a interdit de m'approcher d'elle, ou Dylan me ferait la peau si je me risquais à nuire à sa précieuse super pote.

J'ai rétorqué que j'aimerais voir ça, à quoi il a répondu qu'elle n'en aurait pas l'occasion parce qu'il m'arracherait le bras qui me sert à lancer et me l'enfoncerait bien profond.

Ce n'était pas la première fois qu'il prenait la défense de quelqu'un plutôt que la mienne.

Il me pousse.

— Ne fais pas le malin. Elle se tracasse pour lui. (Ses épaules s'affaissent sur une expiration.) Et moi aussi. (Sa moue renfrognée décolore le bord de ses lèvres.) Mais je ne gaspillerai pas mon temps ni mon énergie à expliquer cela à quelqu'un comme toi.

— Qu'est-ce censé vouloir dire ?

— Que Dylan s'inquiète pour Oakley parce qu'elle l'aime. (Il commence à s'éloigner.) Ce que tu ne comprendras jamais car tu es bien trop égoïste.

Il n'a pas tort.

Bianca m'a déjà diagnostiqué sociopathe en raison de mon narcissisme et de mon manque d'empathie.

J'ai rétorqué que c'était parce que je n'avais à ce jour rencontré personne qui en vaille la peine.

Elle avait marmonné que Dieu avait dû s'emmêler dans les fils, et donner toute la compassion à Liam… et à moi tout le mauvais.

Alors je lui ai demandé où était la compassion de Liam, quand il avait noué une corde autour de son cou et laissé sa famille trouver son cadavre suspendu dans un placard à l'heure du petit déjeuner.

Puis j'avais souri quand elle s'était enfuie en pleurant.

— Content d'avoir bavardé avec toi, je lance en repartant dans le couloir. Je n'oublierai pas de dire à Oakley de venir vers 9 heures, pour le petit dej. Tu pourras nous préparer des *pancakes*… comme au bon vieux temps.

Pour toute réponse, il secoue la tête sombrement, et m'adresse un doigt d'honneur.

Jace ne l'admettra jamais mais je sais exactement ce qu'il pense.

Nous avons perdu le mauvais jumeau ce jour fatidique.

4

Sawyer

— Je ne sais pas quoi faire, murmure Dylan, dans les gradins.

Après le match de football, Jace s'est éclipsé pour échanger deux mots avec son frère – celui dont nous tairons le nom – et j'ai demandé à Dylan si tout allait bien, parce qu'elle avait l'air anxieuse.

La pauvre s'est pratiquement effondrée, ce qui est alarmant sachant que Dylan n'est pas du genre à se laisser démonter.

C'est ce qui me fait dire que l'heure est grave.

— Dois-je parler de la liaison à mon oncle ?

Grimaçant, je secoue la tête.

— Cela ne ferait qu'aggraver le problème d'Oakley. Il évite son père parce qu'il ne peut pas se résoudre à lui avouer la vérité, tu te souviens ?

— Non, il évite Crystal parce qu'elle est enceinte, et Oakley a toujours des sentiments pour elle. (Elle fait la grimace.) Il se réfugie dans la drogue parce qu'il n'a pas le cran de dire à son père ce qui s'est passé.

Difficile de lui jeter la pierre. Je ne suis pas certaine que je saurais gérer la culpabilité ou que j'aurais le courage de balancer la bombe sur mon père.

Le bébé de Crystal n'étant pas d'Oakley, je ne peux que présumer qu'il est de son mari. Ce qui signifie que lui ou elle est le petit frère ou la petite sœur d'Oakley.

Un frère ou une sœur qu'il ne verra peut-être jamais si son père le renie.

Un frère ou une sœur qui pourrait finir dans un foyer éclaté, et monoparental si son père divorce.

Situation pour le moins cornélienne.

Cependant, les drogues ne résoudront aucun de ses problèmes. Tout au plus elles en produiront de nouveaux.

— Écoute, je sais que c'est dur à entendre, mais si Oakley consomme, tu vas devoir te montrer inflexible, et garder tes distances.

— Non, répond-elle, ses iris bleus durcis par la détermination. Je n'ai pas tourné le dos à Jace quand il déchargeait son chagrin sur moi, et je ne laisserai pas tomber Oakley parce qu'il essaie d'engourdir la peine que ma tante lui a causé.

Dylan recèle plus de persévérance au millimètre que la plupart des gens au cours de toute leur existence.

C'est l'une des nombreuses raisons pour lesquelles nous avons bien accroché, et pourquoi je l'aime autant.

Elle ne s'en laisse pas compter, et elle rend coup pour coup… mais au fond d'elle-même elle ne renoncerait en aucun cas à ceux qu'elle aime.

Même quand ils ne le méritent pas.

— Je sais, et je ne cherche surtout pas à te dire que tu devrais. Mais je pense qu'il faut lui fixer des limites, et lui annoncer clairement que tu refuses de le voir quand il est défoncé.

Bon, défoncé à autre chose qu'à l'herbe. Parce qu'il fume comme un pompier.

Frottant ses paumes sur son jean, elle acquiesce lentement.

— T'as raison. Je ne veux surtout pas qu'il pense que ça m'indifère ou que je le rejette.

— Mais non. Dans le pire des cas, cela lui montrera à quel point il compte pour toi, que tu te soucies de lui. Une sorte de mini-intervention. (Je serre mon gobelet de chocolat chaud entre mes mains.) Oak est un tendre dans le fond, et il t'aime. Je suis sûre qu'entendre qu'il te fait des frayeurs, et qu'il te chagrine, l'incitera à se calmer.

Je l'espère.

Pour être honnête, je n'ai en réalité aucune expérience avec la drogue ou les toxicos.

Tout ce que je sais, c'est qu'ils ont une fâcheuse propension à faire souffrir ceux qu'ils aiment… indéfiniment.

J'espère vivement pour Dylan mais, surtout, pour le bien d'Oakley, qu'il reprendra sa vie en main.

— C'est sûrement stupide de te demander s'il a évoqué les cours particuliers, hein ? dit-elle.

Je déteste devoir réduire à néant le peu d'espoir qui anime encore le visage de mon amie.

— Pas encore, mais je peux le relancer par SMS.

Elle pousse un profond soupir.

— T'embête pas. Oakley est un grand garçon. S'il ne se représente pas aux examens, c'est son problème.

Cela aurait été convainquant sans cette lueur désemparée dans ses yeux.

Je lui saisis la main.

— Il va se secouer.

— Et sinon ?

— Nous chercherons un moyen sûr de lui remettre les idées en place.

Pressant ma main, elle sourit.

— Merci.

— De quoi ?

— D'être toi.

Il est inutile qu'elle me remercie d'agir en amie.

— Jace est…, dit-elle puis sa voix faiblit et elle murmure. Disons qu'il ne me soutient pas autant que toi, quand il est question des ennuis d'Oakley. Il est furieux contre lui.

Pas étonnant. Non seulement Jace ne consomme aucune substance, comme Dylan et moi, mais il tolère mal qu'on l'embobine.

Ce qu'Oakley fait copieusement.

Qu'ils soient des amis proches m'a toujours intriguée. Oakley a beaucoup plus en commun avec un salopard que je ne nommerai pas.

Celui qui boit comme un trou et fait la fiesta comme si la fin du monde survenait tous les week-ends.

Au même instant, je repère la reine malveillante et son chevalier en armure étincelante. Ou, ainsi que j'aime l'appeler, son minable faire-valoir qui se la pète. Tous deux paradent sur un podium de fortune, avec tous les nominés en lice pour devenir le couple de l'année.

Comme si tout le monde ne savait pas déjà qui sont le roi et la reine de la RHA.

Agacée, je reporte mon attention sur mon amie.

— Dis-moi que je ne suis pas la seule à trouver cela ridicule.

— Je sais. Les filles de seconde ne sont pas nominés pour devenir princesse de l'année normalement.

— Tu développes ?

— D'après Bianca, la princesse est nécessairement une élève de première, celle que la reine, dit-elle en dessinant des guillemets dans l'air, désigne pour lui succéder quand elle terminera le lycée. Les secondes sont habituellement duchesses ou un truc comme ça mais, apparemment, Casey a piqué une crise et s'est battue pour que Bianca soit sur la liste des candidates.

Ce n'est qu'alors que je constate que Bianca se tient à côté de Casey.

— Punaise, tu es mieux informée que moi alors que tu ne fais plus partie du lycée.

Cette fois, Dylan lève les yeux au ciel.

— Crois-moi, ce n'est pas par passion. Bianca nous a rendu visite vendredi dernier. (Elle fait la moue.) Et elle s'est invitée à dormir chez nous.

Ce que j'aurais aimé être une petite souris ce soir-là.

Dylan a tenté de se montrer compréhensive à l'égard de l'hostilité que Bianca lui témoignait, de lui laisser le temps de se calmer mais, à présent, cela fait six mois et elle sature.

— Ton regard assassin me dit que ça s'est super bien passé.

— À chaque fois que Jace essayait de m'embrasser, Bianca faisait du bruit, ou elle renversait son verre d'eau, ou faisait tomber quelque chose ou éternuait un peu fort.

— Connaissant Bianca, ça aurait pu être pire.

Elle lève un doigt.

— Ce n'était que le début, dit-elle en se tournant vers moi. Tu sais à quel point les films d'horreur me font flipper ?

J'acquiesce. En vérité, je trouve hilarant qu'elle se cache les yeux et enfouisse la tête comme une gamine à la première goutte de sang qui gicle.

— Bianca a réclamé un marathon de films de la série *Saw*. J'espérais me planquer derrière Jace durant les scènes dégueu, mais non. Elle me l'a piqué.

— Comment ça, piqué ?

— Elle a physiquement placé Jace en bouclier.

Un rire m'échappe.

— Oh ! là, là !

Contrariée, elle souffle.

— T'as vu ça ? En plus, je ne peux pas me plaindre, c'est sa petite sœur. Quoique…, dit-elle l'air dégoûté. Oublie, c'est trop zarbi et je dramatise sûrement.

Elle n'a pas le droit de me faire ça.

— Crache le morceau, Dylan. Tu ne peux pas me laisser mariner. C'est dans le manuel de l'amitié. Tout potin ou théorie du complot doit obligatoirement être partagé.

— D'accord, dit-elle en frissonnant. Mais ne viens pas te plaindre que je ne t'avais pas prévenue.

— C'est noté. Raconte maintenant.

Elle lève son gobelet de chocolat chaud et avale une généreuse gorgée.

— Elle est entrée dans la chambre pendant que nous étions au lit.

— Oh ! non. Ne me dis pas qu'elle a voulu se coucher entre vous deux parce qu'elle avait peur.

Elle prend un air revêche.

— J'aurais préféré.

Comme mes sourcils se relèvent, elle murmure :

— Quand elle est entrée, Jace avait la tête entre mes jambes et nous commencions à faire l'amour.

Ma mâchoire s'affaisse.

— Oh.

— Nous la pensions endormie dans la chambre d'amis.

— C'est… pourquoi ferait-elle ça ?

Elle hausse les épaules.

— Aucune idée. Nous nous sommes couverts comme nous avons pu, et Jace lui a demandé pourquoi elle n'avait pas frappé. Elle a prétendu qu'elle avait toqué, mais qu'il était trop occupé pour l'entendre. Après quoi elle s'est plainte de mal digérer le dîner que j'avais cuisiné, si bien que Jace a dû la conduire aux urgences pour soigner son intoxication alimentaire. Pour info, mes spaghettis n'étaient pas avariés.

Je la crois.

— Tu cuisines les meilleurs spaghettis de la ville.

Elle se mâchonne la lèvre inférieure.

— C'est vrai, bon sang. (Elle baisse un peu la voix.) Le hic, c'est que je me rappelle clairement avoir fermé à clé pour la nuit parce que j'étais… bon, tu sais.

— D'humeur coquine.

Ses lèvres frémissent.

— C'est ça, mamie. Ou, comme nous disons de nos jours, nous les jeunes un peu tarés, chaude.

Je commence à rire mais son visage devient grave.

— Je te jure que cette morveuse a crocheté la serrure et a précisément choisi l'instant où j'allais jouir pour faire irruption. (Soufflant, elle ferme les yeux.) Mais ce n'est pas le pire.

Mon ventre se serre. Qu'a-t-elle pu faire encore ?

Dylan déglutit, l'air affreusement gênée.

— Le lendemain matin, après avoir empêché Jace de dormir la moitié de la nuit à cause de sa pseudo intoxication alimentaire, quand on s'est réveillés, elle était en train de nous préparer le petit déjeuner.

— Sympa, non ?

— À peine mangeable, en réalité. Toutefois, c'est la tenue dans laquelle elle se dandinait dans ma cuisine, en cuisinant pour mon homme qui m'a sérieusement fait tiquer.

— Comment était-elle habillée ?

— Tu te rappelles notre visite chez Victoria's Secret avec Oakley ?

Comment l'oublier ? Oakley nous entraînant entre les portants de soutifs et de petites culottes, indiquant ce qui plaît aux garçons, tout en draguant toutes les vendeuses et en essayant de deviner la taille de soutien-gorge de toutes les filles qu'on croisait… mémorable.

— Très clairement.

— Elle portait la nuisette en soie bleue que j'ai achetée ce jour-là.

Oh ! la vache !

— Eh bah… c'est…

— Putain de bizarroïde, grogne-t-elle, ses ongles s'enfonçant dans le polystyrène du gobelet. Quand je l'ai questionnée, elle a répondu qu'elle l'avait trouvé accrochée dans la buanderie, et qu'elle pensait que je serais d'accord étant donné que son pyjama était couvert de vomi, et que Jace l'avait autorisée à m'emprunter des fringues.

— Pourquoi Jace lui…

— Il ne lui a pas prêtée. Il lui a donné l'un de mes vieux T-shirts de concert et un bas de survêtement. (Elle fronce les sourcils.) Depuis cette nuit-là, je me creuse la cervelle pour trouver une explication logique à son comportement qui ne soit pas suspecte. (Elle me regarde.) Si quelqu'un peut démêler cette histoire et m'empêcher de commettre l'irréparable, c'est toi.

Sauf que je n'ai pas d'idée.

— Vas-y, Sawyer. J'ai besoin que tu me dises que je réagis de manière excessive, et que la sœur de mon mec n'essaie pas de me le piquer.

— Eh bien, dis-je lentement, à l'affût d'une percée de lumière dans ce foutoir. Comment a réagi Jace ?

Les agissements de Bianca sont déjà suffisamment troublants, mais ce serait encore plus perturbant si Jace en faisant autant.

Elle réfléchit un instant avant de répondre.

— Il n'a pas semblé percuter pendant le film d'horreur. En revanche, ça l'a agacé qu'elle débarque dans notre chambre, et quand il l'a vue, le lendemain matin, il avait franchement l'air choqué. En fait, après l'avoir raccompagnée, il m'a dit que mon seul espoir de revoir sa queue était que je brûle ma nuisette ou ses globes oculaires.

Charmant. Pour voir le côté optimiste, elle n'a pas de souci à se faire, en ce qui concerne Jace.

— C'est rassurant, dis-je avant qu'une idée me traverse l'esprit. À moins que…

— À moins que ? À moins que quoi… ?

Dylan étant perspicace, je suis surprise qu'elle n'y ait pas pensé.

— Je suis pratiquement certaine que Bianca n'a pas des visées sur Jace. Je pense qu'elle cherche à semer la zizanie pour que tu le quittes.

Aussi, elle fait tout pour affirmer sa domination parce qu'elle se sent menacée maintenant qu'elle n'est plus la seule fille dans la vie de son frère, mais c'est une autre question.

Dylan se mordille l'ongle du pouce, en analysant mon hypothèse.

— J'ai du mal à croire qu'elle puisse espérer que sa tactique fonctionne.

Je brûle d'envie de souligner que ça marche déjà, vu que cela la chiffonne, mais j'opte pour un commentaire plus constructif.

— Elle pose les jalons, en vue de mettre Jace dans la situation délicate qui consistera à devoir choisir entre sa copine et sa petite sœur. Mais tu as raison, ça ne marchera pas. Vous êtes indéboulonnables.

— N'empêche qu'elle est détraquée.

Je réprime l'envie de lui rappeler que la fratrie Covington incarne tout qu'il y a de détraqué dans un esprit humain.

— Sans vouloir la défendre, elle est probablement jalouse que Jace soit parti. Co… le salaud dont nous tairons le nom… n'est pas le frère de l'année et, d'après ce que tu m'as raconté, leur père est foireux, il s'occupe à peine d'eux. Jace est l'unique élément stable de sa vie. Il est même une figure paternelle pour elle. Le voir s'éloigner lui donne indubitablement l'impression qu'elle perd encore une fois un parent et un frère.

— Merde. Présenté de cette façon, je me sens mal pour Bianca. (Son visage se décompose.) Je n'essaie pas de lui prendre Jace. Jamais je ne…

— Je le sais, Jace le sait. Bianca finira par le savoir aussi, et elle cessera de vouloir saboter votre couple. Pour l'instant, accroche-toi et planque ta lingerie.

Elle sourit.

— Merci. J'ai l'impression de sortir de la meilleure séance de thérapie du monde.

— Je t'enverrai ma facture.

Nous levons les yeux au moment où une administratrice déclare Bianca princesse de l'année et s'efforce d'arranger une petite couronne sur sa tête.

Le regard courroucé, Bianca la repousse et place elle-même la couronne.

Dylan regarde autour d'elle.

— Jace est allé bavarder avec Cole, mais Cole est sur le podium depuis un petit moment. Il devrait déjà être revenu.

— Il prend peut-être des photos en bas ?

— J'en doute, dit-elle en consultant son téléphone avant de marmonner un juron. Cole, pardon, celui dont nous tairons le nom… et Jace se sont disputés, il attend dans la voiture. (Elle pose un rapide baiser sur ma joue.) Tu ne m'en veux pas si je te laisse ?

J'agite la main.

— Pas du tout. De toute façon, je dois partir moi aussi. Elijah a besoin de rentrer plus tôt, j'ai proposé de le remplacer pour la fermeture…

Et je parle toute seule puisque Dylan dévale déjà l'escalier.

Je suis contente pour elle et tout ça, mais une petite partie de moi éprouve de la rancune envers Jace.

En plus d'être son amoureux, il était son meilleur ami longtemps avant moi.

Ce qui signifie qu'il passera toujours en premier.

Une petite voix dans ma tête me rappelle constamment que je ne saurai jamais ce que ça fait d'être l'absolue priorité de quelqu'un.

Tout le monde se lève en applaudissant autour de moi, et au moment où je jette un œil vers l'estrade, le roi et sa reine sont couronnés.

Ils ont l'air si parfaits ensemble. Un vrai couple de conte de fées.

Ce qui m'agace c'est qu'au fond de moi – sous toutes mes couches de cellulite, de confiance factice et d'autoapitoiement – je donnerais presque tout pour savoir ce que ça fait d'être jolie et mince, comme Casey, et que Cole Covington me regarde comme s'il n'avait jamais rien vu de plus beau.

Mais je sais que cela ne se produira pas, parce que tout ce qu'il voit, comme la plupart des gens quand ils me regardent, c'est une vierge trop ronde qui aime Jésus.

Et les filles de cette catégorie n'ont pas droit au conte de fées.

5

Cole

— Cole, attends ! braille Casey derrière moi.

La couronne dans la main, je quitte le stade au plus vite.

Je n'ai rien à dire à dire à cette pétasse infidèle.

— Cole, s'il te plaît.

Les gens commencent à nous observer, sans doute intrigués par ce qui arrive au prestigieux couple royal de la RHA.

Je ravale une forte envie de signaler que leur splendide reine est une pute, laide et déloyale.

Et que leur roi les méprise parce qu'ils se comportent comme des moutons et gobent toutes les âneries que je leur livre sur un plateau.

Ils me vénèrent tous parce qu'ils pensent que je vaux mieux qu'eux.

Mais c'est faux. Je n'ai pas mon pareil pour faire semblant, voilà tout.

J'approche du parking quand elle me tire brusquement par le bras.

Je sens la corde se tendre à chaque seconde.

— Ne t'avise pas de me toucher.

Les rares personnes à portée de voix s'immobilisent. Casey semble pétrifiée.

Tant mieux. Elle a toutes les raisons de l'être.

Nous avions un accord, et elle ne l'a pas respecté.

Comme si ce n'était pas assez grave, elle m'a humilié devant toute mon équipe de football.

Avec Todd Harris, en plus.

— Tout va bien, elle annonce au troupeau, avec un sourire forcé. Un peu de testostérone qui reste du match. Allez les Knights ! elle s'exclame en remuant ses pompons en l'air.

Quelques cris d'encouragement résonnent, et je la regarde d'un air qui exprime le fond de ma pensée : va crever.

Le temps qu'elle m'entraîne loin des regards, je vois rouge.

— Qu'est-ce que tu ne comprends pas dans « ne me touche pas » ?

Elle jette des coups d'œil nerveux alentour pour s'assurer que personne ne peut nous entendre.

— Calme-toi avant de faire quelque chose que tu regretteras.

— Comme baiser avec Todd Harris ?

Son expression trahit sa culpabilité.

— D'accord, j'ai merdé. Mais on va arranger ça.

Bordel. Sa teinture de blonde décolorée a dû imprégner son cerveau.

Je ris, sans une miette d'humour.

— Arranger ça ? Pourquoi voudrais-je arranger ça ? Va donner la migraine à Todd, pas à moi. En ce qui me concerne, ce couillon m'a fait une faveur.

— T'as fini ?

J'ai à peine commencé… de toute façon je ne m'abaisserai pas à ça, elle ne le mérite pas.

— Avec toi ? Ouais. Depuis un petit bout de temps, même.

Je n'aurais jamais dû sortir avec elle, en fait. Si je l'ai fréquentée, c'est uniquement parce que ça tombait sous le sens que je sois en couple avec la capitaine des pom-pom girls.

Et parce que je savais que ça ferait de la peine à une certaine Bigote, une intello qui me rend dingue.

Je m'éloigne de quelques pas mais Casey me bloque le passage. J'ai un mal fou à ne pas soulever et balancer hors de ma vie ce sac d'os, pour de bon.

— Je n'ai plus rien à te dire, j'articule, mâchoires serrées. Écarte-toi de mon chemin.

— Tu ne le penses pas. (Elle tente de toucher ma joue mais j'esquive.) J'ai fait une bêtise. Tout comme toi.

J'ignore à quoi elle fait allusion, mais elle se leurre si elle espère obtenir mon pardon avec son petit numéro de charme.

— Une bêtise ? Tu couches avec lui dans mon dos depuis des mois. Ce n'est pas une bêtise… c'est un choix réfléchi.

Sa lèvre inférieure tremble.

— Seulement parce que tu m'as trompée avec elle.

J'ai pris quelques coups à la tête, cette saison, mais je n'ai pas souvenir d'avoir couché avec quelqu'un d'autre que cette sorcière depuis que nous sommes ensemble.

— Je t'ai trompée avec qui ?

Les paumes à plat sur mon torse, elle me pousse.

— Comment oses-tu me mentir en face, Cole ? Tu sais parfaitement de quel gros boudin je te parle.

Oh bordel. La garce a une case en moins.

— Tes accusations n'ont aucun sens. Je n'ai couché avec pers…

— Et Sawyer, alors ? lance-t-elle, les mains sur les hanches. Tu pensais sérieusement que je n'apprendrais pas la vérité, imbécile ?

Encore ça ?

— Je t'ai dit que je ne l'avais pas touchée à la soirée. J'étais pinté, je me suis traîné à l'étage et j'ai comaté.

J'omets les rares moments dont je garde un souvenir confus, comme confier à Sawyer des choses que je n'avais dites à personne, ou l'envie de l'embrasser si puissante que j'en ai le goût dans la bouche.

Sa main frappe mes pectoraux.

— Et pour toutes les autres fois, quelle est ton excuse ?

— Quelles autres fois ?

Si je m'éclatais avec Little Miss Bigote, je me souviendrais de chaque seconde.

Enfin, excepté la seule et unique fois où nous l'avons soi-disant fait, mais où j'étais trop cuit pour me rappeler avoir touché quoi que ce soit d'autre que sa main avant de sombrer.

Et avoir repeint le lit en dégobillant.

Si, à tout hasard, il existe un être supérieur, je suis sûr que c'était sa façon de me dire merde.

— Cesse de me prendre pour une conne, Cole ! Bianca m'a tout raconté.

Ma sœur ne sachant rien sur ma vie sexuelle, j'en doute.

— Mais encore ?

— Tu te tapes Sawyer en douce, dit-elle, indignée. Elle m'a dit que tu avais un faible pour les rondes parce qu'elles sucent comme personne.

Oh ! putain, je vais étrangler Bianca.

Le souffle haletant, elle crache :

— Voilà pourquoi je baise avec Todd. J'avais besoin de passer à la version supérieure, pas inférieure…

— Boucle-la.

Je n'ai pas la patience de la tolérer une seconde de plus.

— Mon amour, s'il te plaît, couine-t-elle, son bras autour du mien, aussi serré qu'une vis. Je suis désolée. Tellement désolée.

— Encore heureux.

Elle s'apprête à perdre ce qu'elle a eu de mieux dans toute sa vie.

Elle lève ses yeux larmoyants vers moi.

— Tu ne vas pas tirer un trait sur tout ce qui nous lie, à cause d'une petite bourde idiote ?

Sa petite bourde idiote suffirait amplement à la plupart des garçons pour la plaquer. Moi, toutefois, je me contrefous qu'elle couche avec un autre parce qu'elle m'indiffère. Point barre.

Tout ce qui m'importe, c'est avec qui elle choisit de me tromper, et le fait d'être associé avec quelqu'un d'aussi candide.

— Bien sûr que non.

Le soulagement détend ses traits.

— Cool, tu veux dire que…

— Je te plaque parce que tu es tombée dans le piège de Bianca.

Sa mâchoire se relâche.

— Tu n'es pas sérieux. Je n'y suis pour rien, trésor. Elle…

— T'a menée en bateau et tu as été assez stupide pour la croire. (Cette fois, mon rire est authentique.) Désolé, Casey, mais je ne peux pas sortir avec une fille aussi tarte. J'ai besoin que le cerveau de ma copine soit plus volumineux que sa poitrine.

Ce qui n'est pas peu dire, quand on sait que j'adore les généreuses paires de seins.

Quand elle recule d'un pas, je peux pratiquement voir son ego fragile éclater en milliers de fragments.

— Dans ce cas, bonne chance avec ta boule de graisse.

Je dois me rappeler que Casey ne s'acharnerait pas à insulter Sawyer si elle ne sentait pas que cela me hérissait au plus haut point.

Je devrais lui laisser l'honneur de la dernière pique et tourner les talons, mais cette imbécile ne sait pas la fermer.

— Juste pour info, tu peux faire une croix sur ta réputation, Covington. Je vais raconter à tout le monde pourquoi j'ai niqué avec Todd, et qu'il en a une plus grosse que toi, et qu'il est plus habile que toi au lit. (Avec un sourire méprisant, elle tapote ma joue.) Mais personne ne sera surpris, parce que Todd fait tout mieux que toi, en particulier jouer au foo…

Quelque chose lâche en moi, et j'écrase ma main sur sa bouche.

— T'ai-je déjà dit que je t'aimais ? Ai-je déjà eu une vraie conversation avec toi ? Partagé autre chose que du sexe ? (Sans attendre de réponse, je crache la suite.) Au cas où tu n'aies pas saisi, bébé, la réponse à toutes ces questions est non.

Avec un rire railleur, j'ôte ma main.

— Tu gaspilles beaucoup d'hostilité et de rancœur pour quelqu'un qui n'a jamais tenu à toi. (Je passe mon pouce sur sa pommette.)

Alors pourquoi ne te rends-tu pas service en arrêtant, parce que ça empeste le désespoir. Tu es pathétique.

Son petit rire odieux m'évoque le passage d'un ongle sur un tableau noir.

— Pas plus désespérée ou pathétique que la vilaine bouboule. Tu lui as mis la honte devant tout le lycée, tu as prétendu que tu étais dans la chambre avec moi, ce soir-là, alors que tu étais avec elle et, malgré tout, elle bloque sur toi.

Casey se méprend. Sawyer ne regarde même plus dans ma direction depuis que je l'ai publiquement humiliée.

Difficile de lui en tenir rigueur.

Mais c'était le prix à payer pour protéger sa réputation… et la mienne.

Au moins, maintenant, elle me voit pour ce que je suis réellement.

Un manipulateur implacable et égocentrique.

— C'est toi qui bloques sur moi, Casey. Combien de fois faut-il que je te le répète ? Je n'ai pas couché avec elle.

Elle ricane.

— Tu sais quoi ? Je te crois. Parce que, bon, quel type sain d'esprit coucherait avec elle alors qu'il peut m'avoir ? Punaise, cette baleine n'est qu'un parasite répugnant. Un gros blob hideux qui fait une fixette sur toi…

Je lui couvre la bouche de nouveau.

— Tu sais ce qu'est la jalousie, Casey ? (Je rapproche mes lèvres de son oreille et dis d'un ton mordant.) C'est de l'insécurité enveloppée dans de la haine de soi, parce que au fond tu sais que tu n'es pas assez bien.

Tu ne le seras jamais. Comme moi.

Toutefois, avec de la chance, on peut devenir quelqu'un de différent.

Quelqu'un que tout le monde aspire à être, quelqu'un qui aurait tout.

Et tout ce que cela lui coûte, c'est l'éternité en enfer, un jumeau décédé et une âme noire pétrie d'amertume.

6

Sawyer

Comme j'ai oublié mon manuel d'histoire dans mon casier, et que j'ai dû faire un détour pour le récupérer, le temps que j'approche de mon van, le parking est désert.

Enfin, à l'exception d'Oakley qui traîne devant sa BMW.

Je présume qu'il attend Cole, lorsqu'une voiture freine à sa hauteur et que Loki en descend.

Ralentissant le pas, je le regarde remettre un sac en papier à Oakley.

Pas besoin d'être une lumière pour deviner ce qu'il contient.

Je n'entends pas ce que dit Loki mais, quoi que ce soit, cela rend Oak nerveux.

Mon ventre se serre d'anxiété alors que Loki remonte dans sa voiture et disparaît.

Ce serait facile de qualifier Oakley de camé sans avenir, de me détourner de lui mais je ne peux pas.

Il a des problèmes, certes, mais il y a du bon en lui.

Du bon qui sera dissipé par la drogue qui, un jour, causera certainement sa mort.

Motivée par cette pensée, je presse le pas.

Si Dylan et Jace échouent à le secouer, je doute fortement d'y parvenir, mais je dois tester ma version de l'amour à la dure.

— Hé, Demi-portion, t'es pas bien ? enrage-t-il quand je m'empare du sachet.

— Je ne te laisserai pas foutre ta vie en l'air.

Avant qu'il n'ait pu m'arrêter, je vide le contenu dans une bouche d'égout.

Une cinquantaine de minuscules sachets en plastique se déversent dans l'écoulement sous mes yeux horrifiés.

— Bon sang, c'est la mort que tu cherches ?

Je ne connais rien aux drogues, mais pour un consommateur occasionnel, la quantité semble excessive.

— Non, mais maintenant c'est comme si j'étais mort, dit-il, dans une colère noire. Tu sais ce que tu viens de faire ?

Aïe ! Il est déjà tombé dans la spirale infernale.

— Euh… ouais. Je t'ai sauvé la vie.

Agité, il empoigne quelques mèches de ses cheveux blond cendré.

— Tu viens de détruire quatre mille dollars d'héroïne et de cocaïne.

Raison de plus pour laquelle la drogue, c'est pourri. Ces crétins achètent leur mort à prix d'or.

J'écarte les bras.

— Pas de quoi.

Il essaie de reprendre la parole, mais ce que j'ai à dire est plus important.

— As-tu la moindre idée de la peine que tu fais aux personnes qui t'aiment ? (Croisant les bras, je le cloue du regard.) Dylan s'endort en pleurant presque tous les soirs, et Jace ne profite même pas des matchs de son frère parce qu'ils ont trop peur de recevoir un coup de fil qui leur apprendra que tu as fait une overdose, ou une crise d'épilepsie, que tu t'es étouffé dans ton vomi, et que tu es mort dans un fossé quelque part.

Mélodramatique ? Oui. Mais, quelquefois, les tactiques alarmistes sont les plus appropriées.

La honte assombrit son visage.

— Sawyer, c'est pas…

— Je me fous de tes excuses. (Agitant la main, je me dirige vers mon véhicule.) Tout ce que je veux entendre, c'est la promesse que tu arrêteras définitivement de t'intoxiquer.

— J'peux pas, murmure-t-il derrière moi.

— Bien sûr que si, tu peux…

— Nan, j'peux pas. (Il me saisit le coude et me force à me retourner.) Ce n'est pas ce que tu crois. (Il exhale d'un coup sec.) Le problème est ailleurs.

Excellent. Admettre qu'on a un problème est la première étape.

— Je sais. Mais tu ne peux pas continuer à consommer pour fuir la réalité…

Exaspéré, il soupire.

— Je vends pour Loki.

Je reste sans voix, puis je me rappelle des propos de Dylan.

Je tends un doigt accusateur.

— Bien tenté. Sauf que Dylan m'a dit que tu étais dans la stratosphère la dernière fois qu'elle t'a vu.

Attrapant un joint derrière son oreille, il marche vers sa voiture.

— C'est parce que des clients me font goûter avant d'acheter. Je n'en ai pas envie, mais je n'ai pas toujours le choix.

Ça n'a aucun sens pour moi, un peu comme un langage codé.

— Tu m'expliques pourquoi ils…

— Pour s'assurer que Loki ne les roule pas, que c'est de la bonne came.

Qui aurait cru que les drogués étaient aussi exigeants ?

Je repousse cette remarque dans le fond de mon esprit. Les enjeux sont ailleurs.

— D'accord, disons que je crois ta petite histoire d'échantillon. Pourquoi revendrais-tu pour Loki ? Il existe quantité de boulots…

— Aucun ne rémunère aussi bien.

Pas faux, mais le danger demeure trop conséquent.

— Je sais que tu as besoin d'argent, mais tu ne peux pas trouver une solution qui n'implique pas de multiplier les délits ?

— J'ai essayé, dit-il, puis il affiche un air solennel. Tout le monde n'est pas aussi brillant que toi, Sawyer. Je ne suis pas intelligent, je n'ai pas de compétence, pas d'expérience. (Il glisse le joint entre ses lèvres et inhale.) Je n'arrive même pas à me faire embaucher à l'épicerie. J'ai passé un entretien, mais ils ont préféré filer le poste à un intello binoclard. Sans vouloir te vexer.

Je laisse glisser.

— Tu es intelligent, Oakley. Tu dois juste fournir des efforts et t'appliquer.

Je sais qu'il rame en cours, mais en bûchant il réussira.

— Personne n'a de patience avec moi, Sawyer. Tous mes profs me considèrent comme une cause perdue parce que je ne suis pas capable de me concentrer ou de comprendre aussi facilement que tout le monde. (Il s'appuie à la voiture.) Travailler pour Loki ne faisait pas partie de mes projets, mais mon père m'a prévenu qu'il confisquerait ma voiture et me couperait les vivres si je n'étais pas rentré à la fin du mois. (Il expire de la fumée.) Loki m'a proposé de dealer, car selon lui, avec mon physique de surfeur californien bien blanc, il y a trois fois plus de chances que les connards de racistes friqués qu'il espère appâter achètent à moi plutôt qu'à lui. (Il hausse les épaules avec insouciance.) Sans compter que mon père est procureur. Alors, même si je me fais contrôler, les flics ne m'enverront pas au trou.

— Avec un business plan aussi bien ficelé, comment ça pourrait mal tourner ? (M'appuyant sur le van, je le regarde de travers.) Au risque de te sembler insensible, je pense que Loki se sert manifestement de toi, ce qui signifie qu'il s'en contreficherait si ça tournait mal. (Il s'apprête à protester mais je n'en ai pas fini.) Je sais que tu ne veux pas retourner chez ton père à cause de Crystal, mais c'est tout de même un toit au-dessus de ta tête, de la nourriture et une voiture, sans un sou à débourser. Rester une année de plus chez lui est nettement préférable à dealer et mettre ton avenir en péril.

Ses épaules s'avachissent.

— Tu ne comprends pas.

Il a raison.

— Alors éclaire-moi.

Il fume un peu avant de répondre.

— As-tu déjà tellement aimé quelqu'un que c'en devient une souffrance ? Et pas juste parce que tu sais que tu ne peux pas l'avoir, mais parce que voir cette personne te rappelle tout ce que tu as fait de complètement barré ? (Il murmure.) Chaque chose que tu as perdu.

— Je… euh… non, dis-je en secouant la tête.

— Alors estime-toi chanceuse, parce que je ne le souhaite même pas à mon pire ennemi.

J'aimerais bien trouver les mots justes pour l'atteindre.

Tout ce que je sais, c'est que poursuivre sur cette voie n'adoucira pas son existence.

— Je sais que ta vie est compliquée en ce moment, mais je pense vraiment que tu dois avouer à ton père que vous avez eu une aventure. Il sera scandalisé et affligé, et il est fort probable qu'il divorce de Crystal. Mais tu es son fils. (Je saisis son menton entre mes doigts.) Ce que tu as fait était mal, mais tu ne l'as pas fait tout seul. Crystal était l'adulte…

— C'est moi qui l'ai manipulée.

Peut-être, cependant les femmes adultes normales ne couchent pas avec les adolescents.

— Tu avais quel âge ? Seize ans, la première fois que vous avez couché ensemble ? Je ne veux pas savoir si tu l'as séduite, de toute façon elle aurait dû repousser tes avances. Le fait qu'elle ne t'ait pas stoppé prouve qu'elle est sérieusement déséquilibrée.

Il garde la tête baissée.

— C'est vrai, dit-il en se massant la nuque. Sawyer, si je te dis un truc, tu me promets de le garder pour toi ?

Malgré l'angoisse qui me remue le ventre, j'acquiesce.

— Sérieusement. Tu ne peux pas le dire à Dylan. Elle a déjà du mal à supporter de croiser sa tante depuis qu'elle nous a surpris ensemble l'été dernier, mais je sais qu'elle l'aime toujours. Je sais aussi qu'elle tient à moi… et si elle apprend ce qui s'est réellement passé entre nous, cela risque de détruire ce qui reste de leur relation et, ça, je ne le veux pas.

Je comprends son dilemme. Dylan a perdu sa mère quand elle avait huit ans, et son père – si tant est qu'on puisse l'appeler comme ça – l'ignore depuis qu'il a été libéré de prison et a pris la tangente avec sa méprisable femme et leur bébé… laissant Dylan démunie.

Sa tante a pris le relai, lui offrant une figure maternelle de substitution…

Jusqu'au soir où Dylan a surpris Crystal baisant son beau-fils adolescent, pendant que son mari se trouvait à l'étage.

Oakley a fait promettre à Dylan de ne rien dire à son oncle, ni de questionner Crystal, mais on peut affirmer sans se tromper que Dylan ne regardera plus sa tante de la même façon, et qu'elle a perdu une immense part du respect qu'elle ressentait pour elle.

Je déteste avoir des secrets pour mon amie, mais il est évident qu'Oakley a besoin de crever l'abcès.

— OK. Je te promets de ne rien dire à Dylan. À moins que ce que tu t'apprêtes à révéler soit susceptible de nuire à sa vie.

— Tu peux me croire, mon intention n'est pas de ruiner la vie de quiconque.

Juste la sienne.

Il s'appuie nonchalamment contre la voiture.

— Il y a deux ans, mon père mettait la pression à Crystal pour avoir un bébé. C'est devenu tendu entre eux quand, un an plus tard, elle n'était toujours pas enceinte. (Il saisit le joint entre ses lèvres et inhale.) Ils ont consulté plusieurs spécialistes, mais rien ne marchait, et personne ne savait pourquoi. J'avais de la peine pour Crystal parce que je savais qu'elle faisait tout son possible pour tomber enceinte, et pour donner à mon père l'enfant qu'il voulait plus que tout. C'était comme si mon père portait des œillères, il était incapable de voir à quel point cela la stressait, parce que son unique préoccupation était de devenir père à nouveau. (Il se montre du doigt.) Rétrospectivement, je ne peux pas lui reprocher de vouloir recommencer, vu que son premier est un raté.

Mon cœur se serre.

— Oakley…

— Bref, un soir, ils se disputaient si violemment qu'ils m'ont réveillé. Je suis descendu dans la cuisine, où mon père buvait, comme chaque fois qu'il est stressé. Je l'ai entendu lui hurler qu'elle était la seule responsable, si elle ne tombait pas enceinte. Il l'a accusée de ne pas s'occuper correctement d'elle-même, et que peut-être que si elle le baisait comme au début de leur rencontre, quand elle en voulait à son argent, ils seraient déjà parents.

Je grimace.

— C'est horrible.

— Tu trouves aussi ? dit-il, sourcils froncés. Elle a fondu en larmes et s'est excusée même si ce n'était pas sa faute. Je ne l'ai pas supporté, j'ai exigé des explications, et je l'ai prévenu que s'il n'arrêtait pas de la traiter aussi mal, sa nouvelle femme se camerait et le quitterait pour la drogue… comme la première. (Le chagrin traverse son regard.) Mon père aime Crystal mais ma mère… elle est… quand elle nous a quittés, ça l'a bousillé.

Quelque chose me dit que cela a également bousillé Oakley.

— Je suis désolée.

C'est tout ce que je parviens à exprimer.

Il hausse les épaules.

— Il s'est fâché, puis il a claqué la porte… je suis resté avec Crystal.

Comme toujours, elle a essayé de me faire croire que tout allait bien mais je n'étais pas dupe. J'aurais dû retourner dans ma chambre, mais plus elle pleurait, plus je pensais que c'était blessant qu'il veuille me remplacer par un nouveau bébé, et plus la colère montait en moi.

Je suis pratiquement sûre de connaître la suite.

— Et je suppose que c'est là que pour la première fois, vous…

Souriant, il hoche la tête.

— Sur la table de la cuisine. Je l'ai fait jouir là où…

Je lève la main.

— C'est bon. Je n'ai pas besoin de tous les détails.

Certaines choses doivent demeurer des non-dits.

Il expire un nuage de fumée.

— Après, elle a dit que c'était une erreur, que cela ne devait pas se reproduire… mais nous avons recommencé. Tous les jours, les quatre mois qui ont suivi. (Il se frotte le bas du visage.) Soudain, nous ne baisions plus par vengeance, mais parce que nous étions amoureux. (Un sourire triste effleure son visage.) Nous évoquions souvent nos projets, une fois que j'aurais terminé le lycée. Notre plan était de prendre l'argent qu'elle obtiendrait du divorce, et de nous la couler douce sur une île tropicale. Là où personne ne nous jugerait parce que nous étions ensemble. Et nous aurions survécu en nous nourrissant de noix de coco.

Je réprime l'envie de souligner qu'en théorie on ne survit pas plus de cinq ou dix ans avec seulement des noix de coco.

Que son plan relève plus du fantasme que de la réalité.

— Mais le problème, quand on tombe amoureux, Sawyer, (Il prend un autre joint dans sa voiture et l'allume.) c'est que tôt ou tard, l'un des deux souffre inévitablement. Et ce n'est jamais celui que l'on croit, dit-il d'un air affligé.

— Tu as dû éprouver une immense douleur quand elle t'a annoncé qu'elle resterait avec ton père.

— Pas qu'un peu, dit-il avec un rire amer. Mais tant que je savais que c'était son choix, qu'elle était heureuse, je pouvais l'accepter. (Une volute de fumée quitte sa bouche.) Ce que je digère mal, c'est d'apprendre que tout n'était qu'un vaste mensonge, qu'elle m'utilisait.

— À quelles fins ?

— Pour tomber enceinte.

Impossible de masquer ma surprise.

— Quoi ? Comment…

— J'ai trouvé un test de grossesse positif dans la poubelle.

— Merde.

Hochement de tête.

— Quand je l'ai questionnée, elle m'a dit qu'il était de moi, étant donné qu'elle n'avait pas eu de rapports avec Wayne depuis leur grosse dispute. J'étais terrifié, mais malgré tout, je lui ai promis que je prendrai soin d'elle et du bébé, coûte que coûte. Que j'arrêterai mes études, que je dirai la vérité à mon père sur nous deux, que je m'engagerais dans l'armée au besoin… n'importe quoi.

C'est encore plus logique qu'Oakley soit ébranlé. Il était prêt à tout pour Crystal et le bébé.

— Tu voulais assumer, faire les choses correctement.

— Ouais, mais je n'en ai pas eu la possibilité.

Je le presse de continuer.

La tristesse voile son regard.

— Au final, elle a fait une fausse couche quelque jours plus tard.

— Oh ! je fais en me retenant difficilement de l'enlacer. Je suis tellement désolée, Oakley.

— Ouais, c'était super dur mais au bout du compte, c'était pour le mieux. Du moins, j'aime me le répéter. (Cillant rapidement, il détourne le regard.) Peu de temps avant la fausse couche, je l'ai entendue essayer de persuader mon père de m'expédier à l'école militaire.

On rembobine ?

— Tu peux répéter ça ?

Cette fois, une larme solitaire glisse sur sa joue.

— Les murs sont aussi fins que du papier dans les chambres, et la serrure de leur porte est cassée. Du coup, j'ai non seulement entendu mais aussi… j'ai vu. Elle le chevauchait, elle se donnait vraiment à fond. Sans doute pour le convaincre que l'enfant qu'elle portait était de lui, et que la meilleure solution était de m'inscrire à l'école militaire. Elle affirmait que m'avoir à la maison la stressait, et que cela l'empêchait de tomber enceinte. Elle disait que leur vie serait parfaite sans moi, parce que j'étais trop perturbé. (Il a un rire cynique.) C'est marrant, tu sais. Elle baisait avec mon paternel, mais en vérité elle me baisait moi.

L'accès de fureur qui enfle en moi me fait trembler.

Je n'en reviens pas que la tante de Dylan, la femme que je considérais si parfaite et tempérée… trompait sournoisement son monde.

— Mais mon père… continue-t-il d'une voix brisée. Il a répondu qu'il ne pouvait pas faire ça, que j'étais son fils… et que, quoi qu'il advienne, il ne m'abandonnerait pas comme ma mère autrefois.

Ce coup-là, je noue mes bras autour de lui et l'étreins de toutes mes forces.

— Mon Dieu, je suis désolée pour toi.

— Faut pas. C'est le *karma* qui me punit d'avoir baisé sa femme en cachette et pris le parti d'une bobonne qui court après son fric, plutôt que le sien.

Il agrippe l'arrière de ma veste comme s'il était sur le point de basculer d'une falaise, et que j'étais l'unique prise solide à laquelle se raccrocher.

— J'ai tout perdu, Sawyer. Crystal, le bébé, mon père. Tout cela parce que j'ai donné mon cœur à une salope qui s'est servie de moi puis m'a jeté comme un déchet, après être parvenue à ses fins. (La tête enfouie dans mon cou, il admet d'une voix rauque.) Mais je l'aime toujours. Pourquoi je continue de l'aimer, putain ?

Je lui réponds sans détour.

— Parce qu'elle t'a manipulé et, parfois, les détraqués sont tellement habiles qu'on y croit. (Les deux mains sur ses joues, je le force à me regarder.) Tu as suivi une impulsion et tu as commis une erreur. Nous en commettons tous. Pour autant, tu ne méritais pas ce que Crystal t'a fait, et pas davantage de perdre ce bébé. Mais tu ne peux pas laisser cette histoire gâcher le reste de ta vie. Ton père t'aime et si tu lui avoues…

— Hors de question, dit-il en s'essuyant le visage avec son T-shirt. C'est au-dessus de mes forces. Si je lui dis la vérité, ça foutra encore plus tout en l'air, pour lui et le bébé. (Il me regarde.) Je sais que tu n'es pas d'accord, mais je préférerais vivre sous les ponts que dans la même maison qu'elle, surtout enceinte de son bébé.

Il jette le mégot.

— Je n'ai pas envie de dealer pour Loki, mais j'ai besoin d'argent pour subvenir à mes besoins. Pour l'instant, j'ai mis deux mille de côté… (il me lance un regard mauvais) ou plutôt, j'avais économisé deux mille pour acheter une voiture, mais je vais devoir les rendre à Loki et trouver un moyen d'en réunir deux de plus, puisque tu as détruit mon matos.

Je déteste l'admettre mais à présent je m'en veux un peu d'avoir tout jeté. Je suis sur le point de présenter mes excuses quand une idée survient.

— Pourquoi tu ne demandes pas à Jace de t'en prêter ? Comme ça, tu pourras cesser de faire l'intermédiaire pour Loki ? (Il commence à décliner mais je l'arrête d'un geste.) Jace est ton meilleur ami. Nous savons tous les deux qu'il serait heureux de te prêter ce dont tu as besoin pourvu que cela te permette de ne plus écouler de la drogue. Ce n'est pas comme s'il en manquait, les Covington sont blindés…

— Les Covington, oui, mais pas Jace. Il n'a pas accepté un centime de son père depuis ses dix-sept ans. Il bosse comme un acharné pour gagner sa vie. Pas question que je lui emprunte de la thune pour réparer mes conneries, alors que lui et Dylan sont en ménage et ont leurs factures à payer.

— Et l'autre ?

Le frère crétin de la famille Covington dont nous tairons le nom.

— Cole ? dit-il avec une grimace. Non seulement il voudra savoir pourquoi j'ai besoin de fric, mais il me ponctionnera plus d'intérêts qu'une carte de crédit et une banque combinées. Je n'ai pas fini de rembourser les cent balles qu'il m'a prêtés pour acheter de l'herbe en première. Et puis, il m'a déjà rendu service en convainquant son père de me louer leur dépendance pour presque rien. Je ne suis pas du genre à profiter de mes amis, tu me suis ?

— Je te suis.

Dieu sait que je n'emprunte jamais d'argent même quand je retourne les coussins du canapé dans l'espoir de rassembler quelques pièces de monnaie pour mettre de l'essence dans mon van.

— N'empêche que je pense que tu devrais dire à Dylan et Jace que tu secondes Loki pour qu'ils ne…

Il secoue la tête avec véhémence.

— Y a pas moyen.

Tenter de le faire plier me donne l'impression de chercher un compromis avec un enfant en bas âge.

— Pourquoi ? Pour l'amour du ciel, ils pensent que tu te drogues. Jace est prêt à couper les ponts, et Dylan est à deux doigts de tomber en dépression à force de se tourmenter pour toi.

— Je culpabilise, mais je préfère qu'ils pensent que je traverse une période difficile, plutôt qu'ils apprennent la vérité et proposent de renflouer mes caisses.

— Ça ne tient pas debout.

Il tape des mains devant mon visage.

— Fais travailler tes méninges, jeune padawan. Si je leur dis que je vends pour Loki, ils vont pratiquement m'enfoncer leur argent dans la gorge. Mais je ne le prendrai pas parce que ce n'est pas à eux de régler ça… mais à moi. Un vrai homme se sort du pétrin sans impliquer les personnes qu'il aime.

Aux grands maux, les grands remèdes.

— Soit. Tu n'es pas obligé de leur dire, j'admets en déverrouillant ma portière à l'aide de ma clé électronique. Je le ferai.

Je m'apprête à ouvrir ma portière quand il m'attrape par le poignet.

— Tu avais promis.

— J'ai promis de garder secrète ton aventure avec Crystal. Je n'ai rien promis à propos de Loki.

— Sawyer, ne me force pas à te supplier. (Je hais l'angoisse dans ses yeux.) Je te le redis, Loki c'est temporaire.

— Temporaire, c'est-à-dire ?

— Je ne sais pas. Quelques années, à peu près.

— Années ? je crie d'une voix stridente. T'es barjot ?

— Si tu voyais ta tête ! Je plaisantais, Demi-portion. Quelques mois, grand max.

— Combien de mois ?

S'il me répond douze, il écopera d'un coup de pied bien placé.

— Je sais pas trop. Probablement jusqu'à ce que j'aie de quoi acheter une nouvelle voiture et mettre un peu de côté pour me remettre d'aplomb.

Bien que ce projet me déplaise, je me retrouve à céder.

— Trois mois dernier délai, mon gars. Ce sera ma limite, dis-je, le doigt pointé sur son thorax.

Il souffle de soulagement.

— Affaire conclue.

Une nouvelle pensée me traverse l'esprit.

— Pas si vite. J'ai une autre requête.

Quelque chose qui validerait tout.

En plus de quoi cela apaiserait Dylan, qui craint tant qu'il soit recalé aux examens… encore.

— Quoi ?

— Cours de soutien. Deux fois par semaine. Séances de trois heures.

Cela implique pour moi de réduire mes courtes nuits de sommeil, mais cela en vaut la peine.

Il semble prêt à objecter mais je resterai intraitable.

— C'est le marché, Zelenka. Si tu désapprouves, je révélerai tout à Dylan et tu auras affaire à elle.

— Bordel de merde, gronde-t-il et, le regard menaçant, il se rapproche dangereusement de mon visage. Es-tu toujours aussi bornée ?

— Oui, dis-je.

Au même moment s'élève une voix grave, étrangement similaire à celle de Cole :

— Juste les jours qui se terminent en « di ».

À point nommé, Satan personnifié se matérialise à côté de la voiture d'Oakley.

D'ordinaire, la satisfaction occasionnée par sa présence suffit à accélérer mon rythme cardiaque. Toutefois, c'est le regard assassin qu'il braque sur Oakley qui fouette mon cœur.

— Désolé de gâcher votre petit tête-à-tête, dit-il avant de nous désigner du menton. Je vous en prie, continuez.

Si je n'avais pas plus de jugeote, je dirais qu'une pointe de jalousie teinte sa voix mais ce serait insensé.

Nous n'avons pas échangé deux mots depuis l'incident.

Celui qui m'a pulvérisé le cœur.

D'instinct, je masse le nœud qui se forme dans ma poitrine.

Ce qui reste de mon cœur fait un caprice et menace de cesser de battre totalement si je me tiens plus d'une minute à proximité de ce connard.

Ce qui signifie que je dispose d'une vingtaine de secondes pour reprendre ma voiture.

— Tu n'as rien gâché, conteste Oakley. Sawyer était juste…

— Oakley, je souffle. Ce que je fais ne le regarde pas, tâche de t'en souvenir si tu veux que notre petit arrangement fonctionne.

Oak commence à parler mais mon ennemi juré le coupe :

— Quel arrangement ?

Une pointe de menace perce dans sa voix.

Plus de l'agacement.

— Que le ciel nous bénisse, je marmonne avant de désigner Oakley puis moi. Tu as sûrement reçu le mémo qui stipule que ce qui se passe entre nous ne te concerne vraiment pas, Covington.

Ce crétin a l'audace de sourire à belles dents.

— Ce petit accent du sud qui ressort quand tu t'énerves est charmant.

Punaise, ce que je peux le détester.

Il n'est pas autorisé à me draguer ou à m'attribuer le qualificatif « charmant » après m'avoir arraché le cœur pour le dévorer comme une bête sauvage.

Pensif, Oakley se frotte le menton.

— Maintenant que t'en parles, j'ai toujours trouvé qu'elle avait un drôle d'accent.

Super. Maintenant Oakley passe du côté obscur.

Il est officiellement l'heure de décoller.

— Je t'envoie un SMS dans la soirée, je grommelle, la main sur la poignée de ma portière.

— Tu n'as pas mon numéro, ma douce.

Là, il abuse.

— Ce n'est pas à toi que je m'adresse.

Chaque gramme de fureur et de douleur que je refoule depuis des mois bouillonnent à l'intérieur de moi comme un volcan. Je pivote vers eux.

— Et par souci de clarté, tu ne peux pas faire comme si tout était réglé entre nous, alors que ça ne l'est pas. Je ne veux plus jamais te parler. En ce qui me concerne, tu n'existes plus.

C'est ce que j'ai dit de plus cruel à quelqu'un, mais malgré mes efforts, je ne trouve pas la volonté d'implorer le pardon de Dieu.

Cole m'a fait souffrir… comme personne.

Et considérant que j'ai été tyrannisée une grande partie de ma vie et que ma mère préfère ma sœur aînée à moi… ce n'est pas rien.

L'attention d'Oakley passe de lui à moi. Comme s'il ne pouvait se décider entre interférer ou nous laisser nous débrouiller.

Tel que je le connais, il penche plutôt vers la seconde option.

Cole, m'ignorant, se concentre sur son ami.

— Tu es prêt ?

Oakley contourne sa voiture.

— Carrément. Je dois juste faire quelques pauses ravitaillement, en allant chez Christian.

Le regard de Cole se porte sur moi.

— C'est trop naze chez Christian, j'ai besoin de chair fraîche. Toutes les filles de cette ville sont barbantes. (Ses yeux verts explorent mon corps.) Hormis une. (Ma respiration se bloque quand son regard s'assombrit.) Mais la seule fois où je me suis retrouvé avec elle, elle m'a tellement dégoûté que j'ai gerbé.

La bile remonte dans ma gorge, mon esprit retournant à ce soir-là. Est-ce l'explication ? Mon corps est tellement ignoble qu'il a vomi ?

— Je te hais.

Articulant avec difficulté, j'ouvre ma portière et lance mon sac sur la banquette.

Peu après, Oakley démarre sa voiture et s'éloigne du parking.

J'aurais dû partir à la seconde où il s'est pointé.

Alors que je l'ai brillamment évité ces derniers mois, il a suffi d'une stupide gaffe pour que je retourne à la case départ.

Le duvet sur mes bras se hérisse quand, claquant ma portière, je sens une présence se rapprocher sans bruit.

Je prie pour que ce ne soit pas lui, mais notre Seigneur est sûrement en congé, car la senteur citronnée de Cole submerge mes narines.

Je me force à inspirer profondément, refusant de me retourner.

Cole ne mérite pas mes larmes.

Il mérite que dalle de moi.

— Dégage.

— Je croyais que je n'existais plus pour toi, il ironise, son haleine chatouillant mon oreille.

— Va te faire foutre.

— Tu aimerais ça, je parie ? Me regarder me branler pour toi.

— Ce que j'aimerais vraiment, je fulmine entre mes dents serrées, c'est que tu me fiches la paix.

Son index effilé longe ma nuque, et je réprime un frisson.

— Nous savons tous les deux que ce n'est pas vrai, Bigote.

— Ton petit jeu, quel qu'il soit, s'arrête à l'instant, Covington.

Il se penche au-dessus de moi, me presse contre le van.

— Tu en es sûre ? (Sa main trouve ma hanche.) Parce qu'on dirait que ça ne fait que commencer.

— Nan ? Ces conneries marchent vraiment sur les filles ?

— Je ne sais pas, dit-il, sa main se déplaçant un tout petit peu. Mais nous le découvrirons si je glisse ma main sous ta jupe.

Je me maudis intérieurement d'être restée en uniforme scolaire.

— Non, dis-je en posant ma main sur la sienne. Tu as eu ta chance et tu l'as gâchée, tu te rappelles ?

— En fait, non.

Le bout de son nez effleure le creux de mon épaule, et il me hume longuement.

— Rafraîchis-moi la mémoire.

— Plutôt avaler des tessons de verre. (Mon pouls dérape quand je le sens s'épaissir.) Arrête de me toucher.

Je déteste la fragilité de ma voix.

Avant que je n'aie pu ciller, il me retourne.

— Et si je continue ?

Vaincue, je pousse un profond soupir.

— Que veux-tu de moi, Cole ?

Au lieu de répondre, il triture la croix dorée que je porte en pendentif. Celle que ma nanna m'a offert avant de quitter ce monde.

— Quel dommage…

— De quoi parles-tu ?

Un souffle d'air m'échappe quand la pulpe de son pouce s'aventure dans mon décolleté.

— Que ce soit un personnage de fiction trépassé que tu vénères qui ait le privilège de vivre blotti entre ces seins.

Je rejette sa main d'une tape.

— Qu'est-ce qui ne tourne pas rond chez toi ?

Son regard se durcit.

— Toi, Sawyer Church. Tu es ce qui ne tourne pas rond chez moi.

Je ravale l'envie de rire.

— J'en doute. (Je jette un regard sur le parking.) Ta copine n'apprécierait pas que tu parles des seins d'une autre fille, tu ferais bien de me laisser.

— Je peux pas.

Il se mord la lèvre inférieure, et j'espère vivement qu'il ne le refera plus, parce que cela le rend tellement attirant que ce serait criminel.

— Je n'ai pas ma voiture et j'ai envoyé Oakley faire un tour d'une vingtaine de minutes.

— Oh ! vingt minutes ? C'est le temps qu'il te faut ? (Sans me soucier de sa mâchoire qui se crispe, je lui tapote l'épaule.) Vraiment palpitant, malheureusement, je suis en retard pour aller bosser.

En retard à tel point que M. Gonzales va péter un câble à la seconde où je débarquerai.

Je m'apprête à partir, mais mon pire ennemi m'emprisonne, les bras étirés de part et d'autre de ma tête.

— Tu connais la différence entre toi et moi ?

— Alors, par où commencer ? dis-je avant de me mettre à énoncer. Tu es égoïste, méch…

Le choc inonde mon organisme quand il se penche, sa bouche à un cheveu de la mienne.

— Je baise qui je veux, dit-il, les yeux pétillant de malice. Et toi, tu as déséspérément besoin d'être baisée.

Choquée, mes joues s'embrasent.

— Merci pour la proposition, mais je ne suis pas tentée.

Il darde sa langue pour lécher le contour de ma lèvre inférieure, avant de se redresser.

— Ce n'était pas une proposition, il raille avec un sourire méprisant aussi impitoyable que lui. Et puis nous savons tous les deux que si je voulais te baiser, je l'aurais fait ce fameux soir.

Ses mots me font l'effet d'un bain de lave.

— Va au diable.

Je ne m'embête pas à dissimuler l'abattement dans ma voix. Peut-être qu'une fois qu'il aura acquis la certitude qu'il a encore réussi à me faire de la peine… il disparaîtra enfin.

Une grande tristesse creuse ses traits un millième de seconde avant que son rictus arrogant ne reparaisse.

— Fais-moi confiance, Bigote. Si les âneries auxquelles tu crois se vérifient, j'ai remporté un aller simple en première classe pour y aller.

Une fois de plus, je suis partagée entre vouloir le sauver de ses démons… et souhaiter que la terre s'ouvre sous ses pieds pour l'engloutir.

— Bon sang, dis-je les yeux fermés, en prenant une respiration tremblotante. Je veux juste que tu me laisses tranquille.

Cesse de me torturer.

Cesse d'envahir mes pensées.

Cesse de me regarder comme si j'étais un joujou dont tu peux abuser à la moindre envie.

Cesse de provoquer en moi des sentiments pour toi que je ne devrais pas ressentir.

— C'est douloureux de ne pas obtenir ce qu'on veut, n'est-ce pas ?

Sans attendre de réponse, il me tient le bas du visage.

— N'oublie pas à quel point tu me détestes à cet instant précis.

Il serre plus fort mon menton et incline la tête.

— Parce que, à l'instant où tu penseras que je suis capable de m'améliorer, ou qu'il y a du bon en moi, je te démontrerai le contraire et te ferai encore plus de mal… pire qu'avant.

Cette fois, je laisse mes larmes couler.

Pas parce que ses menaces m'effraient.

Mais parce qu'il m'offre un aperçu de la noirceur de son âme torturée.

Qu'importe que je prie pour lui… je ne pourrai jamais l'aider ou le secourir.

Il est irrécupérable.

— Colton, je murmure alors que le ciel nocturne se déchire, déversant une pluie fraîche.

Son nom est l'infime parcelle de vérité qu'il m'a livrée ce soir-là.

Un bout de lui que personne d'autre ne détient.

Quelque chose navigue dans ses yeux.

— Tu aurais été parfaite pour lui.

— Parfaite pour qui ?

Ignorant ma question, il appuie son front contre le mien.

— Redemande-moi ce que je veux.

Je déglutis malgré la boule naissante dans ma gorge.

— Que veux-tu, Colton ?

Le supplice pur qui crispe son visage s'enroule autour de mon cœur et le comprime.

— Quelque chose que je ne pourrai jamais avoir… sous peine de l'anéantir.

7

Sawyer

Avec dix minutes de retard, je me précipite au Cluck You, où M. Gonzales est clairement mécontent.

Je noue mon tablier dans la réserve quand il vient à ma rencontre.

— Toi, retard, déclare-t-il avec son vocabulaire approximatif.

Ses sourcils noirs, froncés, expriment son irritation, et ses lèvres sont tellement crispées que les commissures blanchissent.

Oh ! la cata.

Considérant qu'il m'emploie depuis bientôt deux ans, et que je ne suis jamais arrivée en retard – sans oublier que je remplace un collègue – il pourrait tout de même se montrer indulgent.

Cela dit, le moment est mal choisi pour le souligner. Raison pour laquelle j'opte pour l'attitude de la maturité et présente mes excuses, assorties d'une explication.

— Je sais. Je suis désolée. J'ai assisté au match de rentrée, et, à la fin, je me suis rendu compte que j'avais oublié mon livre…

Il me coupe d'un soupir interminable.

C'est reparti.

— *Desde que era un niño pequeño. Soñé con abrir un restaurante. Pasé todo mi tiempo perfeccionando el pollo perfecto.* (Il lève les mains dans un geste mélodramatique.) *Trabajé sobre la estufa día tras día. Sufrió quemaduras de tercer grado. Algunos días mi piel se despegaba de mis dedos y lloraba mientras cocinaba. Solo para tener la oportunidad de hacer algo de mí mismo y mantener a mi familia. Y ahora llegas a mi restaurante diez minutos y veinticuatro segundos tarde.* (Il tape du pied.) *¿Estás tratando de destruirme ? ¿Mi familia ? ¿Mi pollo ?*

Bonté divine.

En bref, mon patron a sué sang et eau pour parfaire sa recette de poulet et, ce faisant, il a même souffert d'une brûlure au troisième degré. Il est venu en Amérique dans l'objectif de monter un restaurant pour subvenir aux besoins de sa famille. Cependant, d'après lui, mon retard met en péril son commerce, sa famille et par-dessus tout, son poulet.

C'est sûr que je respecte son énergie au travail et sa détermination, toutefois il a le sens du drame.

Je secoue la tête, espérant apaiser ses craintes.

— Non…

Avant que je n'aie pu réitérer mes excuses, Stone s'approche de nous.

— Soyez cool. Sawyer est toujours ponctuelle.

On raconte que Stone a été embauché à la plonge parce que M. Gonzales est un ami proche de son père et que ce dernier veut l'occuper pour éviter qu'il tourne mal.

Il travaille depuis peu de temps, étant donné qu'il a seize ans, mais il trime sans compter, et je n'ai pas à me plaindre de lui.

Seul bémol : c'est le frère cadet de Tommy DaSilva.

Ce qui me rend mal à l'aise.

Je dois constamment me rappeler que Tommy et Stone sont deux personnes distinctes, que ce serait mal de le juger pour les monstruosités que son frère a faites à la famille Covington.

Visiblement agacé, M. Gonzales agite la main dans ma direction.

— *Ponte a trabajar*, dit-il avant de regarder Stone. Tous les deux.

J'offre à Stone un sourire de reconnaissance avant de remettre à la tâche.

Nous avons eu du monde ce soir, si bien que quand je peux enfin souffler un peu, il est plus de 22 heures, et ma journée s'achève.

Je ne cherche même plus à réprimer mes bâillements.

— Fatiguée, hein ? commente Luis, le second serveur de ce soir, lorsque nous rapportons les dernières assiettes dans l'arrière-salle.

Non seulement Luis est une crème, mais il suit des études d'ingénieur, donc il comprend que c'est compliqué de jongler entre les cours et le job.

Comme moi, il n'est pas issu d'une famille aisée, et tout ce qu'il possède, il trime pour l'acquérir.

— Lessivée. Je dois rendre ma lettre pour le dossier de candidature à Duke's Heart dans deux semaines, et je n'ai même pas encore commencé.

Il émet un long sifflement.

— N'attends pas la dernière minute pour t'y coller.

Il a raison.

Ce n'est sûrement qu'une formalité pour la plupart des lycéens mais, quand on ne roule pas sur l'or et qu'on a plus besoin d'une bourse complète que de son prochain battement de cœur, elle est d'une importance capitale.

Sans compter que la remettre bien avant la date butoir constitue un atout et atteste d'une forte motivation.

Je me dirige vers l'évier, quand je constate que Stone croule sous la vaisselle. J'entreprends de lui donner un coup de main.

— Je comptais l'attaquer demain, mais j'ai promis…

Je me reprends avant que le nom de Dylan ne franchisse mes lèvres.

Stone sait qu'elle est ma meilleure amie mais la mentionner crée un malaise entre nous.

Non seulement elle sort avec Jace Covington, mais Tommy flashait sur elle l'an passé. Ce crétin est même allé jusqu'à essayer de la forcer à coucher avec lui, dans un port de plaisance désert.

Par bonheur, Dylan est plus forte qu'elle ne le paraît, et elle lui a flanqué un coup de pied dans les balloches avant qu'il n'ait pu lui faire quoi que ce soit.

— J'ai accepté de donner des cours au cousin d'une amie, dis-je franco.

Stone s'immobilise.

— J'espère qu'il te paie.

— Non, mais…

Il grimace.

— Ce n'est pas pour rien qu'on dit qu'il faut s'occuper de soi avant d'aider les autres. Tu dois te concentrer sur toi-même. Tu es déjà claquée. N'en rajoute pas.

Il a raison. Je dors trois heures par nuit en moyenne… quand j'ai de la chance.

Mais je ne tournerai pas le dos à Oakley et je refuse d'abandonner le catéchisme ou la chorale. J'ai aussi besoin d'un petit boulot, donc démissionner du Cluck You n'est pas envisageable.

Pas plus que rogner sur mon temps d'étude.

Il va bien falloir que ça marche.

Stone brise un long silence.

— Mets-toi au café, alors.

Je me retiens de rire.

— Déjà fait. Je bois déjà une tasse avant les cours, et une seconde après.

Au début, ça m'aidait mais un an plus tard… plus tellement.

Il réfléchit un instant.

— Dans ce cas, passe aux boissons énergisantes.

— Ou à l'Adderall, intervient Luis.

Confuse, je me tourne vers lui.

— L'Adderall ? Le traitement contre le TDAH ?

Mon problème n'est pas la concentration. C'est le manque de temps.

— Ouais, mais ça procure une énergie démente et ça aide à

se concentrer. Des tas de gens en prennent sur mon campus pour bosser les cours.

C'est… perturbant.

— Comment font-ils ? Il ne faut pas une ordonnance ?

— Ils ne passent par un médecin, m'informe Stone.

Il échange un regard avec Luis qui ajoute :

— Ils l'achètent à leur pharmacien de quartier.

— À des dealers, dis-je, levant les yeux au ciel.

L'air contrit, Luis hausse les épaules.

— Plus ou moins.

Stone attrape un torchon.

— Cette cochonnerie n'en vaut pas la peine. En gros, c'est du speed légalisé.

— Ouais, mais ça marche, intervient Luis. Tant qu'on ne carbure pas à ça tout le temps.

Un instant…

— Toi, tu en prends ?

Je suis sidérée, je l'avoue. Jamais je n'aurais soupçonné Luis de consommer des produits illicites.

— Pas régulièrement, dit-il puis, souriant, il soulève sa chemise. Je suis déjà maigre comme un clou, et ce truc fait mincir à vue d'œil. La première semaine pendant laquelle je l'ai testé, j'ai perdu trois kilos. Du coup, j'ai refourgué mes derniers cachets à mon cousin. (Il rit.) Mais j'ai révisé comme jamais et réussi tous mes examens haut la main. Ça compte, quand même.

— Oh.

À court de mots, je me dirige vers la pointeuse pour enregistrer mon heure de départ.

— Je file préparer mon contrôle d'histoire. À demain.

8

Sawyer

Tu cherches tes affaires ?

Un indice : elles sont là où les filles dans ton genre devraient rester.

Bisous

L'équipe

Le grognement irrité qui s'échappe de ma gorge surprend les rares lycéens qui révisent dans la bibliothèque de l'école. Cela fait quatre heures que je cherche mon sac à main et mon sac de cours que Casey et sa meute de poufiasses ont chapardé dans mon casier.

J'ai fouillé les salles de classe, la cafétéria, même les poubelles dans l'arrière-cour… *nada*.

Pourquoi Casey me prend pour cible aujourd'hui, mystère. On pourrait la croire occupée par ailleurs, considérant les rumeurs qui circulent au sujet de sa rupture avec Cole.

J'ai essayé de faire la sourde oreille mais ce potin est féroce.

Soi-disant, la reine des garces trompait son mec depuis des mois avec un *quarterback* de la Royal Hearts High pour pallier les manquements de Cole et son inaptitude à la satisfaire sur le plan sexuel.

Je mentirais en niant que je jubile de voir Cole sur la sellette, pour une fois.

Bien qu'en toute franchise une grosse partie de moi compatit. C'est insupportable d'être la risée du lycée, la cible de rumeurs infondées et blessantes.

Non que j'aie matière à étayer les allégations de Casey.

Entre nous, ça n'est jamais allé aussi loin que ça.

Mais comme toujours, je suis absorbée par le vortex Cole Covington, et mon cœur éprouve pour lui des sentiments malvenus.

Des sentiments tels que la clémence et l'empathie, bien que je sache que c'est un parfait salaud.

Concentre-toi, Sawyer.

Au même instant, je sens vibrer mon téléphone. Par chance, il se trouvait dans ma poche durant le braquage de casier de Casey.

Dylan : Je t'envoie le numéro de Bianca. Jace dit qu'elle a entraînement de pom-pom girls, mais si elle refuse de te dire où sont tes affaires, dis-lui, il lui parlera.

Le soulagement m'inonde quand mon téléphone se remet à vibrer.

Dylan : S'il a un empêchement, je la bafferai jusqu'à ce qu'elle crache le morceau.

Je souris à mon téléphone.

Sawyer : T'es la meilleure, mais je ne pense pas qu'on devra en arriver là.

Bianca est une emmerdeuse, mais elle n'est pas insensible.

Du moins, c'est ce que je me dis en préparant mon SMS.

Sawyer : Salut Bianca, c'est Sawyer. J'apprécierais énormément que tu me dises où sont mes affaires. Je bosse dans une heure, et si je suis encore en retard, je serai virée.

Bianca : Sawyer qui ?

Sérieusement ?

Sawyer : Sawyer Church

Bianca : Quel nom horrible. Tu devrais en changer.

Elle plaisante, forcément.

Sawyer : T'as raison. Je m'en occupe dès que possible. Dès que tu m'auras dit où sont mes affaires.

Bianca : C'est vrai que je pourrais…

Un autre bougonnement rampe dans ma gorge.

Bianca : … mais rien n'est gratuit.

Évidemment. Cette fille ne fait rien par simple gentillesse.

Sawyer : Je ne suis pas riche.

Bianca : Faut que je te laisse. Casey m'enquiquine pour que je lâche mon tel pendant l'entraînement.

Je suis foutue.

Sawyer : Attends. Combien tu veux ?

Bianca : Je ne veux pas ton fric. Christian fait une fête pour Halloween ce week-end, j'ai besoin que tu viennes avec moi.

Sa demande n'a aucun sens. Elle est pom-pom girl, membre de l'équipe de Casey. Se pointer avec moi équivaut à un suicide social.

Sawyer : Pourquoi ? Aux dernières nouvelles, tu as dit qu'on n'était pas copines.

Bianca : Exact. Mais Jace a découvert que j'allais aux soirées de Christian, et il a fait un caca nerveux, donc maintenant Cole ne m'autorise pas à les suivre. Sais-tu à quel point c'est dur d'être exclue ?

Oui, oui, je sais.

Bianca : Et tout le monde m'appelle Lolita Covington, aucun mec ne m'approche. Ça fout en l'air ma réputation.

Pauvre chérie.

Sawyer : C'est terrible tout ça, mais il faut vraiment que je sache où sont mes affaires.

Bianca : Quand tu auras accepté de me rendre ce service.

Franchement, il n'y a pas plus entêtée et manipulatrice qu'elle.

Sawyer : OK, mais qu'est-ce qui te fait croire que Jace ou Cole seront d'accord pour que tu sortes, juste parce que tu es avec moi ?

Bianca : Tu veux rire ? Tu es une sorte de sainte, et

Jace te fait confiance. Ma seule chance d'apparaître à cette fête, c'est toi.

Bianca : Viens me chercher à 21 heures samedi, et essaie de… ne pas être comme d'habitude. À plus !

Pour un peu, je lèverais les yeux au ciel, mais je dois me concentrer sur le plus urgent.

Sawyer : Et mes affaires ?

Cinq bonnes minutes s'écoulent avant qu'elle réponde.

Bianca : Vestiaires des garçons.

Bizarre que Casey choisisse cet endroit, mais qu'importe.
Mon estomac s'affaisse au tintement d'un message.

Bianca : Dans les toilettes.

Super programme.

Le mélange nauséabond de sueur et de musc, relevé d'une pointe d'oignons, envahit mes narines dès que je pousse la porte des vestiaires.

Retenant mon souffle, je me dirige vers les cabines.

Mon estomac s'allège quand, dans la dernière, je trouve mon sac à main dans la cuvette. Là où Bianca l'avait dit.

— Parfait, je murmure à voix haute.

Heureusement, mon sac à dos est trop volumineux pour subir le même traitement, ce qui fait que mes carnets et mes livres sont intacts.

Un court instant, j'envisage de laisser mon sac dans le trou, mais je me rappelle qu'il contient mes clés de voiture.

Avec un soupir de dégoût, je plonge lentement la main dans la cuvette.

Puis je me fige au son de pas lourds, accompagnés de voix graves.

9

Cole

— Casey était super bandante aujourd'hui, à l'entraînement, raille Cortland pendant que nous rejoignons les vestiaires.

— Maintenant qu'elle a largué Cole, je me demande si j'ai mes chances avec elle.

Entre Stalter, notre coach, qui m'a engueulé comme du poisson pourri pendant l'entraînement pour m'être fait plaquer plusieurs fois, les rumeurs absurdes que Casey fait courir et Cortland qui saute sur toutes les occasions de débiter encore plus de conneries que d'habitude, je suis à deux doigts d'exploser.

— Oh mec ! intervient Dwight. T'es en manque de cul au point de te taper une fille qui trompe son copain ?

Cortland le regarde comme s'il était tombé sur la tête.

— Bah ouais. C'est pas moi qu'elle a trompé, dit-il avant de promener son regard moqueur autour de lui. Et puis, elle était infidèle à Covington parce qu'il ne sait pas se servir de son…

Je me jette sur lui avant qu'il n'ait terminé sa phrase.

— Ferme ta grande gueule avant que je te fasse bouffer ta langue.

Je suis prêt à lui flanquer mon poing sur le nez quand quelqu'un saisit mes deux bras.

— Le coach t'a déjà méchamment recadré aujourd'hui, ne lui donne pas de raison de recommencer.

Lennox. Non seulement il est la voix de la raison dans l'équipe, mais il est baraqué.

Vu qu'il me cramponne d'une poigne de fer, pour me dégager, la seule solution pour lui échapper serait de me déboîter l'épaule.

Toutefois, je ne suis pas prêt à céder.

Pas avant d'avoir clarifié deux ou trois choses et remis ce con à sa place.

— Réflexion faite, nous aimerions tous te voir essayer de te la faire avec ce crayon dans ton froc que tu qualifies de bite.

Quelques ricanements résonnent dans les vestiaires, et le visage de Cortland devient cramoisi, mais je n'ai pas encore vidé mon sac.

— Si t'es trop con pour que ça tilte, les rumeurs qu'a lancé Casey, ce sont des conneries. Elle fait ça parce qu'elle est dégoûtée que je l'aie jetée. (Lennox me lâche, et je verrouille mon regard au sien.) Mais te gêne pas pour la baiser. (Souriant, je lui donne une tape dans le dos.) Tout le monde sait que je peux avoir toutes les filles que je veux quand je veux, alors je m'en fous. Profite bien de mes restes.

Sous une explosion de ricanements, je me tourne vers mon casier.

— Tu peux avoir toutes les filles que tu veux ?

Il ne cherche pas à dissimuler la pointe de moquerie dans sa voix.

En temps normal, je l'ignorerais, mais à grâce à mon ex je cours le risque de passer pour une cible facile.

Croisant les bras, je me plante en face de lui.

— Ouais, pourquoi ? Ta mère veut encore me sucer dans la bibliothèque, après les cours ?

La mère de Cortland est prof d'histoire à la RHA.

Mais surtout elle est super canon.

— Bordel, s'exclame Lennox, alors que Cortland blêmit. Ça tourne pas rond là-haut, Covington.

Possible, mais je ne regrette en aucun cas l'expérience de l'an passé.

Ni le coup bas que je viens d'infliger à mon coéquipier.

Pour un peu, je m'esclafferais quand il me pousse.

— Elle ne te toucherait même pas du bout des doigts, connard.

Je m'appuie à mon casier.

— Du bout des doigts, peut-être pas. Par contre, à pleines mains…

— Ferme ta grande gueule ! rugit-il. Tu la ramènes sans cesse, alors que t'es nul à chier.

Dwight s'interpose quand il essaie de me repousser.

— J'ai une info pour toi, Covington. Tu n'es pas follement talentueux sur le terrain et tu n'attires pas les filles autant que tu le penses.

Ce con a clairement grillé des neurones pendant l'entraînement.

— Alors tu dois être sourd, muet et aveugle… en plus de laid.

Je m'attends à ce qu'il s'abatte sur moi mais étrangement, il acquiesce.

— Tu sais quoi, t'as peut-être raison.

Son ton mordant destiné à me provoquer me fait grincer des dents. Sentant que ça va péter, tous les regards se concentrent sur nous.

— Content qu'on tombe d'accord, dis-je en sortant une serviette de mon casier. Sympa d'avoir discuté avec toi.

Pas la remarque la plus fine, mais elle aura le mérite de lui clouer le bec un petit moment.

Jusqu'à ses mots suivants.

— Tu veux parier ?

Je le regarde de travers.

— Parier sur quoi ?

— Tu te vantes de pouvoir te faire n'importe quelle fille. Je te prends au mot.

Pourquoi pas. Ce ne serait pas difficile de lui prouver.

— Dans ce cas, prépare-toi à perdre.

Dwight se frotte les mains, l'excitation brillant dans ses yeux.

— Une seconde. Tu ne peux pas relever un pari sans avoir discuté des conditions.

Cortland hoche la tête.

— Il a pas tort. Si tu perds, je gagne ta voiture.

C'est. Quoi. Ce. Bordel.

Un silence éberlué se répand dans les vestiaires pendant trente bonnes secondes.

Lennox inhale.

— Mec, t'es taré ?

— Sûrement, dis-je entre mes dents serrées. C'est une Ferrari à deux millions de dollars.

Il en existe une dizaine dans le monde, et je ne vois pas comment Cortland peut se figurer qu'il mettra ses sales pattes sur la mienne.

Cet imbécile conserve son air impassible.

— Écoute, si tu ne penses pas pouvoir…

— Oh que si, je peux, j'aboie avant que mon cerveau n'ait pu me censurer. Mais il y a un petit problème… pour toi.

La méfiance traverse son regard.

— Ouais ? Mais encore ?

— Vu que je touche plus de culs qu'un siège de toilettes, dis-je avant de sourire, toutes dents dehors, y compris celui de ta mère, je ne vois pas trop qui d'autre…

Sans me laisser finir ma phrase, il déclare :

— Sawyer Church.

— La fana de Jésus ? crie quelqu'un.

— Je croyais que tu lui avais déjà peloté le cul ? m'interpelle un autre.

— Ce gros cul, tu veux dire, braille un autre, dans le fond de la salle.

Des gloussements s'élèvent, et Cortland a un sourire méprisant.

— Nan. Si ma mémoire est bonne, tu étais avec Casey ce soir-là. (Il se frotte le menton, me jauge.) Pas vrai ?

Putain. Bonjour la situation inextricable.

Par chance, Dwight vole à mon secours.

— Mec, arrête ça. Évidement que oui. L'oncle de Sawyer est le pasteur de mon église, et chez nous, pour qu'un gars emballe une fille, la seule solution, c'est de lui passer la bague au doigt.

Le visage de Cortland s'illumine comme un sapin de Noël.

— Mais Covington nous affirme qu'elles sont toutes à ses pieds. Hormis celle-ci.

— Choisis-en une autre, dis-je, crispé.

— Pourquoi ?

Je tends le menton vers Dwight.

— Tu l'as entendu. Traite-moi d'allumé si tu veux, mais je ne l'épouserai pas pour remporter un pari stupide.

Il réfléchit un instant.

— Je vois.

Je suis soulagé… jusqu'à ce qu'il rajoute :

— Alors sors avec elle pendant six mois, dit-il avant de regarder autour de lui. Et si elle n'a toujours pas craqué, ta voiture est à moi.

Le regard de Lennox passe de lui à moi.

— Et si Cole gagne, il a quoi ?

Plutôt, quand je gagnerai.

Le plus judicieux serait que je me taise, mais ma fierté ne m'autorise pas à me soustraire à un défi.

C'est mon talon d'Achille.

Cortland hausse les épaules.

— Je ne sais pas. Pourquoi pas… La satisfaction de te fermer ta grande gueule pour de bon.

10

Sawyer

Oh ! l'enfoiré de fils de pute de salopard.

Je jette un regard vers le plafond. *Pardon, Jésus.*

Une colère si vive me submerge que j'en tremble.

Je dois ordonner à mes pieds, actuellement relevés sur la porte de la cabine pour les dissimuler, de ne pas m'emporter en courant, sans quoi je révélerais à cette ordure ma façon de penser.

Cortland est un gros con, donc son pari débile ne me surprend pas.

Mais Cole ?

Rien ne l'obligeait à l'accepter.

Il pouvait l'envoyer bouler.

Il pouvait lui dire, à lui comme à tous les autres, la vérité sur nous, pour amener Cortland à se raviser.

L'avertissement de Cole ce soir-là me revient façon boomerang. « À l'instant où tu penseras que je suis capable de m'améliorer, ou qu'il y a du bon en moi, je te démontrerai le contraire et je te ferai encore du mal. »

Il avait raison, en fin de compte.

Mais dans l'immédiat, je ne peux pas me concentrer sur ma tristesse, parce que si je ne quitte pas cet endroit dans moins de deux minutes, je serai assurément en retard au travail.

M'efforçant de garder mon calme, je me focalise sur le chuintement des douches, les conversations sur le football et les projets pour le week-end.

Rien qui ne laisse supposer qu'ils libèreront les lieux sous peu.

Je vérifie l'heure sur mon téléphone, dans ma poche, et peste en silence... juste au moment où quelqu'un s'enferme dans la cabine voisine de la mienne.

Retenant mon souffle, car ce gars a sûrement mangé un animal écrasé au déjeuner, je m'enjoins de ne pas bouger un muscle.

Je suis au bord de l'évanouissement quand j'entends enfin sa porte s'ouvrir, et ses pas s'éloigner.

Réfléchis, Sawyer. Réfléchis.

Je me creuse la cervelle dans l'espoir d'improviser un plan pour évacuer les vestiaires, afin que je puisse sortir.

Le souvenir qui rejaillit me serre le cœur.

Même si je déteste repenser à ce jour, sans compter que recourir à cette tactique ne manque pas d'ironie, c'est la seule solution envisageable.

J'ai juste besoin d'un complice de bonne volonté.

Un complice déjà sur place.

À défaut d'autre option, j'envoie un SMS à Bianca.

Sawyer : J'ai besoin de ton aide.

Bianca : Encore ?

Sawyer : Je suis coincée dans les vestiaires des garçons.

Bianca : Je vois, tu te rinces l'œil ?

Avant que je la rembarre, un nouveau SMS clignote sur mon téléphone.

Bianca : La bite de Lennox est aussi grosse qu'on le dit ?

Je me pince l'arête du nez.

Sawyer : J'ai besoin que tu me rendes un immense service.

Bianca : Pas de bol. Mon quota de services rendus est dépassé pour un siècle.

Emmerdeuse.

Sawyer : S'il te plaît, Bianca. Je ne peux pas me permettre de perdre mon job. Je sais que tu ne comprends pas parce que tu dînes dans des assiettes en or et que tu te baignes dans les diamants et le caviar, mais il y a des gens qui galèrent.

Bianca : Oh ! là ! Passive agressive et vache.

Merde. Ça ne marchera pas avec elle.

Sawyer : Tu as raison. C'était méchant. Désolée.

Bianca : Ne le sois pas. J'ai failli t'apprécier.

Je suis tentée de lui demander si cela signifie qu'elle m'aidera, quand je reçois la suite.

Bianca : Je vais t'aider, mais c'est pas gratuit.

Quelle surprise…

Sawyer : Je t'ai dit que j'étais fauchée.

Bianca : Je ne veux pas de ton argent, Church.

Sawyer : Que veux-tu ?

Bianca : Pas encore décidé. Mais je te le ferai savoir. OK ?

Ça empeste la mauvaise idée, mais aux grands maux, les grands remèdes.

Sawyer : Tant que c'est pas illégal, c'est d'accord.

Bianca : On chipotera sur les mots le moment venu. De quoi as-tu besoin ?

Sawyer : Déclenche l'alarme incendie dans moins de trois minutes.

Bianca : Juste pour que ce soit clair : tu me demandes de commettre un délit ?

Bon, dis comme ça…

Sawyer : Tu as raison. Je n'aurais pas dû te demander ça. Oublie.

Quelques secondes après avoir raccroché, le son strident de l'alerte incendie me perce les tympans, et je reçois un SMS.

Bianca : Tu m'en dois deux, maintenant.

11

Sawyer

Bouche bée, je regarde Bianca rouler des hanches dans l'allée en direction de mon van.

Ses longs cheveux noirs retombant avec souplesse dans son dos, son ombre à paupières doré et son trait d'eyeliner en œil de biche, tout est impeccable. Même ses pommettes haut perchées, presque inhumaines, sont maquillées, sa perfection bien mise en valeur, et sa tenue…

Malheur.

Cole verra rouge quand, dès qu'elle se pointera à la soirée, tous les gars se battront juste pour avoir une chance de se tenir à côté d'elle.

Son haut couleur chair, tellement court qu'il laisse voir son ventre, mérite à peine le nom de vêtement. Elle l'a associé à une jupe à taille dangereusement basse, qui tombe sur ses hanches anguleuses. Tout cela souligne son corps sans défaut.

En prime, à chacun de ses mouvements, des cristaux et des strass incrustés dans le tissu attrapent la lumière. Ça lui donne des airs de déesse chatoyante, directement descendue du paradis.

Dommage que sa personnalité vienne plutôt de l'enfer.

— Pourquoi as-tu mis cette tenue ? je demande alors qu'elle s'installe sur le siège passager.

Ce n'est qu'alors que j'avise la cicatrice, dans le bas de son abdomen.

J'ai envie de la questionner sur son origine, mais je ne veux pas me montrer indiscrète ou la contrarier.

Elle esquisse une moue agacée et noue son étole autour de sa taille.

— Pourquoi as-tu mis cette tenue ?

Je baisse les yeux vers mon cardigan violet et ma jupe large et noire. Je ne vois pas ce qui cloche. En fait, c'est l'une des tenues qui me vont le mieux parce qu'elle n'attire pas l'attention sur mes bourrelets.

— Quel est le problème avec mes vêtements ?

— Rien… si tu es déguisée en bibliothécaire pour Halloween.

— C'était hier, Halloween, je lui rappelle.

Elle soupire et allume ma radio sur un rap qui vante des ruses pour s'attirer des filles et du fric.

— Sauf que ce soir, Christian organise sa méga fiesta d'Halloween. (Bras croisés, elle s'adosse tranquillement.) Mince, t'es tellement hors du *game* qu'on jurerait qu'on ne fréquente pas le même lycée.

Pas faux.

— Je prends ça comme un compliment, je crie pour couvrir la musique.

De toute façon, pourquoi voudrais-je traîner avec une bande d'abrutis nantis, malveillants et hypocrites qui ne s'intéressent qu'à des sujets superficiels comme la popularité et l'apparence ?

Du moins, c'est ce que je me dis en accélérant en direction du domicile de Christian.

À notre arrivée, la fête bat son plein, et je me sens bête d'être la seule qui ne soit pas déguisée.

— Je vais chercher un verre, lance Bianca, de toute évidence déguisée en danseuse orientale, avant de prendre le chemin du salon.

Exactement comme je l'avais prévu, tous les garçons devant qui elle passe se mettent à saliver. À tel point que quelques-uns abandonnent leur copine pour la suivre – ou nous suivre, étant donné que je ne laisserai pas bébé Covington nager seule dans ces eaux infestées de requins – jusqu'à la table remplie de bouteilles d'alcool.

— Il y a sûrement du soda dans la cuisine, je lui suggère mais elle secoue la tête.

— Pas besoin, dit-elle en s'emparant d'un gobelet sur la pile. Je ne bois pas. C'est juste pour la frime.

Je suis sur le point de lui demander pourquoi elle ressent le besoin de faire de l'esbrouffe, quand une voix familière bafouille allègrement derrière nous.

— Tiens, tiens, si c'est pas la meilleure prof de cours particuliers du monde…

Ben voyons, nous n'avons eu qu'une séance pour l'instant, et il s'est endormi à la moitié.

Je me retourne vers Oakley. Il est affublé d'une perruque à longues tresses, d'un chapeau de cow-boy et d'un T-shirt décoré d'une énorme feuille de cannabis. Il est aussi équipé d'une guitare en bandoulière et, bien sûr, d'un joint à la main.

Une Morgan tout aussi pompette, en infirmière sexy, est affalée sur son épaule.

— On devait pas monter pour que je vérifie ta température ? susurre-t-elle.

Oakley lui fait un sourire niais.

— Une minute, petite.

À côté de moi, Bianca se crispe, comme s'il l'avait poignardée en plein cœur, puis se ressaisit bien vite. Je note dans un coin de ma tête de lui demander des explications plus tard. Elle ne se confiera sans doute pas, mais ça vaut la peine d'essayer.

Je remarque le mot Trigger inscrit sur la guitare d'Oakley et je souris.

Oakley ne me semble pas être du genre à écouter de la musique country, mais je vois pourquoi il serait fan de cet artiste, considérant leur amour mutuel pour la fumette.

— Voyons voir... Willie Nelson ?

— Félicitations ! Enfin quelqu'un de cultivé, dit-il avec un grand sourire.

Mon père écoute ses disques depuis toujours.

— Ce type est un génie. (Interloqué, il examine ma tenue.) Bibliothécaire ?

— Je te l'avais dit, chantonne Bianca avant de boire une gorgée et de regarder Oakley. J'adore ton st...

— C'est quoi, ce bordel ? vocifère une voix.

Avant que je n'aie percuté, un corps massif équipé d'un casque de football américain et d'un maillot numéro douze des Patriots, fonce sur nous.

Après un bref examen, je l'identifie.

Cela ne me surprend guère qu'un *quarterback* prétentieux comme Cole choisisse de se présenter à une fête d'Halloween en *quarterback* prétentieux.

— Qu'est-ce que tu fiches ici ?

Un instant, je pense qu'il s'adresse à moi mais, non, il fusille sa sœur du regard.

Bianca commence à parler, mais Cole ôte son casque.

Puis son maillot.

Sous les hurlements de loups et les sifflements, je me force à ignorer son corps élancé et ferme, sa peau irréprochable, et ses abdos hallucinants qui se prolongent par le V le plus sexy de la planète.

— Enfile ça. Immédiatement.

Bianca se contente de pouffer.

— Non merci. Les Patriots sont déplorables.

Autour de nous, quelques personnes approuvent, ce qui a le don d'attiser la fureur de Cole.

— Les Patriots ne sont pas déplorables, gronde-t-il en lui attrapant le bras. Ce qui est déplorable, c'est de voir sa petite sœur attifée comme une pétasse. On s'en va.

— Je reviens tout de suite, me lance-t-elle, le nez froncé, pendant qu'il l'entraîne hors du salon.

12

Cole

— T'es tombée sur la tête, putain ? j'aboie en traînant Bianca sur la terrasse.

Ma petite sœur, accoutrée comme une sœur ne devrait jamais l'être, plaque les mains sur ses hanches.

— Jace m'a donné la permission de sortir.

— Tu dis des conneries.

Jace m'a fait la misère la première et unique fois où j'ai laissé Bianca me suivre à une fête chez Christian. Il est inconcevable qu'il ait changé d'avis.

— Je te jure, insiste-t-elle en repêchant son téléphone dans son sac pour me le tendre. Tu ne me crois pas ? Demande-lui.

Je ne tombe pas dans le panneau, je l'appelle.

Il répond à la troisième sonnerie.

— Comment ça va ?

— As-tu autorisé Bianca à aller à la soirée, chez Christian ?

Une longue pause.

— Ouais. Mais uniquement parce qu'elle est avec Sawyer, répond-il, avant de reprendre, inquiet : Sawyer est bien là, dis-moi ? Si Bianca m'a menti…

— T'en fais pas, Sawyer est là.

Difficile de la rater, vu qu'elle n'est pas costumée.

Mais bon, ça ne m'étonne pas beaucoup. Comme toujours, Sawyer est la seule à ne pas prétendre être quelqu'un d'autre.

— Tout va bien ? demande Jace.

Je m'oblige à me concentrer sur la situation présente, plutôt que sur ma pseudo copine en devenir.

— Non. Bianca s'est pointée déguisée en…

Sans me laisser finir, ma sœur fait voler le téléphone en me tapant sur la main.

Nous plongeons en même temps pour le ramasser, mais comme elle est maigrichonne, elle gagne.

Elle coupe le son, et braque le portable sur moi à la façon d'un flingue.

— Si je pars, j'emmène Sawyer avec moi.

C'est censé être une menace ?

— Aucun problème.

La présence de Sawyer casse l'ambiance. Je déteste savoir que Little Miss Bigote juge tous mes faits et gestes.

De plus, je sais qu'à l'instant où Cortland la verra, il commencera à me chambrer à propos du pari.

Sans oublier la raison principale pour laquelle elle doit partir.

Trop distrayante pour moi.

— Y a quelqu'un ? braille Jace dans le téléphone.

— Nous savons tous les deux que tu as envie qu'elle reste, déclare ma sœur.

— Tout ce que je veux, c'est que tu dégages. (Je claque des doigts.) Rends-moi ce portable.

Le cachant dans son dos, elle part à reculons.

— D'accord. Mais je dois t'avertir que si tu fais ça, Sawyer s'en ira, et elle retrouvera sûrement le mec avec qui elle discutait.

— Quel mec ?

Elle lance des regards autour d'elle, comme si elle se préparait à révéler un grand secret.

— Je ne connais pas tous les détails, mais elle discute souvent avec un type de son boulot.

— Au resto de poulet ?

Elle hoche la tête avec véhémence.

— D'après ce qu'elle m'a raconté, ils ne se sont vus que deux ou trois fois, mais elle lui plaît, et je pense qu'elle commence à bien l'aimer aussi.

Eh merde.

L'appréhension me serre le cœur. Si elle entamait une relation sérieuse avec un autre, cela pourrait compromettre mes chances de gagner le pari.

— Comment s'appelle ce type ?

— Aucune idée. Tout ce que je sais, c'est qu'ils sont collègues, et qu'il est plus âgé qu'elle.

Bizarre.

— Plus âgé ?

— Ouais.

— Quel âge ?

— Je ne sais pas. (Son visage s'éclaire.) Si je te le dis, tu dois me promettre de le garder pour toi.

Je l'observe avec défiance. J'ignorais que ma sœur et Sawyer étaient proches au point de partager des secrets, mais je suppose que ce n'est pas complètement impensable. Les filles sont chelou. Un jour, elles s'adorent, le lendemain elles se poignardent dans le dos pour un mec.

— D'accord.

— C'est son patron.

Je n'y crois pas un seul instant.

— Pas possible.

— Bah si. Je pense… (Circonspecte, elle baisse les yeux.) Je pense qu'il lui donne de l'argent, dit-elle avant de me regarder dans les yeux. Tu sais qu'elle est pauvre, Cole. Des fois, les gens désespérés font des choses extrêmes.

Mon torse se comprime. Sawyer n'est pas du genre à séduire un vieux bonhomme. Pas plus qu'à manipuler quelqu'un pour son argent.

Cela dit, j'ignore à quel point elle est dans la dèche.

Jusqu'où irait-elle pour prémunir sa famille contre la banqueroute ?

— Bon sang. J'arrive pas à croire que ce salopard profite d'elle.

Les mains sur les hanches, elle souffle.

— Je sais. Hyper répugnant. (Souriante, elle agite les doigts.) Bref, ce n'est qu'un déguisement, Cole. Pas très différent de ce que portent d'autres filles. Pour une fois, tu pourrais me laisser m'amuser un peu ?

Faire comme si elle était à plaindre, ça marche peut-être avec Jace mais je ne suis pas dupe. Même si son existence m'insupporte 99,9 % du temps, elle est néanmoins ma sœur.

— Non.

Je prends mon téléphone dans ma poche arrière pour lui appeler un Uber, mais sa phrase suivante me stoppe dans mon élan.

— C'est celui de maman, murmure-t-elle, sa voix se fêlant comme du verre.

Je suis totalement larguée.

— Quoi ?

— Mon costume, crétin. Il appartenait à maman, dit-elle en montrant la jupe. Elle le portait dans l'un de ses films de Bollywood. Celui où elle interprétait une danseuse orientale.

Ma respiration se bloque.

— Oh.

Aussi facilement que ça, un sentiment pesant s'enroule autour de mon cœur et m'oppresse.

Ce n'est pas souvent que je pense à elle… parce que ça fait beaucoup trop mal.

Elle est la première femme que j'ai aimée.

Et elle sera la dernière.

Lèvre inférieure tremblante, Bianca tend son regard vers la voûte céleste.

— Elle était si belle, elle me manque affreusement. Je voulais juste…

— Retourne à l'intérieur.

Je ne peux pas rester là à la réconforter, je ne sais pas du tout comment procéder.

Aussi, je ne lui dirai pas qu'elle ressemble énormément à notre mère, surtout là, avec ses grands yeux tristes et ses joues humides de larmes, parce que je sais d'expérience qu'entendre qu'on ressemble comme deux gouttes d'eau à un mort, c'est dur.

Tout ce que je peux faire, c'est lui permettre de s'éclater ce soir.

Oublier notre famille dysfonctionnelle un petit moment.

Dieu seul sait que je ne vis que pour ces moments-là, dans la mesure du possible.

La surprise illumine ses traits.

— Sans rire ?

— Vas-y, dis-je en indiquant la porte-fenêtre. Avant que je change d'avis.

Elle commence à s'éloigner, puis s'immobilise d'un coup.

À mon grand désarroi, elle pivote sur elle-même et pose un baiser sur ma joue.

— T'es chiant mais je t'aime.

Je ne lui dirai pas que moi aussi. Je ne peux pas.

J'en ai perdu la capacité.

— Reste avec Sawyer, parce que si tu embrasses un garçon ou si tu picoles, je te jure que plus jamais tu ne feras la fête. Tu saisis ? dis-je en lui jetant un regard mauvais.

D'un geste du menton, elle indique mon téléphone qui sonne.

Jace.

Alors que je le rapproche de mon oreille, elle s'évapore.

— Yo.

— Épargne-moi ton Yo. Raconte-moi ce qui se passe.

— Rien. C'est une soirée Halloween, et Bianca a eu le culot de se déguiser en joueur des Lions de Detroit.

C'est le mieux que je puisse trouver en si peu de temps.

La confusion de Jace est presque tangible.

— Et ?

— Je trouve ça embarrassant. Je suis là, le *quarterback* le plus prometteur de notre génération. Et elle, ma famille de sang, débarque à une fête en Lion ? L'équipe la plus pitoyable de la Ligue Nationale.

— Je… Bordel. J'ai pas de temps pour ces conneries, Cole. Je pensais qu'il se passait un truc grave.

— C'est grave, je m'exclame, montant en épingle mon excuse fabriquée de toutes pièces, pour l'énerver un peu plus.

— Bon, débrouille-toi. Je te vois au petit déjeuner, demain matin. Quand même, ç'aurait pu être plus grave, termine-t-il avec un petit rire.

— Genre quoi ?

— Elle aurait pu se déguiser en Patriot, dit-il avant de raccrocher.

Idiot.

13

Sawyer

— T'emballe pas, mon chou, dit Oakley. J'essaie de discuter avec mon prof particulier.

Morgan, dont les lèvres se baladent entre le lobe et le cou d'Oakley, se moque éperdument d'être grossière.

— Donc, je disais que j'ai l'impression d'avoir pigé ce truc de biologie que tu m'as expliqué la dernière fois.

Je ne peux m'empêcher de sourire. Il s'est certes assoupi au cours de notre première séance de soutien, mais c'est bon de savoir qu'il a retenu une partie des informations.

— Vraiment ? C'est génial.

— Ouais, fait-il avant de pincer son joint entre ses lèvres et d'inhaler. Ça m'a fait réfléchir. Je pense que tu peux sauter ces trucs à la con, et…

— Oakley, je l'interromps, pour ne pas entendre ses fausses excuses.

— Ouais ?

— Te fatigue pas. Tu as besoin d'avoir des bases en SVT, en anglais et en histoire et tous les autres trucs à la con que tu n'as pas envie d'étudier pour décrocher ton diplôme.

Il se décompose.

— T'as raison. Je…

Il grogne quand les dents de Morgan titillent son cou.

— Nom d'un chien, j'en connais une qui devient fougueuse. (Son sourire neuneu reparaît.) T'arrête pas.

Je m'apprête à les laisser à leurs mamours, quand Bianca se faufile à côté de moi.

— Tout baigne ?

S'il était possible d'assassiner d'un regard, celui qu'elle réserve à Morgan l'expédierait dans une housse mortuaire.

Non que Morgan le remarquerait. Elle est trop focalisée sur Oakley.

Tout comme Bianca.

— Super bien. (Redressant le dos, elle le regarde.) Est-ce qu'on peut pa…

— Lapin, braille quelqu'un derrière nous.

Oak devient blanc comme un linge, et je comprends pourquoi quand Hayley, son ex, approche de notre petit cercle.

Étant donné qu'elle a terminé le lycée en même temps que Dylan et Jace, l'an dernier, je suis surprise de la voir à une soirée de Christian.

Mais pas autant que de m'apercevoir qu'elle porte le même costume que Bianca.

Cela dit, les différences entre elles sont frappantes.

Comme Morgan, Hayley est grande et blonde, la peau laiteuse, alors que Bianca est brune, menue, et a le teint halé grâce ses origines indiennes, et seulement cinq ou six centimètres de plus que moi, ce qui la classe parmi les petits.

Je remarque aussi qu'Oakley n'a même pas ne serait-ce que dit bonjour ou regardé Bianca de toute la soirée, ses yeux étant rivés sur Hayley depuis qu'elle est venue vers lui d'un pas nonchalant.

Il continue de la bouffer du regard.

— Eh bah, t'es canon.

Hayley glousse en serrant ses seins l'un contre l'autre.

— Tu aimes ?

Oak hoche la tête avec une telle vigueur qu'il ressemble à un gadget qui balance la tête sur les tableaux de bord.

Hayley presse ses mains jointes devant son opulente poitrine comme pour prier.

— Je suis un génie.

— Danseuse orientale, imbécile, crache Bianca d'une petite voix que je suis la seule à entendre.

Hayley le regarde en battant des cils.

— Un vœu que tu aimerais que j'exauce ?

Morgan, qui semble enfin percuter que le mec qu'elle embrasse lorgne son ex comme si elle était un grand verre d'eau dans le désert, détache les dents de son lobe.

— Que tu dégages le plancher, peut-être ?

Oh. Merde.

Hayley l'assassine du regard.

— Hé, Morgan. Vu que tu te cramponnes à mon ex comme à un arbre dans une tempête, tu dois vraiment aimer le goût de ma chatte.

Ça chauffe.

— Ah oui ? rétorque Morgan. Aux dernières infos, il s'est lassé de toi, et t'a larguée juste avant le bal de promo l'année dernière. (Elle fait remonter ses doigts sur le bras d'Oakley.) Ne sois pas amère parce qu'il est passé à la qualité supérieure. Comment le lui reprocher ?

Hayley est visiblement froissée.

— Je n'avais pas compris que tu avais aussi rapidement tourné la page, Oak.

Béni soit son cœur. Oakley a tiré un trait sur elle bien avant leur rupture. À peu près au moment où il a commencé à coucher avec sa belle-mère, je dirais.

Renfrogné, Oakley ouvre la bouche pour parler, mais Bianca intervient.

— Il n'a pas entièrement tourné la page. Y a que sa queue qui est allée voir ailleurs, ajoute-t-elle en adressant un regard satisfait à Morgan. Malheureusement, Morgan ne l'a pas encore assimilé.

Celle-ci est visiblement choquée.

— Petite peste, dit-elle en s'avançant vers Bianca. Tu sais quoi, Lolita ? Écoute ça : Casey n'attend qu'une raison de te virer de l'équipe maintenant qu'elle a rompu avec Cole. Alors je te suggère d'apprendre à t'occuper de ce qui te regarde et de rester bien sage, sans quoi je lui en fournirai une bonne.

— La vache…, murmure Oakley mais Bianca pousse Morgan.

— Et je te suggère d'apprendre à garder les cuisses fermées, et à rester à distance des hommes qui ne t'appartiennent pas, sinon je t'arrache ce bout de peau flasque infesté de MST qui te sert de vagin et je te le fais avaler.

Bon sang de bonsoir. Elle a directement visé la jugulaire.

— Ouais, raille Hayley.

— Hé ! crie Oakley. Et si tout le monde se détendait et fumait un pétard ?

Béni soit-il. Ces filles ne s'intéressent qu'à une seule chose, dans l'immédiat.

Gagner.

Je tente de me glisser entre Bianca et Morgan avant que cela ne tourne au bain de sang.

— Éloigne ta copine obèse de mon chemin avant qu'elle me mange, geint Morgan.

Mon coude entre accidentellement en contact avec son nez tandis que je les sépare.

— Oh mon Dieu, crie-t-elle dans un souffle. Je crois que je saigne.

— Oups. Au temps pour moi, dis-je avec une innocence feinte.

Bianca me regarde, sourcils arqués.

— Tu m'impressionnes.

Oak enroule son bras autour des épaules de Morgan.

— Allons te trouver des toilettes libres.

Je ne saurais dire s'il l'emmène pour les séparer ou parce qu'il a envie de jouer au docteur avec elle.

Connaissant Oakley, probablement les deux.

La lèvre inférieure d'Hayley tremble dès qu'il s'éloigne. Un vrai chiot abandonné par son maître.

À vous déchirer le cœur.

— Ne le suis pas, l'avertit Bianca entre ses dents serrées. Tu vaux mieux que ça. Laisse-le avec sa pauvresse.

Son conseil fait mouche, Hayley rayonne comme sous le coup d'une révélation.

— Tu sais quoi ? T'as raison, dit-elle en tirant sur la main de Bianca. Qu'il crève. Viens, on va s'éclater.

— Attends, je souffle à Bianca. Que fais-tu ?

La bienveillance, se faire une copine, cela ne lui ressemble pas. À moins qu'elle n'ait des intentions cachées.

J'ai beau chercher, je ne vois pas ce qu'elle pourrait vouloir de particulier à Hayley.

Elle se penche et chuchote :

— Garde tes amis près de toi et tes ennemis encore plus près.

Considérant que Bianca se vante de ne pas avoir d'amis, cela ne peut signifier qu'une seule chose.

Après les avoir jaugées, elle a conclu qu'Hayley était la plus grande des menaces qui se dressent sur sa route entre elle et ce – ou celui – qu'elle convoite.

Je les regarde se ruer vers la piste de danse en récitant une prière silencieuse pour la pauvre fille.

Bianca danse avec Hayley, et Oakley est parti faire je ne sais quoi avec Morgan depuis une heure… ce qui signifie que j'erre sans but.

C'est curieux de se sentir aussi seule dans une maison remplie de monde.

Comme si je n'étais pas à ma place.

Histoire de m'aérer, je sors sur la terrasse et rappelle Dylan. Comme la première fois, je tombe directement sur sa messagerie.

En toute franchise, elle m'a avertie que ses examens de milieu de trimestre avaient lieu cette semaine, et qu'elle avait demandé à faire des heures supplémentaires à la boulangerie.

Mais ça craint que dans un moment de tristesse, la seule personne au monde qui me comprenne véritablement soit trop prise par sa propre vie.

Si j'étais sage, je rentrerais rédiger ma dissertation pour mon dossier d'admission. La date limite est fixée à la semaine prochaine et si je ne me remue pas, je risque de laisser passer ma chance.

Serait-ce si terrible ?

Ces dix-sept dernières années, j'ai été fiable et… prévisible.

Ne pas soumettre mon dossier serait certainement un changement de cap.

Sans compter que ce serait… idiot.

Aussi loin que je me rappelle, j'ai toujours rêvé d'intégrer Duke's Heart. Je ne vais pas abandonner parce que je m'apitoie sur mon sort.

Ce n'est pas mon genre.

Je dois à tout prix me prendre par la main et m'y mettre.

Je dois combattre ma peur de l'inconnu.

Si je suis recalée, ce sera une grande perte pour eux.

La panique me serre la gorge. Oh ! mon Dieu ! Et s'ils ne m'acceptaient pas ?

Ou pire ? Et s'ils m'acceptaient, mais sans m'accorder de bourse ou de chambre universitaire gratuite ?

Ils ont admis Dylan et, techniquement, ses notes étaient plus faibles que les miennes, étant donné qu'elle a fini l'année avec un B+ en sciences sociales ; mais c'était l'an dernier.

Les choses évoluent.

Arrête ça, Sawyer.

Il y a des gens dans ce monde qui n'ont rien à manger, pas de logement et pas de famille. En d'autres termes, des problèmes inhérents au monde réel. Et, moi, je me comporte comme si ma vie allait s'arrêter si je n'étais pas prise dans l'université de mes rêves, tous frais compris.

Comme mon père le répète souvent : croire que tout vous est dû, c'est de la paresse enveloppée dans de l'égoïsme. Quand on veut vraiment quelque chose, il faut travailler pour l'obtenir. Le gagner.

Et si l'on perd la foi… il faut prier, et Dieu y remédiera.

Il ne répondra peut-être pas exactement à tous nos vœux, mais il nous accordera ce dont on a besoin.

Y compris la force de surmonter la tempête.

Même si la tempête se manifeste sous la forme d'un égoïste imbuvable d'un mètre quatre-vingt-dix, nommé Cole Covington.

Des ondes de morosité ajoutées à de minuscules éclats de colère se mélangeant dans ma poitrine, je l'observe dans le jacuzzi.

Les yeux fermés, la tête appuyée contre le bord, il est seul pour une fois.

Pour le plus grand nombre, il serait la personnification du calme et de la paix.

Toutefois, je ne peux m'empêcher de remarquer la manière dont son torse affleure à la surface à intervalles réguliers, puis retombe sous l'eau.

Comme s'il étouffait, essayait de ne pas se noyer.

Sans doute avons-nous cela en commun.

Je dois me rappeler que non. Nous n'avons rien en commun.

Contrairement à moi, Cole blesse et utilise les autres.

Je me retourne, dans l'intention d'informer Bianca de mon départ imminent.

— Approche, Bigote.

Au son de sa voix, je me fige.

— S'il te plaît, dit-il après un instant.

Bras croisés, je me retourne vivement.

— Pourquoi ?

Encore un de tes stupides paris entre amis ?

— Oh ! allons, je ne mords pas, dit-il avant de me sourire, le visage orienté vers moi. Sauf si tu y tiens.

Non, non, non. Il ne peut pas me draguer, comme si ce pari avec Cortland n'existait pas.

Comme s'il ne m'avait pas traitée d'obèse devant toute l'école.

Comme si mon impuissance à l'aider ne m'avait pas fait pleurer.

Je parcours les quelques mètres nécessaires pour le rembarrer en face quand je me rends compte que Cole ignore que j'ai connaissance du pari.

14

Cole

Avec une mine renfrognée des plus adorables, elle se dirige vers moi. Malgré son mètre cinquante, elle traverse la terrasse en quelques pas.

Comme si elle était pressée de m'envoyer sur les roses.

Je mentirais si je disais que la voir frustrée ne me fait pas jubiler.

Hélas, je ne peux pas en profiter parce que quelque chose me dit que Sawyer n'acceptera pas de sortir avec moi aussi aisément.

Pas après la façon dont je lui ai causé de la peine et de l'embarras.

Ce qui signifie que je dois mettre le paquet.

L'aguicher, la séduire jusqu'à ce qu'elle ne puisse plus se dérober.

Par chance, j'ai quelques coups d'avance, car je sais qu'elle me trouve attirant.

Ma queue gonfle tandis que j'examine son gilet violet tendu sur son opulente poitrine et le bandeau assorti dans ses longs cheveux noirs.

Elle est tellement innocente. Tellement entière. Si pure… que ce serait criminel de tirer avantage d'elle.

Quelqu'un de bien ne parierait pas sur la virginité d'une fille pour sauver sa réputation et son orgueil.

Un gars comme il faut dirait stop et enverrait Cortland se faire voir.

Mais je ne suis pas quelqu'un de bien. Loin de là.

L'idée de déflorer Little Miss Bigote et de la faire jouir sur ma queue est bien trop gratifiante pour que je l'ignore. Surtout si je peux rembarrer Cortland dans la foulée.

— Que veux-tu, Covington ?

Elle tape du pied comme si elle s'impatientait. Ou avait mieux à faire.

Nous savons tous deux que ce n'est pas le cas.

À moins que si ? Je suis presque certain que Bianca ment au sujet de la relation de Sawyer avec son employeur, mais dans l'hypothèse où ce serait vrai, cela risque de me poser un sérieux problème.

Je ne peux pas m'appesantir là-dessus dans l'immédiat. J'ai des soucis plus urgents.

Usant de mon charme, je lui adresse un sourire.

— Te dire que tu es belle ce soir.

Ses grands yeux marron m'étudient comme une bactérie sous un microscope de longues secondes avant qu'elle ne batte des cils.

— Vraiment ?

Merde. Ça s'annonce plus facile que je ne le pensais.

Hochant la tête, je me repousse de l'autre côté du bassin, plus près d'elle.

— Ce gilet fait ressortir tes…

Je marque une pause, lorgne ses courbes de la tête aux pieds avant de m'attarder sur ses seins admirables. Ils ont carrément l'air de réclamer ma bouche.

— Ni… yeux.

Je me rattrape juste à temps.

Je ne sais pas trop comment interpréter son expression. Un instant, je pense qu'elle va me frapper, mais bizarrement elle pique un fard.

— C'est mignon. (Se mordant la lèvre, elle murmure.) Mais pourquoi es-tu gentil subitement ? Je pensais que tu me détestais ?

— Je ne te déteste pas.

Il y a eu des moments où ses airs de sainte-nitouche et sa capacité à me déchiffrer m'ont agacé, mais pas une fois je ne l'ai haïe.

Tout l'inverse. Elle m'amuse, et j'adore la faire sortir de ses gonds.

En prime, le regard désapprobateur qu'elle me lance chaque fois que je dépasse les bornes me fait bander, immanquablement.

Elle a beau faire comme si je la rebutais, je sais qu'elle est intriguée au fond d'elle-même.

Comme la complimenter ne me mène à rien et que je n'ai pas de temps à perdre, je change de tactique.

— En fait, j'ai un souci et j'espérais que tu pourrais m'aider.

À son sourcil levé, je vois que j'ai piqué sa curiosité.

— Quel genre de souci ?

— Il y a cette fille, dis-je en soutenant son regard. Elle n'est pas mon genre, et nous sommes mal assortis, mais je suis fou d'elle.

Elle déglutit.

— Oh. Je ne vois pas trop…

— J'ai peur de révéler mes sentiments, je crains qu'ils ne soient pas réciproques. (Je la regarde avec gravité, pour la ferrer encore un peu.) Que devrais-je faire, d'après toi ?

Elle s'agite.

— Je ne sais pas. (Ses yeux de bébé me touchent avec une aisance déconcertante.) Commence par essayer d'être honnête avec elle.

Une pointe d'agressivité marque la fin de sa phrase, et je ne sais pas pourquoi.

— Tu as raison.

Je me redresse, de façon à placer mes yeux au niveau des siens, mes mains sur le rebord du bassin.

— Sors avec moi, Sawyer Church, dis-je avec un rictus faussement effarouché. Est-ce assez honnête pour toi ?

Elle ouvre de grands yeux.

— C'est pas vrai.. T'es pas sérieux, là. (Elle a un rire cynique.) Nous n'avons jamais eu de rencard.

Sans me démonter, je passe un doigt sur son bras.

— D'accord. Où veux-tu que je t'emmène ?

— Nulle part. (Secouant la tête, elle s'éloigne d'un pas.) Plutôt... je ne peux pas.

Quelque chose m'échappe, toutefois j'ai l'impression de perdre le contrôle et que le train déraille.

Ça ne me plaît pas du tout.

— Pourquoi ?

Elle détourne le regard.

— Pas le droit. Mes parents, tu sais, étant des fanatiques de Jésus et tout ça, ne me donneront pas la permission.

Enregistrer. Esquiver.

— Que ce soit bien clair. Pour sortir avec toi, je dois d'abord demander la permission à tes parents ?

Rencontrer les parents, ce n'est pas mon truc. Mince, si j'ai fait la connaissance de ceux de Casey, c'est parce qu'ils assistaient à mes matchs.

Opinant, Sawyer se rapproche d'un pas.

— Ce serait un début.

— Un début ? je m'écrie d'une voix quasi étranglée.

J'invite leur fille à sortir. Je ne la demande pas en mariage.

— Je suis désolée, mais si tu ne plais pas à mes parents, nous ne pouvons pas sortir ensemble. C'est comme ça.

Carrément.

— Si je leur plais, tu sortiras avec moi ?

Je ne vais pas en faire des caisses sans avoir de garantie.

Se rapprochant un peu, elle promène un doigt sur mon torse.

Un geste qui centralise toute mon attention ailleurs.

Réduisant la distance entre nous, je pose ma main sur sa joue.

— Est-ce un oui ?

Elle est tellement silencieuse qu'on entendrait les mouches voler.

Mon cœur tambourine contre mes côtes quand elle se penche vers moi.

— Je ne sortirais pas avec toi, même si tu étais le dernier garçon sur Terre, ordure.

Avant que je n'aie pu assimiler sa réplique, une douleur cuisante me saisit l'entrejambe.

Pris de court, je perds mon sang-froid.

— Qu'est-ce qui cloche chez toi ? je cris, alors qu'elle s'éloigne. Je te déclare mon amour éternel, je te propose de devenir ma copine, j'accepte de rencontrer tes parents… et tu me balances ton poing dans les valseuses ?

Elle se retourne, furieuse.

— Arrête tes conneries ! Je sais pour le pari que tu as fait avec Cortland, espèce de sous-merde bourré d'arrogance et d'égoïsme.

Oh ! putain. Qui, parmi les enfoirés de mon équipe, lui a dit ?

— Super, fais-je en m'extirpant de l'eau. Très chrétien de ta part.

Cela ne sert qu'à attiser sa fureur.

— N'essaie même pas, dit-elle, un doigt accusateur tendu vers moi. J'ai toujours su que tu n'étais qu'un salaud, mais relever ce défi, c'est minable. Même pour toi.

Elle se dirige vers la maison mais je la rattrape par le coude.

— Comment tu l'as découvert ? Cortland te l'a dit ?

Elle serre les poings. Cette fois, quand elle me regarde, ses yeux sont embués.

— C'est une blague ! Ce qui compte, ce n'est pas comment je l'ai découvert, mais tout le mal que tu me fais. Et que tu t'acharnes à me faire.

Des remords, d'un genre authentique, s'infiltrent dans ma poitrine.

— Dis-moi comment je peux me rattraper.

— Commence par me laisser tranquille et ne plus jamais m'adresser la parole.

Elle reprend la direction de la porte-fenêtre mais je l'arrête.

— C'est possible d'aller discuter ailleurs ?

Elle me regarde comme si je venais de boire de l'eau du robinet au Mexique.

— Qu'est-ce que tu ne comprends pas, quand je te dis de ne plus jamais m'adresser la parole ?

Qu'elle soit fâchée, d'accord, mais cela l'empêche d'appréhender la situation dans son ensemble.

— Tu veux de l'honnêteté, c'est bien ça ? Pour que je puisse t'en donner, tu dois arrêter de te défiler et m'écouter jusqu'au bout. (Je la regarde dans les yeux.) C'est mal, ce que j'ai fait.

Elle me scrute, de longues secondes angoissantes, avant d'agiter la main.

— Et ?

N'est-ce pas suffisant que j'admette mes torts ?

— C'est tout. C'est tout ce que j'ai à déclarer.

Elle m'écarte de son chemin.

— Tu es ridicule, dit-elle, la rage enflammant son regard. Tu pensais vraiment que si tu me draguais, je mordrais à l'hameçon ? (Elle rit pour elle-même.) Évidement que tu y croyais. Tu t'es sûrement dit que la grosse était tellement prête à tout pour obtenir ton attention qu'elle tomberait à tes pieds. Pas vrai ?

Cette facette déchaînée, je ne la connaissais pas encore.

— Tu n'es pas gr…

— Va te faire foutre. J'étais là quand tu l'as crié devant toute l'école, tu te rappelles ?

Elle ne comprend pas. Si je n'avais pas fait ça, tout le monde saurait pour nous.

— Je n'ai pas…

— Stop. Ne te fatigue pas à essayer de te défendre ou à te trouver des excuses, dans le seul but de réussir ton stupide pari.

Ravalant ma fierté, je murmure :

— Je suis désolé.

— Tes excuses, tu peux te les mettre où je pense, Covington. Je ne veux plus avoir affaire à toi. Ni maintenant. Ni jamais.

Mon cœur se serre. Je suis en train de perdre.

Je ne peux pas perdre.

— Alors fais-moi payer, dis-je dans une ultime tentative de la retenir. Si tu consentais à devenir ma copine, je devrais me rétracter publiquement, et ce serait un énorme doigt d'honneur à tous ceux qui se sont un jour moqué de toi. Tous ceux qui pensent que tu n'es pas assez jolie ou pas assez mince pour séduire un mec comme moi.

15

Sawyer

Juste quand je pensais qu'on touchait le fond, ça s'aggrave encore.

— Ce que tu es vaniteux.

Mon ennemi juré hoche la tête.

— Exact. Mais avoue que ce serait jubilatoire de voir la réaction de Casey et ses sbires, quand elles apprendront que nous sortons ensemble.

Je déteste l'infime partie de moi qui approuve. Mais ça ne suffit toujours pas pour que je l'aide.

Pas après ce qu'il a fait.

— Désolée, mon gars. Il n'y a rien que tu puisses dire pour me décider à sortir avec toi.

— Et si je te proposais de l'argent ?

Là, c'est bigrement insultant.

— J'ai l'air d'une pute ?

L'expression sur son visage serait attachante, s'il n'était pas aussi abominable.

— Je n'ai pas… tu te méprends.

Les mains sur les hanches, je le fusille du regard.

— Alors, explique-toi.

Il cille.

— Tu n'as pas d'argent, n'est-ce pas ? (Avant que je n'aie pu hurler à tue-tête, il lève les mains.) Je n'essaie pas de t'insulter. J'énonce juste des faits.

— Soit. Permets-moi de lister quelques faits, dis-je en commençant à compter sur mes doigts. Primo, tu es un…

— Une sous-merde, bourrée d'arrogance et d'égoïsme, il termine en me retournant mes qualificatifs. J'en ai pris note.

Manifestement, il sait écouter.

— Super. Je retourne à l'intérieur. Ne me suis pas.

J'ai à peine avancé d'un pas qu'il crie :

— Sawyer, attends.

Il me rattrape par les épaules et me fait pivoter vers lui.

— Je sais que je ne mérite pas ton aide, mais j'ai besoin de toi. (Il se rapproche, trop.) Dis-moi comment la mériter.

La glace qui entoure mon cœur fond un petit peu.

— Dis-moi quelque chose de véridique, je suggère, la gorge serrée. Une blessure.

Ces trois dernières années, je n'ai rien souhaité plus fort que fendiller la coquille de Cole Covington pour jeter un œil à l'intérieur.

Entrevoir sa vraie nature.

Pas la version fictive qu'il montre à tout le monde.

Il ouvre la bouche pour parler puis la referme brusquement.

— Laisse tomber. J'aurais dû m'en douter.

J'exècre la déception qui couve dans ma poitrine. Rien que pour cette fois, j'espérais qu'il me prouve que j'ai tort.

— Je ne peux pas…

— Tu ne peux ou tu ne veux pas ?

— Peux pas, il murmure.

— Alors nous sommes deux.

Le regard qu'il me lance transperce mon âme.

— Mon…

Un groupe d'invités envahit la terrasse au même instant.

— Le 7 porte-bonheur !

Cole, sans perdre un instant, les salue d'un geste du menton.

— Quoi de neuf, les gars ?

Il m'énerve. J'en ai plus qu'assez.

Je reprends la direction du salon, mais sa main engloutit la mienne, et il m'entraîne vers un petit vestiaire.

— Qu'est-ce qui te prend ?

Sans s'embêter à répondre, il me pousse dans la cabine et referme la porte derrière nous.

Dans l'espace déjà exigu, à deux, on étouffe presque.

Je m'apprête à actionner l'interrupteur mais il m'arrête.

— N'allume pas.

— Je n'ai pas de temps à perdre avec tes jeux idiots, Cole. Laisse-moi sortir.

— Ce n'est pas un jeu.

— Alors c'est quoi ?

— Moi, sous mon vrai jour. (Mon souffle se bloque quand il pose ma main sur son cœur qui bat à tout rompre.) Mais je dois t'avertir : il fait sombre à l'intérieur.

16

Cole
Autrefois…

— Maman, dis-je pour ce qui semble la centième fois en cinq minutes.

M'ignorant, moi et la feuille que je tente de lui montrer, elle continue d'astiquer furieusement la maison.

On dirait qu'elle se sent mieux aujourd'hui.

La semaine dernière, elle est restée alitée quatre jours, pendant que notre père était en voyage d'affaires. Jace a été obligé de nous préparer à manger et de s'occuper de la lessive.

Même s'il a affirmé qu'elle était souffrante, elle n'en avait pas l'air. À sa voix, elle semblait triste.

Comme toujours, mon frère aîné essayait de nous protéger de la vérité.

Quelque chose n'allait pas avec notre mère, mais son problème demeurait invisible.

Invisible, comme un superpouvoir secret.

Sauf que, au lieu de la rendre forte et puissante… il la rendait faible et fragile.

Je suis presque sûr qu'en plus ce pouvoir l'amenait à me détester.

Pourtant, il ne l'a jamais fait détester Liam.

— Maman.

Frustré, je lui colle la feuille dans la main.

— Je peux ? S'il te plaît ?

Enfin, elle la regarde.

Je ne suis doué dans aucun domaine. À l'opposé de mes frères et de ma sœur, mes notes sont médiocres, et j'ai du mal à rester concentré.

Mais le jour où Jace m'a lancé un ballon de foot, et que je l'ai rattrapé, quelque chose s'est mis en place.

J'ai senti que j'étais fait pour ça. C'est dans mon sang. Dans mon âme.

Et quand, à l'école, j'ai vu l'affiche des benjamins, j'ai su que c'était le destin.

Il faut qu'elle signe.

— Non. (Son joli visage se plisse.) Le football est un sport dangereux, et je n'ai pas le temps de te conduire à l'entraînement.

J'aurais pu arguer qu'elle aurait du temps si elle en passait moins couchée, mais j'avais tout organisé.

— Tu n'as pas besoin. Jace a promis de m'emmener.

Voilà. Elle ne peut plus refuser.

— C'est dangereux.

— Je ferai attention. Je porterai tout l'équipement et toutes les protections. Promis.

Je vois bien qu'elle est prête à céder. Elle a juste besoin d'un petit coup de main.

Je lui fais ma meilleure interprétation des yeux de chiot.

— S'il te plaît, maman. Je veux vraiment jouer.

— Jouer à quoi ?

Liam. On peut compter sur lui pour débarquer au moment où je touche au but.

Lui et Bianca font la grasse matinée, autant que possible, donc je m'étais dit que le matin serait le moment idéal pour aborder la question.

Erreur.

— Ça te regarde pas, je lance d'une voix rageuse, avant de reporter mon attention sur maman. S'il te plaît.

— Je ne sais pas. Liam, aimerais-tu jouer au football avec ton frère ?

Du plomb m'emplit l'estomac. Je n'y crois pas. Mon avenir dans le foot ne peut pas reposer sur ses épaules.

— Non… commence à dire Liam.

— Allez, maman, j'ai pas cinq ans ! Nous ne sommes pas obligés de tout le temps faire les mêmes activités. (Je jette un regard noir à mon frère.) En plus, tout le monde sait que Liam est nul en sport.

Récemment, Ben Phillips l'a frappé au visage en jouant à la balle au prisonnier, et Liam a pleuré devant tout le monde.

Non que cela me surprenne. Cette chochotte pleurniche pour un rien.

Parfois, à cause de moi.

— C'est pas vrai, gémit Liam, sa lèvre inférieure tremblante.

Parfait exemple.

— Combien de fois devrai-je te dire de ne pas te moquer de ton frère ? gronde ma mère pendant qu'il court se réfugier dans ses bras grands ouverts.

— Ouais, Colton, renifle Liam, sa tête blottie contre sa poitrine.

Il est le seul qui m'appelle par mon vrai prénom, et je n'aime pas ça.

Raison pour laquelle il continue de le faire.

— Tais-toi, gros bébé.

Jumeau ou pas, je ne le supporte plus.

Tous les jours, dès que je me réveille, j'ai envie de lui fracasser la tête parce qu'il existe.

Parce qu'il est tout ce que je ne suis pas.

Déjà dans le ventre de notre mère, il me piquait toute l'attention et tous les éloges.

D'après notre mère, nos parents n'ont su qu'ils attendaient des jumeaux que quelques semaines avant notre naissance.

Apparemment, Liam me cachait pendant les échographies.

Pas étonnant.

Ma mère a insisté parce qu'elle prenait beaucoup de poids et qu'elle était tellement fatiguée qu'elle tenait à peine debout, et c'est là qu'ils ont fini par me repérer.

Derrière Liam.

Manque de pot, je ne l'ai pas avalé.

Sinon, je n'aurais pas subi le grand spectacle de la vie de Liam dès mon premier souffle.

Environ deux minutes et douze secondes après lui. Faut pas chercher à comprendre.

Comme toujours, il a chipé le premier rôle.

Liam était celui que ma mère voulait.

Le jumeau dont elle avait connaissance.

Celui qu'elle était heureuse d'avoir.

Et elle n'est pas la seule. Tout le monde dans notre famille se comporte comme s'il était un saint qui pond des arcs-en-ciel et des rayons de soleil.

Sauf qu'il ne l'est pas.

Je vois le vrai Liam, tel qu'il est… ou plutôt, tel qu'il n'est pas.

— Cole.

Je connais ce ton. C'est ma mère qui m'avertit que sa patience est à bout. Je dois agir urgemment.

— S'il te plaît, maman. Je ferai tout ce que tu voudras.

Elle caresse les cheveux de Liam.

— Tu as réussi ton contrôle de maths, la semaine dernière ?

La panique s'enroule dans ma gorge, mes paumes s'humidifient. Je l'ai foiré.

Pas besoin qu'elle le sache, dans l'immédiat. Je n'aurai qu'à lui révéler après qu'elle m'aura inscrit.

— Je ne sais pas, dis-je en lançant un regard menaçant à Liam. Mme Myer ne les a pas encore corrigés.

Elle tord la bouche. Réfléchit.

Je regarde Liam dans les yeux. Même si je le hais, je ne peux nier notre étrange connexion.

Il a intérêt à la boucler.

Je n'ai pas besoin de lui expliquer ma passion pour le football pour qu'il sache.

J'en ai besoin. Je communique par télépathie, espérant qu'il capte le message.

Je meurs intérieurement. Peu à peu, un peu plus chaque jour.

Toutefois, avec un ballon dans les mains, la vie m'avait semblée moins horrible.

C'était la seule et unique fois où je m'étais senti libre d'être moi-même.

L'unique chose que Liam ne pouvait pas me prendre.

— Si, elle les a rendus, cafte Liam

Et j'ai une envie folle de l'étrangler.

Ma mère pose les poings sur ses hanches.

— Pourquoi tu mens, Cole ?

Un autre mensonge est prêt à décoller de ma langue, mais c'est trop tard.

— Parce qu'il l'a raté, lui dit Liam.

Je jure qu'un air suffisant flotte sur son visage d'imbécile.

— C'était un contrôle super difficile, je m'exclame.

Elle souffle.

— Avais-tu appris ta leçon ?

Non.

— Oui.

— Menteur, chuchote tout doucement Liam.

Elle baisse les yeux sur lui.

— Quelle note as-tu obtenue à ce contrôle ?

— 100, annonce-t-il, radieux. Plus cinq points pour la question bonus.

Évidemment. Pauvre naze.

Le regard de ma mère remonte vers moi.

— Liam a un A+. Il n'y a aucune raison pour que tu n'obtiennes pas toi aussi un A.

Cela équivaut à comparer des pommes et des oranges. Liam et toute la fratrie ont des méga cerveaux supersoniques, alors que le mien est normal.

Sans oublier que la moitié de la classe a eu une mauvaise note. La prof est nulle.

— Mais, ma…

— Arrête ça. Je ne t'autoriserai pas à jouer au football tant que tu rateras tes contrôles, Cole. Tu as besoin de ce temps de loisir que tu gaspillerais au sport pour étudier et améliorer tes résultats. (La déception tourbillonne dans ses yeux marron) Peut-être que si tu étais davantage comme ton frère…

La rage qui bouillonne sous la surface explose comme un volcan.

— Je ne veux pas être comme Liam.

Je lui décoche un regard qui, je l'espère, exprime précisément ce que je ressens pour lui.

— Je le hais. J'aurais préféré qu'il ne soit pas né.

— Pourquoi vous hurlez, tous ? demande Bianca en apparaissant dans le salon, et en frottant ses yeux ensommeillés.

Génial. Le second enfant préféré de ma mère. Bianca n'est pas juste la seule fille ; elle est aussi le bébé de la famille, la petite princesse pourrie gâtée de ma mère.

— Tu étais supposée te lever il y a vingt minutes, lui dit cette dernière.

— Pardon, dit-elle puis elle se requinque. On va quand même acheter mes chaussons de danse, hein ? (Sans attendre de réponse, elle ajoute :) J'ai besoin des mêmes que Julianna. Il y a un magasin au centre commercial…

— Oui, ma petite puce. Je sais. (Souriante, maman claque des doigts.) À présent, va te préparer, que nous puissions partir.

Souriant jusqu'aux oreilles, Bianca détale.

Plus injuste, tu meurs.

— Tu l'inscris à la danse classique mais je ne peux pas m'inscrire au football ?

Jace entre à cet instant.

— Elle refuse que je m'inscrive, dis-je, mon regard courroucé allant de lui à notre mère.

Il faut qu'il arrange ça. C'est lui qui a placé un ballon entre mes mains, pour commencer.

Surtout, il est sûrement la seule personne susceptible de la faire plier.

Il n'a qu'un an de plus que moi mais il devient alors manifeste que maman s'attend à ce qu'il s'occupe de nous dès qu'elle se sent triste.

Ce qui advient si fréquemment que Jace est plus comme mon père que mon vrai père.

Il ouvre la bouche mais la referme quand elle dit :

— Contrairement à toi, Bianca n'échoue pas à ses contrôles.

Jace lève les mains.

— Désolé, frangin. Je n'ai rien à redire à ça.

Bien sûr que non. Sauf que si j'étais Liam, il s'interposerait sans problème.

— Ce n'est pas juste.

Elle me lance un regard sans équivoque.

— La vie n'est pas juste.

Je ne suis pas du genre à baisser les bras.

— C'est le dernier jour pour s'inscrire. On peut s'arrêter au club en allant chercher les espèces de chaussons de Bianca au centre commercial. Cela ne prendra qu'une minute.

Se pinçant le nez, elle soupire.

— Non.

Son visage s'adoucit.

— Rapporte-moi d'abord de meilleurs résultats scolaires, ensuite nous en reparlerons. Compris ?

Elle ne comprend pas. Même s'ils m'autorisaient à m'inscrire en cours d'année, je serais trop à la traîne. Dans l'équipe, tout le monde se sera fait des copains, aura eu son numéro de maillot et aura été nommé à un poste.

Je ne veux pas avoir l'impression que je ne suis pas à ma place ou qu'on me montre du doigt.

Je ne suis pas Liam.

— Ce sera trop tard.

Elle lève les yeux au plafond.

— La réponse est non.

Désespéré, je dis la seule chose qui l'affectera.

— Très bien. Je vais appeler papa pour lui demander.

La colère mélangée à la peine tournoie dans ses yeux.

— Oui, eh bien, bonne chance pour le joindre.

Elle quitte la pièce, me repoussant sans un autre regard.

Mais ce n'est pas fini. Pas du tout.

J'en ai assez qu'elle me compare à Liam.

Assez de sentir que je ne suis jamais à la hauteur.

Assez qu'elle me fasse de la peine.

Peu importe mon amour pour elle et mon besoin qu'elle fasse attention à moi, elle est incapable de m'aimer en retour. Je le sens dans mes os.

Les enfants savent quand ils ne sont pas désirés.

Je lui emboîte le pas.

— Il ne décroche pas quand tu lui téléphones parce qu'il ne t'aime pas.

Je la suis dans la cuisine, avec Jace sur mes talons.

— Arrête ça, Cole.

Non. Y a pas moyen. Pas possible.

Le football pourrait être ma manière de m'évader. Mon unique chance de devenir le meilleur dans un domaine, et elle me l'enlève.

— Tout ce que tu fais, c'est dormir du matin au soir. Tu t'en fous de nous, je hurle. Je te déteste. Tu es la pire maman du monde entier !

— Non, c'est pas vrai ! mugit Liam.

— Cole ! crie Jace.

Sans prêter attention à ma crise, elle regarde Liam.

— Tu veux venir au centre commercial avec Bianca et moi ?

Son visage s'éclaire.

— Trop bien.

Je le hais. Je les hais tous.

— Maman, je la supplie d'une voix brisée. S'il te plaît.

Elle frotte les cheveux de Liam.

— On pourra aller chercher cette nouvelle bande dessinée dont tu m'as parlé.

Maintenant elle fait tout pour me narguer.

J'essaie de chiper les clés de voiture sur le plan de travail mais elle réagit trop rapidement.

— Arrête, avant que je te punisse.

— Te gêne pas.

Elle a déjà bousillé ma vie. Autant me consigner dans ma chambre. Au moins, je ne serai plus obligé de voir ou de parler à Liam. Ou à elle.

— Pourquoi Cole pleure ? demande Bianca.

Et ce n'est qu'alors que je me rends compte que j'ai le visage trempé.

— Maman refuse de l'inscrire au football parce qu'il a raté son contrôle, répond obligeamment Liam.

Bianca fronce le nez.

— C'est bête pour lui.

Je sèche mes larmes d'un revers du bras.

— Je te hais.

Si ma mère est heurtée, elle n'en laisse rien paraître.

Attrapant son sac à main, elle regarde Jace.

— Surveille ton frère jusqu'à mon retour.

Elle disparaît, et je frémis quand la porte claque.

C'est foutu. J'ai perdu.

Jace pose la main sur mon épaule.

— Si tu réussis ton prochain contrôle, je te parie qu'elle reconsidérera sa décision.

— Le dernier jour pour s'inscrire, c'est aujourd'hui.

Il réfléchit un instant.

— Dès qu'ils verront que tu es doué, ils te voudront dans leur équipe.

— Comment peux-tu en être aussi sûr ?

Il fait semblant d'enfoncer son poing dans mon biceps.

— Ce bras, là.

— Mouais.

Je ne suis pas au bout de mes lamentations, parce que rien ne garantit qu'ils m'accepteront dans l'équipe en cours de saison.

— Et si on passait un marché ?

— Quel genre ?

— Je t'aide à réviser pour ton prochain contrôle, si tu promets de lâcher la grappe à maman.

Je lève les yeux au ciel.

— Bah tiens, défends-la.

— Elle a des tas de problèmes en ce moment, Cole.

— Elle me pourrit la vie.

Il prend du jus du fruit dans le frigo.

— Détrompe-toi. Elle veut juste ce qu'il y a de mieux pour toi.

— Le mieux pour moi, c'est le football.

— Bon, tu dois le lui prouver en réussissant ton prochain contrôle. Montre-lui que tu en as envie, que tu es prêt à faire des efforts.

Je n'en ai pas envie… j'en ai besoin.

— Peut-être que tu as raison.

Quand elle rentrera, je m'excuserai d'avoir été méchant, et j'accepterai la proposition de Jace pour étudier.

Je réviserai tellement que j'aurai une meilleure note que Liam. Après quoi, elle n'aura pas d'autre choix que de m'autoriser à jouer.

Ensuite, elle verra que je déchire sur le terrain, que dans ce domaine, je bats Liam à plates coutures. Alors, peut-être qu'enfin elle m'aimera plus, moi.

Il pousse un verre de jus de fruits devant moi, sur le plan de travail.

— Évidemment j'ai raison. Maintenant bois ça, avant qu'on aille échanger quelques passes.

Comme toujours, Jace n'a pas son pareil pour me redonner le sourire.

À vrai dire, je me surprends souvent à regretter qu'il ne soit pas mon unique frère.

Ma vie serait tellement plus simple.

Jace tape sa paume comme si une abeille l'avait piqué.

— Mince. À ce rythme-là, je vais devoir porter un gant. Penses-tu pouvoir me le lancer à cette distance ? il me demande en reculant, le ballon dans les mains.

Courant jusqu'à lui, je subtilise le ballon.

— Je ne pense pas. Je *sais* que je peux.

Aussi vif que l'éclair, je traverse le terrain au pas de charge.

Jace dit que courir améliore l'endurance, et je vais en avoir grand besoin pour devenir *quarterback*.

Si mon projet se concrétise, je demanderai à maman si je peux aller à l'école en courant.

Cramponné au ballon, je tends mon bras en arrière et me concentre sur ma cible.

Alors que je m'apprête à lancer, une douleur aiguë transperce mon thorax.

L'air quitte mes poumons d'un seul élan, sous le coup de la pression qui enfle, si fort que je tombe à genoux.

Jace accourt à mon côté.

— Qu'est-ce qui t'arrive ?

Liam.

Ce truc de jumeau qui m'agace.

Je me serre la poitrine, le visage en sueur.

— J'ai mal.

— J'appelle les secours.

— Non, dis-je en secouant la tête. Pas besoin.

— T'es fou ? Tu as un problème.

— Ce n'est pas moi.

Il me regarde comme si je délirais.

— Quoi ?

— Appelle maman, dis-je d'une voix cassée. Vérifie si Liam va bien.

— Liam ? Mais ça n'a pas de sens…

— Fais-le, j'aboie.

Liam, secoue-toi. Cesse de faire le bébé à longueur de temps.

Il sort son téléphone de sa poche et le plaque sur son oreille.

— Elle ne répond pas.

Je me force à me lever.

— C'est bon.

Les sourcils de Jace se froncent.

— Comment ça ?

J'époussète les taches d'herbe sur mon jean.

— C'est passé, dis-je en reprenant le ballon. Jouons.

Je ne laisserai pas les problèmes de Liam m'empêcher de jouer au foot.

Il s'interpose déjà suffisamment.

— Sérieusement ? fait-il, mâchoire tombante. J'ai cru que tu faisais une crise cardiaque.

Cette fois, je m'esclaffe.

— Les jeunes ne font pas de crise cardiaque, banane. (Je lui passe le ballon.) À toi de lancer. Pour voir si je le rattrape.

— Je ne pense pas que ce soit une bonne id…

La sonnerie de son téléphone l'interrompt.

Sûrement maman.

— Salut, papa, dit Jace sans douceur.

Quelque chose a changé entre eux, ces dernières semaines. Auparavant, ils étaient proches mais, désormais, Jace a presque l'air de le mépriser.

Bon, il se sent probablement délaissé, comme nous autres, parce que papa passe sa vie au bureau.

— Attends… répète ? Quand ?

Je ne peux pas entendre ce que dit mon père… en tout cas, ce n'est pas une bonne nouvelle, vu que Jace laisse tomber son téléphone.

— Qu'est-ce qu'il se passe ?

— Mme… (Il déglutit, recommence.) Mme Garcia.

Je ne comprends pas pourquoi notre voisine le perturbe autant.

— Est-elle morte ?

Il secoue la tête.

— Non. Elle arrive.

À le regarder, on penserait qu'il a reçu un coup dans l'estomac.

— Papa est en route pour l'hôpital.

Cette sensation dans ma poitrine revient en force.

— Il va bien ?

— Je ne… je ne sais pas, dit-il les yeux baissés. Je ne sais rien.

— Comment ça, tu ne sais rien ? Tu as parlé à papa à l'instant. Qu'a-t-il dit ?

Il est tellement déconnecté qu'il lui faut une minute pour répondre.

— Il a parlé d'un accident. La voiture de maman a quitté la route. (Il enfouit sa tête entre ses mains.) Il n'a rien voulu me dire de plus.

Il y a forcément une erreur.

— Qu'est-ce que ça veut dire ? Ils vont bien, pas vrai ?

— Je ne sais pas ! il hurle. Je ne sais pas.

C'est comme si c'était l'unique phrase de son vocabulaire.

— Ils vont bien, je murmure, plus pour moi que pour lui.

Un jour, ma mère m'a dit que si on envoyait des pensées positives à l'univers, elles se réalisaient.

— Ils vont forcément bien.

— Ouais.

Semblant reprendre contenance, il inspire avec détermination.

— Tu as raison, tout ira bien.

Mais non.

Rien n'ira plus jamais bien.

Parce que deux heures plus tard, nous avons appris que Liam et Bianca étaient opérés en urgence…

Et que notre mère était décédée.

17

Sawyer

— La police a informé mon père qu'elle rentrait à la maison après avoir fait halte à notre école, quand elle a fait une embardée.

La voix tourmentée de Cole est à peine plus audible qu'un chuchotement.

— Dans son sac à main, ils ont trouvé le double d'un formulaire rempli, avec un reçu pour le chèque d'inscription au football, dans l'équipe des benjamins. (Il ferme les yeux.) Sans moi, elle ne se serait pas trouvée sur cette route.

Oh ! quelle horreur. Mon cœur, qui se serre de seconde en seconde, se replie sur lui-même.

Sans réfléchir, je l'étreins le plus fort possible.

— Je suis tellement désolée.

Ma poitrine souffre physiquement pour le petit garçon qui se croyait responsable de la perte de sa mère, et pour l'homme devant moi, qui refuse tout autre point de vue.

Il se raidit.

— Je ne veux pas de ta pitié.

Avant que je n'aie pu dire ouf, il me repousse contre le mur.

— Ce que je veux, c'est que tu m'aides.

Ses doigts pincent mon menton.

— J'ai besoin de toi, Sawyer.

Il n'est pas réglo. Il ne peut pas se livrer, puis exiger mon aide.

N'est-ce pas ce que tu lui as demandé ? conteste ma raison.

Bon sang. Je déteste que ma conscience s'en mêle.

Ce serait mal que je lui tourne le dos, cependant je dois prendre une décision avisée.

— J'y réfléchirai.

C'est l'unique réponse qui me semble appropriée.

Après une petite minute de silence, il soupire.

— D'accord.

Ce n'est qu'alors que je me rappelle que mes bras sont restés noués autour de lui, que son corps est pressé contre le mien.

Pas plus l'un que l'autre, nous ne faisons un geste pour modifier notre position.

Ma vision s'est suffisamment accommodée à l'obscurité pour que je discerne l'agitation dans ses yeux, la courbe de ses lèvres pleines, et le contour net de sa mâchoire.

Il est si beau… si torturé.

Sans pouvoir m'en empêcher, je redessine sa pommette avec mon pouce.

— Tu n'étais qu'un enfant, lui dis-je. Ce n'était pas ta f…

— T'arrive-t-il de repenser à ce soir-là ? me coupe-t-il.

Le brusque changement de sujet me donne presque le tournis.

— Quel soir ?

— Celui où nous étions dans la chambre.

Oh ! ce soir-là ?

— Pas vraiment, dis-je, cachant la vérité.

— Moi, j'y pense, dit-il d'une voix neutre.

— Je croyais que tu n'en avais aucun souvenir ?

— Je n'en ai pas. (Un sourire espiègle aux lèvres, il se penche vers moi.) Et si tu me rafraîchissais la mémoire ?

La nervosité me noue le ventre.

— Te rafraîchir la mémoire ?

— Dis-moi ce que nous avons fait. (Ses lèvres s'égarent vers les volutes de mon oreille.) N'omets aucun détail.

Bon sang. Il n'est pas sérieux.

— Je… pourquoi ?

— La dernière chose dont je me souvienne, c'est mon envie de t'embrasser.

Sa bouche descend dans le creux de mon épaule, où il pose un petit baiser.

— L'ai-je fait ?

Je déglutis.

— Oui.

Sa main trouve ma taille.

— Avec la langue ?

Mes cils battant, mes yeux se ferment et je hoche la tête.

— Était-ce chaotique et effréné… ou tendre et délicat ?

Les joues en feu, le souvenir flotte dans mon esprit.

— Je… euh. Un peu des deux.

— Mais encore ?

— Au début, c'était doux. Ensuite, je ne sais pas, c'était presque comme si tu…

— N'en avais jamais assez ? (Il appuie ses lèvres dans mon cou.) Ça m'a l'air correct. (Sa main remonte sur ma hanche, puis sous mes côtes.) Après, qu'est-il arrivé ?

Une partie de moi exige de mettre un terme à ce simulacre, mais l'autre partie a envie de le mettre face à son amnésie d'ivrogne.

Que ça pique un peu.

— Nous avons continué à nous embrasser… puis ta bouche est descendue.

J'ai toute son attention à présent.

— Jusqu'où ?

Un afflux de chaleur enveloppe mes joues.

— Mon cou. (Je me contrains à le regarder.) Au début.

Le renflement dans son maillot de bain est impossible à ignorer, alors que son regard plonge dans mon décolleté.

— Les ai-je touchés ?

Ma poitrine se soulève, amenant davantage son attention sur le sujet.

— Oui.

Sa voix devient rocailleuse.

— Avec ma bouche ?

J'inhale d'un coup.

— Hmm, hmm.

Un petit cri muet m'échappe quand son pouce effleure mon mamelon qui se tend davantage.

— Les ai-je suçotés ?

Des rubans de chaleur se déploient en moi.

— Ou…

Le son de la porte qui s'ouvre nous fait tous deux sursauter.

Une part de moi veut réprimander Cole qui a omis de la verrouiller, l'autre est reconnaissante d'être sauvée, étant donné que j'ai passé ces deux derniers mois à espérer pouvoir effacer son baiser comme par magie, et oublier son contact… pourtant, voilà que je le laisse me faire fondre par pure mièvrerie, pour la seconde fois.

— Enfin ! Je t'ai cherché partout.

Le regard assassin, il se tourne vers le coupable, celui qui nous a interrompus.

Par chance, il s'agit d'Oakley. Quelqu'un d'autre n'en serait pas sorti indemne.

Cole creuse un peu de distance entre nous.

— Qu'est-ce que tu veux ?

— Il y a un problème…, commence Oak, rapidement interrompu.

— Ouah. J'ai trop hâte de raconter ça à Casey.

Ce n'est qu'alors que je remarque la pseudo-infirmière à côté de lui. Morgan n'essaie même pas de camoufler sa répugnance.

Mon ventre se serre. Que Casey me fasse encore une scène, c'est la dernière chose que je souhaite.

Mes réflexes de survie prennent le dessus, et je me tortille pour m'extraire de la cabine.

— Faut que j'y aille, dis-je avant de me précipiter vers la maison.

Cole a beau crier mon nom, je continue de détaler.

Soudain, Bianca me revient à l'esprit. Quels que soient mes problèmes avec Cole, je ne suis pas du genre à planter quelqu'un que j'accompagne dans une soirée.

Dans le salon, j'avise un cercle de garçons entourant deux danseuses qui ondoient sur la piste.

Je reçois un choc sitôt que je comprends qu'il s'agit de Bianca et Hayley, qui s'embrassent à pleine bouche, leurs corps se balançant sur la musique.

— Putain, c'est trop chaud, crie l'un d'eux.

— Jamais vu mieux, approuve un autre.

— Dites-moi que quelqu'un les filme. J'ai besoin d'images pour ma bibliothèque de fantasmes à branlette.

Ça, c'est le signal pour que j'intervienne.

J'écarte la petite foule d'observateurs.

— Personne ne filme.

— On peut compter sur la grosse pour ruiner l'ambiance, se plaint l'un de ceux que je repousse.

Pauvre mec.

— On s'en va, dis-je à Bianca. Tu as bien assez bu pour ce soir.

— Je ne suis pas soûle, elle déclare avec dédain. Mais merci de t'inquiéter pour moi.

Bon, c'est dérangeant.

Que Bianca aime les filles, c'est une chose. J'espère juste qu'elle n'embrasse pas une fille pour provoquer ces crétins de garçons.

Ou pour rendre jaloux un garçon en particulier.

Mais bon, cela ne me concerne pas.

— Je rentre. Je te reconduis chez toi ?

Elle secoue la tête.

— Nan. Je rentrerai avec Cole. (Elle regarde Hayley.) Tu veux monter ?

Et, ça, c'est pour moi le signal du départ.

18

Cole

Près de neuf heures se sont écoulées depuis que Sawyer m'a promis de réfléchir à l'idée de devenir ma fausse copine.

À l'heure qu'il est, elle a sûrement pris sa décision.

Je fixe mon téléphone, hésitant à lui écrire un SMS.

Sérieusement, elle réfléchit à quoi ? C'est donnant-donnant. La solution idéale. Jace interrompt le fil de mes pensées.

— Cole ? Un petit coup de main !

Je relève les yeux de mon assiette d'œufs brouillés restés intacts.

— Hein ?

Il est occupé à sonner les cloches à Bianca. J'ai décroché quelque part entre intoxication alimentaire simulée et vol de la nuisette de Dylan.

— Dis à Bianca que Dylan est une fille exceptionnelle.

Haussant les épaules, je regarde ma petite sœur.

— Elle est sympa.

C'est le mieux que je puisse faire. Nous ne sommes pas particulièrement proches, mais je sais qu'elle aime Jace et que Jace l'aime à en crever.

Ça me suffit.

Jace ouvre la bouche, mais Oakley me consterne quand il prend la défense de Dylan.

— Dylan, y a pas mieux… commence-t-il avant que Jace ne le coupe.

— Elle me rend heureux, Bianca. Ne veux-tu pas que je sois heureux ?

Le visage impassible, Bianca attrape une pomme dans la corbeille de fruits.

— Tu es sûr ? Parce que tu n'as pas l'air très heureux, à ce moment précis.

Jace semble frôler l'arrêt cardiaque.

— Je ne suis pas heureux parce que tu n'as de cesse de nous monter l'un contre l'autre. Tu ne laisses pas une seule chance à ma copine.

Bianca cogite une petite minute avant de répondre.

— Seulement parce que ta copine est une grosse connasse meurtrière.

Je l'ai vue venir de loin. Je suis pratiquement certain que Bianca blâmera éternellement Dylan pour la mort de Liam.

J'ignore la manière dont cela remue le couteau proverbial dans la plaie.

Jace se lève de table en soupirant.

— Il faut que tu arrêtes. J'ai eu ma dose.

Elle se renfrogne.

— Si elle te cause autant de stress, tu devrais l'éjecter de ta vie.

— Je ne quitterai pas Dylan, commence à brailler Jace avant que Oakley ne prenne la relève.

— Arrête tes conneries, B. (Il avale une lampée de jus d'orange.) Dylan est de ma famille, je ne te laisserai pas la critiquer sans broncher. Si tu as un problème avec elle, tu as un problème avec moi. (Il étrécit les yeux.) *Capice* ?

Ses yeux lançant des flammes, elle mord à pleine bouche dans sa pomme et mâche.

— Quelqu'un est méchamment vénère à cause d'hier soir.

Malaise.

La mâchoire d'Oakley frémit.

— Tu n'as pas pu t'empêcher d'en parler.

Jace les regarde tour à tour.

— Que s'est-il passé hier soir ?

Ils referment tous deux la bouche.

C'est obligé qu'il l'entende, tôt ou tard. Autant que je m'en charge.

— Bianca a roulé des pelles à Hayley.

— Hayley ? (Abasourdi, Jace se tourne vers Oak.) Hayley, ton ex ?

— Ouais, il confirme, boudeur.

Jace me regarde ensuite.

— Tu l'as laissée choper une fille dans une fête ?

Franchement, je ne vois pas en quoi c'est grave. Pour ma part, je soutiens à fond son homosexualité fraîchement révélée.

Si Bianca est lesbienne, cela signifie qu'elle ne fera pas de bêtises avec un garçon… donc moins d'angoisse pour ses grands frères.

Et puis, que veut-il que je fasse ? L'enfermer au sous-sol ? Lui interdire tout contact avec la race humaine ?

J'ouvre la bouche pour parler mais Bianca me devance.

— À la décharge de Cole, il m'a défendu de brancher des garçons. Il n'a pas parlé des filles.

Un sourire en coin, elle ajoute :

— De toute façon, il n'était pas là. Il était bien trop occupé avec sa nouvelle copine, Sawyer.

Réflexion faite, la séquestrer au sous-sol n'est pas une mauvaise idée. De là, elle aurait plus de difficultés à semer la zizanie.

Je vois l'instant précis où Jace assimile la nouvelle à la petite veine qui fait saillie sur son front.

— Sawyer ? La meilleure amie de Dylan ?

— Tu connais d'autres Sawyer ?

— Je t'ai dit de garder tes distances avec elle.

— Tu m'as aussi défendu de coucher avec madame Bennett, n'empêche qu'elle a fini par me donner un A en histoire.

— Bordel. Tu as couché avec la mère de Cortland ? s'exclame Bianca.

Nous l'ignorons tous les deux.

— Écoute, commence Jace. Dylan n'est pas d'accord pour que tu sortes avec Sawyer. Pas après ce que tu lui as fait.

— Désolé mais, aux dernières nouvelles, je suis un grand garçon, et Dylan ne décide pas à ma place.

— Ouais, approuve joyeusement Bianca.

Le regard de Jace pivote dans sa direction.

— Monte dans ta chambre.

— Si tu veux, fait-elle en fixant son attention sur Oakley. J'appellerai Hayley pour lui proposer qu'on traîne ensemble.

Oakley émet un long grognement tandis qu'elle détale.

Il attend qu'elle soit hors de portée de voix.

— Hayley est une gentille fille, Jace. Tu dois arrêter ça.

En vérité, je comprends pourquoi leur relation lui déplaît. Hayley a certes deux ans de plus que Bianca, mais Bianca est… Bianca.

Pas besoin d'être un génie pour deviner que les choses dérailleront quand Bianca se lassera et tournera la page.

Jace soupire et fait un geste vers moi.

— Ouais, une fois que j'aurai réglé cette autre complication.

— Que je sorte avec Sawyer n'est pas une complication.

C'est une bombe atomique. Une que j'ai hâte de lâcher sur Cortland lundi matin.

Jace ne paraît pas amusé.

— Je ne veux pas que tu sortes avec Sawyer. Tu l'as déjà assez fait souffrir. Reste loin d'elle.

Oakley acquiesce de la tête.

— Il a raison. Elle est cool, Demi-portion. Et c'est pas cool de jouer avec elle.

Je ne savais pas qu'ils étaient ses gardes du corps personnels.

— Je ne joue pas avec elle.

— Tu parles, souffle Jace. Toi, le mec qui fréquente exclusivement des pom-pom girls et des mannequins, tout à coup, tu sors avec une fille comme Sawyer… juste après que Casey t'a largué en public. Désolé, p'tit frère, j'y crois pas une seule seconde.

— Plus suspect, tu meurs, intervient Oakley.

Techniquement, j'ai largué Casey. Mais je m'abstiens de le souligner, parce que cela conforterait leurs allégations.

— Quel est le problème avec le physique de Sawyer ? je riposte à la place.

Jace ouvre puis referme la bouche avant de répondre.

— Rien. Elle est juste…

D'un regard, il implore Oakley.

— Plus enveloppée que ton style de fille habituel, termine Oak pour lui. Et tout le monde sait que Casey ne peut pas la saquer.

— Exactement, s'exclame Jace. Alors pourquoi tu n'arrêtes pas tes conneries, et tu ne nous dis pas ce qui passe vraiment ?

— Rien, il n'y a rien à dire, je déclare parce qu'il est hors de question que je leur dévoile la vérité. Il n'y en a pas un seul de vous deux, bande de clowns, qui a songé que peut-être, seulement peut-être, elle me plaisait ?

— Si elle te plaisait, tu ne l'aurais pas traitée d'obèse devant tout le lycée, ou nié que tu l'avais chopée, observe Oakley.

Quand les propos d'Oakley commencent à avoir du sens, c'est le début des ennuis.

Les traits de Jace se crispent.

— Ne fais pas ça, Cole.

La frustration monte dans ma poitrine.

— Faire quoi ? Sortir avec une fille qui me plaît ?

— Te servir d'elle pour te venger de Casey.

— Je ne me sers pas d'elle.

On ne peut pas se servir de quelqu'un qui vous a donné son feu vert. Non que Sawyer me l'ait donné… pour l'instant.

19

Sawyer

Mes doigts enfoncent les touches en ivoire, emplissant l'église des notes harmoniques de *One of Us* de Joan Osborne.

L'une de mes chansons préférées de tous les temps, quoi qu'on en dise.

Pour moi, c'est simplement un rappel qu'il convient de traiter tout le monde avec bienveillance et amour.

Après m'être assurée que je suis seule, je prends ma respiration et commence à chanter le premier couplet.

Les yeux fermés, je laisse la musique et les paroles profondes me parcourir à la façon d'un courant.

Au refrain, celui qui pose la question hautement philosophique, je joue de la pédale et chante à tue-tête, comme si personne n'écoutait, vu que je suis seule.

— Ta nanna adorait cette chanson.

Si on omet mon grand-père.

J'aurais dû m'en douter. Je l'aime, mais je suis persuadée qu'il est moitié pasteur, moitié ninja.

Je lui fais une petite place sur le banc, et il s'assoit à côté de moi.

— Tu as une voix d'ange. Tu devrais chanter à la messe de dimanche.

Il essaie de me faire chanter une chanson en solo depuis dix ans, mais je trouve chaque fois une excuse.

— Nan. Mme Feeble a déjà demandé à oncle Andrew si la chorale pouvait la chanter, il y a plusieurs mois, mais il estime que ce n'est pas approprié à une messe.

Alors que mon grand-père – techniquement retraité – est plus tolérant, mon oncle, notre pasteur, suit les règles à la lettre. Il s'oppose avec virulence à ce qu'il qualifie de « fariboles *New Age* ».

Parfois, c'est difficile de croire qu'ils sont père et fils, tellement ils sont l'antithèse l'un de l'autre.

— Sottises. Sa mère l'écoutait à longueur de temps.

— Peut-être que c'est pour cela qu'il ne l'aime pas. Repenser à elle l'attriste trop.

Il hoche la tête, solennel.

— Oui, je comprends.

Ma nanna était la meilleure femme du monde. Non seulement elle était pétulante, perspicace et empathique mais elle était chaleureuse et aimante.

Le ciment qui soudait notre famille.

Quand elle a succombé à un cancer du sein il y a quatre ans, elle a emporté une immense part de notre cœur avec elle.

Depuis, notre famille n'est plus la même.

Déménager en Californie était supposé nous faire prendre un nouveau départ à tous mais, dans les faits, cela nous a éloignées davantage.

Ma mère est la secrétaire de l'église, mais elle et mon oncle s'accordent difficilement, donc ils s'évitent autant que possible. Mon grand-père, qui a été un pasteur aimé la majeure partie de son existence, a suivi le mouvement pour seconder son fils mais mon oncle le traite comme un citoyen de seconde zone et exècre sa contribution.

Et mon père ? Il n'a pas mis les pieds dans une église en deux ans.

Notre famille est un gros bazar.

J'espère que le mariage de Catherine rétablira la paix, encore que j'en doute.

Par chance, ces tensions n'ont pas abîmé ma relation avec mon grand-père.

Je pose la tête sur son épaule.

— Elle me manque.

On dit que le temps guérit tout, mais certaines blessures sont trop profondes pour cicatriser.

À son décès, j'ai éprouvé une profonde colère envers Dieu pour la toute première fois de ma vie.

Par chance, avec les conseils et la compréhension de mon grand-père, j'ai pu mettre les choses en perspective, et retrouver la foi.

Ce qui ne signifie pas que sa disparition est moins douloureuse.

— Je sais, ma chérie. Moi aussi, dit-il puis, perspicace, il enchaîne. Comment ça se passe à la maison ?

Je sais qu'il fait référence à mes parents.

— Comme d'habitude.

Il grommelle de désapprobation.

— C'est triste, dit-il puis soupirant, il enroule son bras autour de mes épaules. Continue de prier. Ils trouveront leur chemin.

— Je commence à croire que c'est l'une de ces situations où Dieu leur a déjà fourni la réponse, mais ils choisissent de l'ignorer.

— Oui, c'est possible. (Un soupir.) Cela m'affligerait qu'ils se séparent, en tout cas. Ils s'aimaient follement quand ils étaient jeunes.

C'est vrai.

Comme dans un film, mon père était le petit nouveau du village récemment inscrit dans l'équipe de football, et ma mère, la jolie pom-pom girl populaire.

D'après ma mère, en un long regard d'un bout à l'autre de la cafétéria, c'était comme si Cupidon l'avait touchée avec sa flèche. Elle avait su instantanément qu'il était le bon, celui avec qui elle passerait sa vie.

Elle l'avait même annoncé à ma nanna, à peine rentrée, précisant qu'elle commençait à planifier leur mariage.

Avec mon père, cependant, il a fallu qu'elle se montre persuasive.

Selon lui, c'était comme cuire du pain. Au début, ce n'était qu'une boule de pâte, mais ses sentiments pour elle ont levé doucement, jusqu'à ce que… *bam*. Une alarme se déclenche. Toutefois, d'une manière toute masculine, il a essayé de les mettre de côté jusqu'à ce qu'il soit presque trop tard.

Par bonheur, il est revenu à la raison, et s'est débrouillé pour sauver son pain avant qu'il se fasse grignoter par Richard Samson.

Après cela, ils étaient inséparables. Comme les deux doigts de la main.

Mes parents n'étaient pas juste des étudiants amoureux… ils étaient des âmes sœurs.

Personne ne comprend comment leur relation a pu autant dégénérer.

Eux non plus, je pense.

— Autrefois, je priais pour qu'ils se reparlent, mais maintenant que c'est chose faite, je commence à espérer qu'ils se fassent de nouveau la tête.

Cette semaine, ils n'ont fait que se chamailler.

Il me presse la main.

— C'est certainement difficile pour toi. Surtout sans Catherine.

Il n'exagère pas. En l'absence de ma sœur, ils canalisent leur énergie sur moi.

Maman avec ses commentaires peu constructifs sur mon poids et, papa, avec ses yeux tristes qui m'encouragent à faire de mon mieux au lycée pour décrocher une bourse.

Cela fait énormément de pression.

Ajoutons à la liste la situation avec Cole, et je suis susceptible de griller un fusible à tout instant.

Je sais qu'il attend une réponse, toutefois je n'ai toujours pas décidé.

Mon cœur dit oui, mon cerveau s'y oppose farouchement, et je ne sais pas lequel écouter.

Je me tourne vers mon grand-père.

— Je peux te demander un conseil ?

— Ça dépend, dit-il, une lueur amusée dans le regard. Sollicites-tu ton pasteur ou ton grand-père ?

Voilà précisément la qualité que je préfère chez lui.

C'est un homme de Dieu, mais avec sa touche d'humanité.

Je lui fournis la même réponse qu'à chaque fois.

— Les deux.

— D'accord, jeune demoiselle. Dis-moi tout.

— Eh bien, il y a un garçon…

— Ça commence mal, il grommelle.

Je ne peux m'empêcher de rire.

— Ce n'est pas ce que tu penses.

Soudain, je prends conscience que je mens dans la Maison de Dieu.

— Bon, un peu. Tu vois, il me plaisait beaucoup auparavant, jusqu'à ce qu'il me fasse quelque chose de pas très gentil. Nous ne nous parlions plus mais, maintenant, il me demande de l'aider. (Je replace une mèche de cheveux derrière mon oreille.) Le truc, c'est qu'à l'extérieur, il est grossier et égoïste mais à l'intérieur… il est… je ne sais pas. Il y a du bon en lui, papy. Il n'aime pas le montrer et, si ça se trouve, il ne s'en rend même pas compte… mais je le sens.

Il réfléchit une longue minute, avant de répondre.

— Tu sembles avoir déjà pris ta décision à propos de ce jouvenceau.

Je me retiens de souligner que plus personne n'emploie le mot jouvenceau.

— Qu'est-ce qui te fait dire ça ?

— Tu as terminé sur une note positive. On en apprend beaucoup sur les sentiments d'une personne envers une autre à travers sa manière de terminer sa phrase, surtout quand elle est partagée.

Hmm. Je n'y avais jamais songé, mais c'est logique.

— Alors, penses-tu que je devrais lui apporter mon aide ?

Pensif, il presse ses mains l'une contre l'autre.

— Eh bien, en tant que pasteur, mon rôle est de te rappeler qu'il est important d'aimer, d'accepter et d'aider les autres, au nom de Dieu. (Il fait la grimace.) Mais en tant que grand-père, je pense que tu devrais l'envoyer paître. Qu'il aille trouver de l'aide ailleurs, parce que aucun garçon ne doit jamais faire de mal à ma petite-fille.

Je le serre dans mes bras. Il ne m'a pas trop aidée à me décider, mais je l'aime tout de même.

— Tu as terminé par une phrase négative, je le taquine quand nous nous écartons l'un de l'autre.

Il hoche la tête.

— Tout à fait.

20

Sawyer

— Tu te sens bien ?

Je sursaute, arrachée du sommeil par la voix d'Oakley.

— Hein ? Euh oui.

Je vérifie que je n'ai pas bavé sur sa table de cuisine en dormant et je reprends la fiche que j'ai préparée pour lui.

— Où en étions-nous ?

— À reporter le cours à demain. Après que tu auras dormi.

— Ça ne changera rien, je bougonne sans pouvoir m'en empêcher.

Entre les cours, mon job, mes devoirs, les cours de soutien pour Oakley, l'église et ma dissertation pour ma candidature à l'université que je n'ai toujours pas commencée, je patauge.

Il fait la grimace.

— Que veux-tu dire par là ?

— Rien.

La dernière chose que je souhaite, c'est qu'Oakley culpabilise. J'ai proposé de le remettre à niveau et je ne renoncerai pas. Il a besoin de moi.

Et je… j'ai besoin de rallonger mes journées de dix heures et de l'équivalent d'un mois de sommeil.

Je triture mes cuticules, hésitant à lui demander.

J'ai fait quelques recherches, l'Adderall n'est pas dangereux à doses thérapeutiques.

C'est sûr que je ne suis pas médecin, mais ma sœur sera bientôt infirmière et quand je me suis renseignée auprès d'elle, en prétextant qu'une amie voulait savoir si en prendre une fois par semaine pour réviser était néfaste, elle m'a garanti que non.

Seul problème, je ne sais pas comment me le procurer. Luis a dit qu'il connaissait quelqu'un, mais je ne sais pas qui.

Il pourrait s'agir de n'importe qui, qui pourrait me vendre n'importe quoi.

Je tiens à rester raisonnable, et à l'acheter à quelqu'un de fiable.

Étant donné qu'Oakley vend de la drogue en ce moment… il est la personne toute désignée pour me renseigner.

Nerveuse, je me lève et marche de long en large dans la maisonnette.

— Oakley ?

Il lève un sourcil.

— Oui ?

— J'ai un service à te demander, mais tu dois me promettre que cela restera entre nous et que tu ne me jugeras pas.

S'adossant dans sa chaise, il se gratte le menton.

— Tu parles à un gars qui écoule de la dope, qui a couché avec sa belle-mère et embrassé sa cousine et presque…

Sa voix s'éteint et il secoue la tête.

— Peu importe. Ce que j'essaie de dire, c'est que je suis mal placé pour juger. Tes secrets ne risquent rien avec moi, Demi-portion.

C'est ce que je pensais, mais en avoir l'assurance ne nuit pas.

— Bien.

Il rapproche son verre de soda de ses lèvres.

— Alors, que veux-tu me demander ?

— J'espérais que tu pourrais m'obtenir des cachetons.

Il recrache du soda par la bouche et par le nez.

— Comment ? dit-il en toussant.

J'attrape le rouleau d'essuie-tout sur le plan de travail et lui tends.

— Pas de la drogue. Des gélules, en fait. De l'Adderall.

Ses yeux s'écarquillent de confusion.

— Le traitement pour le TDAH ?

— C'est ça.

Il nettoie la table.

— Pourquoi ?

— J'en ai besoin pour réviser.

J'ajoute, avant qu'il ne puisse suggérer de suspendre les cours de soutien :

— J'ambitionne d'intégrer Duke's Heart avec une bourse. Pour cela, mes notes doivent être irréprochables, ainsi que ma dissertation de candidature. J'ai juste besoin d'un petit coup de fouet.

Il opine, compréhensif.

— Je demanderai à Loki s'il en a en réserve. Je te dirai d'ici la fin de la semaine.

Je me décompose. Nous sommes mardi.

— Oh.

— Un problème ?

— Plus tôt, c'est possible ? Je dois rendre ma dissertation vendredi dernier délai.

— Tu ne devrais vraiment pas attendre la dernière minute.

Oakley qui me sermonne sur ma gestion du temps et le respect des délais, ce serait hilarant si ce n'était pas aussi pertinent.

— Tu as raison, dis-je, puis je me souviens qu'il est fauché. Je peux ajouter un bonus pour la livraison en urgence.

Il agite la main.

— Nan. Je te l'offre. C'est le moins que je puisse faire, vu que tu me donnes des cours bénévolement.

— Sûr ? Parce que j'ai bel et bien jeté ton stock dans les égouts et…

— Ouais, je sais. (Il se lève.) J'apprécie que tu m'aies remboursé. Loki n'était pas loin de s'énerver.

J'ignore totalement de quoi il parle.

— Te rembourser ? Comment ça ?

Il me regarde comme si je venais de l'informer que le Père Noël et la petite souris étaient non seulement réels, mais aussi mariés avec enfants.

— Il y a quelques jours, tu as déposé une enveloppe avec deux mille dollars sur mon perron.

C'est quoi, cette histoire ?

— Euh, non. Je ne t'ai pas laissé d'enveloppe.

— Mais si. Tu…

— Ai-je l'air d'avoir deux mille dollars en trop, Oakley ?

— Non, mais… (La couleur quitte son visage.) Merde. (Il agite un doigt devant mon visage.) Tu avais promis de ne rien dire à personne.

Je lève les mains.

— Je n'ai rien dit. Je te jure. (Puis je percute.) Mais une certaine personne nous a entendus discuter sur le parking, tu te rappelles ? Une certaine personne qui est proche de toi, et qui n'aimerait pas qu'il t'arrive malheur.

Je savais que Cole était une bonne personne.

Il marmonne un juron.

— Ouais, que Cole possède deux mille dollars, c'est plus logique. (Il me regarde.) Sans vouloir te vexer.

Rien n'est plus vrai. Cole est plein aux as.

— Y a pas de mal.

Il frotte le bas de son visage.

— Putain.

— Quoi ?

— Tu penses qu'il va le dire à Jace ?

Je n'en ai pas la moindre idée.

— Je ne vois pas pourquoi il lui dirait. À moins que tu ne lui donnes une bonne raison.

— Bien vu. Cole n'est pas du genre à balancer ses potes. (Il soupire.) Tout de même, il faut que je le rembourse. (Il se lève.) Ce qui nécessitera un mois ou deux de plus au service de Loki.

Je le sentais venir.

— Tu as promis…

Son téléphone tinte, et il consulte son message.

— Mets sur pause. Je dois dépanner l'homme de glace.

Sûrement un code relatif à la drogue.

— Loki ?

Il marche vers son frigo et ouvre le freezeur.

— Nan. Je fais vite, dit-il en sortant un bloc de glace.

Plus vif que l'éclair, il détale.

Je reçois un choc en avisant l'heure sur le micro-onde.

— Merde.

J'ai certainement dormi un petit moment, parce que je suis attendue à mon poste dans quinze minutes.

— Tout va bien ? demande Oakley en reparaissant.

Je me dépêche de rassembler mes affaires et de tout fourrer dans mon sac à dos.

— Je vais arriver en retard au travail si je ne décolle pas tout de suite.

— Oh.

Je lance mon sac sur mon épaule.

— Vendredi à la sortie des cours, ça te convient ?

— Super. On se retrouve ici ?

Je m'apprête à confirmer quand je me rappelle que je dois assister à la réunion du conseil des élèves, avant d'aller travailler.

— On peut se retrouver à la bibliothèque après ma réunion ? J'aurai une heure de battement avant le resto. Ce serait plus simple que tu me rejoignes là-bas, plutôt que je repasse par ici.

Il glisse un joint entre ses lèvres et l'allume.

— Compris, Minus.

Sur ce, je sors après un petit salut de la main.

Je remonte l'allée quand une forme attire mon regard et je marque une pause.

Les Covington possèdent une immense piscine extravagante sur leur propriété.

Néanmoins, pour des raisons qui me dépassent, il y a un joueur de football d'un mètre quatre-vingt-dix tassé dans ce qui semble une piscine pour enfants.

— Tu sais qu'il y a une version adulte à côté de toi ? dis-je en passant à proximité.

Ce n'est qu'alors que je me rends compte que la petite piscine de Cole est remplie de glaçons et qu'il grelotte.

— Sans déc ? Qu'est-ce qui te prend ? T'as disjoncté ?

Je recule un peu, la main tendue vers la sienne mais il décline.

— Je fais toujours ça après l'entraînement. Pour atténuer les gonflements, dit-il en claquant des dents.

Je grimace.

— Tu souffres à ce point ?

Il hausse les sourcils.

— Si je dis oui, tu m'embrasseras pour chasser la douleur ?

Non, je ne m'aventurerai pas sur ce terrain.

— Profite bien de ton bain.

— Ça va jaser si je ne flirte pas avec ma copine, alors je te suggère de trouver un moyen de t'habituer, Bigote.

Jésus, à l'aide.

— Désolée, mais la glace t'aurait congelé la cervelle ? Quand ai-je consenti à être ta copine ?

Il hausse les épaules.

— Tu n'as pas dit non.

— Je ne me souviens pas pour autant d'avoir dit oui.

Sa mâchoire tremble de froid.

— Tu…

La sonnerie de mon téléphone l'interrompt.

J'émets un juron en voyant le nom de mon patron clignoter sur l'écran.

Un doigt levé, je réclame le silence.

— Bonjour, monsieur Gonzales. Comment ça va ?

— J'ai besoin que tu viennes un peu plus tôt aujourd'hui.

Je cligne les yeux.

— Je suis censée commencer dans un quart d'heure.

— Je sais, mais je me disais que si je te faisais commencer plus tôt, tu serais peut-être à l'heure pour une fois.

Même si je déteste l'admettre, il n'a pas tort. Mon dernier bilan n'est pas reluisant. Rien que la semaine passée, j'ai cumulé deux retards.

— Je pars tout de suite. À très vite.

Je l'entends taper dans ses mains.

— *Ándale, muchacha.*

Sur ce, il raccroche.

Grossier, lui ?

Je m'éloigne de Cole.

— C'était mon boss. Y a urgence.

21

Cole

Quatre jours.

Quatre jours pour prendre une décision qui nécessiterait à n'importe quelle fille sur cette planète moins de quatre secondes.

J'ai essayé de me montrer patient avec elle.

J'ai essayé de ne pas m'énerver quand elle m'a évité à l'école et a dédaigné mes SMS.

Mais aujourd'hui, pendant la pause déjeuner, quand j'ai vu Cortland lui demander si elle sortait avec quelqu'un, et qu'elle a répondu non… j'ai atteint mes limites.

Sawyer Church est ma petite amie… que cela lui plaise ou non.

La balle n'est plus dans son camp.

Elle est entre mes mains, bordel.

Raison pour laquelle je me gare devant son domicile.

Là où elle ne peut pas me snober.

Râlant, je saisis le bouquet de pivoines roses sur le siège passager.

Aux dires de Bianca, toutes les femmes aiment les fleurs, et celles-ci sont un choix sûr.

Tout ce que je sais, c'est qu'il vaudrait mieux que leur magie opère.

Je remonte l'allée, pris d'une anxiété peu coutumière pour moi.

La maison de brique rouge est de taille modeste, au point de presque faire pitié, et a grand besoin d'un bon nettoyage sous pression, et de l'intervention d'un paysagiste mais ceci mis à part, elle est plutôt convenable.

Je cherche la sonnette autour de la porte d'entrée, en vain.

— Qui n'a pas de son…

La porte s'ouvre brusquement, et je découvre un barbu, grand et corpulent, aux cheveux poivre et sel.

Il paraît très peu content de me voir.

— Vous cherchez quelqu'un ?

Son accent est plus prononcé que celui de Sawyer. Et nettement moins sexy.

Je m'éclaircis la gorge, à défaut de savoir quoi répondre.

Quelque chose me dit qu'il n'apprécierait pas que je l'informe que je suis déterminé à baiser sa fille si fort que bientôt, c'est moi qu'elle appellera papa.

Au lieu de quoi je lui propose une poignée de main.

— Bonjour. Votre fille est là ?

Question idiote. Le van de Sawyer est garé dans l'allée.

Il me serre la main avec tant de vigueur que je me réjouis d'avoir terminé l'entraînement pour aujourd'hui.

— Laquelle ? répond-il comme s'il s'agissait d'une sorte de test.

En vérité, j'ignorais que Sawyer avait une sœur. Intéressant.

— Saw…

— Dan, qui est à la p… oh.

Les sourcils de sa femme s'arquent quand elle me découvre.

Elle aussi s'exprime avec l'accent du sud.

— Bonjour, jeune homme. Que puis-je faire pour vous ?

Sa mère est une brune mince et attirante, qui a sûrement l'air plus jeune que son âge mais pas aussi jeune qu'elle pense le paraître.

Les seules caractéristiques physiques que Sawyer partage avec sa mère sont ses dents parfaitement alignées et immaculées, et ses longs cheveux noirs.

— Il vient voir Sawyer, l'informe-t-il.

La confusion marque ses traits.

— Sawyer ? (Elle avise les fleurs dans ma main.) Oh ! vendez-vous des fl…

— Qui est venu me voir… merde.

La vedette du moment semble avoir aperçu un fantôme.

— Sawyer Grace, surveille ton langage devant notre visiteur, la réprimande sa mère.

Le regard furieux qu'elle me jette pourrait ressusciter un mort et le renvoyer direct dans la tombe.

— Que fais-tu ici, Covington ?

— Tu m'as dit que je devais rencontrer tes parents.

Elle cille.

— Mon cul…

— Sawyer ! s'insurge sa mère.

— Pardon, maman.

Je vois clairement qu'elle aimerait m'écraser son poing sur la figure, mais elle ne peut pas, sous peine que ses parents désapprouvent.

Du moins, sa mère n'aimerait pas. Son père donne nettement l'impression qu'il la soutiendrait.

— Pour l'amour du ciel, cesse de faire durer le suspense, dit sa mère. Qui est ce jeune homme ?

Je vois à sa gorge qu'elle déglutit.

— Il est…

— Je suis son petit ami.

22

Sawyer

Le salopard.

Déjà qu'il ne manque pas de cran de se pointer à ma porte à l'improviste mais se présenter à mes parents comme mon petit ami !

De manière compréhensible, mes deux parents sont abasourdis.

— Petit ami ? aboie mon père. Tu n'as jamais mentionné un petit ami.

C'est parce que je n'en ai pas.

Mais bon, si je confirme, mon père risque de sortir sa carabine.

Ce serait un excellent moyen de me débarrasser de Cole.

— Détends-toi, Dan, glousse ma mère, comme si elle n'avait jamais rien entendu de plus saugrenu. Je suis certaine qu'il ne sort pas avec Sawyer.

Le fait qu'elle ne croit pas qu'un garçon aussi séduisant que Cole puisse être mon petit copain est blessant, mais cela ne me surprend pas.

Je ne sais pas quoi faire du regard que Cole lui lance.

— En fait, si, m'dame.

Ma mère ouvre puis referme la bouche, à plusieurs reprises avant de parler.

— Oh. (Elle se ressaisit, se force à sourire.) Je n'en savais rien. Mais je vous en prie, entrez.

Mince. Je dois le virer avant qu'ils ne se mettent à le mitrailler de questions.

— Il ne peut pas, je bafouille. Il est juste passé déposer…

— Ces fleurs, dit Cole en tendant les pivoines, avant d'entrer tranquillement, comme s'il était chez lui.

J'ai envie de lui arracher son sourire suffisant quand j'avance la main pour m'emparer de ce stupide bouquet de pivoines, et qu'il l'offre à ma mère.

— Sawyer m'a dit que vous aimiez les fleurs. J'espère que celles-ci vous plaisent.

À. Quoi. Il. Joue.

Ma mère aime vraiment les fleurs, ce qu'il ignore.

Je me pince, certaine d'avoir été aspirée dans un univers parallèle.

Un univers où Cole Covington se pointe à ma porte par surprise, avec des fleurs pour ma mère et déclare que je suis sa petite amie.

Ce n'est qu'alors que je me rends compte que cette situation est de mon fait.

Quand j'ai dit à Cole que pour sortir avec moi, il devait d'abord rencontrer mes parents, je me jouais de lui juste pour le voir flipper.

Jamais je n'aurais cru qu'il me prendrait au mot.

Ma mère arrange ses cheveux.

— Eh bien. Elles sont magnifiques. Vous êtes très attentionné.

— Ouais. Attentionné. (La main sur son torse, dont j'ignore la fermeté, je le pousse.) Ramène tes gentilles attentions dans ta voiture, et rentre chez toi.

— Sawyer Grace, se récrie ma mère. Cesse de te comporter comme si nous ne t'avions pas inculqué les bonnes manières, jeune fille.

Elle me fatigue. C'est la deuxième fois qu'elle cite mon second prénom devant lui.

— Nous allions passer à table, dit-elle à Cole. Vous êtes le bienvenu, si vous souhaitez dîner avec nous.

Pas question.

— Non…

— Avec grand plaisir, intervient Cole.

Évidemment.

Vu que cette tête de mule est déterminée à parvenir à ses fins.

Je vois clairement que mon père le jauge, pendant qu'il se dirige vers la table de la cuisine.

Inutile d'être un génie pour s'apercevoir qu'il ne l'apprécie pas, surtout quand Cole commet l'impair de prendre sa place en bout de table.

Crétin.

Mon père s'éclaircit la gorge. Bruyamment.

— Vous comptez chauffer ma chaise pendant le repas ?

Fort heureusement, Cole saisit le sous-entendu et s'empresse de s'installer en face de moi.

Tous les trois, nous restons assis en silence, pendant que ma mère apporte les plats.

En temps normal, je lui prêterais main forte mais je ne veux pas qu'elle se mette à poser des questions indiscrètes.

Sans compter que j'ai besoin de garder Cole à l'œil, d'autant plus qu'il arbore cet air affreusement content de lui.

Avec son orgueil à la con.

Je me sens soulagée quand maman s'assoit à table. Ce sera compliqué de bavarder quand tout le monde aura la bouche pleine.

Le cœur serré de nervosité, je vois Cole se servir copieusement. Bien que je n'aie pas honte de mes origines, c'est perturbant de partager un repas avec quelqu'un qui a des domestiques et des cuisiniers à sa disposition.

Ma mère a beau être un cordon bleu, il ne sera pas impressionné par son rôti et sa purée, alors qu'il peut déguster un filet mignon servi dans une assiette dorée tous les soirs.

Le même constat s'applique à moi. Tout le monde va se demander pourquoi il m'a choisie alors qu'il peut avoir toutes les filles qu'il veut.

Clairement Colton n'a pas pensé à tout.

Raison de plus pour refuser de devenir sa fausse copine.

J'attrape un petit pain dans le panier. Il sort du four, il est chaud et super délicieux.

Maman se racle la gorge.

— Es-tu sûre de vouloir manger ça ?

L'embarras enflamme mes joues. C'est déjà insupportable qu'elle me critique quand nous sommes seuls, mais devant Cole, n'en parlons pas.

Je prie en silence pour qu'un gouffre s'ouvre sous mes pieds et m'avale. Hélas, cela ne se produit pas.

L'être suprême là-haut a sûrement des affaires plus pressantes à régler.

Je repose le pain dans le panier.

— Tu as raison.

— Sans vous manquer de respect, pourquoi ne devrait-elle pas le manger ? la questionne Cole.

Oh non.

La surprise s'affiche sur les traits de ma mère, mais elle la dissipe aussitôt avec un petit rire.

— Les glucides sont fatals, dit-elle, le nez froncé. C'est un truc de filles, vous ne pouvez pas comprendre.

— En fait, comme je suis footballeur, je m'intéresse à la nutrition et les glucides sont nécessaires pour fournir de l'énergie. Vous savez sans doute que l'emploi du temps de Sawyer est intense. Si elle arrête les glucides, elle sera fatiguée et moins productive. Vous êtes sa mère, je sais bien que ce n'est pas votre souhait, que vous voulez ce qu'il y a de mieux pour elle.

Avec un regard noir, il mord à pleine bouche dans son petit pain.

— N'est-ce pas ?

Je m'étrangle quasiment avec mon rôti.

La seule personne qui lui ait jamais suggéré de me lâcher du lest est mon père, et la dernière fois, cela a failli déclencher une guerre civile.

Ma mère ne cessait de hurler que j'aurais des problèmes de santé, et que manger provoquerait ma mort prématurée, et mon père ne cessait de brailler que j'étais juste de forte constitution et que mes rondeurs de bébé s'estomperaient bientôt.

J'étais totalement humiliée.

Déprimée, j'avais engouffré trois barres chocolatées que j'avais planquées dans ma chambre.

Maman garde les yeux baissés sur la nappe. Je ne saurais dire si elle a honte ou si elle réprime l'envie de le jeter dehors.

— Bien sûr, je veux le meilleur pour ma fille.

Le regard dur que mon père réserve à Cole depuis qu'il a franchi la porte s'adoucit un peu.

— J'ai joué au football dans ma jeunesse.

Je respire plus librement. Le football est un sujet sans risque.

Le regard de Cole s'illumine comme le ciel le jour de la fête nationale.

— Ah oui ? Excellent. Quel était votre poste ?

Il s'égaie légèrement.

— Garde gauche.

Cole tend le bras pour lui taper le poing.

— Respect. Vous en encaissez beaucoup sur le terrain.

Papa hoche la tête.

— C'est sûr. (Ses grands yeux marron l'observent.) À vue d'œil, je dirais que vous êtes *quarterback*.

Son sourire hautain reparaît.

— Cela se voit tant que ça ?

— En effet.

Au ton glacé de mon père, il est clair que ce n'est pas un compliment.

— Alors, comment vous êtes-vous rencontrés ? demande maman, brisant la tension.

— Nous fréquentons le même lycée, je lui rappelle.

Elle lève les yeux au ciel.

— Je le sais, Sawyer Grace. Ma question était, dans quelles circonstances êtes-vous sortis ensemble ? Et comment se fait-il que tu n'aies jamais mentionné ton petit ami ?

Je ne peux plus y échapper.

Il est temps de clarifier les choses.

— Nous ne sommes pas…

— Pas encore officiellement, me coupe Cole. Il était important pour Sawyer que je rencontre ses parents avant qu'elle consente à devenir ma petite amie.

Ma mère me regarde comme si j'étais tombée sur la tête.

— Vraiment ?

Le coin des yeux de mon père se plissent.

— C'est bon de savoir que l'une de mes filles se soucie de ce que pense son père.

Manifestement, il n'a pas digéré que le fiancé de Catherine sollicite la permission de ma mère et le laisse à l'écart.

— Dan, dit ma mère en serrant les dents. Le moment est mal choisi.

— Ouais, ouais, grommelle mon père.

Le regard de ma mère fait le tour de la table, avant de s'arrêter sur moi.

— C'est bientôt ton anniversaire. Aimerais-tu faire quelque chose de spécial ?

Ouais… dormir.

En toute honnêteté, je n'y ai pas réfléchi. Mes parents n'ont pas les moyens d'organiser une fête démente, et je ne veux surtout pas causer de dépenses supplémentaires.

— Je ne sais pas. J'espérais faire un petit truc ici. Un dîner et un gâteau ?

L'inquiétude voile l'expression de mon père.

— Tu es sûre ? C'est un grand jour, Sawyer. On ne fête qu'une fois ses dix-huit ans.

— Certaine, papa.

— C'est incroyable, s'enthousiasme ma mère. Je me souviens comme si c'était hier du jour où nous t'avons ramenée de la maternité, en nous chamaillant pour choisir ton prénom

Ouais, il faut vite changer de sujet.

— Le temps file quand on s'amuse, non ? De toute façon…

— Quel jour es-tu née ? demande Cole.

Mon ventre exécute cet étrange petit saut avant de s'étaler par terre. Je rejette la question d'un geste.

— C'est sans importance. Ne te préoccupe pas de ça.

— Bien sûr que c'est important, conteste mon père.

— Quelle mouche t'a piquée, Sawyer ? s'offusque ma mère.

Oh et puis zut.

— Le 7 novembre.

Son regard brûlant me transperce comme une flamme fait fondre du métal.

— C'est un grand jour. (Il détourne les yeux et un grand sourire fend son sublime visage.) C'est aussi mon anniversaire.

Non, c'est faux.

La mort de Liam a certainement été atroce pour tous ses proches… mais son décès n'a pas effacé Cole.

Le vrai Cole.

Le visage de ma mère se déride.

— Voyez-vous ça ! Quelles étaient les chances pour que cela se produise ?

À quatre personnes dans une même pièce… moins d'une sur cent.

Mais si l'un d'eux ment et fait semblant ? Cent fausses chances sur cent.

— Inimaginable, je murmure avant d'enfourner de la purée dans ma bouche.

— Fêtez l'événement ensemble.

Le sourire de Cole s'élargit.

— Vous lisez dans mes p…

— Pas possible. (Je plante ma fourchette dans le rôti.) Dylan fête son anniversaire deux jours avant moi, nous avons déjà prévu de le célébrer ensemble.

Mon père boit un peu d'eau.

— Comment va-t-elle ?

— Bien. Occupée, entre son job et ses études.

Et Jace.

— À propos d'études, dit mon père. As-tu déposé ta dissertation pour ta candidature à Duke's Heart ?

Même pas encore commencé à la rédiger.

Il me reste moins de douze heures pour la remettre. Très limite.

— Bien sûr. (Je m'essuie la bouche avec ma serviette.) À la première heure, ce matin.

— C'était juste, tu ne crois pas ?

— Un peu, mais ça ira.

Je note dans ma tête de prendre après le dîner l'Adderall qu'Oakley m'a remis aujourd'hui, pour la rédiger.

— Alors, Cole, commence ma mère. Parlez-nous un peu de vous. Que font vos parents ?

Je suis tentée de répliquer que le métier de ses parents n'a rien à voir avec la personne qu'il est, mais c'est trop tard.

— Mon père dirige Trust Pharmaceuticals…

— Trust… confiance, mon œil, râle mon père.

— Dan ! crie ma mère.

Cole s'essuie la bouche.

— Pas de problème, dit-il. Pour tout vous dire, je n'ai pas plus confiance que votre mari en sa société.

— Ça ne vous empêche pas de vous remplir les poches, hein ? critique mon père. Je répare des voitures depuis vingt ans et je ne peux pas dire que j'ai eu le plaisir de bricoler une Ferrari.

Cole redresse le dos.

— Dans ce cas, il faudra que j'apporte la mienne dans votre garage, un jour prochain, pour que vous puissiez jeter un œil sous son capot.

Serrant sa fourchette, mon père s'adosse dans sa chaise.

— Merci pour la proposition, mais je n'ai pas besoin de votre argent ni de votre charité.

— Papa, tu es grossier.

Dire que je me tracassais que Cole nous juge, et que c'est l'inverse qui se produit.

— Et votre maman ? questionne ma mère avec un sourire tendu. Que fait-elle ?

— Pas grand-chose, répond Cole, le visage impassible. Elle est morte.

Mon père s'étrangle en buvant.

— Désolé de l'entendre.

— Seigneur, c'est affreux. Je suis tellement navrée…

— Vous cuisinez divinement bien, madame Church, reprend Cole. C'est le meilleur repas que j'ai mangé depuis longtemps.

Cela ne m'étonne pas du tout qu'il réoriente la conversation.

L'astuce fonctionne, car ma mère irradie presque.

— Eh bien, je vous remercie. Vous êtes le bienvenu à notre table, quand vous le souhaitez.

Papa grommelle à voix basse des mots incompréhensibles.

Ma mère ressert Cole.

— Avez-vous des frères et sœurs ?

Cole attaque sa seconde assiette.

— Un frère aîné et une petite sœur.

Il omet un frère avec une facilité effrayante.

Comme si Liam ne lui avait pas traversé l'esprit.

— Son frère Jace vit avec Dylan, je clarifie pour leur permettre de faire le lien.

— Oh ! s'exclame maman. Je comprends mieux ce qui vous a réunis.

J'ouvre la bouche pour répliquer que nous ne sommes pas ensemble, mais papa demande :

— Le petit ami de Dylan est votre frère ?

— Oui, dit Cole en s'arrêtant pour finir de mâcher. Vous le connaissez, alors ?

Il opine.

— Il m'a apporté la voiture qu'il a offert à Dylan pour son anniversaire, pour lui faire passer un second contrôle de sécurité. Un garçon charmant. Bosseur, en plus.

Cole confirme d'un geste.

— C'est vrai.

— Je n'aurais jamais deviné que vous étiez frères. Vous êtes si… différents.

Je vois l'éclat de la tristesse sur son visage. Une tristesse que je ne connais que trop bien.

— Ce n'est pas parce qu'ils sont frères qu'ils sont censés être des copies conformes, dis-je. Prends Catherine et moi, par exemple. On peut difficilement être plus différentes que nous deux.

Tout nous oppose au point que des gens nous ont déjà demandé si j'avais été adoptée. D'autres l'ont évoquée devant moi comme « la jolie et mince des deux ».

— N'est-ce pas la pure vérité, soupire lourdement ma mère.

Dans le but d'extraire Cole de ce cauchemar, je repousse ma chaise.

— Le dîner était délicieux, mais j'ai des tonnes de devoirs à terminer. (Je regarde Cole.) Viens, je te raccompagne à la porte.

— Tu es sûre…, commence ma mère, mais Cole se lève.

— Merci infiniment pour votre accueil. J'ai été heureux de faire votre connaissance à tous les deux.

Ma mère entreprend de débarrasser la table.

— Revenez quand vous voulez, d'accord ?

Mon père ne pipe pas mot.

— Ton père me déteste, murmure Cole, quand nous sortons de la cuisine.

— Il ne te déteste pas. Il est juste agacé qu'un garçon ait débarqué à l'improviste, se soit présenté comme le petit ami de sa fille, ait offert des fleurs à sa femme puis se soit invité à dîner.

— Techniquement, ta mère m'a invité, dit-il avec un sourire en coin.

Je tends le doigts vers lui.

— Tu aurais dû décliner.

— Ça aurait été impoli.

Sans rire ?

— Comme si tu n'étais pas impoli avec tout le monde, le reste du temps.

— Tu as dit que je devais les rencontrer. (Il se penche et murmure.) Maintenant que j'ai accompli ma part du marché, à toi d'assumer la tienne.

Pas aujourd'hui, Satan.

— Nous n'avons pas passé de marché, Cole. J'ai dit que j'y réfléchirais.

Il serre les dents.

— Il y a presque une semaine.

— Exact, et je pense avoir pris ma décision.

Un sourire arrogant flotte sur ses lèvres.

— Je savais que tu…

— Non.

Son sourire se dissout.

— Quoi ? Comment ça, non ?

— Non, je ne serai pas ta fausse copine. Maintenant, dehors, dis-je en tenant la porte ouverte.

Il cligne les yeux.

— Tu plaisantes, j'espère ?

Je montre mon visage.

— Ai-je l'air de plaisanter ?

Il pousse un soupir.

— De toute évidence, tu as besoin d'un autre délai de réflexion. Rediscutons-en demain.

À croire que nous ne parlons pas la même langue.

— Je n'ai pas besoin d'y penser davantage…

Un doigt sur mes lèvres, il anéantit l'espace entre nous.

— Nous parlerons demain, Bigote.

J'opine.

Pas parce que je suis tombée d'accord avec lui. Je veux juste qu'il disparaisse pour que je puisse avaler l'Adderall et m'atteler à ma rédaction.

Il semble prêt à ajouter quelque chose, mais je lui coupe l'herbe sous le pied.

— Que dis-tu, maman ? je crie par-dessus mon épaule. Tu as besoin de moi pour laver la vaisselle ?

Il tire malicieusement sur ma queue-de-cheval.

— Sale gosse.

Sur ce, il sort de chez moi.

23

Cole

Je me trouve à quelques pas de ma voiture quand la porte s'ouvre, derrière moi.

— Pas si vite, jeune homme.

Pas vraiment l'accent sensuel du sud que j'espérais.

Cela dit, il sort peut-être pour s'excuser. Il m'a méprisé tout le dîner. Je le respecterais un peu plus s'il me disait franco que je ne suis pas assez bien pour sa fille.

Mince, je serais le premier à approuver.

Je me retourne.

— Oui ?

Il me tend mon blouson de l'équipe du lycée.

— Vous l'avez oublié sur le dossier de la chaise.

Je m'en empare.

— Merci.

Il croise les bras.

— Vous avez une minute ?

Si j'étais moins avisé, je dirais qu'un duel se prépare.

Malgré le mauvais pressentiment qui me saisit à l'idée d'échanger quelques mots avec lui, j'accepte.

— Sans problème.

24

Sawyer

— Ce n'est pas un poisson d'avril, j'espère ? me questionne ma mère pendant que je grimpe l'escalier.

— Nous sommes en novembre, je lui rappelle.

— Je sais. J'essaie de comprendre…

Sa voix s'amenuise, sans qu'elle aille au bout de sa phrase.

Pourquoi Cole sortirait avec une fille comme moi ?

— As-tu songé que tous les garçons ne préfèrent pas les pom-pom girls ou les reines de beauté ?

Offusquée, elle entortille le torchon dans ses mains.

— Je ne veux pas qu'il te brise le cœur, voilà tout. Les garçons comme Cole, ils ne…

Pour la seconde fois, sa voix s'éteint.

Veulent pas de filles comme moi.

— J'ai des devoirs à faire.

Elle s'agite.

— Peut-être qu'après tu pourras faire un saut à la salle de sport.

Elle me pousse à fréquenter cette salle depuis mes douze ans. En toute franchise, il m'arrive de mentir pour l'apaiser, et à la place, je fais un saut au McDonald.

— S'il me reste encore un peu d'énergie.

Son visage s'égaie.

— Bien, dit-elle avec un sourire authentique. Sortir avec ce garçon te motivera peut-être à te nourrir plus sainement, et à faire plus d'exercice…

— Tu peux arrêter, maman ?

Elle hausse les épaules innocemment.

— Arrêter quoi ?

De me traiter comme si je n'étais pas assez bien.

L'ignorant, je presse le pas dans les dernières marches.

— Excuse-moi. Je n'ai pas fini de te parler, jeune fille.

— Désolé. L'envie de faire du sport me démange.

— Je ne veux pas te faire de peine, Sawyer Grace. Mais le fait est que les garçons aussi sublimes et populaires ne sortent pas avec les filles enrobées. Tu dois commencer à prendre soin de toi, avant qu'il reporte son attention sur une fille plus…

L'écho de ma porte qui claque noie la suite de sa phrase.

Dans mon sac à dos, je trouve le flacon d'Adderall ainsi qu'une bouteille d'eau, et je lance une gélule dans ma bouche.

C'est alors que je l'entends.

— Je sais ce que cherchent vraiment les garçons dans ton genre, mugit mon père.

Oh putain. Mon père s'est mis à le tutoyer, c'est mauvais.

Le dos courbé, je me rapproche de ma fenêtre ouverte.

— Je ne cherche rien, se défend Cole. Est-ce un crime de vouloir sortir avec votre fille ?

— Allons, tu penses que je suis né de la dernière pluie ?

Cole commence à dire quelque chose mais mon père l'interrompt.

— Tu débarques là, avec cette voiture de luxe, ce blouson de l'équipe du lycée, ces fleurs, et cette arrogance, et tu t'attends à ce qu'on te mange dans la main. Tu as peut-être berné ma femme et ma fille. (Il indique son torse.) Mais pas moi. Un gars dans ton genre ne fréquente pas une fille comme Sawyer parce qu'elle lui plaît.

— Qu'est-ce censé vouloir dire ? riposte Cole.

— Ne fais pas l'innocent. Tu le sais pertinemment. Les footballeurs courent après les pom-pom girls… pas les filles intelligentes et grosses qui se concentrent sur leurs études, et qui ne font pas de vagues. (Il remue un doigt en l'air.) Garde tes distances avec ma fille.

Mon cœur s'effondre. Je m'attendais à cela de ma mère… mais mon père ?

Il m'a toujours répété que j'étais parfaite et belle.

Les larmes voilent mon regard. Si l'homme supposé m'aimer le plus au monde me trouve en secret aussi peu séduisante que cela me rend indigne d'être aimée… le reste de l'univers doit me trouver absolument répugnante.

Punaise, j'en ai ma claque d'être la « grosse ».

Marre de ne pas me sentir à ma place.

Marre que l'on ne voit qu'un aspect de moi.

— Vous savez, rétorque Cole entre ses dents serrées. J'en ai assez que les gens se comportent comme si le fait que Sawyer sorte avec moi était une sorte de récompense qu'elle ne mérite pas, alors que c'est plutôt l'inverse.

Il recule jusqu'à sa voiture.

— Mais vous avez raison, monsieur Church. Sawyer est tout ce que vous avez dit, et plus encore… à ceci près que c'est exactement pour toutes ces raisons qu'elle me plaît. Elle est différente, elle ne fait pas semblant d'être quelqu'un d'autre. (Il a un rire sans humour.) C'est vraiment dommage que vous et votre femme ne puissiez pas apprécier la personne remarquable que vous avez mise au monde pour tout ce qu'elle est, au lieu de ce qu'elle n'est pas. Par chance pour moi, je n'ai pas ce problème.

Mon père est réduit au mutisme.

Tout comme moi.

Ouvrant sa portière, Cole s'installe et abaisse sa vitre.

— Oh ! et pour info, monsieur, personne, même pas Dieu, ne

m'empêchera d'approcher votre fille. Alors je vous suggère de vous habituer à moi.

L'air effaré de mon père, pendant qu'il s'éloigne, est quelque chose que je ne suis pas près d'oublier.

Jamais je n'aurais cru possible que Cole Covington prenne ma défense.

En fait, il a fait bien plus.

Il me voit. Avec mes imperfections et tout le reste.

Nous sommes issus de deux mondes différents, et la moitié du temps, nous nous accordons mal, mais le temps d'un instant… il a réussi à me cerner, à me valoriser comme personne ne l'avait jamais fait.

Les doigts tremblants, j'attrape mon téléphone.

Sawyer : je le ferai.

Son SMS arrive presque immédiatement.

Cole : Pour de vrai ?

Sawyer : Non. Pour de faux, rappelle-toi.

Cole : Pourquoi ce revirement, Church ?

Sawyer : Est-ce important, Covington ?

Cole : Dis comme ça, non.

Celui-ci est rapidement suivi d'un autre.

Cole : Merci de m'aider. A+

Il dit ça comme si je lui prêtais des cours.

Sawyer : Attends un peu.

Considérant que j'ai eu des sentiments pour lui autrefois, je peux affirmer sans risque que faire semblant de sortir avec lui est susceptible d'être compliqué pour moi.

Je dois trouver un moyen de me protéger.

Cole : Quoi ?

Sawyer : Il nous faudrait des règles de base.

Je regarde les points apparaître et disparaître dans mon appli, avant de réapparaitre.

Cole : Quel genre de règles de base ?

Je réfléchis en me mâchonnant l'ongle du pouce. Je dois être maligne, mais je dois aussi terminer ma rédaction.

Sawyer : Besoin d'y penser. Rdv sur le parking du lycée à 6 h 45 demain matin. J'aurai rédigé un contrat entre-temps.

Cole : Un contrat ?

Sawyer : est-ce un problème pour toi ?

Cole : Non.

25

Sawyer

Je suis tellement fatiguée que j'ai failli me manger le trottoir en me garant.

Pour voir le bon côté des choses, j'ai terminé ma dissertation et je l'ai rendue il y a quatre heures.

L'Adderall est une aubaine… à un détail près.

J'étais tellement boostée que je n'ai pas fermé l'œil de la nuit.

Enfin, jusqu'à maintenant, évidemment. À présent, je pourrais dormir toute la journée d'une traite.

Hélas, dormir devra attendre la fin de ma journée de travail.

Dans plus de seize heures.

Je surveille le parking vide. Cole ne devrait plus tarder.

J'attrape mon gobelet de café et avale plusieurs gorgées, tout en lorgnant le flacon d'Adderall dans mon sac.

J'avais l'intention de garder les vingt qui me restent pour les urgences mais si j'en avale une maintenant, je serai alerte et concentrée pendant les cours.

Je gobe un cachet, que je fais passer avec une gorgée de café… pile au moment où la Ferrari de Cole ralentit derrière moi.

Je fourre le flacon générique dans mon sac et prépare le dossier des contrats.

Puis je sors de ma voiture et le rejoins.

Comme toujours, son blazer bleu marine est déboutonné et ses manches, relevées sur ses bras musclés, soulignent ses grandes mains et ses veines épaisses.

— Salut…

La mine grave, je lui tends le dossier. Nous pourrons discuter une fois qu'il l'aura lu et en aura accepté les termes.

La meilleure façon de procéder est de le traiter comme un contrat d'affaires.

Et toute bonne négociation est bénéfique pour les deux parties.

Que Cole me défende hier était inattendu et extraordinaire, mais il demeure un égoïste et, si je lui disais que j'agissais par bonté d'âme, il m'écraserait.

Cependant, si l'on instaure des règles … cela aidera à fixer des limites entre nous.

Et à protéger mon cœur.

— Tu me demandes de faire un don de dix mille dollars à ton église après notre rupture ?

Redressant le dos, je le fusille du regard.

— Cela t'ennuie ?

Je serais incapable d'accepter son argent à des fins personnelles, mais qu'il le donne à des nécessiteux ne me pose pas de problème.

Et puis je sais que l'idée de donner de l'argent à une église l'agace au plus haut point, de même que la perspective de sortir avec lui pendant des mois m'exaspère.

Mâchoire crispée, il s'appuie contre sa voiture.

— Pas du tout. Liquide ou chèque ?

— Un chèque, c'est parfait. (Levant ma feuille, je passe mon ongle sur l'encre noire.) As-tu étudié toutes les règles ?

— Pas encore. (Il lit les lignes, se renfrogne.) Je ne peux pas t'embrasser ? (Il me regarde.) Comment veux-tu que les gens croient que nous sommes ensemble si on ne s'embrasse pas ?

Pertinent.

— Compris.

Je prends un stylo noir dans mon sac et ajoute un avenant à nos deux contrats.

— Mais tu es limité à trois baisers par semaine. (Je lui jette un regard.) Sans la langue.

Haussant les épaules, il poursuit la lecture.

— Tant pis pour toi. Ma langue fait des trucs épatants. Un instant… tu veux que j'assiste à une messe ?

— Tu déformes ce que j'ai écrit.

Contrairement à lui, je n'empiète pas sur les croyances des autres.

— Groupe de jeunesse, ce n'est pas une messe. En plus, je ne te demande d'y assister qu'une seule fois.

— Pourquoi ? Pour que le fanatique de Jésus qui le dirige essaie de me convertir ? Non merci.

— La personne qui le dirige n'essaiera pas de te convertir. Fais-moi confiance.

Il me regarde avec méfiance.

— Qu'est-ce qui te permet d'en être certaine ?

— C'est moi qui dirige le groupe de jeunesse. Moi, plus une autre personne. Nous alternons.

— Pourquoi veux-tu me faire aller à ce truc ?

— J'espère que cela te permettra de mieux apprécier et de mieux comprendre ceux qui ont la foi. Je sais ce que tu penses, mais la plupart des gens liés à l'église ne passent pas leur temps à condamner les autres à brûler dans les flammes de l'enfer. En fait, quelques-uns d'entre nous sont super et ont l'esprit ouvert. Pour peu que tu essaies, cela pourrait même te plaire. Nous discutons, partageons nos problèmes…

Il lève les mains.

— Ouais, ouais. Garde ton baratin pour quelqu'un qui s'intéresse un minimum à ton Sauveur. (Il appuie le doigt sur le contrat.) J'irai à ton truc, mais seulement si tu consens à assister à tous les matchs jusqu'à la fin de cette saison.

— Dis-moi en quoi c'est juste ? Je ne te demande d'assister qu'à une…

— La saison touche à sa fin. Nous n'avons plus que deux rencontres avant le championnat.

Rappelle-toi tes priorités.

— C'est d'accord.

— Génial. J'ai hâte de te voir dans les gradins, au match de ce soir.

Flûte.

— Je ne peux pas.

— Pourquoi ?

— Je dois travailler.

Il m'évalue pendant ce qui semble une éternité, avant de parler.

— Très bien. Mais veille à être présente au prochain. (Son regard retombe sur le document.) La partie susmentionnée consent à ne pas fréquenter d'autre fille durant la relation. (Il hausse un sourcil.) Sérieusement ?

Je pensais que cette règle était acquise, mais apparemment pas.

— Oui. Ce serait rabaissant si tu me « trompais » (je dessine des guillemets dans l'air) à droite à gauche. Si tu n'es pas fichu de contrôler ta queue…

Il me coupe d'un rire éraillé.

— Tu devrais voir la tête que tu fais. (Un petit sourire en coin flotte sur ses lèvres.) Je ne toucherai à aucune autre fille.

Quelques voitures entrent sur le parking.

— Super. Souhaites-tu ajouter autre chose au contrat avant de signer ?

Il se rapproche un peu.

— Là, rien de spécial, mais si quelque chose me vient, je te le dirai. Nous l'ajouterons ultérieurement.

Cela me fait tiquer. Si je suis d'accord pour apporter des modifications au pied levé, nous ne disposons plus d'un cadre de travail solide.

— Je ne pense pas que ce soit une bonne idée.

— Pourquoi ?

— Restons structurés.

Son regard s'obscurcit.

— Très bien. (Il s'empare de mon stylo.) Nous avons fait le tour de la question ?

Je lui arrache mon stylo des mains et appose ma signature à côté de la sienne pendant que des voitures se garent autour de nous.

— Veux-tu un exemplaire pour tes archives ?

— Non. Ce que je veux, c'est que tu planques nos deux contrats dans ton van avant que quelqu'un les voit.

Monsieur est effroyablement ronchon.

Je les range de mauvaise grâce et referme ma portière quand je le sens se rapprocher dans mon dos

— Mollo ! À quoi tu joues ? dis-je alors qu'il me retourne contre lui.

— Je dis bonjour à ma copine.

Je déglutis.

— Oh. D'accord.

— Tu vas devoir cesser de te comporter comme un chaton dans l'eau, dès que je te touche. (Sa bouche plonge dans le creux de mon cou, et il inspire.) Tu sens bon.

— C'est mon gel douche vanille-noix de coco.

Son petit coup de langue me donne la chair de poule.

— Au goût, c'est encore meilleur.

J'avale difficilement ma salive.

— Tu sais, les couples ne sont pas obligés de montrer leur affection en public. Nous pouvons être plutôt comme ceux qui se retiennent.

Ses dents effleurent ma peau sensible.

— Je préfère les couples qui montrent leur affection.

Mes yeux se ferment dans un battement de cils pendant qu'il suçote ma peau, me fait plier.

J'aurais vraiment dû ajouter une clause pour bannir les baisers dans le cou et les suçons.

Non seulement ils sont laids… mais ils sont agréables.

Bien trop agréables.

Ce n'est qu'alors que je constate que tout le monde se dirige vers le bâtiment, à l'exception d'un petit groupe qui nous observe, bouche bée, comme si nous étions une sorte d'expérience qui aurait mal tourné.

— Cole.

D'autres étudiants se rassemblent autour de nous. Formidable.

Sans doute que tous se demandent sur quelle planète ils ont été parachutés, parce que Cole me pelotant sur le parking de l'école, ça déborde du cadre de notre chaîne alimentaire.

— Il y a du monde qui nous mate, je souffle dans son oreille.

— Offrons-leur un beau spectacle.

Je lui tape l'épaule.

— Je dois aller en cours.

Il écarte sa bouche en douceur.

— Je t'accompagne.

Je commence à hocher la tête mais le groupe ne nous lâche pas des yeux.

— Le spectacle est terminé, y a plus rien à voir.

Quelques filles ricanent.

— Ignore-les, murmure Cole.

Facile à dire, pour lui. Il n'est pas visé par leurs railleries.

J'ai à peine fait quelques pas que Casey et son équipe nous dépassent.

— Merde.

— Il faudra les affronter tôt ou tard.

— Je vote pour plus tard.

Comme elles poursuivent leur chemin sans s'embêter à se retourner sur nous, mon anxiété se dissipe.

— Je ne pense pas qu'elle ait vu…

Les mots meurent dans ma gorge quand elle incline la tête.

— Profite bien de mes restes, truie.

D'autres rires. D'autres regards appuyés.

Des gouttelettes de sueur parsèment mon front. Je ne peux pas faire ça.

Les yeux étrécis, Cole l'observe.

— Tu sais ce qu'on dit… une esquisse grossière précède tout chef-d'œuvre.

Son doigt tapote ses lèvres, pour faire mine qu'elle cogite.

— C'est marrant, je ne me souviens pas d'avoir joui avec toi.

Des cris stupéfaits s'élèvent.

— Touché, crie un gars.

Mon cœur se serre. Cole n'est pas du genre à laisser l'avantage à qui que ce soit… encore moins à Casey.

Ses fossettes pleinement exposées, Cole réplique :

— Et je ne me souviens pas d'en avoir jamais eu quelque chose à foutre.

Casey aurait remporté la bataille… sans l'expression vexée sur son visage, et le tremblotement de sa lèvre inférieure.

Son équipe amassée autour d'elle tel un cocon protecteur, elle se dirige vers le bâtiment.

— Tu n'as pas besoin de ce connard.

— T'as vu comme elle est grosse.

— Tu devrais zapper le match de ce soir pour te taper Todd à la place.

Cela émane de Bianca.

— Il a franchement régressé.

Je hais l'étrange sentiment qui s'infiltre dans ma poitrine.

Celui qui me dit que je suis la fautive.

— C'était une mauvaise idée.

— Pourquoi ? À cause de Casey ? il demande en ricanant. Crois-moi, elle se porte comme un charme. Elle fonctionne comme ça. Si elle perd, elle s'en remet au vote de sympathie. Et n'oublie pas que c'est elle qui m'a trompé.

— Ouais, mais à l'inverse de toi je me rappelle aussi que tu ne lui as pas été fidèle. (Je remonte mon sac sur mon épaule) Je ne me sens pas en paix avec ça. Elle souffre visiblement.

— Elle nous manipule. (Il se pince l'arête du nez.) C'est pour cela qu'elle me provoquait.

Je suis paumée.

— Te provoquer ? De quelle façon ?

— Allons, Bigote. Je te pensais plus futée. (Son visage se durcit.) Quand elle a insinué que je ne la faisais pas jouir, elle s'attendait à ce que je m'élève pour dire à tout le monde devant toi qu'elle prenait son pied, juste pour te blesser.

Dans ce cas, elle a réussi son coup. Je déteste que mes tripes s'entortillent à cette image.

— Pourquoi cela devrait me toucher ? Nous faisons semblant d'être en couple.

— Certes, mais elle l'ignore.

— C'est vrai.

Il me saisit par les épaules. Mouvement qui souligne notre écart de taille.

— Pour que ça marche, nous ne pouvons pas la laisser s'infiltrer dans tes pensées. Promets-moi de faire barrage.

Je ne peux pas faire une promesse que je ne suis pas certaine de pouvoir tenir.

— Je ferai de mon mieux. (Avisant l'heure, je grimace.) Nous sommes en retard pour l'appel.

Il me tend la main.

— Dépêchons-nous.

Je la prends à contre-cœur.

— Je peux te demander quelque chose ? je murmure sous le préau, en m'assurant que personne ne nous entend.

Cela me turlupine depuis que j'ai consenti à devenir sa copine.

— Je t'écoute.

— Si Cortland gagne son pari, ta voiture est à lui. C'est bien ça ?

— Il ne gagnera pas, riposte Cole.

— Très bien. Alors admettons que tu gagnes. Qu'est-ce que tu obtiens ?

L'arrogance luit dans ses yeux.

— Le plaisir de te dépuceler.

26

Cole

Mon téléphone bourdonne dans ma poche pour la dixième fois depuis le début du cours.

Je ris dans ma barbe. Je n'aurais jamais cru que Sawyer était un pot de colle.

Sawyer : Je ne coucherai pas avec toi.

Je tape ma réponse.

Cole : Je sais. L'école coupe l'envie. Séchons les cours et allons chez moi.

Pris d'une envie de rire, j'appuie sur envoi. Si elle n'avait pas la culotte humide avant cela, c'est imminent.

Merde. Triste choix de mots. Rien qu'à penser à la culotte de Sawyer, j'ai à moitié la trique.

Et je me demande si elle est du style dentelles et transparence.

Nan. La connaissant, elle est sûrement en coton uni.

Innocente et pure… comme sa petite chatte.

Sawyer : tu déralles ? Jamais il n'y aura de sexe entre nous. Ni aujourd'hui, ni demain… ni jamais. Compris ?

Souriant, je mâchouille l'extrémité de mon stylo.

Cole : si c'est tellement important pour toi, tu aurais dû le stipuler dans le contrat.

Sauf qu'elle ne l'a pas fait.

Il ne comporte pas de mention à un dépucelage imminent.

J'aurais imputé cette omission à sa naïveté, au fait qu'elle ignorait toutes les conditions du pari, mais Bianca a laissé entendre que Sawyer se cachait dans les vestiaires.

Elle a tout entendu.

Pourtant, pas un mot ne proscrit le sexe dans ce contrat.

En fait, il précise clairement que je ne peux pas avoir de relation avec d'autres filles.

Choix de mot intéressant. Un lapsus freudien, s'il en est.

Sawyer : Je ne l'ai pas signalé dans le contrat parce que cela me semblait évident.

Cole : chacun ses évidences, bébé.

Sawyer : Primo, ne m'appelle jamais bébé. Deusio, tu ne me feras rien que je ne veux pas.

Oh ça, elle le voudra.

Sawyer : Et par souci de clarté, là, je parlais de sexe.

Je tente une autre approche.

Cole : Et avec mes doigts ?

Cole : Ou ma langue.

Cole : Ou les deux en même temps. En fait, c'est ma spécialité.

Sawyer : Besoin de rien, merci.

Bon sang, elle est plus inflexible que je le pensais. Il est temps de sortir l'artillerie lourde.

Cole : Écoute, j'apprécie les filles qui donnent, mais ça m'ennuierait que tu me suces pendant les six mois à venir sans que je ne te donne rien en échange.

Il lui faut dix bonnes minutes pour répondre.

Sawyer : Je te demande pardon ?

Cole : Notre contrat établit que nous sommes en couple. Mais si la pénétration, mes doigts et ma langue sont exclus, il ne reste plus que la fellation.

Sawyer : Mon Dieu, Covington. Tu es tellement à côté de la plaque que je ne sais pas par où commencer.

Nous voilà enfin sur la même longueur d'onde.

Cole : Pareil pour moi.

Sawyer : Il n'y a rien sur les contacts physiques, dans ce contrat. Es-tu analphabète ? Dans ce cas, il ne faut pas avoir honte. Je peux t'aider.

Cole : Je ne suis pas analphabète, Church. Ton petit contrat m'interdit clairement d'avoir des relations avec toute autre fille.

Sawyer : Et alors ?

Cole : Exclure les autres implique que je couche avec toi.

Sawyer : As-tu pioché dans la réserve de beuh d'Oakley ? Tout ce que cela implique, c'est que tu ne peux pas fourrer ta queue dans tout ce qui bouge.

Putain. Six mois, c'est le bout du monde.

Cole : Désolé, mais ce n'est pas acceptable.

Sawyer : C'est con ce qui t'arrive. Tu as déjà accepté.

Cole : Si on ne couche pas ensemble, je perds le pari.

Sawyer : Pas mon problème. J'ai accepté de faire semblant d'être ta copine. Pas ta pute.

Cole : Coucher avec moi ne ferait pas de toi une pute.

Sawyer : Tu as raison.

Eureka. Il était temps qu'elle se laisse convaincre.

Sawyer : Cela ferait de moi une imbécile.

Je rempoche mon téléphone.

Je ne renonce pas.

Pas avant de m'être enfoui en elle, et qu'elle hurle le nom de notre Seigneur et Sauveur.

27

Sawyer

La réunion du conseil des élèves a traîné plus que d'ordinaire, donc le temps de retrouver Oakley dans la bibliothèque, j'ai déjà dix minutes de retard.

— Je suis désolée, lui dis-je, devant la table où il est installé.

Oakley est tellement concentré sur ce qu'il écrit dans son carnet qu'il ne relève même pas les yeux.

Auparavant, je me demandais ce qu'il écrivait tout le temps, mais après avoir risqué quelques coups d'œil par-dessus son épaule, je pense le savoir.

Il n'a pas la bosse des maths, ou de la biologie ou de l'histoire mais il a un don pour les mots.

En particulier pour les faire rimer.

Il les qualifie de mesures, mais ce qu'écrit ce garçon est de la pure poésie.

Dommage qu'il refuse de faire lire ses poèmes à qui que ce soit… y compris moi.

Je le pousse du coude.

— Oakley.

Les yeux écarquillés, il arrache ses écouteurs.

— Oh merde. Désolée.

Je m'assois en face de lui.

— Tu me laisseras jeter un œil, un jour ?

Il enfonce son calepin dans sa poche.

— Nan. (Il me regarde avec curiosité.) Combien mesures-tu ?

Dans le genre question sortie de nulle part…

— Un tout petit peu plus d'un mètre cinquante. Pourquoi ?

Il se lève.

— Ça ira. Allons-y.

— Où ?

Il me pousse hors de la bibliothèque.

— Dans ma voiture.

Les pieds cloués au sol par la stupéfaction, je découvre la gigantesque tête de personnage de BD, avec ses immenses yeux bleus, ses sourcils noirs broussailleux et sa crête Mohawk au centre du casque.

Je ne sais pas trop ce qu'Oakley fait avec Izzy, la mascotte de l'école, et j'ai moyennement envie de le savoir.

Il est déjà sur la corde raide à cause de ses notes. La dernière chose dont il a besoin, c'est d'avoir des ennuis pour vol.

Je me masse les tempes.

— Je crains de regretter ma question, mais pourquoi tu te balades avec Izzy ?

— On me l'a passée. (Il lance la grosse tête dans ma direction.) Et maintenant je te la passe.

— Super, merci mais non.

Quand j'essaie de lui rendre, il esquive.

— Sawyer, arrête, j'ai sérieusement besoin que tu m'aides.

Je cligne des yeux.

— Sois un peu plus précis, Oak.

Il déloge un joint derrière son oreille et l'allume.

— Scott, le petit frère de Morgan, est Izzy.

Ce qui me laisse dans le flou.

— Et ?

Amenant son joint entre ses lèvres, il inhale.

— Malheureusement, le p'tit gars a chopé la mono cette semaine, il est exclu du comité jusqu'à la fin de l'année. (Il se rembrunit.) Scott ne veut pas que quelqu'un le remplace parce qu'il ne veut pas perdre son poste. Donc Morgan m'a demandé de le remplacer pour les deux prochains matchs.

— D'accord, cela explique pourquoi tu as le déguisement. (Je lève un sourcil.) En revanche, ça ne me dit pas pourquoi tu as besoin de mon aide.

— Le frère de Morgan n'est qu'un tout petit peu plus grand que toi. (Il se désigne du doigt.) Je dépasse le mètre quatre-vingts, je ne rentre pas dans son costume. (Il exhale un nuage de fumée opaque.) Sans compter que Cole affirme que je suis toujours interdit aux matchs… surtout depuis l'accident de l'an dernier.

Encore ça. Cole, avec sa superstition à l'encontre d'Oakley, est ridicule.

— Tu n'es pas responsable de la commotion de Cole, tu sais. C'était la faute de Tommy.

— Je le sais, et il le sait aussi mais il croit dur comme fer que je porte la poisse. Et vu que les Knights sont invaincus, je ne veux pas les déstabiliser.

— Dans ce cas, pourquoi n'as-tu pas dit à Morgan que tu ne pouvais pas remplacer son frère ? Elle aurait trouvé quelqu'un d'autre.

Il me fait son grand sourire alangui.

— Disons simplement qu'elle me l'a demandé pendant qu'elle me rendait un service très spécial avec sa bouche… si tu me suis.

Même un malentendant l'aurait compris.

Il détache des cendres de son pétard.

— Bref, fais une fleur à ton mec et à son équipe, sois Izzy au match d'aujourd'hui.

La fumette lui a grillé les neurones.

— Ouais… non. Bien tenté.

— Tu ne peux pas refuser, Sawyer. Les Knights ont besoin d'Izzy.

— Pas mon problème, dis-je en posant la grosse tête sur le toit de sa voiture. C'est le tien.

— Vas-y, quoi ! Tu sais bien que si ce n'était pas important, je ne te demanderais pas. (Il fronce franchement les sourcils.) Nous savons tous les deux que tu tiens à Cole, ce qui signifie que tu sais que le football est tout pour lui. En ce moment, il est en compétition avec cet abruti de Todd pour le poste de *quarterback* qui se libérera à Duke's Heart, et si les Knights ne remportent pas le championnat, il a peur qu'il lui passe sous le nez.

Mince. Je l'ignorais totalement.

— Tu sais, je t'aiderais si je le pouvais mais je ne suis pas dispo. Je commence à travailler dans (je vérifie l'heure) vingt-cinq minutes. Le match ne débute que dans deux heures.

— Préviens que tu es malade.

Je secoue la tête.

— Sûrement pas. Déjà que mon patron me reproche d'être trop souvent en retard, si je me fais porter pâle, il me renverra.

— Uniquement si tu n'as pas une excuse solide. (Il indique mon téléphone.) Passe-le-moi. Je m'en occupe.

— De quoi ?

— Je l'appelle pour dire que tu es malade.

J'écarte mon téléphone de lui.

— T'es dingue ?

— Fais-moi confiance, je suis un tire-au-flanc professionnel.

— Non.

Levant les yeux au ciel, il sort son téléphone.

— Cluck You, c'est bien ça ? Je l'ai enregistré dans mes raccourcis, pour les moments où j'ai les crocs.

Forcément… Il pose son téléphone sur son oreille.

— Ton père parle bizarrement, lui aussi ?

— Je ne parle pas bizarrement, couillon.

— Je prends cela pour un oui. (Il s'éclaircit la voix.) Bonjour, je suis monsieur Church, je vous appelle de la part de ma fille Sawyer. Une urgence est survenue, j'ai besoin de parler au responsable immédiatement.

La mâchoire m'en tombe. Non seulement son imitation de l'accent du sud est déplorable, mais ses phrases sonnent creux.

— Que dites-vous ? il demande. Bien sûr, je patiente. Mais faites vite. La vache est encore en train de s'échapper de la grange.

Oh. Mon. Dieu.

— Nous ne possédons pas de vache, je chuchote.

Il pose la main sur le téléphone.

— Maintenant si… Bonjour, m'sieur G Je suis le papa de Sawyer. Je vous informe qu'elle sera dans l'impossibilité de travailler ce soir. Il y a une urgence là-bas, à la ferme.

On peut déduire sans risque que quelqu'un qui n'a pas vache, n'a pas de ferme non plus, mais pas dans le petit monde imaginaire d'Oakley.

— Quel genre d'urgence ? répète Oakley en me regardant. Bessie… a été… abattue. Par balle. (Une longue pause, puis) Bessie, notre vache.

Oh ! pitié !

Je regrette sérieusement ne pas avoir passé ce coup de fil moi-même.

— Ouais. Nous avons dû abattre cette bonne bête après qu'elle a attaqué Sawyer, cet après-midi. (Oakley me sourit, l'air extrêmement content de lui.) Le docteur dit qu'elle est un peu sous le choc, mais il espère qu'elle se rétablira d'ici demain. (Sa voix prend une tonalité sombre.) Dommage qu'on ne puisse pas en dire autant de notre pauvre Bessie.

Il est inconcevable que M. Gonzales avale ses mensonges.

Oakley hoche la tête d'un air solennel.

— Merci pour vos condoléances. Je les transmettrai à Sawyer. Bonne soirée, monsieur. (Il coupe la communication et hausse les épaules.) Fastoche !

— Une vache ? j'articule, les dents serrées.

Il lève les deux mains.

— Quoi ? Puisque tu n'en as pas, je l'ai éliminée. En outre, cette vache morte t'a fait gagner non pas un mais deux soirs de congé. Il a vraiment compati à la perte tragique de notre vieille Bessie.

Le regard noir, je montre la tête d'Izzy.

— Où est le reste d'Izzy ?

— Dans le coffre.

La contrariété m'étreignant la poitrine, je fouille mon sac à la recherche de mon flacon d'Adderall.

— Tu as quelque chose à boire ?

Oakley attrape une bouteille d'eau dans sa voiture.

— Ça va ?

— Au top, mais il reste deux heures avant le début du match. (Je m'empare de la bouteille d'eau et avale une gélule.) C'est-à-dire le temps nécessaire pour potasser et terminer mes devoirs.

28

Sawyer

L'estomac irrité par l'anxiété, je (ou plutôt Izzy) remonte le couloir.

Je suis censée me montrer sur le terrain avec les pom-pom girls, mais comme elles sont réunies dans les vestiaires, et que ce costume abrite normalement un garçon, le lieu est hors d'accès pour moi.

À l'angle, je me tords le cou en espérant ne pas me cogner contre quelqu'un. Les mesures d'Oakley étaient faussées, il me manque une dizaine de centimètres pour que mes yeux tombent en face des trous. Par chance, le large sourire plaqué sur le visage d'Izzy est découpé dans un filet, ce qui me permet de voir où je vais.

Scott a précisé à Oakley qu'en uniforme, il n'était pas supposé parler ni rien faire qui trahisse son identité. Ce qui me convient parfaitement étant donné que tout le monde s'est déjà suffisamment moqué de moi.

Je m'apprête à entrer dans la bibliothèque pour tuer le temps en attendant le match quand une voix grave crie mon nom.

Bon, pas mon prénom. Izzy.

Les yeux plissés, je m'efforce de repérer à qui appartient cette voix. Non sans effroi, je remarque un groupe de garçons en maillot des Knights.

Mince.

Je rebrousse chemin mais c'est trop tard. Les footballeurs entreprennent de chanter mon nom à l'unisson.

— Izzy, Izzy, Izzy !

Juste avant de se mettre à courir.

Au secours.

Je me cramponne de toutes mes forces à ma fausse tête, au moment où deux bras épais encerclent ma taille et me soulèvent.

— Bon sang, mon gars, dit une voix étrangement semblable à celle de Dwight. Tu t'es mis à la muscu ?

Clairement.

— Ouais, mec, crie un autre, alors qu'ils s'attroupent et me hissent sur leurs épaules. Il y est allé fort sur les haltères.

— T'es prêt à nous voir éclater les Bears ce soir, Iz ? crie un autre, pendant qu'ils avancent dans le couloir.

Sûrement Lennox.

Comme mon rôle consiste à incarner le sentiment d'appartenance à l'école, je me baisse pour lui taper dans la main.

Cela relance l'enthousiasme de groupe, si bien que les deux crétins qui me soutiennent me font rebondir sur leurs épaules.

— Izzy ! Izzy !

Seigneur, faites que cela cesse.

Un grognement irrité coincé dans ma gorge, nous déboulons dans le vestiaire des garçons.

Le dernier endroit où j'aie envie de me trouver. De tristes événements se produisent ici.

Comme Cole…

J'ai l'esprit qui dérive quand soudain, je le repère près de son casier.

Son pantalon élastique argenté souligne ses fesses rondes et fermes, et il est torse nu.

Je suis reconnaissante de porter une fausse tête, étant donné que ma mâchoire se décroche pendant que je découvre son buste parfaitement taillé, ses abdos finement dessinés.

Et son V nettement marqué.

Doux Jésus, ce V est ce qui inspire les chants des anges.

Il est tellement sublime que le regarder me procure presque une douleur physique.

— Tout baigne, Izzy ? s'inquiète quelqu'un.

Izzy se porte comme un charme… Sawyer, c'est moins sûr.

Elle est foutue.

— Repose Izzy, aboie Cole en enfilant un T-shirt puis une sorte de coquille en plastique. Il est l'heure de vous équiper et de vous concentrer.

Je suis soulagée que tous obtempèrent… jusqu'à ce que certains d'entre eux commencent à se dévêtir.

Les joues en feu, je me retrouve à mater des pénis.

De différentes tailles, couleurs, et formes.

Pour une fille qui n'en a vu qu'un seul dans la vraie vie… c'est excessif.

Ou décevant, selon les points de vue.

Pour rester optimiste, je peux officiellement répondre à la question de Bianca à propos de Lennox.

Ce gars est monté comme un cheval.

Enfin, comparé à tous ceux qui sont nus devant moi. Surtout Cortland.

Pas étonnant qu'il soit aussi hargneux. Cole avait raison, quand il a comparé son membre à un crayon.

J'en ai plus que mon compte, alors je sors des vestiaires sur la pointe des pieds.

Je prends une respiration purifiante pour dissiper mon anxiété, tout en longeant le couloir.

Cela fonctionne… jusqu'à ce que les pom-pom girls se profilent devant moi.

— Hé, Izzy ! crient quelques-unes d'entre elles.

Je prononce une prière muette pour qu'elles n'essaient pas de me soulever sur leurs épaules, elles aussi, ce qui se solderait par un couac.

Conjurant ma mascotte intérieure, je salue le groupe avec animation.

Ce qui, bien sûr, les fait se précipiter à ma rencontre.

— Alors, ça va, petit bonhomme ? demande quelqu'un – Caitlyn, me semble-t-il – avec une petite moue. Morgan nous a dit que tu n'avais pas la forme.

Je hoche la tête, à défaut de pouvoir faire mieux.

— Euh, bon, si tu as besoin de quoi que ce soit, fais signe. OK ?

Un autre hochement de tête.

Elle et sa copine repartent dans le couloir.

— N'oublie pas. Casey nous veut tous dehors dans cinq minutes.

Casey. Pile la personne dont j'ai envie de recevoir des ordres.

La soirée ne peut pas empirer.

— T'en fais pas, murmure Morgan. Je n'ai pas oublié la faveur sexuelle que je te dois après le match.

C'est quoi, cette histoire ?

Je réprime un cri quand elle me pince la fesse.

Le dégoût m'inonde… jusqu'à ce que je me souvienne qu'elle pense que je suis Oakley.

De toute évidence, elle n'a pas un compas dans l'œil, elle non plus.

Elle essaie de me pincer une seconde fois, mais j'agite mon doigt pour indiquer que c'est interdit.

Gloussant, elle se colle contre moi.

— Tu sais que j'adore quand tu te fais désirer, bébé.

Là, c'est trop.

— Dégueu, raille Bianca. Avec ton frère ?

Morgan s'écarte d'un bond comme si elle s'était brûlée.

— Occupe-toi de tes affaires. (Rejetant ses cheveux, elle s'éloigne d'une démarche fière.) Tes jours sont comptés, tocarde.

Sitôt qu'elle quitte notre champ de vision, Bianca murmure :

— Désolée de te l'apprendre, Izzy, mais ta sœur est une méga connasse.

Je confirme en levant le pouce.

Durant les trois premiers quarts-temps du match, je vois que dalle.

Apparemment, la mascotte saute de joie avec les pom-pom girls, sur la ligne de touche, à chaque moment réjouissant.

Avec plein de monde.

Des gens qui m'empêchent de voir Cole.

Toutefois, je réussis à entendre les acclamations qui lui sont destinées, et je sais que les Knights devancent les Bears de seize points. Ce qui est remarquable considérant qu'il ne reste que deux minutes de jeu.

Je regrette juste de ne pas l'avoir vu marquer un *touchdown.*

Parce que quand il marque c'est de toute beauté.

Son lancer est d'une telle précision que je retiens mon souffle à chaque fois.

Ressaisis-toi, Sawyer. Ton admiration commence à se remarquer.

Malheureusement, c'est plus fort que moi, hors du terrain, Cole est arrogant et impitoyable.

Mais sur le terrain, c'est un joueur tellement compétent et habile que c'est impossible de ne pas le remarquer.

Il est fait pour ça.

La foule l'encourage, les supporters dans les gradins commencent à taper du pied.

— 7 ! 7 ! 7 !

Le 7 porte-bonheur. Je ne peux m'empêcher de sourire : il comptabilise un nouveau *touchdown.*

Les gens sautent sur place, et je parviens à l'apercevoir par petits bouts, à travers l'océan de corps devant moi.

Il me stupéfie. Il irradie, il…

— On y va, Izzy, aboie Casey.

Oh mince. Cole a sûrement marqué le dernier *touchdown* du match, ce qui signifie que nous sommes sur le pont.

Seul problème ?

Izzy danse après la victoire… et je ne danse pas… jamais.

Je vais étrangler Oakley.

Une fois en place, les filles se mettent à gigoter et à se trémousser de tout leur cœur.

Casey effectue son grand salto – même moi j'avoue qu'il est impressionnant – puis me fait signe de les rejoindre.

Quand faut y aller…

Les mains derrière la tête, je tends un bras devant moi, et reprends un petit enchainement de danse que je maîtrise.

L'arroseur.

Je m'attends à ce qu'on me hue et me jette des objets, mais à ma grande surprise, je ne reçois que des encouragements. Certains commencent même à m'imiter.

Être Izzy se révèle nettement moins barbant que je le pensais, mais je mentirais si je disais que je n'avais pas hâte de quitter le terrain, et de redevenir Sawyer.

Le coup de sifflet final est doux à mes oreilles, et quand je relève les yeux, je vois le 7 porte-bonheur encerclé par les joueurs de son équipe.

Je ne vois pas son visage sous son casque, mais je sens l'énergie irradier de lui.

C'est addictif.

Toutefois, je le fixe trop longtemps étant donné que Bianca se glisse à côté de moi pour murmurer :

— Continue à mater mon frère, et Casey te découpera en petits bouts.

Merde.

Me retournant, je suis les filles hors du terrain.

— Tu as été extraordinaire, Casey, roucoule Morgan.

Fayote.

Casey tapote ses cheveux et fait une petite moue.

— Je sais. Mais je dois à tout prix perdre deux kilos.

Sérieusement ? Elle s'habille en XS quand elle est ballonnée.

Derrière elles, je vois Bianca échanger un regard exaspéré avec Caitlyn et une copine.

— Arrête un peu, tu es parfaite, réplique Morgan.

— Je sais, mais la capitaine des pom-pom girls des Bears est plus mince que moi, et elle saute plus haut. (Elle sort un miroir de son sac.) Je tiens absolument à devenir pom-pom girl à Duke's Heart, et pour les sélections, ils sont extrêmement exigeants. Perdre deux ou trois kilos seraient un avantage certain.

— Essaie un régime faible en glucides.

Casey regarde son amie comme si elle était un insecte dans sa soupe.

— J'ai déjà supprimé les glucides, Morgan.

Bianca se racle la gorge.

— Tu sais, la société pharmaceutique de mon père a récemment développé une nouvelle barre protéinée supposée aider les athlètes à mincir en peu de temps. Je pourrais t'en obtenir, si tu veux, mais je dois d'avertir que c'est très puissant, et qu'ils n'en sont qu'aux premières étapes. Ce produit n'a pas encore obtenu l'agrément de l'agence qui contrôle les produits sanitaires et médicamenteux.

Casey s'immobilise d'un coup.

— Est-ce efficace ?

Bianca confirme d'un geste.

— J'ai fondu d'un kilo et demi cette semaine. Mais bon, tu te vides.

Morgan fronce le nez.

— Trop crade.

Bianca hausse les épaules.

— Je te garantis que c'est du lourd. De toute façon, comment veux-tu perdre du poids autrement ? Il faut bien que ça aille quelque part.

Casey rumine un instant.

— Il n'y a pas de mal à essayer.

Morgan fait la grimace.

— Ne sois pas sotte, Casey. Je ne prendrais rien qui vienne de cette petite…

— Alors c'est une bonne chose que tu n'en prennes pas, hein ? objecte Casey. Même si, pour tout te dire, tu en aurais grand besoin. Ton derrière s'est élargi.

Morgan cumule les défauts, mais la taille de ses fesses n'en fait pas partie.

— Oakley m'a complimenté sur mes fesses aujourd'hui.

Casey émet un bruit de mépris.

— Le camé qui redouble ? (La tête rejetée en arrière, elle s'esclaffe.) Je t'en prie ! Cet abruti est à peine capable d'aligner deux phrases, encore moins d'exprimer une pensée ou une opinion cohérente qui importe à quiconque.

J'ouvre la bouche pour défendre mon ami… puis je me rappelle que je ne peux pas.

Bianca adresse à Casey son sourire sirupeux.

— Je dois retrouver mon frère sur le parking, il me raccompagne, mais je t'apporte des barres demain, si tu veux.

Casey hoche la tête.

— Cool, merci.

À l'instant où Bianca se retourne, son sourire se métamorphose en rictus menaçant.

Cette sorcière prépare un mauvais tour.

29

Sawyer

— Je dois la rendre, affirme Dylan, accrochée au volant de la voiture que Jace lui a offerte pour son anniversaire.

Je tâte son front.

— Tu couves forcément quelque chose. Cette voiture est géniale.

— Elle est géniale. Même trop. (Le regard paniqué, elle tourne la tête vers moi.) C'est trop. Je ne peux pas l'accepter.

J'ai envie de souligner que depuis que je la connais, elle n'a jamais été véhiculée, et Jace s'est donné du mal pour lui trouver le cadeau d'anniversaire parfait. Donc il serait vexé si elle la rendait. Mais comme toute bonne meilleure amie, je décide de m'attaquer à la racine du problème.

— Pourquoi ? (Une affreuse pensée surgit.) Tu envisages de le quitter ?

Elle me regarde comme si j'étais folle.

— Bien sûr que non. Je l'aime. (Elle ferme les yeux.) Mais tellement fort.

Dans ce cas, apaiser ce petit accès d'anxiété sera aisé.

— Alors quel est le problème ?

— Je ne sais pas… je crois qu'une petite partie de moi n'a pas cessé de s'attendre au pire. (Elle grogne.) Oh non, ça semble idiot.

— Au moins, tu t'en rends compte.

— J'ai juste peur que tout soit trop parfait entre nous maintenant.

— N'est-ce pas ce que tu souhaitais ?

— Si mais maintenant que je l'ai, je suis pétrifiée à l'idée qu'il arrive quelque chose d'horrible qui détraque tout.

Cela ne me surprend pas. Après avoir trouvé sa mère décédée sur le carrelage de la cuisine à l'âge de huit ans, été abandonnée par son père parti construire une nouvelle famille, et découvert que son ami était secrètement amoureux d'elle et s'était suicidé la nuit où il l'avait surprise en train d'embrasser son frère aîné, n'importe qui aurait des difficultés à croire qu'il a trouvé le bonheur parfait.

Cependant, c'est du passé.

Comme elle est ma meilleure amie et que je l'aime, je fais preuve d'une franchise absolue.

— Tu t'enfermes dans un scénario catastrophe.

Elle paraît offensée.

— D'où tu sors ça ?

— Tu te concentres sur tout ce qui risque de mal se passer au lieu de profiter de tout ce qui se passe bien. Tu dramatises, sans aucun fondement.

— Putain. (Elle crispe le visage.) Bon sang, tu as raison.

— Je sais, dis-je, la tête sur son épaule. Tu mérites de belles choses, Dylan. Et même si une tuile vous tombe sur la tête, nous savons que toi et Jace surmonterez les obstacles.

— Je sais, soupire-t-elle. Zut, je me sens bête à présent. (Elle me presse la main.) Merci de m'avoir raisonnée.

— Les meilleures amies sont là pour ça.

— À propos de meilleures amies, as-tu quelque chose à me dire ?

Oh ! flûte.

— Genre ?

Remuant sur son siège, elle me lance un regard entendu.

— Sur le fait que tu sortes avec Cole Covington, par exemple ?

Le soulagement me parcourt. Un instant, j'ai craint qu'Oakley ait mentionné l'Adderall.

— Oh ! ça ? Crois-moi, c'est sans importance.

— Tu fréquentes l'enfoiré qui t'a traitée d'obèse et qui a publiquement nié que vous vous êtes embrassés pour pouvoir rester avec cette emmerdeuse de Casey, et c'est sans importance ?

Bon, vu sous cet angle…

— Désolée, je reformule : ce n'est pas ce que tu penses. Nous ne sortons pas vraiment ensemble. C'est factice.

Elle paraît plus perplexe que jamais.

— Pourquoi sortirais-tu avec Cole pour de faux ?

Je prends une longue inspiration.

— Parce qu'il s'est vanté de pouvoir emballer n'importe quelle fille, et Cortland, un joueur de son équipe, l'a pris au mot. Une chose en entraînant une autre, Cole a fini par relever le pari absurde de Cortland, à savoir sortir avec moi pendant six mois.

J'omets la partie sur ma virginité, parce que la pauvre Dylan semble à deux doigts de succomber à une attaque.

— C'est quoi, ce délire ?

— Je sais que ça peut sembler moche.

— Ce qui est moche, c'est que Cole t'embrasse mais qu'il le nie devant tout le monde parce qu'il est trop superficiel. Ça, c'est complètement tordu, Sawyer. Il t'utilise de façon éhontée pour gagner un pari idiot.

— Techniquement, oui. Mais il me l'a dit.

J'omets qu'il l'a avoué après que j'ai insisté pour connaître la vérité. Je renchéris :

— Il aurait pu me mentir, me le cacher, mais il ne l'a pas fait. De toute façon, je me sers aussi de lui.

Elle arque un sourcil.

— De quelle manière ?

— S'il remporte le pari, ce qui arrivera vu que je suis sur le coup, il fera don de dix mille dollars à mon église. (Je hausse les épaules.) Je t'assure, ce n'est rien de plus qu'un arrangement.

Elle me fixe un long moment avant de parler.

— À l'instant, tu m'as fait redescendre sur terre, parce que tu es ma meilleure amie. Ce ne serait que justice que je te rende la pareille. (Son front se plisse.) C'est une mauvaise idée. Je sais que tu détestes en parler, que tu vas minimiser comme si c'était un détail. Mais je sais à quel point il te plaît, Sawyer, dit-elle, la main sur ma joue. Je sais aussi qu'il t'a infligé une peine immense. Et je me moque de l'argent qu'il t'offre pour te faire céder, tu ne lui dois absolument rien.

— Tu as raison. J'aimais bien Cole, et il m'a fait du mal, mais cette expérience m'a montré quel genre de personne il est réellement. Maintenant que je le sais, je ne me laisserai plus berner, et ceci n'est qu'un échange de bons procédés. Rien de plus, rien de moins. Fais-moi confiance, Dylan. Je ne suis pas le genre de fille qui refait deux fois la même bêtise.

Ouh, la menteuse.

— Je l'espère, parce que s'il recommence… je lui tranche la bite et je la lui fais bouffer. (Elle se renfrogne.) Et il est fort probable qu'il ne survive pas à l'hémorragie. Du coup, Jace m'en voudra à mort, alors j'espère vraiment, pour le bien de tous, que Cole ne fera pas le con.

Riant, j'appuie mon front contre le sien.

— T'es tarée, tu sais ?

— Quand il est question des gens que j'aime ? Pas qu'un peu.

Et c'est l'une des raisons pour lesquelles je l'aime tant.

— Désolé, mon pote, mais ta meuf va te plaquer pour Sawyer, dit une voix étrangement similaire à celle d'Oakley.

Tournant la tête, nous découvrons trois paires d'yeux qui nous reluquent à travers le parebrise de Dylan.

Mon estomac part en salto quand des yeux d'un vert pénétrant plongent dans les miens.

— Pourquoi Cole est ici ? je murmure à Dylan.

— Je sais pas. Jace m'a juste dit qu'il allait chercher Oakley. Mais bon, c'est aussi l'anniversaire de Cole aujourd'hui, alors…

— Ce n'est pas son anniversaire.

Elle écarquille les yeux.

— Tu es au courant ?

— Si vous n'avez pas l'intention de vous tripoter, pouvez-vous au moins avoir la décence de soulever vos T-shirts pour nous offrir une petite séance de frottage de seins ? crie Cole. Après tout, c'est mon anniversaire.

Jace lui flanque une claque derrière la tête.

Nous écartant l'une de l'autre, Dylan et moi lui faisons un double doigt d'honneur.

— Comment c'était, au volant ? demande Jace, quand nous sortons de voiture. Des problèmes à signaler ?

— Nan, dit Dylan, nouant ses bras autour de lui. C'était parfait, comme toi.

— Faux. Ce qui est parfait, c'est ce cul.

Pour mieux se faire comprendre, Jace saisit ses fesses à pleines mains.

— Alors, Sawyer et toi êtes enfin prêtes à vous faire tatouer ou vous allez vous défiler ?

— Je ne me défile pas. Sawyer non plus. (Se détachant de leur étreinte, Dylan me regarde.) Pas vrai ?

Malgré l'appréhension, je hoche la tête.

Il y a quelques mois, nous avons décidé que pour notre prochain anniversaire, nous nous ferions tatouer des papillons identiques.

Dylan se fera tatouer à la mémoire de Liam et, moi, à celle de ma nanna, qui aimait les papillons.

Cela dit, maintenant que le moment approche, je commence à douter.

— Une seconde. Little Miss Bigote se fait tatouer ? dit Cole, faussement éberlué. Es-tu certaine que Dieu est d'accord pour que tu profanes ton corps ?

Je le fustige du regard.

— Va au diable, Covington.

Oakley nous regarde l'un après l'autre.

— Déjà de l'orage entre vous, les tourtereaux ?

Je pose un petit baiser de bonjour sur sa joue.

— Ne fais pas comme si tu ignorais que nous ne sortions pas vraiment ensemble.

Oakley fait une mine mécontente.

— Alors il n'y aura pas de mariage ? Parce qu'il paraît que coucher avec une demoiselle d'honneur survoltée, c'est le pied.

J'indique Dylan et Jace, qui marchent main dans la main, vers la boutique du tatoueur.

— Tu te trompes de cible. Je te suggère de t'adresser au vrai couple, sur ce sujet.

La main sur sa bouche, Oakley les poursuit.

— Yo, vous vous mariez quand, les amoureux ?

Jace se retourne, blanc comme un linge, et Dylan semble horrifiée.

Un rire fuse de ma bouche. Oakley devra patienter un bout de temps.

Je suis sur le point de les rattraper quand Cole me saisit par le poignet.

— Écoute… Et si tu cessais de raconter nos petites histoires privées à tout le monde ?

— Comment ?

— Arrête de raconter que nous sommes un faux couple, sans quoi cela va s'ébruiter.

— Ne stresse pas. C'est Oakley.

— Ouais, et Oakley a une grande bouche. Il baise avec Morgan aussi, qui est la meilleure amie de Casey. Ce n'est qu'une question de temps avant que cela lui échappe devant elle.

Pour une étrange raison, l'entendre prononcer le prénom de cette fille suscite une onde de jalousie en moi.

— Eh bien, tu passes un temps infini à penser à ton ex.

Il me regarde comme une extraterrestre.

— De quoi tu parles ?

— Rien, dis-je et je secoue la tête, me sentant idiote de l'avoir évoquée. Écoute, nous ne sommes pas au lycée. Et je doute fort que Cortland se cache chez le tatoueur. Alors nous pourrions… je ne sais pas… ne pas nous adresser la parole de toute la journée.

30

Cole

Que Sawyer dise la vérité à Oakley ne devrait pas m'ennuyer.

Or, ça m'agace.

Cela s'applique aussi à son refus de me parler.

Au pire, je devrais me réjouir qu'elle sache poser des limites, séparer les choses aussi facilement, vu que la plupart des filles en sont incapables.

Elles s'accrochent, réclament de l'affection.

Mélangent constamment ce qui est et ce qu'elles voudraient.

Mais pas Sawyer.

Nan, ma Bigote n'a aucun problème à me remettre à ma place.

— Qui t'a mis les nerfs en pelote ? demande Jace.

Esquivant sa question, je continue de regarder Sawyer et Dylan s'entretenir avec le tatoueur. Ce type n'a que quelques années de plus que moi mais, contrairement à moi, il est recouvert de tatouages, et ses lobes – si tant est qu'on puisse les appeler ainsi – sont distendus autour de larges trous noirs.

Son style n'est cependant pas ce qui me chiffonne.

C'est sa façon d'accorder une attention toute particulière à Sawyer.

Jace suit ma ligne de vision.

— Je t'avais dit que sortir avec elle était une mauvaise idée.

— Nous ne sortons pas ensemble.

— Amusant. Aux dernières nouvelles, c'est ce qu'on entendait par « petite copine ».

— C'est faux.

— Prêt ? crie quelqu'un derrière nous.

Jace abaisse sa capuche.

— Carrément.

Je hausse un sourcil.

— Tu te fais tatouer aussi, aujourd'hui et… bordel, qu'est-ce que c'est que ça ?

Jace n'est pas novice, il se fait tatouer depuis ses seize ans. Mais je ne peux m'empêcher de remarquer le nouveau sur ses côtes.

De plus près, je reconnais le refrain d'une chanson de Jimmy Eat World.

Plus spécifiquement, la préférée de sa copine.

— J'hallucine. Tu l'as laissée te marquer ?

Jace hausse les épaules comme si cela importait peu.

— Elle ne m'a pas marqué. Je me suis marqué.

— Encore pire.

Comme j'ai besoin d'être soutenu par quelqu'un qui a des couilles, vu que mon frère a perdu les siennes, je me tourne vers Oakley qui drague la fille de l'accueil. Je lui fais signe d'approcher.

Dès qu'il se trouve assez près, j'indique le dernier tatouage de Jace.

— Tu y crois ?

Oakley plisse les yeux.

— C'est quoi ?

— Les paroles de la chanson préférée de Dylan.

La surprise navigue sur son expression.

— Oh ! c'est… intéressant.

— L'expression que tu cherches est « con comme la lune ».

Jace s'allonge dans un fauteuil immense.

— T'as fini ?

Il me connaît pourtant mieux que ça.

La main levée, je somme le tatoueur de lever l'aiguille.

— Non. Pas si vite. Je dois m'assurer que mon imbécile de frère n'a pas commandé un autre de ces tatouages de lavette pour plaire à sa meuf.

— Boucle-la, Cole, s'énerve Dylan en s'installant dans un fauteuil. Son geste m'a énormément touchée. (Elle regarde mon frère.) Sans compter que c'est incroyablement romantique et sexy.

J'émets un bruit de haut-le-cœur.

Sawyer se laisse retomber dans un fauteuil libre à côté d'elle.

— Ne te préoccupe pas de lui, il lui manque ce truc dans la poitrine qui s'appelle un cœur.

Elle n'a pas tort.

Je me reporte sur mon frère.

— Quel motif tu te fais tatouer aujourd'hui ?

— Un papillon, dit-il platement.

J'échange un regard avec Oakley… puis nous éclatons de rire.

N'est-ce pas déjà assez risible qu'il porte sur sa peau des paroles d'une chanson mièvre, mais un putain de papillon ?

Je le regarde avec sérieux.

— Tu as souffert quand elle t'a castré ?

Oakley se gondole de rire.

— Elle les garde dans un bocal pour que tu puisses les admirer de temps en temps ?

Jace tourne vers nous ses yeux étrécis.

— Dégagez.

— Ne t'en fais pas, mon chéri, dit Dylan. Ton frère est rageux parce qu'il est obligé de payer une fille pour qu'elle joue sa copine.

Faut pas abuser.

Sawyer m'a demandé de remettre dix mille dollars à son église, au terme des six mois, ce qui pour moi est différent de la rémunérer pour sortir avec moi.

Est-ce pour cela qu'elle met sur pause avec une telle facilité ?

L'argent serait son unique motivation ?

Inutile d'être brillant pour comprendre que ma donation à l'église de sa famille lui profitera, d'une manière ou d'une autre.

Ce qui m'échappe, c'est pourquoi cela me chagrine autant ?

Ça ne devrait pas.

C'est clair que j'étais disposé à me servir d'elle sans aucun remords.

Dylan pince les lèvres de mécontentement. Sans surprise, elle n'est pas prête à me lâcher.

— Jace ne se fait pas tatouer un papillon pour moi. Il le fait pour Liam.

Bien entendu.

Ce n'est pas assez que son torse soit entièrement recouvert par des ailes d'ange gigantesques, accompagnées des mots « gardien de mon frère ».

Il faut encore enrichir ce sanctuaire permanent à la mémoire de Liam.

Veiller à ce que tout le monde sache clairement qui est son frère préféré.

Et je sais que si c'était moi qui étais décédé à la place de Liam, Jace ne courrait pas chez le tatoueur pour honorer mon souvenir.

Il serait probablement soulagé.

Tout le monde le serait.

Je sens le regard de Jace sur moi.

— T'en veux un ?

— Un quoi ? Un stupide papillon pour la personne qui a déchiqueté ce qui restait de notre famille en mettant fin à ses jours ? (Souriant, je me gratte la mâchoire.) Nan, je repense déjà à lui à chaque fois que je me vois dans le miroir. Je ne suis pas comme toi, je n'ai pas besoin de transformer mon corps en œuvre d'art en espérant atténuer la culpabilité que je ressens parce que je baise la fille qu'il aimait tous les soirs.

À peine prononcées je regrette mes paroles, mais c'est trop tard.

C'est déjà trop tard.

Le silence bourdonne dans le magasin.

J'ai mal… alors je fais mal aux autres.

En particulier à ceux auxquels je tiens le plus.

La mâchoire de Jace se contracte.

— Un tatouage normal, crétin.

— Oh ! je vois. Tu proposais de faire un truc sympa pour moi parce que c'est mon anniversaire. (Mes yeux lancent des éclairs.) Non merci, ça ira.

La colère dans ses yeux se muant en douleur, il détourne la tête.

Mission accomplie.

Dylan bondit sur son siège.

— Pourquoi faut-il toujours que tu pourrisses tout…

— Dylan, murmure Sawyer, laisse tomber.

Elle en reste bouche bée.

— Sérieusement, tu me…

— Suis les conseils de ton amie, dis-je à Dylan avant d'orienter mon regard vers Sawyer.

M'ignorer est l'attitude la plus intelligente.

C'est ce que tout le monde fait.

— Je pense que je vais me faire percer le gland, annonce Oakley.

Fatalement, il accapare aussitôt l'attention.

Dylan cligne les paupières.

— Pardon ?

Jace le regarde avec prudence.

— Pourquoi ?

Je tressaille.

— Mec, fais pas ça.

— Les filles en raffolent, argumente le tatoueur qui s'installe près de Dylan et Sawyer. Vous pouvez me croire.

Le sourire charmeur qu'il envoie à Sawyer est immanquable.

De même que les rougeurs sur les joues de Sawyer.

— À ton avis, c'est douloureux ? me demande Oak.

— Un bout de métal qui transperce ta bite. Évidemment, c'est douloureux, lui dis-je.

Le tatoueur hausse les épaules.

— Pas tant que ça, en fait. (Il se tourne vers les filles.) Avez-vous décidé où vous voulez vos tatouages ?

Elles échangent un regard, et Dylan indique sa hanche.

— Par ici.

— Super. Laquelle je tatoue en premier ?

Sawyer désigne Dylan.

— Tu es née deux jours avant moi, tu as la priorité.

— D'accord, dit Dylan en abaissant la taille de son pantalon de yoga pour exposer sa hanche. Faisons ça.

Oakley regarde le tatoueur.

— Qu'est-ce qu'on ressent, avec une fille, quand on est percé ?

— C'est dément… surtout pour la fille. (Il désinfecte la peau de Dylan.) Mais je ne peux parler que de l'Apadravya, pas du Prince Albert.

Oakley réfléchit.

— Quelle est la différence ?

— Le Prince Albert traverse l'orifice urinaire et ressort sur le côté. L'apadravya entre verticalement par le bout.

Je frissonne intérieurement. Jamais de la vie.

— Il faut attendre combien de temps avant de… pouvoir s'en servir ?

Bouche bée, je l'observe.

— Tu ne l'envisages pas sérieusement, dis-moi ?

L'impulsivité d'Oakley est légendaire mais, là, il se dépasse.

Le tatoueur rit.

— Avec un préservatif, dans quatre à six semaines.

— La barbe, c'est super long, râle Oakley.

Je comprends ce que tu ressens.

— Alors, qui fait les piercings chez vous ?

Le tatoueur désigne la fille à la caisse. Celle qu'Oakley draguait un instant plus tôt.

Elle lui fait un clin d'œil puis se dirige vers la pièce du fond.

— Prêt quand tu l'es, mon grand.

Oh mince. Tenter de l'en dissuader serait du temps perdu.

Oakley se frotte les mains, son regard sautant de Jace à moi.

— Bon. Lequel vient avec moi ?

Jace montre la machine qui dessine sur sa peau.

— Je suis occupé.

Oakley fait semblant de m'enfoncer le poing dans le bras.

— Tu es de corvée.

— Hors de question que je regarde quelqu'un transpercer ton manche.

Il se décompose.

— Bah, allez. J'ai besoin que quelqu'un me tienne la main, au cas où ça fasse mal. Nous sommes des frères d'une autre mère, non ?

Si, mais il y a certaines choses qu'un homme ne devrait en aucun cas voir un autre homme faire. Ceci arrive en tête de liste.

— Je t'accompagne, dit Sawyer en se levant. Vu que Dylan supporte courageusement l'aiguille et qu'elle n'a pas besoin de moi, je peux te tenir la main, si tu le souhaites.

— Merci, dit Oakley. À la différence de Cole, tu es une véritable amie. Quand même, je dois t'avertir que tu risques d'avoir un choc.

Sawyer et Dylan s'interrogent du regard.

— Pourquoi un choc ?

Il a un sourire en coin.

— Disons juste que je suis béni dans ce domaine…

— J'y vais, dis-je promptement.

L'idée qu'Oakley baisse son froc et dégaine son pénis devant Sawyer passe mal.

— Oh ! maintenant tu te proposes de voler à ma rescousse, raille Oakley. Navré mais c'est non…

L'attrapant par les épaules, je le pousse vers le fond.

— Cesse de jacasser, qu'on en finisse.

31

Sawyer

— Une seconde, je suis pas tout à fait prêt, crie Oakley depuis l'arrière-salle. J'ai besoin d'un peu de temps.

— Il est là-dedans depuis plus de quarante minutes, dit Dylan en montrant son tatouage quasi achevé. J'ai presque fini.

Je me retiens de rire.

— Je sais. Ça m'étonne que Cole ne s'impatiente pas.

— Bon… je pense que je suis prêt maintenant, déclare Oakley.

— Super. Inspire à fond, lui recommande la « pierceuse », d'une patience à toute épreuve.

— Stop, hurle Oakley. Rien qu'une petite minute.

— Bordel de merde ! rugit Cole. Si tu lui dis d'attendre une fois de plus, je t'enfonce moi-même cette barre à boules dans la queue.

Le rire que Dylan, Jace et moi retenions jusqu'alors explose d'un seul coup. Même notre tatoueur, Ivan, doit faire une pause pour recouvrer son sérieux.

— C'était pas si terrible, s'exclame avec suffisance Oakley en réapparaissant quelques minutes plus tard.

— Parle pour toi, ronchonne Cole, l'air sombre.

Nous nous tordons de rire.

Ivan essuie l'excédent d'encre sur la hanche de Dylan, puis oriente un miroir au-dessus.

— Alors, il te plaît ?

Dylan a un sourire jusqu'aux oreilles.

— Oh ! je l'adore. (Elle me regarde.) Et toi ?

— Il est parfait.

Le papillon en relief, de taille moyenne, se compose d'une infinité de détails, des volutes d'un bleu profond s'entortillant à travers lui.

Il est ahurissant.

Je regarde Ivan.

— C'est du super boulot.

Il sourit avec bonheur.

— Content que tu l'apprécies… vu que c'est ton tour.

Ah oui…

Jace tape son poing contre celui du tatoueur.

— Merci d'avoir soigné le tatouage de ma copine. C'est splendide. (Il pose un baiser sur le front de Dylan.) Toi aussi, tu as été épatante, bébé.

Dylan fait un grand sourire pendant qu'Ivan applique du film étirable sur son nouveau tatouage.

— Je n'ai presque rien senti. (Elle me tapote le bras.) Tout va bien se passer, tu vas voir.

D'une certaine façon, j'en doute, mais je ne peux plus y échapper.

Mes doigts saisissent la taille de mon legging… puis je ne bouge plus.

Le corps de Dylan est impeccable, ses hanches sont saillantes.

Les miennes, en revanche, se distinguent à peine sous les épaisseurs de cellulite.

De la cellulite que je refuse de montrer à un groupe de garçons… même si certains sont mes amis.

Dylan, à qui rien n'échappe, regarde Ivan.

— Ma copine est un peu timide…

— Pas de souci. (Il me fait un clin d'œil.) J'ai compris, ma jolie.

Ivan est adorable, mais les compliments cesseront dès qu'il sera face à mes bourrelets, j'en suis certaine.

Ultra rapide, il rapporte une sorte de paravent qu'il déplie devant mon fauteuil pour boucher la vue.

Dylan contourne le fauteuil pendant que je descends mon leggings sur mes hanches.

— Tu veux me tenir la main ?

Je ne vais même pas prétendre que je n'en ai pas besoin. Je l'attrape de bon cœur.

— Sur une échelle de un à dix ?

Dylan fait la moue.

— Cinq par moments, mais jamais insupportable. C'est un peu la même sensation que si un chat te griffait… encore et encore.

Je frémis.

— Je n'ai pas encore commencé, mon chou, me dit Ivan. Détends-toi.

— Je sais. Désolée. Je suis un peu nerveuse. C'est la première fois pour moi.

Je me sens tarte, car il le sait déjà.

Il tamponne de l'alcool sur ma peau.

— T'es trop mignonne.

Le regard de Dylan s'illumine.

— Il te drague, dit-elle à voix basse.

Non, il est juste sympa, pour que la grosse se sente plus à l'aise.

— Prête ? demande-t-il en déchirant l'emballage de l'aiguille stérilisée.

J'exhale un souffle tremblotant.

— Aussi prête que je puisse l'être.

32

Cole

Ce type, je vais l'attraper par les couilles et planter des bâtons de dynamite dans les immenses trous qui percent les lobes de ses oreilles.

— Comment ça va, bébé ? j'entends cette tête de nœud lui demander, derrière le paravent. Tu veux faire une pause ?

— Non, ça va, répond Sawyer.

Un accès d'irritation monte en moi. À lui, elle ne lui interdit pas de l'appeler « bébé ».

Oakley pousse Jace du coude.

— Ton frère semble prêt à arracher les yeux de quelqu'un.

— Je l'avais prévenu que sortir avec elle était une mauvaise idée, ronchonne Jace.

— Les deux crétins, vous arrêtez de cancaner. (Je croise les bras sur mon torse.) Je suis zen.

Ils se lancent un coup d'œil.

— Si tu le dis.

— Ta peau est tellement douce, murmure le gros nul. Idéal pour dessiner.

Je fais crisser mes molaires.

— Merci. J'essaie de prendre soin de ma peau, j'évite tous les addictifs chimiques. (Elle rit.) Je parle comme une pouffe. On peut oublier ce que j'ai dit ?

Les petits cheveux dans ma nuque se soulèvent. Elle le drague aussi, ou je rêve ?

— Nan. J'aime les filles qui font attention à ce qu'elles mettent sur et dans leur corps.

Je te garantis qu'elle ne te mettra pas dans son corps, connard.

— Alors, de quelle partie du Sud es-tu originaire ? il demande ensuite.

— Ça s'entend à ce point ? Caroline du Nord.

Je lance un regard courroucé à Jace.

— Il discute toujours autant avec les clients ?

Pour l'amour du ciel, on pourrait espérer qu'il reste concentré pour ne pas rater son tatouage, au lieu de se soucier de sa ville de naissance.

Les lèvres de Jace frémissent.

— Pas avec moi.

— Vraiment ? s'exclame l'imbécile heureux. Ma tante habite dans ce coin.

Trop cool, ta vie.

— Pas près de Knightdale, à tout hasard ? C'est là que j'ai passé mon enfance.

— Je ne suis pas sûr. Elle habite à Raleigh.

— Oh ! C'est tout près.

Ce que je hais l'excitation dans sa voix.

— Extraordinaire. J'ai justement prévu de lui rendre visite en mars.

Tu devrais t'y installer définitivement, espèce d'ordure.

— Ah oui ? (L'exaltation dans sa voix monte d'un cran.) J'y vais en mars, pour le mariage de ma sœur.

Un sourire en coin, Jace et Oakley échangent un regard.

Si ce salopard lui demande la date du mariage, je déchire le paravent en deux et je lui plante dans le cul.

— Quand se fait-elle passer la bague au doigt ?

Le fils de pute.

— Troisième semaine de mars.

— Quelle coïncidence. C'est la semaine où je pensais descendre voir ma tante.

Coïncidence, c'est vite dit. Ça sent le bobard à plein nez.

— Oh ! sympa.

Sa voix vacille juste assez pour que je sache qu'elle n'adhère pas totalement à l'idée de le voir.

— Si tu n'es pas trop prise, faisons un truc ensemble.

Faudra d'abord me passer sur le corps.

Un curieux sentiment me saisit aux tripes. Il ne l'invite pas à sortir en Californie, où ils résident tous les deux. Il demande à la voir dans un autre État.

Ce qui ne peut signifier qu'une seule chose.

Il a déjà quelqu'un dans sa vie… il espère faire de ma copine sa maîtresse.

Je ne le tolérerai pas. Ma copine n'est ni la maîtresse ni le plan cul de qui que ce soit.

Mince, elle n'est pas à moi.

— Hmm, fait-elle, une pointe de surprise dans la voix. Ouais, d'accord. Super.

Ma poitrine se serre. Elle accepte, vraiment ?

Le vrombissement de la machine à tatouage se tait.

— Donne-moi ton numéro, je l'enregistre dans mon téléphone.

— C'est…

33

Sawyer

— J'ai une annonce pour toi : cesse de brancher ma copine avant que je te pète les dents, rugit Cole, la tête au-dessus de la cloison.

Les sourcils de Dylan se relèvent, et je suis quasi sûre que ma mâchoire touche le sol.

Pauvre Ivan a l'air totalement perplexe.

— Ce fils de bourge est ton mec ?

— Non…

— Oui, gronde Cole. Ce fils de bourge l'est.

Ivan est plus confus que jamais.

Je regarde Cole, les yeux plissés.

— Pas techniquement, dis-je puis je regarde mes mains. C'est compliqué.

Surtout en ce moment précis.

Je n'aurais jamais cru que Cole s'énerverait sur un gars parce qu'il me drague.

— Ils ne sont pas ensemble, dit Dylan à Ivan. Sawyer est une bonne amie qui lui rend service. Elle est célibataire.

Cole la foudroie du regard.

— Tu aimes la vie avec mon frère ? Sinon, je peux arranger ça en deux minutes chrono.

— OK, tout le monde se calme.

Jace pose la main sur l'épaule de Cole.

— Il y a un glacier un peu plus loin. (Il nous regarde.) On se retrouve là-bas, quand vous aurez fini, toutes les deux.

Cole fait la gueule.

— J'ai pas envie de gl…

— C'est ton anniversaire, le coupe Oakley. Laisse-moi t'offrir l'un de ces cônes avec plein de vermicelles sur le dessus.

Cole le regarde de travers.

— Je ne fête pas mes cinq ans, imbécile.

— Je l'aurais pourtant juré. Allons-y.

Cole les suit de mauvais gré.

Je regarde Dylan après leur départ.

— Vraiment, Jace sera un formidable papa un jour.

— Je sais, fait-elle avec un sourire en coin. C'est un atout que sa voix de papa soit assez craquante.

Ivan reporte sa concentration sur mon tatouage.

— Je n'en ai plus que pour cinq minutes.

Sa jovialité a totalement disparu.

— Je suis désolée, dis-je mais il secoue la tête.

— Faut pas. (Le vrombissement redémarre.) Tout le monde traîne ses casseroles, non ?

Exact, mais Cole n'est pas une casserole.

C'est une mine terrestre.

Et ce n'est qu'une question de temps avant qu'elle n'explose.

— Ce n'est pas très profond, dit Oakley à Dylan. Avec Morgan, on prend du bon temps, rien de plus.

Dylan prend une cuillerée du *sundae* qu'elle partage avec Jace.

— Elle, elle le sait ?

Oakley boit une longue gorgée de son *milkshake* avant de répondre.

— Normalement. Je lui ai dit dès le début que l'argent passait avant les poulettes.

Dylan et moi le regardons de travers.

Roulant des yeux, Oakley se redresse sur sa chaise.

— Désolé, je voulais dire, l'argent avant les humains à chromosome X. C'est mieux ?

Dylan lève les yeux vers le plafond.

— Non…

— Oui, je m'exclame, contente que tes révisions finissent par payer. Tu ne t'es pas trompé.

Il sourit avec enthousiasme.

— C'est vrai ?

— Ouais. Et si tu continues à bien bosser, à ce rythme, tu seras prêt pour les examens de cette année.

Dylan sourit aussi largement que nous.

— Je suis vraiment fière de toi, Oak.

Elle me presse la main sous la table.

Jace regarde autour de lui.

— Cole a disparu depuis un petit moment.

Dès que Dylan et moi les avons rejoints chez le glacier, Cole est sorti prendre l'air.

Comme s'il avait le feu aux trousses.

Nous ne l'avons pas revu depuis.

— Je suis sûre qu'il va bien, dit Dylan. Il se calme dans son coin ou quelque chose comme ça.

Jace se lève.

— Je vais voir ce qu'il glande.

— Laisse-moi faire.

Avant que quelqu'un proteste, j'attrape mon sac sur la table et sort.

Après leur différend, Jace n'est sans doute pas le mieux placé pour intervenir.

Sans doute que moi non plus, considérant que je suis la raison pour laquelle il s'est défoulé sur le tatoueur, mais je mentirais si je niais mon désir d'apaiser nos tensions.

Je jette un œil dans la voiture de Jace ; personne à l'intérieur.

Après quoi je vérifie quelques boutiques du boulevard, sans succès.

Il reste introuvable.

Je commence à m'inquiéter quand une idée surgit. Il ne reste qu'un endroit que je n'ai pas contrôlé, et c'est parce que nous en étions déjà partis.

Je doute fort que Cole s'y trouve, étant donné ce qui s'est passé précédemment, mais ça vaut la peine d'essayer.

Un malaise me saisit quand, en entrant, je trouve Ivan à l'accueil.

— Salut.

— Laisse-moi deviner, tu cherches ton mec qui n'est pas vraiment ton mec ?

Soit il est voyant, soit j'ai eu le nez creux, et Cole est ici.

— Ce qui signifie qu'il est revenu ?

— Exact. Il est dans le fond avec Candace. Ils n'en ont plus pour longtemps.

— Oh.

Je ne sais pas trop s'il laisse entendre qu'ils traficotent tous les deux, ou si je suis juste parano.

En tout cas, je déteste la façon dont mon cœur se serre.

Peut-être que Dylan avait raison, je me berce d'illusions quand j'affirme que je suis capable de gérer notre accord avec Cole, car manifestement je ne peux pas.

Sinon, je ne serais pas sur le point de faire irruption dans l'arrière-salle, comme une femme chargée d'une mission.

Quand j'atteins la porte, celle-ci s'entrouvre d'un coup et Candace se faufile à l'extérieur avant de la refermer.

Comme tous les tatoueurs de la boutique, elle est recouverte de piercings et de tatouages.

Elle est aussi splendide… et mince.

Tout à fait le genre de filles qui plaît à Cole.

— Est-il…

Les mots se coincent dans ma gorge, car en vérité la seule chose qui compte, c'est de savoir si elle a couché avec mon copain ou pas.

— Il se rhabille. Entre, si tu veux, dit-elle avec un sourire.

« Se rhabille. »

Le cœur dans les chaussettes, j'actionne la poignée et entre.

Cole n'a pas le droit de demander mon aide, puis de retourner sa veste et de me blesser aussi aisément.

— Comment as-tu…

Ma phrase s'évanouit à l'instant où je le vois.

Assis, torse nu sur un banc noir, la tête entre les mains… l'air tellement abattu que cela me déchire le cœur.

— Parle-moi, je murmure.

Ce qu'il peut dire m'est bien égal.

J'ai juste besoin qu'il s'ouvre un peu.

Parce que tout le chagrin qu'il garde enfermé en lui le ronge à petit feu.

Et je refuse de laisser cela se produire.

Parce que peu importe qu'il soit impitoyable et abîmé… un monde sans Colton n'est pas un monde dans lequel je veux vivre.

Lentement, il redresse la tête.

Ses yeux, deux belles étendues d'un vert si profond qui vibrent habituellement d'intensité, paraissent maussades et éteints.

Comme s'il était prisonnier de quelque chose qui le vidait de son énergie.

Je ne réfléchis pas… J'écoute l'impulsion qui tambourine dans ma poitrine.

À l'instant où mes bras l'étreignent, quelque chose se débloque en moi.

Il m'enlace si étroitement que chaque once d'air est éjectée de mes poumons.

Il peut tout prendre.

Il tremble contre moi, secoué comme un palmier dans un ouragan.

Il y a tant de questions qui me brûlent les lèvres, tant de choses que j'aimerais qu'il me dise.

Mais je sais que si je le presse un peu trop fort, un peu trop vite, il se renfermera dans sa coquille et son armure protectrice se remettra en place.

Tout ce que je peux faire dans l'immédiat, c'est le serrer dans mes bras.

Lui faire sentir qu'il n'est pas seul.

Après ce qui semble une éternité, il parle.

— Je pensais que ça aiderait. (Son regard remonte jusqu'à mes yeux.) Mais ça n'a pas marché. (Sa voix n'est plus un râle douloureux.) Rien n'y fait.

J'ai envie de hurler que, bien sûr que coucher avec la première venue dans une boutique de tatouage n'aidera pas, mais je m'abstiens.

Je saisis son visage entre mes mains.

— C'est parce que les pansements cachent les plaies… mais ne les soigne pas.

— Peut-être que je n'ai pas envie de guérir. (Son regard se durcit.) Et que je mérite ce rappel.

Ce n'est qu'alors que je remarque le film étirable autour de son bras.

— Je peux ?

Il soulève le bras.

— Vas-y.

Aussi délicate que possible, je déroule le film plastifié.

— Personne ne mérite de vivre dans la souffrance, Cole.

Il ricane.

— Dit la fille qui croit à l'enfer.

Mes yeux s'écarquillent quand je découvre le motif à l'intérieur de son bras.

Comme nous autres, il a choisi un papillon… sinon que le sien est trois fois plus petit. Presque invisible. Et vert.

À côté du minuscule papillon, une date. 21 août 2001.

Leur (son) véritable jour de naissance.

— Le vert était sa couleur préférée, dit-il avec un rire amer. C'était notre unique point commun.

J'ai le sentiment qu'ils avaient plus de choses en commun qu'il ne s'autorise à le reconnaître.

J'entoure son bras de film plastique.

— C'est le bras avec lequel tu lances.

Le fait qu'il ait choisi cet endroit précis est significatif.

Le tourment reparaît dans ses yeux.

— Affreusement perspicace, Bigote.

Le cœur battant à tout rompre, j'effleure son tatouage de mes lèvres.

— C'est parce que je te vois, Colton.

Il esquive avec des remarques rudes et blessantes… mais au fond de lui il pleure une partie vitale de lui-même qu'il a perdue.

Liam.

Je me retourne, dans le but de lui rendre son espace, mais sa main enveloppe mon poignet, et il m'attire vers lui.

Je m'attends à ce qu'il pète les plombs ou m'invective mais il ne fait rien de cela.

Il m'embrasse.

34

Sawyer

Je devrais dire stop. Il est en détresse, vulnérable, et a possiblement couché avec une fille… sauf que c'est impossible.

C'est le baiser le plus tendre, le plus doux que je n'ai jamais partagé… à peine un frémissement de lèvres. Une caresse soyeuse qui fait palpiter mon cœur et m'étourdit.

Et tout à coup… plus rien.

La frustration me griffe la poitrine.

— Pourquoi tu t'arrêtes ?

Un sourire prétentieux recourbe ses lèvres.

— Pas de langue, c'est ta règle.

Je reste sans voix.

Mais, bon, c'est bien son style de retourner mes paroles contre moi. Salopard.

Sa main possessive presse ma hanche.

— Ce type qui te draguait…

Une petite inspiration choquée m'échappe quand son pouce touche la peau au-dessus de l'élastique de mes leggings.

— Je n'ai pas apprécié.

Entre le changement de sujet et son contact, je perds le fil.

— Je…

— Cela m'a fait ressentir quelque chose qui avait disparu depuis longtemps.

— C'est-à-dire ?

Son regard s'assombrit.

— De la jalousie.

Sa franchise me stupéfie. Et ce n'est que justice de rester le ton.

— J'ai cru que tu avais niqué Candace. C'est pour ça que j'ai déboulé comme une furie.

La confusion voile son visage.

— Qui est Candace ?

Sans surprise, Cole a oublié son prénom.

— La demoiselle qui t'a tatoué.

— Je ne l'ai pas touchée.

— Pourquoi ?

J'ai besoin de savoir que ce n'est pas uniquement à cause du contrat et du stupide pari.

— Pourquoi, d'après toi ?

Oh ! non. Je ne le laisserai pas se débiner.

— Réponds à ma question, Covington.

Sa mâchoire se contracte.

— Si j'avais couché avec elle, ça t'affecterait ?

C'est le cercle vicieux par excellence. Si je dis non, je suis une menteuse. Si je dis oui, j'admets mes sentiments pour lui.

Et de nouveau, je lui cède le pouvoir de m'atteindre.

Je déteste sa façon de me regarder. Comme s'il perçait à jour toutes mes pensées.

— Réponds à ma question, Church.

Ma gorge est râpeuse comme du papier de verre.

— Je…

La porte s'ouvre subitement.

— Trouvés ! crie Oakley.

Aussitôt après, Jace et Dylan nous rejoignent.

— Tout va bien ? demande Jace.

— Au top, dit Cole en sautant de la table. Sawyer me montrait son tatouage.

— À propos de tatouage, intervient Jace. Tu t'en es fait un aussi, on dirait.

Cole enfile son sweat-shirt.

— Bah non. T'as la berlue.

Une chose est sûre, le vrai Cole s'est envolé. Jace n'est sûrement pas dupe, mais il n'insiste pas.

— Avec Dylan, nous avons des projets pour ce soir. Si tu veux que je te raccompagne, retrouve-moi à la voiture dans cinq minutes.

Peu après, tout le monde sort.

Je m'apprête à les suivre mais Cole me barre le passage.

— Ne t'avise pas d'essayer de cerner mes pensées, ou d'exiger des réponses si tu n'es pas prête à en donner autant.

Sa colère me prend au dépourvu.

— Je ne sais pas de quoi tu parles.

Il se rapproche de mon visage, à une distance inconfortable.

— Ne fais pas l'hypocrite.

— Pas du tout.

— Mon œil. (Il sort une petite boîte de sa poche.) Tiens. Bon anniversaire.

Sur ce, il décampe.

Les pensées embrouillées, j'ouvre l'écrin.

À la place d'un bijou, il renferme un petit mot.

Ton cadeau t'attend dans ton casier.

CC

35

Sawyer

89 kilos.

La balance est sûrement déglinguée, je n'ai pas pu perdre plus de deux kilos en quatre jours.

Je fouille ma mémoire pour dresser un rapide inventaire de mon week-end.

Jeudi, Cole a dîné avec nous et j'ai rédigé ma dissertation.

Vendredi, j'ai remis le contrat à Cole et je me suis fait passer pour Izzy.

Samedi, séance de tatouage suivie de la crise de Cole.

Dimanche, j'ai assisté à la messe, chanté avec la chorale et potassé mes cours.

C'est alors que ça fait tilt. L'Adderall.

Luis a signalé qu'il favorisait la perte de poids, mais j'avais cru que considérant mon surpoids, cet effet secondaire ne me concernait pas.

À la réflexion, j'ai peu d'appétit ces temps-ci.

Je n'ai même pas réussi à finir ma part de gâteau d'anniversaire.

Je regarde dans le miroir. Je ne peux pas dire que je saute de joie.

Certaine que l'univers me fait une farce, je remonte sur le pèse-personne pour m'assurer que ce n'est pas un coup du hasard.

Mon poids confirmé, une onde de bonheur m'inonde.

La dernière fois que je suis passée sous la barre des quatre-vingt-dix kilos, la grippe m'avait terrassée deux longues semaines.

Bien sûr, dès que j'ai recommencé à m'alimenter, j'ai repris tous mes kilos et plus encore.

Je prends l'Adderall dans mon sac de cours et en avale un.

Je n'avais pas prévu d'en gober aujourd'hui, puisque hier je me suis avancée dans mes devoirs, mais pourquoi pas ? En ce qui me concerne, c'est une remède miracle.

Non seulement il me fait gagner du temps dans mes révisions et me booste, mais il me fait maigrir. J'ai enfin cracké le code.

Je cours presque dans l'escalier.

— Quelqu'un est de bonne humeur, observe mon père quand je descends.

Aussi vite que ça, ma gaieté s'évapore.

Je ne peux pas le regarder sans me rejouer à l'infini son attitude avec Cole.

L'ignorant, je fonce vers la sortie.

— Ton petit déjeuner est prêt, crie ma mère.

— Désolée, j'ai promis de prêter mes notes avant les cours. Je prendrai un truc à grignoter en chemin.

Je n'ai pas parlé à Cole depuis notre échange – ou notre non-échange – à la boutique de tatouage.

Une petite partie de moi espérait recevoir un SMS, mais en mon for intérieur, je savais que je rêvais.

Cole n'est pas du genre à s'excuser.

Évidemment, il n'est pas plus du genre à attendre sa pseudo copine sur le parking de l'école.

Je déteste ce malaise entre nous.

Presque autant que je déteste qu'Oakley nous ait interrompus.

J'aurais été sincère avec Cole.

Peut-être que c'est une intervention divine qui m'en a empêchée, considérant la douche écossaise qui a suivi.

Je ne veux pas me confier pour souffrir ensuite.

Vu son passé peu reluisant, il existe une possibilité bien réelle, si j'admets que j'ai des sentiments pour Cole, qu'il se serve de moi pour remporter le pari.

Et que, dès que ce sera acquis, il me jette comme une vieille chaussette.

Je ne suis pas sûre de pouvoir endurer une douleur de cet ordre.

— Pourquoi les garçons sont aussi stupides ? je grommelle en me dirigeant vers mon casier.

Oakley regarde autour de lui.

— Est-ce une question rhétorique ?

— Oui... non. Je ne sais pas.

Ses yeux s'arrondissent.

— C'est la semaine ketchup.

— Quoi ?

— Le petit clown saigne du nez.

C'est comme si Oakley employait un langage codé.

— Tu déchiffres ?

— T'as tes règles ! crie-t-il.

Tous ceux qui se trouvent à portée de voix se retournent vers nous.

— Tu ne pouvais pas parler de ragnagnas ou de mauvaise période du mois, comme toute personne normale ? je murmure quand il s'arrête devant mon casier.

— C'était le suivant sur ma liste, dit-il, appuyé au casier d'à côté. Mais pour répondre à ta question, nous ne sommes pas stupides. Nos cerveaux sont juste moins remplis de trucs inutiles que vous.

Je compose le code de mon casier.

— Si ton cerveau renfermait moins de trucs inutiles, tu assimilerais les informations plus rapidement... ou tu les assimilerais tout court.

Il secoue la tête.

— Tu ne comprends pas. Les garçons ont un ordre de priorités différent. Ou comme j'aime l'appeler, l'ordre des 3 P.

— Les 3 P ?

Il énumère en comptant sur ses doigts.

— Être Payé, avoir des Provisions – alimentaires et tout ça…

— J'ai saisi l'idée, Oak.

Il me fait un sourire lascif.

— Et le plus important du lot, un Partenaire. Cela vaut pour toutes les tendances, gays et autres.

Je réfléchis un instant à sa règle des 3 P.

— Si je résume ta conception des choses, les garçons sont stupides parce qu'ils s'intéressent exclusivement aux 3 P.

— Non, ce que je dis, c'est que les garçons ne pensent qu'aux 3 P. Nous nous intéressons à des tas de choses, nous avons juste besoin d'un rappel concret de ce qui mérite notre attention. (Il indique un couple qui se querelle dans le couloir.) Ces deux-là, par exemple. Caitlyn est fâchée parce que Danny était bourré et a branché une fille à la soirée de Christian, le week-end dernier.

Pauvre Caitlyn.

— Je ne peux pas lui reprocher d'être fâchée, c'est merdique ce qu'il lui a fait.

Oakley agite un doigt.

— Ouais, ça le serait… si Caitlyn lui avait clairement rappelé de ne pas trop boire et de ne pas draguer ses copines. Mais elle ne l'a pas fait. Donc, Danny n'est pas responsable. Il ignorait totalement que pour elle, c'était une limite non négociable.

Sans plaisanter ?

— Es-tu sérieux ?

— Bah oui. (Il tranche l'air de sa main.) Nous sommes des créatures simplissimes, et toc. Si tu veux qu'on fasse quelque chose, il faut nous le dire. Si tu ne veux pas qu'on fasse quelque chose… il faut nous le dire aussi. Nous ne sommes pas extralucides.

Agacée, j'ouvre mon casier.

— Je ne vois pas avec quels arguments contrer ta logique.

— Attaque-la autant que tu veux, mon amie, j'ai raison.

J'ouvre la bouche en découvrant le grand sac Louis Vuitton rose et beige.

Un instant, je suis convaincue de m'être trompée de casier.

— D'où ça sort ?

Oakley siffle.

— Chanmé. Quelqu'un a fait chauffer sa CB. Crystal possède quelques-uns de ces bijoux. Ils coûtent bonbon.

— Cole, dis-je en me remémorant son petit mot. Pourquoi faire ça ?

— Parce que son emmerdeuse d'ex a jeté le tien dans les chiottes, dit Cole derrière moi. Je me suis dit que tu avais besoin d'un neuf.

C'est pas faux. Mon vieux sac acheté au supermarché était tellement crado – après son petit bain dans la cuvette – que j'ai dû le jeter aux ordures.

C'est le cadeau le plus touchant et le plus onéreux qu'on m'ait jamais offert.

Raison pour laquelle je ne peux pas l'accepter.

Je me tourne vers lui.

— Il est magnifique.

Le coin de sa bouche se redresse en un petit sourire.

— C'est une édition spé…

— Reprends-le.

Me basant sur la logique masculine, j'ajoute :

— Je n'en veux pas.

Je refuse qu'il se figure qu'il peut m'acheter.

Aussi, je ne veux pas que les gens pensent qu'il m'achète.

C'était un geste adorable et attentionné, dont je suis infiniment reconnaissante. Mais je ne suis pas ce genre de fille.

Je ne serai jamais ce genre de fille.

Qu'importe le nombre de sacs que Cole m'offrira.

Je ne serai jamais Casey, ni Morgan ni aucune des centaines de filles qui se baladent à l'école avec un Vuitton.

Je suis juste Sawyer.

Sawyer, la fille obèse, miséreuse, intello qui aime Jésus.

C'est tout ce que je serai jamais.

36

Cole

Je suis à peu près certain que c'est la première fois qu'une fille refuse un sac de créateur.

— Tu n'en veux pas, je répète.

Bordel. Bianca m'avait assuré qu'il lui plairait.

Sans s'embêter à clarifier ou à refermer son casier, Sawyer me frôle en s'éloignant.

— J'ai cours.

Estomaqué, je regarde Oakley.

— Elle n'en veut pas.

Oakley hausse les épaules.

— Que veux-tu que je te dise, mon gars. Les filles sont stupides.

Ouais, mais pas cette fille. Il se passe un truc.

Le couloir est presque vide le temps que je la rattrape.

— Il faut qu'on parle.

— Parler… tu veux dire, t'énerver sur moi, comme samedi ?

— Est-ce pour cela que tu ne veux pas du sac ?

J'aurais sûrement pu me montrer plus sympa, mais elle m'aurait repoussé. Ce qui ferait d'elle une hypocrite, parce que nous savons tous deux ce qu'elle veut de moi.

Sawyer est beaucoup de choses, mais pas menteuse.

Et pour peu qu'elle cesse de s'acharner à me résister… la suite du pari sera beaucoup plus fun.

Elle secoue la tête.

— Pas le temps, Cole. Je suis en retard pour mon cours.

— Il y a vie de classe. Il ne se passe jamais rien.

Elle me regarde comme si j'étais crétin.

— Hmm, pas pour les délégués.

Ça n'urge pas. Mon problème passe en priorité.

Peu disposé à me laisser rembarrer, je lui prends le coude, et l'entraîne dans une salle déserte.

Là, je me plante devant la porte pour l'empêcher de s'enfuir.

Elle émet un bruit crispé.

— Je n'ai pas le temps de jouer…

— Qu'est-ce qui cloche avec le sac ?

— Rien. Il est magnifique.

— Alors pourquoi t'en veux pas ?

Remontant son sac à dos sur son épaule, elle râle.

— Je n'ai pas envie d'en parler, compris ?

— Dommage pour toi.

Elle souffle, de plus en plus exaspérée.

— Écoute, j'apprécie le geste, c'était très attentionné…

— Alors où elle le pro…

— Je ne suis pas Casey, crie-t-elle. Je n'ai pas d'argent, je ne suis pas mince, je n'ai pas…

— Où veux-tu en venir ?

J'ai reçu pas mal de coups à la tête en jouant au foot, mais pas au point d'avoir des absences.

Elle se désigne d'un geste du pouce.

— Ce que je veux dire, c'est que ça me va de ne pas être tout ça… mais pas toi, à l'évidence.

Je ne vois pas comment elle est passé de mon cadeau à cette conclusion.

— C'est un putain de sac à main.

— Ce n'est pas un putain de sac à main, dit-elle. C'est plus que ça. C'est… je ne suis pas elles. Et peu importe tout ce que tu achèteras avec la carte de crédit de ton papa, dans l'espoir de me rendre branchée et populaire, de me faire rentrer dans le moule, pour te faciliter les choses… ça ne marchera pas.

Son accusation me heurte.

Elle ne devrait pas, pourtant.

— Tu penses que c'est le but de mon cadeau ?

Elle prend une inspiration chevrotante.

— Pour quelle autre raison, sinon ?

Je réponds en toute franchise.

— Parce qu'une pétasse rageuse a détruit tes affaires… et je veux réparer ses erreurs.

Son regard s'embrume.

— Pourquoi ?

— Je sais pas, dis-je, frustré, parce que j'en avais envie, d'accord ?

— Colton, me presse-t-elle.

— Casey a abîmé ton sac à cause de moi. Si elle s'acharnait sur quelqu'un d'autre, je m'en ficherais, mais c'est sur toi. Et pour moi, c'est un problème.

Elle déglutit.

— Pourquoi est-ce un prob…

Elle n'a pas la possibilité de terminer, parce que j'écrase ma bouche sur la sienne.

À l'inverse de notre précédent baiser, celui-ci n'est pas destiné à la taquiner et à l'éprouver.

Il est sensuel, sans retenue. Une bombe qui explose.

Je lèche le contour de ses lèvres, la pressant de les entrouvrir pour moi.

Cela fait, je glisse ma langue entre elles, piétinant son contrat débile.

J'explore avidement chaque parcelle de sa petite bouche torride, tel un démon. Elle a le goût de l'innocence et de la passion… mélange enivrant s'il en est.

Il est possible que je ne me souvienne pas de notre premier baiser, mais il est clair que celui-ci, je ne l'oublierai jamais.

Glissant mes mains dans le bas de son dos, je presse fermement ses fesses dodues.

— Voilà pourquoi, dis-je d'une voix éraillée dans sa bouche, avant de m'écarter.

— Oh. (Un petit sourire s'étire.) Ta raison est plutôt valable.

Je hausse un sourcil.

— Plutôt valable ? dis-je, penché vers elle. Putain, je peux pas mieux faire.

Un doigt sur ma bouche, elle me fait taire.

— Pas si vite. Ce moment était plaisant… mais il complique tout.

— Mais encore ?

Une fois de plus, elle me lance ce regard qui semble mettre en doute mes facultés intellectuelles.

— Nous sommes un couple factice, tu te rappelles ?

— Vraiment ?

C'est elle qui semble confuse à présent.

— Vraiment, quoi ?

— Faisons-nous semblant ?

Elle cille.

— Est-ce une question piège ?

— Si je te disais que j'avais envie que cela devienne réel entre nous… que répondrais-tu ?

Elle a l'air embarrassé.

— Je ne… est-ce ce le cas ?

La seule et unique chose que mon père m'ait apprise, c'est de ne jamais montrer mes cartes avant que l'adversaire ne montre les siennes.

Je ne veux pas jouer avec Sawyer, mais j'ai besoin de savoir ce qu'il y a dans sa tête.

Découvrir si comme moi, elle est prête à tenter le coup.

— Non. Mais imaginons… quelle serait ta réponse ?

Exhalant un souffle, elle recule de quelques pas.

— Je ne sais pas du tout…

— Ne me balade pas, Bigote.

Ses narines frémissent.

— Bon, d'accord. Si tu me disais que tu voulais qu'on sorte vraiment ensemble, je te dirais probablement… (Elle relève les yeux.) Que j'ai besoin de beaucoup de temps pour y réfléchir.

Elle ne dit pas non, mais pas tout à fait oui.

Pas mécontent, je redessine ses lèvres avec mon pouce.

— Tu es en retard pour ton cours.

37

Sawyer

— Tu as quelque chose de différent, observe Bianca, son doigt me désignant de la tête aux pieds. Mieux, en quelque sorte.

— Je ne vois pas de quoi tu parles.

Je dissimule mon petit sourire en empilant des livres dans mon casier.

J'ai commencé l'Adderall il y a deux semaines, et en si peu de temps, j'ai perdu presque cinq kilos.

Je ne pensais pas que quiconque le remarquerait mais, ce matin, ma mère m'a fait remarquer que mon visage était moins potelé, et m'a demandé si je m'étais enfin décidée à suivre le régime qu'elle m'avait conseillé.

Sans doute que Bianca l'a remarqué aussi.

— Oh mon Dieu, murmure-t-elle en se rapprochant. Tu as maigri, c'est ça ?

Je pince les lèvres, refusant de confirmer ou d'infirmer.

Elle me donne un coup d'épaule.

— Malin, Church. Fais taire ces pétasses une bonne fois pour toutes.

— Comment cela ?

Elle lève les yeux au ciel.

— Casey est convaincue qu'entre toi et Cole c'est bidon… de plus en plus de monde va dans son sens.

— Oh.

Merde.

Cole m'escorte devant ma classe tous les matins, nous nous tenons par la main et déjeunons ensemble.

Je ne pique même pas une crise quand on s'embrasse pour se dire au revoir et qu'il essaie d'introduire sa langue.

Je vois mal ce qui éveille les soupçons.

Je referme brusquement mon casier.

— Je dois te laisser.

J'ai besoin de trouver Cole pour une réunion d'urgence, destinée à corriger le tir.

Par chance, je le repère au bout du couloir.

— J'ai un truc à te dire, je murmure une fois devant lui.

L'air inquiet, il me saisit la main et m'entraîne vers le labo de biologie.

— Qu'est-ce qui t'arrive ?

— Casey raconte à tout le monde que notre relation est bidon.

Il soupire.

— Ouais, je sais.

Répète un peu ça ?

— Attends… tu le savais et tu ne m'as rien dit ?

— Je n'ai pas estimé cela important.

Bien sûr que non. Si les gens supposent que notre couple ne tient pas debout, ce n'est pas parce que quelque chose cloche avec lui.

C'est moi qui fais tache.

Je lui tapote l'épaule.

— Oh ! dans ce cas, j'espère que tu apprécieras de regarder Cortland conduire ta Ferrari.

Je m'apprête à partir mais il me tire en arrière.

— Pourquoi cela t'ennuie autant ? (Il hausse les épaules.) Qui se soucie de ce que pense Casey ?

Il ne s'agit pas seulement de Casey… mais de tout le monde.

— Ouais. Bien vu. Contente d'avoir papoté avec toi.

Je tente une seconde fois de m'en aller mais il m'en empêche.

— Ne fais pas ce truc de fille où tu dis une chose pour une autre. Tu exiges de la sincérité, alors montre l'exemple.

Il a raison. Ce que je déteste.

— Quand les gens parlent de nous… ils ne partent jamais du principe que tu n'es pas assez attirant pour moi. C'est systématiquement l'inverse. (Je ferme les yeux.) Je suis lasse de ne pas me sentir à la hauteur.

Il me relève le menton pour m'obliger à le regarder.

— On les emmerde. Dans ce lycée, 90 % sont des abrutis et resteront insignifiants, de toute façon. Ils ne comptent pas.

— Casey compte, dis-je dans un murmure, la voix fêlée. Elle ne devrait pas, mais c'est comme ça. Tout le monde compte. (Je ferme les yeux.) Les joueurs de ton équipe connaissent déjà la vérité, et si elle découvre que nous sortons ensemble à cause de ton imbécile de pari…

— Alors rendons cela réel. (Il s'éclaircit la voix.) Faisons tout pour que ça semble le plus réel possible.

— C'est déjà ce qu'on fait.

Il ricane.

— Crois-moi, il reste une belle marge de progrès dans certains domaines.

Je lui lance un regard noir.

— Qu'est-ce…

— Écoute, si elle continue à blablater… nous nierons. Tout simplement. Personne ne peut prouver que ce n'est pas réel entre nous.

— Mouais, comme si tu n'allais pas tout révéler après coup, histoire de préserver ta réputa…

— Je ne dirai jamais la vérité à qui que ce soit. (Il prend mon visage entre ses mains.) Je ne te ferai pas ça.

Mon premier instinct est de le croire.

— Promis ?

— Tu as ma parole.

L'angoisse s'apaise un peu dans ma poitrine.

— D'accord.

L'horloge murale attrape mon attention, et je grommelle un juron.

— Je suis en retard pour le cours d'anglais. À plus.

L'appréhension traverse son visage.

— Écoute, je ne comptais pas en parler… mais je… euh. Hmm…

Le voir bafouiller serait hilarant s'il n'avait pas cet air grave.

— Abrège, Covington. Je n'ai pas toute la journée.

Il soupire et presse ma nuque.

— Que tu maigrisses n'est pas exigé dans le contrat, d'accord ? Je n'ai pas…

— Tais-toi, dis-je, un mélange de colère et d'humiliation chauffant mes joues. Ne t'avise jamais, mais vraiment plus jamais de commenter mon poids, si tu veux que notre arrangement fonctionne. Pigé ?

Il se décompose.

— Je n'ai pas… je ne…

— Tu as raison. Tu n'as pas. Normal, mon poids ne te concerne pas. Tu as perdu ce droit quand tu m'as humiliée et manqué de respect devant tout le lycée.

Sur ce, je quitte la salle.

38

Cole

Sawyer ne me parle plus depuis hier.

Comme elle est pas mal occupée, entre les cours, son job, ses trucs d'église et le soutien scolaire pour Oakley, je ne le prendrais pas personnellement… si elle ne redoublait pas d'efforts pour m'éviter.

Les gens commencent à le remarquer.

Ressortant mon téléphone de ma poche, je dégaine un SMS.

Cole : Tu m'ignores.

Sa réponse me stupéfie.

Sawyer : Ouah, rien ne t'échappe. Je te décerne la médaille d'or.

Ravalant ma fierté, je fais ce que je ne fais jamais.

Je m'excuse.

Cole : Pour ce que ça vaut, je suis désolé pour hier. Tu as raison. Ton poids ne me concerne pas.

Sawyer : Merci.

Je regarde les petits points sautiller avant de voir apparaître la suite.

Sawyer : Excuses acceptées.

Super, maintenant elle acceptera peut-être ce que je veux lui donner d'autre.

Cole : Mais, en qualité de petit ami, je pense que tu devrais savoir que ce serait regrettable que quelque chose arrive à tes fesses ou à tes seins.

Cole : Enfin, à n'importe quelle partie de ton corps.

Sawyer : Punaise, Covington. Tu fais des heures sup ?

Bon, je me suis mal exprimé.

Avant que je ne puisse clarifier, un second SMS apparaît.

Sawyer : Écoute, j'ai déjà accepté tes excuses. Tu n'as pas besoin d'en rajouter des tonnes et de déverser des bobards pour aider la grosse à mieux s'accepter. J'apprécie l'intention, mais vraiment je me sens bien.

Elle se méprend totalement.

Cole : Tu te mets toujours sur la défensive quand on te fait des compliments ?

Sawyer : Seulement avec toi.

Cole : Pourquoi ?

J'ai l'impression d'attendre une éternité son message suivant.

Sawyer : Parce que nous savons tous les deux qu'il n'y a pas un millimètre de droiture en toi.

L'érection qui tend mon pantalon n'est pas du même avis.

Cole : Crois-moi, j'ai un barreau d'une bonne vingtaine de centimètres bien droit, et il veut être en toi.

Cole : Mais, au besoin, il trouvera d'autres solutions.

Sawyer : Parles-tu toujours de ton pénis à la troisième personne ? C'est zarbi.

Cole : Tu bottes toujours en touche dès qu'on évoque le sexe ?

Sawyer : Je n'esquive pas. Je ne suis pas intéressée. Merci pour la proposition.

Cole : Nous savons tous les deux que tu n'es pas claire.

Sawyer : Tant que ça t'aide à encaisser, et à mieux dormir la nuit, OK.

Je serre les dents.

Cole : Il y a de l'alchimie entre nous. Une tonne.

Sawyer : il y en avait aussi entre Yoko et John. Regarde le résultat.

Jamais entendu parler de ces deux-là.

Cole : Qui ?

Sawyer : Sans déc ? Les Beatles ?

Cole : Désolé, je n'écoute que de la musique de cette décennie.

Sawyer : Une autre raison qui fait que ça ne collera pas. Tu ne reconnaîtrais pas de la musique de qualité, même si elle sortait de ton ordi et pénétrait ta grosse tête.

Nous allons devoir composer avec nos divergences… je ne suis pas opposé aux compromis.

Cole : Si je me mets aux Beatles, tu sortiras avec moi ?

Sawyer : Non. Mais je respecterai davantage tes goûts musicaux. À propos de musique, ajoute Nick Jonas à ta liste.

Plutôt me couper un bras.

Cole : Jamais de la vie.

Sawyer : Tant pis pour toi. C'est mon âme sœur… sauf qu'il ne le sait pas encore.

Dans ce cas, ça ne le dérangera pas que je te pique à lui.

Cole : Tu esquives encore.

Sawyer : Esquiver quoi ?

Frustré, ma main se crispe autour du téléphone.

Cole : Le sexe.

Sawyer : C'est parce que ça n'arrivera pas. Jamais.

Je teste une autre approche.

Cole : Je suis disposé à attendre que tu sois prête. Pour le sexe.

Sawyer : Génial. Éternellement, c'est possible ?

Cole : Arrête un peu, Bigote. T'es humaine, non ? Tu n'as pas de besoins ? Pas forcément sexuels, vu que tu ne sais pas ce que tu loupes. Mais tu sais… d'autres trucs.

Sawyer : J'apprécie ta sollicitude, mais je suis bien comme ça.

Cole : Qui ?

Sawyer : Qui, quoi ?

Cole : Si tes besoins sont satisfaits, je mérite de savoir par qui, quand même.

Ce que Bianca a dit à la fête de Christian, il y a plusieurs semaines, me revient en pleine poire, mais avant que je ne puisse la questionner, mon téléphone vibre.

Sawyer : Tu lui parles en ce moment même.

Si je ne bandais pas déjà à fond, ce serait chose faite.

Le sexe frémissant, des images de Sawyer se caressant se percutent dans mon esprit.

Putain, je suis tellement chaud que je pourrais arracher la porte de la salle de ses gonds.

Cole : Tu utilises des trucs ?

Sawyer : Tu as dormi pendant le cours d'éducation sexuelle ? Je n'ai pas besoin de me protéger pour me tripoter.

Je m'apprête à rectifier, mais son SMS suivant me prend de court.

Sawyer : Si ça t'intéresse tant, je prends la pilule depuis mes 16 ans, alors ne torture pas ton petit cœur avec ça.

Cole : Je pensais que tu étais vierge.

Sawyer : Je le suis.

Cole : Alors pourquoi tu prends la pilule ?

Sawyer : Ça ne te regarde pas, mais j'ai des règles douloureuses. Tu as d'autres questions perso ? Mon groupe sanguin ? Mon analyse ADN ? Mon numéro de sécu ?

Cole : Tu utilises tes doigts ou un vibro ?

Mon cœur martèle ma poitrine. Chaque goutte du sang disponible dans mon corps afflue entre mes jambes.

Mince, à ce stade, elle aurait à peine besoin de me toucher.

Sawyer : C'était théorique. Pas une invitation, gros pervers.

Cole : Je suis sûr que t'es toute serrée.

Sawyer : Désolée. Faut que j'y aille. Contrairement à toi, j'aime écouter ce que se dit en classe.

Je ne la laisserai pas s'en tirer aussi aisément.

Cole : Doigts, je parie. Mais juste un seul… parce que tu es une fille sage qui se réserve pour Jésus.

Sawyer : Et j'ai officiellement quitté cette discussion.

Pas moi.

Cole : Tu te réveilles sûrement en pleine nuit avec la main dans la culotte, tellement trempée et excitée que tu pourrais hurler. Tu aimerais que quelqu'un soit là pour t'apaiser. Quelqu'un qui lècherait et sucerait ton petit clito jusqu'à ce que tu jouisses sur son visage.

Elle ne répond pas, ce qui ne m'empêche pas de continuer.

Cole : Hier soir tu m'as fait prendre mon pied.

Sawyer : Navré mon gars mais je n'ai rien fait de ce genre.

Cole : Ah mais si. Je ne pouvais penser à rien d'autre qu'à toi en me masturbant. Tes jolies lèvres charnues autour de ma queue m'aspiraient si profondément et si vite pendant que je malaxais tes seins bien ronds… juste avant d'éjaculer sur eux.

Sawyer : Je ne sais même pas quoi répondre.

Cole : C'était hyper bon, Sawyer. Hyper excitant. Tu étais parfaite.

Sawyer : Tu peux arrêter, j'ai compris l'idée.

Cole : Je ne crois pas.

M'assurant que personne ne me regarde, j'oriente mon téléphone vers mes genoux et photographie le renflement dans mon pantalon.

Puis j'envoie.

Cole : Voilà ce que tu me fais.

Sawyer : Seigneur. Tu n'es pas en cours ?

Cole : Non.

Cachant mon érection derrière mon manuel, je me lève subitement.

— Où allez-vous comme ça, monsieur Covington ? gronde Mme Edward.

— Aux toilettes, je crie par-dessus mon épaule.

Dans le couloir, je reprends mon téléphone.

Cole : Je suis dans les vestiaires des filles. Je t'attends.

Elle sera nettement moins nerveuse si on le fait ici.

Sans compter que le cours commençant à peine, personne ne viendra avant trente-sept minutes.

Sawyer : Tu es sûrement en plein fantasme.

Cole : Au lieu de cogiter, transforme-le en réalité, et prends-la dans ta bouche, Church.

Sawyer : T'emballe pas. Je ne te sucerai pas, Covington. De toute façon, ça ne te concerne pas… ça non plus. Mais je n'ai jamais fait ça, et ma première fois ne se déroulera pas dans un vestiaire. Ni avec toi.

Sur ce point, nous verrons cela plus tard. Dans l'immédiat, je dois un peu plus la ménager.

Elle est encore plus novice que je le pensais.

Cole : OK. Maintenant que je connais tes limites, je ne les franchirai pas… aujourd'hui. J'ai juste besoin d'avoir quelque chose d'agréable à regarder pendant que je me touche.

Sawyer : Y a un truc parfait pour ça, le porno. Essaie un jour.

Cole : Je n'ai pas envie de mater du porno. Le porno, c'est pas toi.

Cole : Je vais nous simplifier la vie. Retrouve-moi dans 5 mn. Sinon, je ne te proposerai plus rien. Mais si tu viens…

Sawyer : Si je viens… quoi ?

Je fais un grand sourire. Elle ne demanderait pas si elle n'était pas tentée.

Cole : Arrête de flipper et tu le découvriras très vite.

39

Sawyer

Si j'y vais, c'est uniquement pour l'informer en face que nous ne le ferons jamais.

C'est du moins ce que je me dis quand je demande à sortir, et me dirige vers les vestiaires des filles.

Je n'en reviens pas de lui avoir avoué que je n'avais aucune expérience en fellation.

C'est presque aussi choquant que l'effet que ses obscénités ont sur moi.

Et sur ma culotte.

Idiote, idiote, idiote.

Je suis une fille intelligente, je sais que je ne dois pas me laisser embobiner. Encore.

Pourtant, je me retrouve à me demander ce que ça ferait de croquer une nouvelle fois dans la pomme.

Déterminée, je pousse la porte des vestiaires.

J'ai la ferme intention de dire stop et de lui expliquer pourquoi ce serait une idée catastrophique…

Mais toutes mes raisons s'évaporent à la seconde où je le vois.

Exactement comme dans la salle du tatoueur, il paraît torturé… sinon que, là, il n'y a pas une miette de tristesse dans ses yeux.

Il n'y a que du désir.

Un besoin pur, brut, bestial pulsant dans le corps d'un dieu… qui marche droit vers moi.

Un sourire vulgaire recourbe sa bouche.

— Je savais que tu viendrais.

— Je ne suis là que pour…

Sa bouche s'écrase sur la mienne.

Oh ! doux Jésus. Je ne sais pas du tout ce qui m'arrive.

Tout ce que je sais, c'est que je n'ai jamais rien vécu de similaire.

C'est le genre de baiser qui ramollit mes genoux et passe mes neurones au mixeur.

Le genre de baiser qui incite à se toucher au cœur de la nuit, assaillie par les pensées les plus torrides.

Le genre de pensées qui fait prier avec plus de ferveur, à l'église, le lendemain matin.

Le genre de baiser qui me fait clairement comprendre qu'il est inutile de lutter… car j'ai déjà perdu la bataille opposant le pécheur au saint.

Mon esprit tourbillonne, pendant qu'il saisit mes hanches et me pousse contre une rangée de casiers.

— Colton.

Mes yeux se ferment en papillonnant, à mesure que ses lèvres remontent le long de mon cou.

Ça me rend folle qu'il connaisse mon point sensible.

Ça me rend folle, cette façon qu'il a de saisir mes seins en grognant… comme si c'était pour son seul plaisir.

Ça me rend folle qu'il veuille faire toutes ces choses impures à mon corps.

Et, le pire dans tout ça, c'est que je le laisse… faire tout cela dans les vestiaires.

— Encore, gémit une voix étrangement semblable à la mienne.

Il se laisse tomber à genoux et enfouit la tête entre mes seins.

Je halète sitôt que sa bouche trouve mon mamelon à travers ma chemise.

— Oh ! mon Dieu.

Mes cuisses se serrent quand il s'attaque à mon autre sein, et que je remarque la trace humide qu'il a déposée sur le tissu blanc.

Il saisit les boutons de ma chemise, et j'enfonce les ongles dans ses épaules.

— Libère-le.

— J'y compte bien.

Il abaisse le bonnet de mon soutien-gorge.

— Nom d'un chien.

Dans un râle, il aspire mon téton dans sa bouche torride et mouillée.

Il pétrit mon sein, léchant et aguichant l'autre, si bien qu'un accès de plaisir parcourt mon dos.

— Ton sexe, je voulais dire. Je veux te regarder.

Ses yeux voraces sur moi, il déboutonne ma chemise.

— Tant que je peux continuer à jouer avec tes seins.

Un doigt sous mon soutien-gorge, il fait claquer l'élastique.

— Enlève ça, Bigote.

Ma main se glisse dans mon dos, dégrafe mon soutien-gorge et l'enlève.

Je ne me suis jamais sentie aussi vulnérable et sans défense. Je m'attends à ce que son visage se torde de dégoût quand il découvre mon ventre.

Au lieu de quoi son regard s'obscurcit et il se redresse.

— Sais-tu à quel point tu es bandante comme ça ?

J'ai envie de lui demander s'il plaisante, mais sa paume presse son énorme érection sous son pantalon.

— Tu vois ce que tu me fais ?

Avec assurance, il déboutonne son pantalon.

Je comprends pourquoi quand son sexe émerge de son boxer.

Comme le reste de sa personne, il est impressionnant… et extrêmement attirant.

Sa morphologie n'est pas anormale, il n'y a pas de courbure ni de couleur insolite… sa longueur et sa grosseur généreuses sont bien proportionnées.

Il est parfait.

Mais pour une curieuse raison, là, à ce moment précis, Il m'observe comme si c'était moi, la perfection.

Le cœur battant à tout rompre, je le regarde enrouler sa longue main autour de sa queue et se caresser lentement, d'un geste aguicheur.

Le regarder faire ce geste si décadent, si personnel, est hyper excitant.

Comme un spectacle coquin, que je sais que je ne devrais pas regarder mais dont je ne peux détourner le regard.

Se mordant la lèvre, il se rapproche.

— Lèche-le.

Une boule d'anxiété éclot dans ma gorge. Il a promis de ne pas…

Il lève la main.

— À moins que tu flippes trop.

À sa voix, il est clair qu'il m'appâte… me défie.

Contre toute attente, son jeu d'audace m'excite.

Surtout parce que je sais exactement ce qu'il pense de moi.

Il me perçoit comme une innocente, une intello… ce que je suis.

Mais pas là.

Soutenant son regard, je passe ma langue dans sa paume rugueuse.

Son souffle s'accélère.

— Putain.

Dans un grommellement, il repose sa main sur son érection, se caresse brutalement.

Puis il s'arrête.

Je regarde sans retenue son pouce effleurer son gland, récolter une petite goutte de liquide.

— Ouvre la bouche.

J'obtempère, et il introduit son pouce. Je referme mes lèvres autour de son doigt, goûtant sa saveur salée.

Le bras libre appuyé au mur près de ma tête, il s'abandonne contre moi.

— Bordel de merde.

Son pouce, mouillé à présent, glisse sur mon corps jusqu'à mon sein.

— J'ai envie de les baiser, dit-il d'une voix éraillée.

— D'accord, je murmure sans réfléchir.

Sa tête plonge dans mon cou, comme s'il était vaincu, et avait perdu toute maîtrise de soi.

— Allonge-toi sur le banc.

— Je peux essayer quelque chose avant ?

Je ne voudrais pas que tout s'arrête avant que je n'aie satisfait ma curiosité.

Il a un sourire en coin.

— Essaie tout ce que tu veux, Bigote.

Ma main se faufile entre nous, et je le saisis dans ma paume.

— J'avais besoin de… te sentir.

La respiration entravée, je fais monter puis redescendre ma main.

— Tu me tues. (Ses dents effleurent mon cou tandis que mes caresses s'accélèrent.) C'est trop bon. (Il pose la main sur la mienne.) Trop bon. (Il mordille ma peau.) Couche-toi sur ce banc avant que je jouisse sur ta chemise.

L'estomac noué, je me positionne sur le banc. Il s'agenouille de façon à retracer mon décolleté avec sa langue.

— Bon Dieu, je raffole de tes seins.

Se relevant, il se place à califourchon sur le banc, au-dessus de moi.

— Ça va ?

Trop concentrée sur le frottement de son sexe entre mes seins, je ne peux que hocher la tête.

— Presse-les l'un contre l'autre pour moi. (Avec un grognement étranglé, il accélère le rythme.) Ouais, comme ça. Super bon.

Le voir perdre le contrôle m'électrise.

J'adore le mouvement de sa pomme d'Adam. Le claquement de ses testicules sur ma peau. La tension de son visage à chaque poussée.

Mais surtout… le fait qu'il ne puisse pas détacher son regard de moi.

Je vois le plaisir ondoyer sur son visage.

— Putain, je vais jouir.

C'est le seul avertissement que je reçois avant qu'un long filet de liquide ne s'écoule.

— Oh ! putain de merde !

Les cuisses tremblantes, sur une ultime poussée, il déverse un dernier jet de sperme sur ma poitrine.

Pour voir à quel point il est salace et ouvert d'esprit, j'en récupère un peu sur mon doigt et lui tends comme une offrande.

Il arque un sourcil.

— Tu veux que je me goûte ?

Me mordant la lèvre d'un air faussement effarouché, j'opine de la tête.

Une lueur espiègle dans le regard, il referme ses lèvres autour de mon doigt.

— Tu es pleine de surprises, Bigote, dit-il en m'amenant à me rasseoir, tandis qu'il s'agenouille. Et couverte de mon sperme.

Je m'apprête à demander une serviette en papier quand, à ma stupéfaction, sa langue s'aventure sur ma poitrine, léchant sa semence sur mes mamelons.

C'est si mal… si dépravé.

Ses lèvres sur les miennes, il enroule ma queue-de-cheval autour de sa main.

Quand je pousse un cri, il enfonce sa langue dans ma bouche, me forçant à goûter et l'avaler.

Trop impitoyable.

Et je suis foutue… parce que j'aime ça.

40

Cole

Je la retiens avant qu'elle se relève.

— Il nous reste dix minutes avant que ça sonne.

— Je sais. Il faut que je me rhabille.

J'ai le seum. Si ça ne tenait qu'à moi, elle vivrait à poil.

— Pas si vite.

Je glisse la main sous sa jupe.

Ses yeux s'agrandissent.

— Qu'est-ce que…

Elle se mord la lèvre quand mon doigt longe l'entrejambe trempé de sa petite culotte.

En coton. Un point pour moi.

— Je ne…

— Tu veux que j'arrête ?

— Non… Oui. Je ne sais pas. (Elle soupire et lève les yeux vers le plafond.) Je n'ai jamais… tu sais.

Bon sang. Cela ne devrait pas m'exciter à ce point. Je déteste les vierges.

Mais comme tout en elle… ça me fait de l'effet.

— T'inquiète, dis-je et j'écarte ses cuisses en décochant un petit clin d'œil. Je ne mets qu'un seul doigt.

Elle me flanque une tape sur le bras.

— Andouille.

Elle ne sait vraiment pas à quel point elle est belle.

Assise sur un banc, les seins nus, moi à genoux entre ses cuisses écartées. Sa poitrine opulente encore luisante de mon sperme.

Ma future femme ferait bien de divorcer illico, parce que je vais me branler sur cette image pour le restant de mes jours.

— Je serai doux. (J'écarte sa culotte sur le côté, ma phalange frôlant sa peau soyeuse.) Tu te rases la chatte.

Je m'étais préparé à trouver une jungle.

Non que cela m'aurait déplu. Rien ne me découragerait à ce stade.

J'aime la façon dont ses joues rosissent.

— Je m'épile. À cause de Dylan. Elle angoissait tellement la première fois que j'ai proposé de l'accompagner et…

Mon pouce effleure son clito.

La copine de mon frère n'est pas la fille à qui je veux penser ou de qui je veux parler à présent.

— C'est sexy. (Lentement, j'introduis le bout de mon doigt.) À quoi penses-tu quand tu te caresses ?

Elle hoquète.

— C'est une question vraiment personnelle.

— Nous faisons des choses vraiment personnelles, je lui rappelle en enfonçant un peu mon doigt.

— Nick Jonas, répond-elle avec un sourire en coin.

Si je le croise, ça va chauffer pour lui.

— À moi, jamais ? je demande, sans détour.

— Une fois, admet-elle.

— Rien qu'une ?

— D'accord. Deux fois.

Je la soupçonne de me cacher des choses, mais je n'insiste pas.

— Je te faisais quoi ?

— Rien. C'était moi qui te faisais des trucs.

Mon sexe durcit mais je l'ignore. Il a déjà eu son tour.

Les huit minutes et dix secondes suivantes sont réservées à Sawyer.

Je pousse mon doigt le plus loin possible, serrant les dents quand je la sens s'étirer autour de moi. J'ai tellement envie de la pénétrer que j'en sens le goût.

— Bordel, ce que tu es étroite.

Je me penche et aspire son téton dans ma bouche.

Geignant, elle inspire d'un coup sec. J'adore que ses seins soient hypersensibles, parce que clairement j'adore m'amuser avec eux.

Presque autant que j'aime jouer avec sa chatte.

Ma paume contre son clito, je commence à pomper en elle avec mon doigt.

Ses yeux se ferment doucement.

— Putain.

— Tu aimes ça ?

— Oui… oh, mon Dieu, murmure-t-elle, pendant que je la caresse en petits cercles sur son clito. C'est tellement bon.

— Embrasse-moi. Maintenant.

Il y a quelque chose dans sa manière d'embrasser qui me fait dérailler.

D'abord hésitante, elle m'aguiche, presque comme si elle amorçait une bataille.

Puis, dès l'instant où elle me laisse entrer, c'est un doux abandon.

Le baiser que nous partageons à présent n'est pas différent. Elle est faussement pudique, aguicheuse. Fait semblant de me priver de ce qui m'appartient déjà.

J'en raffole.

Je la poursuivrais à travers toute la planète s'il le fallait.

Je mordille sa lèvre inférieure, réclame l'accès à sa bouche. Comme elle ne me l'accorde pas d'emblée, je mords un peu plus fort.

Dès l'instant où elle entrouvre les lèvres, je plonge ma langue et recourbe mon doigt.

La main sur ma joue, elle halète dans ma bouche.

— Oh… mon Dieu. Merde.

— Prends garde, Bigote. Il pourrait t'entendre, dis-je en plaisantant.

Elle mord ma bouche. Fort.

— Putain.

Ma main est détrempée. Elle va bientôt jouir.

Ne manque plus que ma bouche. Mais étant donné que je mesure près d'un mètre quatre-vingt-dix et que je suis déjà agenouillé par terre, je peux difficilement m'abaisser davantage.

Il me faut un accès plus direct.

— Couche-toi.

Le défi éclaire son regard.

— Je ne suis pas un chien, Covington.

— Fais-le. Fais-moi confiance.

Quand elle s'allonge, je ramène l'une de ses jambes derrière ma tête. Ma queue s'allonge. Jolie, rose, parfaite.

— Que fais-tu ?

J'enfonce à nouveau mon doigt en elle.

— On t'a déjà sucé le clito en te baisant avec les doigts ?

Elle cille.

— Euh… Personne ne m'a fait aucune de ces choses séparément, encore moins en même temps.

— C'est ton jour de chance, ma belle.

J'écarte ses lèvres de ma main libre et passe langoureusement ma langue sur son clito.

Elle frissonne.

— Cole.

Elle a une saveur paradisiaque… si tant est que le paradis existe et soit rempli de chattes au goût suprême.

Je referme ma bouche autour de son bourgeon sensible, et la suçote en cadence.

Le dos cambré, elle agrippe mes cheveux.

— Putain de merde. Si tu arrêtes, je jure que je te quitte.

Je dois réprimer un petit rire, mais l'amusement est de courte durée car déjà, ses paupières deviennent lourdes et ses hanches ondule, ce qui bien sûr fait remuer ses magnifiques seins.

Un gémissement essoufflé lui échappe.

— Je crois que je vais jouir.

Elle *croit* ?

Ben voyons ! Elle jouit sans aucun doute possible.

Son orgasme jaillit sur mes doigts, son corps secoué de tremblements.

Son plaisir a été censuré pendant si longtemps que c'est comme regarder un geyser exploser.

Avec un cri de surprise guttural, elle se cramponne au banc, son sexe contracté autour de moi.

— C'est ça, bébé. Laisse-toi aller.

Je plante un baiser sur son clito palpitant.

Sa poitrine se soulève alors que je lape sa jouissance.

— Je t'avais dit de ne pas m'appeler bébé, dit-elle une minute après, un sourire langoureux sur le visage.

— Tu m'as aussi dit qu'il ne se passerait rien de sexuel, et pourtant !

— Je sais, soupire-t-elle, mais cela ne peut pas se répéter au quotidien.

— Tous les deux jours, ça me va.

Elle me lance un regard sans équivoque.

— Je parle sérieusement. Je n'aimerais pas que ça se complique entre nous. Mais…

— Mais quoi ? dis-je alors qu'elle se rassoit.

— Mais tu as raison. Nous sommes humains, nous avons des besoins. Je ne suis pas opposée à l'idée qu'on se fasse du bien de temps en temps… tant que nous restons prudents, sans s'attacher.

Une minute. Elle me propose un plan cul ?

Elle ramasse sa chemise et son soutif.

— Pour ce que ça vaut, je suis contente que ce soit arrivé avec toi. C'était étonnamment…

— Génial ? Extraordinaire ?

— Peu embarrassant. (Pensive, elle se mordille la lèvre.) Confortable.

Je m'efforce de ne pas me vexer, mais c'est comme dire à un aveugle d'admirer un arc-en-ciel.

— Tu viens de jouir sur mon visage… et c'était *confortable* ?

— Pas dans le mauvais sens. Au contraire. Tu es vraiment doué, Cole. Et surtout je n'ai pas ressenti de gène.

— Super, merci. N'oublie de laisser un commentaire sur Yelp. (Je me lève.) Qu'est-ce qui te prend, Sawyer ?

Elle boutonne sa chemise.

— Quoi ?

— « Confortable », ce n'est pas ce qu'un homme aime entendre après un moment de plaisir.

— Oh ! fait-elle en haussant les sourcils. T'es le meilleur coup de ma vie, mon grand. C'est mieux ?

Je déteste qu'elle se serve de sa faculté agaçante de m'irriter et de me donner envie de rire en même temps.

— Même pas.

Elle enfonce son chemisier dans sa jupe.

— Je ne veux pas qu'on se dispute.

— Alors cesse de faire l'emmerdeuse.

Elle reste bouche bée.

— Tu viens de me traiter d'emmerdeuse ?

— Je suis désolé, dis-je avec un sourire qui expose mes dents. Je voulais dire : emmerdeuse bien à son aise.

Puis, le déclic. Elle se met à rire.

Et son rire est tellement contagieux… que je ne peux m'empêcher de me marrer avec elle.

Je suis dans la merde.

41

Sawyer

— Je lui ai dit que c'était « confortable », je murmure dans le téléphone.

Le match débutant dans vingt minutes, je me suis cachée dans le placard du labo de chimie pour appeler Dylan.

Je ne suis pas du tout d'humeur à reluquer des attributs masculins.

Sauf ceux d'un certain *quarterback*.

— Oh ! mon Dieu ! s'exclame Dylan. C'est pas vrai.

— Si.

Elle succombe à un rire hystérique.

— J'aurais trop aimé être une petite souris.

— Je ne vois pas pourquoi il bloque sur le fait que ce tête-à-tête ne m'incommodait pas. Je me sens confortable avec quantité de choses. Mon sweat à capuche préféré. Mon pantalon de yoga préféré. Mon T-shirt Nick Jonas préféré…

— Dis donc, tu te rends comptes que tu viens de comparer Cole Covington à ton sweat et à ton pantalon de yoga préférés, et à Nick Jonas, j'espère ?

— Et alors ?

— Sawyer, s'il te plaît. En fait, je pense que tu l'aimes tout court.

— Mais non.

— Mais si.

— Soit. Je ne nie pas notre forte attraction. Mais pour l'instant tu ne tireras rien de plus de moi.

— T'en fais pas, tes secrets sont bien gardés avec moi. (Elle grogne.) Je dois étendre mon linge avant le début du match. On se voit au stade, Izzy ? J'ai vraiment hâte de te regarder remuer les plumes de ta queue. Surtout maintenant que je sais que c'est toi.

— Ah, ah, ah. Hilarant.

— Bisous.

— Bisous, dis-je avant de raccrocher.

Presque immédiatement, mon téléphone signale un SMS.

Cole : Tu viens au match ce soir ?

Mince.

Oakley a promis à Scott de garder le secret. Le gamin tient énormément à sa place. De toute évidence, il nourrit l'espoir de devenir la mascotte des premières ligues, et il craint que ne pas « mascotter » (ou quel que soit le terme officiel) lors des derniers matchs de la saison constitue une lacune nuisible à long terme dans son CV.

Donc, personne ne doit savoir que je suis Izzy.

Même pas Cole.

Ce qui est pénible, le match de ce soir étant déterminant.

Le gagnant accédera à la finale de la Coupe du championnat.

Je ne veux pas que Cole se figure que je ne le soutiens pas.

Sans compter que comme je suis sa copine on attend plus ou moins de moi que j'assiste à ses matchs.

Heureusement que j'ai un plan.

Tant que Cole ne met pas le dernier *touchdown* et que les Knights ne marquent pas trois minutes avant le coup de sifflet, comme la dernière fois… je n'aurai pas à danser sur le terrain avec les pom-pom girls.

Je peux m'éclipser à temps pour me changer, revenir, et prétendre que j'ai suivi le match dans son intégralité, en tant que Sawyer.

Cole sera content que je sois venue, et je respecterai la promesse que j'ai faite à un collégien atteint d'une sévère mononucléose.

Je soupire.

C'est épuisant, d'assumer une double identité. Je commence à voir Superman d'un autre œil.

Je m'apprête à sortir quand la porte s'ouvre.

— Cesse de me snober, lâche Bianca.

Je recule dans le placard du labo.

— Je ne te snobe pas, dit Oakley. J'étais occupé.

— Ouais, occupé avec Morgan et Hayley.

— D'après ce que j'ai entendu, tu as aussi été occupée avec Hayley.

— Oh ! tu es jaloux ? le nargue Bianca. Super. Maintenant tu sais ce que ça fait.

Oakley soupire.

— Je te l'ai dit…

— Ferme-la, siffle-t-elle. Nous sommes au lycée. Quelqu'un pourrait nous entendre.

C'est certain. Que mijotent-ils, tous les deux ?

À bien y réfléchir… je ne suis pas sûre de vouloir le savoir.

— Je passerai ce soir, quand Cole dormira, dit-elle. Nous pourrons parler.

Parler de quoi ?

— Non, grommelle Oakley. Il n'y a rien à discuter. Quoi que tu penses dans ta petite tête névrosée, c'est faux.

Un peu brutal, non, Oak ?

— Tu sais quoi ? rétorque Bianca. Tu as raison. Je veillerai juste à dire à mon père que tu deales dans sa propriété, et qu'un soir, toi et sa fille…

— Je te l'ai déjà dit. Ce soir-là, c'était une erreur.

Oh non. Vilain garçon, Oakley. C'est mal.

D'abord sa belle-mère. Maintenant Bianca.

À croire que sa bite a une préférence pour les filles qui ne sont pas du tout pour lui.

Jace et Cole le tueraient s'ils savaient.

Sans parler de Dylan.

Je vais m'évanouir.

J'ai du mal à respirer.

Mais surtout ? Je regrette de ne pas m'être cachée dans la bibliothèque.

— Mais tu...

Oakley interrompt Bianca aussi sec.

— Rentre-toi ça dans le crâne. Je ne veux pas de toi. Je ne voudrai jamais de toi et, une chose est sûre, je ne te baiserai jamais. Peu importe que tu aies seize ou cent-seize ans. En ce qui me concerne, tu es Satan en robe. Je te tolère uniquement pour tes frères.

Ouah, doucement. Je comprends son besoin de clôturer le dossier, mais a-t-il vraiment besoin d'être aussi cruel ?

— Mais... commence à contester Bianca.

— Va donc cafter à ton papa. À tes frères. Et même aux flics que je vends de la drogue, je m'en fous. Manipule-moi autant que tu veux, ça n'arrivera pas.

Coup dur.

— Et la prochaine fois que tu te faufiles dans mon lit pendant que je dors, j'appelle Morgan, elle règlera ton compte. Compris ?

Bianca a sorti le grand jeu de l'attraction fatale pour lui.

— T'es un vrai salaud, dit Bianca d'une voix étranglée.

Oh mince. En vérité, je ne pensais pas qu'elle était douée d'émotions... Hormis la colère et la manipulation.

— Pour info, la nuit où je me suis glissée dans la dépendance, c'était l'anniversaire de la mort de Liam. Je suis allée te trouver parce que Jace était occupé avec Dylan, Cole ne veut pas parler de lui, et mon père n'est jamais à la maison. (Sa voix se fissure.) Il me manque tellement… mais tout le monde s'en fout. (Elle prend une inspiration tremblotante.) Tu as toujours été gentil et compréhensif. Quoi que je dise, tu ne me jugeais pas. Je me pensais en sécurité avec toi, Oakley. Jusqu'à cette fameuse nuit.

— Je n'ai pas…

— Peu importe. (Elle s'éclaircit la voix.) Mais comme tu l'as manifestement oublié, c'est toi qui m'as embrassée. Pas l'inverse.

— Je ne savais pas…

— Oui, je sais. Tu as cru que j'étais Hayley. Ou Morgan. Ou je ne sais quelle pétasse que tu pensais avoir ramenée quand tu étais perché. Désolée si ce n'était que la petite sœur névrosée de tes potes, qui cherchait une épaule pour pleurer, cela pour éviter de se noyer dans la piscine.

Mon cœur se serre. Je dois me faire violence pour ne pas bondir hors du placard et l'enlacer.

— Bianca…

J'entends le claquement sec de la peau sur la peau.

— Fiche-moi la paix.

Oakley essaie de parler mais Bianca ne se laisse pas amadouer.

— Non.

Elle émet un petit grognement, comme si elle s'efforçait de le repousser physiquement, en vain.

— Ne me touche pas, putain. Laisse-moi.

Peu après, la porte de la salle claque… en même temps que les vibrations de mon téléphone me signalent un SMS de Cole.

Cole : Tu es toujours en colère ? Ou tu as été kidnappée, et je dois lancer une patrouille à ta recherche ?

Sawyer : Non. Désolée. Je révisais. Je serai au match. Promis.

Ce n'est pas un mensonge.

Cole : Cool. A tout', Bigote.

— Tu peux sortir du placard maintenant, Sawyer, dit Bianca. Ou devrais-je dire… Izzy.

Merde.

— Comment tu l'as su ? dis-je en faisant quelques pas timides.

— Scott a la mono et j'ai entendu cette idiote de Morgan dire à Casey qu'Oakley le remplaçait. Sauf qu'Oakley mesure un mètre quatre-vingt-cinq et Scott, un mètre cinquante. Le costume serait trop petit pour lui.

— Oh. Mais comment savais-tu que c'était moi ?

— Scott ne sautille comme un diablotin sur ressort dès que mon frère apparaît sur le terrain. Il ne mate pas ses fesses pendant tout le match, non plus.

Je m'incline.

Au moins, ça, c'est clair.

— Tu sais, j'ai tout entendu. Je suis désolée…

— Faut pas, dit-elle avec un rire rauque. Tu as cru que c'était sincère ? (Elle lève les yeux au ciel.) J'en ai rajouté parce que j'étais furieuse qu'il se soit foutu de moi.

Elle fait bonne figure, mais je ne peux m'empêcher de sentir que sa fanfaronnade n'est qu'une façade.

Elle prend modèle sur Cole.

Ses grands yeux bruns deviennent aussi perçants que des aiguilles.

— Que ce soit bien clair, si tu répètes à qui que ce soit ce que tu as entendu, tu pourras tirer un trait sur ta relation avec mon frère, qu'elle soit réelle ou factice. (Elle se rapproche de mon visage à un point déplaisant.) Je t'arracherai le cœur de la poitrine et je le mangerai au goûter. Message reçu ?

Le diable en robe ? Plutôt pertinent.

— Je le garderai pour moi.

— Bien, elle approuve avec un sourire mielleux. À présent, va dire à Izzy de se préparer. Casey nous attend sur le terrain dans cinq minutes.

Sur ce, elle se dirige vers la porte.

— Bianca.

Elle ne se retourne même pas un peu.

— Quoi ?

— Si tu as besoin de parler à quelqu'un… je suis là.

— Oh non… fais pas de la lèche, Church. Bien que physiquement, tu plafonnes à cinq sur dix, mon frère est bizarrement tombé amoureux de toi. Putain de félicitations.

42

Cole

— Tu viens, Covington ? râle Lennox. Tout le monde t'attend.

— Ouais, juste une seconde.

Compréhensif, il hoche la tête.

— Besoin de couler un bronze à la dernière minute ?

Je m'apprête à nier, mais c'est plus simple de le laisser croire cela.

— T'as tout compris.

— N'en dis pas plus.

La main sur la bouche, il sort en criant :

— Attendez une minute. La grosse commission.

Je m'empresse de chercher le morceau de tissu vert dans mon casier.

Je ne le fais pas avant tous les matchs… juste les plus importants.

Les yeux fermés, je frotte le morceau de tissu sur mon bras de lanceur et mon nouveau tatouage.

J'aurais grand besoin d'un coup de pouce aujourd'hui, grand frère.

— Bordel de merde, crache le coach Stalter sur le banc de touche. Ils vont pénétrer dans notre ligne défensive comme dans du beurre !

Malgré l'analogie douteuse, c'est indéniable.

Notre défense d'ordinaire si solide… l'est moins. Aujourd'hui, les Warriors nous surpassent.

Sans doute se sont-ils préparés dans ce sens.

Je vérifie le tableau des scores.

21 à 17… en faveur des Warriors.

— Lennox, sors-toi la tête du cul et arrête de cueillir des pâquerettes sur le terrain. Sinon je t'écarte de la prochaine saison.

Lennox baisse la tête. En toute honnêteté, je me sens mal pour lui mais dans l'immédiat j'ai d'autres préoccupations.

Quand la défense est défaillante… l'attaque doit compenser.

Surtout à trois minutes de la fin du match.

Le coach me regarde.

— J'espère que tu crois en Dieu, Covington. C'est ton seul espoir.

Je ne crois en rien… à part en moi-même.

Je tape dans mes mains.

— C'est parti.

Je scrute les gradins à la recherche de Sawyer. Même si je ne l'aperçois pas, je suis sûr qu'elle est ici.

Elle l'a promis.

Toutefois, je déteste qu'elle assiste à ce match.

L'énergie est au plus bas, un quart de nos supporters ont quitté le stade, les pom-pom girls ont l'air déprimé et… oh, mince.

Izzy le Chevalier, notre mascotte, déprime tant qu'il est littéralement en train de prier pour nous derrière la ligne de touche.

Le cœur cognant contre mes côtes, je me mets en position.

Je sais exactement ce que le coach espère : que je saisisse la première opportunité de marquer.

Cela dit, avec une équipe de la trempe des Warriors, je ne connais qu'une façon de gagner.

Feinter.

Dès que le centre intercepte le ballon, je passe à Dwight. Il s'élance sur le terrain puis pivote vers la ligne de touche.

Quatre mètres cinquante. Parfait.

Toutefois, j'ai besoin de plus de temps.

Au loin, le coach Stalter se met à crier à pleins poumons.

À la seconde où je récupère le ballon, je réitère.

Sauf que cette fois, Dwight s'arrête au bout de neuf mètres et me la renvoie.

Vaudrait mieux qu'il soit prêt à marquer.

Souriant, je lance le ballon avec énergie.

Quand il le rattrape, c'est de toute beauté…

Mais pas tout à fait autant que le moment où il traverse la zone de but.

Nous l'avons fait, putain.

Mon cœur cogne si fort qu'il n'est pas loin de s'éjecter de mon corps quand mon équipe accourt vers moi.

Une fois de plus, je lève les yeux vers le public dans l'espoir que l'unique personne que je souhaite impressionner ait assisté à l'action.

La déception enserre mon thorax lorsque je repère Jace et Dylan… mais toujours pas trace de Sawyer.

J'ai certes gagné… mais ce n'est pas ce que je ressens.

43

Sawyer

Oh ! la vache ! Ils ont gagné !

Folle de joie, je sautille sur place, mon poing battant l'air.

Ce n'est qu'alors que je remarque que Cole scrute les gradins, le visage triste et que je comprends… qu'il me cherche.

C'est une bonne chose que je sois affublée d'une gigantesque tête de chevalier qui cache ma mine renfrognée, quand je rejoins les filles.

Ma danse de l'arroseur n'est pas vraiment une danse… et je l'ai à peine achevée que je détale déjà.

Je me trouve à mi-chemin du labo de chimie où je compte remettre mes vêtements quand mon téléphone sonne.

Cole.

Merde.

— Salut. Super match.

— Comment le saurais-tu ? répond-il.

— Bah, j'étais là, gros malin. J'ai tout vu. Tu as été formi…

— Jace dit qu'il ne t'a pas vue.

Zut. Le traître. Voilà ce que j'obtiens pour avoir soutenu son couple avec Dylan… même quand il la traitait mal.

— C'est parce qu'il n'a pas… je ne me suis pas assise avec lui. Il y avait trop de monde.

— Il y avait un siège libre à côté d'eux.

J'ouvre la bouche pour révéler la vérité, mais je ne peux pas.

Je me suis engagée à garder le secret d'Oakley et je tiendrai parole quoi qu'il advienne.

Il faudra juste que je convainque Oakley de prévenir Scott que je vais tout avouer à Cole.

En attendant, je dois recourir à un petit mensonge sans conséquence.

— Je suis désolée, Cole. Mon patron m'a fait venir au tout début du match. Il y a eu une urgence et…

— Pourquoi tu ne me l'as pas dit ?

— J'aurais dû. J'avais peur que tu sois fâché.

— Je ne le suis pas, Sawyer. Je suis déçu que tu n'aies pas été là… j'avoue. Mais je comprends. Ton boss est exigeant.

— Tu n'imagines pas à quel point.

— À quelle heure tu sors ?

— De… Ah oui, du travail. 23 heures. Pourquoi ?

— Tu veux venir avec moi chez Christian ? Je passe te chercher. Ou… on peut faire autre chose, si tu préfères. (Avant que je n'aie pu répondre, il ajoute) Je n'insinuais pas des trucs sexuels. Même si je n'ai rien contre. J'ai juste envie de te voir… peu importe ce qu'on fait.

Un instant.

— Est-ce ta façon de m'inviter à sortir ?

— Possible. (Il s'éclaircit la voix.) En fait, tu sais, c'est une invitation. Ça te pose un problème, Church ?

— Je n'en vois aucun, Covington.

— Bien. On se retrouve à 23 heures.

Sur ces mots, il raccroche.

44

Cole

— Où allons-nous ? demande Bianca, sur le siège passager. Nous habitons de l'autre côté de la ville, imbécile.

Ma main agrippée au volant, je lui jette un regard noir.

— Je ne rentre pas à la maison, idiote.

Elle pousse un soupir agacé.

— En tout cas, je n'ai pas accepté d'être prise en otage ce soir, dépose-moi à la maison.

Elle est d'humeur encore plus contrariante que d'ordinaire.

— Ma voiture… mes règles. En plus, ça ne prendra que cinq minutes. Je fais juste halte au boulot de Sawyer.

— Pourquoi ?

— Je…

Pourquoi je vais sur son lieu de travail ?

Ah oui ! Pour l'emmener à l'écart cinq minutes, et l'embrasser jusqu'à plus soif… entre autres choses.

— J'ai envie de poulet.

Poulet étant un nom de code pour mon envie de plonger le visage entre ses seins et ses jambes.

Bianca éclate de rire.

— Bien sûr. (Un soupir.) T'es raide dingue amoureux de cette fille.

— Pas du tout. Boucle-la.

Elle a un rire moqueur.

— Oh ! t'es super mordu. (Son expression amusée devient sérieuse.) C'est pas grave, tu sais. En vérité, je trouve cela génial. Je te connais depuis ma naissance, et je ne t'avais jamais vu aussi…

Elle laisse sa phrase en suspens.

Je la regarde.

— Quoi ?

— Heureux.

Je serre les dents.

— Absurde.

— Dis ce que tu veux, le fait est que tu l'aimes bien.

— Elle n'est pas mon genre, dis-je, sachant qu'il n'y a rien de moins vrai ; elle est précisément mon genre. Nous sommes le jour et la nuit.

— Tu sais ce qu'on dit sur les opposés.

Je bifurque brusquement à gauche.

— Elle est énervante.

Elle glousse.

— Comme toi.

— Ce n'est pas réel.

— Toi et moi, nous savons que c'est du vent.

Je déteste quand elle a raison.

S'ensuivent quelques minutes de silence.

J'aurais dû sentir que c'était une mauvaise idée quand, dès l'entrée, je l'ai vu officier au comptoir. Lui.

Stone DaSilva.

Le petit frère de Tommy.

À côté de moi, Bianca se tend.

— J'ignorais qu'ils étaient collègues.

Moi aussi.

La logique aurait voulu que Sawyer le précise.

Certes, c'est Stone, pas Tommy.

Non que cela fasse une différence…

Le même sang toxique d'assassin coule dans leurs veines.

Son expression, dès qu'il nous remarque, me dit qu'il n'apprécie pas plus de nous voir que nous ne sommes contents de le trouver ici.

Il lance son torchon sur le comptoir.

— Que voulez-vous ?

— Tiens, raille Bianca. D'où me vient cette impression que nous ne sommes pas les bienvenus ?

— Vous ne l'êtes pas.

Bianca me regarde.

— Tu sais, je me sens légèrement insultée par son manque d'hospitalité.

Moi aussi.

— Qui se permet d'affirmer que nous ne sommes pas les bienvenus ? dis-je et, ricanant, je regarde autour de moi. Ta famille se nourrit de cafards. Je doute qu'elle dirige ce trou à rats.

Sa mâchoire vibre.

— Si tu cherches Tommy, il n'habite plus dans le coin.

— Alors c'est une bonne chose que nous ne cherchions pas ce meurtrier. (Bianca renverse un pichet d'eau.) Pas vrai ?

Il croise les bras.

— J'ai du mal à croire que deux friqués comme vous veniez dîner ici. Pourquoi ne pas aller droit au but ?

— Nous venons voir sa copine, dit Bianca. Sois mignon, dépêche-toi d'aller chercher Sawyer.

Il se marre.

— Non, sans rire. Que voulez-vous ?

Je me penche vers lui.

— Elle n'a pas bafouillé, si ?

— Nan, mec. (Il fait un clin d'œil.) Ça, c'était ton frère. Souviens-toi.

La colère remontant depuis le creux de mon estomac, j'empoigne le col de sa chemise.

— Je te donne deux secondes pour me dire où est ma copine avant que je t'explose les dents sur ce comptoir.

Il tousse, répond d'une voix étranglée.

— Sawyer n'est pas ici.

— Te fous pas de moi, dis-je en resserrant le poing.

Sawyer ne ment pas.

— C'est vrai. Je suis en cuisine d'habitude, mais elle m'a demandé de la remplacer pour aller à un match de football à l'école.

Bianca fait la grimace.

— Après réflexion, il a raison. Sawyer a assisté au match.

— Pas du tout. Elle m'a dit que son chef l'avait réclamée au boulot.

Elle lève un doigt.

— Pause. Un petit coup de fil urgent.

Elle s'échappe avant que je ne puisse l'arrêter.

C'est quoi, ce bordel ?

Pourquoi Sawyer me mentirait ?

— Arrêtez ! crie un homme d'un certain âge, un balai à la main. Dehors. Immédiatement !

Relâchant Stone, je me tourne vers lui.

— Désolé, mais qui êtes-vous ?

Il tape du pied.

— Vous êtes dans mon établissement.

Soudain, tout s'emboîte.

Bianca qui m'a parlé de Sawyer et de son patron.

Sawyer qui a menti à propos du match.

Son patron qui exige qu'elle commence plus tôt pour la voir en cachette.

Stone qui la couvre, en prétendant qu'elle a assisté au match, alors qu'elle n'y était pas… bien qu'elle-même ait prétendu y avoir assisté.

Bianca qui sort soudain téléphoner… probablement pour la prévenir.

Pour l'amour du ciel, ce type est assez vieux pour être son père. Même son grand-père.

— Vous êtes l'employeur de Sawyer.

Ce n'est pas une question. Je n'ai pas de temps à perdre. Je me dirige déjà vers ce vieux dégoûtant, comme un vautour fond sur sa proie.

Il ouvre la bouche pour parler mais n'en a pas l'occasion.

Je fais tourner mon poing et lui décoche un direct en pleine face.

— Sale pervers.

45

Sawyer

— Pourquoi tu ne pouvais pas me retrouver à la maison ? me demande Oakley alors que je me dirige vers sa voiture.

— Parce que Cole me croit au travail.

— Pourquoi ?

— Parce que je n'ai pas assisté à son match en tant que moi. Et comme tu m'as fait promettre de ne rien dire, je n'ai pas pu l'informer que j'étais Izzy. (J'enfonce l'index sur son torse.) Ce qui, d'ailleurs, est une promesse que je trahirai ce soir, dès que je le verrai.

Il fait la moue.

— Scott sera contrarié.

— Ouais bah, je suis désolée mais pas au point de continuer à mentir à Cole. Il tenait à ce que j'assiste au match, ce soir… pas Izzy. Je ne veux plus lui faire de peine. (Je hausse les épaules.) Et puis je suis sûre qu'il ne le dira à personne.

— Ouh, là !

— Quoi ?

— Il te plaît grave.

Je détourne le regard.

— Un petit peu. (Je ne peux m'empêcher de sourire.) Bon, d'accord. Il me plaît. Est-ce un crime ?

Il allume un joint.

— Nan, c'est une bonne chose, Demi-portion.

Après m'être assurée que nous sommes seuls sur le parking, je murmure :

— Tu l'as apporté ?

— Ouais. Trente, cette fois, dit-il en me lançant un flacon sorti de sa poche.

— Merci.

J'en prends un et bois une gorgée d'eau dans ma bouteille.

Il m'observe avec prudence.

— Tu as l'intention de bûcher ce soir ?

— Non. Cole m'a invitée à sortir, et je suis claquée. Un petit coup de fouet ne me fera pas de mal.

Sans oublier que je ne voudrais pas que la faim me tenaille, et me retrouver à m'empiffrer devant lui.

Surtout qu'à ce jour j'ai perdu plus de cinq kilos.

Oak m'évalue en se massant le menton.

— Tu m'as dit que tu en prenais juste pour bosser.

— C'est ce que je fais.

— Mais ce soir tu n'étudies pas.

— Sérieusement, Oakley ? C'est la seule et unique fois que je n'en prends pas pour réviser.

Il inhale un nuage de fumée.

— Loin de moi l'idée de te faire la morale. Je tiens juste à m'assurer que tu vas bien.

— Pourquoi ça n'irait pas ?

— Je sais pas. Peut-être parce que ces gélules ont des effets secondaires que les filles comme toi sont susceptibles d'apprécier un peu trop. Ne prends surtout pas cette cochonnerie pour de mauvaises raisons.

Je n'aurais pas cru qu'Oakley, plus que quiconque, me rabaisserait un jour.

— Les filles comme moi ?

Son visage se décompose.

— Je me suis mal exprimé.

— Alors explique-toi.

Sa bouche s'ouvre puis se referme.

— Au lycée, il n'y a que des cons. Leur idée d'une fille canon est calquée sur un mannequin Instagram qui photoshope ses photos jusqu'à la perfection. Plus personne n'apprécie les beautés naturelles. (Il lève une main, sur la défensive.) Et je n'insinue pas que tu n'es pas canon. Tu as ce truc charmant d'intello qui fait fondre beaucoup d'hommes. Cole étant l'un d'eux.

— Dis plutôt, ce truc d'intello obèse.

— Nan, t'es pas obèse. T'es ronde. Accepte-le. Y a des gens de toutes les tailles et toutes les formes, aucune n'est mieux qu'une autre.

— Dit le gars qui semble sorti de la couverture d'un magazine de surfeur et qui a un faible pour les blondes.

Il se tapote le visage.

— Que veux-tu que je te dise ? Je n'ai pas demandé à avoir cette belle gueule. Chacun son type, tu sais…

La sonnerie de mon téléphone l'interrompt.

Pourquoi Bianca m'appelle ?

— C'est Bianca, dis-je en levant le téléphone vers mon oreille. Allô ?

— Que le pouvoir du Christ te bannisse ! articule Oakley en faisant un signe de croix.

— Salut, dit Bianca. Deux questions.

— OK. Vas-y.

— La première : pourquoi n'as-tu pas dit à mon frère que tu étais Izzy ? La seconde : pourquoi as-tu prétendu que tu travaillais ce soir ?

Mon estomac s'effondre.

— Eh bien, j'ai promis à Oakley de garder le secret parce qu'il a promis à Scott que ça resterait entre nous. Et j'ai menti à Cole parce que je n'ai rien trouvé de mieux à dire quand il a demandé pourquoi je n'avais pas assisté au match. C'est sûr que c'est mal, mais j'essayais de faire plaisir à tout le monde.

— Ça s'est retourné contre toi.

Je me fige.

— Comment ça ?

— Il a décidé de te rendre visite au travail. Aussi, pourquoi as-tu caché que tu avais pour collègue ce serpent de Stone DaSilva ? Putain, faut que je te laisse. Cole a cogné un vieux bonhomme, il est sur le carreau.

Mon cœur bondit dans ma gorge.

— Quoi ?

La communication est coupée.

Je regarde Oakley.

— Faut que je file, je crois que Cole a assommé mon chef.

— Merde, grommelle Oakley en jetant son pétard. Prenons ma voiture, elle est plus rapide.

Sans perdre un instant, je saute sur le siège passager, et il démarre en trombe.

— Pourquoi diable Cole s'en prendrait à mon responsable ?

Je comprends qu'il soit fâché de ne pas me trouver sur mon lieu de travail… mais quand même.

— Aucune idée. (À la sortie du parking, il actionne une commande sonore.) Salut, p'pa, c'est ton numéro un. Rappelle dès que tu as mon message… Co, enfin Calvin, nom de famille rime avec Bovington, a collé un pain à un commerçant.

— Qui est Calvin ? je demande quand il raccroche.

— Personne, répond-il, puis il poursuit dans un murmure. Tant que je n'utilise pas son vrai nom, on ne peut pas l'utiliser au tribunal.

Il essaie ensuite de contacter Cole mais tombe sur sa messagerie. Soupirant, il rappelle Bianca.

Elle répond après la deuxième sonnerie.

— Quelle partie de « ne m'adresse plus jamais la parole » tu ne captes pas ?

— Détends-toi. Je n'appelle pas pour toi, Satan. Tu es avec Cole, c'est bien ça ?

— Ouais, mais il est un peu occupé pour l'instant. Vu qu'il a castagné M. Gonzales et tout ça. (Elle marmonne un juron.) Et maintenant Stone.

Oh non !

Oakley écrase l'accélérateur.

— Les flics ont débarqué ?

— Pas encore.

— M. Gonzales respire ?

— D'après ce que je vois.

Ma main se pose sur ma bouche. C'est affreux.

— Tu dois emmener ton frère avant que M. Gonzales reprenne ses esprits et que les flics arrivent.

— Merci, gros malin. Que crois-tu que j'essaie de faire ? Stone revient sans cesse à la charge. Il ne décollera jamais de là.

Oakley me regarde en biais.

— Dis-lui que Sawyer a des ennuis.

46

Cole

— T'es malade ? hurle Stone en sautant par-dessus le comptoir. Tu l'as assommé, dit-il en s'agenouillant devant lui. Monsieur G, réveillez-vous.

Le salopard peut s'estimer chanceux que je m'arrête là… pour l'instant.

Je crache au visage du vieux bonhomme.

— Ça lui apprendra à abuser d'une adolescente.

Quelques clients poussent un cri choqué. D'autres nous photographient.

Super. Qu'ils documentent la scène et diffusent leurs photos sur les réseaux sociaux et les sites d'infos.

Si quelqu'un nuit à Sawyer, je le démolis. Pas plus compliqué que ça.

Dommage que tu n'aies pas été aussi protecteur envers Liam, me provoque ma conscience. *Peut-être qu'alors il n'aurait pas mis fin à ses jours.*

Des nuages rouges embrumant ma vision, je rejette la douleur sournoise le plus loin possible.

— De quoi tu parles ? vocifère Stone. Quelle adolescente ?

Les yeux écarquillés par l'horreur, Stone regarde Bianca, qui reparaît dans l'entrée.

— Sale garce.

Je l'empoigne par les cheveux.

— Traite encore une fois ma sœur de garce, si tu l'oses.

Je pourrais m'emparer d'un couteau à beurre sur une table, et lui trancher la gorge sans me presser.

— C'est dégueulasse de répandre des rumeurs sur M. Gonzales, crie-t-il.

Bianca semble froissée.

— Je n'ai pas lancé de ragots sur M. Gonz… Oh ! putain. (La culpabilité colore ses traits.) Finalement, peut-être que si.

— Ouais, c'est toi, garce.

Je le gifle à pleine main.

— Considère cela comme ton dernier avertissement. La prochaine fois, je t'achève.

Il grogne.

— Je connais M. Gonzales depuis que je suis bébé. Il ne toucherait pas ta petite sœur, mon gars. Je le jure sur ma vie.

J'ignore de quoi il parle.

— Bianca ? Il n'y aucun rapport avec elle…

— En fait, si, dit-elle en se massant les tempes. J'ai tout inventé, Cole. Sawyer ne couche pas avec son boss.

Stone se met à tousser.

— Sawyer ? Tu plaisantes ? Évidemment, elle ne couche pas avec M. Gonzales. C'est quoi qui ne tourne pas rond dans ta famille ? Vous êtes tous de gros manipulateurs.

J'assène un regard furieux à Bianca.

— Pour quelle raison as-tu inventé une connerie pareille ?

— Bah, je savais que si je te rendais jaloux, tu m'autoriserais à rester à la soirée, vu que Sawyer était chargée de me raccompagner, ce soir-là.

Elle regarde M. Gonzales qui revient doucement à lui.

— Je n'aurais jamais cru… je ne pensais pas que ça ferait boule de neige.

Stone se lève.

— Foutez le camp. Tous les deux.

— Tu n'es pas responsable… commence à dire Bianca, interrompue par son téléphone.

Stone braque son regard furieux sur moi.

— Comment une sous-merde comme toi a réussi à emballer une fille respectable comme Sawyer, c'est un mystère. (Il aide M. Gonzales à se redresser.) Déguerpissez, les deux merdeux. C'est déjà complet, côté rumeurs. (Il lance un regard assassin à Bianca, qui est toujours au téléphone.) Entre tes photos de bites photoshopés… (Il tourne son regard noir vers moi.) Et les frères jumeaux morts.

Sans réfléchir, je bondis sur lui.

— Cole, non !

Bianca tente de m'écarter de lui, sans succès.

Je ne peux pas.

Je ne peux pas cesser de le frapper.

Je ne peux pas faire taire ma culpabilité…

— Cole, s'il te plaît.

Les sirènes qui résonnent dans le lointain l'incitent à me tirer plus vigoureusement par le bras.

— Les flics ne vont pas tarder.

Comme cela ne marche pas, elle renchérit.

— Oakley vient d'appeler. Sawyer a des ennuis. Elle a besoin de toi.

Sawyer ? Des ennuis ? C'est comme de l'épinéphrine injectée directement dans le cœur.

Je saute sur mes pieds.

— Où est-elle ?

Bianca jette des regards autour d'elle.

— Elle est… chez Christian.

— À présent que tu t'es un peu calmé, je dois être honnête avec toi, dit Bianca quand je coupe le contact.

J'entends l'écho assourdi de la musique jusqu'ici.

— Ça ne peut pas attendre que j'aie retrouvé Sawyer ?

— Sawyer n'a pas d'ennuis. Oakley m'a conseillé cette tactique pour te faire sortir avant l'arrivée des flics.

Putain de merde. Tout le monde a donc décidé de me mentir ce soir ?

Je me mets à rire.

Quand on s'enfonce dans les complications jusqu'aux genoux, que la douleur est si forte qu'il devient impossible de savourer une seconde de bonheur sans se heurter au rappel de sa plus grosse erreur et de sa plus grande perte… il n'y a rien à faire.

Excepté s'engluer dans son malheur.

Parce qu'on mérite chaque instant de cette souffrance infinie.

— Cole, dit Bianca en pâlissant. Tu commences à me faire un peu peur.

Mon rire fou se déchaîne.

— Rien qu'un peu ?

— Nous ferions mieux de rentrer à la maison…

— Non, dis-je en arrachant les clés du démarreur, avant de les lui lancer. Rentre seule, ma grande.

— Cole…

— Non.

Je ne suis pas ouvert à la discussion.

Elle ne peut pas me psychanalyser comme l'un de ses futurs patients.

— Il me manque t…

J'écrase mon poing sur le tableau de bord.

— Boucle-la.

— D'accord, dit-elle doucement. Nous ne sommes pas obligés de discuter de ça.

— Je n'ai pas envie de bavarder du tout.

— Très bien. Faisons autre chose. Ce que tu veux.

Ouvrant ma portière, je sors.

Il n'y a qu'une seule chose qui m'inspire de l'envie dans l'immédiat.

Me soûler pour anesthésier mon chagrin.

Être un petit moment le numéro 7 qui porte-bonheur… parce que être Colton me rend tellement malade que j'ai envie de dire stop à tout.

47

Sawyer

Bianca : Ne viens pas chez Christian. Cole n'est pas au top.

Si ce n'est pas un SMS alarmant, je ne sais pas ce que c'est.

Je donne une poche de glace à Stone. Apparemment, nous avons atteint le Cluck You une minute trop tard et nous les avons loupés de peu.

Comme la police.

— Écoutez, monsieur Gonzales, commence le père d'Oakley, arrivé juste après nous. Le père de mon client est un homme extrêmement influent. Il a offert de tout prendre à sa charge, y compris votre choc et votre souffrance. Tant que vous ne déposez pas plainte contre son fils.

Stone fait claquer sa langue.

— Évidemment. (La colère durcit ses traits.) Cela n'intéresse pas M. Gonzales qu'on achète son silence. Il veut que justice soit faite.

— Je suis désolé, répond M. Zelenka. Qui êtes-vous, déjà ?

— L'autre personne qu'il a agressée.

— Je vois. M. Covington n'a pas d'offre à vous soumettre. (Son visage reste de marbre, mais il y a de la tension dans sa mâchoire.)

Eu égard à la responsabilité de votre frère dans la perte de son fils, notamment.

— Mon frère n'a rien fait. Il ne lui a pas enroulé la corde autour du cou non plus…

— Stone, je crie. Qu'est-ce qui ne tourne pas rond dans ta tête ?

Je sais que Tommy est son frère, et qu'il est naturel qu'il prenne sa défense, mais tout le monde connaît la responsabilité de Tommy.

Son rôle dans le suicide de Liam.

Stone désigne la porte.

— Cette famille, voilà ce qui cloche chez moi. Je ne supporte plus qu'ils se comportent tous en maîtres dans cette ville. Ils ont déboulé comme des brutes et s'en sont pris à moi sans raison. (Il montre M. Gonzales.) Ils l'ont accusé d'avoir une relation avec une adolescente et l'ont agressé. (Il serre les poings.) Sa garce de sœur a même admis avoir tout inventé, et il a quand même continué à me tabasser. Ce gars est un fichu *quarterback*. Connaissez-vous la force de ses poings ? Je garderai sûrement des lésions cérébrales permanentes.

Malgré les deux cocards et la lèvre fendue de Stone, cela n'est pas le genre de Cole… ou pas complètement.

Il y a eu un déclencheur.

Il ne déverse pas sa rage sur quelqu'un sans raison.

Bon, si. Mais quand même. Ça ne colle pas.

— Tu ne l'as pas provoqué ?

— Non. (Stone croise les bras.) Je n'ai rien dit qu'il ne méritait d'entendre.

Très rassurant. Ou pas.

M. Gonzales agite les mains.

— Pas de pot-de-vin. Il payera sa dette en prison.

J'échange un regard anxieux avec Oakley.

— S'il vous plaît, monsieur Gonzalez, Cole n'est pas comme ça.

C'est moi qui ai menti, j'ai prétendu que je travaillais ce soir. Il pensait défendre mon honneur.

En quelque sorte. J'ai certes menti à propos d'Izzy, mais je ne lui ai pas fait croire que je fricotais avec mon responsable. Répugnant.

Monsieur G plisse les yeux.

— Toi, toujours en retard. Maintenant renvoyée.

Bordel !

— Pardon ? C'est injuste.

Stone vole à mon secours.

— Sawyer n'est aucunement responsable. Ne la virez pas à cause du p'tit con. Aucun de nous ne bosse aussi dur qu'elle, et vous le savez. Cet établissement s'écroulerait sans elle.

Il rumine un instant.

— Suspendue pour une semaine. (Ses yeux reviennent sur moi.) Non rémunérée.

Je prends.

Il se remet à agiter les bras.

— Mais pas d'amoureux ici. Jamais.

— Je veillerai à ce qu'il ne remettre plus jamais les pieds ici. Je vous en donne ma parole.

Le père d'Oakley s'éclaircit la voix.

— À présent que ce point est éclairci, pouvons-nous aborder la question de la plainte ?

— Nous pouvons.

— Formidable. Acceptez-vous l'offre de M. Covington ?

Il secoue la tête avec véhémence.

— Non.

Stone sourit, et nous grognons tous les trois.

Oakley s'avance.

— Écoutez, je ne soutiens pas ce qu'il a fait mais vous avez été jeune, vous aussi, vous savez ce que c'est. Des fois, on agit bêtement. Mais, Cole n'est pas un voyou venu chercher la bagarre. Il s'inquiétait pour sa petite amie. Il pensait qu'un homme abusait d'elle. Il n'aurait certainement pas dû vous frapper, mais il est loin d'être méchant.

M. Gonzalez fait la grimace.

— C'est elle la méchante.

Je me pince l'arête du nez. Je ne comprendrai jamais pourquoi il me déteste autant.

— Possible, concède Oakley, en m'avertissant d'un regard ne pas démentir. Mais Cole essayait de la protéger. Comme tout homme bien le ferait avec sa femme. Comme je suis sûr que vous le faites avec la vôtre.

— Était-ce avant ou après qu'il ait fait de la chair à saucisse avec mon visage ? conteste Stone.

Oakley claque des doigts.

— On t'a pas sonné, petit.

— Petit ? Je suis en seconde. J'ai sûrement plus de poils où je pense que toi.

Oakley fronce le nez.

— Considérant ces photos de toi qui ont fuité, j'en doute sérieusement.

— C'était à cause de cette pétasse…

Oakley tape dans ses mains.

— Hé, ton temps de parole est écoulé, petit gars. File te coucher, il se fait tard. (Il se tourne vers mon patron.) Ne punissez pas Cole pour une erreur qu'il a commise sans mauvaise intention. C'est un type bien. Il fréquente une bonne école. Il se donne à fond dans le football. Il a de bons résultats scolaires… enfin, des résultats. Mais surtout, il n'a jamais eu d'ennuis. Est-ce que ça ressemble à une menace qui mérite d'être envoyé derrière les barreaux pour un malentendu ?

Mince. Oakley est doué.

Du coin de l'œil, je vois son père irradier de fierté.

Après ce qui semble une éternité, monsieur G tranche.

— Pas de prison. (Il regarde le père d'Oakley.) Cinq cent mille. Pour ouvrir un deuxième magasin.

L'avocat tend la main.

— Considérez que c'est chose faite. J'en informerai mon client, il vous virera l'argent. (Souriant, il tend le menton vers les flics.) Rentrez chez vous, les gars. (Il regarde Oakley.) Tu as une minute, pour discuter ?

— Désolé, pas maintenant…

Oakley se tourne vers moi, son regard m'implorant de lui venir en aide.

— Cole attend qu'on aille le chercher chez Christian. Oakley m'a accompagnée ici en voiture, sinon je l'aurais fait seule.

La mâchoire de M. Zelenka se contracte.

— Il te reste deux semaines avec cette voiture, Oak… à moins que tu ne rentres à la maison.

— Tu as dit la même chose il y a deux semaines.

— Oakley, je souffle.

Ce n'est pas ainsi que l'on gagne un débat.

Sans compter que je veux véritablement vérifier comment se porte Cole.

— Bianca a dit que Cole n'avait pas la pêche. Bougeons-nous.

Oakley dégaine ses clés.

— En route.

Dès que je rejoins la soirée, je cherche Cole des yeux. À défaut de le trouver, je vois Bianca qui danse avec Hayley.

— Salut. Où est ton frère ?

Elle écarquille les yeux.

— T'es là ? Pourquoi ? Je t'ai dit de ne pas venir.

— J'ai besoin de voir Cole.

Elle a un rire nerveux.

— Pas ce soir, non. Crois-moi.

Nul besoin d'être un génie pour comprendre qu'il se passe quelque chose de grave.

— Qu'est-ce qui lui arrive ?

— Il… passe une soirée difficile. Même s'il était sobre, ce qu'il n'est pas du tout, il n'aimerait pas que tu le voies dans cet état.

Mon cœur se serre.

— Pourquoi ?

Attrapant mon poignet, elle me tire à l'écart de l'espace de danse.

— Ne m'oblige pas à choisir entre mon frère et mon amie, ou ça finira mal pour toi.

— Je ne comprends pas…

— Rentre chez toi, Sawyer. Fais-moi confiance. (Elle baisse les yeux.) Et lundi matin, au lycée, fais de ton mieux pour ignorer les rumeurs.

Mon cœur fait un bond.

— Quelles rumeurs ?

Elle soutient mon regard.

— Mon frère a des sentiments pour toi. Mais ce soir il est bourré et malheureux. Il déconne …

Mon malaise ne fait que s'aggraver.

— Où est-il ?

Elle secoue la tête.

— Non, je ne…

— Il est derrière, dans le jacuzzi, intervient Cortland, souriant. Va le voir avant qu'il se noie.

— Comment ?

Je les écarte de mon passage et me précipite sur la terrasse.

L'organe dans ma poitrine explose comme du verre sitôt que je le vois.

Ou plutôt… les vois.

Les yeux fermés, Cole a la tête appuyée contre le bord. Je distingue un gobelet dans sa main, et quelques bouteilles vides éparpillées autour du bassin.

Mais ce n'est pas le pire.

Le pire le chevauche, le visage dans son cou.

Son bikini minuscule, si tant est que cela mérite cette appellation, ne tient plus qu'à un fil.

— Je voulais dire, se noyer dans la chatte de Casey, crie Cortland derrière moi.

Des rires fusent.

— T'es qu'une merde, Cortland, réplique Bianca.

Elle saisit une bouteille par le goulot et la jette vers Cole. Elle s'écrase au pied du jacuzzi.

— Réveille-toi, crétin. Ta copine est là.

Cela le fait réagir.

— Oh ! salut, bébé, bredouille Cole, un sourire alangui se dessinant sur son visage. Viens donc te joindre à nous… l'eau est super agréable.

— Pas question que cette génisse corpulente m'approche, braille Casey.

Cole la repousse.

— Ça te va bien de critiquer, l'allumeuse. Tu t'es regardée dernièrement ? (Il sort du bassin en chancelant.) En arrivant, j'ai cru que t'étais enceinte… sauf que plus personne ne veut de toi.

Bianca éclate de rire, et tout le monde se joint à son hilarité.

Mais ce n'est pas drôle. C'est triste et pathétique.

— Connard. Va te faire foutre, dis-je, le regard noir.

Je m'éloigne.

— Relax, Bigote, bafouille Cole. Sois pas comme ça. Viens prendre du bon temps avec ton mec.

Je brûle d'envie de rectifier, mais une partie de moi s'accroche à lui.

Je presse le pas.

— Viens, bébé, il crie en me poursuivant dans le pavillon. Regarde tout ce monde autour de nous. C'est exactement ce que tu voulais, non ?

À quoi fait-il référence ?

Je me retourne face à lui.

— Qu'est-ce que…

— Ne fais pas comme si je ne savais pas pourquoi, en réalité, tu sors avec moi. (Il agite son gobelet, projetant du liquide ambré.) De toute façon, tout le monde sait pourquoi quelqu'un comme toi sors avec moi.

Les mains sur les hanches, je le toise.

— Oh ! vraiment ? Éclaire-moi, Covington.

S'il souhaite tout arrêter, je ne m'y opposerai pas.

Le perdant, ce sera lui.

— Parce que je suis moi, affirme-t-il en titubant. Et tu… es toi.

— Oh ! ta clarté m'éblouit, petit génie.

Étonnamment, cela suscite quelques rires.

— Oh ! regardez ! Sawyer attire enfin un peu d'attention. (Il boit une gorgée.) Allez, les amis, donnez-lui ce qu'elle veut.

J'ignore ce qui lui prend.

Je ne le fréquente pas pour me rendre intéressante.

— À croire que tu ne me connais pas.

Il se tape la tête de sa main libre.

— Détrompe-toi. (Il se rapproche un peu.) Tout le monde ici te voit telle que tu es… tout le monde sauf toi-même.

— Ah, oui ? Et qui suis-je ?

Il chancèle, recouvre son équilibre.

— Tu es prête à tout pour attirer l'attention. Une pleurnicheuse timbrée, tragiquement charitable, qui ne recule devant rien pour se faire remarquer. (Il tend le doigt devant mon visage.) Tu veux que j'te dise ? Je ne t'apprécie même pas un petit peu. Personne ne t'apprécie. C'est pour cela qu'on n'est pas cool avec toi. (Son regard se fait vitreux.) Et tu sais quoi ? Je vaux mieux que toi. Depuis toujours.

Et pour toujours. (Il se frappe le torse.) Parce que je suis vivant, et libre… et tu es bidon, et lâche, et tu ne seras jamais assez bien.

— Cole, s'insurge Bianca. Ferme ta grande gueule.

Je me tiens le ventre. Je fais tout mon possible pour ne pas m'offusquer parce qu'il est manifestement bourré et confus… mais ses paroles me blessent.

Pire encore. Elles me brûlent jusqu'au fond de mon âme.

C'est comme s'il avait étalé au grand jour mes peurs les plus enfouies, mes pensées les plus obscures.

— Alors pourquoi tu ne me rends pas service ? crie-t-il au ciel. Cesse de me torturer que je puisse vivre ma vie !

Je ne me rendais pas compte qu'il étouffait en raison de… ce truc qui nous lie. Ou nous liait.

— Je n'ai pas…

— Qu'est-ce que tu baragouines, Bigote ? Tu as quelque chose à déclarer ? demande-t-il.

Je préfère le silence. Il est tellement ivre qu'aucun argument n'aurait de répercussion.

— Tu te crois spéciale, c'est ça ? (Il regarde autour de lui.) Mesdames et messieurs… ne vous laissez pas berner par mon ange plein d'innocence. Elle aussi n'est qu'une menteuse.

Mes joues s'enflamment.

— Je ne t'ai pas menti pour te nuire.

Son pouce effleure ma joue.

— Non, bien sûr que non. Tu t'es montrée sous ton vrai jour, voilà tout. (Son sourire est cruel.) Et maintenant… je te montre ma vraie nature.

Ce n'est pas sa véritable personnalité… ça, c'est quelqu'un qui boit pour fuir un obstacle insurmontable.

Si quelqu'un fait preuve de lâcheté, c'est lui.

— Assez, j'appelle Jace, lui dit Bianca.

— Te gêne pas, la nargue Cole. Tu peux me croire, j'adorerais qu'il entende ça. Peut-être qu'il se fera un nouveau tatouage pour commémorer l'occasion.

Oakley s'avance.

— T'es raide bourré.

— Et toi, t'es qu'un gros fumeur de beuh pitoyable qui se tape des mères chaudes comme la braise. Merci de souligner l'évidence. Très utile.

Cortland rigole.

— Je suis trop fan de Cole quand il est pinté.

Pour ma part, je ne le trouve pas du tout amusant.

— Fan ? dit-il, la main sur son cœur. Merci infiniment, micro-quéquette. C'est un grand honneur d'être apprécié par un nullos.

Il reporte son attention sur moi.

— Écoute, Sawyer. C'est notre ga…

J'écrase ma main sur sa bouche.

— Tais-toi, Cole.

Il me tapote le bout du nez.

— Tu es méchamment mignonne, tu sais ?

Avec lui, je passe d'un extrême à l'autre.

— Et tu as des seins magistraux. Jamais vu de plus beaux, en vérité. Et crois-moi, j'en ai vu un sacré paquet.

Je suis littéralement mortifiée quand des garçons se mettent à hurler de rire. Après quoi, Cole essaie d'enrouler son bras autour de mon épaule, mais je m'écarte.

— Oh ! Bigote… sois pas timide. Laisse papa goûter juste un petit peu.

Oakley le repousse.

— Ça suffit maintenant. Tu n'es pas dans ton état normal, Cole.

— C'est vrai. (Il boit un peu d'alcool.) Je ne suis pas comme ça. Cole est une merde. (Il examine tous les gens présents.) Le 7 porte-bonheur, c'est celui qui fait baver les pétasses. J'ai pas raison ?

Quelques personnes approuvent.

— Écoute, trésor. (Il hausse les sourcils.) Ton mec est un tas de merde.

— Un petit merdeux, plutôt.

— Touché, crie quelqu'un.

Cole, furieux d'être la cible de moqueries, se rembrunit.

— Est-ce exact, Sawyer Grace ? Yeeha ! (Il se frappe la cuisse.) Et si on leur offrait une démonstration et qu'on laissait l'opinion publique voter ?

Cette fois, il me fait carrément pitié. Il ne sait pas à quel point il se ridiculise.

Il saisit son entrejambe et ondule des hanches.

— Combien de filles dans cette pièce veulent le 7 porte-bonheur ?

Toutes les filles se manifestent, exceptées Bianca et moi.

— À poil, crie l'une d'elles.

— Montre-nous tout, dit une autre.

— Ne vous emballez pas, les filles. C'est le tour de Sawyer.

— Ne fais pas ça, je murmure. J'ai compris.

— Non, je ne crois pas.

— Si, si. Tout le monde te désire. Pigé.

Quelque chose passe dans son regard brumeux.

— Ce n'est pas ce que j'essaie de te faire comprendre. (Il se frappe encore la jambe.) Allez, deuxième manche. (Il me désigne.) Combien de garçons désirent ma Sawyer ?

J'ai littéralement envie de me terrer dans un trou de souris, et de mourir, d'autant plus quand le silence devient fracassant.

— Allez ! C'est quoi, votre problème, bande d'abrutis ? (Il pose la main sur sa bouche.) Combien de garçons veulent de Sawyer ?

Personne ne bronche.

— Bande de moutons, dit-il. Aucun d'entre vous ne sera jamais assez…

— Moi.

Avant que je n'aie pu ciller, Oakley encadre mon visage entre ses mains.

Juste avant de m'embrasser.

48

Sawyer

Je suis tellement sous le choc que mon cerveau se fige.

C'est en sentant sa langue dans ma bouche que je reprends mes esprits et le repousse.

— T'es pas bien ? Pourquoi tu…

— Je vais t'étrangler, salopard, rugit Cole, prêt à cogner.

— Vas-y. Juste là, dit Oakley en indiquant sa mâchoire.

— Non ! s'écrie Bianca.

Trop tard. Le 7 porte-bonheur est déjà en action.

— Traître…

Oakley esquive d'un pas de côté.

Cole est tellement éméché qu'il perd l'équilibre, et s'effondre dans un bruit sourd.

— Ça, dit Oakley, en désignant son pote assommé, c'est la raison pour laquelle je t'ai embrassé. (Il se penche.) Avec Bianca, tenez-le chacune par une jambe, je m'occupe du reste. Il y a urgence.

— Je crois qu'il saigne, dis-je alors qu'en franchissant la sortie, je remarque un filet de sang.

— C'est un grand gaillard, il s'en remettra, dit Oakley. De toute façon, il l'a bien cherché. Pas vrai ?

Cole se met à beugler des paroles incohérentes.

— Je t'aime aussi, réplique Oakley.

Peu après, nous l'allongeons sur la banquette et prenons la tangente.

— Vous vous sentez capables de le porter à l'intérieur ?

Comme j'ai laissé ma voiture au lycée, Oakley doit me déposer en premier.

Il agite la main.

— On gère.

Bianca confirme d'un mouvement de tête.

— Nous sommes des pros, en quelque sorte.

Oh !

— Bon, si vous êtes sûrs. Dormez bien !

Je prends la direction de mon véhicule quand Bianca m'arrête.

— Ce que Cole a dit…

Je la coupe aussitôt.

— Je sais que tu défends ton frère parce que tu l'aimes mais, là, je ne veux pas d'excuses. Il m'a rabaissée, et je ne l'oublierai pas.

Ni dans l'immédiat… ni jamais.

— Je sais que ça peut sembler fou, mais il ne parlait pas de toi, Sawyer. Ou pas entièrement. En tout cas, pas la longue tirade quand il a prétendu que personne ne t'appréciait, et qu'il était mieux que toi.

Je suis paumée. Il me regardait sans doute possible, pendant qu'il débitait ces horreurs.

— S'il n'était pas question de moi, qui…

— Liam. Toutes ces attaques étaient dirigées contre Liam. Ce que tu as vu, ce soir, ce n'était pas Cole. C'était le jumeau malfaisant.

— Oh.

Honnêtement, j'ignore comment réagir.

Je sais que Cole ne s'entendait pas toujours à la perfection avec Liam, et qu'ils n'étaient pas particulièrement proches… mais cela représente énormément d'animosité envers son frère.

— Rien ne m'autorise à t'en demander autant, mais s'il te plaît, ne le laisse pas tomber tout de suite. Tu lui fais du bien, Sawyer.

Possible, mais après ce soir je sais qu'il n'est clairement pas bon pour moi.

49

Cole

Les coups dans ma tête se répercutent comme des coups de marteaux.

Et comme si le marteau était un pic à glace.

Confus, je promène mon regard autour de moi.

Pourquoi je dors sur le canapé d'Oakley ?

Je baisse les yeux vers le sol. Bianca est pelotonnée sous une couverture, la tête sur un oreiller.

Je n'ai aucune notion de l'heure qu'il est et, en dépit de mes efforts, je n'arrive pas à reconstituer le puzzle des événements qui m'ont conduit ici.

— Bien dormi ? demande Oakley.

Je tourne la tête vers la cuisine.

— Quelle heure est-il ?

Il attrape une bouteille d'eau dans le frigo.

— Un peu plus de 3 heures du matin. Tiens, dit-il en me tendant la bouteille.

— Merci, dis-je avant d'avaler une rasade pour apaiser ma gorge asséchée. C'est quoi, le topo de la soirée ?

Il retombe lourdement dans un fauteuil en face de moi.

— Tu connais le phénomène qui a provoqué l'extinction des dinosaures ?

— Oui ?

— Eh bien, ce soir, c'était du même ordre… en pire.

Oh merde.

— Aussi grave que ça ?

Oakley ne semble absolument pas amusé.

— Ouais.

Je me rassois.

— C'est bon, Oak. Trop de suspense. Vas-y.

Son expression s'endurcit.

— Oak ? Ou gros fumeur de beuh pitoyable qui se tape des mères chaudes comme la braise ?

J'ignore totalement de quoi il parle. Enfin, je saisis l'idée vu que c'est un fumeur de beuh et qu'il a couché avec sa belle-mère… mais…

Je grimace alors que je me revois proférer ces mots chez Christian.

— Putain, désolé, mon pote. Je ne voulais pas…

— T'inquiète. Je m'en remettrai. (Il me cloue du regard.) Je ne peux pas en dire autant de Sawyer, par contre.

Je le crains aussi.

— Ouais, je me doutais qu'elle serait furieuse que j'ai castagné son chef.

Mais une fois que je lui aurais expliqué que Bianca a menti, et que, comme elle a menti aussi, je me suis imaginé le pire et défoulé sur lui, je suis sûr qu'elle me pardonnera.

Un jour.

Oak se marre, mais sans un soupçon d'amusement.

— Frangin, que tu aies cogné M. Gonzalez, c'est le moins épouvantable des cataclysmes que tu as causés.

Mon ventre se noue.

— Que veux-tu dire par-là ?

Il se lève en soupirant.

— Voyons voir… par quoi commencer ? (Il se gratte le menton.) Pourquoi pas par Sawyer qui traverse le jardin de Christian et te trouve dans le jacuzzi avec Casey ? C'est sûr que tu étais déchiré, tu ne maîtrisais plus rien, et cette vipère a profité de la situation. Mais cela ne t'a pas empêché d'inviter Sawyer à se baigner avec vous.

Je sens pratiquement mon univers s'effriter. Qu'importe que j'aie une dent contre Sawyer parce qu'elle a menti, ou que les attaques de Stone à l'encontre de Liam m'aient chamboulé, pour rien au monde je ne toucherais Casey.

Du moins pas de mon plein gré.

— Je ne…

Je me frotte le visage. J'ai du mal à croire que j'aie pu faire autant de peine à Sawyer… encore.

— Je ne ferais jamais ça à Sawyer. Je tiens trop à elle.

L'effroi me glace le thorax.

Signe que je sais qu'il dit vrai.

Je blesse les êtres qui me sont les plus chers.

Depuis toujours. Et ça ne changera pas.

J'ai encore tout foiré.

— En temps normal, je serais d'accord, mais je l'ai vu de mes propres yeux, mon pote. (Il hausse les épaules.) Pour ce que ça vaut, je ne pense pas que tu aies couché avec elle. Principalement parce que tu étais trop bourré. Mais c'est déjà une bonne chose, non ?

Il n'y a rien de bon en Casey.

— Il faut que je m'excuse.

Pour quelqu'un qui s'excuse peu, avec Sawyer, j'ai l'impression de ne faire que ça.

Oakley fait la grimace.

— Je crains ça ne suffise pas. Si tu t'étais contenté de ça, peut-être. (Son regard s'assombrit.) Mais tu es allé encore plus loin.

La bouche sèche, je vide la bouteille d'eau.

— Déballe tout.

J'ai besoin de l'entendre… comme ça, je pourrai trouver le moyen de réparer mes torts.

De tout arranger.

— Après qu'elle t'a surpris avec Casey, tu l'as poursuivie dans la maison et accusée de sortir avec toi pour se rendre intéressante.

Un grognement bourdonne dans ma gorge.

— Sawyer n'est pas du genre prête à vouloir attirer l'attention sur elle.

Il claque des doigts.

— Marrant que tu dises ça, c'est exactement ce que tu lui as reproché de faire… devant tout le monde. Tu l'as aussi traitée de pleurnicheuse. Tu as affirmé que tu n'appréciais rien chez elle. Ni toi ni personne, d'ailleurs. Puis tu as déblatéré sur l'impression d'être vivant et libre… avant de la qualifier de lâche, de fausse et de lui hurler de te laisser tranquille et d'arrêter de te torturer.

Respirer commence à devenir difficile.

Je l'ai peut-être dit à Sawyer… mais il n'était en aucun cas question d'elle.

Les muscles dans mon torse se resserre.

— Liam.

Oakley se renfrogne.

— C'est ce qu'a dit Bianca.

— Stone s'est mis à parler de lui, et j'ai déraillé.

— Ce Stone est un sacré con. (De nouveau, il s'avachit dans le fauteuil.) Et toi aussi, parce que après tout ça tu as dit à tout le monde qu'elle avait des seins sublimes. Bon, ce n'était pas une insulte, mais tu connais Sawyer.

Elle s'est sûrement sentie rabaissée. Non seulement elle déteste que les gens fassent allusion à son corps… mais que j'ai parlé d'elle comme d'un bout de viande devant tout le monde…

— Bordel de merde. Dis-moi que j'ai fermé mon clapet après ça.

— Si seulement… en vérité, la suite, c'était le coup de grâce.

— Qu'ai-je fait ?

— Tu as décrété qu'il y aurait un petit concours entre toi et Sawyer.

Le moins que je puisse dire, c'est que je perds pied.

— Un concours ?

Il se frappe la cuisse.

— Yeeha ! Ça te dit rien ?

Pas vraiment.

— Non.

— Pourtant, c'est ce que tu as braillé avant que ton double égotiste ne demande à tous les invités s'ils voulaient baiser avec toi. À ce propos, les filles sont devenues dingues. Mais on ne peut pas en dire autant de la pauvre Sawyer, quand tu as reporté la question sur elle, et demandé quels garçons la désiraient.

Au moment où je pensais avoir touché le fond… je m'enfonce encore.

— Je…

Il étrécit les yeux.

— Et c'est là que je l'ai embrassée.

Ma culpabilité changée en fureur, je me redresse.

— Tu as fait quoi, enfoiré ?

Il imite ma posture.

— J'ai embrassé Sawyer.

— Pourquoi tu…

— Parce que le garçon avait qui elle se réjouissait de sortir a retourné sa veste et l'a massacrée en public… pour la seconde fois. (Il se désigne du doigt.) Y avait pas moyen que je laisse cette fille se croire sans valeur, tout ça parce que son copain trop pété traversait un sale moment, et qu'il avait décidé de se servir d'elle comme de son punching-ball de la soirée, impitoyable connard. (Il grimace, hausse les épaules.) Je savais aussi que cela te donnerait envie de me castagner et, quand tu as essayé de m'attaquer, j'ai esquivé, et tu t'es affalé de tout ton long. Et, là, c'était la fin.

Les remords m'assaillent… du genre que je n'ai connu qu'une seule fois de toute ma vie.

— Il faut que je la voie.

Oakley secoue la tête.

— Laisse-la se calmer, tu lui dois bien ça.

— Je ne peux pas.

Rester à distance de Sawyer n'est pas une option… pas question.

Je tâte mes poches, sans trouver mes clés.

— Bianca les a gardées ?

— Sûrement, mais ta voiture est chez Christian.

Pas grave. Je marcherai jusqu'à chez elle si nécessaire.

Toutefois, je ne la retrouverai pas assez vite.

— Il me faut une bagnole.

— Pour aller où ?

— Chez elle.

Oakley me regarde comme si j'étais tombé sur la tête.

— Tu es encore trop alcoolisé. Il n'est que trois heures et demie.

— Je m'en fous.

Oakley s'apprête à protester mais je l'interromps.

— Cesse de faire comme si tu ne déconnais jamais.

Soupirant, il sort ses clés de sa poche.

— Soit, allons-y. Mais quand son père te collera un plomb dans ton cul de crétin, ne viens pas pleurer.

À ce stade, je le mérite.

50

Sawyer

Je me tourne et me retourne dans mon lit quand quelque chose tape contre la fenêtre.

Rien d'alarmant, alors je me rendors.

Jusqu'à ce que, quelques minutes plus tard, j'entende des bruissements contre la maison suivis d'un « Aïe » et d'un « Bon sang ».

Je me redresse aussitôt… et me maudis intérieurement d'avoir laissé la fenêtre ouverte.

Je m'apprête à filer chercher mon père lorsqu'une grande silhouette vêtue d'un sweat à capuche enjambe ma fenêtre.

Un cri se coince dans ma gorge. Comme si la nuit ne pouvait tourner plus mal, je vais la terminer assassinée dans mon lit.

Pas question.

J'attrape la batte que je garde sous mon lit et la soulève au-dessus de ma tête.

— Du calme, c'est moi, dit l'intrus à la voix étrangement similaire à celle de Cole. Repose cette batte.

Je dois faire un cauchemar.

Pourtant, un Cole bel et bien réel abaisse sa capuche et se dirige vers moi.

Je repose certes la batte mais seulement pour le repousser.

Comme il est la dernière personne au monde que j'aie envie de voir, son intrusion est aberrante.

— Fiche le camp…

Il plaque sa main sur ma bouche et me fait reculer jusqu'au mur.

— Je sais que tu es furieuse. Tu as toutes les raisons de l'être. (Son regard plonge dans le mien.) Je suis désolé.

Il est incroyable.

S'il se figure qu'il obtiendra mon pardon en se faufilant par ma fenêtre en pleine nuit, il délire.

Je repousse sa main.

— Dégage. Tout de suite.

— Non. Pas avant d'être certain que tu ne me hais pas.

Je ne le hais pas.

Je regrette ce qui s'est passé entre nous. Énorme différence.

— Bon. Je ne te déteste pas. Maintenant pars.

— Non.

— Alors j'appelle la police.

Je me dirige vers la porte mais de son bras enroulé autour de ma taille, il m'attire, dos contre lui.

— J'ai fait une connerie, Bigote.

Au moins, sur ce point, nous sommes d'accord.

— Tu es la dernière personne au monde que j'ai envie de blesser, murmure-t-il d'une voix rauque.

— Pourtant, tu l'as fait quand même, je chuchote, ma poitrine s'affaissant. On ne peut pas l'effacer. Ce qui est fait est fait. (Je ne supporte pas les fêlures dans ma voix.) Va retrouver Casey.

— Ce n'est pas elle que je veux.

J'ouvre la bouche pour répliquer qu'il ne veut pas de moi non plus considérant ses agissements, mais ses lèvres survolent mon oreille.

— Je me suis assoupi dans le jacuzzi. Je ne me rappelle pas qu'elle m'ait rejoint. Mince, je n'ai aucun souvenir après avoir dégoté la bouteille de Jack Daniels. Mais je n'ai pas couché avec elle.

— Tiens, j'ai déjà entendu ça quelque part. Comment suis-je supposée te croire, quand je sais sans l'ombre d'un doute que tu ne te rappelles pas non plus notre premier baiser ?

Je tente de me dégager de ses bras, mais il les resserre autour de moi.

— Parce que ce que je ressens pour toi, je ne l'ai jamais ressenti pour elle. Ni pour quiconque, d'ailleurs.

— Tu as une manière singulière de le montrer, Covington.

— Donne-moi une seconde chance, Church.

— Je l'ai fait. Admire le résultat.

— Tu veux que je te supplie ?

— Non. Je veux que tu t'en ailles.

— Que je te présente des excuses à genoux ?

— Ne te donne pas cette peine.

Sa voix n'est plus qu'un murmure.

— Dis-moi comment je peux me racheter, Sawyer.

— Tu ne peux pas.

J'exècre les larmes qui me picotent les yeux. La douleur qui frappe mon cœur. Que je persiste à tenir à lui bien qu'il m'inflige tout ce chagrin.

— C'est fini. Notre accord est rompu.

— Je ne te crois pas.

— Tu m'as humiliée en public. Pas juste avec Casey, mais toutes ces phrases blessantes et cruelles que tu m'as crachées au visage. Peut-être que tes ex ne se respectaient pas, mais ce n'est pas mon cas.

— Laisse-moi réparer mes torts.

— Tu ne peux pas.

— Je peux essayer.

Mon cœur claque contre mes côtes.

— Pourquoi ? Pour que tu foires tout une fois de plus ? Penses-tu que je sois invincible, Colton ? À combien de tes attaques je survivrai, d'après toi ?

— Cela ne se reproduira plus. (Il frotte son nez dans mon cou, inspire mon odeur.) Je t'en fais la promesse.

— Ne fais pas de promesses que tu ne puisses pas tenir.

— Celle-ci, je la respecterai. Quel qu'en soit le prix. Ce n'est pas terminé entre nous.

— Tu as raison, dis-je d'une voix étranglée. Ce n'est pas terminé. (Je tourne la tête pour le regarder.) Nous ne pouvons pas arrêter, vu que l'histoire n'a même pas commencé.

— Accorde-moi une dernière chance, gronde-t-il.

Mon cœur se tord, avide de consentir à sa requête.

— Pourquoi tu ne disparais pas ?

Difficile d'avoir les idées claires pendant qu'il m'étreint comme sa bouée de sauvetage et réclame une seconde chance.

— Parce que te perdre n'est pas une option pour moi.

Il semble tellement convaincant. Comme s'il se souciait réellement de moi plutôt que de la perte de sa voiture à deux millions de dollars.

— Il fallait y penser avant de te soûler et de nous anéantir.

Nous. Ce que je suis idiote. Il n'y a jamais eu de nous.

— Tu as raison, concède-t-il. Mais je n'ai pas réfléchi. J'étais… Stone… (Sa voix s'éteint.) Aucune importance.

Permets-moi d'en juger.

— Qu'a-t-il fait ?

Quoi que ce soit, cela n'effacera pas les agissements de Cole. Mais cela aurait le mérite de m'éclairer sur son état d'esprit avant qu'il décide d'arroser d'essence notre semblant de relation, puis de la carboniser.

— Je le redis, c'est sans importance. Tout ce qui compte, c'est me réconcilier avec toi.

— Te réconcilier avec moi pour ne pas perdre ton pari, dis-je, mâchoires crispées.

— Non. Mais si c'est ce que tu penses, ce n'est pas grave. (Il dénoue ses bras.) Parce que je vais te prouver le contraire, déclare-t-il avec une détermination inébranlable. Je réparerai tout, Sawyer.

Plus borné que lui, tu meurs.

Il n'est plus utile d'argumenter. C'est plus simple de le laisser croire ce qu'il veut, pour qu'il déguerpisse.

— Entendu. Comme tu voudras, dis-je avant de montrer la fenêtre. Sors maintenant.

51

Sawyer

Lundi, mon casier est rempli de roses à longues tiges.

Mardi, il contient deux kilos de chocolat.

Ma variété préférée, évidemment, donc ultra difficile de le jeter.

Ce que j'ai fait après qu'Oakley en a pioché une poignée.

Il se frotte les mains.

— Tu penses que ce sera quoi, aujourd'hui ?

Aucune idée, mais j'espère vivement que ce n'est pas alimentaire. J'ai réussi à perdre trois kilos supplémentaires, je ne voudrais pas être tentée.

En grognant, j'ouvre mon casier.

La poisse. Cole connaît trop bien mes faiblesses.

Oakley hausse un sourcil.

— Est-ce…

— Nick Jonas, je soupire. Je m'en doutais.

Dédicacé, en plus. Ce qu'il m'agace.

Cole, pas Nick. Nick est parfait.

Mais comme tous les cadeaux que Cole s'acharne à me faire dans le but de m'acheter… je dois aussi me séparer de Nick.

— Il y a une enveloppe, souligne Oakley.

Je la lui tends.

— À toi l'honneur.

Il l'ouvre volontiers… puis fait la moue.

— Ce sont juste des places de concert. (Il hausse les épaules.) Premier rang, quand même.

Là, je gémis pour de bon.

Je vais avoir un mal fou à m'en débarrasser.

— Jette-les pour moi. Je n'ai pas le courage.

Il ricane.

— Avec joie.

— Attends, dis-je en caressant la photo brillante. Ne lui fais pas trop de mal. Il est tellement mignon.

Oakley lève les yeux au ciel.

— Tu sais, tu pourrais accepter ses cadeaux… ensuite, bah… accepter ses excuses et lui laisser une seconde chance.

— Ah non, tu ne vas pas t'y mettre aussi.

C'est suffisant que Bianca plaide sa cause chaque fois que je la croise. Pas Oakley en plus.

Il hausse les épaules d'un air innocent.

— Désolé, c'est plus fort que moi. Je ne l'ai jamais vu aussi affligé.

— Chouette. Maintenant il sait ce que ça fait.

— Il a fait le serment de ne plus boire une goutte de sa vie.

— Super. Il devrait aussi arrêter la méchanceté jusqu'à la fin de ses jours.

— Sawyer, il ne voulait pas te blesser. Il cumule les problèmes.

Si seulement il m'en révélait certains, cela m'aiderait à comprendre son agressivité, ses accès de colère… et je pourrais envisager de lui accorder la seconde chance qu'il réclame.

Or, il ne me dira rien.

Parce que ce n'est pas le genre de Cole.

— Le fait que tu connaisses ses difficultés et pas moi est le cœur du problème.

En silence, je dis adieu à Nick. C'est triste que notre temps à deux ait été aussi bref.

— Qu'il cesse de vouloir me soudoyer. S'il tient à ce que j'accepte ses excuses, il doit me donner une bonne raison de le faire… et la seule façon d'y parvenir, c'est qu'il se montre tel qu'il est réellement. C'est le seul Cole qui m'intéresse, et je ne lui pardonnerai qu'à cette condition. (Je claque la porte de mon casier.) En ce qui me concerne, le 7 porte-bonheur peut aller…

— J'en déduis que les places de concert ne t'ont pas fait plaisir ? interroge Cole derrière moi.

Je le fusille du regard.

— Cesse de m'inonder de cadeaux. Les cadeaux ne sont pas ce qui m'intéresse.

— Alors que veux-tu ?

— Si tu ne l'as pas compris, c'est… regrettable.

Je tente de m'éloigner mais il m'en empêche.

— Sawyer.

— Écarte-toi de mon chemin.

Et de mon cœur.

52

Cole

— D'accord, mais je te laisse aller en cours à condition que tu déjeunes avec moi.

Son regard se durcit.

— Non.

— Un dîner ?

Elle fait une grimace.

— Même pas en rêve.

Lui offrant mon sourire le plus sexy, je promène mon doigt le long de son bras.

— Dessert ?

Ses narines frémissent.

— Bouge.

— Très bien. (Je me penche et murmure :) Va en cours, Bigote. Mais ce n'est pas mon dernier mot.

Elle grommelle à voix basse.

J'attends qu'elle ait parcouru la moitié du couloir.

— Une dernière chose, Sawyer.

Elle s'arrête. Je vois presque la colère émaner d'elle.

— Quoi ?

— Tu es belle aujourd'hui.

En vérité, elle l'est tous les jours, mais je veux que tout le monde m'entende le dire.

Elle s'engouffre prestement dans la salle de classe.

Casey et Morgan s'échangent un regard en passant à ma hauteur.

— Il y en a un qui est fou d'amour, lance Morgan.

— Il est amoureux uniquement à cause du pari qu'il a fait avec un footballeur de l'équipe. (Casey me regarde.) Dès qu'il en aura assez de la truie, il reviendra en rampant.

N'y compte pas trop.

— Compte là-dessus, connasse.

Après un regard méprisant, elles détalent.

— Aujourd'hui, ça s'est mieux passé qu'hier, observe Oakley. À ce rythme-là, tu devrais la récupérer dans dix ou vingt ans. (Il me tape l'épaule.) Grosso modo.

— Je ne sais pas quoi faire d'autre.

J'ai déjà mis toutes mes idées en pratique. Tous ces trucs classiques qui plaisent aux filles.

Honnêtement, je pensais vraiment qu'avec Nick Jonas, je la ferais craquer direct.

— C'est parce que tu ne fais pas attention, dit Oakley en s'éloignant dans le couloir.

Il me fait signe de le suivre.

— Oublie les 3 P, et écoute ce qu'elle te dit.

— Elle me dit de la laisser tranquille. Ce n'est pas envisageable. Jamais, dis-je, énervé.

— Calmos, l'ami. Mon conseil, c'est d'écouter son cœur à elle. Les filles ont une étrange façon d'exprimer leurs besoins sans le dire clairement… tu me suis ?

Vraiment pas.

— Tu m'expliques ?

— Tu sais, quand tu t'es faufilé dans sa chambre. Quelle est la dernière chose qu'elle ait dite avant que tu partes ?

— Elle m'a demandé de dégager.

Il secoue la tête.

— Avant ça.

— Que je voulais me réconcilier avec elle à cause du pari.

— Et qu'as-tu répondu ?

— Que c'était faux, que j'arrangerais les choses.

— Et c'est ce que tu as fait jusqu'à présent ?

Je lui jette un regard mécontent.

— Clairement pas. Mais entre les fleurs, les bonbons…

— Écoute, la solution à ton problème est simple comme bonjour, mon pote. (Il part à reculons, bras écartés.) Donne-lui quelque chose d'authentique.

53

Sawyer

Le mouvement de mes doigts sur les touches en ivoire emplit l'église des accords de *Counting Blue Cars* de Dishwalla.

J'ai eu coup de cœur pour ce morceau quand Dylan me l'a fait découvrir et, aujourd'hui, je le joue pour la première fois.

Je vis pour le genre de musique qui m'amène à réfléchir au sens de la vie, tout en faisant vibrer mon âme.

Raison pour laquelle j'ai décidé de la mettre à nu. Non seulement cela exacerbe les émotions de la chanson, mais il est plus aisé de s'imbiber de chaque mot.

D'un rapide coup d'œil, je m'assure que je suis seule dans l'église, puis j'ouvre la bouche.

En temps normal, il me faut des semaines pour mémoriser une partition mais pas cette fois. Ce coup-ci, c'est comme si chaque note émanait directement de mon cœur.

Je ferme les yeux et me laisse emporter par la musique.

À l'approche du refrain, je chante sans retenue. Mon vibrato provient du bout de mes orteils et se réverbère entre les murs.

— Mon Dieu… ta voix, dit Cole.

Je trébuche sur un mot, et mes doigts dérapent sur les clés.

— C'est quoi ce bo… (je me reprends à temps) Que fais-tu là ? Dans une église, parmi tous les endroits possibles.

Il hausse les épaules.

— Je pensais bien te trouver ici. J'avais raison, déclare-t-il avec un grand sourire.

Voilà que je regrette d'être venue jouer avant la répétition avec la chorale.

Sans se soucier d'être indésirable, il s'assoit sur le premier banc.

— J'ignorais que tu étais pianiste… ou que tu chantais. Surtout de cette façon.

— C'est juste pour le plaisir.

Il existe nombre de meilleurs musiciens et chanteurs. En fait, je me considère à peine comme l'une des leurs.

Pour l'instant, je suis incapable de me concentrer sur ce sujet. Le pourquoi de sa venue m'intrigue trop pour cela.

— As-tu besoin de quelque chose ?

Il regarde autour de lui.

— C'est un peu plus petit que je l'imaginais, mais c'est agréable. (Ses lèvres frémissent.) Tu sais, pour une église.

Je retente le coup.

— Je peux faire quelque chose pour toi ?

Il étend son bras sur le dossier du banc.

— Penses-tu que Dieu soit une femme ?

— Hein ?

— La chanson.

— Oh.

Je doute qu'il soit en quête d'un éveil spirituel mais je réponds néanmoins.

— Tout est possible, je suppose. Il existe toutes sortes de religions. Certaines ont plusieurs divinités.

Il s'adosse, me scrute.

— En fait, tu admets qu'une autre religion a peut-être la bonne formule, et qu'il est possible que les gens comme toi se trompent ?

— Les gens comme moi ?

— Les chrétiens. Ceux qui aiment Jésus.

— J'aime Jésus, mais cela n'oblige personne à l'aimer.

— Ce n'était pas ma question.

Malgré l'agacement dans sa voix, je ne me sens pas insultée.

J'ai beau être indignée, j'apprécie qu'il me questionne au lieu de se baser sur des suppositions.

C'est pourquoi je lui donne la vérité. Ma vérité.

— Mes croyances personnelles envers Dieu ne m'empêchent pas de respecter le fait que d'autres personnes aient les leurs. (Je hausse les épaules.) Au bout du compte, nous allons tous dans le même sens, non ? Et qui suis-je pour juger ?

— Et ceux qui ne croient en rien ?

J'essuie mes paumes sur ma jupe.

— J'ai le cœur gros pour eux.

La provocation brille dans ses yeux.

— Parce qu'ils ne partagent pas tes convictions ?

— Parce que ce doit être affreusement dur de porter au quotidien le poids du monde sur ses seules épaules. (Je le fixe dans les yeux.) Peu importe mes convictions personnelles, je n'essaierai jamais de convertir quelqu'un, ou de lui dire que ne pas croire est un tort. Je suis sûre qu'ils ont leurs raisons… de même que j'ai les miennes.

Il m'observe une petite minute avant de répondre.

— Il n'y a personne d'autre comme toi au monde, Sawyer.

Mon cœur se serre. Je déteste qu'il me regarde comme s'il n'y avait rien de plus fascinant au monde.

Mais nettement moins que je déteste la façon dont mon cœur s'emballe dès que je l'aperçois…

Ni le tiraillement profond dans ma poitrine dès qu'il disparaît.

Comme si mon âme était en accord avec lui, et personne d'autre.

— Écoute, tu n'es sûrement pas venu débattre de religion, dis-je pour mettre de la distance entre nous.

— Exact, répond-il en approchant du piano, une enveloppe à la main. Je suis venu déposer ceci.

— Si c'est encore un cadeau…

— Ce n'est pas un cadeau. Promis.

Déroutée, je la décachette.

La surprise et l'abattement se mélangent étrangement dans ma poitrine quand je découvre le chèque de dix mille dollars.

— Je ne peux pas l'accepter.

Non seulement ce serait déplacé, mais je refuse de le laisser croire que son don me persuadera de respecter ma part du contrat.

En ce qui me concerne, notre pseudo relation est incontestablement terminée.

— Je me doutais que tu refuserais. (Son visage se durcit.) Prends l'argent, Church. Tu l'as gagné.

Je lui tends le chèque.

— Si peu.

Nous sommes à peine sortis ensemble.

Pourtant, mon univers a semblé s'effondrer le soir où il s'est soûlé.

J'abhorre tous ces sentiments contradictoires qu'il suscite en moi.

Un instant, j'ai envie de l'assommer, l'instant d'après, de plonger entre ses bras et de retourner à la période où tout se déroulait au mieux.

La plupart du temps ? Je veux juste savoir ce qui a déclenché les événements de ce fameux soir.

Pourquoi il s'est cuité et a manifesté autant d'agressivité.

Comment il peut se montrer aussi ouvert et direct… et la minute d'après, totalement fermé.

Qu'est-ce qu'il cherche à fuir ?

S'il regrette sincèrement de m'avoir blessée… ou si ce n'est qu'une énième scène de la grande performance du 7 porte-bonheur.

Il croise les bras sur son torse.

— J'ai le droit de faire un don à l'association de mon choix, Sawyer. Si tu ne l'acceptes pas, je le remettrai directement à ton oncle.

Têtu comme une mule.

— D'accord. Je le donnerai à mon oncle. *(Pourvu que tu partes.)* Autre chose ?

— Ouais. (Un muscle de sa mâchoire se crispe.) Tu me manques gra… beaucoup.

— Co…

— Tu n'es pas obligée de répondre. Je veux juste que tu le saches.

Je jette un coup d'œil à sa main. Ses hématomes et ses éraflures s'estompent.

— J'espère que ça ne t'handicapera pas pour le grand match.

Il ne semble pas s'en soucier.

— Je me débrouillerai.

Nous nous regardons, tous deux maladroits, jusqu'à ce que je rompe l'échange visuel.

— Merci d'être passé…

— Je n'aime pas ça.

— Quoi ?

— Papoter, comme nous le faisons. La gêne. (Le pli qui barre son front se creuse.) Ce n'est pas nous.

Je commence à rétorquer qu'il n'y a pas de nous, mais la porte s'ouvre sur le groupe qui entre peu à peu.

— Chorale, dis-je.

Il plisse les yeux.

— On peut se parler après ?

— Je ne pense pas que ce soit une bonne idée.

L'organe dans ma poitrine proteste. Imbécile de traître. Je renchéris :

— J'ai une montagne de devoirs en retard.

Il a l'air sur le point de protester, mais il se contente d'un léger hochement de tête, avant de s'évaporer.

— Qui était-ce ? demande Amanda, après son départ.

— Mon cop… (je me mords la langue.) Un copain du lycée.

Un garçon qui tient encore et toujours mon cœur dans la paume de sa grande main.

54

Sawyer

— Qu'est-ce qui lui prend autant de temps ? s'impatiente Caitlyn.

Agglutinées devant la porte des vestiaires des filles… nous attendons que la reine nous gratifie de sa présence.

Une autre fille – dont je sais à présent qu'elle se prénomme Renée – jette un coup d'œil à sa montre.

— Nous devrions être en train de nous étirer sur le terrain depuis cinq minutes.

Malgré le silence de Bianca, je ne peux m'empêcher de remarquer son léger sourire narquois.

En vérité, même moi je me lasse d'attendre que Casey se mette en tenue.

Le match de championnat débute dans vingt minutes, et il est exclu que Izzy se montre dans toute sa glorieuse solitude.

Sans compter qu'il fait une chaleur à crever là-dessous.

Peu après, Morgan sort des vestiaires.

Son expression ne présage rien de bon.

— Nous avons un problème.

— Tu crois ? ironise Caitlyn. Nous poireautons depuis des plombes.

— Super, notre capitaine, marmonne Renée. Elle ne s'embête même pas à être ponctuelle pour le plus grand match de la saison.

Je jure que le sourire en coin de Bianca s'épanouit.

— Ce n'est pas sa faute, la défend Morgan, avant de baisser la voix. Elle ne rentre pas dans son uniforme.

Elles restent toutes bouche bée… et moi aussi.

Bianca fait mine d'être choquée.

— Oh non. N'en dis pas plus. C'est affreux. (Elle a un rictus.) Sûrement un truc qu'elle a mangé.

Elle échange un regard amusé avec Caitlyn et Renée.

Morgan le prend au premier degré.

— Je sais. J'ai voulu lui prêter le mien, vu que je fais une taille de plus, mais il ne lui va pas non plus. (Elle hausse les épaules.) De toute façon, vu que je passerai capitaine l'an prochain, elle m'a désignée pour la remplacer durant le match d'aujourd'hui.

Les trois filles se consultent du regard. Et n'approuvent pas.

— Non, dit Caitlyn. Ne te vexe pas, mais t'es nulle. Tu ne maîtrises même pas le salto.

— Voyons les choses en face, Morgan, raille Renée. Si tu as été admise dans l'équipe, c'est parce que tu fais de la lèche à Casey.

— À la grosse Casey, glisse Caitlyn, suscitant des rires.

Mon ventre se noue. Dieu sait que je ne peux pas saquer Casey, mais la dézinguer parce qu'elle a pris quelques kilos… c'est mal.

— Peu importe, déclare Morgan, les mains sur les hanches. Je suis le nouveau capitaine. C'est comme ça.

Caitlyn repousse sa joue avec sa langue.

— Pas si vite. Normalement, toute l'équipe vote pour choisir son nouveau capitaine.

— T'es sérieuse, là ? rétorque Morgan en redressant le dos. Très bien. Qui voudriez-vous comme nouveau capitaine ? (Elle roule des yeux.) Laisse-moi deviner… toi.

Caitlyn secoue la tête.

— Nan.

Les sourcils de Morgan remontent sur son front.

— Alors qui ?

Bianca examine ses ongles.

— Bianca, disent Caitlyn et Renée en même temps.

Morgan n'a pas du tout l'air enthousiaste.

— Vous plaisantez, j'espère ? Elle est en seconde. Si elle est entrée dans l'équipe, c'est uniquement parce que Casey sortait avec Cole.

— Elle sera en première l'an prochain, idiote, conteste Caitlyn, la plus audacieuse des deux. Et puis, elle est ponctuelle, mince et musclée, elle maîtrise les sauts et, surtout, elle est douée.

— Extrêmement douée, ajoute Renée.

Flûte alors.

Bianca les a déjà dans sa poche.

Morgan semble à deux doigts de pleurer.

— Vous ne pouvez pas faire ça. Ce n'est pas juste.

Caitlyn et Renée lèvent la main.

— Celles qui sont pour que Bianca devienne notre nouvelle capitaine, levez la main. (Elle me regarde.) Izzy, ta voix compte aussi. Étant donné que tu es la mascotte et tout ça.

La main dressée, Bianca me lance un regard. Sans entrain, je tends le bras. Morgan tressaille.

Déjà un service rendu.

Bianca adresse son sourire sirupeux à Morgan.

— Profite bien du match d'aujourd'hui. (Elle étrécit les yeux.) Vu que ce sera ton dernier.

— Vous êtes toutes de vraies salopes.

Bianca la salue d'un geste dédaigneux.

— *Adios.*

Morgan tape du pied.

— Sorcière.

Riant, Caitlyn et Renée lui emboîtent le pas.

— Nous filons au stand avant le match. Tu veux un truc à boire ?

Bianca, qui s'est remise à inspecter ses ongles, hausse une épaule.

— Une bouteille d'eau, ce serait top.

— Tout de suite, capitaine !

Une fois qu'elles sont suffisamment éloignées, Bianca pose son regard sur moi.

— Et ça, mon amie, prends-en de la graine. (Partant à reculons dans le couloir, elle crie :) Pas de quoi, au fait. Ce qui arrive à Casey est ce que j'aime appeler le *karma*.

Pour autant que ce soit dur, je ne peux pas nier la minuscule partie de moi qui jubile.

Casey m'a torturée pendant des années à cause de mon poids.

Peut-être que maintenant elle comprendra enfin à quel point c'est blessant.

J'ouvre la bouche, à l'instant où je les vois du coin de l'œil.

Mon cœur fait un bond. Pas encore ça.

J'hésite à fuir, mais c'est trop tard.

Ils m'ont repérée. L'équipe de footballeurs baraqués se rue dans ma direction.

— Izzy ! Izzy ! Izzy !

Zut. C'est reparti pour un tour.

— Tu te trompes de vestiaire, Iz ! braille Lennox.

Certains garçons sifflent.

— Regardez Izzy qui drague les pom-pom girls.

— Il se fait un petit plaisir, histoire de se motiver pour la suite, quand on aura mis la pâtée aux Vikings ! s'exclame Cortland.

Ils se mettent à hurler comme une meute de loups.

Dwight pompe l'air avec son poing.

— Izzy ! Izzy ! Izzy !

Au secours…

Je me résigne toutefois à les laisser me hisser sur leurs épaules.

Que la fête commence, les gars.

55

Cole

Mes joueurs déferlent dans les vestiaires comme un raz-de-marée, leurs cris se réverbérant entre les murs.

— Izzy ! Izzy ! Izzy !

Je réprime un rire. Je savais qu'ils le débusqueraient tôt ou tard.

L'horloge murale capture mon attention. Le coach va sortir de son bureau d'un instant à l'autre.

Il est l'heure de se concentrer.

Je regarde Dwight et Lennox qui font joyeusement sautiller Izzy sur leurs épaules.

— Reposez Izzy.

Au même instant, le coach Stalter braille en tapant dans ses mains.

— Allez, les gars ! Tout le monde en cercle ! Notre *quarterback* va diriger notre prière.

Putain, je déteste cette partie.

L'ironie qu'un athée guide la prière collective avant chaque match ne m'échappe pas.

Je ricane.

Si seulement Sawyer était là pour assister à la scène.

Si seulement je n'avais pas tout foiré, au point qu'elle me haïsse.

— Quelque chose t'amuse, Covington ? aboie le coach.

— Ouais, je crie pour couvrir le brouhaha, les Vikings vont se prendre une raclée aujourd'hui !

Une bordée de cris et de sifflements éclate.

— C'est bon, on se calme ! grogne-t-il après un petit moment. Commence, Covington.

— Seigneur, dis-je.

Peut-être que je ne crois pas au Tout-Puissant mais j'ai foi en mon équipe.

Je crois à ce sport.

Et quand je suis sur le terrain… je crois en moi-même.

— Avant la finale, nous vous demandons de nous guider dans chacun de nos mouvements et de nous accompagner pour célébrer chaque point avec nous.

J'inhale longuement.

— Que nos pieds soient agiles, nos muscles infatigables… et que nous ne perdions jamais l'espoir ni la détermination en ce jour où nous allons réduire les Vikings en poussière. Nous sommes reconnaissants pour votre présence, pour les personnes dans les gradins venues nous voir jouer, pour notre coach qui ne nous laisse jamais tomber… et pour chaque joueur de cette équipe avec qui j'ai eu l'honneur de partager le terrain au cours de ces quatre années. La dernière saison n'a pas été facile, mais s'il vous plaît… aidez-nous à remporter le championnat cette fois. (Je lève les yeux au plafond.) Parce qu'on l'a mérité, putain !

Je regarde mes coéquipiers, même Cortland, le salopard.

Parce que tout *quarterback* qui se respecte sait qu'il ne serait rien sans le soutien de son équipe.

— Amen.

Tout le monde pousse des cris d'encouragement. Hormis Izzy, qui continue de prier.

Tant que ça peut aider.

— Dis donc, Covington, dit Dwight, c'était magnifique.

Le coach s'éclaircit la gorge.

— Merde, alors. Je ne sais pas comment on pourrait perdre après cela.

— Nous ne perdrons pas, dis-je.

— Carrément, braille Lennox.

— Putain, ouais ! confirme Dwight.

Le coach ouvre le chemin.

— Pour les battre, faut déjà aller sur le terrain. Ramenez vos fesses.

Les muscles dans ma poitrine se contractent.

— En fait, il me faut une petite minute de plus.

C'est la dernière fois que nous serons tous réunis dans ces vestiaires. Alors c'est maintenant ou jamais.

Ça craint d'en arriver là, mais je me suis engagé à arranger les choses avec elle.

Et j'ai l'intention d'y parvenir.

56

Sawyer

Cole Covington a prié un Dieu auquel il ne croit pas pour le bien de son équipe.

Ma respiration s'enraye. Il y a quelque chose de si magnanime dans son acte.

Malgré ma colère, je me retrouve à penser que, peut-être, il n'est pas aussi égoïste qu'il y paraît.

Quelques joueurs prennent la direction de la sortie mais Cole les arrête.

— En fait, il me faut une petite minute de plus.

Ses copains ne cachent pas leur confusion tandis qu'il farfouille dans son casier.

De toute évidence, ils sont aussi perplexes que moi.

Peut-être qu'il a préparé une sorte de cadeau commun pour le grand jour.

Totalement interloquée, je le vois lancer des clés à Cortland.

— Profite bien de ta nouvelle bagnole.

Mon cœur se fige d'un coup.

Un instant… quoi ?

Il n'a pas…

Il ne peut pas…

Tous restent bouche bée. Y compris moi.

Cortland a l'air décontenancé comme jamais.

— Et le pari ? Il reste dans les quatre mois.

Un nuage de culpabilité traverse le regard de Cole, avant que son expression ne se durcisse.

— Je n'aurais jamais dû l'accepter.

Mes entrailles chutent. Oh. Mon. Dieu.

Il l'a fait.

— Quelle partie de « ramenez vos fesses sur le terrain » vous ne comprenez pas, bande d'idiots ? mugit l'entraîneur.

Tout ce que j'entends pendant qu'une troupe de footballeurs défilent devant moi au pas de charge, c'est le battement débridé de mon cœur contre mes côtes.

Rien ne m'avait préparée à ce geste.

— Un petit moment d'intimité, Izzy ? aboie Cole, en m'arrachant à mes pensées.

C'est alors que je percute : il ne se doute pas que c'est moi, sous ce déguisement.

Les larmes aux yeux, je m'enlace la poitrine.

Il n'a pas cédé ses clés pour me reconquérir… mais parce qu'il est convaincu que c'est la chose à faire.

Avec ou sans moi.

Le 7 porte-bonheur ne mérite pas une seconde chance…

Mais Colton la mérite.

Il saisit un bout de tissu vert dans son casier… puis hésite. Serrant et desserrant les mâchoires, il oriente son regard vers moi.

— Tu veux bien dégager ? Quand même…

Je m'empresse de déguerpir puis marque une pause.

— Bonne chance aujourd'hui, Colton.

Sur ce, je m'éclipse.

57

Cole

Un accès de colère se diffuse dans mes veines quand Todd Harris marque son quatrième *touchdown* du match.

La moitié du public se déchaîne, et les deux dénicheurs de talents de Duke's Heart se jettent sur leurs carnets de note.

Il frappe l'air de son poing, dansant comme si la victoire était acquise. L'enfoiré.

À deux minutes de la fin, ils convertissent le coup de pied de transformation en point bonus, le score passant à 30 à 27. Le coach Stalter a l'air d'avoir envie de vomir… deux minutes, c'est court.

Il se prépare à accepter la défaite.

Pas moi.

Sortant du terrain, Lennox me regarde avec des remords plein les yeux.

Cependant, si nous perdons, la faute n'incombe pas à la défense.

C'est l'attaque… et plus spécifiquement moi.

Mon regard s'échappe vers Izzy. Sawyer.

Je ne savais pas. Encore que la semaine dernière, j'aurais pu m'en douter. Izzy n'est pas du genre à s'agenouiller pour prier en plein match.

Mon cœur se serre. Elle m'a vu.

— Prêt, mon gars ? lance Dwight.

Cortland émet un rire amusé.

— D'abord, il chipe la copine de notre *quarterback*, et maintenant notre championnat. Autant se résigner. Cole. T'es mort.

Un élan de détermination m'inonde.

— Nan. Pas question.

Todd a beau coucher avec mon ex, me piquer mon ouverture à Duke, et dominer le match… si je dois perdre, autant que ce soit avec panache.

Je me saignerais à blanc pour ce sport.

Mon regard bascule vers Sawyer. Pour elle.

— Nous ne baisserons pas les bras comme une bande de dégonflés. (Je saisis la visière de Dwight et cogne mon casque contre le sien.) Tu me suis ?

Il fait un grand sourire.

— Putain, ouais !

Je tape dans les mains.

— C'est parti !

Nous remontons le terrain d'un pas décidé. Je vois clairement que le coach mise sur la prudence, envoyant un coureur après l'autre. Il ne me fait pas confiance pour passer le ballon, car il craint que je foire au moment crucial. Jamais de la vie. Je suis Cole Covington, celui qui crée l'instant crucial.

Il nous reste la moitié du terrain à parcourir, et un coup d'œil au tableau des scores me rappelle que nous ne disposons plus que d'une minute de jeu.

Moins d'une minute pour accéder à ma carrière de footballeur universitaire. Je ne tirerai pas ma révérence en perdant.

Mes yeux localisent Izzy, de nouveau agenouillée, ce à quoi je ne peux que sourire.

Continue de prier, Bigote. De toute façon, je gère.

Ignorant l'intervention de notre coureur fraîchement entré, j'organise ma tactique. Dwight remonte parfaitement sa ligne, sans faiblir, même quand ma passe retombe pile dans ses mains. Il se dirige vers la zone de défense, mais leur joueur d'arrière-champ, très réactif, le plaque à l'arrière de la ligne des neuf yards.

Quand j'entends le coach exiger un temps mort, notre dernier, je vérifie le chrono.

Dix secondes restantes. Un ultime coup à jouer.

Tout ou rien.

Nous nous dirigeons vers la ligne de touche, où le coach me fait la morale.

— Ne me refais pas ce coup-là, Covington. Et ne me pousse pas à bout. Duke's Heart ne t'acceptera pas sans ma recommandation. Est-ce clair ?

Putain.

— Oui, coach. Limpide.

Après avoir esquissé un schéma stratégique, il nous renvoie sur le terrain. Ça ne marchera pas. Je le sais. J'ai observé leurs *linebackers* toute la soirée, et ils sont futés. Si j'applique le plan de l'entraîneur, nous perdrons.

Je ne perdrai pas.

— Rassemblez-vous.

De retour sur le terrain, je réunis l'attaque… inhabituel après un temps mort. Leur confusion est remplacée par de l'appréhension, quand je modifie la stratégie.

— Tous en formation *Zero Right*, trajectoire *Y Jet knightmare on one*.

— Cole, ce n'est pas ce que le coach…

— *Zero Right, Y Jet knightmare on one* . T'as saisi, Dwight ?

Il survole le cercle du regard puis revient sur moi.

— Compris, mon pote.

Je les regarde tour à tour dans les yeux.

— Vous êtes avec moi ?

Leurs grognements affirmatifs sont exactement ce que j'espérais entendre.

— Notre saison entière se résume à cette action, les gars. Éclatons-nous.

Je n'ai jamais été aussi sûr de quoi que ce soit de toute ma vie.

Sauf d'elle.

Mon équipe remonte derrière la ligne d'engagement, et je me place en *shotgun*, seul à l'arrière. J'observe les déplacements des *safeties* et des *linebackers* adverses, maintenant qu'ils savent qu'une passe se prépare. Le coach mugit dans le lointain, mais je l'ignore. Le match a repris, il ne peut plus nous stopper.

Ce type a salement besoin de se détendre.

— À vos marques, prêts, dis-je assez fort pour couvrir le tintamarre de la foule.

Après quoi je tape du pied pour donner le signal à Dwight. Il décolle. Au moment où il passe derrière l'attaquant gauche, je crie :

— Courez !

La défense est prise de court quand la balle est directement expédiée à Dwight, qui s'élance vers l'extrémité droite de la ligne. J'observe, patiente … les trois secondes les plus longues de ma vie. Quand je vois les *linebackers* et les *safeties* tomber dans le panneau et tous se diriger vers le côté droit du terrain, je fonce à gauche aussi vite que possible.

Personne dans la défense ne me prête attention. Ils se concentrent tous sur la nécessité de bloquer Dwight. À trois mètres de la zone de but, je me retourne juste à temps pour voir Dwight pivoter et lancer le ballon de toutes ses forces.

Le ballon monte très haut, plus loin devant moi que prévu. J'accélère sur les deux derniers mètres puis me propulse le plus haut possible, sans détacher un seul instant mon regard de l'objectif. Le cuir me tape les mains plus violemment que je ne m'y suis préparé, toutefois mes doigts se recourbent, et je saisis le ballon à l'instant où mes épaules heurtent le sol. J'entends la foule laisser éclater sa joie à la seconde où la sonnerie signale la fin du match.

L'arbitre le plus proche lève les bras pour indiquer un *touchdown*. Je me relève et fais un *smash*.

— Putain, ouais !

Bordel. On a réussi !

La foule déferle sur le terrain et, en quelques secondes, mon équipe entière m'encercle.

Mais j'ai beau être fou de joie face à cette victoire bien méritée, à cet instant, il n'y a qu'un seul visage que j'ai envie de voir.

Je me focalise sur la mascotte qui effectue une danse de l'arroseur, ajoutant à la joie du public.

Possible que je ne mérite pas Sawyer… mais je la veux.

Elle, entièrement.

Sans murs. Sans garde-fous. Sans filet de sécurité.

Sans contrat ni pari idiot.

Rien que nous.

Pour de vrai, cette fois.

58

Sawyer

Le choc et l'excitation font crépiter l'air au moment où les Knights marque le *touchdown* de la victoire.

Ils ont réussi. Je saute sur place, sur la ligne de touche, envahie par l'euphorie.

Je sais qu'ils ont tous travaillé dur dans cet objectif, et ils méritent de s'imprégner de chaque seconde.

— Merde, bougonne Bianca juste avant de se précipiter sur le terrain avec la troupe.

Je la regarde onduler et agiter ses pompons de tout son cœur, répétant les enchaînements de Casey encore plus brillamment qu'elle.

La nervosité me gagne au moment du grand flip arrière, mais comme tout le reste, elle l'exécute à la perfection.

Distraite, je manque de peu de louper le moment de les rejoindre.

Accrochée à l'énorme tête d'Izzy, je me remue.

Étant donné que c'est le dernier match, j'injecte mon âme dans mes fameux mouvements de l'arroseur. Roulements de hanches et dos cambré.

La foule en liesse clame des slogans pour Izzy et tous les Knights.

D'humeur audacieuse et bourrée d'énergie, je commence à secouer mon derrière.

Jusqu'à ce que je sente des yeux verts et pénétrants m'observer.

L'intensité de son regard est telle que mes poumons se vident de leur oxygène.

Tout à coup, il traverse le terrain avec la détermination d'un homme investi d'une mission. Ses longues enjambées annihilent la distance qui nous sépare en un rien de temps.

Et soudain il se tient devant moi… emplissant mon champ de vision à la façon d'une éclipse.

Mon sang s'échauffe, un flot de panique me submerge quand il arrache la tête d'Izzy et la jette à terre.

Un cri muet s'élève de la foule à proximité.

— Que…

Je panique pour une tout autre raison sitôt qu'il prend mon visage entre ses mains et déclare d'une voix rauque :

— Sois ma petite amie.

Mes pensées tourbillonnent, je bredouille la première réplique qui me vient :

— Tu es… tu me fais une farce ?

— Non, c'est réel, dit-il, ses grandes mains autour de mon visage. On ne peut plus réel.

Les larmes brouillent ma vision.

Il y a tant de questions que je devrais lui poser.

Tant de raisons de prendre mes jambes à mon cou.

Mais l'organe qui cogne dans ma poitrine n'en a cure.

Il ne s'intéresse qu'à lui.

— Oui…

J'ai à peine donné mon assentiment que sa bouche s'écrase sur la mienne.

C'est un baiser qui dérobe mon air et fait tout tournoyer.

Un baiser qui me revendique indiscutablement.

Un baiser chargé d'excuses eu égard au passé, une promesse de mieux faire à l'avenir et le vœu de se battre pour nous désormais.

Un baiser qui change tout.

Ses mains glissent vers ma taille, me retiennent contre lui, sa langue cherchant la mienne.

Un joyeux frisson remonte mon échine, et j'ouvre la bouche plus largement pour l'aguicher à mon tour.

Les doigts dans mes cheveux, il sourit contre mes lèvres et laisse échapper un grognement caverneux.

— Euh… allô ? Vous comptez rester là à vous lécher le visage toute la soirée ? crie Bianca. Quelqu'un ici a besoin de rentrer.

Nous l'ignorons.

Nous ignorons tout ce qui nous entoure.

Car rien de tout cela n'a d'importance.

Seul compte l'instant présent.

Car c'est la réalité.

59

Sawyer

Un gémissement rauque résonne dans la pièce.

— Putain, c'est bon, juste là, Bigote.

Réprimant un rire, je continue de pétrir les muscles de son dos pour les dénouer.

Son équipe célèbre la victoire chez Christian, ce soir, mais Cole les a informés qu'il avait d'autres plans.

De toute évidence, ses plans impliquaient de rentrer chez lui.

Avec moi.

Non que je m'en plaigne.

Il existe nombre de manières plus désagréables d'occuper sa soirée que masser un Cole torse nu, au lit.

Mon petit ami.

— C'est tellement bon, s'enflamme Cole d'une voix éraillée. Épouse-moi.

Voilà qui m'arrache à ma transe.

— T'emballe pas, joli cœur, dis-je avec humour. Nous commençons tout juste à sortir ensemble.

Je balaie sa chambre du regard. Je m'attendais à un décor extravagant et chic, à l'image de la maison, mais hormis un écran plat gigantesque, et un lit démesuré… elle déborde de babioles de football américain.

Aucune photo ni touche personnelle.

— Que vas-tu faire à propos de ta voiture ?

— Rien. Elle appartient à Cortland.

— Tu ne vas pas essayer de la récupérer ?

Une voiture à deux millions de dollars, bon sang de bonsoir.

Si mon père apprenait qu'il l'a cédée, il verserait quelques larmes.

D'ailleurs, il se pourrait même qu'il m'interdise de sortir avec Cole à cause de son imbécilité.

— Non. J'ai obtenu bien mieux en échange.

Ses mots sont presque aussi touchants que le geste, mais quand même ! C'est pas rien !

— Ton père ne sera pas fâché ?

Il se crispe.

— Oh que si, il va se mettre en rogne.

Il y a sûrement une faille juridique dans ce pari. Je suis sur le point de lui en faire part quand il reprend :

— C'est comme ça. Ma mère a placé les droits de ses films sur des fonds de placement, pour ses enfants. Je n'aurai accès à mon compte qu'à la sortie du lycée. Il n'y a pas des millions en banque, mais ce sera suffisant pour m'offrir une voiture.

Les examens n'auront lieu que dans plus de cinq mois.

— Comment vas-tu faire en attendant ?

Inclinant sa tête, il remue les sourcils.

— Je vais devoir supplier ma copine hyper sexy et généreuse de faire le taxi.

Je soupire avec théâtralité.

— Pourquoi pas. Mais ce ne sera pas gratuit.

— Vraiment ?

La pointe de séduction dans sa voix me procure toutes sortes de sensations.

Avant que je ne puisse réagir, il me retourne sur le lit et me tire par les hanches pour m'amener sur lui.

Il lèche sa lèvre inférieure d'un geste suggestif.

— Qu'est-ce que ça va me coûter, Church ?

Je déglutis, à califourchon sur lui. J'ai du répondant en temps normal mais il réduit mes neurones en bouillie.

— Je… que veux-tu ? je demande avant de comprendre que j'ai inversé les rôles. Je veux dire…

La nervosité me noue la gorge quand sa main glisse de ma hanche à mes fesses.

Comme je suis sa copine à présent, s'attend-il à coucher avec moi ?

Parce que je ne suis pas sûre… en fait, si.

Sans l'ombre d'un doute, je sais que je ne suis pas prête à sauter le pas dans un avenir proche.

Non seulement en raison de ma foi, mais… c'est tout neuf entre nous.

Et si je ne doute pas que Cole ait des sentiments pour moi, je veux que ma première fois ait lieu avec quelqu'un qui m'aime.

— Je peux ? demande Cole, sa main sur ma cuisse.

Je hoche la tête.

— Tu… (Je me racle la gorge et réessaie.) Bon, tu sais que je ne suis pas prête…

— Détends-toi. Je suis conscient de la limite. (Son pouce dessine des cercles sur l'intérieur de ma cuisse.) Je ne la franchirai pas sans ton feu vert.

La pression dans ma poitrine s'allège.

— Ce n'est pas pour faire la prude…

Son pouce qui effleure mon sexe à travers mes leggings me fait oublier la suite.

— Crois-moi, après ce qui s'est produit dans les vestiaires, je ne risque pas de te trouver prude.

Je lui fais un sourire faussement effarouché.

— Tu y penses encore ?

Il soulève les hanches, me faisant voir l'effet long et ferme que ce souvenir produit sur lui.

— À ton avis ?

Reculant sur ses cuisses, j'examine la protubérance impressionnante sous son pantalon de sport gris.

— J'ai besoin de plus de preuves. Tu sais, afin de prendre une décision avisée et tout ça.

Le regard assombri, il saisit mon sexe dans sa paume à travers le tissu fin.

— Vraiment ? Parce que j'ai la sensation que je ne suis pas le seul à y penser.

Il n'a pas tort. Mince, nos petits jeux m'embrasent à tous les coups.

Jouant le jeu, je fronce le nez.

— Qui, moi ? Nan.

Menteuse, menteuse.

Il grogne, nous fait rouler et se retrouve au-dessus de moi.

— Tu n'imagines pas à quel point je vais aimer te prouver le contraire.

Sa bouche trouve mon cou, et ses yeux se ferment. Avant lui, j'ignorais que mon cou était aussi sensible.

— Tu vas devoir faire mieux que ça.

Je le taquine parce que je sais qu'il ne recule jamais devant un défi. Mais comme il se laisse retomber à côté de moi, je fais une moue boudeuse.

— Hé !

En appui sur un coude, il arbore un sourire en coin.

— J'aime te regarder.

Une énorme partie de moi veut savoir pourquoi, considérant mon physique, mais je ne veux pas gâcher ce moment.

Surtout quand sa main effleure mon sein.

— Carrément parfait. (Je soupire quand il pince mon téton.) J'aime qu'ils soient aussi sensibles.

Je lui renvoie l'ascenseur.

— Vraiment ?

— Oh que oui.

Sa pomme d'Adam remonte, tandis que sa main descend sur ma poitrine.

— J'aime aussi ta sensibilité (je gémis quand son pouce presse mon clito) ici.

Je frissonne et constate que le bout de mes seins tend mon T-shirt.

Lui aussi s'en rend compte.

Se mordant la lèvre, il me redessine du bout du doigt.

— Tu aimes que j'aguiche ta jolie chatte ?

Je dois contrôler un frémissement car ce qu'il fait incendie toutes mes terminaisons nerveuses.

— Même pas un peu, dis-je, ironique. C'est épouvantable.

— Quel dommage, dit-il en rampant sur le lit.

Cette lueur dans ses yeux est clairement celle d'un prédateur.

— Pourquoi ?

Il écarte mes cuisses.

— Parce que alors tu n'apprécieras pas ça.

À peine le temps d'un battement de cils, sa bouche rencontre mon entrejambe.

Mes hanches se soulèvent à la rencontre de ses suçotements et de ses mordillements. J'ai furieusement envie de lui hurler de m'arracher ces stupides leggings, mais alors je perdrais à son petit jeu.

— C'est désagréable, je gémis. Trop pénible.

Il a un petit rire, son haleine chaude dispersant une onde de frissons le long de mon dos.

— Oh ! mon Dieu !

— La plupart des gens m'appellent juste Cole, murmure-t-il.

— Et ta queue…

Ses dents effleurant ma fente, j'arque le dos.

— Elle est dure comme la pierre à cause de toi.

— De toute façon, je n'ai pas la moindre envie de m'amuser avec, dis-je pour le taquiner. Ni de l'embrasser.

Il grogne.

— C'est mon jeu, tu te rappelles ? (Il mordille ma hanche.) Pas le tien. (Il lèche le tissu déjà humide.) Alors sois une gentille Bigote bien sage pendant que je m'amuse avec ma chatte.

— C'est plutôt *ma* chatte. Merci beaucoup.

Avec un sourire satisfait, il lève les yeux vers moi.

— Plus maintenant.

— Je vois. Du coup, ta queue devient la mienne.

— Elle est à toi chaque fois que tu en as envie, déclare-t-il. Tu n'as qu'un mot à dire.

Dans ce cas, je valide la transaction.

Je fais semblant de réfléchir.

— Pourquoi pas tout de suite ?

Il secoue la tête.

— Je ne peux pas.

— Mais tu viens de…

Il sème des baisers entre mes jambes.

— La partie n'est pas encore terminée. (Il frotte le tissu avec son nez.) Mais ils sont trempés, il vaut mieux les retirer.

D'un seul geste, il abaisse mes leggings et ma petite culotte.

Confuse, je le sens s'arrêter à la hauteur de mes genoux.

Alors que je pense qu'il s'est produit quelque chose d'embarrassant, il replie mes jambes et maintient mes cuisses sur mon ventre avec ses mains.

Non seulement cela m'empêche de le regarder me lécher, mais la position m'expose totalement.

Je suis sur le point de hurler à l'injustice, toutefois sa barbe naissante gratte ma peau nue… juste avant qu'il n'introduise sa langue en moi.

Tout ce que je peux faire, c'est gémir et me laisser emporter au bord de l'inconscience.

— Je vais jouir.

— Ah oui ? fait-il après un coup de langue. Je croyais pourtant que tu détestais ?

Mes jambes tremblent.

— C'est le pire moment. (Agrippée aux draps, je me frotte sur son visage.) Ne me fais surtout pas jouir.

— T'inquiète, dit-il sur un ton bourru. Je n'y pense même pas.

Ses lèvres entourent mon clito et, la pression grimpant en flèche, je ravale un gémissement.

Il suce avec vigueur… jusqu'à ce que la tension claque comme un élastique.

Saisie de spasmes et de tremblements, je jure que je vois des étoiles,

Je devrais sûrement me sentir gênée de jouir aussi longuement, et de laisser une tache humide sous mes fesses quand il relâche mes jambes mais, en toute honnêteté, je n'ai pas l'énergie de m'en soucier.

Et sa façon de me dévorer des yeux me dit que cela ne le tracasse pas davantage.

Allongé à côté de moi, il m'adresse un sourire en biais.

— Nous ne devrions jamais recommencer.

— Jamais, j'acquiesce en souriant.

J'abaisse le regard sur son érection manifeste.

— Et je ne devrais en aucun cas te renvoyer l'ascenseur. (Mes doigts se promènent sur la taille élastique de son pantalon.) Je peux ?

— Non, dit-il en déglutissant visiblement. Parce que je ne meurs pas du tout d'envie d'avoir mon sexe dans ta bouche.

Détectant l'hésitation sur mon visage, il s'empresse d'ajouter :

— Tu n'es pas obligée si tu n'en as pas envie.

Ce n'est pas l'envie qui manque… mais je crains d'être pitoyable.

Il est indéniable que nos niveaux d'expérience sont aussi opposés que le jour et la nuit.

Je ne veux pas d'une expérience qui mérite une note de 4, avec lui qui est habitué aux 8, minimum.

J'ai déjà visionné du porno. Ça n'a pas l'air si simple.

Néanmoins, je ne suis pas opposée au fait d'apprendre. Surtout si cela lui procure ne serait-ce qu'un peu du plaisir qu'il vient de m'offrir.

— Non, je veux…

— Je peux te poser une question ?

— Je t'écoute.

Je ne sais pas trop quoi faire de son expression.

— Jusqu'où es-tu allée, au plus loin ?

Mes joues s'empourprent.

— Je suis allée jusqu'en Floride avec mes parents, une fois.

Il fait une grimace.

— Sawyer, je ne cherche pas à t'humilier.

Je le sais, mais cela ne rend pas la conversation moins gênante.

— En troisième, Abbott Carney a mis sa langue dans ma bouche, et passé la main sous mon sweat.

Cole plisse les yeux.

— Je hais Abbott Carney.

Cette fois, j'éclate de rire.

— Tu ne le connais même pas. En vérité, il est d'une intelligence surhumaine. J'étais folle de lui, plus jeune, mais il était amoureux de Catherine, son ancienne baby-sitter. (Je hausse les épaules.) Nous étions de très bons amis… jusqu'au jour, où il a admis qu'il m'avait embrassée en s'imaginant qu'il le faisait avec ma sœur aînée.

Il se rembrunit.

— Quel connard.

Je remue la main.

— Bof, pas grave. Je m'en suis remise.

Sans compter qu'Abbott Carney est loin d'embrasser aussi bien que Colton.

Une lueur espiègle dans les yeux, il pose ma main sur son érection.

— Hormis ce gros nul d'Abbott Carney, je serai ton premier en tout ?

— Oui… non, dis-je, un souvenir rejaillissant.

C'est amusant comme le mental relègue au second plan les expériences traumatisantes qu'il est bon d'occulter.

Cole arque un sourcil.

— Je vais avoir besoin de précisions.

Je presse son membre à travers son pantalon dans l'espoir de détourner son attention. La dernière chose que je souhaite évoquer, c'est lui.

Encore moins maintenant.

— Cela n'a aucune importance, dis-je en descendant sur le lit. L'essentiel, c'est que je ne veux vraiment pas essayer ça.

Cole grimace.

— J'ai assez esquivé les questions pour reconnaître quelqu'un qui cache un truc. (Il relève mon menton.) Je ne te jugerai pas. Après tout ce que j'ai pu expérimenter par le passé, rien ne m'autorise à condamner ce que tu as fait de ton côté.

En temps normal, je serais d'accord. Toutefois, il y a toujours une exception à la règle.

Et hélas pour moi… je l'ai trouvée.

Ou plutôt… branlée. À deux reprises.

Je me déteste.

Je me redresse.

— Ne t'énerve pas. J'aurais probablement dû t'en parler plus tôt, mais le moment ne s'est pas présenté. Et pour être honnête, j'y pense rarement, et ça m'est sorti de la tête. Sortir avec lui était une err…

— Qui ?

— Crois-moi, il est préférable pour nous que tu ne saches pas. Ça te contrarierait. Comme j'ai essayé de te le dire, c'était une énorme erreur.

En fait, comparé à Cole et à la moitié des garçons présents dans le vestiaire ce jour-là, c'était une minuscule erreur mais il n'est pas nécessaire de le mentionner.

Cole semble sur le point de vomir.

— Oakley, c'est ça ? (Il se lève.) Je te jure que je vais le…

— Mais non. Je n'ai rien fait avec Oakley. Je marque une pause.) À part le baiser chez Christian.

Les frémissements de sa mâchoire me disent que cela n'a rien arrangé.

Il blêmit.

— Jace ?

— Non, dis-je en lui tapant l'épaule. Qu'est-ce qui ne tourne pas rond chez toi ? Je ne ferais jamais ça à Dylan.

Les mains sur les hanches, il hausse les épaules.

— À ma connaissance, ce sont les deux seuls garçons que je désapprouverais. (Il fait une drôle de tête.) Merde, pas Bianca…

— Oh ! mon Dieu, je m'exclame, exaspérée. Je ne sortirais jamais avec ton meilleur ami ni avec tes frères et sœurs. T'es bizarre, quand même.

— Alors, qui ? Qui est cet homme mystérieux dont tu refuses de…

— Tommy. C'était Tommy.

60

Cole

Cette saloperie de sous-merde.

J'avais déjà une bonne raison de le maudire, mais après avoir appris ce qu'il a fait à Sawyer – qu'il l'avait manipulée pour prendre son pied, puis joué au noble prince quand il a eu sa dose avec elle…

Sans mentir, cela ajoute un motif à la liste.

— Je suis désolée, chuchote-t-elle. C'était…

— Tu n'as pas de raison de l'être.

Elle ne devrait pas s'excuser. Si quelqu'un doit le faire, c'est lui. Heureusement qu'il a déménagé, sans quoi il ne respirerait bientôt plus.

Il va sans dire que l'instant est ruiné et mon érection, officiellement ramollie.

— J'ai les crocs, dis-je en marchant vers la porte. Je vais nous commander une pizza. Je reviens.

— Cole.

Je me retourne.

— Ouais ?

— Tu peux parler de lui… en fait, je pense que ça aiderait.

— Pourquoi veux-tu que j'aie envie de parler de Tom…

— De Liam, je voulais dire.

Aussi simplement que ça, la glace qui fondait autour de mon cœur recommence à geler.

Je la regarde de travers.

— Pour que ça marche entre nous, il y a trois règles.

Elle hausse un sourcil.

— Lesquelles ?

— Ne me mens plus jamais. Ne fais rien avec un autre type. Et ne mentionne plus Liam… jamais.

Le ton assassin dans ma voix exprime clairement que c'est sans appel.

— Je vais rentrer.

Je regarde son assiette. Elle a à peine touché à sa pizza.

Après la bombe Tommy lâchée un peu plus tôt, l'ambiance est quelque peu tendue entre nous.

Elle se penche pour ramasser son sac à main.

— Je travaille toute la journée demain. Je t'aurais bien proposé de passer mais… bon.

Je ne suis pas autorisé. Ce qui est hallucinant, selon moi.

Tout endroit qui m'empêche de voir Sawyer mérite d'être réduit en cendres.

— Passe le bonjour à Stone.

Je suis frappé par une pensée déchirante, purement fomentée par la jalousie.

— À moins que tu sortes avec lui aussi.

Je regrette mes mots à l'instant où ils effleurent mes lèvres. Trop tard.

Sawyer me dévisage déjà comme si j'étais la pire ordure.

Ce que je suis.

Elle inspire longuement, comme pour s'efforcer de garder son calme.

— Je ne peux pas… je n'ai littéralement pas les mots, Colton.

Je devrais présenter des excuses.
Elle n'a rien fait de mal.
C'est moi.
C'est toujours moi.

61

Cole

Je déteste la manière dont nous nous sommes quittés.

Mais, comme elle ne donne pas suite à mes SMS, elle l'aura bien cherché.

Remontant ma capuche, je prends ma respiration et escalade le flanc de sa maison. Je suis reconnaissant pour toutes ces années d'entraînements de foot éreintants qui m'ont maintenu en excellente condition physique, parce que escalader un mur n'est pas aussi aisé qu'il y paraît dans les films.

Par chance, sa fenêtre est restée entrouverte, ce qui me facilite grandement la tâche.

Je note dans ma tête de l'exhorter à la fermer après mon départ, parce qu'un pervers risque de s'introduire chez elle en pleine nuit.

En l'occurrence, celui qui se hisse en ce moment même vers sa chambre, c'est moi.

Suspendu au rebord d'une seule main, je remonte la fenêtre à guillotine de l'autre.

Le plus doucement possible, je me faufile à l'intérieur.

Les lumières sont éteintes, étant donné qu'il est plus de minuit mais, consterné, je m'aperçois qu'elle n'est pas là.

Quoi ? Son van se trouve dans l'allée.

Sortant mon téléphone, j'expédie un SMS.

Cole : Où es-tu ?

Le téléphone sur la table de chevet clignote.

Je suppose que cela explique pourquoi elle a ignoré mes deux précédents SMS.

Je suis sur le point de patienter sur son lit quand j'entends le léger cliquètement d'une serrure.

— Bonne nuit, papa. Je t'aime.

Merde. Son père n'est pas encore couché.

Dans la précipitation, je me glisse derrière la porte ouverte de sa penderie et m'accroupis.

Sans doute possible, si elle aperçoit l'ombre d'un individu tapi dans sa chambre, elle hurlera, et il accourra.

Pas question que j'offre à son père surprotecteur et conservateur le luxe de me buter.

Son parfum vanille-noix de coco submerge mes narines dès l'instant où elle entre.

Punaise, j'aime tellement son odeur.

Je me mords les phalanges en la découvrant en peignoir, les cheveux enroulés dans une serviette sur le sommet de la tête.

Ma queue gonfle. Fraîchement douchée.

J'aimerais qu'elle allume, pour mieux la voir, mais elle n'en fait rien.

Après avoir remis ses lunettes, elle se dirige vers sa commode et déplie un T-shirt ainsi qu'une culotte.

Mon érection se raffermit pendant qu'elle remonte le tissu en coton blanc sur ses jambes.

J'espère qu'ensuite, elle va ôter son peignoir, quand elle arrache la serviette de sa tête et pivote face au miroir au-dessus de sa commode.

Peu après, elle allume une lampe d'appoint et s'empare de son sèche-cheveux.

C'est maintenant ou jamais.

Me redressant, j'ouvre la porte de la penderie en même temps qu'elle met le sèche-cheveux en marche.

Toutefois, cela ne l'empêche pas de me repérer dans le miroir.

— Ne crie pas, dis-je en posant hâtivement la main sur sa bouche. C'est moi.

Je peux sentir la panique inonder son corps, alors qu'elle pose le sèche-cheveux, un son effrayé dans sa gorge.

Il faut quelques secondes à son cerveau pour recevoir le signal et, cela fait, elle m'écrase le pied avec son talon.

— T'es malade ? siffle-t-elle. Encore…

Elle est interrompue par des coups donnés sur la porte.

— Tout va bien, trésor ?

Elle se serre la poitrine.

— Très bien, papa. Juste une maladresse.

Il a un petit rire.

— Je vois. Je descends me coucher. Tâche de dormir.

— Fais de beaux rêves.

Elle attend que ses pas s'estompent pour parler.

— Pourquoi es-tu dans ma chambre ?

— Je n'ai pas aimé la façon dont on s'est séparés tout à l'heure.

Ses yeux s'écarquillent.

— Tu sais, il existe ces gadgets hyper astucieux, les téléphones.

— J'ai essayé de t'envoyer des messages, mais tu n'as pas répondu.

D'un geste, elle se désigne de la tête aux pieds.

— J'étais plongée dans un bain moussant, espèce de…

Elle n'a pas l'occasion de terminer, parce que je franchis la distance entre nous et l'embrasse.

Comme toujours, elle oppose une résistance.

Pressant sa fesse à pleine main, je contourne sa lèvre avec ma langue pour réclamer l'accès à sa bouche.

Devant son refus, je suce et mords sa lèvre inférieure et la plaque contre le mur.

La grosseur dans mon pantalon s'amplifie quand elle me mord en retour.

Elle fulmine.

Peut-être qu'elle a juste besoin d'un exutoire.

Elle a de la chance, je connais la solution idéale.

— C'est bon, dis-je en massant son sein à travers son peignoir. Fais-moi payer.

Cette fois, quand je l'embrasse, c'est du pur venin.

Elle mord ma langue si durement que je grogne, pendant que ses ongles s'enfoncent dans mon cuir chevelu.

— Va te faire foutre, murmure-t-elle.

La main sous son peignoir, je lui pince le sein.

— Ne me tente pas, Bigote, je l'avertis en posant ma bouche dans son cou.

Comme sa poitrine, il abrite un point sensible.

Je suce sa chair avec suffisamment de ferveur pour laisser des marques.

Bien. Elle m'a aussi laissé des traces.

— Rentre chez toi, dit-elle dans un chuchotement essoufflé.

N'y compte pas.

— Toi et moi savons que ce n'est pas ton souhait.

Je dénoue sa ceinture, écarte les pans de son peignoir et expose ses seins.

— De toute façon, même si j'essayais, je ne pourrais pas rester loin de toi. (Elle souffle quand je lèche son téton.) Mais je pense que tu aimes secrètement mon obsession pour toi.

Gémissant, elle ferme les yeux.

— Tu es sacrément têtu.

— Et tu adores ça, dis-je, provocant, avant de refermer la bouche autour de son mamelon dressé.

Elle pousse un petit geignement quand mon pouce retrace le pli de sa petite culotte.

Je m'apprête à plonger un doigt en elle mais elle se remet à planter ses ongles dans mon crâne.

— Écoute, je suis avec toi, Colton. Totalement. Mais si tu m'agresses encore une fois, je te colle un sérieux coup de pied bien placé, du genre qui te causera des dommages permanents. On est d'accord ?

Ses yeux noirs sont incandescents comme du charbon.

— Compris.

Je ne veux pas tout foutre en l'air avec elle.

Elle prend une inspiration chevrotante.

— Bien.

Elle indique la fenêtre ouverte d'un geste du menton.

— Il est tard, et je me lève de bonne heure pour bosser.

Je recule.

— Je m'en vais… si c'est ce que tu veux vraiment.

Hochant la tête, elle noue sa ceinture.

— C'est probablement mieux.

Pas d'accord.

Je me dirige vers sa fenêtre quand une idée surgit.

Je suis encore tellement excité que même cinquante douches froides ne m'apaiseraient pas.

Elle l'est sûrement autant que moi.

— Tu vas te toucher ?

J'entends sa respiration se bloquer.

— Comment ?

Même sans la regarder, je sais qu'elle rougit.

Je me retourne.

— Quand je serai parti, tu vas te caresser ?

— C'est…

— Extrêmement personnel ? dis-je, moqueur en marchant vers elle. Bien. Sois personnelle avec moi.

— Je…

En un tournemain, je l'attire contre moi.

— Ne raconte pas n'importe quoi, Church. Je suis ton vrai copain maintenant.

Son vrai copain chaud bouillant.

De nouveau, la flamme renaît dans ses yeux, et j'adore ça.

— D'accord, j'allais me caresser, admet-elle avec un sourire en coin. Possiblement avec deux doigts cette fois.

Je ne peux pas nier que son insolence me fait bander de plus belle.

— Ah ouais ?

— Ouais, dit-elle et, se mordant la lèvre avec pudeur, elle me tapote la joue. Hélas pour toi, seuls les bons garçons sont autorisés à assister au spectacle.

Tout mon sang afflue vers ma queue.

En général, j'adore qu'elle me résiste un peu… mais ce soir, je suis sans scrupule, je prends tout ce qui m'appartient.

Un bras autour de sa taille, je presse mes lèvres sur les siennes. Juste avant de la pencher sur le lit et de lui claquer les fesses.

— Hélas pour toi, je n'ai jamais été un bon garçon.

Remontant la main sous son peignoir, je saisis son sexe dans ma paume. Son sous-vêtement en coton est tout humide.

— Mais, bon, ça n'a pas l'air de te déplaire.

— Cole…

Je dénoue sa ceinture et laisse tomber son peignoir sur le sol.

— Dis-moi que tu n'en as pas envie, et je disparais.

C'est un mensonge. Je ne partirai pas, mais je cesserai de la toucher. Même si cela pourrait clairement me tuer.

— Non. J'allais juste te demander de fermer à clé.

Je me penche et chuchote :

— Pourquoi ? Tu crains que tes parents nous surprennent ?

Je glisse les doigts sous sa culotte et l'abaisse.

— Et me voient profiter de leur fille gentille, si douce, dis-je en caressant sa vulve.

Une phalange en elle, je grogne. L'angle la fait se resserrer un peu plus.

— Et innocente.

Un petit gémissement lui échappe, à mesure que j'enfonce mon doigt.

— Imagine que c'est ma queue qui te pénètre, dis-je, mon doigt allant et venant en elle. Comme ce serait bon.

Le bras tendu en arrière, elle caresse mon érection.

— Sors-la.

Le risque est que je m'engouffre en elle. Or, je sais qu'elle n'est pas encore prête.

Je suis sur le point de refuser quand elle tire sur la taille de mon pantalon de jogging. Comme je ne porte pas de sous-vêtement, mon sexe jaillit à l'air libre en tapant sous mon nombril.

— J'ai envie de te toucher, chuchote-t-elle en m'enveloppant dans sa main.

Je serre les dents. Le besoin impérieux de remuer les hanches est trop puissant pour être ignoré. Mon gland ne se trouve qu'à quelques centimètres de son sexe, il ne faudrait pas grand-chose pour provoquer la perte de sa virginité.

Frissonnant, je pose la main sur la sienne.

— Il faut que tu arrêtes.

Je ne pense pas qu'elle sache à quel point j'ai envie d'elle. Ce qu'il m'en coûte de me retenir de la pénétrer.

Surtout que son sexe s'offre à moi comme un buffet.

C'est attirant… mais aussi une douce torture.

Je perçois la déception dans sa voix.

— Pourquoi ?

Je remue les doigts en elle.

— Sans cela, il y a deux possibilités. La première, j'attendrai de recouvrer mes esprits à l'autre bout de la chambre. La seconde, je te baiserai comme un fou, Church.

— Oh ! elle souffle avant de respirer en tremblant. Dans ce cas, je… suis désolée ?

Je m'agenouille.

— Faut pas. Tu vas te faire pardonner.

— De quelle façon ?

— En me laissant dévorer ta petite chatte.

Dès que ma langue darde vers elle pour la goûter, elle émet un son étranglé.

— Oh putain.

Comme je ne peux pas la pénétrer avec mon sexe, à la place, j'écarte ses lèvres et la baise avec ma langue. La lèche avec avidité.

— Masse ton clito pour moi. Je veux goûter ton jus.

Elle hésite un instant, puis se met à pétrir son bourgeon gorgé de désir.

Sa respiration devient plus saccadée alors que je plonge la langue en elle et lape son excitation.

Elle appuie son sexe sur mon visage.

— Oh ! oui, n'arrête pas.

Mince, à ce stade, même la mort ne saurait m'arracher à elle.

J'accentue mes mouvements, le visage enfoui dans son humidité.

Sawyer perd la tête, son bassin pris de soubresauts.

— Je vais jouir.

D'épaisses gouttes de liquide s'accumulant sur mon gland, je me caresse langoureusement de ma main libre pour me soulager un peu.

— Oh mon Dieu, bébé. Ça y est, gémit Sawyer, cramponnée aux draps.

Bébé ? Bon, d'accord.

Elle se contracte autour de ma langue, si fort qu'un instant je crains qu'elle ne me l'arrache de la bouche.

Son corps s'affaisse sur le lit, et elle se met à haleter.

— La vache… c'était intense.

Nettement mieux que « confortable ».

Dommage que je ne puisse pas en dire autant de mon érection misérablement insatisfaite.

Je grommelle, pendant qu'elle reprend son souffle.

— Tu te souviens de la proposition que j'ai déclinée ?

— Ouais.

— J'ai changé d'avis. J'ai besoin que tu touches mon sexe.

Et vite.

Je jure qu'elle rit quand elle repose la main sur mon érection.

— Bouge pas, lui dis-je.

Tournant la tête, elle me regarde par-dessus son épaule. Putain de merde. Une fois encore, elle n'a pas conscience d'être sublime et sexy.

— Tout va bien ?

— Ouais. Juste besoin de moiteur.

Je replonge un doigt en elle et étale son fluide sur mon érection.

Elle m'observe, le regard voilé de curiosité.

Son intérêt m'excite au plus haut point.

Je guide sa main sur mon sexe.

— Bien mieux.

Elle commence doucement.

— Si je te dis quelque chose, tu me promets de ne pas fanfaronner ?

Sûrement pas. Je lui fais un grand sourire.

— Non. Mais dis toujours. J'aime les compliments.

Elle soupire.

— Tu as une très belle queue.

Ma réplique insolente meurt dans ma gorge sitôt qu'elle entreprend de me caresser avec vigueur.

Elle sait y faire.

D'habitude, les branlettes sont l'équivalent d'un hamburger consommé au restaurant. On préférerait un steak, mais bon, c'est tout de même du bœuf, alors on ne peut pas trop se plaindre.

Cependant, ce que fait Sawyer est… phénoménal.

Une pression parfaite. Un rythme délicieusement régulier. J'attribue un dix sur dix à sa technique.

Sans omettre la vue spectaculaire sur ses fesses galbées et sa chatte irréprochable. Un bonus indiscutable.

Mes précieuses m'alertent d'un picotement.

— Putain. Où je peux jouir ?

— Où tu veux.

Un plaisir incandescent crépite dans mon dos, sa main me pompant plus énergiquement.

Grognant, je presse ses fesses puis les écarte.

Surprise, elle sursaute mais c'est trop tard. Mon sperme jaillit déjà en épais filets chauds sur ses fesses et son sexe.

Sans réfléchir, j'en étale en elle avec mon doigt.

L'expression sur son visage combine le choc et l'excitation.

— Tu n'as pas…

Inutile de nier, je l'ai fait.

— Si.

En toute franchise, il ne faut pas dire à un homme d'éjaculer là où il veut si on ne le pense pas sérieusement.

Je me prépare à ce qu'elle hurle, mais ce qu'elle dit ensuite est bien pire.

— Je prends la pilule. Ça devrait aller, non ?

Là, je suis nerveux. Sawyer est ma version d'une sainte, et de tout ce qu'il y a de bon dans ce monde. Cela dit, je n'ambitionne pas d'engendrer la prochaine immaculée conception.

Le fait que la situation repose sur mes connaissances en la matière est… flippant.

Soudain, mes poumons ne semblent pas fonctionner aussi bien qu'une minute plus tôt.

— Tu la prends régulièrement ?

Hochant la tête, elle se lève.

— Ouais. Jamais loupé une seule.

Ma magnifique, intelligente, sexy et responsable Bigote.

Tout se remet en place dans le monde.

J'ai l'impression de pouvoir inspirer.

— Alors pas d'inquiétude.

Elle ramasse son peignoir.

— Je vais… me rafraîchir. Je reviens.

Je devrais certainement réserver un Uber pour rentrer, mais je ne veux pas partir sans lui dire au revoir.

Pris d'un coup de fatigue, je bâille.

Délaçant mes chaussures, je me glisse dans son lit.

Juste un petit somme, le temps qu'elle revienne.

62

Sawyer

Le soleil qui pointe par une fente entre mes rideaux me tire du sommeil.

La première chose que je vois au réveil, c'est le splendide visage endormi de Cole.

Il dormait à poings fermés, et il était impossible de le faire bouger quand j'ai regagné ma chambre cette nuit. Du coup, j'ai décidé de ne pas le déranger.

Entre le match de championnat et tout le reste… il était sûrement claqué.

Comme s'il sentait mon regard, il ouvre les yeux.

— Bonjour.

— Bonjour, répond une voix qui sonne comme celle de mon père.

Nous nous redressons d'un bond.

— Papa, que…

— Pas de ça avec moi, jeune femme, déclare-t-il, le regard fixé sur Cole. Que fais-tu dans le lit de ma fille ?

— Je dormais, répond Cole d'un ton neutre.

Papa n'est pas amusé.

— Jolene, ma carabine ! aboie-t-il.

Les yeux de Cole s'arrondissent.

— Ne faites pas ça, Jolene. (Je lui flanque une tape sur le bras.) Pardon, madame Church.

Je le frappe plus fort pour qu'il la boucle.

Maman se glisse dans ma chambre, en peignoir, des bigoudis dans les cheveux.

— Que se passe-t-il ?

Elle découvre Cole et verdit.

— Oh ! c'est pas vrai. (Serrant son peignoir, elle me regarde.) Sawyer Grace, une explication ?

Je commence à parler mais mon père s'interpose.

— C'est le garçon que tu apprécies tant. (Le visage rouge de colère, il pointe le doigt sur Cole.) Dans le lit de ma fille.

Maman soupire.

— Je le vois bien, Dan. Je ne suis pas aveugle.

— Je t'avais prévenue que ça arriverait, s'écrie mon père. Je t'avais dit que c'était une mauvaise fréquentation. (Il désigne de nouveau Cole.) La mauvaise fréquentation dort dans son lit à présent.

— Je sais l'impression que ça donne, déclare Cole. Mais je vous assure que nous n'avons pas eu de relation sexuelle cette nuit.

L'effroi sur le visage de mes parents montre qu'ils ne l'avaient même pas envisagé… avant que Cole n'ouvre son clapet.

— Je l'espère bien, dit ma mère. Je ne sais pas quel genre de filles vous fréquentez, jeune homme, mais notre Sawyer a été élevée pour devenir une dame convenable.

— Ne te tracasse pas, dit mon père en faisant un immense pas vers nous. Ce garçon ne fréquentera plus grand monde une fois que j'en aurai fini avec lui.

Oh ! Seigneur.

— Papa, calme-toi. (Je me masse les tempes pour atténuer une migraine naissante.) Tout le monde, stop.

Je rejette les draps et me repousse du lit. Je suis soudain reconnaissante d'avoir pensé à enfiler un pyjama.

— Cole est venu me voir hier soir. Il avait besoin d'un coup de main sur un projet scolaire.

Je déteste mentir à mes parents, mais je n'ai pas tellement le choix.

Ils péteraient les plombs si je leur annonçais qu'il était entré en douce par la fenêtre et avait donné à leur fille convenable l'orgasme le plus inouï de sa vie.

— Quel genre de projet scolaire ? me demande ma mère.

— En maths… dit Cole mais je le regarde de travers.

Depuis quand les maths font-elles l'objet de projets ?

— Elles sont essentielles dans notre projet de science, ajoute-t-il.

Il devrait me laisser mentir.

Mes parents ne sont pas dupes.

— Voyons ce projet de science mathématique, exige mon père.

— Impossible.

Cole jette un regard vers la fenêtre comme s'il s'agissait de sa bouée de sauvetage.

— Il est top secret. Si nous le montrons trop tôt à qui que ce soit, cela risque d'impacter les résultats cliniques.

— Jeune homme, ai-je l'air d'être né hier ?

— Non, répond Cole. Vous n'avez pas du tout l'air d'être né hier.

Ma mère se masse le front.

— Sawyer Grace, tu connais les règles. Pas de garçons dans ta chambre.

— Je sais… mais il avait besoin d'aide. (Mes mains trouvent mes hanches.) Sans compter que j'ai dix-huit ans maintenant.

Ils me traitent comme une gamine de dix ans qui tremperait dans un gang. Je suis si lasse d'être sous leur coupe, de ne jamais pouvoir respirer ou faire mes propres choix.

Puisqu'ils aiment tellement plus Catherine, il conviendrait qu'ils fassent la route jusqu'à Brown pour l'enquiquiner à ma place, un petit moment.

— Dix-huit ans, ce n'est qu'un nombre, jeune fille, gronde mon père. Ma maison : mes règles. (La déception altère son regard.) Tu es punie pendant deux mois. (Il désigne Cole.) Et toi, je t'accorde deux secondes pour dégager avant que je te pète les deux jambes.

La colère stimule mon pouls.

— Tu ne peux pas me punir. Je suis adulte.

Sans oublier que je n'ai jamais été consignée de toute ma vie.

Il se montre du pouce.

— Bien sûr que je peux. C'est moi le parent. Par conséquent, je dicte les règles.

— Tu n'es pas l'unique parent.

Je regarde ma mère. Je n'ai jamais cherché à les monter l'un contre l'autre mais, aux grands maux, les grands remèdes.

— Il n'est pas raisonnable.

La compassion illumine son regard.

— Dan, elle a raison. Sawyer n'a jamais rien fait de ce genre. En fait, je n'ai pas souvenir qu'elle nous ait causé le moindre ennui. (Elle soupire.) Elle a enfin une vie sociale, elle se fait des amis. Ce n'est pas correct de l'en priver.

— Entièrement d'accord, glisse Cole, inutilement, en enfilant ses chaussures. Je peux vous assurer que votre fille est une très bonne personne.

Ce n'est pas un simple sous-entendu. Il veut se faire tuer, ma parole.

— Fous-moi le camp ! vocifère mon père.

Cole se penche pour m'embrasser mais papa s'éclaircit la voix.

— Je t'appelle plus tard, dit-il avant d'enjamber la fenêtre.

— Je ne pense pas, conteste mon père. Dorénavant, Sawyer n'a plus de téléphone.

Il a perdu l'esprit.

— Je paie mes factures. Tu ne peux pas me le confisquer.

— Ma maison ! rugit papa. Mon téléphone.

Il abuse.

Je me tourne vers ma mère.

— Maman, fais quelque chose. Ton mari se comporte comme un psychopathe. Bientôt, il m'interdira d'aller en cours et de travailler.

Il désigne la fenêtre, par laquelle Cole s'est enfin échappé.

— Si tu as l'intention de retrouver ce garçon, tu peux dire adieu à tout cela.

Je suis persuadée qu'un démon a pris possession de mon père.

— Tu t'entends parler ?

— Ne lui confisque pas son téléphone, Dan, mugit ma mère. Et tu ne lui interdiras pas d'étudier ni de travailler. Quelle mouche t'a piquée ?

— Ce garçon… crie mon père avant que le fil qui me retient encore ne craque.

Je ne l'ai pas mis face à ce qu'il a dit à Cole, parce que c'est trop douloureux.

— Au moins, ce garçon n'a pas traité sa fille de grosse derrière son dos, comme toi, devant la maison.

Ma mère en reste bouche bée.

La tristesse s'imprime sur le visage de mon père.

— Je n'ai pas…

— Je t'ai entendu le lui dire. Chaque mot, martelé-je, les yeux inondés de larmes. De la part de maman, ça ne m'aurait pas étonnée… mais toi ? Enfin, papa, ça m'a fait une peine immense.

La culpabilité colore ses traits.

— Sawyer, tu sais que je te trouve belle.

Mensonge. Que des mensonges.

— Ouais, belle pour une obèse.

— Ce n'est pas ce que j'ai voulu dire.

— Alors que voulais-tu dire ? Ce que j'ai entendu donnait l'impression que, pour toi, quelqu'un comme Cole ne pouvait pas s'intéresser à une obèse dans mon genre.

— J'essayais juste de te protéger, trésor.

— Contre quoi ? Quelqu'un qui te rembarre quand tu as tort ? Quelqu'un qui tient véritablement à moi ?

Ses mâchoires se contractent.

— Je ne pense pas que cela s'applique à lui.

— Comment le saurais-tu ? Oh ! j'oubliais… parce que tu as été footballeur, donc automatiquement, cela signifie que Cole est néfaste. (Je tends le doigt vers la fenêtre.) Sauf qu'il ne l'est pas. Il vaut tellement mieux que tu ne le penses. (Bras croisés, je lui assène un regard noir.) Punis-moi autant que tu veux, je ne cesserai pas de le voir. Je déménagerai avant que cela se concrétise.

Il reste coi.

Je me dirige vers ma commode.

— Si vous voulez bien m'excuser, je dois me préparer pour aller travailler.

L'accablement emplit son regard.

— Sawyer…

Je regarde ma mère.

— Suis-je consignée, maman ?

Elle secoue la tête.

— Non.

— Bien. Alors je rentre tard ce soir. (Je fusille mon père du regard.) Je vais chez mon copain après le travail, vu que manifestement il n'est pas le bienvenu ici.

63

Sawyer

— Dis donc, s'exclame Bianca à voix basse. Quel est ton secret ? Quoi que tu aies fait, c'est efficace.

Je tente, en vain, de dissimuler mon sourire.

Ma relation avec Cole est officielle depuis un mois et, en si peu de temps, j'ai fondu de cinq kilos supplémentaires.

Maman est tellement ravie qu'elle a suggéré une virée shopping, assortie d'une journée entre filles, le week-end prochain.

Nous n'avons jamais partagé une journée à deux… c'était plutôt son truc avec Catherine.

Je hausse nonchalamment les épaules.

— Rien d'exceptionnel. Juste un petit régime faible en glucides.

— Eh bien continue. D'après les bruits de couloir, Casey est verte de jalousie que tu lui ais chipé son trône au royaume.

— Un trône au royaume ?

— Reine de la RHA, patate.

— Je ne te suis pas.

Elle lève les yeux au ciel.

— Cole demeure le garçon le plus convoité du lycée. Surtout maintenant qu'il est amoureux d'une paysanne. Curieusement, tout le monde le désire plus que jamais à présent. (Elle titille ses cuticules.) Bref, étant donné que tu es la fille à son bras désormais, cela fait officiellement de toi la nouvelle reine. (Elle plisse le nez.) Jusqu'à la prochaine, en tout cas.

Cela ne me satisfait pas du tout.

— Je n'ai pas envie d'être reine.

— Trop tard, dit-elle en se repoudrant le nez devant un miroir de poche pris dans son sac. Sérieusement, je ne vois pas où est le problème. Après les vacheries qu'ils t'ont fait subir, autant que tu savoures. (Elle murmure ensuite :) Et profites-en pour arranger tes cheveux et ton maquillage. (Elle referme le miroir dans un claquement.) La reine se doit de maintenir les apparences, après tout. (Elle m'envoie un baiser.) À plus…

— Yo, intervient Oakley, qui approche de mon casier. Tu as une minute ?

— Pour un parasite dans ton genre ? Jamais, réplique Bianca.

— Garde tes foudres pour quelqu'un qui y sera sensible, bébé Satan. Je m'adressais à Sawyer.

Bianca dresse son majeur et le lèche.

— Tu es jaloux parce que ton ex a déclaré que ma chatte avait meilleur goût que ta queue.

Et ça recommence.

Les mâchoires d'Oakley se crispent.

— Avant ou après qu'elle m'ait sucé hier soir ?

Bianca vacille.

— Comment ?

— Tu m'as entendu, dit-il avec un sourire malicieux. Disons que sa bouche ne s'est pas contentée de tirer sur mon joint, quand elle est passée me voir.

— Tu mens, dit-elle sans grande conviction.

Il fait claquer sa langue.

— Tu veux une preuve ? (Il fait signe à Morgan d'approcher.) Hé, poupée. Viens faire un câlin à ton pote.

Morgan accourt presque.

— Tout baigne ?

Il enroule son bras autour d'elle.

— Raconte à Bianca comme on s'est éclatés tous les trois, avec Hayley, hier soir.

Les joues en feu, Morgan jette des regards autour d'elle.

— T'es pas bien, Oak ? Tu avais promis que ça resterait entre nous.

— Zut, t'as raison. Désolé.

Il pose un baiser sur sa joue, en lançant des regards appuyés à Bianca. Pestant, Morgan s'évapore.

Bianca commence à parler mais Oakley se penche, et chuchote.

— Continue à te foutre de moi, petite. Si tu l'oses.

Le regard qu'elle lui assène pourrait tuer un cadavre.

— Défi accepté.

— C'est quoi cette embrouille, entre vous deux ? je chuchote une fois qu'elle est partie.

— Rien, dit-il, renfrogné. Mais quelqu'un devrait rendre service à la terre entière et enfermer cette fêlée dans une cellule capitonnée jusqu'à ce qu'elle apprenne à la jouer réglo. (Il expire nerveusement.) Bref, j'ai ta commande. Retrouve-moi sur le parking après les cours.

— Que faisais-tu dans la voiture d'Oakley ?

Je sursaute au son de la voix de Cole. J'ignorais qu'il patientait de l'autre côté de mon van.

— Pardon ?

— Tu es allée directement à la voiture d'Oakley, au lieu de la tienne, en sortant. Pourquoi ?

Merde.

— Je lui ai prêté mes cours.

— Je croyais que tu venais lui donner un cours, dans la soirée. Pourquoi ne pas lui prêter à ce moment-là ?

Je déteste cet air dans ses yeux. Comme s'il ne me faisait pas confiance.

— C'est quoi, cette inquisition ?

La sévérité dans sa voix s'estompe.

— J'ai… zut. Tu as raison.

Refermant la distance entre nous, je noue mes bras autour de son cou.

— Tu sais que je ne te ferais jamais de mal.

Il appuie son front contre le mien.

— Ouais, j'ai juste…

Il ne va pas au bout de sa phrase.

— Tu n'as aucune raison d'être jaloux, Colton.

— Crois-moi, j'ai toutes les raisons de l'être.

Le visage dans mon cou, il me hume.

— Tu es addictive, Bigote. (Ses dents mordillent ma peau.) Mais tu es *mon* addiction.

Mes yeux se ferment en cillant.

— Tu es mon addiction aussi.

64

Cole

Je sors de mon Uber et entre dans l'église.

Sawyer était censée me retrouver chez moi, après le cours de soutien qu'elle a donné à Oakley. Mais elle a annulé à la dernière minute.

Auprès de nous deux.

Comme c'est le soir de son truc de jeunes, j'espère qu'il ne lui est rien arrivé de grave.

Il n'y a qu'un seul moyen de le découvrir.

C'est le désert quand j'arrive.

À l'exception d'un vieil homme, devant l'autel.

Ce qui n'apaise pas le mauvais pressentiment qui me remue les tripes.

— Excusez-moi. À tout hasard, vous ne sauriez pas où est Sawyer ?

Je ne sais pas comment interpréter son expression.

— Elle est en bas.

Je commence à m'éloigner quand il m'arrête.

— Sans vouloir être impoli, qui êtes-vous ?

Je lève un sourcil. Qui je suis est sans importance. M'assurer que Sawyer va bien est tout ce qui compte.

— Et vous, qui êtes-vous ?

Ses lèvres frémissent.

— Je suis le pasteur adjoint de cette église. (Un silence.) Je suis aussi le grand-père de Sawyer.

Eh merde.

Il semblerait que les membres masculins de sa famille en ont après moi.

Je tends le bras vers lui.

— Je suis le petit ami de Sawyer.

Il me donne une poignée de main.

— J'ignorais l'existence d'un petit ami.

Je ne sais pas pourquoi ça m'agace autant.

— C'est assez récent, quelques semaines.

Il examine mon visage.

— Je vois.

Moi aussi.

Je vois clairement qu'il n'apprécie pas tellement que je sorte avec sa petite-fille.

Dommage pour lui.

— À moins que vous ne soyez faux-cul et, soyons réalistes, la plupart des gens le sont, il me semblait qu'un homme d'église était supposé aimer tout le monde.

Il a un petit rire.

— Elle m'avait prévenu que vous étiez insolent.

Je suis perdu.

— Pourtant vous avez dit…

— J'ai dit qu'on ne m'avait pas informé qu'elle avait un petit ami. Pas qu'elle ne m'avait pas parlé de vous.

— Oh ! je vois.

Le coin de ses yeux se plisse.

— Voyez-vous où mènent les suppositions ?

— Si vous comptez me sermonner…

— Voulez-vous un sermon ?

— Pas particulièrement.

— Alors je m'abstiendrai. (Il m'observe avec curiosité.) Je n'ai qu'une question.

— Laquelle ?

— Sawyer vous énerve-t-elle, parfois ?

Étrange question. Je devrais éluder, sauf que je ne suis pas venu pour l'impressionner.

Je suis venu voir ma copine.

— Souvent, pour tout vous dire. Elle me rend fou, même, la plupart du temps. Mais elle me rend aussi heureux. Hyper heureux. C'est le plus important.

Je m'attends à ce qu'il désapprouve mais il n'en fait rien.

Il me presse l'épaule.

— Vous avez terminé sur une note positive. Un bon point pour vous, jeune homme.

Terminé sur une note positive ?

— Qu'est-ce que cela signifie ? je demande pendant qu'il m'entraîne vers le bas-côté.

Il a de nouveau ce petit rire.

— Demandez à votre petite amie.

Je descends les marches quand je perçois la voix de Sawyer.

Ainsi qu'une voix masculine.

— Je ne peux pas garder ça pour moi, Oliver.

Oliver ? Qui est cet Oliver ?

Un affreux sentiment germe dans mon torse.

Je le savais. Je savais qu'avec Sawyer c'était trop beau pour être vrai, et que tôt ou tard elle s'en irait là où l'herbe est plus verte.

Sa voix n'est plus qu'un murmure.

— Laisse-moi t'aider.

L'aider ?

— Tu ne peux pas, proteste Oliver. Crois-moi, ça ne ferait qu'aggraver les choses, ma belle.

— Je ne vais pas te laisser y retourner, il recommencerait.

— Laisse tomber, Sawyer, dit le gars d'une voix étranglée. Désolé de t'avoir entraîné dans mes histoires.

— Ne sois jamais désolé, dit-elle. Personne ne mérite ça. Tu as le droit d'aimer qui tu veux.

Des sanglots étouffés s'infiltrent dans mes oreilles.

— Il a dit que j'irais en enfer si j'étais une tapette.

— Ce n'est pas vrai, réplique Sawyer. Dieu ne punit pas les gens parce qu'ils aiment.

Le gars renifle.

— Tu es sûre ?

— Certaine. (Elle s'éclaircit la voix.) Mais tu dois me laisser t'aider à te sortir de ce mauvais pas, Oliver. Je ne peux pas permettre qu'il s'en prenne encore à toi.

— Je ne fêterai mes dix-huit ans que dans une semaine. Il appellera la police, et ils me renverront avec lui.

— Alors tu dois loger ailleurs, en lieu sûr. Je peux demander à mes parents. Et si tu ne veux pas vivre avec nous, ma meilleure amie Dylan et son copain ont une chambre d'amis…

— Non, merci, je peux m'installer chez mon copain et sa mère. (Il pousse un souffle tremblotant.) Mais je n'ai pas d'affaires, et j'ai peur de rentrer les chercher… il me… tu sais.

Tabasserait encore.

— Je t'accompagnerai, dit Sawyer. Après cela, je te conduirai chez ton petit ami.

Il faudra me passer sur le corps.

Parvenu au pied de l'escalier, je surgis dans la pièce où ils sont blottis, sur le sol.

— J'irai.

J'aimerais voir ce connard poser ne serait-ce qu'un doigt sur eux.

Le gars qu'enlace Sawyer relève la tête. Il a deux cocards, le nez en sang, et une lèvre fendue.

Seigneur.

Je peux concevoir qu'un parent ne soit pas toujours d'accord avec son enfant, mais le bastonner parce qu'il est homo ?

Ce genre de conneries n'a aucun sens pour moi.

— Qui es-tu ?

— C'est mon petit ami, répond Sawyer, les yeux élargis. Que fais-tu ici ?

Je fais un pas de plus vers eux.

— Je…

— Ton petit ami ? répète Oliver. Eh bien.

Sawyer a un petit sourire.

— Tu valides, c'est ça ?

— Carrément. (Il indique le plafond.) Notre Seigneur t'a bénie, chérie. (Son regard redescend sur elle.) Je veux tout savoir sur ta rencontre avec ce splendide spécimen.

J'enfonce les mains dans les poches de mon jean, vu qu'à l'évidence, je ne suis pas inclus dans la conversation.

Elle rit.

— Et si je te racontais tous les détails après qu'on aura récupéré tes affaires ? (Se relevant, elle l'aide à se redresser.) Ça marche ?

— Affaire conclue. (Il me tend la main.) Mon chevalier en armure brillante a un nom ?

Ce mec a le sens de l'humour.

— Cole.

— Il était temps que tu ramènes une fille à la maison, bafouille un ivrogne.

— Sawyer est mon amie. Elle m'aide à emporter quelques affaires, l'informe Oliver.

— Tes affaires ? Tu te figures que tu vas te tirer, petite pédale ? Voyons jusqu'où tu iras une fois que je…

Et c'est là que j'interviens.

— Ne posez rien qu'un doigt sur lui et je vous les pète tous, enfoiré.

Les yeux écarquillés, il ne se laisse pas démonter.

— Qui êtes-vous ? (Il s'adresse à Oliver.) Que je devine, c'est aussi une tantouse.

— Hé, se met à crier Sawyer.

Je le saisis par la chemise.

— Je suis le type qui va te réduire en bouillie si tu continues de la ramener.

Je regarde Oliver et Sawyer.

— Prenez ses affaires.

— Vous ne voulez vraiment pas rester un peu ? demande le petit ami d'Oliver. Il fait un temps épouvantable.

Il n'a pas tort. Il pleut rarement en Californie… sauf ce soir, évidemment.

Il pleut des cordes.

Je m'empare des clés de Sawyer.

— Je la reconduis au chaud.

Oliver sourit.

— Merci de…

— Inutile de nous remercier, dit-elle en l'étreignant. Je t'appelle demain, d'accord ?

— T'as intérêt.

Sur le parking de l'immeuble, je lui prends la main. Puis, sous un ciel qui déverse des trombes d'eau, nous piquons un sprint.

À quelques pas du van, Sawyer dit, la gorge serrée.

— Cole.

— Je sais. La météo…

Elle m'embrasse.

L'averse perd alors toute importance.

Son baiser recèle tant de passion qu'il soulève un grognement éraillé dans le fond de ma gorge.

Ce qui la rend encore plus fougueuse. Elle me plaque contre le flanc du van.

Je ne saurais dire ce qui justifie cela, mais je ne vais sûrement pas l'arrêter.

Sa bouche s'aventure dans mon cou.

— Ce que tu as fait pour Oliver… tu es formidable.

Je ne sais pas de quoi elle parle. Je n'ai pas fait grand-chose.

En vérité, c'est elle qui a tout fait. Je n'ai apporté que les muscles.

Pour autant, je ne suis pas idiot. Si elle veut m'inonder de compliments pendant qu'elle…

Et voilà que je bande.

— Monte, je grogne pendant qu'elle me pétrit à travers mon jean trempé. Vite.

L'averse s'est réduite à une pluie fine et, en roulant vite, je l'aurai chez moi dans moins d'un quart d'heure.

Elle s'empresse de monter du côté passager. Ahuri, et pour le plus grand plaisir de mon sexe, quand je m'installe au volant, je la trouve déboutonnant son cardigan.

Comme toujours, cette fille déborde de surprises.

Je presse son sein.

— J'ai encore envie de les baiser.

Elle murmure, la tête appuyée sur le siège.

— D'abord ta bouche.

Si une bonne action la met dans tous ses états, je vais devenir saint.

Sans perdre un instant, j'abaisse son soutif et pince son mamelon entre mes lèvres.

Elle se met à gémir… puis s'immobilise.

— Attends. Arrête. Quelqu'un nous épie.

Fatalement, quand je lance un coup d'œil à l'extérieur, je repère un type qui fume une cigarette sous l'auvent de sa terrasse.

Et qui nous observe.

Sawyer cache sa poitrine sous son gilet.

— Je n'en reviens pas qu'il…

— Pose les mains sur le tableau de bord.

— Pardon ? Pourquoi ?

Je lèche sa gorge.

— Fais-moi confiance.

— Que fais…

Elle déglutit quand je glisse la main sous sa jupe. Ces jupes longues qui masquent ses rondeurs m'agacent habituellement. Cependant, elles sont super pratiques pour ce que je m'apprête à faire.

— Il nous mate parce que tu es belle, dis-je, ma main remontant sur sa cuisse. Et il a envie de toi.

Elle lève les yeux au ciel.

— Tu parles…

Plongeant la tête dans son décolleté, je titille son sein à travers son pull.

— Mais il ne peut pas t'avoir, n'est-ce pas ?

Le regard assombri par le désir, elle secoue la tête.

— Non.

J'effleure la zone humide de sa petite culotte.

— Pourquoi ?

Elle sait ce que je veux entendre. Ce que j'ai besoin d'entendre.

Elle entrouvre légèrement les cuisses.

— Parce que je suis à toi.

— Exact, dis-je, et j'abaisse sa culotte sur ses jambes. Il regarde toujours ?

Elle se lèche les lèvres.

— Il allume une autre cigarette.

Pas étonnant.

Hélas pour lui, notre nouvelle position l'empêche de voir quoi que ce soit…

Hormis son expression quand je la ferai jouir.

— Garde tes mains sur le tableau de bord, dis-je en glissant lentement un doigt en elle. Il n'a pas le droit de voir ce qui m'appartient.

J'appuie ma paume sur son clito tout en bougeant en elle.

Sa poitrine se soulève, remontant ses seins dodus.

— C'est bon.

À cause de la pluie, et comme nous sommes mi-janvier, les fenêtres commencent à s'embuer. Donc, je dois faire vite.

Je veux donner une leçon à ce pervers et lui montrer clairement à qui Sawyer appartient.

J'ajoute un second doigt, ce qui la fait sursauter, et se resserrer autour de moi.

— Détends-toi, je ne te ferai pas mal, je murmure.

Ses grands yeux bruns débordent de confiance à un point qui me bouleverse.

Je ralentis un peu pour qu'elle s'adapte à la nouvelle sensation.

Quand son corps se détend, mon pouce sur son clito, je pompe un peu plus vite.

— C'est douloureux ?

— Non, répond-elle, la tête en arrière. N'arrête pas.

Me penchant en avant, je presse les lèvres dans son cou et jette un regard à travers le parebrise.

Le salopard s'en grille une troisième.

Elle gémit.

— Plus vite.

Je m'exécute.

Ma queue se raidit sous l'assaut de ses spasmes. Faisant levier avec le tableau de bord, elle chevauche ma main.

— C'est ça. Baise mes doigts.

Un pli se creuse entre ses sourcils, sa bouche s'entrouvre.

— Oh mon Dieu. Je vais jouir hyper fort.

J'adore quand mon innocente Bigote perd le contrôle.

— Ah oui ? Tu vas me faire goûter.

Elle frissonne, serre mes doigts en étau.

L'homme sur sa terrasse ne pourrait être plus éloigné de mes pensées au moment où sa jouissance recouvre ma main.

— Petite dépravée, dis-je, la voix rauque, pendant qu'elle geint et se trémousse sur le siège.

Suçotant mes doigts trempés par son orgasme, je jette un œil par la vitre.

Agacé à présent, l'homme lance son mégot et disparaît à l'intérieur.

Sawyer pouffe de rire.

— Il n'a pas apprécié le spectacle, on dirait.

— Pas grave, dis-je, la main sur la protubérance dans mon jean. Moi, si.

Ses paupières s'abaissent.

— Il faut y remédier, non ?

Je commence à acquiescer mais je grommelle, car ses ongles grattent ma braguette.

— On peut passer sur la banquette ? Au cas où il reviendrait.

— Crois-moi, je m'en tape qu'il voit ma bite.

Elle pique un fard, l'air tellement timide et nerveuse que personne ne devinerait jamais que je viens de la masturber sous les yeux d'un inconnu.

— Je ne veux pas qu'il voit ma bouche sur ta queue.

Mon cerveau tombe en panne.

Depuis le jour où elle a mentionné Tommy, le sujet a été occulté. Une fois, dans ma chambre, je frottais mon sexe entre ses seins et elle a ouvert la bouche comme pour goûter… et puis…

Bon, disons que la vue a suffi à précipiter la fin.

Je bondis si rapidement sur la banquette arrière que j'ai le tournis.

Même si c'est plus probablement lié à la perspective que Sawyer me suce.

Ma queue palpite littéralement alors qu'elle s'agenouille sur la banquette.

En dépit de toutes mes railleries sur son minivan, je suis reconnaissant de disposer d'autant d'espace.

La pudeur resurgit sur son visage.

Autant j'en ai envie, autant c'est moins excitant si elle ne partage pas mon désir.

— Tu n'es pas obligée…

— Oh non, j'en ai envie, s'empresse-t-elle de répondre. Tu n'imagines pas à quel point.

Ma pression sanguine grimpe… puis s'envole.

Elle détache le bouton puis abaisse ma fermeture.

— C'est juste… j'ai vraiment envie…

Je soulève mon bassin pour l'aider à abaisser mon pantalon.

— Quoi ?

Ses doigts triturent l'élastique de mon boxer.

— Je ne l'ai jamais fait, alors j'espérais que tu me laisserais… prendre le temps de t'explorer. Comme ça, je saurai ce que tu aimes.

Mon sexe se dresse, et mon cœur galope.

Je réprime l'envie de lui dire que vu mon état, il lui suffirait de poser la bouche dessus, et de me caresser de sa joue.

— Tu peux m'explorer, moi et ma queue, autant que tu veux.

Elle descend mon boxer

— Tu me diras ce qui te plaît ? Ce que je peux améliorer ?

Je bande si dur que mon érection claque sur mon ventre.

— Sans faute.

Le fait qu'elle se soucie autant de me satisfaire est… méchamment excitant.

Je me mords la lèvre pendant qu'elle attache ses cheveux dans sa nuque.

Avec une lenteur affolante, elle baisse la tête.

Alors que je retiens mon souffle, elle me saisit dans sa main et sème des baisers sur mon bas-ventre.

— Tu es tellement sexy.

Quantité de filles m'ont fait le même compliment dans l'intimité, mais c'est la seule qui me touche.

C'est différent quand on a des sentiments… décisif, en quelque sorte.

Cela compte davantage.

La première caresse de sa langue sur l'extrémité me fait murmurer un juron.

Sawyer relève les yeux.

— Bon ou pas ?

— Bon, je grogne, et elle réitère. Hyper bon.

Je serre les dents en sentant sa langue brûlante.

Je l'ai certes autorisée à m'explorer mais je doute de le supporter.

Nom d'un chien, ma queue pleure littéralement pour elle.

Comme si elle s'en rendait compte, son pouce trace des cercles avec le fluide, avant qu'elle ne l'aspire dans sa bouche.

— J'aime ta saveur.

Oh bordel. Cette fellation aura ma peau, et elle n'a même pas encore commencé.

— Sawyer.

Je vais en mourir, putain.

— Ouais ?

Elle lèche encore mon gland mais cette fois, sa langue caresse le creux.

Elle me tue. M'achève.

— J'ai besoin que tu suces.

— Oh ! d'accord.

Je tire sur la ceinture de sécurité et manque de la déchirer quand Sawyer aspire l'extrémité dans sa bouche.

— Plus ou moins de pression ?

— Un peu plus… et beaucoup plus bas.

Elle a réclamé de la franchise.

La main autour de la base, elle abaisse la bouche puis remonte.

— Oh putain, juste comme ça.

Elle caresse lentement mon sexe puis me relâche dans un claquement humide.

— Je ne pense pas pouvoir l'enfoncer dans ma gorge. (Elle souffle, comme si cela l'importunait.) Tu es trop gros, Colton.

Je dois me retenir de rire. Petite gourmande.

— Pas grave. C'est bon, ce que tu fais.

Je le pense. Me suce-t-elle comme une star du porno ? Non.

Mais son vif désir de me satisfaire, son besoin de découvrir ce qui me plaît compensent tout manque d'expérience.

— Mais si tu veux un retour sincère, parle moins et su… Oh bon sang.

Un afflux de chaleur se déploie le long de mon érection, alors qu'elle se met à me sucer longuement… plus intensément… plus profond.

— J'aime ça… j'aime énormément. S'il te plaît, n'arrête surtout pas. Jamais.

Dément. Cette fille m'a réduit à la supplier.

Mes mains. Bon sang. Je suis consommé par le besoin de les poser derrière sa tête et de les garder là pour toujours.

Je dois la jouer futé, cependant. Un mauvais mouvement pourrait définitivement la rebuter, et je ne veux pas de ça.

Je m'apprête à coincer mes mains sous mes fesses quand elle marque une pause.

— Qu'est-ce que tu as ?

— Rien.

Au regard qu'elle me lance, il est clair qu'elle n'y croit pas.

— Cole, nous avons promis d'être honnêtes l'un envers l'autre. Dis-moi…

— J'essaie de ne pas t'attraper l'arrière de la tête pour te baiser la bouche, d'accord ?

Voilà. C'est dit.

Elle semble faire tout son possible pour ne pas rire.

— Bah, tu peux si tu en as envie.

Je n'ai plus besoin de me demander si Sawyer est un ange sur terre… parce que là, j'en ai la certitude.

Reprenant mon sexe dans sa bouche, elle se remet à me sucer, ses doigts caressant doucement mes testicules.

L'orgasme est proche.

— Bientôt, dis-je, la voix cassée.

Sawyer interprète sûrement cela comme un appel à plus de vigueur, étant donné qu'elle se déchaîne sur mon érection.

Cette fois, je saisis sa tête et enfonce mon sexe dans sa bouche.

Entre les bruits de succion, et mes couilles au bord de l'explosion, je ne peux plus tenir.

Sur une poussée du bassin, je tape dans le fond de sa gorge.

— Putain, ouais.

Elle émet un bruit de haut-le-cœur, mais c'est trop tard.

Le plaisir est si puissant qu'en jouissant je suis au bord de l'évanouissement.

Elle avale tout. Normal, elle est carrément parfaite.

Je m'avachis sur le siège, mon corps plus vidé qu'après une finale.

— Désolé, dis-je, en espérant qu'elle ne me déteste pas.

— À quel sujet ?

— J'aurais dû... je ne sais pas... être moins brusque. Je suppose.

Elle ne semble pas trop perturbée.

— Tu aurais pu me prévenir que tu allais éjaculer, mais bon, je me suis débrouillée.

Elle s'assoit à côté de moi.

— Tu te sens bien ?

J'acquiesce, l'attire contre moi.

— Mieux que ça. C'était super.

Elle s'apprête à réfuter, mais je ne le tolère pas.

Même si la plupart du temps, je suis probablement le copain le moins attentionné de la terre, je sais que ce soir elle a fait un grand pas.

— Je suis sincère, Sawyer.

Elle appuie son front contre le mien.

— Je tiens à toi... vraiment fort. Cela m'effraie.

Nous sommes deux.

Mes sentiments pour cette fille sont si profonds... si intenses qu'ils deviennent dévorants.

Tu ne la mérites pas.

— Embrasse-moi.

À la seconde où ses lèvres touchent les miennes, la pression dans ma poitrine se relâche, et je respire mieux.

Mais c'est de courte durée.

Parce que les plus laides des vérités ne peuvent rester enfouies trop longtemps.

Et si Sawyer découvrait la mienne...

Elle ne me regarderait plus de la même façon.

Elle s'enfuirait, sans retour possible.

Elle me haïrait...

Comme je le haïssais.

65

Sawyer

— Désolée, ma chérie, ça bâille de partout. Nous allons devoir te commander une nouvelle robe, dit maman, avant d'ajouter promptement, devant mon air horrifié. Rassure-toi. Tant que nous passons commande aujourd'hui, il restera de la marge pour d'éventuelles retouches avant le mariage. Je reviens.

Je sais que j'ai minci… mais autant, je ne pensais pas.

La taille quarante-deux me serrait tellement que j'ai cru la déchirer en deux lors du premier essayage.

Cela dit, ça remonte à mi-novembre.

Il y a un peu plus de trois mois.

Je regarde ma mère. Les robes de demoiselles d'honneur coûtent les yeux de la tête, et mes parents ont proposé de s'acquitter de la mienne. Cela m'ennuie de leur rajouter des frais.

— Je suis navrée. Je peux payer…

Maman me fait taire d'un geste.

— Il n'y a aucun problème, Sawyer. C'est même une excellente chose. Je suis contente que, pour une fois, tu tiennes un régime sur la durée.

À côté d'elle, Dylan se hérisse.

— Sawyer est belle en toutes circonstances.

— Bien sûr. Mais elle l'est encore plus maintenant. Et en meilleure santé, dit maman en lui tapotant la jambe. Il n'empêche que tu es une merveilleuse amie.

Je me réjouis que ma mère ne remarque pas le regard assassin de Dylan.

La conseillère de vente reparaît avec deux modèles.

— Nous gardons quelques modèles en réserve pour les essayages, je vous ai apporté celle-ci. Je tiens à m'assurer qu'elle tombe parfaitement cette fois.

Mes yeux manquent de jaillir de leurs orbites en découvrant qu'elle me propose deux tailles en dessous de ma première robe.

Par miracle, elle me va comme un gant.

— Hmm, fait la vendeuse quand je ressors de la cabine. Vous savez, celle-ci laisse encore un peu de marge. Le mariage n'a lieu que dans quatre semaines. Avez-vous l'intention de perdre encore quelques kilos ?

Honnêtement, je n'en ai pas la moindre idée. Tout dépend de l'Adderall.

Il n'est plus aussi efficace qu'au début. Je n'ai perdu que deux kilos ces trois dernières semaines.

Non que je me plaigne d'avoir perdu quinze kilos en trois mois et demi.

— Je ne pense…

— Sawyer Grace, ne t'avise pas d'arrêter. Table sur cinq kilos en moins… minimum. (Comme tout le monde la regarde, ma mère hausse les épaules.) Quoi ? Tout le monde se plaint d'avoir l'air de peser cinq kilos de plus sur les photos. Tu veux être belle sur les photos, n'est-ce pas ?

Bonne remarque.

— Je…

— Je ne pense pas que tu aies besoin de maigrir davantage, intervient Dylan. Tu étais parfaite avant et tu l'es telle que tu es maintenant.

Je lui souris, reconnaissante d'avoir son soutien.

Supporter ma mère sans une amie pour m'épauler peut se révéler… compliqué.

Maman tapote de nouveau la cuisse de Dylan.

— Quelle formidable amie tu as.

— Si je ne perdais que deux kilos, pourriez-vous tout de même ajuster le trente-huit ?

En toute franchise, je ne sais pas comment maigrir encore un peu. À moins d'augmenter la dose.

— Bien entendu, affirme la vendeuse. Sans aucun problème. Même si vous repreniez quelques kilos, d'ailleurs. Nous relâcherions un peu les coutures.

Oui, bah, je n'ai pas l'intention de reprendre un seul gramme. Je commence tout juste à me sentir bien dans mon corps.

— Et si je perdais plus de deux kilos ?

Elle réfléchit un instant.

— Il n'y a pas règle. La plupart du temps, quelqu'un qui mincit de cinq à sept kilos perd une taille de vêtements. Mais vous êtes si petite que…

Sa voix s'estompe. J'ai compris.

Les filles qui mesurent plus d'un mètre soixante-cinq sont nettement plus fines que celles d'un mètre cinquante.

— Commandez le trente-six.

Je note dans mon agenda mental de me réapprovisionner en gélules auprès d'Oakley.

66

Sawyer

Je redessine son sourcil avec mon doigt.

— Quand as-tu su que le foot était ta vocation ?

Comme je ne travaille pas le dimanche soir, nous flemmardons dans son lit.

Et nous nous morfondons parce que nous n'avons pas encore de réponses de Duke's Heart.

Il réplique du tac au tac.

— À la seconde où Jace m'a mis un ballon entre les mains.

— Un coup de foudre, alors.

Il fait un grand sourire.

— On peut le dire.

Il trace de petites guirlandes de cercles dans mon dos.

— Quand as-tu su que tu voulais devenir prof de sciences plus tard ?

— Jamais.

Il fronce les sourcils.

— Je pensais pourtant…

— Bon, j'aimerais enseigner, mais pas forcément les sciences.

— Quelle matière, alors ?

Il serait vain de préciser que cela ne se concrétisera pas.

— Peu importe. Et je ne veux pas que tu te paies ma tête.

— Je ne me moquerai pas… à moins que tu souhaites intégrer une école de clown ?

Cela me fait rire.

— Mes pieds ne sont pas assez longs, dis-je, en détournant le regard. Si j'en avais la possibilité, j'enseignerais la musique aux enfants.

Contrairement à ma mère, je les encouragerais à réaliser leurs rêves… quel que soit leur physique.

— Qui a dit que c'était impossible ?

— Ce n'est pas réaliste, Cole. Les écoles ont plutôt tendance à fermer leurs départements de musique.

Il se redresse sur un coude.

— Pas toutes. Et tu peux donner des cours particuliers.

Je réfléchis puis décide que c'est encore moins faisable.

— Non, je m'en tiendrai au plan.

Il arque un sourcil.

— Quel plan ?

— Devenir prof de sciences. Épouser un bon gars du Sud, impliqué dans l'église. Et j'aurai un seul enfant… parce qu'un deuxième me ruinerait. Et me laisserait avec des kilos en trop.

Je peux remercier ma mère pour ce second argument.

— Il est chiant à mourir, ton plan.

Je me retourne face au plafond.

— La faute à mes parents. Ils me bourrent le crâne avec ce plan depuis des années.

— Rien ne t'oblige à le suivre. Tu peux toujours imaginer le tien.

Un rire m'échappe.

— Sans doute… mais mon plan n'est pas très différent du leur… hormis… (Je ne peux pas lui dire ça.) Oublie ça.

Pas du genre à renoncer, Cole entrelace nos doigts.

— Tu sais que tu dois me le dire maintenant, hein ?

Je soupire. Ouais. Parfois, il est plus simple d'accéder aux requêtes de cet obstiné.

— Soit. Dans ma vie idéale, j'enseignerais la musique. (Je le regarde.) Je me marierais avec quelqu'un qui m'aimerait tellement qu'il se battrait toujours pour nous… en dépit des obstacles. (Parce que je ne veux pas suivre le modèle de mes parents.) Et je ne veux pas qu'un seul enfant… j'en veux plusieurs.

Ses sourcils se relèvent.

— Combien ?

Souriante, je songe aux genoux éraflés, aux baisers, aux histoires du soir, au fait que je les aimerais tous si fort que mon cœur pourrait éclater.

— Quatre… minimum.

Il pousse un souffle.

— Mince, c'est beaucoup. (Il se renfrogne.) Avec autant d'enfants, il y en aura au moins un qui se sentira mis à l'écart et négligé. Surtout s'il n'est pas le préféré.

Je ne peux m'empêcher de me demander s'il a ressenti ça, dans son enfance. Comme si Liam, et le reste de la fratrie, étaient plus importants que lui.

Je comprends ce que ça fait mais, par chance, je ne suis en compétition qu'avec une seule sœur.

Catherine est clairement la préférée de ma mère, mais depuis toujours, je suis secrètement celle de mon père. Ou plutôt… je l'étais.

Quoi qu'il en soit, j'ai eu la chance de me sentir aimée par un parent.

Quelque chose me dit que Cole n'a jamais connu cela.

Ce qui est désolant… parce que sa mère a donné naissance à un être humain remarquable.

C'est malheureux qu'elle ne soit pas en vie pour le constater.

Mais pas autant que le fait que, de son vivant, elle ne l'ait pas valorisé pour ce qu'il était.

Basculant sur le côté, je passe mon pouce sur sa pommette.

— Les enfants ne sont pas des poupées, ni des films. On ne doit pas en favoriser un. Ils recevront tous une part égale de mon cœur et de mon âme.

Ça devrait être la norme !

Il retourne ma main et embrasse l'intérieur de mon poignet.

— Tu seras une mère formidable, Sawyer. (Son regard me transperce jusqu'à la moelle épinière.) Pas demain mais… un jour.

Mon cœur tambourine tant que j'ai l'impression d'avoir couru un marathon.

Je ne sais pas si c'est sa manière d'admettre que, comme moi, il nous imagine ensemble dans le long terme… ou s'il insinue que cela se réalisera après lui, quand nous aurons tourné la page.

Toutefois, la douleur aiguë dans mon cœur me dit que je ne me remettrais pas de la perte de Colton Covington.

Je ne l'ai pas juste dans la peau… il est tellement enraciné en moi que je ne sais plus où je finis et où il commence.

Je n'ai jamais été du genre à tourner autour du pot, c'est pourquoi je lui demande franco :

— As-tu envie de cette vie… avec moi ?

Ses yeux deviennent énormes, au point que je crains qu'ils ne sortent de leurs orbites.

— Je vais commander un truc à manger. (Il saute du lit comme s'il était en flammes.) Une envie particulière ?

Qu'il cesse d'agir comme si je lui avais proposé de devenir *serial killer*, et de débuter ce soir notre première série de meurtres.

— Je n'ai pas faim.

— Je te prends quand même quelque chose.

Muni de son téléphone, il se dirige vers la porte.

— Je reviens tout de suite.

J'ouvre la bouche pour lui demander pourquoi il a besoin de sortir pour programmer une livraison… mais il a déjà disparu.

67

Cole

Ai-je des sentiments pour Sawyer ? Oh ! que oui !

Est-ce que je veux passer le restant de ma vie avec elle et avoir des enfants ? Aucune putain d'idée.

Je n'ai que dix-huit ans, merde ! Je ne sais même pas ce que je ferai demain, et encore moins dans cinq ans.

Pourquoi faut-il que les filles compliquent tout ?

Sans compter qu'il y a une énorme faille dans son plan pour nous.

Nous ne pouvons pas envisager ce grand avenir lumineux à deux auquel elle aspire s'il est fondé sur des mensonges.

Je ne sais certes pas là où j'en serai dans cinq ans, mais une chose est sûre, je ne suis pas disposé à renoncer à elle dans le présent.

Je ne suis même pas sûr de le vouloir un jour.

Le téléphone à l'oreille, j'ai l'intention de commander une montagne de malbouffe, parce que Sawyer a encore maigri dernièrement, et ça ne me plaît pas du tout. Cependant, un appel fait clignoter mon écran.

Je ne reconnais pas le numéro, mais je saisis l'opportunité de gagner un peu de temps avant de replonger dans le monde des contes de fées à l'étage.

— Allô ?

— Allô, je suis le coach Jenkins de Duke's Heart. J'aimerais parler à Cole Covington.

J'en lâche presque le téléphone.

— C'est moi.

Le poing en l'air, je manifeste ma joie en silence. Enfin.

Il ne s'est pas pressé pour me contacter.

— Comme vous le savez sûrement, vous avez été exceptionnel, cette saison, commence-t-il. Alors, j'irai droit au but. Nous vous offrons une place dans notre équipe, en tant que *quarterback* entrant. Tous frais couverts, bien sûr. Notre *quarterback* étant en fin d'études, nous lui cherchons un remplaçant qui serait disponible dès la rentrée.

Putain, ouais.

— Vous l'avez trouvé. Je suis votre homme.

Todd Harris n'a qu'à aller se rhabiller.

— Heureux de l'entendre. Quand Todd Harris nous a plantés pour l'Ohio, nous nous sommes crus foutus.

L'organe qui bat dans mon thorax a un raté.

Todd a décliné leur offre ?

— Allô ? dit-il. La connexion est mauvaise, je crois. Je vous rappelle la semaine prochaine.

Il raccroche, sans que je m'en rende compte.

Je n'étais par leur premier choix.

Je ne suis jamais le premier choix de personne.

68

Sawyer

En sortant de la salle de bains, je remarque une porte entrebâillée au bout du couloir.

Certaine qu'il s'agit de la chambre de Bianca, je décide de lui faire un petit coucou.

Je me sens idiote quand je me rends compte que ce n'est pas elle… et qu'il n'y a personne.

Sur le point de rebrousser chemin, j'avise les grosses lettres disposées sur une étagère.

Liam.

Ma conscience me souffle que je n'ai rien à faire dans cette chambre, que je devrais tourner les talons.

Mais ma curiosité est la plus forte.

Cole se braque quand j'essaie de parler de lui.

Et Dylan et Jace le présentent comme un saint… ce qui n'est d'aucun secours pour m'aider à comprendre pourquoi Liam et Cole s'entendaient aussi mal.

En temps normal, on peut cerner une personne en examinant sa chambre… ses goûts, ses loisirs, son tempérament.

Dès que je pose le pied dans la chambre de Liam, une chape de tristesse m'accable.

Une chambre typique d'un adolescent de treize ans.

Une vie achevée bien trop tôt.

Une lourdeur emplit ma poitrine à mesure que j'étudie le couvre-lit et les coussins verts sur le lit.

Cole a dit que c'était leur couleur préférée.

Je me rapproche du bureau. J'y vois des post-its, des surligneurs, quelques carnets remplis de notes.

Comme moi, Liam était un élève sérieux.

Il possédait la même calculatrice que moi… et une carte du système solaire au-dessus du bureau.

Je souris à la vue du tableau périodique des éléments.

Je me souviens de l'avoir étudié au collège… puis de m'être précipitée à la bibliothèque pour le photocopier, afin de tous les mémoriser en avance.

Je me demande s'il a eu la même idée que moi.

Tristement, je ne le saurai jamais.

Marchant vers sa commode, la première chose que je remarque est l'absence de poussière.

Quelqu'un fait le ménage ici.

Ce qui a quelque chose de tragique. Comme s'ils entretenaient son souvenir.

En espérant qu'il reviendra un jour à la maison.

Mon regard s'attarde sur une photo encadrée.

Les doigts tremblants, je la soulève. Un portrait des Covington. Au grand complet. Dans ce qui était certainement une période beaucoup plus heureuse.

Je savais que la mère de Cole avait été actrice à Bollywood, donc magnifique, mais je n'en suis pas moins stupéfiée par sa splendeur.

Et par sa ressemblance avec Bianca.

Mon attention se porte ensuite sur leur père. Grand, plus d'un mètre quatre-vingt-cinq. C'est de lui que Cole et Jace ont hérité de leur taille.

Il est aussi bel homme. Presque trop.

Si Jace combine les caractéristiques de ses deux parents, et Bianca tient davantage de sa mère… Cole est le portrait craché de son père, avec ses yeux vert limpide et sa peau claire.

Je ne peux m'empêcher de remarquer leur positionnement sur la photo. Bianca, encore bébé, se trouve dans les bras de sa mère, et les trois garçons sont assis par terre. Liam et Cole, habillés de la même façon, au point qu'il m'est impossible de les différencier, se tiennent de part et d'autre de Jace… tous deux renfrognés.

Comme s'ils ne toléraient pas de rester l'un à côté de l'autre.

Je suis sur le point de reposer la photo quand j'avise une bible sur la commode. Cole n'étant pas croyant, et Jace ou Bianca n'ont jamais mentionné la religion, cela me surprend.

Sans compter qu'il est rare de trouver cet ouvrage dans la chambre d'un garçon de treize ans.

Malgré moi, je remarque un marque-page à l'intérieur.

Le cadre dans une main, je l'ouvre.

Mon cœur dérape quand je vois que le marque-page est une photo de deux adorables bébés identiques dans un berceau… qui se tiennent la main, endormis.

Un si beau moment capturé.

Je m'apprête à la refermer quand un passage entouré attire mon regard.

« Si quelqu'un dit « J'aime Dieu » mais qu'il hait son frère, c'est un menteur ; car celui qui n'aime pas son frère qu'il voit, comment peut-il aimer Dieu qu'il ne voit pas ?

Et nous avons aussi de lui ce commandement : que celui qui aime Dieu aime aussi son frère. »

1 JEAN 4 : 20-21

Les mots « hait son frère » sont soulignés.

Mes yeux s'emplissent de larmes. La photo qui me paraissait magnifique un peu plus tôt me semble pour ainsi dire ternie.

Le verset lui-même rappelle que nous devons tous nous aimer les uns les autres. Mais considérant la photo, l'extrait souligné, ses rapports avec son jumeau... il est aisé de le prendre au pied de la lettre.

Surtout en période de deuil, et si l'on cherche des réponses.

Un curieux sentiment me saisit aux tripes.

Je savais que Cole avait ses raisons de ne pas croire en Dieu – ce qui me convient, c'est son choix – mais j'ai la conviction que ce n'est pas sans rapport avec ceci.

— Qu'est-ce que tu fiches ici ?

Au son de la voix glaciale de Cole, je sursaute, et le cadre photo m'échappe des mains.

— Je suis vraiment désolée, je m'exclame et, spontanément, je m'accroupis pour ramasser les bouts de verre. Merde, dis-je, un éclat de verre m'entaillant le doigt, alors que je me rends compte que je tiens encore la bible.

Cole se baisse.

Une lueur sombre et menaçante dans le regard, il examine mon doigt.

— Je t'avais prévenue que tu te blesserais sur mes morceaux brisés, Bigote.

Avec un rictus qui expose ses dents blanches, il indique le placard.

— C'est là qu'il l'a fait. Tu veux jeter un œil ? Satisfaire un peu plus ta curiosité ?

J'ouvre la bouche pour réitérer mes excuses, mais il ne me laisse pas faire.

— Quand tu auras fini de fouiner, rentre chez toi.

Sur ce, il sort.

Peu après, la porte d'entrée claque.

69

Cole

Je sors en trombe, tremblant de rage. C'est en palpant mes poches que je me souviens que je ne possède plus de voiture.

Je fais demi-tour et me précipite vers la dépendance.

Je tape deux fois à la porte avant qu'Oakley ne m'ouvre. La lueur dans mes yeux, quand j'exige d'emprunter sa voiture, l'avertit sûrement de ne pas me prendre la tête, vu qu'il me tend ses clés.

— Qu'est-ce que…

J'ai disparu avant qu'il n'ait pu terminer sa phrase.

Elle n'aurait pas dû entrer.

Rien ne l'autorisait à farfouiller dans les affaires de Liam.

L'effroi me saisit.

Maintenant elle va me questionner sur lui.

Des questions du style : pourquoi il s'est suicidé ?

Quelle est l'histoire de ce passage de la Bible ?

Je réussis peut-être à contourner la vérité avec Jace, pour le bien de notre famille mais, à elle, je ne peux pas lui mentir.

Elle voit clair en moi.

J'écrase si fort l'accélérateur que je fais crisser les pneus en déboulant dans la rue.

Je vais la perdre.

Les dents serrées, je négocie un virage serré à gauche.

Je dois me défouler sur quelque chose – quelqu'un – avant de complètement perdre la tête.

La perdre, elle.

Dommage pour Stone, son grand frère n'est plus là pour faire bouclier.

Un rire morbide m'échappe quand je me gare derrière le restaurant où travaille Sawyer et éteins le contact. Mon grand frère n'est pas là non plus.

Je projetais d'attendre qu'il sorte du boulot, mais ce n'est pas nécessaire puisque je le vois sortir des poubelles à l'arrière.

Pendant que Bianca le poursuit en braillant.

J'ignore de quoi il retourne, mais étant déjà à cran je bondis de la voiture.

— Yo, DaSilva.

C'est l'unique avertissement qu'il reçoit avant que je lui enfonce mon poing sur le nez.

70

Sawyer

— Je ne sais pas quoi faire, crie Bianca. Jace ne répond pas et je n'ai pas le numéro de Dylan.

Punaise, je ne l'ai jamais entendu aussi apeurée.

— D'accord, calme-toi. Que se passe-t-il ? (J'attrape mon sac et descends l'escalier des Covington.) Encore mieux, dis-moi où tu es. Je viens te chercher.

Après un moment d'hésitation, elle répond.

— Je suis au Cluck You.

— Pourquoi…

— Ce n'est pas l'important. Tout ce qui compte, c'est que Cole est en train de réduire Stone en charpie. C'est moche, Sawyer. Vraiment moche.

Mon cœur bourdonne dans ma gorge alors qu'elle hurle.

— Lâche-le, Cole. Tu vas le tuer.

Je me précipite vers mon van.

— J'arrive.

Je n'aurais jamais dû pousser la porte de la chambre de Liam.

Je ne pensais sincèrement pas que cela le mettrait dans tous ses états.

Je voulais juste apprendre quelque chose sur son passé.

Parce qu'il ne me dit rien.

— Cole, s'il te plaît ! braille Bianca. Sawyer, je ne sais pas…

— Frappe-le, je crie. Frappe-le avec quelque chose. Tout de suite. Ça le calmera.

L'argent ne garantit pas systématiquement d'échapper à une inculpation de meurtre, et je ne peux pas le perdre.

Un coup puissant retentit dans le téléphone.

— J'ai lancé une brique sur sa tête.

Je frôle l'embardée.

— Mais Bianca…

— T'en fais pas, je l'ai loupé. Elle a tapé le côté de la poubelle. Mais ça a calmé la bagarre… merde. Que fais-tu maintenant, espèce de malade ?

— Quoi encore ?

— Cole se tire.

— Il se tire, mais comment ? Il n'a pas de voiture.

— Il a pris celle d'Oakley.

Bordel. Je pensais qu'il se déplaçait en Uber.

— Bon… appelle une ambulance pour Stone.

— Tu plaisantes…

— Fais-le, Bianca. Il est peut-être gravement blessé.

Je raccroche avant qu'elle ait pu protester et appelle Oakley.

— Salut…

— Ta voiture est-elle équipée d'une sorte de traceur GPS ?

Je ne connais pas le terme exact. Surtout que mon van est un dinosaure.

— J'ai cru comprendre que vous vous disputiez, mais je…

— Cole s'est bagarré avec Stone. Et il a repris la route. Disposes-tu d'un traceur ou pas ? Un système de localisation ?

— Ouais.

Je respire un peu.

— Tant mieux.

— Mais Jace l'a désactivé pour moi. Je voulais éviter que mon père me piste.

Évidemment, il l'a débranché. *Jésus, à toi de jouer.*

— Rends-moi service et appelle Jace. Vois si pour toi, il décrochera.

— S'il répond, tu veux que je lui dise que Cole a encore tabassé Stone…

— Non, je veux que tu lui demandes s'il sait où Cole se réfugie quand il est contra…

La réponse me percute si brutalement que j'ai l'impression qu'une brique vient de m'atterrir sur la tête.

— Tout compte fait, j'ai trouvé. Je te laisse. (Une autre pensée me traverse.) Appelle ton père. Bianca a dit que Cole avait salement amoché Stone…

— Comment se fait-il que Bianca soit sur place ?

— Mystère. Mais là, franchement, je m'en fous. Tout ce qui m'importe, c'est de retrouver Cole.

Et en ce moment il ne peut se trouver qu'à un seul endroit.

71

Cole

— T'es content maintenant, Liam ? je hurle au ciel nocturne. C'est ce que tu voulais ?

Le chagrin est si profond qu'il m'entaille comme une myriade de poignards plantés d'un coup.

Tellement dévastateurs que même respirer me donne l'impression de vivre mon dernier souffle.

Karma.

Je lui ai ôté la vie… alors ce n'est que justice que je détruise aussi la mienne.

Ouvrez-moi en deux et exposez-moi comme le connard sans merci que je suis véritablement.

— Cole, crie Sawyer avant d'apparaître devant mes yeux. Qu'est-ce qui t'arrive ? Parle-moi.

La façon dont la lune étincelle derrière sa tête lui confère l'apparence d'un ange qui aurait perdu ses ailes.

Parce que j'ai détruit l'autre.

Je détruis tout.

— Comment savais…

— C'est ton lieu préféré.

Je déteste qu'elle me connaisse aussi bien.

Avant que je ne puisse l'en empêcher, elle s'allonge à mon côté, dans l'herbe.

— Je suis désolée…

— Ne t'excuse pas. (Les muscles dans ma poitrine se contractent.) Ça devait arriver, tôt ou tard.

J'espérais juste que cela se produise plus tard. Beaucoup plus tard.

— Qu'est-ce qui devait arriver ?

La monstrueuse vérité.

En dépit de mes efforts les plus acharnés pour oublier… rien ne compensera l'événement abominable et atroce dont je suis responsable.

Je tourne la tête vers elle.

Si pure, innocente et bienveillante.

La sainte qu'un pécheur comme moi ne mérite pas.

Pour une fois, j'aurais aimé que Dieu soit réel. Que le paradis, l'enfer et la réincarnation existent, afin que je puisse faire pénitence et solliciter une seconde chance.

La rencontrer une seconde fois dans une autre existence. Là où je la mériterais réellement.

— Je te dirai tout. Avant cela, je veux t'embrasser une toute dernière fois.

Une dernière fois avant que tout s'évapore.

Avant que je révèle quel affreux personnage je suis en vérité, et qu'elle renonce à moi.

T'as gagné, Liam.

Je me souciais peu de toi, mais la perdre va m'anéantir.

Confuse, elle s'assoit.

— Non, tu ne peux pas m'embrasser une toute dernière fois. Parce que, quoi que te dises, je ne renoncerai pas à toi.

Elle se méprend.

— Tu dis ça maintenant…

— Je le pense. (Elle saisit mon visage.) Quoi que ce soit, cela n'altérera pas mes sentiments pour toi. Jamais. Colton, je t'ai…

— C'est ma faute.

Ses mains se crispent.

— De quoi ?

— Liam… sa mort. Je suis l'unique responsable.

72

Cole
Autrefois…

— Tu n'es pas venu à la fête avec Heather ? demande Hayley, alors que nous nous balançons sur la musique.

Techniquement, si, mais au beau milieu du bal, Hayley a attiré mon regard.

Ou plutôt, ses seins.

La plupart des filles de cinquième étaient encore dépourvues d'une poitrine acceptable, mais pas Hayley.

Elle possède une paire bien ronde… et ce soir, je meurs de découvrir s'ils sont aussi agréables au toucher qu'ils en ont l'air dans sa robe.

Que dois-je faire pour qu'elle me laisse les peloter ?

— Cole ?

— Hein ?

Obnubilé par sa poitrine, j'ai oublié sa question.

Elle s'arrête de danser et me regarde.

— Heather.

— Quoi, Heather ?

— Tu n'es pas venu avec elle ?

Zut.

— Dans la même voiture, disons…

Du coin de l'œil, je repère Liam qui danse avec mon rencard attitré.

C'est… intéressant.

L'éclairage de la salle est plus catastrophique que je le pensais. Elle l'a pris pour moi.

De toute façon, je peux certainement tourner cela à mon avantage.

— Mais il y a truc entre elle et Liam. (J'offre mon plus beau sourire à Hayley.) Ce qui ne m'ennuie pas, vu que c'est toi qui me plais.

Et les deux coussins moelleux sous ton cou.

Elle s'empourpre.

— Vraiment ?

— Ouais…

Un instant. Pourquoi Liam danse avec Heather ? Est-il désespéré au point de grapiller mes restes ?

S'il est vrai que cela m'agace, je ne peux pas le blâmer.

L'accident qui a emporté notre mère l'a laissé avec des cicatrices macabres sur le visage et un sérieux problème d'élocution.

D'après notre généraliste, il bafouille en raison d'un mélange de traumatisme cérébral et d'anxiété engendrés par la collision.

Je pense personnellement qu'il ment.

Il serait capable de parler correctement pour peu qu'il essaie… sauf qu'il choisit de ne pas se fatiguer.

Selon moi, il cherche à se faire plaindre.

Quoi qu'il en soit, bafouiller est pour lui une façon de me piquer la vedette. Comme d'hab.

Pour voir le bon côté des choses, il a tellement la tronche et le phrasé d'un monstre que personne ne nous confond.

Bref. Ce crétin peut récupérer mes restes.

Même si Heather n'est pas la fille qu'il désire réellement.

Ce serait plutôt Dylan. La meilleure amie de Jace. Ou devrais-je dire, l'ex meilleure amie.

Sans surprise, Jace a invité Britney au bal… après quoi Liam a saisi l'opportunité pour proposer à Dylan d'être sa cavalière.

Et bizarrement elle a accepté.

Encore que ce ne soit pas évident, car ça chauffe en ce moment même entre Dylan et Tommy DaSilva.

Je me mords la joue pour me retenir de rire.

Tommy est le pire ennemi de Jace, même si aucun différend n'oppose directement ces deux-là.

Non… Jace exècre Tommy parce que ce dernier tyrannise Liam.

Tant et si bien qu'il a même inventé un surnom pour Liam : Histoire.

Parce que l'histoire a tendance à se répéter.

La première fois que je l'ai entendu, j'étais pété de rire. Trop futé, ce Tommy.

Fatalement, dès que je l'ai raconté à la maison, Jace m'a flanqué un coup de poing dans le bras et ordonné de la fermer.

N'empêche que je m'en sers pour provoquer Liam dès que Jace a le dos tourné.

— Pourquoi tu te marres ?

Parce qu'une scène va éclater, ce qui est toujours tordant… tant que je n'y suis pas mêlé.

Je regarde Hayley dans les yeux.

— C'est marrant que tu puisses imaginer que quelqu'un d'autre que toi me plaise.

Les rougeurs se diffusent encore un peu sur ses joues.

— Je ne savais même pas que tu pensais à moi de cette façon. Faut dire que t'es tellement canon.

Je souris de toutes mes dents.

— Je sais. T'es pas mal, toi non plus.

Toutefois, elle sera plus attirante quand on lui ôtera son abominable appareil dentaire, et que ses joues seront moins rebondies.

Comparée aux autres filles du collège, elle arrive quand même en tête de liste… ce qui est l'essentiel.

— Es-tu certain qu'Heather ne se fâchera pas ?

— Heather est…

Un instant. Pourquoi Heather pleure, assise dans les gradins… encore ? Où est Liam ?

Sur la piste, je fais tourner Hayley pour pouvoir chercher Dylan.

Comme son cavalier… elle a disparu. De même que Jace et Tommy.

À croire qu'ils se sont tous métamorphosés en fantômes et volatilisés.

— Tu te sens bien ? s'inquiète Hayley.

— Super, Heather… Hayley.

Merde. C'est pénible, ces prénoms qui se ressemblent.

Elle cesse de danser.

— Je suis Hayley.

— Qu'est-ce qu'ils foutent ? je marmonne en voyant Liam visiblement bouleversé resurgir dans le gymnase.

Suivi de près par Tommy qui sourit jusqu'aux oreilles.

Pas bon signe.

Je plante Hayley pour me rapprocher d'eux.

Et tout bascule.

Tommy pointe du doigt mon frère en larmes.

— Visez la chochotte qui pleurniche comme un bébé.

En très peu de temps, tout le monde regarde Tommy… ou plutôt, Liam.

Je devrais intervenir, mettre le holà.

Mais je n'en fais rien.

Liam aime tant accaparer l'attention, à mon détriment… qu'il ne peut pas se plaindre.

Qu'il s'étouffe avec.

Liam essuie d'un revers du bras sa morve et ses larmes, tentant de se ressaisir.

— V-v-v-v-v-v…

Il donne l'impression de bredouiller une bonne heure. Il est tellement coincé qu'il ne peut prononcer un seul mot. Bien sûr, cela ne fait que multiplier les rires.

— Quoi, Histoire ? raille Tommy.

La colère assombrit les traits de Liam.

— V-v-v-v-v…

Je suis pratiquement sûre qu'il essaie d'envoyer Tommy se faire foutre mais, même ça, il n'est pas fichu de le faire correctement.

Frustré, Liam essaie de s'enfuir, mais le cercle d'élèves qui l'entoure ne l'entend pas de cette oreille.

Puis ça dégénère.

Vif comme l'éclair, Tommy abaisse le pantalon de Liam.

Par malheur pour Liam, Jace a zappé la lessive cette semaine, et il a choisi la plus mauvaise soirée pour sortir sans slip.

Les rires dans le gymnase grimpent de plusieurs décibels, et quelques âmes charitables affluent vers le cercle.

Mais c'est trop tard.

— Oh putain, c'est une fille ! s'exclame Tommy. C'est pas possible que cette nouille microscopique soit une bite !

Plus de rires.

Ma poitrine se resserre. La honte par procuration est sans doute légitime, car je peux affirmer que je la ressens.

Tommy joue aussi au foot, si bien que je l'ai vu dans les vestiaires.

Il n'est pas mieux loti que Liam.

Ni qu'aucun d'entre nous, d'ailleurs.

Mais aucun collégien ne s'interposera pour l'annoncer devant les filles.

Et la plupart des collégiennes ne verraient pas la différence, de toute manière… parce que n'en ayant encore jamais vu, elles n'ont pas de point de comparaison.

En prime, ça n'aide pas qu'il y ait un courant d'air et que sa puberté n'ait qu'à peine débutée.

Mais rien de tout cela n'a d'importance.

Dorénavant, Liam sera éternellement étiqueté comme le gars qui bredouille et qui a une petite bite.

Cela le poursuivra partout, jusqu'à la fin de ses jours.

Et même moi, si ça se trouve.

La panique me griffe le torse. J'ai beau vouloir me distancier de lui, le fait est que nous sommes de vrais jumeaux.

Il est clair que si l'on se moque de lui à cause de ses maigres attributs, ils présumeront que je suis monté comme lui.

Je ne peux pas laisser cela se produire.

Du coup, je me range dans leur camp.

— Quelqu'un a une loupe ?

— Bien envoyé, dit Tommy avant que des profs ne l'éloignent et dissipent le chaos.

La honte me submerge tandis que Liam remonte son pantalon et s'enfuit en courant.

J'aurais pu empêcher le carnage. J'aurais pu prendre sa défense.

Mais je n'ai pas bougé.

Je suis sur le point de partir quand Jace me repère. À son expression, je suppose qu'il a assisté à la fin des malheurs de de Liam.

— Où est Liam ?

Ou pas.

Je hausse les épaules.

— Je suis pas son garde du corps.

— Cole, dit-il entre ses dents serrées.

Je paraphrase Tommy.

— Parti se réfugier à la maison en pleurnichant comme une chochotte.

— Pourquoi ?

— Je sais pas trop. Tommy et Liam sont sortis quelques minutes. À leur retour, Liam pleurait et Tommy souriait comme un chat qui a avalé un poisson rouge.

Ce qui n'est pas entièrement faux. Même si ce n'est pas l'entière vérité.

— Merde.

— Il y a plus grave, dis-je en grimaçant. Tommy l'a montré du doigt en rigolant. Il l'a traité de tapette. Tout le monde s'est joint à lui. (J'esquive son regard.) Liam a essayé de se défendre mais il était tellement vexé que…

— Il est resté coincé sur le premier mot.

Je ricane.

— Sur la première lettre ! C'était violent, même moi j'étais mal pour lui.

Je suis sur le point de lui en révéler toute l'ampleur, mais la déception dans ses yeux me fait l'effet de l'acide sur le visage.

Jace est la seule personne à laquelle je tienne dans ce monde, à présent que notre mère nous a quittés.

S'il découvre ce que Tommy a fait… et que je n'ai en aucune manière défendu Liam.

Ou pire… que j'ai même participé.

Il me haïra

Comme tout le monde.

— Liam t'en veut à mort, annonce Bianca dès que je rentre avec Jace.

Je comptais me rabibocher avec Hayley, mais Jace m'a sermonné et accusé d'être un frère merdique, après quoi il m'a traîné de force à la maison.

Trop génial. L'enfoiré m'a carrément balancé.

Jace me regarde. Et la déception rejaillit.

— C'est pas ma faute s'il a détalé de la piste en sanglotant. Faut t'en prendre à Tommy DaSilva, pas à moi !

J'en ai ma claque que tout le monde me reproche les problèmes de Liam. Il se les inflige lui-même.

— Pas toi, rectifie Bianca avant de regarder Jace. Toi.

Jace a l'air abasourdi… autant que je le suis, en fait.

Contrairement à Liam et moi, Jace et Liam s'entendent à merveille.

Si bien que Jace nie qu'il a des sentiments pour Dylan. Pourtant, ça saute aux yeux qu'ils sont faits pour être ensemble.

— Moi ? demande Jace. Il a dit pourquoi ?

Bianca réfléchit une minute.

— Non, dit-elle puis, un sourire en coin, elle lève les yeux au plafond. Mais il m'a demandé où se trouvait la batte.

Au même instant, un bruit fracassant retentit à l'étage.

Oh ! l'hallu. Liam a des couilles, finalement.

Je pousse un long sifflement. La situation part définitivement en couille !

— Laisse-moi deviner : tu lui as montré où elle était rangée.

Bianca souffle sur ses ongles.

— Malin.

— Merci beaucoup, grommelle Jace avant de se ruer vers les chambres.

Je le suis de près.

— Que lui as-tu fait ?

Faut que j'entende ça. Jace et Liam ne se querellent jamais.

— Aucune idée.

Je suis sceptique. Considérant que Liam détruit la maison à coups de batte, il a forcément fait quelque chose.

— C'est la première fois que je le vois s'énerver comme ça, murmure Bianca derrière nous.

Je confirme. Ce qui signifie qu'elle doit rester sur le canapé, en sécurité.

Jace et moi nous retournons.

— Redescends au salon.

Contrariée, elle repart à contrecœur.

— J'espère que Liam vous éclatera les burnes avec sa batte.

Une explosion de verre agresse mes oreilles dès que Jace ouvre la porte de sa chambre.

Quand j'entre, ma mâchoire n'est pas loin de taper contre le parquet. Sa chambre est littéralement saccagée.

L'imbécile s'est même débrouillé pour briser le bien le plus précieux de Jace, un écran d'ordinateur monumental.

— Qu'est-ce qui te prend ? hurle Jace.

Batte levée, ses yeux furibonds basculent vers nous.

— J-j'anéantis ce que tu aimes.

Un autre coup de batte, destiné à la tour cette fois.

— Peut-être que maintenant tu sauras ce que ça fait, dit-il en bégayant.

Jace paraît aussi perplexe que moi.

— Je ne comprends pas. Je n'ai rien cassé de…

— Dylan, crache Liam en s'attaquant à sa Xbox, ce qui projette une pluie d'éléments en plastique et en métal à travers la chambre. Je vous ai vus vous embrasser dans la réserve.

Lâcher de micro.

C'est pas trop tôt… Bravo, Jace ! Enfin.

— T'en as mis, du temps, lui dis-je.

Depuis des années, Jace refoule ses sentiments pour Dylan, pour ne pas heurter Liam, qui l'a bêtement revendiquée à la seconde où Jace l'a invitée à la maison.

— Ta-ta g-gueule, rugit Liam d'une voix brisée.

Quel bébé…

Je lève les mains dans l'idée de prendre un semblant de contrôle sur la situation.

— Frangin, tu te comportes comme un psychopathe. Pose cette batte.

— Non, dit-il avant de dégommer une pile de jeux vidéo. Tu savais à quel point je l'aimais.

Jace semble à deux doigts de gerber.

— Comment tu as su ?

Le visage satisfait d'un tyran bien connu me vient à l'esprit.

J'ai comme l'impression qu'il l'a su par Tommy DaSilva.

Comme mes deux frères, il a un gros *crush* sur Dylan.

Sauf qu'elle ne veut rien avoir à faire avec lui.

Même s'ils étaient affreusement proches ce soir.

Mais bon, Jace est allé au bal avec Britney, dont tout le monde sait qu'elle est l'ennemie de Dylan.

Je me frotte le menton. Peut-être que c'est pour cela qu'elle a accepté l'invitation de Liam. Dylan était jalouse et froissée. Elle aura voulu lui rendre la monnaie de sa pièce, en lui infligeant le même traitement.

Et quel meilleur moyen d'y parvenir qu'en se servant de Liam, le frère amoureux d'elle ? Seul hic, Liam a sûrement cru qu'elle l'avait accompagné parce qu'il lui plaisait. Le crétin.

Et ensuite, Dylan a passé la soirée à faire ami-ami avec Tommy, rien de moins.

Et, je ne sais trop comment, elle s'est retrouvée à embrasser Jace dans une réserve où… surprise ! Liam a comme par magie assisté à la scène.

Ça empeste le coup monté. Par deux traîtres.

L'enfer ne contient pas plus de fureur qu'une femme dédaignée.

Et un manipulateur qui prend plaisir à remuer la merde.

— Je-je viens de te le dire, abruti, vocifère Liam en bafouillant. J'ai vu…

— Comment savais-tu que nous étions dans la réserve ? (Je vois le moment où ça fait tilt dans la tête de Jace.) Putain de merde.

Ouais, c'est méga pourri.

En particulier si l'on considère que tout de suite après, Tommy a humilié Liam.

Ou comment frapper un homme à terre.

Liam fracasse ensuite la télévision de Jace.

— To-Tommy m'a dit que tu faisais des trucs en douce. Je ne l'ai pas cru. Mais il a dit qu'il pouvait le prou-prouver.

Respect, ce connard est habile.

Le visage de Jace se décompose.

— Je suis tellement…

Une chanson de Jimmy Eat World emplit la pièce. La sonnerie de Dylan.

Elle a du culot de téléphoner après ça.

Les yeux de Liam sont semblables à ceux d'un rapace.

— C'est… elle ?

Évidemment, c'est elle, connard. Quelle autre fille de notre entourage est obsédée par ce groupe débile ?

Jace rejette prestement l'appel. Excellent choix.

— Peu importe.

Liam pose un ordinateur portable Apple flambant neuf sur le bureau.

Mon père a proposé de lui offrir pour son anniversaire mais Jace a décliné… comme toujours.

Il a préféré économiser chaque centime qu'il a gagné en tondant des pelouses l'an dernier pour se le payer.

Jace fait un pas vers lui.

— Liam, arrête !

Liam le provoque en soulevant la batte puis relève l'écran et l'éclate en mille morceaux.

Je n'avais jamais ressenti cette envie dévorante de tuer quelqu'un avant cet instant. Je sais que Jace a bossé dur pour se l'offrir.

Je sais avec quelle force il aime Dylan.

Et Liam.

C'est inacceptable. Liam fait des caprices d'enfant gâté, et c'est injuste pour Jace.

— Tu-tu lui as dit que je l'aimais ? (Il frappe.) Vous-vous êtes bien marrés, tous-tous les deux ?

— Non. Je t'ai dit que je ne te ferais jamais un truc pareil.

Je le crois. Jace ne trahirait en aucun cas Liam.

— Ah ! Comme si je pouvais te faire confiance, hurle-t-il. Tu n'es qu'un sale men-menteur.

Faux. Jace est un frère formidable, qui ne mérite pas une goutte du fiel de Liam.

— Putain, mon gars, reprends-toi, je crie à mon tour. Cesse de t'acharner sur les affaires de Jace comme un vrai demeuré.

Liam me lance un regard mauvais.

— Il a em-embrassé Dy...

— Ouais, je sais. Mais Dylan ne t'appartient pas, tu sais. (Je ricane devant sa naïveté presque comique.) Tu pensais vraiment que tu avais tes chances avec elle ? (Je lutte pour garder mon sérieux.) Un aveugle aurait remarqué qu'elle était amoureuse de Jace depuis un moment. Mais même sans cela elle ne sortirait pas avec un gars comme toi.

Malgré ses bizarreries et sa morgue, Dylan déborde de charisme.

Liam se situe à peine dans la moyenne. Et il ne cesse de dégringoler.

Des potes à l'école l'ont surnommé le monstre aux yeux verts à cause des cicatrices qui zèbrent son visage.

Grâce au physique exceptionnel de nos parents, tout le monde dans la famille se détache du lot.

Sauf lui. À présent, l'extérieur est à l'image de l'intérieur.

— Cole, rétorque Jace.

Non. S'il n'est pas prêt à se défendre et à mettre un terme au déballage pitoyable de Liam... je le ferai.

Il est grand temps que quelqu'un lui remette les idées en place. Qui mieux que son jumeau peut s'en charger ?

— Personne ne t'aime, Liam. Même pas ta famille. (L'aversion me submerge.) Tu es embarrassant. Toujours en quête d'attention, pleurant ou bafouillant...

— Assez, gronde Jace, prêt à frapper du poing. Un mot de plus et je te jure que je te refais le portrait.

Sérieux ? Liam a bousillé toutes ses possessions, refuse qu'il soit heureux avec la fille qui lui plaît et, sans raison valable, je demeure le problème de l'histoire ?

C'est comme si toutes les personnes auxquelles je tenais portaient des œillères, et que personne ne le voyait tel qu'il est véritablement.

Peut-être que je devrais me balader avec un masque, moi aussi.

Un qui fasse croire aux gens que je suis un type génial… comme Liam.

— OK. Faites chier.

Je regarde Liam. Je n'ai jamais exécré personne autant que lui. Je suis sûr que ça ne se produira pas de toute ma vie.

— Je vous emmerde tous les deux.

Je leur fais un doigt d'honneur.

— Réglez vos problèmes entre vous, je m'en cogne.

Je commence à m'éloigner, puis je marque une pause devant la porte.

— J'aurais préféré que ce soit l'un de vous qui y reste à la place de maman. Peut-être qu'alors, cette famille ne serait pas un tel désastre.

Avec l'un d'eux en moins, peut-être qu'elle aurait enfin pu m'aimer.

Je m'apprête à me retourner pour m'endormir quand on frappe à ma porte.

J'ignore le bruit.

Je sais qui se trouve de l'autre côté, et ses imbécilités ne m'intéressent pas.

Toc-toc.

— Dégage.

— S-S'te plaît, implore Liam, la voix brisée. J'ai… j'ai besoin de te parler.

Oh ! bon sang. Et c'est reparti.

Comme notre mère, Liam souffre de ce que ma famille qualifie de sautes d'humeur.

En temps normal, quand il est contrarié, il reste au lit et dort jusqu'à ce que ça passe, mais certaines nuits, il reste éveillé durant des heures. Et fait des conneries.

Comme peindre une fresque sur le mur du salon. Affreuse, en plus.

Mon père a vu rouge. Mais naturellement Liam a fondu en larmes et s'est plaint que maman lui manquait, qu'elle aurait aimé son abominable gribouillis représentant un hideux papillon vert.

Non seulement il ne s'est pas fait engueuler… mais la monstruosité est restée six mois sur le mur.

Une autre nuit, il a décidé de jeter aux ordures toute la nourriture du frigo. En réponse à nos questions, le lendemain matin, il a expliqué qu'il ne supportait plus que des animaux soient massacrés et exigeait que nous devenions tous végans sur-le-champ.

Devant nos objections, il a menacé de nous dénoncer à la police sous prétexte que nous étions des assassins.

A-t-il eu des ennuis ? Que dalle.

Nous avons été contraints de nous nourrir comme des lapins, le temps que Liam décrète qu'il en avait assez, une semaine plus tard, et nous libère de cet enfer.

Ensuite, il y a eu la phase où il a voulu apprendre à jouer du trombone.

Quand aimait-il s'exercer ? À 3 heures du matin.

Nous avons tous été obligés de porter des bouchons d'oreille, pendant deux longues semaines… jusqu'à ce qu'il se lasse, et le jette dans la piscine.

Jace l'a repêché sans dire un mot, mais en fait je savais à quelle conclusion il était parvenu.

Liam était malade… exactement comme notre mère.

Mais, case en moins ou pas, cela ne l'autorisait pas à être horrible à vivre ni à tourmenter son entourage.

Jace a tenté de persuader notre père de l'emmener consulter un psy, mais il a refusé.

Liam, pas notre père.

J'ouvre la porte, de mauvais gré. Sinon, il est capable de camper devant et de frapper toute la nuit.

— Que veux-tu ? je lui demande, ignorant ses yeux rougis et le plaid sur ses épaules.

Quel sens du drame…

S'il était plus futé, il se serait réfugié auprès de Bianca. Depuis l'accident, il dort de temps en temps dans sa chambre.

Au début, Jace et moi estimions cela bizarre, un peu pervers, mais en les espionnant, nous les avons trouvés enlacés, tremblotant et sanglotant.

Après quoi nous avons décidé de ne plus les embêter pour ça.

Il entre en me frôlant.

— J'ai be-besoin d'aide.

— À quel sujet ?

Il s'assoit sur mon lit.

— Dy-Dylan ne m'aimera jamais… pas-pas vrai ?

Comme je ne suis pas du genre à minimiser, je ne prends pas de gants.

— Non.

La colère noircit ses yeux.

— Jace m'a tr-trahi.

— Il ne t'a pas trahi.

Tout ne tourne pas nécessairement autour de lui. N'importe qui constaterait qu'ils se plaisent depuis des années. N'importe quel crétin sauf lui.

Ou bien il le voit aussi. Mais il refuse que Jace soit heureux.

Plus de temps avec Dylan signifie moins de temps avec Jace. Son protecteur de substitution.

— Mais s-si ! s'insurge Liam, en se redressant. Et T-Tommy… il… tout le monde a vu. Je ne survivrai jamais à ça. À l'école, ça sera encore pire… non ?

— Probablement.

Les larmes affluent sur ses joues.

— J'aimerais que les autres cessent de se moquer de moi.

— Alors ne leur donne plus de raisons de se moquer.

La réponse est d'une grande simplicité. Il refuse juste de se fondre dans la masse.

On dirait presque qu'il aime être différent.

— Qu'est-ce que ça veut dire ?

Ne voulant pas que Jace me reproche de l'avoir fait pleurer, je lâche l'affaire.

— Rien de spécial, dis-je en retournant vers la porte. Je vais me coucher. Laisse-moi dormir.

Liam secoue la tête, la couverture serrée autour de lui.

— Ils vont conti-continuer à se moquer de moi. Ma vie est fou-foutue.

Je ne suis pas d'humeur. En ce qui me concerne, il a creusé sa propre tombe.

— Sors d'ici.

— Je ne me sens pas bien, C-Colton. (Pressant ses paupières fermées, il se frappe la tête à plusieurs reprises.) Quelque chose ne va pas. (Un sanglot étranglé résonne.) Je souffre trop.

Son affliction ne devrait pas me faire plaisir… or, je jubile.

Une fois de plus, j'indique la porte.

— Je m'en fous.

— Maman me manque, sanglote-t-il. C'est la seule qui m'a aimé. Elle me disait que j'étais spécial.

J'en doute pas.

La fureur courant sur ma peau, je l'attrape par le bras.

— Alors tu devrais peut-être la rejoindre.

— Quoi ?

— Vire de ma chambre ! je hurle de frustration. J'ai envie de dormir.

Campé sur ses pieds, Liam refuse de bouger.

— N-non.

Il ne me laisse pas le choix. Cramponnant son bras, je le tire vers la porte.

Liam se débat mais étant plus costaud, je l'emporte.

— Pou-pourquoi tu veux p-pas que je reste ? Pourquoi tu me détestes autant ?

Parce que tout le monde me compare à lui.

Parce que je n'existe pas quand il est là.

Parce que je suis fatigué qu'il m'éclipse constamment.

Parce qu'il est sensible, faible, fragile et bidon.

Parce qu'il est autorisé à avoir des défauts.

Parce qu'il est tout ce que je ne suis pas.

— Parce que tu es toi.

Et je suis moi.

Il se rembrunit.

— Eh bah, peut-être que je te déteste aussi.

Je plante mes yeux dans les siens.

Bien.

Pour une fois, nous tombons d'accord.

J'actionne la poignée.

— Dégage.

Il renifle, essuie son visage avec sa couverture comme le bébé qu'il est.

— S'il te plaît, Colton. Je ne veux pas rester s-seul.

Il tente de la refermer mais je résiste.

— Et je ne veux pas avoir un jumeau relou qui refuse de dégager de ma chambre. Mais bon… la vie est injuste. (Je me colle à son visage.) Maintenant dehors, avant que je t'en colle une.

— Colton.

J'indique le couloir.

— Dehors. J'en ai marre de voir ta tête d'imbécile.

Épaules basses, il se décide à sortir de ma chambre.

Je claque la porte derrière lui, si rapidement que sa couverture se coince dans le montant.

— Ma cou-couverture.

Si je l'ouvre, je serai forcé de le revoir. Hors de question.

— Oh ! tant pis.

Il grogne et tire de son côté de la porte, puis j'entends le tissu se déchirer.

Enfin, il disparaît.

Une douleur.

Une douleur vive, si soudaine que mon torse entier semble s'effondrer.

Je me redresse d'un bond sur le lit. Liam.

Je jette un coup d'œil au réveil sur la table de nuit. Un peu plus de 3 heures du matin, Liam dort certainement.

Un autre coup d'épée me transperce le cœur, comme une aiguille dans une pelote. Ça fait mal.

Mal au point que je n'ai pas d'autre choix que de crier.

— Liam.

L'imbécile n'a pas intérêt à faire un truc débile. Je ne suis pas d'humeur pour un énième changement de régime alimentaire ou pour me faire transpercer les tympans par son trombone.

Je devrais vérifier comment il va. M'assurer qu'il ne s'est pas blessé en faisait Dieu sait quoi. Je soulève les couvertures et commence à me lever.

D'un coup, la douleur diminue.

Il se porte très bien.

Bâillant, je me remets au lit et me rendors.

— Que veux-tu pour déjeuner, Cole ? bougonne Jace, en faisant sauter des *pancakes*.

Sauf que ce ne sont pas juste des *pancakes*. C'est le petit déjeuner préféré de Liam.

— Mon petit déjeuner préféré.

Je sais que je joue avec le feu, mais tant pis. Pourquoi Liam devrait recevoir un traitement de faveur alors qu'il a ravagé la chambre de Jace ?

— Très bien, dit Jace, visiblement agité. Étant donné que tu n'aimes plus les œufs brouillés, c'est quoi ?

Avec un sourire complaisant, je repousse mon bol de céréales.

— *Frittata* et crème brûlée.

Je ne sais pas exactement en quoi consiste une *frittata*, mais j'ai un jour entendu mon père en commander une à son assistante.

Le nom évoque quelque chose de sophistiqué et de compliqué à cuisiner. Parfait.

Jace lève les yeux au plafond.

— Tu n'as pas goûté à une seule *frittata* de ta vie. Et la crème brûlée est un dessert. Et, soyons clairs, je ne suis pas un putain de cuistot, alors soit tu manges ce que je prépare, soit tu manges pas.

— Pourquoi vous criez tous encore ? geint Bianca, en se laissant retomber sur la chaise à côté de moi.

— Parce que Jace aime Liam plus qu'il ne m'aime.

Tourner autour du pot, c'est pas mon genre.

— Ce n'est pas…

— Pfft, fait-elle en prenant une pomme dans la corbeille. Tout le monde préfère Liam.

Ni celui de Bianca.

— Pas maman. J'étais son préféré.

Parfois la vérité fait tellement de peine… que je préfère mentir.

Bianca éclate de rire.

— Non…

— Bianca. (Jace l'alerte d'un regard.) Arrête ça. (Il se sèche les mains sur un torchon puis me regarde.) Et si on faisait un truc ensemble aujourd'hui, toi, moi et Liam ?

Bianca fait la moue.

— Et moi ?

— Mais oui. Mme Garcia nous conduira au centre commercial. Sinon on peut aller au ciné.

Manifestement, j'ai décroché des places au premier rang pour un nouveau spectacle dédié à Liam.

Sans façon.

— C'est ce que Liam aime faire, je lui rappelle inutilement.

Soupirant, il se pince l'arête du nez.

— On peut se faire des passes dans le jardin, avant de partir.

Ce qu'il m'énerve. Mon talon d'Achille. Peut-être qu'après tout, Jace se soucie de moi.

— D'accord. Tu penses que Liam va pleurer comme la dernière fois ? je demande à Bianca.

— Seulement si tu lui lances encore le ballon au visage.

Ah, les moments de plaisir.

— Excellente idée.

— Vous voulez bien arrêter, tous les deux ? (Il jette la poêle sale dans l'évier et en prend une propre.) C'est possible de passer un seul jour ensemble sans prise de tête ?

Bianca me pousse du coude.

— C'est quoi, son problème ? Il est plus ronchon que d'habitude.

— Je vous entends, vous savez, crie Jace.

L'ignorant, je lui livre l'entière vérité.

— Jace et Dylan se sont bécotés à la teuf hier soir, et Liam a pété une durite.

Elle grimace.

— Pourquoi ? Jace et Dylan se font les yeux doux depuis des mois. (Elle prend des grains de raisin dans la corbeille.) Je ne peux pas croire que Liam pensait sérieusement avoir ses chances.

— J'ai une super idée, marmonne Jace. Et si on évitait le sujet ?

Bianca émet des bruits de bisou.

— Mais toi et Dylan êtes amoureux.

— Non. Nous, euh… faisons un break. (Il fouette la pâte à *pancake* avec plus de vigueur.) Le temps que Liam… vous savez.

Redescende de sa crise de nerfs à la con et t'autorise à avoir une vie.

— T'accorde sa permission ? suggère Bianca, qui m'enlève les mots de la bouche.

— Plus ou moins, il bougonne.

— C'est nul, je déclare. Liam doit ravaler sa fierté. Le monde ne tourne pas autour de lui.

— Vous pouvez toujours vous voir en secret, Dylan et toi, suggère Bianca. J'ai vu un film dans lequel le mari part au travail, et le garçon qui entretient la piscine entre en douce juste après. La femme était tellement contente de le voir qu'elle est tombée à genoux…

— Quoi ? je hurle en même temps que Jace.

— Comment tu as… où est-ce que…

Je ne peux pas formuler la question car mon cerveau refuse la notion que ma petite sœur se familiarise avec le porno.

Bianca croque dans une poire.

— Je suis allée chercher le vernis à ongle de maman dans la chambre de papa la semaine dernière. J'avais la flemme de redescendre pour me vernir les ongles, alors j'ai allumé la télé et je suis tombée sur ce film. (Elle fait la moue.) Je n'ai pas vu la fin. J'ai renversé le vernis sur la moquette pile au moment où la dame s'est mise à prier.

Jace et moi échangeons un regard.

— À prier ? dis-je en espérant que nous nous méprenons, et qu'elle a regardé un truc religieux plutôt que du porno.

Bianca hausse innocemment les épaules.

— Ouais. Sinon, pourquoi se serait-elle agenouillée ?

Facile.

— Pour a…

Jace me foudroie du regard.

— Pour prier. (Je tousse.) Je parie qu'elle priait hyper bien.

Je note de dénicher cette vidéo, pour vérifier personnellement son expertise en prière.

Jace retourne les pancakes et jette un œil à la pendule.

— L'un de vous monte réveiller Liam ? Le petit déj est bientôt prêt.

— Pas moi, dis-je en même temps que Bianca.

— J'ai compris…, commence-t-il à râler quand la porte s'ouvre.

La tension sature l'espace à l'instant où notre père apparaît dans la cuisine.

Jace le méprise. En fait, je dirais qu'il le déteste autant que je déteste Liam.

Bianca et moi le tolérons, mais seulement parce qu'il nous achète plein de trucs cools.

Avec un sourire surfait, il survole la pièce du regard.

Il a l'habitude de faire ce truc bizarre, où il oublie que notre famille est franchement déglinguée.

De la même manière qu'il oublie qu'il a des enfants, vu qu'il s'absente en quasi-permanence.

— Oh ! génial. C'est quoi tout ça ?

Jace lui lance un regard mécontent.

— À ton avis ?

— Ouais, bon, en tout cas, ça sent super bon. (Détournant le regard, il joue avec les cheveux de Bianca.) Merci, Jace.

Il traite invariablement Jace comme notre domestique.

Mais il traitait maman de la même manière.

Le monde entier repose sur les épaules de mon frère aîné depuis son décès.

La plupart du temps, j'oublie que si Bianca, Liam et moi pouvons vivre notre enfance, c'est parce que Jace a renoncé à la sienne.

Ce serait sympa que Jason Covington s'en rende compte aussi et assume son rôle de parent.

— Pas de quoi, fait Jace en lançant la spatule sur le plan de travail. Je monte chercher Liam.

Jace s'élance dans l'escalier… nous laissant seuls avec le donneur de sperme.

— Alors, quoi de neuf à l'école ?

Bianca triture ses cuticules.

— Rien de spécial.

Il me regarde.

— Et toi ? Le football, ça se passe bien ?

— J'sais pas. C'est le printemps.

Il rit nerveusement.

— Que puis-je dire ? Le temps me file entre les doigts. (Il se frotte le menton.) J'ai une idée. Je vais remanier mon planning pour pouvoir assister à tes matchs, la prochaine saison.

Pas la peine que je saute au plafond. Il n'a pas assisté à un seul à ce jour.

Tandis que Jace n'en loupe pas un seul.

— Si tu le dis.

Il se tourne vers Bianca.

— En classe, tu as de bonnes notes ?

— Ouais, ça va. Je peux avoir de l'argent pour faire du shopping ? J'ai sérieusement besoin de chaussures et de vernis à ongles.

Son visage s'éclaire. À l'inverse de Bianca, qui est la copie conforme de notre mère, et de Jace, qui est un étrange mélange des deux, Liam et moi tenons de lui nos yeux verts et notre peau claire d'Irlandais.

Je déteste ça.

— Bien entendu, ma chérie. Dis-moi quand tu veux y aller, je prêterai ma carte à Mme Garcia.

— Jace a prévu de nous emmener au centre commercial aujourd'hui.

— Bon, alors je la passerai à Jace. (Il écarquille les yeux.) Réflexion faite, ça vous dirait que je me libère pour vous accompagner ?

Bianca manque de s'étrangler en buvant.

— Sans rire ?

— Tu te sens bien ?

Je ne me souviens pas qu'il ait déjà pris sa journée pour nous. Ce qui ne peut signifier qu'une seule chose.

— Tu t'es fait virer ?

Bianca blêmit.

— T'as un cancer ?

Il rit.

— Non, je n'ai pas été renvoyé. Et non, je n'ai pas de cancer. Je dirige mon entreprise, j'ai le droit de me libérer quand je veux.

Estomaquée, Bianca me regarde.

— Oh !

Il choisit une pomme dans la corbeille.

— Alors, mon gars. As-tu besoin de quelque chose au centre commercial ?

Je hais qu'il m'appelle « mon gars ».

Cependant, j'adore qu'il m'achète des affaires.

Je réfléchis, mes doigts pianotant sur la table.

— Rien de particulier mais il y a un stage de football auquel j'aimerais participer cet été. Mais c'est hors de prix, parce qu'il est organisé par un ancien de la NFL.

— Considère que tu es inscrit.

— Tu as l'air coupable, papa, remarque Bianca en l'examinant. As-tu fait une bêtise ?

Pris au dépourvu, il s'étrangle en mâchant sa pomme.

— Bien sûr que non. Je veux juste passer du temps avec mes enfants, rien de plus. (Il me regarde.) Tu as une idée de ce qui ferait plaisir à Jace ? Je sais qu'il fournit beaucoup d'efforts à la maison, j'aimerais le remercier.

— Alors, dis-je en comptant sur mes doigts. Il lui faut un ordi portable, un moniteur et un tour d'ordinateur, une Xbox…

— Doucement, mon gars. Et les siens, que sont-ils devenus ?

— Liam les a dégommés avec une batte, l'informe Bianca.

Sous le choc, il ouvre la bouche.

— Comment ? Pourquoi…

Un hurlement perçant le coupe. En d'autres circonstances, j'aurais dit qu'un animal blessé se terrait à l'étage.

— Papa ! hurle Jace, la voix étranglée par l'émotion. Papa, j'ai besoin de toi. Il se passe quelque chose avec Liam !

Mon estomac chute sur mes pieds. Jace ne l'a pas appelé papa depuis des années.

L'heure est grave. Super méga grave.

Je suis le premier à bondir de ma chaise.

Peut-être que Liam a commis un acte inconsidéré la nuit dernière et qu'il s'est blessé.

Comme la fois où il a escaladé la bibliothèque du bureau, dérapé, s'est cogné la tête contre un angle et a eu besoin de points de suture.

Étant le premier parvenu à l'étage, je suis aussi le premier à accéder à sa chambre.

— Qu'est-ce qu'il a fait…

Mon sang se glace. Le truc dans ma poitrine touche le fond.

Ce n'est pas comme la fois où Liam a dû être recousu.

Des points de suture ne remédieront pas à cela.

J'enfonce mes ongles dans mes paumes, convaincu qu'il s'agit d'un cauchemar.

Sauf que non.

Parce que, à trois mètres de moi, mon jumeau est… suspendu à une corde à la porte de sa penderie.

Jace paraît encore plus désarmé que papa à l'enterrement de maman.

— Que… oh, mon Dieu, criaille notre père, ses jambes se dérobant sous lui.

— Qu'est-ce qui se passe ? crie Bianca dans le couloir, ses pas se rapprochant.

L'intuition prend le relais, et je ferme la porte à clé avant qu'elle ne l'atteigne.

Je ne peux pas la laisser voir ça. Elle en ferait des cauchemars jusqu'à la fin de ses jours.

Elle aime son grand frère. Il est son préféré.

— Hé, laissez-moi entrer ! braille Bianca en tambourinant à la porte.

— Descends appeler les secours ! lui ordonne Jace.

Ce n'est d'aucune utilité. Liam ne peut plus être secouru.

Mais cela l'occupera temporairement.

— Nous devons le détacher, dit Jace. Nous ne pouvons pas… pas le laisser… (les larmes affluent dans ses yeux.) C'est peut-être pas trop tard…

Si.

Son corps rigide a pris une teinte bleutée, ses yeux sont presque exorbités.

Nous ne pouvons pas le sauver. Personne n'en a le pouvoir.

Jace regarde notre père, à présent enroulé en position fœtale, par terre.

— Papa.

Allez, le paternel. Secoue-toi. Tes gosses ont besoin de toi.

Sois un putain de parent ne serait-ce qu'une fois dans ta fichue vie.

Mais il ne bougera pas… il ne peut pas. Il ne sait pas faire.

Je m'empare de mon couteau de poche, que je garde sur moi en permanence.

— Laisse-moi faire.

Je le haïssais tant… je suis tout désigné.

Ce sera moins éprouvant pour moi que ça le serait pour Jace. Juste une corvée de plus.

Je fais un pas… mais la couverture verte, à ses pieds, dans la penderie capture mon attention.

Il en manque un bout.

Je l'ai trouvé sur la moquette de ma chambre ce matin.

Liam a essayé de m'alerter.

Une abominable pensée me vient alors. Tellement effroyable, tordue et déglinguée que j'ouvre la bouche en quête d'oxygène.

Je l'ai envoyé la rejoindre.

Mais je n'ai pas… je ne pensais pas qu'il…

Ça n'était pas censé se produire. Liam fait toutes sortes de choses pour avoir la vedette, mais ça ?

J'aurais dû venir voir comment il se sentait.

J'ai eu la sensation. Je sais ce qu'elle signifie.

Séchant ses larmes avec sa manche, Jace m'arrache le canif des mains.

— Je peux le faire.

Bianca cogne à la porte.

— L'ambulance arrive. Je veux entrer.

— Retourne au salon, crie Jace.

— Non. Je veux voir Liam.

Elle ne peut pas.

Elle ne le reverra plus.

Aucun de nous ne le reverra.

Parce qu'il ne reviendra pas.

— Bianca, descends, hurle de nouveau Jace, mais il sanglote tellement qu'il est à peine audible.

— Liam !!! s'égosille Bianca, en martelant la porte de toutes ses forces. Liam, sors de là !!!

Il ne peut pas.

Des sanglots gutturaux s'échappent de sa gorge.

— Je veux voir Liam.

Il est parti.

Pour toujours.

— Je dois l'emmener au salon. Quand l'ambulance arrivera, elle va vouloir ruser pour entrer.

Je pense que Jace s'adresse à moi, mais sa voix est distante.

Tout me semble lointain. Comme un univers parallèle.

Un univers dont Liam ne fait plus partie.

Je me sens différent… amoindri.

Comme s'il manquait quelque chose en moi. Un organe ou…

Bianca donne des coups de pied dans la porte.

— Liam !

— Cole.

Liam et Cole… depuis toujours, c'était Liam et Cole.

À présent, c'est juste…

— Cole, implore Jace. S'il te plaît.

— D'accord.

Je ne reconnais pas la sonorité de ma voix. Elle est hachée.

Je vois flou, et sur mes jambes molles comme des nouilles trop cuites, je me dirige vers la porte.

Sans savoir comment, je réussis à tourner la poignée.

Je suis tellement déconnecté que je ne suis pas préparé à la force de Bianca. Elle m'écarte et entre en trombe.

Un hurlement suraigu à glacer le sang se réverbère dans la chambre.

— Liam !

— Bordel de merde, souffle Jace.

— Je suis tellement désolé. (Je me retourne pour le regarder.) Je suis désolé d'avoir merdé.

Je n'ai pas du tout assuré. À tel point qu'il ne me pardonnera jamais.

Je ne me pardonnerai jamais.

Je soulève Bianca, qui se débat et braille, et descends l'escalier à toute allure.

— Je suis désolé, je murmure pendant qu'elle sanglote.

Je suis désolé que ton grand frère préféré ne soit plus de ce monde.

Je suis désolé de ne pas l'avoir écouté, hier soir, quand il a eu besoin de moi.

Je suis désolé de l'avoir détesté alors que j'étais supposé l'aimer.

Je suis désolé qu'il soit mort alors qu'il devrait être là.

La douleur dans ma poitrine rejaillit en force, mais cette fois, ce n'est pas parce que Liam souffre.

C'est parce que, à l'image de la déchirure de sa couverture verte, il manque un bout de moi.

Un morceau que je ne pourrai jamais restaurer ni recoudre.

Un morceau que je ne récupérerai pas.

Et j'en suis l'unique responsable.

73

Sawyer

Les larmes abondent à un tel rythme que je n'ai pas le temps de les essuyer avec ma manche.

Mon cœur se brise en une myriade d'éclats pour Liam.

Pour Jace.

Pour Bianca.

Mais principalement pour lui.

— Cole…

— Quand ils ont emporté son corps, je suis retourné dans la penderie et j'ai trouvé la bible, dit-il à peine plus fort qu'un murmure. Elle était sous sa couverture. Il la tenait sûrement lorsqu'il…

— Cole…

— Il n'a pas laissé de lettre… juste ça.

— Seul Liam sait pourquoi il a encerclé ce passage. C'est facile de percevoir quelque chose comme négatif, quand le pire s'est produit. Peut-être que Liam s'en servait pour se rappeler que tout le monde doit s'aimer parce qu'il était harcelé…

— Tu ne le connais pas, proteste Cole en se relevant. Tu ne l'as jamais rencontré.

Il porte son regard vers le ciel, son expression abattue déchirant l'une de mes cordes sensibles.

— Il est mort à cause de moi.

— Il est mort parce qu'il s'est suicidé, je rectifie en me levant de la pelouse.

Non pas pour rejeter tous les torts sur Liam, mais pour apaiser Cole.

Pas étonnant qu'il lui soit difficile de s'ouvrir. Le vrai Colton est enfermé dans un tombeau de culpabilité.

Comme s'il était lui aussi mort ce jour-là.

Il secoue la tête avec vigueur.

— Il a essayé de m'appeler à l'aide.

C'est facile de l'interpréter ainsi après coup.

Cole l'a repoussé parce que Liam l'importunait, et il pensait qu'il traversait une nouvelle crise dépressive ou qu'il cherchait de l'attention.

Pas parce qu'il souhaitait sa mort.

La réaction de Cole est insensible et impitoyable… c'est indéniable.

Pour autant, il n'a pas tué Liam.

Je saisis son visage entre mes mains pour le forcer à me regarder.

— Dans un monde idéal, tu l'en aurais empêché, d'accord ? Mais tu ne pouvais pas deviner ce qui allait se passer. Ce n'est pas comme si Liam avait porté une enseigne lumineuse pour alerter sur ses intentions.

On ne sait jamais réellement quand quelqu'un est aux portes de la mort… même en cas de suicide.

— Si, il m'a averti. Et je l'ai ignoré. Pire que ça… j'ai aggravé les choses.

Je n'ai pas la bonne réponse. Pas une qu'il soit prêt à entendre.

Mais je dois tenter de le raisonner.

— Parce que tu étais un gamin ! je m'écrie. Un gamin qui s'entendait mal avec son frère. Un gamin qui ne savait pas comment gérer les problèmes psychologiques de son jumeau, parce qu'il avait déjà les siens à régler. L'ignorance et la culpabilité sont deux choses différentes. C'est comme accuser quelqu'un qui ne sait pas nager de s'être noyé. Tu ne disposais pas des bons outils ni des connaissances nécessaires. Tu ne savais pas…

— Il a essayé de me le dire, et je l'ai envoyé bouler. (Ses tourments tordent ses traits.) Putain, c'est probablement moi qui lui ai planté cette foutue idée dans la tête, pour commencer.

— Tu ne peux pas l'affirmer. Il avait besoin d'aide, Cole. D'une aide professionnelle. C'est affligeant qu'il n'ait pas été pris en charge.

Il ferme les yeux.

— Il n'a pas obtenu d'aide à cause de moi.

— Non, à cause de tout le monde, surtout de ton père qui était l'adulte et était tellement terrifié par la maladie de Liam qu'il a caché la poussière sous le tapis.

Je ne pense pas que M. Covington soit une mauvaise personne. J'éprouve de la compassion pour lui qui a enduré tant d'épreuves. Je n'imagine pas la souffrance de perdre une femme et un fils en si peu de temps.

Toutefois, ses autres enfants n'ont pas demandé à venir au monde, et ils ne sont assurément pas morts.

Ils avaient besoin qu'il agisse en parent… et il n'a pas répondu à leurs attentes.

La frustration marque son visage.

— Tu ne comprends pas, Sawyer.

— Toi non plus. Le plus dévastateur, avec le suicide, c'est que cela laisse les autres avec une multitude de questions… et zéro réponse. Mais ce n'est pas parce que tu ne détiens pas les réponses que tu es responsable. Il y a tant d'infimes détails qui influent sur nos décisions…

Un bruit étranglé dans la gorge, il retombe à genoux.

— Stop. Arrête de me trouver des excuses… arrête de me regarder à travers tes lunettes roses à la con, alors que je me montre sous mon vrai jour.

Il veut que je lui fasse porter la responsabilité, et que je tire un trait sur lui.

Il pense que c'est ce qu'il mérite… mais il se goure.

Je m'accroupis à côté de lui.

— Cesse de regarder le suicide de Liam d'un seul œil.

Il ricane.

— Tu t'entends parler ? Je l'ai rabaissé. Blessé. Tous les jours, je lui ai fait du mal. Je n'ai jamais… (sa voix se brise.) Jamais je…

Il ne peut pas prononcer les mots.

Je l'entoure de mes bras.

— Tu ne l'ou…

— Je ne l'ai jamais aimé, crache-t-il avant de poursuivre d'un filet de voix. Et maintenant, je n'en aurai plus la possibilité. (Il empoigne mon sweat-shirt, tremblant contre moi.) Il m'en a privé. Ce sale égoïste, tellement lâche.

Je l'étreins plus étroitement. Si serré que je sens le chagrin parcourir son corps.

— C'est atroce, Colton. Ça craint comme c'est pas permis. N'empêche que ce n'était pas ta faute.

Cole ne tournera pas la page tant qu'il ne l'assimilera pas. Je comprends pourquoi il s'accuse. Sans doute que certaines personnes iraient dans son sens.

Mais ce n'est pas tout noir ou tout blanc. Avec ce genre de sujet, ça ne l'est jamais.

— Je n'ai jamais eu l'opportunité de me racheter, articule-t-il dans mon cou. Il ne m'a pas laissé une chance de réparer ça.

Et voilà précisément ce qu'il y a de plus triste, dans la perte de Liam.

Lui et Cole auraient éventuellement pu resouder leurs liens… mais personne ne le saura jamais.

Son chagrin est tangible.

— Je suis une personne exécrable, Sawyer. Une ho…

— Si tu étais un monstre, tu n'aurais pas porté assistance à Oliver.

Son expression s'assombrit.

— Je…

Non. Je ne le laisserai pas se rabaisser. Je continuerai de le marteler avec mes mots, inlassablement, jusqu'à ce que quelques-uns d'entre eux commencent à se fixer.

— Si tu étais une mauvaise personne, tu n'aurais pas cédé ta voiture à Cortland.

Il grogne d'exaspération.

— Je n'aurais jamais relevé le p…

— Si tu étais une mauvaise personne, tu n'aurais pas tiré l'alarme à incendie, ce fameux jour, au lycée.

Il se fige.

— Tu étais au courant ?

Bien sûr que oui. Je me souviens de chaque seconde de torture de cet incident.

Tout le monde se tenait en cercle autour de moi, la nouvelle élève rondouillette de l'école, et meuglait, alors que j'étais seulement vêtue d'une serviette.

Tout le monde excepté Cole qui s'était éloigné de la meute d'un pas déterminé.

Peu après… l'alarme avait retenti.

Pendant qu'ils se précipitaient tous vers les issues, je suis retournée en courant dans les vestiaires.

Ça m'était égal que le bâtiment soit en feu, que je sois brûlée vive.

Je voulais mourir ce jour-là.

Toutefois, dans le vestiaire, j'ai remarqué un blazer sur le banc.

Les initiales CC sur l'étiquette intérieure.

Tout à coup, j'ai su avec certitude qui avait tiré l'alarme… celui qui m'avait prêté sa veste pour que je puisse me couvrir en attendant que ma mère m'apporte des vêtements.

Me reculant un peu, je le regarde.

— C'était le jour le plus épouvantable de ma vie, mais tu m'as aidée. Rien ne t'y obligeait. Tu aurais pu faire comme les autres, te moquer de moi… mais tu ne l'as pas fait.

C'est ainsi que j'ai su qu'il était spécial.

Bien davantage qu'un abîme de bêtise insipide à l'intérieur.

Colton Covington est un jeune homme admirable, un footballeur américain talentueux doté d'un sacré bras en or.

Mais ce ne sont pas les raisons qui ont fait que, ce jour-là, je lui ai donné un morceau de mon cœur.

Je lui ai donné… parce qu'il m'a montré le sien.

Parfois, quand on s'y attend le moins… deux âmes magnifiquement brisées finissent ensemble.

Même lorsque le monde clame l'inverse… parce qu'ils ne rentrent pas dans la même boîte qu'eux.

— Les monstres n'ont pas ce genre de geste envers les autres, lui dis-je.

Il détourne les yeux.

— Cela n'efface pas ce que j'ai fait à Liam. Cela n'enlève pas le fait que je l'ai persécuté.… que je l'ai repoussé au moment où il avait besoin de moi.

— Tu as raison, ça ne change pas tes actions passées. (J'embrasse son front, ses joues.) Mais cela signifie que tu as appris… grandi. Nous commettons tous des erreurs. Certaines tellement abominables qu'elles retournent l'estomac, brisent des cœurs et ruinent des vies. Mais les gens peuvent changer, et ils changent. Tu n'es plus le garçon que tu étais à treize ans. La perte de Liam est tragique, mais il en est ressorti du positif, parce que tu as changé… en mieux.

Je caresse sa joue.

— Et même si Liam est mort cette nuit-là en t'attribuant tous les torts. Le fait que tu aimerais pouvoir arranger les choses… que tu regrettes d'avoir été méchant avec lui, de ne pas l'avoir écouté, de ne pas l'avoir aimé tant qu'il était encore là… signifie que ton âme est digne de pardon, Colton. (J'inhale un souffle tremblotant.) Et même s'il n'est plus là… ce n'est pas trop tard pour commencer à l'aimer.

Ce n'est jamais trop tard pour commencer à aimer quelqu'un.

Il m'enlace si étroitement qu'il éjecte l'air de mes poumons.

— Tu viens de me sauver la vie, Bigote.
Alors nous sommes quittes.
Parce qu'un jour, il y a bien longtemps…
Il a sauvé la mienne, aussi.

74

Sawyer

— Il a juste besoin de faire le point, dit Bianca au moment où nous entrons chez Christian. Se laisser un peu d'espace est bénéfique dans un couple.

Possible, mais cela n'atténue pas la douleur.

Cela fait presqu'un mois qu'il s'est effondré, et ça ne marche pas fort entre nous.

Nous sommes toujours ensemble, mais une distance s'est creusée.

C'est comme si plus je l'aimais… plus il me repoussait.

Étant donné que demain je prends l'avion pour me rendre au mariage de ma sœur, j'espérais vivement nous rabibocher avant de partir.

Toutefois, il a dit qu'il avait prévu une soirée entre garçons avec Oakley. Un jour normal, qu'il me snobe m'aurait contrariée mais, franchement, si Oakley peut aider Cole à se remuer, je valide.

J'avais l'intention de rester à la maison ce soir, mais Bianca a suggéré que nous fassions un saut à la soirée de Christian.

— Et puis je ne te tiens pas pour responsable, continue-t-elle pendant que nous approchons de la table remplie de bouteilles d'alcool. Il vit mal son engueulade avec Jace.

On ne peut plus vrai.

Cole a décidé de révéler son échange avec Liam, juste avant son suicide.

Disons juste que Jace s'est montré moins compréhensif que moi.

Il a informé Cole qu'il avait besoin d'une pause dans leur relation de frères.

Cole ne l'avouera jamais, évidemment, mais je sais qu'il souffre.

Cela dit, je pense qu'avec un peu de temps Jace l'acceptera.

Sinon ? Je lui rendrai une petite visite.

— Quel est ton ressenti à propos de leur échange ?

C'est sûrement inapproprié d'aborder la question au cours d'une fête, mais autant boucler le sujet.

Bianca cogite en remplissant son gobelet d'un alcool qu'elle ne s'embêtera pas à boire.

— J'aurais aimé qu'il l'en empêche. Mais, à ce moment-là, Cole était trop centré sur lui-même, il n'avait pas conscience que Liam… tu as compris. (Elle ravale l'émotion dans sa gorge.) Je pourrais passer le restant de mes jours à maudire Cole, mais du coup, je perdrais deux frères.

Juste quand on pense que Bianca n'est qu'une perturbatrice trop gâtée qui manipule son monde… elle montre une facette attachante de sa personne.

Je regarde autour de nous.

— Tu sais, on peut toujours oublier la soirée et aller papoter ailleurs… si ça te tente.

Je ne veux pas qu'elle ait l'impression d'être seule, ou de n'avoir personne vers qui se tourner.

Elle fronce le visage.

— Désolée, la Bigote. Merci pour l'invit, mais j'ai dépassé ma phase lesbienne… (Elle repère je ne sais quoi dans le fond de la salle.) Tout compte fait, dit-elle en me tendant son verre, je reviens.

— Que…, je commence à protester mais elle traverse déjà le salon en direction de la piste de danse improvisée.

Où Morgan et Hayley sont en train de danser.

Pas question que je me mêle à ce conflit.

À la place, je sors prendre le frais sur la terrasse.

C'est tellement étrange de ne pas voir Cole dans le jacuzzi, mais je suis fière de lui, car il affronte ses problèmes au lieu de les noyer dans l'alcool et la fête.

— Laisse-moi deviner, dit Cortland derrière moi. Il t'a larguée. (Avant que je n'aie pu le rembarrer, il s'impose à côté de moi.) Ce n'était qu'une question de temps.

On pourrait croire qu'il aurait cessé de médire, après que Cole lui a donné une voiture à deux millions de dollars, mais non. Le fumier est déterminé à répandre le malheur sur son chemin.

— Qui t'a blessé, Cortland ?

Il rit, boit une gorgée de bière.

— Je t'aurais bien retourné la question mais la réponse est douloureusement évidente. À moins qu'il ne soit caché. (Il fait mine de scruter les environs.) Ah, non, pas là. (Il me lorgne.) Mais vu comme ça se profile, il fait une belle connerie, parce que là, tu ressembles moins à une baleine échouée, et un peu plus à une fille bandante. (Il tape sa bouteille contre le gobelet dans ma main.) Bravo.

Ce type est tellement abject que j'en ai la chair de poule.

— Cole n'a pas rompu. Tout va très bien entre nous, sale con.

J'espère.

— Pour combien de temps ? raille Cortland, faisant écho à mes pensées.

Je ne tomberai pas dans le panneau.

— Tu peux me laisser tranquille ?

— D'accord, dit-il en se penchant un peu trop près de moi. Mais quand il décrétera que tu ne lui conviens plus et qu'il larguera ton gros cul, sans même un au revoir… ne viens pas te plaindre qu'on ne t'avait pas prévenue. Bonne soirée, il termine avec un sourire.

Sa cruauté me fait frémir.

Cole n'est pas celui qu'il décrit… entre nous, ce n'est pas le bonheur absolu en permanence. Mais c'est réel.

Je respire dès qu'il s'éloigne… jusqu'à ce que Casey m'accoste.

— C'est dur d'être la fille au sommet… n'est-ce pas ?

J'étrécis les yeux.

— Je ne vois pas de quoi tu parles.

— Pas pour le moment, murmure-t-elle, mais ça viendra. Et crois-moi, ma chérie, c'est dur à encaisser.

Ses mots empestent l'anticipation, mais j'ai appris à mes dépens qu'il ne faut pas faire confiance à un serpent comme elle.

— Merci de m'avoir pré…

Elle glousse.

— Ce n'est pas un avertissement, Sawyer. C'est inévitable. Cole Covington te brisera le cœur en mille morceaux. Et le fait que tu sois ici sans lui ? C'est le signe que cela se produira plus tôt que tu ne le penses.

Mon cœur frappe mes côtes.

— Qu'est-ce qui te fait…

— Parce que j'ai été cette fille avant toi. Les garçons comme lui sont incapables d'aimer. Ils sont tout justes aptes à prêter leur bite avant de passer à la jolie conquête suivante.

Je rétorque, malgré la peine qui presse mon cœur.

— Ce n'est pas vrai.

Cole et moi n'avons pas encore eu de relation sexuelle.

En vérité, nous n'avons pas partagé grand-chose dernièrement, mais c'est parce qu'il traverse une période compliquée.

— Punaise, pour une fille brillante, tu es d'une bêtise ahurissante. (Elle se place face à moi.) Tout au plus, les sentiments de Cole à ton égard seront moitié moins forts que les tiens. (Elle me toise avec dédain.) C'est sûr que tu as minci mais tu restes grosse et laide. Tu ne seras jamais le genre de fille qui l'attire physiquement, Sawyer. (Elle pose la main sur sa poitrine.) Je ne te dis pas ça par méchanceté.

J'essaie juste de te filer un tuyau, en toute amitié, pour que tu puisses le larguer et clore cette histoire bidon avec un minimum de dignité, avant qu'il ne piétine cela aussi.

Sur ce, elle s'évapore.

Et je reste à me demander si la petite voix lancinante dans ma tête, celle que je m'évertue à refouler et ignorer, n'aurait pas raison.

75

Cole

— Tu as dit que tu commandais des pizzas. Pas mon ancien frère.

Furieux, je regarde Jace débouler dans la dépendance avec deux pizzas.

Oakley ouvre le frigo.

— Faux, j'ai dit que je commandais des pizzas et que quelqu'un les apportait. J'ai juste omis de mentionner que le livreur était Jace. (Il me regarde.) Tu comptes faire ça toute la soirée ?

Assis sur le carrelage de la cuisine, je fais rebondir une balle de tennis.

— Ouais. Ça te pose un problème ?

Elle tape contre le mur du fond, avant de rebondir vers moi.

Sawyer m'a conseillé de trouver une manière saine de gérer mon stress, vu que picoler et tabasser Stone n'en sont pas.

Hier, elle a déposé un lot de balles de tennis pour moi.

Elles ne me sont pas d'un grand secours, mais elles me distraient un peu.

Ou me distrayaient. Avant qu'il ne se pointe.

Sans un mot, Jace pose ses fesses contre la table de la cuisine.

J'aurais dû me douter qu'Oakley organiserait une intervention durant la soirée entre mecs.

Mais bon, je sais comment est Jace. Il n'est pas juste rancunier… sa rancune, il l'accumule, l'enchaîne et jette la clé du cadenas.

Une minuscule partie de moi ne peut s'empêcher de songer qui si c'était Liam à ma place, il lui aurait déjà pardonné.

Et comme les vieilles habitudes ont la vie dure, j'ai décidé de nourrir envers lui de la rancœur, d'un genre plus tenace que jamais, en prenant un coup d'avance sur celle qu'il garde contre moi.

Ordure.

Sans la moindre trace d'embarras, Jace dépose une part de pizza dans son assiette.

Bien sûr, le salopard a opté pour la variété à l'ananas. L'ingrédient qu'aucune personne saine d'esprit n'apprécie, hormis lui et Liam.

— Putain d'ananas, je bougonne en faisant rebondir la balle, avec plus de puissance. Comme c'est surprenant…

Sourcil arqué, il soulève le couvercle de la seconde boîte de pizza.

Boulettes de viande. Ma préférée.

— Connard.

— Emmerdeur.

Agitant la main, Oakley s'installe à table.

— C'est bien. Continuez. Nous progressons.

C'est vite dit. Il a apporté ma pizza préférée dans le seul but de me faire passer pour un con jamais content.

Hypocrite.

— De toute façon, qu'est-ce que tu fais ici ? j'aboie. Tu n'avais pas besoin d'une pause ?

Une pause où il n'est plus mon frère.

Ça m'aurait moins affligé qu'il me dise que pour lui j'étais mort.

— Je ne suis pas là pour toi, crétin. Oakley m'a invité à glander. Il n'a pas mentionné que tu serais là aussi. (Il hausse une épaule.) Mais tu peux rester, si tu le souhaites.

— Trop sympa ! Merci, Votre Altesse.

— Pas de quoi, andouille.

Oakley ouvre la fenêtre et allume un joint.

— Je vous ai réunis parce qu'il est temps d'arrêter votre… je ne sais pas quoi.

Ce n'est pas ma faute.

— Faut t'en prendre à lui, dis-je. Ce n'est pas moi qui ai exigé une pause.

Bon sang, je m'exprime comme les ex de Jace.

— J'ai demandé qu'on mette sur pause, pour me laisser le temps de digérer la bombe que tu m'as largué sur la tête. Quand même, Cole ! Pendant des années, tu m'as laissé croire que j'étais le dernier à avoir parlé à Liam.

— J'avais pas l'intention de te voler cet insigne honneur. Au temps pour moi. Si je le pouvais, je te le céderais volontiers.

Jace grogne.

— C'est pas possible d'être aussi égoïste que toi par moments.

— T'as raison. Le mauvais jumeau s'est donné la mort. Peut-être qu'un jour tu auras le cran de l'admettre.

Jace se lève.

— C'est quoi, qui déconne chez toi ? Cesse de débiter des énormités de ce genre.

Je me soulève du sol.

— Force-moi.

Le regard d'Oakley opère des allers-retours entre Jace à moi.

— Tout le monde se calme. (Il lève son mégot.) Encore mieux. Tirez sur ce truc, et détendez-vous.

Nous l'ignorons.

— Pourquoi ? dis-je en poussant Jace. C'est la vérité.

Il me pousse à son tour.

— Non, ça ne l'est pas. Ne me fais pas dire ce que je n'ai pas dit.

— Je souligne juste ce que tu n'as pas le courage de…

Le poing qui rencontre mon visage me fait tituber.

— Ferme-la, crie Jace. J'aurais autant souffert si tu étais mort, espèce d'abruti. (Il ricane.) Mais, comme toujours, il faut que Cole ramène tout à lui. Que Dieu pardonne à tous ceux qui pleurent Liam. (Il se tape le torse.) Il était ton jumeau mais aussi mon frère, bordel. Peut-être que tu ne t'entendais pas très bien avec lui mais, moi, si. Et je refuse de continuer à faire comme s'il ne me manquait pas, juste parce que ça te contrarie. J'en ai assez de marcher sur des œufs avec toi.

Putain. Je n'avais jamais envisagé les choses sous cet angle.

J'ouvre la bouche pour parler mais Jace n'a pas encore vidé son sac.

— Je ne t'en veux pas. Je déteste l'idée que tu l'as repoussé. Mais pas autant que je m'en veux de m'être disputé avec lui le soir où il avait profondément besoin de moi. Il ne se serait pas tourné vers toi si nous ne nous étions pas querellés. Il se serait adressé à moi… comme d'hab.

Ses mots me blessent plus cruellement que son poing.

— Vas-y, raconte-moi encore en quoi je suis un frère merdique.

Il écarte largement les bras.

— Tu étais un frère merdique avec Liam. Je ne vais pas embellir le tableau pour que tu te sentes mieux. Mais… (il inspire.) Liam n'était pas non plus… il n'était pas un bon frère pour toi non plus. Tous les deux, vous étiez comme l'huile et l'eau… impossible à mélanger. (Il se masse le crâne, recule d'un pas.) Maman se plaisait à dire que quand vous grandiriez votre relation s'apaiserait… ça craint que vous n'ayez pas eu l'opportunité de lui donner raison.

Les remords m'enserrent la poitrine.

— J'aurais aimé qu'on l'ait.

Sawyer m'a dit que ce n'était pas trop tard pour commencer à l'aimer, mais je ne pense pas que cela suffise à m'absoudre entièrement.

Toutefois, c'est tout ce que je peux faire. Il ne reviendra pas.

La tristesse flotte dans le regard de Jace.

— Je sais.

— L'un de vous va m'aider à finir ce pétard, ou pas ? questionne Oakley.

Jace lui prend des mains.

— Ouais, c'est clair que là, ça ne me ferait pas de mal.

Je reprends ma place sur le sol avec ma balle de tennis.

La tension persiste dans l'air, bien qu'un peu relâchée.

Toutefois, cela n'efface pas les préjudices que j'ai causés.

Les préjudices que je ne cesse de causer.

Je suis sur le point d'attraper une part de pizza quand on frappe à la porte.

Jace regarde Oakley.

— Tu attends quelqu'un ?

Oakley traîne les pieds vers la porte.

— Nan. J'ai mis toutes mes poufs sur pause ce soir. (Il ouvre.) C'est celle de Cole.

Sawyer entre en lui flanquant une tape sur le bras.

— Je ne suis pas sa pouf, abruti.

Je hausse les sourcils.

— Tu le seras ce soir.

Bras croisés, elle me toise.

— Merci pour l'invit, mais je prends l'avion demain matin. Tu te rappelles ? dit-elle avant de se tourner vers Jace. À propos, si tu cherches ta sœur, elle est restée chez Christian. Je l'ai informée que je passais dire au revoir à Cole, mais elle a insisté pour rester. (Elle porte son regard sur Oakley.) Avec tes meufs.

Oakley plisse les yeux.

— Quelle s…

Jace lui frappe l'arrière de la tête.

— Surveille ton langage.

Pour être honnête, je ne peux pas critiquer l'agacement d'Oakley.

— Sois cool avec lui. Ce n'est pas sa faute si Bianca lui pique toutes ses copines.

Oakley plante l'index dans l'air.

— Soyons clairs, elle ne me pique rien.

— Te tracasse pas. Je lui parlerai, dit Jace. Pour comprendre pourquoi elle sème la pagaille dans ta vie.

— Pourquoi ? (Me levant, je prends une part de pizza.) Tant qu'elle s'amuse avec les filles, elle ne rentrera pas enceinte, et nous ne finirons pas derrière les barreaux pour meurtre.

Jace cogite un petit moment.

— Très juste. (Il tape l'épaule d'Oakley.) Désolé, mon pote. T'es tout seul sur ce coup-là.

— Tu veux une part ? je demande à Sawyer en me servant.

J'espère sérieusement la voir manger, parce que ses formes fondent à vue d'œil, et je déteste ça.

Pourquoi les filles font des trucs débiles comme perdre du poids avant un mariage ? Ça m'échappe.

Avec de la chance, après le mariage, elle retrouvera sa silhouette d'autrefois.

— Non merci. (Elle remue les pieds.) Mon avion décolle à 8 heures du matin.

— Tu as besoin que je te conduise à l'aéroport ? (Je m'adresse à Oakley avant qu'elle réponde.) Tu me prêtes…

— Non, ce n'est pas le but de ma visite, dit-elle en se tordant les mains. À chaque fois que j'évoque le mariage, tu changes de sujet. C'est déjà jeudi soir, Cole. Le mariage a lieu samedi. As-tu réservé ton billet d'avion ou pas ?

Merde.

Je sais qu'elle aimerait beaucoup que je l'accompagne, mais je dois mettre de la distance entre nous.

Mes sentiments pour elles deviennent trop intenses. Trop puissants.

Trop perturbants.

Nom de Dieu, j'ai perdu les pédales et je lui ai dévoilé les recoins les plus obscurs de mon âme.

Sawyer m'a vu au plus bas, dans toute ma vulnérabilité… pourtant elle reste.

Elle m'a même répété qu'elle m'aimait, depuis ce soir-là, et de mon côté je n'ai pas réussi à lui dire que je l'aime aussi.

Je ne sais pas comment faire. Et c'est injuste envers elle.

— Non, dis-je en évitant son regard. Désolé, j'ai des trucs à faire. Éclate-toi bien.

Derrière elle, Oakley et Jace échangent un coup d'œil.

L'appréhension tournoie dans ses yeux.

— Est-ce ta façon de rompre avec moi ?

Nan. Je suis trop égoïste pour faire un truc pareil.

Je vais juste attendre qu'elle comprenne qu'elle mérite bien mieux que moi, et rompe elle-même le lien.

— Non. Je dois… gérer mes trucs. M'occuper de ma personne.

Jace s'étrangle en avalant sa pizza. Oakley inhale longuement sur son joint.

— T'occuper de ta personne ? elle répète avec énervement.

— Ouais, tu sais.

— Non, je ne sais pas. (Elle lève les mains en l'air.) Peu importe, je n'ai pas de temps pour ça. Appelle-moi quand tu en auras marre de faire le malin.

Elle commence à s'éloigner mais je la rattrape.

— Tu sais que je tiens à toi. Ça n'a pas changé.

Si nous nous séparons, ce ne sera pas à cause de moi. Jamais.

— Alors montre-le, Colton.

Je peux sentir le regard de Jace et d'Oakley sur moi, pendant qu'elle s'apprête à sortir.

Je devrais la retenir.

Elle marque une pause, presque comme pour me laisser une chance de me rattraper. Au lieu de quoi elle se tourne vers Oakley.

— Je peux te dire un mot dehors ? dit-elle et, avisant ma curiosité manifeste, elle ajoute : au sujet des cours.

Sitôt la porte refermée, Jace me regarde.

— T'es un crétin.

Je pensais que les disputes étaient terminées, mais apparemment pas.

Je m'installe à table.

— Qu'ai-je encore fait ?

Il indique la porte d'entrée.

— Tu es la personne la plus difficile à aimer, et cette fille y parvient sans effort. Si tu la laisses partir seule à ce mariage, c'est que t'es un pauvre imbécile qui mérite de la perdre.

Je m'adosse dans ma chaise.

— Je ne me rappelle pas avoir sollicités tes conseils en amour.

— Je dis juste ce que je vois. Putain d'imbécile.

Il rallume le mégot d'Oakley resté dans le cendrier et s'assoit lourdement à côté de moi.

— Crois-moi, j'ai conscience que Sawyer est une fille géniale. Ce n'est pas le problème.

— Alors quel est le problème ?

— Je… tu ne comprendrais pas.

— Essaie toujours.

— Maman ne m'aimait pas.

Il soupire.

— Encore ça.

— Tu sais quoi ? Va te faire voir. Je ne vais pas t'expliquer ce que tu refuses de prendre au sérieux.

Son expression évolue vers une sincérité pure.

— Très bien. Je me tais. (Il fait résonner son index sur la table.) Mais sache que maman aimait ses enfants, alors ne me dis pas n'importe quoi.

— Possible mais elle était différente avec moi.

Il commence à ouvrir la bouche mais je le coupe.

— Tu sais que j'ai raison. J'étais le dernier sur sa liste de ses préférences. Mince, Jace. Tu m'as plus élevé qu'elle.

Il exhale un nuage de fumée.

— Je peux pas le nier. Mais, bon. Tu te chamaillais avec elle pour un rien. Même quand elle essayait de te faire plaisir, tu l'asticotais… comme si elle n'était jamais à la hauteur.

Il n'a pas tort.

— Parce que je savais qu'elle aimait davantage Liam.

Chaque fois qu'elle était gentille avec moi, ça ne semblait hypocrite… forcé. Je le supportais difficilement.

— Elle n'aimait pas plus Liam. (Il rompt le contact visuel.) Liam a juste fait en sorte d'être plus facile à aimer.

La vérité ne fait pas juste mal… elle me perfore.

— Je comprends, lui dis-je. Mais je l'aimais.

Même si ce n'était pas réciproque, je l'aimais quand même.

— Je sais, Cole. Ce qui m'échappe, c'est pourquoi tu bousilles tout avec Sawyer.

— Parce qu'elle m'aime.

Il hausse un sourcil.

— Tout s'éclaire…

— Je ne peux pas l'aimer en retour.

Je ne détiens pas le mode d'emploi.

Il fait la grimace.

— Pourquoi ?

Je lui dis la vérité.

— Parce que je ne sais pas comment aimer quelqu'un… même pas moi-même.

Je me suis tellement maudit après la disparition de maman et de Liam, c'est comme si un interrupteur restait bloqué en position éteinte.

— Mais Sawyer… malgré toutes les complications que je lui fais subir… les conneries que j'ai faites. Elle m'aime toujours. (J'exhale brusquement, le regarde.) Elle m'aime tellement que j'oublie ce que ça fait de me détester quand elle est près de moi.

Mes sentiments pour elle sont si énormes qu'elle emplit les espaces vides. Me fait redevenir entier.

Jace m'examine une petite minute, avant de parler.

— Je le redis… t'es un crétin.

Je suis à deux doigts de le frapper.

— Sérieusement ? Tu l'as dit toi-même, je suis difficile à aimer. (Je me frappe le torse.) Ce n'est qu'une question de temps avant que je foire tout, et que je lui fasse tellement de mal qu'elle ne reviendra plus.

Comme je l'ai fait avec maman et Liam.

— J'ai dit que tu n'étais pas facile à aimer, tête de nœud. Pas que tu étais impossible à aimer. (Il écrase son mégot dans le cendrier.) Arrange les choses avec elle avant que ce ne soit trop tard. (Soudain solennel, il se lève.) Je sais que tu ne crois pas en Dieu… ni en rien. Mais je ne peux pas m'empêcher de songer que peut-être, seulement peut-être… maman et Liam l'ont envoyée vers toi pour une raison. (Il abat sa main sur mon dos.) C'est ton signal d'alarme, frangin. Ne le rate pas.

Mon cœur se serre. Il a raison.

Je ne veux pas ajouter Sawyer à ma liste d'erreurs.

— Merde.

Il cille.

— Quoi ?

— Je ne peux pas la laisser aller seule à ce mariage.

C'est important pour elle, donc important pour moi.

Il se pince l'arête du nez.

— Tu penses ?

Je m'apprête à sortir quand Oakley resurgit.

Seul.

— Où est Sawyer ?

Il désigne l'extérieur d'un mouvement du pouce.

— Partie pour l'aéroport. Apparemment, il y a une sorte d'urgence et la future mariée flippe, du coup ils espèrent attraper le prochain avion.

Jace lève les yeux au ciel et dégaine son téléphone.

— Quel imbécile, bougonne-t-il, l'appareil sur son oreille. Bonsoir, j'aimerais savoir à quelle heure décolle le prochain avion allant de Californie en Caroline du Nord. (Il vérifie sa montre.) D'accord, si ce soir, ils sont tous complets, quand part le suivant ? (Il me fait un signe encourageant.) Super, je réserve un siège sur celui de 8 heures au nom de mon frère.

Parfait. Maintenant j'aurai largement assez de temps pour présenter mes excuses à Sawyer et participer aux préparatifs.

Si je déploie des efforts, peut-être même que son père me détestera moins.

— Pardon ? s'exclame Jace. Il est possible qu'il soit annulé ? Pourquoi ? (Il écarquille les yeux.) Oh merde. (Il bouche le micro.) Apparemment, un ouragan est annoncé en Caroline demain.

Oakley me regarde.

— C'est sûrement ça, l'urgence.

76

Cole

— D'après mes recherches, il n'y a eu qu'un seul ouragan enregistré en mars, dit Oakley depuis la banquette de la voiture de Jace. En 1908.

— Encore trente-deux longues heures, marmonne Jace, la main agrippée au volant.

Nous roulons déjà depuis six heures.

Selon toute vraisemblance, il faut presque deux jours pour relier la Californie à la Caroline du Nord en voiture.

Comme je ne voulais pas prendre le risque que tous les vols soient annulés, Jace et Oakley ont proposé que l'on conduise à tour de rôle.

Et par « proposé », je veux dire qu'ils m'ont cassé les oreilles avec la possibilité que je pique du nez si je faisais la route sans dormir et conclu de mauvais gré à ce partage.

Le temps d'arriver à Knightdale, la réception touchera à sa fin.

Mais je serai là, et c'est tout ce qui compte.

— Tu es censé dormir, Oak, lui rappelle Jace. Pas te documenter sur les ouragans sur ton téléphone.

Oakley tire sur son joint.

— J'ai dit que je voulais prendre le volant en premier, vu que je suis un oiseau de nuit mais, non, tu…

— Encore trente-deux heures, répète Jace en me fusillant du regard. À charge de revanche.

— Besoin pressant ! crie Oakley. Gare-toi.

On s'en fout. Il aurait dû pisser lors du dernier arrêt. Je ne peux pas me permettre de perdre une minute de plus.

Il ne reste plus que cinq heures avant l'arrivée.

J'accélère.

— N'y compte pas. Nous nous sommes arrêtés il y a trois heures.

— C'est super long, trois heures, il se plaint. Allez, mec. T'as pas de cœur ?

J'ai un cœur… il est en Caroline du Nord.

Au téléphone, Sawyer a dit que son avion avait atterri sans encombre mais qu'ils devaient déplacer le mariage de sa sœur en intérieur, et que la future mariée était effondrée.

Après quoi elle a raccroché précipitamment.

J'allais l'avertir de ma venue, mais je n'ai pas voulu : A) qu'elle flippe à la perspective que je traverse un ouragan en voiture, et B) ruiner la surprise.

Par le passé, l'effet de surprise a joué en ma faveur, notamment quand j'ai soulevé la tête d'Izzy pour lui demander d'être ma copine. Du coup, je ne voudrais pas ternir mon palmarès.

Je suis peut-être le petit ami le plus nul du monde, mais s'il y un domaine dans lequel j'excelle … c'est celui des grands gestes romantiques.

Et à compter de ce jour, je m'engage à toujours la surprendre.

Un Jace endormi passe à Oakley une bouteille d'eau vide.

— Pisse là-dedans.

— Si tu te figures que le bout de ma bite peut rentrer là-dedans, tu te goures, mon ami.

Jace me regarde.

— Gare-toi, qu'il se soulage.

— Ça s'appelle viser, emmerdeur, dis-je entre mes dents serrées.

— OK mais si j'arrose le siège en cuir de Jace…

— Arrête-toi, Cole, gronde Jace. Tout de suite.

Faisant grincer mes molaires, j'oblique à droite et pile.

— Si t'es pas revenu dans une minute, je t'abandonne au bord de la route.

Oakley regarde autour de nous.

— Où sommes-nous ? Tu sais… juste au cas où ?

Les lèvres de Jace frémissent.

— À Knoxville, Texas.

— Nan, dit Oakley. Abandonne-moi plutôt ailleurs.

— Bordel, s'énerve Jace, remue-toi avant que Cole fasse un anévrisme.

— Très bien. (Oakley me regarde.) Mais ne t'avise pas de me laisser là, Covington. Je sais où t'habites.

Fermant les yeux, je m'ordonne de rester calme et de ne pas étrangler mon meilleur ami.

J'arrive, Bigote.

Un jour.

— Tornade tropicale, déclare Oakley à l'arrière. Comme j'ai essayé de vous le dire, il n'y a jamais d'ouragans en mars. Sauf en 1908, bien entendu. Tu aurais dû réserver l'avion.

Jace et moi échangeons un regard excédé.

L'arrivée à Knightdale est prévue dans quarante minutes. Ce n'est plus le moment de réécrire l'histoire.

— Par contre, une tornade, continue Oakley, ça aurait pu se produire. En fait, l'une d'elles a fait des morts en 1980…

— On lui scotche la bouche ? grommelle Jace.

— Je vote pour qu'on l'enferme dans le coffre.

Oakley se redresse sur le siège.

— Mes incisives sont plus acérées que celles d'un vampire. Non seulement je hurlerais à l'aide mais je te déchiquèterais les bras avec mes dents.

Jace se retourne.

— Ses incisives m'ont l'air normal. Faisons-le, et nous l'enterrerons dans le désert au retour.

Oakley sourit avec effronterie.

— Te gêne pas. Mais bonne chance pour expliquer ma disparition à Dylan.

Jace réfléchit avant de se retourner.

— On peut pas le toucher. Dylan serait ingérable. Encore combien de temps avant d'arriver à la salle ?

Je déglutis. Aucune idée.

— Quelle salle ?

— Celle où a lieu la réception.

— Ah oui, à ce propos…

Je me souviens que Sawyer a évoqué le mariage mais à cause du pull court qu'elle portait, je n'étais pas concentré sur ses paroles.

Jace se rembrunit.

— Tu ignores où se déroule la réception ?

— Ouais, dis-je en lançant mon téléphone à Oakley. Tiens, Wikipédia. Rends-toi utile et appelle les salles de la région.

— Tiens, tiens, chantonne Oakley. On a besoin de moi maintenant.

— Bordel de merde ! Tu t'arrêtes une minute ?

C'est beaucoup plus ardu de se raser en voiture que je le pensais. En particulier avec Jace qui ne cesse d'aquaplaner sur la route.

— Je ne peux pas lutter contre la nature, débilos.

Oakley soupire.

— On aurait dû prendre l'...

— Silence ! nous crions en même temps.

Nous ne sommes plus qu'à trois minutes de l'hôtel, et j'en ai ma claque des « je te l'avais dit » et de ses dérivés d'Oakley.

Tout sera parfait.

Je vais débarquer et la faire chavirer.

Elle sera tellement charmée par ma surprise que des larmes jailliront de ses yeux, et qu'elle offrira de me sucer dans les toilettes.

Mais comme je suis galant... je ne le tolérerai pas.

Je lui dirai de patienter après la réception.

— Où est ma cravate ? je grogne.

— Tu n'en as pas, répond Oakley. Mais t'inquiète, j'ai ce qu'il faut.

— Pourquoi as-tu pris une cravate ? l'interroge Jace.

— Sexe torride avec demoiselles d'honneur.

Jace semble faire de son mieux pour ne pas s'esclaffer.

— Sexe torride avec quelles demoiselles d'honneur ?

Il hausse les épaules.

— Celle qui se proposera. Je ne suis pas difficile.

Je saisis l'allusion.

— Ne t'avise pas de squatter le mariage.

D'ailleurs, pour l'instant, je ne suis même pas invité.

— Cause toujours. Je suis enfermé dans cette boîte depuis plus trente heures. Il me faut une chaudasse du Sud.

— Laisse-le faire, intervient Jace. L'important est que tu arrives avant la fin de la réception.

Il a raison.

Je lui chipe la cravate.

— D'accord. Mais ne fais rien qui risque d'être embarrassant pour Sawyer ou pour moi. Chope une fille et disparais.

— Entendu.

Peu après, Jace ralentit devant un hôtel.

— Va retrouver ta chérie. Je vais nous réserver une chambre pour la nuit, appeler Dylan et dormir. (Il regarde Oakley.) Tout compte fait, deux chambres.

Le cœur battant, je pénètre dans le hall… avec Oakley sur les talons.

Je ne sais pas du tout ce que je dirai quand je la verrai.

Ce qui semble crucial pour la charmer. Qu'importe. J'improviserai.

— Sawyer a dit que tu ne pouvais pas te libérer, lance une voix grave à une petite distance de la grande salle.

Putain.

Je m'arrête aussitôt.

— Bonjour, monsieur Church.

— Oh ! merde, chuchote Oakley. Je l'occupe. Fonce avant qu'il t'abatte.

— Il ne va pas me tirer dessus, dis-je.

M. Church m'observe, les yeux étirés en deux minuscules fentes.

— Possible que si.

— Bon, dans ce cas, puis-je d'abord entrer pour m'excuser auprès de votre fille d'avoir été désagréable ? (Je vérifie l'heure.) Je viens de faire trente-sept heures et trente minutes de voiture pour être ici.

Il relève les sourcils.

— Pourquoi ?

— À cause d'une alerte ouragan, j'ai craint que tous les vols ne soient annulés. Je savais que ce jour était important pour elle, je ne voulais pas le manquer.

Il me regarde comme si j'étais fou.

— Nous sommes en mars. Des orages éclatent de temps à autre, comme aujourd'hui mais pas un ouragan.

— J'te l'avais dit, souffle Oakley.

Il indique la salle.

— Sawyer est placée à la table deux.

Je tends la main.

— Merci.

Il me donne une poignée de main en regardant Oakley.

— Un ami ?

— Oakley. Il est…

— Venu pour les demoiselles d'honneur.

J'allais préciser qu'il était notre ami commun, à Sawyer et moi, mais là c'est râpé.

M. Church a un petit rire.

— C'est ton jour de chance, mon garçon. Ma fille Catherine appartient à une sororité.

— Cool. Elle est jolie ?

— C'est la mariée, j'articule à voix basse.

— Je t'aime bien, dit M. Church, amusé. Mais si tu touches à mes filles, je te tue… (Il s'éclaircit la voix.) Je voulais plutôt dire que certaines demoiselles d'honneur font partie de la sororité. Cela dit, elles sont un plus âgés que toi, il faudra la jouer fine.

Pour Oakley, c'est à peu près aussi stimulant que de l'herbe à chat.

Oakley pompe l'air avec son poing.

— Merci, Jésus.

Je laisse Oakley et M. Church discuter des filles de la sororité et me dirige vers la grande salle.

Sawyer n'est pas à sa table, et entre la tonalité mauve de la pièce et les spots clignotants sur la piste de danse, il m'est difficile de la repérer. Toutefois, je trouve son grand-père.

Je m'empresse d'aller lui serrer la main.

— Bonjour, savez-vous où est Sawyer ? Je la cherche partout.

Il tend le doigt en direction du bout de la salle.

— Bien sûr. Par là-bas.

Dès que je la vois, mon cœur se glace. Pour deux raisons.

Primo, elle est tellement resplendissante que j'en ai le souffle coupé.

Deusio, elle discute avec un garçon qui la fait rire.

Ils sont un peu trop collés à mon goût.

— Qui est-ce ?

— Abbott Carney. Ils se connaissent depuis la crèche. Il fait énormément pour l'église locale. Un gamin formidable.

77

Sawyer

— Alors j'ai dit, viens travailler pour notre Seigneur. C'est une mission difficile, les journées sont longues et le salaire modeste. Mais les indemnités de retraite sont d'un autre monde.

Abbott Carney se tord de rire.

— T'as compris ? À cause du pa…

— Du paradis, oui. (Je me force encore à rire.) Amusante, ta blague.

J'espère sérieusement que Dieu se sent exceptionnellement miséricordieux aujourd'hui et aura pitié de moi parce que je ne promets pas de le supporter encore longtemps.

— Je vais chercher un verre au bar.

Avec un clin d'œil, il me pointe du doigt comme avec une arme.

— Tu carbures au *Virgin* Cola, j'espère ?

Seigneur, ce que j'aimerais que cette arme imaginaire soit réelle.

Pendant des années, j'étais super amoureuse de cet imbécile, et je ne saurais vraiment pas expliquer pourquoi.

Sans doute parce que Knightdale est une petite bourgade. Le choix est trop restreint.

Je touche mon téléphone dans ma pochette, hésitant à téléphoner à Cole.

Ne te montre pas désespérée.

Il savait à quel point ce mariage comptait pour moi, toutefois il a choisi de ne pas m'escorter.

— Je re…

Les mots se percutent dans ma gorge et, un instant, je pense avoir une hallucination car Cole Covington apparaît devant moi.

Plus sublime qu'un jeune homme ne devrait être autorisé à l'être.

Faut que je me pince pour m'assurer que c'est réel.

— Tu es là.

Il retient sa respiration.

— Je suis là.

— Je pensais que tu n'étais pas…

— Qui est ton ami, trésor ? demande Abbott, un bras autour de ma taille.

De mémoire, Abbott m'a toujours appelée trésor. Mais je n'ai pas l'opportunité de l'expliquer à Cole, ni d'ôter le bras d'Abbott, étant donné que le poing de Cole lui broie le nez.

— Je suis son putain de petit ami, trésor.

78

Cole

Je n'aurais sans doute pas dû le frapper.

Mais bon, il n'aurait pas dû enlacer la taille de ma copine, ni l'appeler trésor.

Il a ruiné mon numéro de drague.

— Que quelqu'un apporte des serviettes et de la glace ! crie Sawyer, agenouillée à côté d'Abbott.

Elle lève les yeux vers moi.

— T'es dingue ?

Ouais, dingue d'elle, mais je n'ai pas la possibilité de le signaler, à cause de cet Abbott qui pisse tellement le sang que ça dégouline sur sa chemise blanche.

Les invités s'agglutinent autour de nous.

— Oh mon Dieu, il n'a rien de grave ? s'écrie une femme.

— Faut-il emmener Abbott à l'hôpital ? demande une autre.

— Qui l'a frappé ? dit un homme.

Sawyer me regarde d'un air furieux… comme je ne l'ai jamais vue.

Merde. Ce n'était pas prévu. J'étais censé débarquer à la manière d'un chevalier en armure brillante.

Pas comme le méchant qui a saboté le mariage.

Hélas, c'est ce que je suis.

Même quand j'essaie de faire ce qu'il faut, je finis systématiquement par mal agir.

Et tout foutre en l'air.

Dans l'agitation, Oakley m'attrape.

— Cours.

Alors je m'enfuis.

79

Cole

— Abbott… putain de nom ridicule, je grommelle avant de boire un peu d'eau.

J'aurais préféré un alcool fort mais au bar de l'hôtel, ils vérifient l'âge, et je suis parti sans ma fausse carte d'identité.

La réception s'est terminée il y a plus ou moins une heure… à peu près quand l'ambulance a embarqué Abbott qui se plaignait de vertiges.

J'espérais rattraper le coup avec Sawyer mais elle était débordée entre Abbott, sa sœur démoralisée à cause de notre petite bagarre et le ménage.

En prime, le regard qu'elle m'a lancé quand j'ai tenté de l'approcher exprimait clairement que j'étais la dernière personne avec qui elle souhaitait discuter.

Donc je me retrouve au bar de l'hôtel. À m'apitoyer sur mon sort.

— Nom ridicule ou pas, tu n'aurais pas dû le cogner, dit Jace. Tu sais que Sawyer ne te tromperait pas.

Je sais, mais je n'ai pas été rationnel.

Son bras possessif autour de sa taille, avertissant sans subtilité de ne pas approcher de sa femme.

Le hic, c'est que Sawyer n'est pas sa femme. C'est la mienne.

Mais, à ce moment précis, j'étais aveuglé par la peur de la perdre à cause d'une tête de con qui a tout le profil du type avec qui ses parents aimeraient qu'elle s'installe.

Je vide mon verre d'eau et demande à la barmaid de le remplir.

— J'ai merdé. J'enchaîne les conneries.

Jace me presse l'épaule.

— Je suis sûr qu'elle te pardonnera. Laisse-la se calmer. (Il se repousse du tabouret de bar.) Je suis crevé. Je monte me coucher.

Après trente-huit heures de route, il le mérite.

— Je reste encore un peu. (Je le rattrape.) Merci pour… tu sais. M'avoir tiré d'affaire. Comme toujours.

Il cogne son poing contre le mien.

— Tu es mon frère, abruti.

Sur ce, il s'éloigne.

— On noie ses soucis dans l'alcool ? lance le père de Sawyer, en prenant le tabouret vide à côté de moi.

Je fais tinter les glaçons dans mon verre vide.

— De l'eau.

— Bien. Avec de la chance, tu n'assommeras personne d'autre ce soir.

Et c'est reparti.

— Si vous espérez des exc…

— Parce que tu as castagné Abbott Carney ? Ah, ça, non. Ça me démangeait depuis que Sawyer est rentrée en pleurant parce qu'il l'avait embrassée en fantasmant sur Catherine.

— Elle m'a raconté.

Ma main se resserre autour du verre. J'aurais dû l'amocher pour de bon.

— L'ordure.

Il hausse les sourcils.

— C'est pas le seul.

— Qu'est-ce que je vous sers ? lui demande la barmaid en remplissant mon verre d'eau.

— Un bourbon.

— Tout de suite.

Une fois servi, il boit une rasade.

— Au fait, pourquoi tu n'es pas venu avec elle ? Et épargne-moi les histoires d'ouragan.

Putain de merde.

— Parce que je suis con.

— J'en reviens pas… finalement, tu sais mettre ton égo de côté. (Il m'examine une bonne minute.) Je ne peux pas croire que, aussi imbécile que tu sois, tu aies fait trente-huit heures de route.

— J'ai eu de l'aide. Mon meilleur pote Oakley, et mon frère Jace m'ont relayé.

Il hoche la tête.

— Tu sembles entouré de personnes qui te soutiennent.

Exact.

Il pousse un long soupir. Comme s'il se résignait.

— Je pense connaître la réponse, mais qu'est-ce qui t'a décidé à venir ? Ton absence a déçu Sawyer. Mais elle n'était pas dépitée au point de ne pas te pardonner… un jour.

— C'est tout le truc. J'ai préféré éviter une erreur de plus qu'il lui faudrait me pardonner.

Parce que je l'aime.

Et j'en ai marre de tout rater.

Il avale une longue gorgée.

— Mon garçon, en amour, les erreurs font partie du jeu.

— Je ne vous suis pas.

— Tu penses que l'amour est une mer d'huile ? Que c'est aussi parfait que dans les contes de fées ? (Il secoue la tête.) C'est clair que non. L'amour, c'est… difficile. Il faut gérer les complications de l'autre au quotidien, sans jamais renoncer, sous peine que le cœur se révolte. C'est avoir mille raisons de quitter l'être aimé… mais une seule bonne raison de rester.

Je crois que je ne l'avais jamais envisagé de cette façon. Je n'y avais d'ailleurs pas réfléchi du tout.

— Comment je fais pour arranger les choses ?

— Jeune homme, ai-je l'air d'un psy qui détient toutes les clés ? Je n'ai pas la solution. (Il vide son verre.) Déjà, il vaudrait mieux discuter avec elle, plutôt qu'avec moi.

Il n'a pas tort.

— Bonne idée.

Un autre soupir résigné.

— T'es vraiment un crétin, Covington.

Dire que je pensais que la conversation se déroulait tranquillement.

— J'ai aussi des bons moments.

Il commande un verre à la serveuse.

— Elle partage une chambre avec l'une des demoiselles d'honneur. La 227.

Je commence à me lever mais il m'arrête.

— Mais attention ! Si je te surprends encore au lit avec elle, je te tire comme un lapin à la carabine.

Il ne tirera pas.

De toute façon, Sawyer en vaut la peine.

80

Sawyer

— Comment me trouves-tu ?

Je tourne la tête vers Clementine (oui, c'est son vrai prénom) qui émerge de la salle de bains.

Elle porte un ensemble de sous-vêtements rouge, complété par un porte-jarretelles et des bas en résille.

Sexy. Sous ma robe, je portais un pauvre soutif et des collants résistants.

Je la connais depuis mes cinq ans, puisqu'elle est la meilleure amie de Catherine, et ça me fait bizarre de la voir se pavaner en lingerie.

Cela dit, je ne peux nier qu'elle est magnifique, ce que je lui dis sans détour.

— Tu es splendide mais c'est un peu… euh, excessif, pour dormir. Tu ne crois pas ?

Rejetant ses longs cheveux blonds derrière son épaule, elle rit.

— T'es trop mignonne. (Elle met sa main en paravent devant sa bouche, bien que nous soyons seules.) J'ai rencontré un garçon au mariage.

Contente pour elle.

— C'est génial.

Elle se met à lancer un assortiment d'objets dans un fourre-tout. *Hmm.*

— Donc tu ne dors pas là ?

Elle pose le sac sur le lit puis se dandine pour enfiler une petite robe noire.

— Non, il repart demain. D'après ce que j'ai compris, son pote s'est disputé avec sa copine, et il a proposé qu'ils prennent sa voiture pour qu'ils puissent se réconcilier. (Elle pose la main sur son cœur.) Mon Dieu, j'adore les hommes pleins de compassion. Tu me fermes ma robe, s'te plaît ? dit-elle en se positionnant devant mon lit.

— Bien sûr.

Je me rapproche du bord et remonte la glissière dans son dos.

— Juste une nuit, alors ? C'est dommage.

— Je sais, dit-elle en mettant des escarpins rouges. Je ne fais jamais ce genre de chose, mais il n'est pas comme les autres. Il est très sociable, très avenant... profond, en plus. Presque philosophe. (Elle hausse les sourcils.) Il a aussi l'air d'aimer l'aventure, si tu vois ce que je veux dire.

Je vois parfaitement.

— Super, je suis heureuse pour toi.

Son sourire étincelant fait concurrence au soleil.

— Moi aussi. Je pense vraiment qu'il pourrait être le bon.

Pour ne pas paraître défaitiste, je la boucle.

Et puis qui sait ? Peut-être qu'il l'est.

— Si tu as besoin de quoi que ce soit, appelle-moi.

Elle fait claquer une bise à dix centimètres de ma joue.

— Au fait, je n'ai pas eu l'occasion de te le dire mais tu resplendis. Normal que des garçons se soient battus pour toi, à la réception.

Je n'ai pas trop envie d'y réfléchir dans l'immédiat. C'était catastrophique, au point que Catherine m'a reproché d'avoir invité Cole.

Elle a piqué une telle crise que maman a pris ma défense, et lui a dit de la fermer et de manger une part de gâteau de mariage.

N'empêche qu'elle a été ultra efficace, car à la seconde où Catherine a englouti des glucides, elle s'est excusée.

Mal à l'aise, je baisse les yeux.

— Mouais.

Clementine saute littéralement vers la porte, mais je l'arrête net.

— Tu peux me le décrire ? En cas de problème.

J'ai suivi suffisamment de séries policières pour savoir qu'il est bon que je connaisse un minimum d'infos sur ce garçon avec qui elle compte passer la nuit.

Elle cligne les yeux.

— Oh. Bah, il est magnifique, évidemment. Dans le genre surfeur. Grand, châtain clair, des yeux bleus mystérieux. (Elle pose encore la main sur le côté de sa bouche.) Il sent la beuh.

Un instant… nan, c'est pas possible.

— Son nom ?

Son index tapotant son menton, elle réfléchit.

— Je ne m'en souviens pas précisément. Un prénom assez bizarre…

Dit la fille qui s'appelle Clementine.

— Un nom d'arbre, je crois.

Oh merde.

— Oakley ? je crie presque.

— Ouais, c'est ça, dit-elle avant de m'envoyer un baiser en ouvrant la porte. Dors bien, ma douce. On se voit demain matin.

— Att…

La porte claque avant que je n'aie pu l'arrêter. *Mince.*

Un instant après, j'entends frapper.

Elle a sûrement oublié sa clé. Ce qui signifie qu'il me reste du temps pour l'empêcher de s'embarquer avec Oakley.

Je tourne la poignée.

— Ne couche pas avec Oakley…

J'ai l'impression que l'air quitte soudain mes poumons à la vue de Cole, sur le palier. Sa cravate est dénouée, sa veste de costume envolée, ses yeux sont cernés et ses cheveux noirs ébouriffés.

Pourtant, il émane de lui un tel charme que j'oublie presque ma colère.

Les sourcils de Cole se relèvent d'un coup.

— Je n'en avais pas l'intention, mais merci de me prévenir.

— Que fais-tu là ?

Ses yeux brûlants me transpercent.

— Je ne veux pas que tu te maries avec Abbott Carney ni que tu portes son bébé.

Ai-je mal entendu ?

— Comm…

Il fait un pas vers moi.

— Je veux que tu m'épouses et que tu aies des enfants avec moi. (Sa pomme d'Adam remonte dans sa gorge.) Pas parce que je te mérite, mais parce que je suis tellement amoureux de toi que je ne cesserai jamais de me battre pour toi… pour nous.

Je suis presque sûre que ma mâchoire tombe sur le sol.

L'émotion m'étreint la gorge.

— Cole…

— Je suis désolé d'avoir bousillé le mariage. Désolé de te repousser quand tu t'approches un peu trop près. Désolé de toujours tout foutre en l'air. J'aimerais pouvoir dire stop, mais la vérité est que je vais probablement encore merder des tas de fois… seulement il y a une chose que je ne ferai jamais, c'est arrêter de t'aimer. Jamais.

Il tape son torse au-dessus de son cœur.

— Tu n'étais pas censée entrer là, mais tu l'as fait. Et maintenant, t'es coincée, dit-il en prenant mon visage entre ses mains.

Mon cœur se gonfle comme s'il allait exploser dans ma poitrine.

— Super, c'est exactement là que j'ai envie de rester.

— Je t'aime, il murmure devant ma bouche. Mais tellement !

Son baiser est comme aspirer de l'oxygène après avoir étouffé.

Un splendide arc-en-ciel après une terrible tempête.

Le premier carré de chocolat après un régime strict.

Son baiser est tout.

Un bras autour du creux de mes reins, il referme la porte d'un coup de pied.

Et, soudain, notre doux baiser… devient passionné et dévorant.

Une goutte de pluie changée en raz-de-marée.

— Je t'aime, il répète en semant des baisers le long de ma gorge.

— Je t'aime aussi.

Je l'aime tellement que la simple idée d'être privée de lui suffit à ce que mon monde cesse de tourner.

Mais ça n'arrivera pas… parce qu'il est là.

Et peu importe les énormes faux pas que nous commettrons… nous trouverons toujours le moyen de nous rapprocher.

Parce que ce que nous partageons est réel.

— Je n'arrive pas à croire que tu aies fait tout ce chemin en voiture, dis-je en me remémorant ce qu'a dit Clementine. Tu aurais pu prendre l'avion.

— Tu n'y vas t'y mettre, toi aussi, dit-il en me tenant par le menton pour m'obliger à le regarder. Pour ce que ça vaut, je suis désolé de ne pas avoir fait le voyage en avion avec toi.

La sincérité dans ses yeux, et le fait qu'il ait conduit trente-huit heures pour me retrouver, en attestent.

— Je sais.

Ses lèvres se remettent à explorer mon cou.

— Promets-moi de ne pas me laisser tomber.

Je ne renoncerai pas à lui. Jamais.

— Promis.

Nous chavirons sur le lit dans un entrelac de baisers obsessionnels et de doux « je t'aime ».

Un mélange de contacts incontrôlables et de souffles entrecoupés.

Deux personnes cabossées, brisées qui redeviennent entières en fusionnant.

Je déboutonne sa chemise et l'abaisse sur ses épaules, tout en déposant une rangée de baisers le long de sa clavicule.

Auparavant, je prétendais savoir ce qu'était le sexe : des hormones et du désir. Assouvir un besoin biologique et libérer des pulsions refoulées.

Et si cela peut renfermer toutes ces choses… ça peut aussi être bien davantage.

Ça peut être tellement aimer quelqu'un que l'on souhaite lui donner les parties les plus brutes et dépouillées de soi… parce qu'il n'existe pas assez de mots pour exprimer l'ampleur de ses sentiments.

C'est avoir besoin de quelque chose d'un peu moins protégé… et d'un peu plus vulnérable.

Quelque chose de pur et authentique.

— J'ai envie de te sentir en moi, je souffle alors que sa tête plonge dans mon décolleté.

Grognant, il abaisse mon pantalon de pyjama. Ma petite culotte le suit de près.

— Mes doigts et ma langue seront bientôt en toi, promis.

Sa naïveté est presque touchante.

— Non… toi. Toi entier. (Je m'éclaircis la gorge.) Ton sexe.

Si on n'est pas capable de prononcer le mot, il vaut mieux ne rien faire.

Il cesse de s'agiter. Mince, je crois même qu'il retient son souffle une bonne minute.

Finalement, il relève la tête.

— Tu es sûre ?

J'acquiesce de la tête.

— Je suis prête.

Il fronce les sourcils.

— Je n'ai pas… pris de préservatif. Je ne m'attendais pas… (une respiration franchit ses lèvres.) Je pensais que tu attendais de te marier.

Le fait qu'il soit disposé à patienter tout ce temps signifie plus qu'il ne le saura jamais.

Mais je sais ce que je veux. Lui. Maintenant.

— Je prends la pilule, dis-je pour rappel. Sauf si tu as des raisons de mettre un préservatif…

— Je n'ai jamais couché sans capote. (Il déglutit.) Tu seras ma première. (Un petit sourire relève le coin de ses lèvres.) Vas-y doucement avec moi.

Je lui tape l'épaule.

— Imbécile.

Soudain sérieux, il me redresse le menton.

— Je ne veux pas que tu regrettes ça… moi. Parce qu'une fois que le cap est franchi, on ne peut pas revenir en arrière.

La main à la base de sa nuque, je l'attire plus près de moi.

— Avec toi, ce sera sans regret, Colton.

Même si nous nous plantons, je ne regretterai pas de lui avoir donné cela.

Je ne regretterai jamais de l'aimer.

Se levant du lit, il retire son pantalon et son boxer.

Colton nu devant moi est… indescriptible.

Toutefois, c'est la pointe de vulnérabilité dans son expression qui me bouleverse.

Comme si pour lui aussi, c'était bien plus que du sexe.

— Je peux te voir ? dit-il, la voix cassée. En entier ?

La panique monte dans ma gorge. Dans l'intimité, je me débrouille toujours pour conserver un vêtement sur moi… pour me protéger.

Mais, là, je ne peux plus me cacher. Aimer quelqu'un… implique de tout donner.

Y compris les parties disgracieuses de son corps, celles que l'on préférerait que personne ne voit.

Je relève mon T-shirt au-dessus de ma tête et le lance par terre… m'exposant devant lui.

— Tu es belle.

Le fait qu'en déclarant cela, son regard ne fixe pas mon corps mais mes yeux, fait bondir mon cœur dans ma poitrine.

Il rampe sur le lit et m'embrasse avec lenteur, ses mains glissant entre mes jambes.

— Je veux avant tout m'assurer que tu es prête.

— Je le suis.

Ses doigts s'enfoncent en moi.

— Vraiment prête.

Tant d'anxiété me parcourt qu'il m'est difficile de me calmer. Ce n'est ni de l'appréhension ni de la peur… mais juste… mon corps et mon esprit sont pleinement conscients de ce qui est sur le point d'advenir, ce qui rend impossible de se détendre suffisamment pour jouir.

— Je ne pourrai pas… mais c'est pas grave, dis-je quand il baisse la tête. Ce n'est pas ta faute, je suis juste surv…

Il écarte mes jambes, sa langue aguiche mon sexe.

— Ferme les yeux, il me murmure en pressant ses lèvres sur la chair sensible.

Quand je les ferme, sa bouche saisit mon clito, et je gémis.

J'aime qu'il sache comment me donner du plaisir.

Ma respiration se dérègle à mesure que ses doigts et sa langue pompent en tandem, et m'entraînent vers la jouissance.

Aux premières bouffées de l'orgasme, j'empoigne ses cheveux.

— Je vais jouir.

Il me lèche plus fiévreusement… jusqu'à ce que je ne sois plus que des tremblotements chaotiques, qui crient son nom.

— Cela devrait faciliter un peu les choses, dit-il ensuite, en s'ajustant sur moi.

J'écarte plus largement les cuisses quand je le sens effleurer mon ouverture.

— J'en ai follement envie mais je déteste savoir que je vais te faire souffrir, dit-il à voix basse.

— La première fois, c'est jamais le top, je lui rappelle en me souvenant de ce que j'ai entendu des filles raconter au fil des années. Je ne t'en voudrai pas. (Un sourire se dessine.) Et puis tu te rattraperas avec une vie entière de sexe époustouflant.

Il sourit largement.

— T'as intérêt à le croire, Bigote.

Il glisse la main entre nous et se guide en moi, avec une lenteur affolante.

— Dis-moi si tu as besoin d'une pause.

Mon corps se contracte à la première vague de pression.

— OK.

Il s'immobilise.

— Ça va ?

La douleur est temporaire. Nous, c'est pour toujours.

— Continue.

Une autre onde de douleur me submerge, et je me crispe.

— Tu es en moi ?

Ses mâchoires frémissent.

— Sérieux ?

Oh ! la maladresse ! Difficile de confondre, pourtant.

— Entièrement, je veux dire.

— Non. À peu près à moitié. J'essaie d'avancer doucement pour te faire le moins mal possible.

Ça ne me correspond pas. Je suis plutôt du genre à arracher le pansement d'un coup sec.

— Tu crois que tu peux… tu sais.

— Forcer ?

Je hoche si fortement la tête que je suis surprise qu'elle ne se détache pas.

— Mon Dieu, oui. S'il te plaît.

Je me prépare à la douleur quand il s'arrête encore.

Je suis prête à l'incendier, mais l'adoration dans ses yeux est tellement irrésistible que mon cœur fait un salto.

— Je t'aime, Sawyer.

Je relève la tête pour l'embrasser.

— Je t'aime aussi, Colton… oh !

Sa queue glisse à l'intérieur de moi en un seul mouvement fluide.

— Putain, dit Cole d'une voix fêlée.

Une douleur qui cède la place à une pulsation déplaisante me transperce. Je me force à respirer profondément pendant que je m'étire pour m'ajuster à lui.

Cole appuie son front contre le mien, sa respiration effrénée.

— Mon Dieu, te sentir est un pur bonheur.

Mes mains explorent son dos.

— Toi aussi.

Malgré un léger inconfort, je ne doute pas de ma décision.

Je ne souhaite offrir cela à personne d'autre au monde.

Rien qu'à Colton. À jamais à Colton.

Son front se plisse.

— Dis-moi quand je peux…

— Maintenant, je souffle. S'il te plaît.

Nos regards s'entrechoquent aux premières poussées de son érection.

— Sawyer, il grogne, sa voix rauque.

Mes ongles tracent de minuscules cercles dans son dos.

— Tu peux aller plus vite.

Je veux qu'il apprécie.

Et je sais que j'aurai mon tour, quand je serai plus détendue et que je souffrirai nettement moins.

Il relève mon genou, se retire puis s'engouffre.

— Mon Dieu.

— Je t'aime, je murmure encore, cramponnée à ses fesses pour l'entraîner au plus profond de moi.

Coucher avec lui ne me donne pas l'impression de rompre un engagement envers Dieu… mais plutôt d'offrir quelque chose d'unique à mon âme sœur.

Son regard assombri par l'absolution, il m'observe.

— Je t'aime.

Mes yeux se ferment en cillant dès qu'il reprend son rythme langoureux et régulier, certainement une torture pour lui. Puis, mes hanches se portent à sa rencontre.

— Plus vite. S'il te plaît.

— Je veux te faire jouir.

Peu probable. Pour cette fois, en tout cas.

— C'est déjà fait, rappelle-toi ?

Le visage contracté par le plaisir, il accélère la cadence.

— Je voulais dire… encore.

Si ses intentions sont louables, mon corps est bien trop fébrile.

— Garde ça pour après.

Il semble prêt à protester mais je joue ma carte maîtresse.

— Je veux te sentir jouir en moi.

Les paupières alourdies, il émet un râle intense.

— Nom d'un chien.

Ses hanches s'agitent tant que mes jambes tremblent.

Bien vite, après un grognement étranglé, il frémit et s'abandonne.

Le visage enfoui dans mon cou, il m'inhale.

— Je … *putain.*

Je passe mes doigts dans ses cheveux moites et lui dis ce que je pense.

— C'était parfait.
Tellement parfait.
Tellement nous.
Tellement réel.

81

Cole

Cela fait une demi-heure que je regarde Sawyer dormir.

Elle semble si paisible que je n'ai pas eu le cœur de la réveiller avant de partir.

Du coup, je suis resté.

— Bonjour, dis-je dès qu'elle ouvre les yeux.

Bâillant, elle se blottit contre mon torse.

— Bonjour.

— Comment tu te sens ?

Elle avait mal hier soir, j'espère que c'est passé.

Elle me regarde, son doigt slalomant entre mes côtes.

— Différente, dit-elle en souriant. Dans le bon sens.

Elle a l'air un peu différente aussi… lumineuse.

J'embrasse son épaule nue.

— Je t'aime.

Son sourire s'amplifie.

— Je t'aime.

Nous nous regardons, souriant comme deux imbéciles heureux avant que Sawyer ne pousse un cri muet.

— Oh ! merde. Il est quelle heure ?

Je tourne les yeux vers le réveil, sur la table de chevet.

— Un peu plus de 9 heures, pourquoi ?

Elle appuie sa paume sur son front.

— J'étais supposée rejoindre les invités pour le petit déjeuner d'adieu.

C'est quoi, ce truc ?

— Un petit déjeuner d'adieu ?

— Ma sœur part en lune de miel aujourd'hui. Les mariés voulaient partager le petit déjeuner avec les invités avant leur départ.

Je repousse le duvet.

— Dans trois minutes, j'aurai disparu.

Elle tire sur mon bras.

— Non.

— Non ?

— Ne pars pas.

Elle jette un coup d'œil au lit resté intact, au bout de la chambre.

— Clementine est sûrement au repas… donc nous disposons d'une heure de liberté.

— Et le petit déj d'adieu ?

— Son mari l'emmène en France pour leur lune de miel. Crois-moi, elle n'a pas besoin de sa sœur pour fêter son départ.

Se mordant la lèvre, sa main plonge sous les draps.

— Cela dit, moi, j'ai urgemment besoin de quelque chose, dit-elle en enveloppant mon sexe dans sa main. Dis-moi Cole, tu bandes comme ça tous les matins ?

Oui.

— Seulement quand je me réveille à côté d'une fille nue et sexy.

Avec un sourire faussement intimidé, elle sème des baisers sur mon torse.

— Justement, cette fille nue et sexy a envie de faire l'amour avec son séduisant copain nu avant que sa coloc revienne. T'es partant, Covington ?

J'indique ma queue.

— À ton avis, Church ?

Elle fait la moue.

— Je ne sais pas. Je ne suis pas tout à fait convaincue.

Elle baisse la tête pour lécher l'extrémité de mon sexe, et un grognement monte dans ma gorge.

Il y a encore six mois, si quelqu'un m'avait dit que je traverserais le continent en voiture pour déclarer ma flamme à une fille qui avait toutes les raisons de me haïr… je ne l'aurais jamais cru.

Amusant, comme tout s'est arrangé au mieux.

— Oh putain…

Mon poing cramponne le drap dès qu'elle me prend dans sa bouche, et me suce à fond.

Ma femme m'avale comme un putain d'aspirateur.

Je baisse les yeux sur elle.

— Sawyer.

Elle me sort de sa bouche avec un bruit de succion humide.

— Ouais ?

Je la fais remonter le long de mon corps.

— Si tu continues de me sucer de cette façon, il n'y aura pas de sexe.

Je l'allonge sur le dos, écarte ses cuisses et me faufile entre elles.

— Pour info, cette fois, tu vas tremper ma queue de plaisir.

Elle a un sourire espiègle.

— Si tu le…

Quand je m'introduis, un souffle lui échappe.

— Ça va ?

Ses yeux se ferment doucement.

— On ne peut mieux.

La main sur la tête de lit, j'augmente le rythme.

— Tu as d'autres obligations familiales, aujourd'hui ?

— Nan. Pourquoi ? dit-elle, ses yeux rouverts.

Je lui offre un sourire satisfait.

— Parce que, une heure, c'est un peu court.

Je veux une vie entière avec Sawyer Church… et plus encore.

82

Sawyer

— Rien que vingt-cinq et après j'arrête, je murmure.

Oakley se renfrogne.

— C'est ce que tu as dit la dernière fois.

Pour être honnête, il n'a pas tort. Mais c'était pour le mariage, il y a plus de deux semaines. Ce flacon est nécessaire pour stabiliser ma perte de poids.

— Faut vraiment je révise…

— Tu es déjà admise à Duke's Heart, tu sais ?

Je ne comprends pas pourquoi il fait autant d'histoires. Ce n'est pas comme si je lui réclamais de la drogue.

— Je sais mais il me reste quelques examens à passer, et ils m'aident sérieusement à me concentrer.

Il serre les dents.

— Adresse-toi plutôt à un médecin, il te fera une ordonnance.

— Le dernier flacon, je te promets. Pour terminer le lycée en beauté. Tu sais qu'on m'a annoncé aujourd'hui que j'étais en bonne place pour sortir major de ma promo ?

Il hausse un sourcil.

— Sérieusement ? C'est génial, Demi-portion.

— Je sais.

Je ne peux pas m'empêcher de sourire. Je me suis presque évanouie de bonheur en l'apprenant.

— Ça se joue entre moi et Miles Wilson, et tu sais qu'il est brillant. J'ai besoin de toute l'aide possible.

— T'as gagné. (Il agite un doigt sous mon nez.) Mais c'est la dernière fois.

Je valide totalement.

— C'est d'ac…

— La dernière fois que quoi ? intervient Cole en glissant son bras autour de ma taille.

La poisse. Le couloir était encore désert il y a vingt secondes.

— Qu'elle insiste pour me donner un cours le samedi, crie Oakley. Ça fout en l'air tout mon planning. Ras le bol.

J'adresse un sourire reconnaissant à Oakley.

— Du calme, s'exclame Cole. Sawyer fait tout pour que tu réussisses tes examens.

Oakley prend un air penaud.

— Ouais, je sais.

— Rassure-toi, fainéant, elle ne sera pas dispo ce samedi, dit Bianca en rejoignant notre petit cercle.

— Pourquoi ? dis-je, perplexe.

— Tu m'accompagnes en virée shopping.

Plutôt me planter une fourchette dans l'œil.

D'un regard, j'implore l'aide de Cole.

— Elle ne peut pas. Nous avons des projets.

Bianca plisse les yeux.

— C'est dans presque une semaine. Quel genre de projet pourriez-vous me cacher ?

Pas trop collante, sa sœur ?

Cole me fait un sourire suggestif.

— Un truc qui se fait sans vêtement.

Bianca retrousse le nez.

— Dégueu.

Je lui tape le bras. Ce n'est pas parce que nous couchons ensemble – d'accord, c'est le pied – qu'il doit le crier sur tous les toits. Ou même l'annoncer à sa sœur.

— Nous allons au cinéma… puis chez Christian.

C'est le seul plan crédible auquel je puisse penser. Sans compter que nous ne sommes pas apparus ensemble à ses soirées depuis son pétage de plombs, et que je veux prouver à tout le monde que tout baigne entre Cole et moi.

Clouer le bec à Casey et ses langues de vipère.

Bianca secoue la tête.

— Pas de cinéma. Ce que j'ai prévu risque de durer trop longtemps.

Cole se penche, son haleine chatouillant mon oreille.

— Ce que j'ai prévu prendra un petit moment aussi.

Je lutte pour contrôler un frémissement. J'affirme sans risque que j'ai une nette préférence pour les plans de Cole.

Bianca le frappe avec son agenda.

— Et encore dégeu. (Elle s'appuie contre mon casier.) Écoute, grand frère, je vais faire simple. Veux-tu que j'interfère dans ton couple avec Sawyer comme je le fais avec Jace et sa pétasse ?

Je lui lance un regard noir.

— Hé…

— Vraiment pas, répond Cole.

— Super. Alors remballe ta queue, et laisse-moi t'emprunter ta copine un seul après-midi.

— Mauvaise idée, frangin, grommelle Oakley. Tu peux me croire.

Bianca montre les crocs.

— T'inquiète, je ne ferai pas comme avec les bouche-trous d'Oakley… je te rendrai Sawyer. (Elle m'envoie un baiser.) À samedi, chérie.

83

Sawyer

— Rappelle-moi ce qu'on fait là ? marmonne Dylan à l'entrée du magasin.

— Bianca m'a proposé du faire du lèche-vitrines avec elle, et jamais de la vie je me pointe seule.

Ce serait comme affronter un peloton d'exécution.

— Tu sais qu'elle ne peut pas me saquer ?

Ouais. Seconde raison pour laquelle je l'ai invitée.

Bianca n'a certes pas un caractère facile, mais je la considère comme mon amie. J'espère mettre un terme à leur querelle en forçant ma meilleure amie et ma nouvelle amie à partager un moment.

Ensuite, nous pourrons tous traîner ensemble.

— Donne-lui une chance, Dylan. Elle est sympa quand on la connaît un peu mieux. Prom…

— Minute, je ne me souviens pas d'avoir invité cette sale meurtrière qui se tape mon frère, intervient Bianca.

Réflexion faite, c'était peut-être une mauvaise idée.

Trop tard.

Je m'accorde quelques respirations avant de m'attaquer au cœur du problème.

— Elle n'est pas responsable de ce qui est arrivé à Liam, Bianca. Au fond de toi, tu sais que c'est vrai.

Elle jette un T-shirt qu'elle examinait sur une table.

— Je ne veux pas d'elle ici.

Dylan lève les mains.

— Aucun problème.

Elle fait demi-tour mais je la rattrape par le bras.

— Pas si vite. (Mon regard passe de l'une à l'autre.) Je sais que vous avez des différends, mais vous avez aussi quelque chose de très important en commun.

— Pitié, s'exclame Bianca. Je n'ai rien en commun avec elle.

— Vous aimez toutes les deux Jace, je lui rappelle. Et ce n'est pas juste que les deux femmes les plus importantes de sa vie se chamaillent sans arrêt.

— Ce n'est pas ma faute… se défend Dylan, mais je la coupe.

— Je sais.

— Pas la mienne non plus, conteste Bianca.

Je lui assène un regard. Les disputes sont assurément de son fait.

— Bref. Je ne lui pardonnerai jamais. (Son expression s'adoucit un tout petit peu.) Mais elle peut rester… je suppose.

C'est toujours mieux que rien.

Dylan commence à protester mais je lui presse la main.

— Accepte le rameau d'olivier qu'elle te tend, pour Jace, je murmure.

Les yeux levés vers le plafond, elle souffle.

— OK.

Bianca inspecte une rangée de vêtements suspendus.

— Quelle taille fais-tu, ma chérie ? Je t'ai préparé une petite sélection, mais je dois m'assurer qu'ils te vont.

Je regarde Dylan, parce qu'il est impossible que Bianca s'adresse à moi.

Mon regard contourne la boutique branchée. Un seul ensemble coûte mon salaire de la semaine.

— Mais nous ne faisons pas du shopping pour toi ?

— Franchement, tu penses que j'aurais besoin de toi pour

m'acheter des fringues ? (Une main sur la poitrine, elle ricane.) Oh non, tu le croyais ? Trop mignon.

— Ouais, bougonne Dylan derrière moi. Cette fille est un ange.

— Désolée mais ce n'est pas… je n'ai pas prévu de faire des emplettes aujourd'hui.

Je grimace en avisant l'étiquette de la robe qu'elle examine.

— De toute façon, ce n'est pas la boutique où j'irais pour ça. C'est au-dessus de mes moyens.

— M'en doute, dit Bianca en brandissant sa carte bancaire. Raison pour laquelle j'ai apporté ceci.

Elle a perdu la tête.

— Je ne te laisserai pas sponsoriser ma garde-robe.

Un son irrité bourdonne dans sa gorge.

— Écoute, je ne suis pas douée pour négocier. Alors passons directement au moment où tu te plies à mes ordres. Va essayer ça, dit-elle en me tendant une robe blanche.

Non seulement cette robe semble trop étriquée pour moi, mais ce n'est pas mon style… loin de là.

— Bah non.

Elle fait sa bouche en cul-de-poule.

— Nous sommes amies, non ?

Je la regarde avec prudence.

— Ouais.

— En tant qu'amie, je refuse de te voir traîner dans ces tenues d'Amish sans-abris. (Le dégoût marque ses traits.) Au début, c'était touchant mais plus maintenant.

— Super, merci.

— Je dis pas ça pour t'insulter. Je suis franche, c'est tout. Le bal de promo a lieu dans cinq semaines et, tu peux me croire, tu vas te sentir minable quand Cole sera élu roi de la promo et, Casey, reine du bal. Encore une fois.

Elle se remet à fouiller dans les rayonnages.

— En plus, j'ai gravement besoin d'un nouveau projet enthousiasmant sur lequel concentrer mon énergie. Te relooker, c'est pile ce qu'il me faut.

Je ne peux pas la laisser faire.

— Non…

— Mon anniversaire est en juin, dit-elle sans me laisser finir. Considère cela comme un cadeau que tu me fais super en avance.

— Elle n'a pas besoin d'un relooking, s'interpose Dylan. Je la trouve magnifique telle qu'elle est.

Bianca fait la grimace.

— Dit la fille qui passe sa vie en jean miteux et T-shirts de concert. Pas étonnant que vous vous entendiez à merveille. Stevie Wonder choisirait mieux ses vêtements que vous deux.

Dylan et moi nous regardons avec exaspération.

— Très bien, lance Bianca. Refuse mon aide. Mais ne viens pas pleurer quand Cole se remettra avec Casey après le bal.

J'ai la boule au ventre. Je ne pense pas un seul instant que Cole me quitterait pour Casey… mais je déteste la minuscule partie de mon imbécile de cerveau qui persiste à croire qu'il risque de me quitter pour quelqu'un de mieux.

Et par mieux, je veux dire plus jolie et plus mince. Surtout après l'université, quand il passera en ligue pro. Les filles se jettent déjà à son cou… je ne veux pas penser à l'horreur que ce sera dans cinq ans.

— Une seule tenue, dis-je nerveusement.

Bianca tord la bouche.

— Trois. Plus la robe pour la soirée, une coupe de cheveux et une teinture. (Elle sort son téléphone de son sac.) Connais-tu ta correction visuelle, de mémoire ? Je demande à mon père de rapporter du travail quelques modèles de lentilles à essayer.

Elle plaisante forcément.

— Une tenue, pas de robe de soirée, et un brushing.

Voilà. Un compromis.

— Non, dit-elle, bras croisés. Deux tenues. Une robe de bal que tu peux exceptionnellement choisir avec moi. Une coupe, plus des extensions pour donner du volume, et des mèches dans les tons caramel pour mettre ton visage en valeur. Oh ! et un petit tour chez Sephora. Je ne peux pas faire moins.

Je ne pense pas que Bianca maîtrise l'art du troc.

Ou peut-être que si, parce que sans savoir comment, je me surprends à acquiescer.

— Je t'avais dit qu'elle me boudinerait, dis-je en remontant la robe rouge étriquée sur mes hanches.

Celui qui l'a confectionnée se contrefichait que la personne qui l'enfilerait ne puisse plus respirer.

Bianca me rejoint.

— Tu plaisantes ? C'est exactement comme ça qu'elle se porte.

Je vérifie l'étiquette.

— C'est un trente-huit. Ce n'est pas ma taille.

Hier encore, un quarante-quatre me serrait trop. Souriante, Bianca m'oriente face au miroir.

— Maintenant, si.

Elle détache ma queue-de-cheval et me recoiffe avec les doigts.

— Au risque de faire ma lesbienne, t'es canon.

C'est dément.

— Ouah, j'ai l'air… différente.

J'ai l'impression d'avoir été projetée dans une baraque de foire remplie de miroirs.

Ceux qui offrent un aperçu de ce que vous seriez en plus mince et plus jolie.

Sauf que là, ce n'est pas une illusion.

Elle rit.

— C'est le but, andouille.

Je regarde Dylan.

— Ton avis ?

Elle remue les pieds.

— Honnêtement ?

— Bah oui.

Je n'en attends pas moins de sa part.

— Ce n'est pas toi. En toute franchise, tu as l'air de sortir d'une équipe de pom-pom girls. C'est stupide, Sawyer, tu n'as pas besoin d'un relooking. Tu as toujours été magnifique.

Pour une ronde.

D'un côté, je comprends le discours de Dylan. Notre mépris mutuel pour les filles comme Casey a, en grande partie, fait que ça a instantanément collé entre nous.

Nous étions les deux exclues.

En échange de quoi… nous les rejetions.

Parce que ça galvanise de rabaisser tout ce qui est superficiel, quand on est programmé pour ne jamais se sentir à sa place.

Mais quand on commence à goûter à leur monde… ce que ça fait d'être accepté…

Quand la société cesse de vous percevoir comme la fille obèse, et commence à vous regarder comme un être humain à part entière, qui mérite de l'attention et de la gentillesse…

C'est comme si le soleil perçait les nuages.

Le monde se réchauffe… le ciel se dégage.

Je me retourne face au miroir.

— Ce modèle existe en vert ? C'est la couleur préférée de Cole.

84

Sawyer

— Doux Jésus ! Sawyer Grace, s'écrie maman. Qu'as-tu fait ?

Je grimace.

— C'est si moche que ça ?

J'ai un peu plus cédé à Bianca que prévu.

Plus précisément, quatre ensembles, une robe pour le bal de promo – que j'adore, en plus – quelques extensions et mèches, et une montagne de maquillage.

Oh ! et… des lentilles de contact.

Qui sont un cauchemar à poser.

Elle pose la main sur son cœur.

— Pas du tout, tu es ravissante, dit-elle en reculant, les larmes aux yeux. Mon Dieu, ma chérie. Je suis si fière de toi.

Tous les ans, je reçois les honneurs de mon établissement scolaire, je totalise le score maximal à mes tests d'aptitude, j'ai été admise à Duke's Heart avec une bourse intégrale et je suis la grande favorite pour sortir major de ma promo.

Pourtant, cette femme ne m'a pas une fois dit qu'elle était fière de moi.

Jusqu'à présent.

Mon père tombe en arrêt devant moi.

— Que…, fait-il, puis la déception emplit ses yeux. Je vois.

Je ne comprends pas ce qui lui prend.

Pas grave. Si nous nous éloignons l'un de l'autre, c'est entièrement sa faute.

Le fait que j'ai maigri ne signifie pas qu'il a perdu sa fille.

Sans oublier que c'est lui qui m'a traitée de grosse, un jour, derrière mon dos.

Il devrait se réjouir que j'aie solutionné le problème.

— Merci, maman. Mince ! dis-je en voyant l'heure. Je dois aller chercher Cole. (J'attrape mon sac pour la nuit, resté sur la table de la cuisine.) Oh ! et ne m'attendez pas ce soir. Je dors chez Dylan.

C'est un mensonge. Je passe la nuit chez Cole. Mais ils n'ont pas besoin de le savoir.

Même si je pense que, secrètement, ma mère a des soupçons.

— Amuse-toi bien à la soirée, me dit-elle avant de m'embrasser sur la joue. Sois prudente.

Ouais, message reçu.

« Ne rentre pas en cloque, sinon papa chassera ton mec à coup de carabine. »

— Bonne soirée, papa.

Il grommelle à voix basse avant de s'éclipser.

Je me dirige dans l'entrée.

— Bye, maman. Je t'aime.

— Je t'aime.

Je ne suis pas loin de m'évanouir.

J'obtiens un deux sur deux aujourd'hui.

D'abord, elle est fière… à présent, elle m'aime.

Ces gélules sont la meilleure chose qui me soit jamais arrivé.

Il faut que je remplisse mon stock.

— Comment, ça, t'es à sec ? s'étonne Oakley. Je t'en ai donné vingt-cinq lundi dernier.

— Parle doucement, je chuchote.

Nous nous trouvons dans la dépendance, Cole et Bianca pourraient débarquer à tout moment et nous entendre.

— J'ai été surbookée toute la semaine. Plus que des tonnes de révision, tu vois ? Et les gélules agissent moins bien qu'auparavant, je dois augmenter la dose pour ressentir un coup de fouet.

— Ouais, on appelle ça l'accoutumance. Mais comme tu n'en prends que depuis quelques mois, pas quelques années, et que tu as déjà englouti tout le flacon, tu en consommes manifestement plus que tu ne le devrais.

Je ne supporte pas la honte qui m'assaille.

Mais pas autant que je déteste son regard empli de dédain.

C'est injuste. Il se comporte comme s'il n'avait jamais eu de problèmes ni de pris de gélules de sa vie.

Contrairement aux saloperies qu'il consomme, j'ai besoin de ce produit. Mes gélules améliorent tout… sans rien noircir.

— Tu as le jugement facile pour quelqu'un qui cache à ses amis les plus proches que non seulement il deale, mais qu'un soir où il était perché, il a profité de leur petite sœur.

C'est dur et c'est mal.

Mais je déteste que la clé de mon bonheur repose entre ses mains.

Oakley a le pouvoir de dire stop à tout moment, et de tout bousiller.

Je ne peux pas laisser cela se produire.

Je ne veux plus jamais redevenir la rondouillette. Pas maintenant que j'ai enfin tout ce que j'ai toujours voulu.

À regarder Oakley, on dirait que je viens de le gifler.

— Je n'ai pas… c'était un malentendu. Elle s'est faufilée dans mon lit…

Je hais les mots qui sortent ensuite de ma bouche… mais ils sont un mal nécessaire.

— Penses-tu sérieusement que Jace et Cole le verront de cette façon, quand ils sauront ?

Il a l'air tellement trahi que je pourrais pleurer.

Putain, je me dégoûte.

— Je ne suis peut-être pas aussi cultivé que toi, mais je sais repérer quelqu'un qui me fait chanter. (Ses épaules s'affaissent.) Que veux-tu ?

— Une centaine, ça devrait tenir le mois.

— Dis-moi que tu plaisantes ?

— Je n'ai pas besoin que tu me juges, Oakley.

— Non, c'est de ces médocs dont tu n'as pas besoin. Ça, c'est pas toi.

— Exact. Et je remercie le ciel pour ça. Parce que la Sawyer d'autrefois était vulgaire et…

— Détrompe-toi, dit-il plein de tristesse. Elle était mon amie, elle ne m'aurait pas fait du chantage pour des cachets. (Il sort un flacon de sa poche.) En voilà dix pour t'aider à décrocher. Parce que après ça… ne compte plus sur moi.

La panique me griffe la poitrine.

— Tu n'es pas sérieux.

Il indique la porte.

— Oh si, je le suis.

Il tente de s'écarter mais je lui bloque le passage.

— S'il te plaît, Oakley. Ne me fais pas ça. J'ai besoin…

— Justement, non.

La boule au ventre, je me sens étourdie. S'il cesse de m'en procurer, je recommencerai à grossir.

Je perdrai tout.

Mon corps, l'amour de ma mère… peut-être même Cole.

Prise de vertige, ma poitrine se comprime.

— Je t'en supplie, je ferai tout ce que tu voudras. N'importe quoi.

Je tente de caresser son visage mais il immobilise mes poignets.

— Bordel de merde, qu'est-ce qui déconne chez toi ?

Je me fige, comprenant subitement ce que je m'apprêtais à faire.

Je ne peux pas croire que j'ai failli…

Mon Dieu, je me sens mal. Une méchante nausée.

— Ce n'est pas toi, Sawyer.

Il a raison.

— Je suis désolée…

— Ne t'excuse pas auprès de moi, dit-il, railleur. Demande pardon à Cole. C'est lui qui est amoureux d'une pute.

Je le gifle. Violemment.

— Comment oses-tu…

— Comment appelles-tu quelqu'un qui se donne aux hommes contre de l'argent ou de la drogue ?

Oh non. Je ne peux plus respirer.

— Je n'ai pas…

Je ne peux plus parler.

Je ne ferais jamais ça à Cole.

Je l'aime. Tellement.

Je retrouve enfin ma voix.

— Je ne suis pas une pute. Je n'aurais pas couché avec toi pour de l'Adderall parce que je ne suis pas une camée désespérée. (Je le fusille du regard.) Je ne suis pas toi.

Je pousse un cri quand il me tord le bras.

— C'est marrant, ma mère jurait qu'elle n'était pas une camée désespérée, elle aussi.

Il ouvre sa porte d'entrée.

— Ensuite, elle a siphonné les comptes en banque de son mari et baisé son dealer devant son fils de quatre ans… juste avant d'abandonner définitivement sa famille.

Un élan de compassion m'envahit.

— Oak…

— Dehors, dit-il en me poussant. Reviens quand tu seras de nouveau Sawyer.

— Je suis Saw…

— Tu ne l'es plus.

85

Cole

— Ça te plaît pas ? demande Sawyer en se mordant la lèvre.

Non, vraiment pas.

La robe, les cheveux, les talons, la tonne de maquillage… les lentilles.

Elle n'a plus rien en commun avec la fille dont je suis tombé amoureux.

— C'est pas mal, dis-je à la place.

Je ne veux ni être vache ni la vexer, mais je ne vais pas faire semblant d'apprécier son nouveau look qui m'horripile.

Par chance, la vraie Sawyer, celle que j'aime, demeure à l'intérieur.

Du moins je l'espère.

— Je prends le volant ?

— Nan. Ça ira.

Elle me lance un regard glacé tout en chancelant sur ses talons, dans mon allée.

— T'es fâchée ?

— Oh ! tu crois ?

— Désolé si je t'ai vexée…

— C'est rien.

La main sur son poignet, je l'arrête.

— Tu n'as pas besoin de tout ce truc sur le visage ou de cette minuscule robe.

Inhalant nerveusement, je vais encore plus loin dans l'honnêteté.

— D'ailleurs, ce régime que tu suis... faut que t'arrêtes.

J'ai essayé de me montrer compréhensif, mais je n'y arrive plus.

On dirait carrément une autre personne.

Ses formes ont fondu. Ses fesses sont presque plates.

Et il vaut mieux que je n'aborde pas la question de ses seins... ou de ce qu'il en reste.

Mais bon, je m'adapterais si ces derniers temps, elle n'était pas aussi épuisée et mal lunée.

Si elle était toujours aussi douce, mignonne, sarcastique et vive d'esprit.

Hélas, c'est comme si je l'avais perdue un peu plus à chaque kilo.

Elle est plus mince... mais pas en meilleure santé.

Si je ne la connaissais pas aussi bien, je dirais qu'elle est sur les nerfs.

Probablement parce qu'elle ne mange pas à sa faim.

Elle plisse les yeux en deux minuscules fentes.

— Tu ne manques pas de culot, fait-elle en me tapant le torse avec l'un de ses ongles roses. Tu m'as traitée de grosse devant tout le lycée, et maintenant que j'ai minci...

— J'aurais pas dû. Je ne le pensais pas. J'ai dit ça parce que...

— Parce que c'est ce que tout le monde attendait de toi, dit-elle d'une voix fébrile. Le truc, c'est que tu te sentais obligé parce que j'étais étiquetée « grosse ». (Elle tire sur son poignet.) *Ciao*, les étiquettes. Et *ciao* à toi aussi si tu ne m'aimes plus parce que ça réveille tes insécurités que je sois enfin attirante.

Elle interprète tout de travers.

— Je n'ai pas dit que je ne t'aimais plus. Et il ne s'agit pas d'insécurités... je m'inquiète pour ta santé. Énorme différence.

— Mais bien sûr, dit-elle en riant, la tête rejetée en arrière. Mon Dieu, les gens ne cesseront jamais de m'émerveiller. Quand j'étais boulotte, on me rabâchait « préoccupe-toi un peu de ta santé » (elle dessine des guillemets dans l'air), et maintenant que je suis enfin retombée à un poids normal… j'ai encore droit aux mêmes conneries. Hallucinant.

Je ne sais pas quoi répondre à ça.

La société est pourrie… des fois, les gens se gourent.

Le surpoids n'est pas synonyme de mauvaise santé, de même que la minceur ne garantit pas d'être en forme.

Mais je ne peux pas changer la société.

Je ne peux pas supprimer les remarques puantes que les gens lui ont lancé au fil des années, et qui lui ont donné l'impression qu'elle était imparfaite.

Je ne peux pas l'amener à se voir comme je la vois.

Comme je l'ai toujours vue… bien avant qu'elle perde tous ces kilos.

Je n'ai aucune emprise sur tout cela.

Tout ce que je peux faire, c'est l'aimer.

Quelle que soit son apparence.

Je noue mes bras autour d'elle.

— Dis-moi ce que je peux faire pour arranger ça.

— Tu ne peux pas, répond-elle avec émotion, des larmes sur ses joues. Je voulais juste que mon copain me trouve jolie, et qu'on s'amuse ce soir. Je voulais être une fille normale rien qu'un soir.

Sawyer est tout sauf une fille normale… et c'est précisément ce que j'aime en elle.

Mais je veux lui donner cela.

Parce que je veux la rendre heureuse.

Je lui redresse le menton et essuie les traces de mascara avec mon pouce.

— Tu es splendide, Bigote, dis-je avant de l'embrasser. Allons-nous éclater à cette fête.

Quand elle lève les yeux vers moi, l'étincelle est reparue.

— Tu le penses ?

— Ouais.

Alors qu'elle grimpe dans la voiture, quelque chose attire mon regard.

Le sac de marque que je lui ai offert pour son anniversaire.

Celui qui n'était pas son style.

86

Sawyer

— Pourquoi tu ne manges rien ? demande Dylan. Ce sont tes préférées.

Mon assiette de frites au fromage me répugne.

Malgré les gargouillis de mon estomac, je sais que je ne dois pas y toucher.

Une bouchée ruinerait tout.

Heureusement que j'ai avalé cinq Adderall tout à l'heure, comme ça, je lutte seulement contre la faim implantée dans ma tête.

Je repousse les frites pour chasser de la tentation.

— J'ai dîné avant de sortir.

Dylan m'observe avec prudence.

— Pourquoi ? Tu savais que le thème de la soirée était « *junk food* et marathon de films ».

Son interrogatoire est insupportable.

— Pourquoi faut-il que ce soit toujours de la malbouffe ? (Elle commence à parler, mais je continue.) Tout le monde n'est pas naturellement mince, comme toi. Apporterais-tu des cigarettes à un patient atteint d'un cancer du poumon ?

Elle paraît offensée.

— Bien sûr que non. Mais Sawyer, tu n'es pas… tu n'as jamais été… tu sais.

Une colère noire se déverse dans mes veines. Depuis que je la connais, elle esquive le mot comme si c'était un missile nucléaire.

— Mais enfin, Dylan, dis-le clairement. Grosse. (Je me lève.) Grosse ! Pas ronde. Ni rondouillette. Ni bien charpentée. Ni potelée. *Grosse.*

Un sillon se creuse entre ses sourcils.

— Ce mot ne m'est jamais venu à l'esprit pour te décrire. Pas une fois.

C'est pas vrai ! À croire qu'elle estime mériter une récompense parce qu'elle n'a jamais qualifié sa grosse copine de grosse.

— Félicitations, tu veux une putain de médaille ?

Elle repose bruyamment son verre.

— C'est quoi, ton problème ?

Un flot d'émotions me prend à la gorge. Nous ne nous sommes jamais disputées jusqu'à présent.

— Rien… tout.

— Parle-moi. Parce que ces temps-ci, ton attitude est…

— Est quoi ?

— Je me tracasse pour toi, Sawyer. Vraiment. Entre ta perte de poids…

— Tu ne parles pas sérieusement !

— Quoi ?

— Tu t'habilles en trente-quatre, Dylan. Je fais littéralement deux tailles de plus que toi ! Alors cesse de faire comme si j'étais anorexique et que je m'affamais.

— Tu n'es peut-être pas une anorexique qui s'affame, mais tu ne te comportes pas comme d'habitude.

Pas elle aussi !

— Punaise, j'en ai trop marre qu'on me répète ça.

Elle s'adosse dans la banquette.

— Bah, si on te répète souvent la même chose, tu devrais te demander pourquoi.

Super. Ma soi-disant meilleure amie prend la défense de tout le monde, plutôt que la mienne.

— T'es géniale, comme amie.

— Pardon ?

— Tu m'as entendue, dis-je en me levant si brusquement que ma chaise bascule. Mais, qui sait, tu aimes sûrement avoir une meilleure amie en surpoids.

Elle relève les sourcils.

— Tu…

— Parce que c'est ce que font les jolies filles minces. Elles choisissent une meilleure amie obèse pour paraître encore plus jolie et plus mince aux yeux des garçons. Quelle imbécile… j'aurais dû m'en rendre compte quand tu t'es installée avec Jace et que tu m'as plantée comme une grosse merde.

Ce n'est pas vrai. Mais je souffre et je veux la blesser aussi.

— Quoi… c'est tellement absurde que je ne sais pas quoi répondre, pauvre idiote.

— Pauvre idiote ? Il vaut mieux être idiote que se servir des autres. Tu critiquais tellement Britney l'année dernière, alors que, dans le fond, t'es comme elle.

C'est totalement faux. Mais je suis lancée et j'ai l'impression de ne plus pouvoir m'arrêter. Je suis tellement furieuse tout le temps. Un genre de rage incontrôlable qui vient de je ne sais où.

— Bon sang, qu'est-ce qui déconne chez toi ? rétorque Dylan. Tu as aussi maigri des neurones ?

C'est la goutte de trop.

— Non, mais je parie que ça te plairait, pas vrai ? De cette façon, tu aurais un motif de te plaindre, comme tu le fais tout le temps. (La main sur mon front, je prends une pause théâtrale.) Pauvre moi, mon papa est en prison. Pauvre moi, mon cousin a baisé ma tante et a raté ses examens. Pauvre moi, mon copain veut qu'on vive ensemble. Pauvre moi, c'est dur l'université. Pauvre moi, mon mec m'a offert une voiture. Pauvre moi, ma meilleure amie a maigri. Tu m'emmerdes avec tes histoires, Dylan.

— Oh ! là ! dit-elle en se levant, tu n'es pas celle que je pensais.

— Pareil pour toi.

Nous nous fusillons du regard depuis une petite minute, quand Jace apparaît.

Inconscient de la tension, il se dirige vers la table.

— Frites au fromage. Miam.

— Prends les miennes, lui dis-je. J'allais partir.

— Super, réplique Dylan. Appelle-moi quand tu seras prête à t'excuser.

Ce qu'elle est arrogante.

— Appelle-moi quand tu auras fini de te la raconter.

La bouche pleine de frites, Jace nous regarde tour à tour.

— Qu'est-ce qui se passe ?

— Rien ! nous crions en même temps.

Il recule lentement.

— Appelle-moi quand tu te seras sorti la tête du cul.

J'attrape mon sac.

— Appelle-moi quand tu cesseras d'être faux-cul, pétasse.

La mâchoire lui en tombe.

— Appelle-moi quand Bianca aura quitté ton corps.

Je lui fais un doigt d'honneur en prenant le chemin de la sortie.

— Tout compte fait, ne m'appelle pas. Plus jamais.

87

Sawyer

— Ce n'était qu'une dispute. Ce sera vite oublié.

Couchée entre les bras de Cole, je sanglote à chaudes larmes dans son lit.

— Je ne me querelle jamais avec Dylan.

Ses mots. Sa façon de me regarder, comme si j'étais moins que rien… ça m'a fait un chagrin immense.

Le truc, c'est que je ne comprends pas pourquoi elle, pourquoi personne, n'est content pour moi.

— Elle se fait juste du souci pour toi, murmure-t-il.

— Pourquoi ? J'ai maigri, Cole. Je n'ai pas été enrôlée dans un réseau de prostitution ou dans un gang.

Il m'observe.

— C'est juste… tu es un peu tendue en ce moment. Sur la défensive.

— Parce que tout le monde me prend la tête au sujet de mon corps.

Alors, je craque… mes larmes coulent de plus en plus vite. À tel point que je peux à peine respirer.

Désormais, je ne perds pas seulement du poids. Je perds tous les gens que j'aime.

Et je ne comprends pas pourquoi. Pourquoi un événement aussi positif devient aussi négatif ?

Pourquoi tout le monde me hait ?

Pourquoi suis-je en colère du matin au soir ?

Pourquoi je ne suis jamais assez bien ?

Cole me berce contre lui.

— Détends-toi. Ça va s'arranger.

— Et si ça ne s'arrangeait pas ?

Et si Dylan et Oakley me haïssaient à tout jamais ?

Et si j'avais un problème, comme le prétend Oakley ?

Je secoue la tête. Non. C'est de l'Adderall.

Un traitement prescrit dans le monde entier.

Et, Cole mis à part, c'est la meilleure chose qui me soit jamais arrivé.

Il n'y qu'un seul petit souci. Il pourrait bousiller ma vie.

Parce que je ne peux en parler à personne.

Parce qu'ils ne comprendraient pas pourquoi je veux continuer à en prendre.

Parce que je perdrais tout le monde.

Tu les perds, de toute façon, me provoque mon esprit.

Me décalant, je l'enveloppe de mes bras.

— Cole.

L'inquiétude dans ses yeux me coupe le souffle.

— Ouais ?

— Ne m'abandonne pas, s'il te plaît.

Je me sens vulnérable et exposée, tellement imprudente.

Il pose la main sur ma joue.

— Je suis à toi. Pour toujours.

Comme j'ai besoin de plus que des mots, je remonte son T-shirt au-dessus de sa tête.

— Promis ?

— Promis.

Ses paupières s'abaissent dès que ma main se glisse dans son pantalon d'intérieur.

— Pour…

— J'ai envie de toi.

En cet instant, j'ai l'impression qu'il est le seul sur toute la planète à s'intéresser à moi, c'est pourquoi j'ai besoin de le sentir près de moi.

Au plus près.

Il m'allonge sur le dos et descend ma culotte sur mes jambes.

Sa tête s'abaisse entre mes cuisses mais je l'arrête.

— Non.

Les jambes écartées au maximum, je le regarde.

— Tout de suite.

Son expression devient un mélange de désir et de confusion, il s'allonge sur moi et frotte son gland sur mon sexe gorgé d'envie.

— Sawyer.

Il prononce mon nom comme s'il m'implorait et, ses mains sous mes fesses, il s'engouffre en moi.

Je m'étire pour m'ajuster à lui… comme si mon corps était façonné pour s'accorder au sien.

Il grogne, ses doigts pressant mes hanches pendant qu'il multiplie ses poussées avides.

— Putain.

— J'ai besoin de toi, je murmure, mes pensées en roue libre.

Je ne me sens pas dans mon état normal en ce moment, et ma vie semble échapper à mon contrôle, mais il est le calme dans ma tempête.

Un désir illimité tournoyant dans ses yeux verts, il réitère sa déclaration.

— Je suis à toi. Pour toujours.

À chaque poussée, je porte mes hanches à sa rencontre.

J'ai besoin de lui à un point… parce que c'est trop douloureux.

Je noue les bras autour de lui, m'accroche à lui.

J'ai besoin de lui parce que je l'aime tellement… et qu'il est tout ce qui me reste de bien.

88

Sawyer

Loki : Je peux te retrouver dans une heure.

Mon pouce en survol au-dessus du clavier de mon téléphone, je m'accroupis à côté du lit. J'ai fini par demander à mon collègue Luis s'il connaissait un vendeur d'Adderall, vu qu'Oakley m'a coupé les vivres.

En fait… il connaît Loki, et m'a mise en contact avec lui.

Notre premier rendez-vous est pour aujourd'hui.

Je relève la tête au-dessus du lit et admire Cole, toujours endormi.

Un bras replié sous son oreiller, l'autre étiré en travers de mon côté du lit, comme pour me toucher.

Sawyer : À tout.

Je m'assure qu'il dort avant de sortir le flacon de mon sac à main.

J'en prends cinq par jour ces temps-ci, en deux fois généralement, mais ils ne sont plus aussi efficaces qu'autrefois.

Étant donné que je dois sérieusement étudier aujourd'hui, et que Loki va me réapprovisionner, je ne vois pas où est le mal si j'augmente la dose.

Je verse les cinq dernières gélules dans ma main et les aspire dans ma bouche.

Je suis sur le point d'attraper le verre d'eau sur la table de chevet quand j'entends :

— Qu'est-ce que tu fais ?

Je me dépêche de déglutir.

— J'ai mal à la tête et, par chance, j'avais un antalgique dans mon sac.

En vérité, j'en garde réellement sur moi parce que je suis pétrie de courbatures à cause de notre gymnastique nocturne. Il fronce les sourcils.

— Si tu as mal à la tête, c'est peut-être parce que tu ne dors plus, dit-il en tapotant le lit à côté de lui. Reviens te coucher.

Je suis sur le point d'inventer une excuse, mais je suis incapable de lui dire non.

Je me glisse sous le duvet.

— D'accord, mais juste un peu. Je dois rentrer préparer mes cours.

Il m'entoure de son bras.

— Prépare-les ici.

Je dois me retenir de rire. Rien n'est plus distrayant que Cole.

— Merci, mais c'est pas l'idéal.

Il paraît froissé.

— Pourquoi ?

Je suis l'arête de son nez du bout du doigt.

— Tu me déconcentres trop.

Il penche la tête et embrasse le creux de mon épaule.

— Tu me distraies aussi… mais agréablement.

— Je n'ai pas dit que tu me distrayais d'une manière désagréable, je souligne.

Mon pouls pique un sprint quand ses doigts descendent sur mon ventre.

— C'est distrayant quand je fais ça ?

Je me mords la lèvre.

— Très.

Alors qu'il triture le cordon de mon short de nuit, ma respiration s'accélère.

— Tu te sens bien ?

Question bizarre.

— Oui, pourquoi ?

Il examine mon visage.

— Je te trouve pâlotte.

— C'est le problème, quand on veut trop en faire. On n'a plus le temps pour les trucs amusants comme se dorer la pilule.

Avec un sourire en coin, il passe la main dans mon short.

— Et ça, c'est pas amusant ?

Mon cœur fait un petit salto... puis une vague de nausée survient.

— Ouh la...

— Quoi ?

Je repousse sa main.

— Ne te vexe pas mais je ne me sens pas en forme.

— Dans quel sens ?

— Un peu nauséeuse.

Il se redresse d'un coup.

— La nausée ?

C'est lui ou moi qui se sent patraque ?

— Ne t'inquiète pas, ça va passer.

Je m'assois sur son lit... mais la pièce se met à tourner.

Son regard me transperce.

— Tu crois que tu pourrais être enceinte ?

À présent, la chambre tourne pour une tout autre raison.

Toutefois, je suis pratiquement certaine de ne pas l'être.

— Je prends la pilule, tu te souviens ?

Sa mâchoire frémit.

— Je sais. Mais ce n'est pas infaillible, dit-il avant de se lever en se massant la nuque. Sawyer, je t'aime mais je ne suis pas prêt à devenir père. Je n'ai que dix-huit ans.

Il se comporte comme si nous n'avions pas le même âge.

N'empêche que son air pétrifié me serre le cœur.

— Respire. Je pense tous les jours à prendre ma pilule.

— Quand as-tu eu tes règles pour la dernière fois ?

— Quelques jours avant le mariage.

C'est vrai qu'elles étaient tellement légères que je peux à peine les considérer comme des règles. Non que je m'en plaigne.

Ça mouline dans sa tête, mais je l'arrête.

— Je ne suis pas enceinte. Nous avons couché ensemble le week-end du mariage.

Comme il ne semble pas plus avancé, je clarifie.

— Nous n'avons de relations que depuis trois semaines. Si, par un hasard un peu fou, j'étais enceinte, il n'y aurait même pas encore de signes.

Il semble soulagé… jusqu'à ce que ses neurones se remettent à chauffer.

— J'ai fait ce truc avant. Tu sais de quoi je parle.

Si par truc, il fait allusion au soir où il est entré en douce par la fenêtre de ma chambre, et a introduit son sperme dans mon vagin avec ses doigts, alors oui. Je vois de quoi il parle. Mais c'est trop ancien.

— Il n'y a rien à craindre.

Moi, par contre, je ne suis pas sortie d'affaire. Une vague de nausée me reprend, plus forte que la précédente.

— Tu as du soda au gingembre chez toi ?

Son regard passe de moi à la porte de sa chambre, presque comme s'il songeait à s'enfuir.

— Tu n'es pas sérieux, là ?

— Je t'aime, il répète. Mais je ne suis pas prêt à devenir père. Nous sommes encore lycéens. Je sais que tu n'es sûrement pas pour l'avort…

J'en ai assez entendu. Inutile de débattre, vu qu'il n'y a pas de bébé.

— Tu veux bien te taire ? Je ne suis pas enceinte, dis-je en me préparant à partir. Mais c'est bon de savoir que si je l'étais, tu ne respecterais pas mes choix.

Ses yeux s'écarquillent.

— Je n'ai pas dit ça.

— Alors sois plus clair.

— Tu devrais faire un test. Histoire qu'on soit sûrs.

— D'accord. Je m'arrêterai à la pharmacie en rentrant. Sans toi.

Il semble prêt à protester, mais je ne lui en laisse pas l'occasion.

J'enfile mon sweat, mes baskets et attrape ma pochette et mon sac de week-end.

Il me tire par le bras.

— Sawyer.

— Quoi…

Il m'embrasse avec une délicatesse infinie… comme si j'étais en verre.

— Quoi qu'il arrive, je serai à tes côtés.

— Je connais mon corps, Cole. Je ne suis pas enceinte. Mais comme tu ne me crois pas, je ferai un fichu test.

Mince, j'en achèterai autant que mes finances me le permettent pour lui prouver qu'il a tort.

— Je ne veux pas me disputer avec toi. Mais tu es de mauvaise humeur, depuis deux semaines…

— Bonne journée, je dis en forçant le passage. Moi et ma mauvaise humeur, on te fiche la paix.

— Sawyer, dit-il juste avant que j'ouvre la porte.

— Quoi ?

— Je t'aime.

Mon cœur loupe un battement.

— Je t'aime aussi.

Je photographie trois tests de grossesse alignés sur un lavabo.

Pas dans ma salle de bains. Dans les toilettes de la pharmacie.

Tous négatifs, comme je m'en doutais.

Je les envoie sans tarder.

Il répond presque instantanément.

Cole : Merci, putain.

Sawyer : Ouais

Cole : T'es fâchée ?

Évidemment, je le suis.

Sawyer : Parce que tu ne m'as pas crue ? Oui. Parce que je ne suis pas enceinte ? non.

Comme il l'a souligné, nous n'avons que dix-huit ans. Nous avons toute la vie devant nous pour avoir des enfants.

Cole : Je ne m'excuserai pas de m'être inquiété, et de vouloir être sûr. Nous sommes deux dans ce couple, tu sais.

Vu comme ça, je me sens conne.

Sawyer : Pardon de m'être énervée sur toi.

Cole : Je t'aime.

Sawyer : Je t'aime aussi. Je t'appelle plus tard.

Dès l'entrée, j'entends mes parents se quereller.

J'ai rendez-vous avec Loki dans peu de temps mais d'abord, je dois apaiser cette nausée.

J'ai tellement la tête qui tourne quand j'entre dans le salon que je suis tentée de me vautrer sur le canapé.

— Dylan est passée, m'informe ma mère. Elle aimerait que tu la rappelles étant donné que tu ignores ses coups de fil.

Je le ferai. Auparavant, il faudrait juste que la pièce cesse de tourner autour de moi.

— C'est ta meilleure amie, Sawyer. Que se passe-t-il entre vous ? interroge mon père.

— Rien, je réponds d'une voix plus faible qu'un murmure.

— Tu vas bien ? Tu as une petite mine, dit ma mère.

Retour à la case départ. Et moi qui croyais bien m'en sortir, et qu'elle était fière de moi.

Je déglutis dans l'espoir de ravaler la nausée et l'acidité qui remontent dans ma gorge.

— Je pense que j'ai attrapé un virus.

En toute franchise, je me sens aussi mal que si un camion m'avait percutée.

Sûrement la grippe.

— Monte t'allonger, dit mon père. Nous venons te voir dans quelques minutes.

Bonne idée.

— D'accord.

Je sors à peine du salon qu'ils recommencent à se disputer.

— Tu vois ce que tu as fait ! explose mon père. Elle s'épuise à force de maigrir.

— Elle est en bonne santé à présent, Dan. Cesse de me sermonner sur mon rôle de mère. D'autant que tu es mal placé, vous ne vous parlez plus depuis des semaines.

Super. Ils s'engueulent à cause de moi.

Fatalement.

Le cœur battant à tout rompre, je grimpe l'escalier en toute hâte. Essoufflée, je dois faire une pause sur la marche du milieu.

Comme si je venais de courir un marathon.

La douleur dans ma poitrine se renforçant, je me dirige vers la salle de bains pour fouiller dans l'armoire à pharmacie.

Le vibreur de mon téléphone signale un SMS.

Loki : Arrivé. Où es-tu ?

Merde. J'espérais disposer d'un peu de temps. Je dois reporter.

Non mais tu t'entends ? Reporter un rendez-vous avec un dealer.

Ce n'est pas toi.

Je lève les yeux vers mon reflet dans le miroir. Je me reconnais si peu.

Peut-être qu'ils ont raison. Je devrais abandonner.

Dernièrement, j'ai l'impression que peu importe les kilos que je perds, ce ne sera jamais suffisant, et c'est hyper terrifiant.

Si tant est que j'aie meilleure allure, je ne me sens assurément pas mieux… surtout pas en cet instant.

Agrippée à la vasque, je me prépare à annoncer à Loki que j'ai un empêchement, quand la pression autour de mon cœur devient aussi forte que si un poing l'enserrait.

— Jolene, je te jure que…

C'est la dernière chose que j'entends avant que la douleur ne devienne insoutenable…

Et que tout devienne noir.

89

Cole

Je respire enfin en rangeant mon téléphone dans ma poche.

Pas enceinte.

Quand j'ai dit à Sawyer que j'avais envie qu'elle porte mes enfants, je le pensais vraiment.

Le truc, c'est que je n'en veux pas dans l'immédiat. Je préfère terminer mes études avant, les quatre années à venir s'annonçant comme les plus dures de ma vie.

Les années qui détermineront si je passe pro ou pas.

Le cœur plus léger, je descends grignoter un bout.

Comme j'ai rendez-vous avec l'entraîneur de Duke's Heart dans la journée, ça m'ennuierait que mon estomac se mette à gronder.

Je farfouille dans le frigo quand on frappe à la porte de la terrasse.

Tournant la tête, je fais signe à Oakley d'entrer.

D'ailleurs, je ne sais même pas pourquoi il s'embête à frapper. Il sait qu'il est chez lui ici.

— Quoi de neuf ?

Je ne sais pas que penser de sa manière de me regarder.

— T'as une minute, pour discuter ?

Oh ! ça sent les ennuis.

Pour rester optimiste, je sais qu'il n'est pas enceinte lui non plus.

— Sans problème. Tu parles pendant que je cuisine, dis-je en sortant des œufs et des poivrons. Tu veux jouer aux devinettes, me laisser trouver ce qui cloche ?

Il secoue la tête, son expression de plus en plus maussade.

Mon ventre se noue. Comme moi, Oakley est le plus souvent de bonne humeur.

Mais pas là.

Là, il semble sur le point de fondre en larmes, façon homme-enfant. Je casse des œufs dans un saladier, les fouette, ajoute des dés de poivrons, bats le tout et verse la préparation dans une poêle.

Pendant tout ce temps, il ne prononce pas un seul mot.

— Mon pote, tu me rends nerveux. Qu'est-ce qui t'arrive ?

Il s'agite.

— Sawyer… elle…

— A eu une méchante dispute avec Dylan. Je sais. Mais laisse les filles se débrouiller entre elles. Si Jace et moi ne nous faisons pas trop de souci pour ça, ne te tracasse pas non plus.

— Ce n'est pas… je tiens à ce que tu saches que je ne voulais pas…

Je pose la spatule à côté du réchaud.

— Putain, Oakley, crache le morceau.

— Sawyer prend de l'Adderall.

Je reprends la spatule.

— Le médoc contre les troubles de l'attention ?

Elle n'a jamais fait allusion à un problème d'attention. Mais un récent diagnostic combiné à un nouveau traitement expliquerait son comportement étrange. Elle a juste besoin d'un temps d'adaptation.

Quand même, ça me chagrine qu'elle ne m'en ait pas parlé.

— En toute franchise, je n'apprécie pas qu'elle l'ait dit à toi et pas à son mec. J'imagine que ça la gêne parce que je la traite d'intello pour la taquiner, alors qu'en fait elle avait besoin d'aide.

D'un coup, je suis renvoyé dans le camp des copains foireux.

Il fronce les sourcils.

— Tu as mal compris, je crois.

— Compris quoi ?

Il délace sa nuque.

— Elle n'a pas de problème d'attention, et l'Adderall ne lui a pas été prescrit par un médecin. (Il inspire nerveusement.) C'est moi qui lui en ai donné.

J'ai effectivement du mal à suivre.

— Pourquoi ? Comment ? Pourquoi tu lui en aurais donné…

— Elle en voulait pour réviser… mais, putain, elle a un problème. Un gros.

Non, c'est lui qui s'expose à de sérieux problèmes.

Et d'un coup, ça fait tilt. Je n'y connais pas grand-chose, mais je sais que des potes au lycée carburent à ça pour bûcher.

Ce qui m'amène à d'autres questions.

— Ces cachets… ils font maigrir ?

— C'est de l'amphétamine, alors oui.

— De l'amphétamine… tu veux dire…

— Du speed.

Bordel de merde.

Je repose la spatule et le regarde dans les yeux.

— Soyons clairs… tu as fourni du speed à ma copine ?

Sa culpabilité est manifeste mais pas autant que la fureur qui m'envahit.

— Elle a dit qu'elle avait besoin d'un coup de pouce pour étu…

Sa phrase est stoppée par mon poing qui rencontre son nez.

— Quand ?

Il recule en titubant.

— Quand quoi ?

Je le frappe une seconde fois.

— Quand as-tu commencé à lui en refiler ?

— Il y a plusieurs mois. À peu près quand vous avez commencé à sortir ensemble.

À la période où elle a commencé à maigrir.

Je saisis le col de son sweat à capuche.

— Où t'es-tu procuré ces cochonneries ?

— Je vends pour Loki.

Fils de pute. Nouvel uppercut.

— C'est quoi qui déconne chez toi ?

Lui céder des cachets fournis par un dealer de seconde zone ? Qui sait ce qu'ils contiennent ?

Putain, il aurait pu la tuer.

Je vois rouge. À tel point que j'ai envie d'incendier sa précieuse BMW et de pisser dessus, pour qu'il ressente une minuscule fraction des sentiments qui m'agitent.

— Je suis désolé, dit-il. Méga désolé.

Un peu léger. Sawyer disparaît sous mes yeux depuis des mois à cause de lui.

Je le tabasse encore. Si violemment que je sens sa peau se fissurer et son nez craquer sous mes phalanges.

Celui qui était mon meilleur ami n'est qu'un traître… un traître qui refourgue de la drogue en cachette, depuis des mois, à la fille que j'aime.

Il n'a pas juste enfreint les règles… cet enfoiré a carrément chié dessus.

— Espèce de salaud. (Je lui en colle une autre.) J'ai convaincu mon père de t'héberger quand tu n'avais rien, pauvre merde.

Je lui ai tenu la tête quand il avait tellement picolé qu'il dégueulait.

J'ai veillé sur lui à chacune de ses crises d'épilepsie, l'ai mis hors de danger.

J'ai caché à Jace qu'il se droguait parce qu'il craignait de perdre son amitié.

J'ai pris sa défense quand des copains l'emmerdaient sous prétexte qu'il était nouveau.

Je le considère même comme mon frère de substitution, celui qui a remplacé Liam… et c'est comme ça qu'il me remercie ?

— Je suis désolé, répète-t-il en boucle.

Si ça avait concerné n'importe qui d'autre, j'aurais probablement pu pardonner.

Mais pas ma Sawyer. Elle est ma limite à ne pas franchir. Elle est tout pour moi.

Des filets de sang coulent sur son visage. Je me prépare à frapper encore, quand une vive douleur me comprime la poitrine.

Je chancèle.

— Putain.

— Tu te sens bien ? demande Oakley.

Je souffre tant que je ne suis même pas en mesure de l'envoyer balader.

Liam.

Mais c'est impossible.

De nouveaux élancements surviennent, encore plus aigus.

— Tu commences vraiment à me faire peur, mec.

Je m'apprête à lui dire qu'il fait bien de se méfier parce que je n'en ai pas fini avec lui, mais la sonnerie de mon téléphone m'en empêche.

Je le sors de ma poche. Bizarre, pourquoi Dylan m'appelle ?

Une pensée me retourne l'estomac.

— Un problème avec Jace.

— Quoi… commence à dire Oakley mais je presse le téléphone sur mon oreille.

— Que lui est-il arrivé ?

Dylan pleure tant qu'elle échoue à former des mots… ou autre chose que des sanglots.

Cramponné à mon téléphone, je hurle.

— Bordel de merde, Dylan ! Qu'est-il arrivé à mon frère ?

Jace est notre ciment… moi et Bianca… nous avons besoin de lui.

— Jace va très bien, articule-t-elle d'une voix rauque, une fois ses sanglots apaisés. Sawyer… a… fait une crise cardiaque. Ses parents ont appelé une ambulance mais sur la route, elle a subi un arrêt…

Le téléphone me tombe des mains… et je tombe à genoux.

J'éprouvais de la rancœur à l'égard de mon père parce qu'il n'a pas bougé quand nous avons découvert Liam dans la penderie, ce jour affreux.

Mais à présent… je pense que je comprends.

Ce n'était pas de la mauvaise volonté… en fait, il en était incapable.

La douleur et le déchirement étaient si puissants, si aigus que même s'il continuait de respirer… il était mort aussi.

90

Cole

— Cole, m'appellent Dylan et Jace depuis de la salle d'attente.

J'ai lâché mon téléphone avant que Dylan ne m'ait transmis les détails. Sawyer a bien fait un arrêt cardiaque dans l'ambulance, mais ils l'ont réanimée.

Je me dirige vers eux.

— Où est-elle ?

J'ai besoin de la voir, de la toucher, de la sentir, de l'embrasser… de constater qu'elle est indemne.

J'ai besoin de relancer mon cœur pour être vivant.

Jace et Dylan échangent un regard.

— Nous ne sommes pas encore autorisés à la voir, répond Dylan. Ses parents s'entretiennent avec les médecins, ils nous donneront des nouvelles dès que possible.

Ses yeux rougis s'attardent sur Oakley.

— Qu'est-il arrivé à ton visage ?

Oakley baisse la tête.

— Rien.

Ou presque. Si je ne l'ai pas achevé, c'est uniquement pour qu'il me conduise à l'hôpital.

— Que s'est-il passé ? s'écrie Bianca. Où est Sawyer ?

— Comment es-tu venue ? demande Jace.

— En Uber, répond-elle. Où est Sawyer ?

C'est précisément ce que je veux savoir.

Je m'apprête à dépasser le salon des visiteurs pour aller le découvrir quand les parents de Sawyer franchissent les portes battantes.

Leur expression, à l'un comme à l'autre, ne me rassure guère.

Pas plus que le fait qu'ils ont tous les deux l'air d'avoir pleuré.

— Monsieur Church, je m'exclame d'une voix prête à flancher. Elle va bien ? Dites-moi ? Je peux la voir ?

Elle a dix-huit ans. Elle est jeune, bourrée d'énergie et, avant qu'Oakley ne lui fourre ces saloperies dans la bouche, elle était en bonne santé.

Si des personnes de soixante ou soixante-dix ans survivent à un infarctus, Sawyer récupérera aisément.

Ils se regardent sans dire un mot.

Bon. Puisque personne n'est disposé à me donner de ses nouvelles, je trouverai seul les réponses.

Je m'éloigne quand une grande main s'abat sur mon épaule.

— Il faut qu'on parle, dit M. Church.

— Ça ne peut pas attendre ?

Je dois d'abord voir la personne la plus importante du monde.

Ses yeux marron, les mêmes que Sawyer, sont tellement abattus qu'ils ravivent les tiraillements dans ma poitrine.

Il m'entraîne vers un siège à côté de Dylan et Jace.

Après quoi il s'adresse au groupe.

— J'ai une bonne nouvelle… et une très mauvaise.

— D'abord la bonne, répond Dylan. J'ai mon compte de catastrophes.

Compréhensif, il hoche la tête.

— La bonne nouvelle est qu'ils ont réussi à la réanimer.

— Quelle est la mauvaise ? j'aboie.

Il s'arme de courage le temps de quelques longues respirations.

— Elle a subi une attaque sévère.

— Un arrêt cardiaque, marmonne Mme Church. Sois précis.

— Est-ce important, Jolene ? grogne-t-il avant de revenir à nous. Bref, pour optimiser ses chances de survie… ils ont dû la plonger dans un coma artificiel.

Je m'éjecte de mon siège.

— Comment ?

Un coma ? Ça n'a aucun sens.

— Pourquoi ? Pourquoi lui faire ça ?

— Pour réduire la charge de travail de son cœur. L'aider à se rétablir du trauma…

— Si elle se rétablit, s'étrangle sa mère en sanglotant. Oh ! Seigneur.

— Comment ça, si elle se rétablit ? Qu'est-ce que ça veut dire ?

Bien sûr qu'elle s'en remettra. Il le faut.

M. Church semble avoir envie d'étrangler sa femme.

— Je t'ai dit de me laisser faire, lui lance-t-il avant de poser sur nous un regard circulaire. Ses chances de survie après ce genre d'accident sont… faibles. Mais je ne veux pas que vous pensiez à ça. Sawyer a besoin de toutes les bonnes ondes et de toutes les prières possibles.

— Quand je peux la voir ?

Il me fait signe de me rasseoir.

Je reste debout.

— Seule la famille proche est admise aux soins intensifs.

Ouais bah, pas de ça avec moi.

Comme s'il sentait ma frustration, il me regarde dans les yeux.

— Nous avons négocié avec les infirmières, elles ont consenti à faire une exception pour toi et Dylan. Un à la fois. Mais avant que quiconque la voit, il y a un autre sujet que je dois aborder.

Nous échangeons des coups d'œil confus.

— Quoi ? s'impatiente Dylan.

— Les médecins ont trouvé de l'amphétamine dans son organisme, mais nous avons des difficultés à le croire…

— Sawyer ne se drogue pas, l'interrompt Dylan. Jamais elle n'y toucherait. Croyez-moi, dit-elle d'une voix tremblotante. Nous ne nous cachons rien. Elle m'en aurait parlé.

M. Church acquiesce de la tête.

— Je sais. Mais j'ai trouvé un flacon vide, sans étiquette, dans son sac.

— Nous nous sommes demandé d'où il pouvait venir, reprend M. Church. Pour nous, il est inconcevable que Sawyer se drogue.

— Toutefois, les médecins sont formels, chuchote Mme Church à Dylan. Trésor, si tu sais quelque chose…

— Votre fille ne se drogue pas, déclare Dylan. Je connais ma meilleure amie. Les médecins font erreur.

Je fixe mon attention sur Oakley, mais il évite mon regard. Dégonflé.

— Très bien, dit M. Church en se raclant la gorge. Cole, va la voir maintenant si tu le souhaites.

Tout en me précipitant vers les portes vitrées, je rédige un SMS.

Cole : T'as intérêt à dire la vérité aux parents de Sawyer. Sinon je le ferai.

Le moins qu'il puisse faire, c'est leur expliquer les yeux dans les yeux pourquoi leur fille se trouve dans un lit d'hôpital… entre la vie et la mort.

Un froid polaire m'enveloppe dès que j'entre dans la chambre.

Toutefois, ce n'est rien à côté du frisson glacial qui court le long de mon dos quand je la vois.

M. Church m'a prévenu que ça me mettrait une claque, mais je ne l'ai pas écouté.

Une floppée de tubes et une perfusion l'entourent.

Un masque couvre une grande partie de son visage… et est relié à une machine.

Un pansement recouvre son front. Sans doute qu'elle s'est blessée quand elle a heurté le lavabo en s'évanouissant.

Mais c'est son corps inerte qui me bouleverse.

Aussi loin que remontent mes souvenirs de cette fille, elle a toujours été un vrai volcan. Elle illumine ma vie avec son sens de la repartie et son ironie.

Avec son grand cœur.

Je ne demande rien de plus qu'elle se réveille et me dise que tout ira pour le mieux… sauf qu'elle n'en a pas la capacité.

Le cœur gros, je m'assois sur la chaise de gauche, le côté où il y a moins de machins branchés.

Comme je déteste qu'elle ne porte pas ses lunettes mais que je ne puisse quand même pas la regarder dans les yeux, je lui presse la main à la place.

J'aimerais la bombarder de questions pour comprendre comment nous en sommes arrivés là, mais aucune ne compte pour l'instant.

J'approche sa main de mes lèvres, et l'embrasse.

Puis je me lève.

Parce que je ne la regarderai pas dépérir.

Hors de question.

La fille que j'aime n'est pas une putain de fleur qui se fane.

C'est une battante.

Toute sa vie, elle a lutté contre la société, contre ces cons qui l'ont harcelée… même contre sa propre mère.

Mais dans l'immédiat, j'ai besoin qu'elle se batte pour moi… pour nous.

— T'as intérêt à te battre, Bigote.

Penché au-dessus du lit, je la regarde durement.

— Bats-toi pour moi de la même façon que je me suis battu pour toi… parce que je ne suis pas capable de m'en sortir sans toi.

Je n'essaierai même pas.

Sans elle… je ne suis rien.

91

Cole

Je les entends se prendre le bec dans le couloir dès que je sors de sa chambre.

— Tout était super jusqu'à ce qu'elle se mette à traîner avec toi, crie Dylan à Bianca. Tu l'as perturbée avec ta manipulation et tes futilités. À force de lui faire sentir qu'elle n'était pas assez bien. Elle est en train de mourir là-dedans à cause de toi.

— Un peu comme ce que tu as fait à Liam ? rétorque Bianca.

Merde. C'est la dernière chose que Sawyer souhaiterait.

Sans que quiconque n'ait pu l'arrêter, Dylan envoie un uppercut au visage de Bianca.

— Espèce de salope.

— Hé, ça suffit !

Jace ceinture sa copine et la tire en arrière.

Choquée, Bianca pose la main sur sa joue écarlate.

— Tu m'as vraiment cognée ?

Bianca se jette sur Dylan mais Oakley la retient.

— Il a dit ça suffit.

Le fait qu'Oakley soit toujours présent me dit qu'il n'a pas encore déballé la vérité.

Je m'empresse de les rejoindre mais Dylan ne lâche pas l'affaire.

— Putain, ta famille est trop barrée.

Elle hurle sur Jace, gigote pour lui échapper, mais de toute évidence son indignation vise Bianca et moi.

— Pourquoi il a fallu qu'il la déglingue ? Elle était parfaite.

Elle oriente son regard sur moi, de grosses larmes sur ses joues.

— Elle était super parfaite, et il l'a bousillée… parce que c'est ce que Cole fait. Il détruit des êtres exceptionnels… et ils en meurent.

Bianca a un mouvement de recul comme si elle recevait un nouveau coup, et Jace tressaille.

Je me contente d'encaisser sans bouger.

Dylan est folle de rage et désorientée. Elle a besoin d'un coupable. Je comprends.

Le regard de Dylan sur moi s'affûte.

— Elle était parfaite et elle t'aimait tant. Tout ce qu'elle voulait, c'était être assez bien pour toi… et tu l'as détruite.

Dylan a raison. Je détruis les gens.

Mais je n'ai jamais voulu détruire Sawyer.

Tout ce que je voulais c'était l'aimer.

— Non, il ne lui a pas nui, murmure Oakley, la voix éraillée. Cole n'est pas celui qui lui a fourni de l'Adderall pendant des mois… c'est moi.

— Lâche-moi, grogne Dylan, en tapant le bras de Jace.

Dès qu'il la libère, elle affronte Oakley.

— Dis-moi que tu ne parles pas sérieusement.

Le chagrin sur son visage cédant la place à une rage pure, elle le pousse.

— Dis-moi que tu plaisantes, Oakley.

Ce dernier la regarde enfin, les larmes aux yeux.

Bien. Souffre, enculé.

— Je deale pour Loki, et Sawyer m'a demandé de lui obtenir…

Le claquement de la gifle que Dylan lui flanque sur sa joue déjà meurtrie retentit si fort que je le ressens.

— Tu me dégoûtes, dit-elle puis, de plus près, elle poursuit à voix basse. Prie pour qu'elle guérisse. Parce que sinon… je ne te pardonnerai jamais.

Elle s'éloigne dans un nuage de colère noire.

Jace foudroie Oakley du regard.

— Bon Dieu. Je ne sais même pas quoi te dire.

Son regard glisse vers Bianca, puis moi avant de s'immobiliser sur Bianca.

— Vous avez toujours été ma priorité. À chaque fois, c'est toujours vous et cette foutue famille que j'ai fait passer avant elle. C'est fini, dit-il en reculant.

— Jace, crie Bianca d'une voix tremblotante.

L'ignorant, il court rattraper Dylan.

Je regarde Oakley.

— Dis-le à ses parents. Et vite.

— Déjà fait. Je suis revenu pour le dire au groupe mais Dylan et Bianca étaient déjà en train de se bagarrer. (Il exhale nerveusement.) Je suis désolé…

— Pas la peine. Des excuses ne la répareront pas, connard.

— Je le sais, dit-il en s'appuyant au mur. J'ai juste…

Ses yeux roulent en arrière, son corps est soudain secoué par des tremblements et des mouvements involontaires.

Avec vivacité, Bianca se glisse sous lui pour amortir sa chute, avant qu'il ne s'affale et se cogne la tête.

— Cole, j'ai besoin de ton aide. Il est trop lourd.

Il est la dernière personne au monde que je désire aider… mais c'est ce que Sawyer attendrait de moi.

Alors je l'aide.

— Dylan a-t-elle raison ? T'ai-je détruite ? Est-ce comme ça qu'on en est arrivés là ?

Tout comme ces dernières vingt-quatre heures… elle reste sans réaction.

Les médecins ne sont pas rassurants … cependant ils recommandent de lui accorder un peu plus de temps.

Je n'ai rien d'autre que du temps pour elle.

— Je suis désolé de t'avoir traitée de grosse, un jour. Je suis désolé d'avoir été du côté des salauds qui t'ont fait de la peine… mais crois-moi, je ne le pensais pas.

J'entrelace nos doigts.

— Je t'aimerais à quarante-cinq kilos, je t'aimerais à deux-cents kilos. (Je porte sa main à mes lèvres.) Je t'aimerais sous toutes les formes… parce que tu es toi.

Me repoussant de la chaise, je me penche au-dessus du lit.

— Tu m'en veux encore pour mes imbécilités… alors réveille-toi et bagarre-toi avec moi. Hurle-moi que je suis un abruti… brise-moi le cœur et plaque-moi… mais s'il te plaît… réveille-toi.

Parce que sans elle, je ne suis rien.

92

Cole

Dérouté, je les regarde pousser son lit dans le couloir.

Cela ne fait qu'un peu plus de quarante-huit heures qu'elle a été admise, alors je ne comprends pas pourquoi on la change soudain de chambre.

— Pourquoi ils la déplacent ? je demande à ses parents.

Ils échangent un regard mélancolique.

— Je lui explique. Va nous chercher des cafés, dit M. Church à sa femme.

Les yeux larmoyants, Mme Church nous laisse seuls.

L'appréhension monte dans ma gorge.

— M'expliquer quoi ?

Il enroule son bras autour de mes épaules.

— Viens. Faisons quelques pas.

Je m'écarte de lui.

— Je n'ai pas envie de me balader. Je veux savoir ce qui se passe avec Sawyer.

Il a beau me faire signe de m'asseoir, je l'ignore.

Après un profond soupir, il indique une vaste salle aux murs blancs, à proximité du poste des infirmières.

— Ils l'installent là pour la surveiller de près… s'assurer qu'ils ne laissent passer aucun signe d'amélioration.

— Quels signes d'amélioration espèrent-ils sachant qu'elle ne peut pas bouger parce qu'elle est dans le coma ? Un coma dans lequel ils l'ont plongée.

Ses épaules s'avachissent.

— Il n'existe pas de manière facile de le présenter, dit-il, en croisant les mains, les yeux baissés. Son médecin avait dit que nous serions un peu plus fixés sur la suite au terme des premières quarante-huit heures. Mais les premières quarante-huit heures sont écoulées… et rien n'indique d'amélioration. (Ses yeux se ferment.) L'absence de progrès n'est pas dû au coma… c'est parce qu'elle ne répond pas au traitement.

Je suis sûrement idiot vu que cela ne répond pour moi à aucune logique.

— Mais elle…

— Le sevrage médicamenteux étant achevé, elle devrait commencer à montrer des signes. (L'émotion lui noue la gorge.) Le docteur pense qu'il faut lui laisser plus de temps, considérant son jeune âge. Mais, même si elle se réveille, il dit qu'elle ne sera pas… elle sera différente.

— En clair, qu'est-ce que ça veut dire, putain ?

— Cela implique des lésions cérébrales, Cole. Mais nous ne le saurons vraiment qu'à son réveil, dit-il, une larme dérivant sur sa joue. Si elle se réveille un jour.

L'exaspération me submerge.

— Elle va se réveiller.

Obligatoirement.

— Le médecin pense que tu as des lésions cérébrales, je lui dis. Je sais que c'est effrayant et que ça craint sérieusement, mais… nous les surmonterons. (Je presse sa main dans la mienne.) En vérité, tu es tellement brillante, qu'une microlésion cérébrale nous permettrait à tous de pouvoir enfin nous mettre à ton niveau, tu vois ?

Courbé au-dessus du lit, j'appuie mes lèvres sur son front.

— Quoi qu'il advienne quand tu me reviendras… je t'aimerai toujours. Et je te promets de ne jamais te quitter. Mais je t'en supplie, Sawyer. Réveille-toi pour moi.

Parce que sans elle, je ne suis rien.

— Pardon pour ce que j'ai dit, l'autre jour. J'étais furieuse et dévastée, dit Dylan à côté de moi.

Je me tourne vers elle.

— Et maintenant ?

— Je suis pétrifiée, putain, dit-elle avant d'éclater en sanglots. Sa mère n'y croit plus.

Cela ne me surprend pas un seul instant. Elle a toujours eu une horrible image de sa fille… pourquoi ça changerait maintenant ?

— Sa mère est une connasse.

Elle rit malgré ses larmes.

— C'est trop vrai.

Je la regarde avec insistance.

— Ne renonce pas à elle.

— Je ne renoncerai pas… elle me manque, admet-elle, la lèvre tremblotante.

Elle me manque aussi.

— Dehors.

Mme Church me fixe avec des yeux ronds.

— Je vous demande pardon ?

— Vous n'avez aucun droit de la voir si vous répétez à tout le monde qu'elle est perdue.

La tenant par le coude, je la guide vers le couloir.

— Foutez le camp.

Elle se débat, mais je suis plus musclé qu'elle.

— Lâchez-moi avant que j'appelle la sécurité.

M. Church se précipite vers nous.

— Qu'est-ce qui vous prend ?

Le choc imprimé sur ses traits, elle regarde son mari.

— Cole me met à la porte de la chambre de ma propre fille.

Et pas qu'un peu. Sawyer étant privée de la parole, je m'exprime en son nom.

— Une fille que vous ne méritez pas, je réplique en regardant le père de Sawyer. Vous savez aussi bien que moi, monsieur, que c'est en grande partie à cause d'elle qu'elle a commencé à prendre ces gélules. (J'oriente mon regard sur sa mère.) Peut-être que personne n'a le cran de vous le dire en face mais, moi, si. Vous êtes toxique. Une mère horrible. Jolie à l'extérieur, mais absolument hideuse à l'intérieur.

Elle me gifle. Fort. Mais je m'en fous.

— Je ne comprendrai jamais comment une personne aussi belle que Sawyer a pu naître de quelqu'un d'aussi laid que vous.

Elle recule.

— Comment osez-vous ?

— Comment osez-vous, madame ? Comment osez-vous rabaisser votre fille qui a tout pour elle ? Comment osez-vous baisser les bras alors qu'elle se bat de toutes ses forces pour se réveiller ? (Je regarde M. Church.) Rien ne justifie que l'on traite sa chair et son sang aussi mal qu'elle le fait. Rien !

M. Church hausse les sourcils.

— Je…

— Cole a raison, dit Dylan, derrière moi. J'ai assisté aux essayages de sa robe de demoiselle d'honneur. Sawyer avait déjà perdu quelques kilos et elle se sentait bien dans sa peau. Elle ne projetait pas de maigrir davantage, je pense, mais votre femme a répété avec insistance qu'elle en avait besoin.

Il tourne son regard à présent ulcéré vers sa femme.

— Jolene…

— C'était un mariage, elle crie. Mais enfin, à vous écouter tous, on jurerait que je lui ai ordonné de s'affamer. J'ignorais qu'elle suivait un traitement amaigrissant. Je ne l'aurais pas approuvé. Je voulais juste qu'elle entretienne sa santé, à l'aide d'un petit régime et d'un peu de sport. Cela ne fait pas de moi une mauvaise mère.

M. Church émet un bruit de gorge douloureux.

— Et son bonheur, alors ?

Jolene le regarde comme s'il parlait d'un concept inconnu.

— Je ne…

— Tu passes un temps fou à te soucier de son poids, et de ce que pensent les gens… mais pas une seconde à te soucier de son bonheur. Tu me rends malade, dit-il, visiblement affligé, avant de s'éloigner en la frôlant.

— J'ai envoyé promener ta mère, je l'informe. Et avant que tu t'énerves, je ne le regrette pas. Même pas un peu. Elle avait besoin d'entendre qu'elle est nuisible pour toi. (J'embrasse sa main.) Je ne permettrai à personne de te blesser à l'avenir, Sawyer. Je ne les laisserai pas s'en sortir sans qu'ils aient payé.

Je pose mes lèvres sur son front.

— J'ai juste besoin que tu te réveilles pour te le prouver.

Parce que sans elle… je ne suis rien.

— J'ai parlé au coach de Duke's Hart, dit Jace. Il t'envoie ses… Il aimerait que tu lui téléphones pour décaler le rendez-vous à quand tu pourras.

Ça ne m'intéresse pas.

Tout ce qui m'importe, c'est elle.

Il me presse l'épaule.

— Ça fait cinq jours que tu n'as pas quitté cet hôpital. Rentre te reposer un peu. Au moins te doucher.

Non. J'ai besoin d'être présent à son réveil.

Parce qu'elle se réveillera.

Il le faut.

— Manifestement, il y a quelque chose que je ne fais pas comme il faut. Quelque chose de nécessaire pour toi… pourquoi tu ne me donnes pas un indice… une toute petite piste… pour que je sache quoi faire.

Rien.

Je pose des baisers sur sa main.

— S'il te plaît, Sawyer. Ça fait déjà six jours.

Sa voix me manque. Ses yeux. Son impertinence. Son odeur.

Absolument tout en elle me manque.

Je lui serre la main plus fermement.

— Tu m'aimes, n'est-ce pas ? dis-je, mon pouce caressant son front. Alors réveille-toi, bordel… s'il te plaît.

Mon poing pressé sur ma bouche, je refoule l'angoisse.

— Je te donnerai tout ce que tu voudras, Bigote. Et même plus. Il faut juste que tu me reviennes.

J'essaie d'inspirer en dépit du poids qui m'écrase la poitrine, mais cela me semble irréalisable.

— Nous allons nous en sortir, pas vrai ?

Nada. Même pas un battement de cils.

— D'accord. Comme c'est un pari qui nous a rapprochés, ce serait une idée d'en faire un autre, non ? (Une boule dans la gorge, je déglutis.) Je t'épouserai, je te ferai une centaine de bébés et je nous construirai une immense baraque dans laquelle nous vieillirons ensemble. Je te donnerai toute ma vie, Sawyer.

Je baisse la tête, mes lèvres au-dessus de son oreille.

— Tout ce que tu as à faire, c'est ouvrir les yeux.

Parce que sans elle… je ne suis rien.

93

Cole

C'est étrangement silencieux dans la petite chapelle.

D'un regard, je constate qu'il n'y a personne.

C'est sûrement un signe.

Le médecin a demandé à s'entretenir en privé avec les parents de Sawyer. J'espère que c'est pour leur annoncer une nouvelle encourageante.

Histoire d'en être sûr… je viens ici.

— Que ce soit bien clair, je dis à l'imposante croix qui surplombe l'autel. Je ne crois pas en vous… mais elle, si.

Et je crois en elle.

— Malheureusement, elle ne peut pas être là parce qu'elle ne va pas très bien ces temps-ci, dis-je en m'agenouillant devant l'autel. Bref… j'ai besoin que vous la remettiez sur pied.

J'ai besoin de la retrouver.

— À l'inverse de moi, c'est une très bonne personne. Elle est attentionnée et empathique. Elle est…

La gorge serrée par l'émotion, je m'éclaircis la voix avant de poursuivre.

— Elle est tout ce que je ne suis pas, de toutes les manières positives possible.

La vision embrumée, je m'accroche au banc.

— Voilà le problème… j'ai promis à ma femme d'être toujours à ses côtés, et je ne vois pas comment tenir ma promesse si elle n'est pas là. Donc, j'ai besoin que vous fassiez ce qu'il faut pour la retaper. Pas parce que je le mérite… parce qu'elle le mérite.

Les jambes flageolantes, je me redresse, une rage immense mêlée à la panique courant à présent dans mes veines.

— N'essayez pas de me la prendre, salopard. Vous avez pris ma mère et Liam… je ne vous laisserai pas me la prendre. Je me battrai bec et ongles. (Je jette un regard mauvais à la croix.) De toutes mes forces. Vous m'entendez ?

Soufflant, j'enfonce les mains dans mes poches.

— Content qu'on soit parvenus à un accord.

Je m'apprête à ressortir… quand je remarque M. Church derrière moi.

Contre toute attente, il ne me réprimande pas. Il remonte l'allée centrale en respirant bruyamment.

— Je n'ai pas mis les pieds dans une église depuis plus de deux ans.

— Pourquoi ?

Il s'assoit sur un banc de la rangée du milieu.

— Disons simplement que Dieu et moi avons eu un petit désaccord. (Il lève les yeux sur la croix.) J'aurais aimé lui pardonner plus tôt… peut-être qu'alors je ne serais pas venu implorer son pardon.

Il pose son regard attristé sur moi et tapote l'espace sur le banc à côté de lui.

— Viens t'asseoir, Cole.

Je n'aime pas le sentiment qui couve dans le creux de mon estomac.

— Pourquoi ?

— Je sais que tu as envie de te révolter contre tout en ce moment. Je le comprends. Mais viens t'asseoir, fiston.

Je m'exécute de mauvais gré.

À peine assis, je le regarde.

— Qu'ont dit les médecins ?

Il déglutit visiblement.

— Ce que je me prépare à te dire est excessivement difficile…

Quand il se cramponne au banc, devant lui, ma gorge se serre comme jamais.

— Elle s'est battue si âprement … mais elle…

L'espace se met à tourner.

— Pourquoi parlez-vous d'elle au passé ?

— Le docteur… une équipe entière, en fait… ils sont d'avis qu'elle ne se réveillera pas.

C'est qu'ils ne connaissent pas ma femme.

— Ce sont des imbéciles… je commence à dire mais il me coupe.

— Ça fait sept jours, Cole. Si elle devait se réveiller… elle aurait déjà montré des signes. (Il laisse échapper un son guttural.) Jolene et moi… nous ne souhaitons pas prolonger ses souffrances.

Non. Dites-moi que ce n'est pas vrai.

Je me lève.

— Allez vous faire foutre.

— Je sais que tu es en colère…

Ce que je ressens est tellement plus vaste que la colère qu'il n'existe pas de terme pour le décrire.

— Elle est votre fille. Comment pouvez-vous…

— Je fais ce que j'estime préférable pour elle. (Les larmes aux yeux, il se repousse du banc.) J'étais là quand cette fille exceptionnelle est venue au monde. Au moment de son premier souffle. Je n'aurais jamais pensé assister au dernier. (Les deux mains sur le banc, son corps est secoué par des sanglots.) Mais ce n'est plus de mon ressort.

Il se plante.

— Si, ça dépend de vous. Vous n'êtes pas obligé de…

— Je ne la forcerai pas à continuer à lutter alors que clairement, elle est à bout de force. Je n'imposerai pas cela à mon bébé. (Il se frappe le torse.) Crois-moi, c'est la décision la plus dure que j'ai prise de toute ma vie.

— Alors ne la prenez pas.

Ne me privez pas d'elle.

— Je ne veux pas qu'elle continue de souffrir. Si Dieu souhaite la rappeler à ses côtés… je ne peux rien contre sa volonté.

Au ton de sa voix, il est clair que sa décision est sans appel.

— J'emmerde votre Dieu.

J'ai l'impression que ma poitrine est en verre, et qu'il l'a pulvérisée d'un coup de massue.

Je ne peux pas respirer. J'étouffe.

Non… je n'étouffe pas. Je me brise. Par petits bouts. Millimètre par millimètre.

— Ils débrancheront le respirateur et éteindront les machines dans l'heure qui vient. Tu peux être présent, si tu le souhaites, mais je comprendrais que ce soit au-dessus de tes forces.

Tout tourbillonne pendant que je retourne vers la salle d'attente.

Au vu des yeux bouffis et éteints de tout le monde, je gage que Jolene leur a annoncé la nouvelle.

Débordant de chagrin, Jace vient à ma rencontre et m'entoure de ses bras.

— Je suis affreusement désolé, Cole.

Du coin de l'œil, je remarque un prêtre qui, une bible dans la main, échange avec le grand-père et l'oncle de Sawyer.

Le même prêtre qui a officié à l'enterrement de ma mère et de Liam.

Non !

J'écarte Jace du passage et me dirige vers la chambre de Sawyer, qui est un vrai bocal à poisson, et tape la vitre avec mon poing.

— Tu avais promis.

Ma voix est tellement épaissie par les larmes que ce sont les seuls mots qui réussissent à en sortir.

Elle m'a fait promettre de ne pas la quitter… et je lui ai fait promettre de ne pas renoncer à moi.

Mais seul l'un de nous ne tiendra pas sa promesse.

Où qu'elle aille… j'irai aussi.

Parce que sans elle, je ne suis rien.

94

Cole

Je cours aussi vite que mes jambes le permettent, mais pas assez pour distancer le chagrin qui me martèle.

En proie aux vertiges et à la nausée, je pousse la porte d'entrée et me rue dans l'escalier.

Si par une chance inouïe, le paradis existe réellement, je sais que c'est là que Sawyer ira.

Je ne peux pas en en dire autant de moi… mais peu importe.

Vivre dans un monde sans Sawyer n'est de toute façon pas envisageable pour moi. En vérité, c'est ma définition personnelle de l'enfer.

Et ce que je m'apprête à faire ? Bah, c'est juste mon *karma.*

J'extirpe la corde sous le lit de Liam.

Je l'ai trouvée quelques semaines après sa disparition… il s'avère qu'il l'avait prise dans le garage. Un peu comme s'il l'avait planifié depuis un certain temps.

Avec la sensation que le truc brisé dans ma poitrine est à deux doigts d'exploser, j'ouvre la penderie.

Ma mère se plaisait à répéter que les histoires d'amour les plus intenses étaient aussi les plus tragiques.

Mon histoire d'amour avec Sawyer ne déroge pas à la règle.

Mais pour enragé que je sois que notre temps à deux ait été si bref… je suis hyper reconnaissant d'avoir simplement eu la chance de l'aimer.

J'aurais juste voulu qu'elle s'aime suffisamment.

Sawyer a guéri mes souffrances grâce à son amour… mais je n'ai pas su lui rendre la pareille.

J'ai échoué.

Et maintenant je sais enfin ce que Liam a dû ressentir quand il s'est enfermé dans ce placard.

Il avait aussi besoin que quelqu'un l'aime assez pour soigner ses blessures… mais ça ne s'est jamais produit.

Parce qu'il n'avait pas sa Sawyer.

J'ai pu vivre une expérience qu'il n'a pas connue.

— Je suis désolé, lui dis-je en m'asseyant par terre, dans sa penderie.

La corde dans ma main, je prends plusieurs respirations… et attends que ce pincement tristement familier resurgisse dans mon thorax.

Celui qui me signalera qu'elle est partie.

Parce que je la suivrai de peu.

Possible que mon manque de résistance fasse de moi un lâche, mais ça m'est bien égal.

À moins que, comme moi, votre âme sœur vous ait été enlevée, vous n'êtes pas autorisé à me juger, ni moi ni mes actions.

Vous n'avez pas le droit de déterminer si ma souffrance est supportable ou pas.

Vous ne pouvez pas m'imposer la quantité que je suis censé endurer.

Les yeux fermés, je prononce une ultime requête.

— Tu ne me dois rien du tout, Liam. Mais si tu as une quelconque influence là-haut, je t'en supplie, ramène-la moi. J'ai besoin d…

La porte s'ouvre subitement.

— Bon sang, rugit Jace, qu'est-ce que tu fiches là ?

Ça, je ne l'avais pas anticipé. Je m'étais figuré qu'ils resteraient tous à l'hôpital.

Mais bon, étant donné que j'ai pris mes jambes à mon cou, j'aurais dû me méfier.

— Oh mon Dieu, hurle Bianca en surgissant à toute allure. Pourquoi… comment… ? bredouille-t-elle, un sanglot étranglé dans la voix. Comment tu as pu ?

Je leur parle sans détour.

— Je ne veux pas rester si elle n'est plus là.

Jace s'agenouille et s'empare de la corde.

— Et je ne veux pas perdre une autre personne que j'aime. Surtout pas comme ça. (Il se frotte le visage.) Je sais que c'est effroyable… je n'imagine pas à quel point tu souffres, mais y a pas moyen que je t'autorise à me lâcher.

— Tu ne peux pas nous quitter, Cole, chuchote Bianca. Nous t'aimons.

Ils ne comprennent pas.

— Ce n'est pas que je ne vous aime pas aussi… je vous aime. (Je ravale la boule dans ma gorge.) Je ne suis pas suicidaire. Je ne veux pas mourir… c'est juste que je ne peux pas…

— Je comprends, dit Jace. Vraiment. Mais tu ne peux pas abandonner les personnes qui sont toujours là… celles qui t'aiment toujours.

Il m'attrape par le col et me tire vers lui, nos fronts se cognant l'un contre l'autre.

— Te perdre m'anéantirait, petit frère. C'est ça que tu veux ?

Sûrement pas.

— Non.

— Bon, dit-il en me lâchant. Alors ne me refais jamais ce coup-là. Quoi qu'il arrive.

Bianca essuie ses larmes d'un revers de la main.

— Je ne sais même pas…

La sonnerie du téléphone de Jace l'interrompt. Il répond.

— Salut. J'arrive dans… quoi ? Répète ? Sérieusement ? (Il me regarde, les yeux écarquillés.) Une seconde, bébé. Je sais que tu ne crois pas en Dieu, dit-il, la main sur mon épaule. Mais crois-tu aux miracles ?

— Je ne sais pas.

Je n'en ai jamais vécu.

Il fait un grand sourire.

— Tu devrais, crétin. Parce que quelques secondes après qu'ils ont coupé le respirateur et les machines, Sawyer s'est mise à respirer sans assistance… et elle a serré la main de son père.

— Oh bordel, s'exclame Bianca.

Jace hoche la tête.

— Je sais…

Je n'entends pas la fin de sa phrase, tant je me hâte de repartir.

— En clair ?

M. Church inspire nerveusement.

— Nous ne sommes sûr de rien pour l'instant… elle est encore dans les vapes. D'après le médecin, elle ne reprendra pas pleinement conscience avant demain matin. Mais le fait qu'elle respire sans assistance, et qu'elle ait serré ma main… est…

— Un miracle.

Il sourit.

— C'est le mot juste. (Son sourire s'élargit.) Tu sais, Cole, elle m'a serré avec fermeté. Presque comme si elle savait que c'était moi.

Ça, c'est que du bonheur.

— Je peux aller la voir ?

— Tu peux, mais les docteurs recommandent de ne pas la déranger. Éviter le bruit et la laisser se reposer.

Cela reste dans mes cordes. Mince, tant que Sawyer est en vie, je suis capable de tout.

Il fait sombre dans la chambre. Quand j'entre, une infirmière la positionne sur son flanc.

— Un instant, je vous prie, elle murmure.

Je réprime une forte envie de l'envoyer sur les roses.

Les équipes changeront bientôt, et l'infirmière de nuit comprend un peu mieux mon besoin de voir Sawyer quand je veux.

J'attends qu'elle se soit éclipsée pour me glisser dans son lit.

Sûrement que je ne suis pas censé m'allonger près d'elle, mais elle n'est plus entourée d'appareils, et j'ai besoin de rester tout près d'elle.

— Coucou, je murmure en passant mon bras autour d'elle, sa main dans la mienne. Réveille-toi quand tu seras prête, d'accord ? (J'embrasse le petit creux sous son oreille.) Je serai là.

Ma poitrine vibre de soulagement et de bien-être quand elle me presse la main.

Je lève les yeux vers le plafond.

— Merci.

Il m'a exaucé… je le sais.

95

Sawyer

Émerger du coma, c'est un peu comme si on m'avait raconté que j'avais participé à une fiesta mémorable dont je ne garde pas le moindre souvenir.

Au début, on ne comprend pas pourquoi tout le monde en fait tout une histoire… jusqu'à ce que les autres livrent peu à peu toutes les pièces manquantes.

J'ai subi une crise cardiaque, ou un arrêt du cœur, selon auquel de mes parents on s'adresse.

Je suis restée sept jours dans le coma. *Houlà !*

Et le plus effrayant de tout… on a débranché les appareils qui me maintenaient en vie. *Oh ! la vache !*

Faut pas s'étonner que mes parents me regardent comme si j'étais un fantôme. J'ai bien failli en devenir un.

— Tu te sens bien ?

— As-tu besoin de quelque chose ?

— Que veux-tu que je t'apporte ?

— As-tu froid ?

— Tu veux une couverture ?

— Combien font deux plus deux ?

Leurs flots de questions me donnent le tournis.

— Je pense qu'il faut encore lui laisser un peu de temps, dit Cole, son bras autour de ma taille.

Les infirmières ont beau essayer de le chasser de mon lit, il refuse de partir. Ce qui me convient parfaitement.

— Elle a besoin de rester un peu tranquille.

Enfin, quelqu'un les rappelle à l'ordre. J'ai beau être heureuse de tous les voir, et d'être en vie, il faut me permettre de retrouver mes repères à mon rythme.

— Quelle est dernière chose dont tu te souviennes ? demande maman. Combien font cinq plus cinq ?

Papa me faisant un massage cardiaque dans la salle de bains, et dix.

J'ouvre la bouche pour répondre mais papa soupire.

— Jolene, arrête.

— J'essaie juste de vérifier qu'elle ne souffre pas de lésions cérébrales.

Quoi ?

— Des lésions cérébrales ?

La terreur dans ma voix se ressent sans doute vu que Cole réagit au quart de tour.

— Dehors. Immédiatement. Les médecins nous ont spécifiquement recommandé de ne pas la brusquer, et vous la faites flipper.

Opinant de la tête, mon père indique la porte.

— Tu l'as entendu.

Malgré son envie de s'opposer, elle décampe.

Faut que je sache.

Mes yeux passent de Cole à mon père.

— Je souffre de lésions cérébrales ?

Ils échangent un regard soucieux.

— Tu as l'impression d'en avoir ? demande Cole.

Je réfléchis un instant et décide que si j'avais des séquelles au cerveau, je ne serais pas apte à m'en rendre compte.

— Non ?

Un sourire flotte sur ses lèvres.

— Tu vas récupérer sans problème, Bigote.

Je regarde mon père.

— Tu m'as fait un massage cardiaque.

Son front se plisse.

— Bien sûr.

— Je croyais que tu me détestais, je murmure.

Je pensais que tout le monde me détestait.

Le chagrin dans ses yeux est sans ambiguïté.

— Pas du tout, ma chérie.

La gorge me picotant, je saisis sa main.

— Je déteste me disputer avec toi. Nous ne recommencerons plus jamais, d'accord ?

Souriant, il la presse.

— Entendu. (Il sèche ses larmes et se lève.) Je peux te rapporter quelque chose ?

De l'eau. Des citernes d'eau. Ma bouche est aussi sèche que le Sahara.

— Suis-je autorisée à boire de l'eau ?

Il tend le menton vers la porte.

— Je me renseigne. Si c'est permis, je te rapporterai la meilleure eau que je puisse trouver. D'accord ?

— Super.

Il se dirige vers la porte quand je l'arrête.

— Papa ?

— Oui ?

— Je t'aime.

J'ai l'impression de ne pas lui avoir dit depuis une éternité, ce qui n'est pas normal. Surtout après ce que nous avons traversé.

Les larmes voilent son regard.

— Je t'aime aussi, ma puce.

Je me tourne vers Cole.

— Toi.

Il incline la tête sur le côté.

— Ouais ?

Il appuie son front contre le mien.

— Je t'aime aussi.

Un sourire victorieux apparaît sur ses lèvres.

— Je sais.

Dans un silence embarrassé, nous retardons le moment d'aborder le vrai sujet.

Je ne peux même pas imaginer ce qu'il éprouve. Si Cole m'avait caché quelque chose d'aussi énorme puis avait frôlé la mort à cause de ça, je serais totalement dévastée.

L'épreuve que je lui ai fait subir surpasse toute la gêne que je peux ressentir.

— Je suis tellement désolée.

La colère crispe ses traits.

— Tu arrêtes ?

— Arrêter quoi ?

— D'avaler des gélules pour perdre des kilos que tu n'avais pas besoin de perdre et de me mentir à ce sujet ?

Oh ! là… dans le genre question piège, c'est pas mal.

Certes, la réponse qui s'impose est oui… je ne veux pas mourir.

Mais mon état d'esprit au sujet de mon poids ? Je ne sais pas quoi répondre. Je patauge.

Tout ce que je peux lui dire, c'est la vérité.

— J'aurais pu vous perdre, toi et tous ceux qui me sont chers. (Je tiens son visage entre mes mains.) Je ne veux pas que cela se reproduise. J'arrête l'Adderall.

Amenant ma main à sa bouche, il embrasse l'intérieur de mon poignet.

— Alors j'accepte tes excuses. Mais crois-moi, je ne vais pas te lâcher avec ça.

De profondes rides de tristesse creusant son front, sa voix faiblit.

— J'ai eu tellement peur de te perdre, Sawyer.

Son chagrin est si tangible que je sens sa brûlure me transpercer.

— J'ai cru que tu avais renoncé à moi… à nous, ajoute-t-il.

Une profonde douleur emplit ma poitrine. Je hais ce que je lui ai fait endurer.

Je ravale mes émotions aiguisées comme des lames de rasoir.

— Je t'ai promis que ça ne se reproduirait pas.

J'étais sincère.

La seule chose dont je me souvienne du coma est l'impression que quelqu'un m'attendait, et que je devais le retrouver de toute urgence.

Ce quelqu'un était mon Colton.

Colton qui me contemple avec tant d'amour que cela me coupe le souffle.

— Je t'aime, Bigote.

— Je t'aime, je lui répète.

Parce que s'il y a une chose que j'ai apprise de cette expérience, c'est qu'on ne dit jamais trop aux personnes auxquelles on tient qu'on les aime.

On ne sait jamais quels mots seront les derniers.

Il se penche pour m'embrasser mais je l'arrête.

— J'ai passé sept jours dans le coma, tu te rappelles ?

— Rien à foutre, dit-il avant d'écraser sa bouche sur la mienne.

Mon père s'éclaircit la voix.

— Je te rapporte de l'eau. (Ses yeux lancent des éclairs à Cole.) Un jour, t'auras le bonjour de ma carabine.

Cole se contente de sourire.

— Je sais bien que non.

— Hello, chuchote Dylan en tapotant à la porte. Je peux entrer ?

— Bien sûr.

Elle avance de quelques pas puis, hésitante, elle se tord les mains.

— Je suis vraiment désolée…

— Dylan.

Elle n'a rien à se faire pardonner.

Nos regards se rencontrent… et soudain elle accourt, et nous nous étreignons.

— Je suis désolée, dis-je. Tellement désolée.

— Je t'aime, elle murmure. Tu m'as fichu une sacrée frousse.

Le cœur serré, je la serre plus fermement.

— Je t'aime aussi. Je suis super désolée.

Elle s'écarte, prend mon visage entre ses mains.

— J'aimerais que tu puisses te voir comme je te vois, Sawyer.

Déjà que j'ai la larme facile, voilà qu'elle va me faire pleurer à chaudes larmes, avec de la morve au nez et tout ça.

— Je…

Un petit coup donné à la porte m'interrompt.

— Pardon de vous déranger, dit une femme. J'aurais besoin de m'entretenir en privé avec Sawyer.

Oh-oh. C'est ma fête.

Je suis réveillée depuis deux jours à présent et je n'ai jamais vu cette personne.

Dylan nous consulte du regard avant de se fixer sur moi.

— J'attends dans le couloir, d'accord ?

J'ai envie de la retenir à mon côté, mais cette femme n'a pas l'air du genre compréhensif.

— Ça marche.

Elle me presse la main avant de s'éclipser.

— Je te rapporte un truc à boire ? Un jus de fruit ? De l'eau…

— Es-tu toujours ma meilleure amie ?

Son sourire égaie ses yeux.

— Rien ne m'en empêchera.

Je lui souris à mon tour.

— Alors je n'ai besoin de rien d'autre.

Mon regard s'échappe vers l'inconnue qui rapproche une chaise de mon lit.

Comme moi, elle a les cheveux châtains et les yeux marron… en plus sévère.

Le genre qui n'est pas là pour plaisanter.

Je déglutis.

— Bonjour. Qui êtes-vous ?

— Sandy. L'une des psychologues de l'hôpital. Votre père m'a demandé de venir discuter avec vous.

Bah tiens. Et pourquoi se serait-il embêté à me prévenir tout à l'heure ?

— Et pourquoi ?

Elle examine mon visage.

— Je suis spécialisée dans les troubles du comportement alimentaire.

J'en tombe presque du lit.

— C'est un plaisir de vous rencontrer mais il y a sûrement une erreur. Je ne souffre pas de troubles alimentaires.

Elle tapote son carnet avec son stylo.

— Alors qu'est-ce qui vous a amenée ici ? dit-elle, et la tête inclinée sur le côté, elle m'étudie. Est-ce à cause d'une addiction aux amphétamines ?

On ne m'a jamais posée une telle colle de toute ma vie. Dire que je me sens sur la sellette serait un doux euphémisme.

— Eh bien, non… pas tout à fait. Je prenais juste de l'Adderall, ça me coupait l'appétit et je maigrissais…, dis-je.

Et ma voix s'éteint alors que j'ai un déclic. Merde.

Son regard sévère s'adoucit un peu.

— Puis-je vous poser une question personnelle ?

Je ne pense pas être en mesure de refuser, même si je le voulais.

— Moui ?

— Avant l'Adderall, à quelle fréquence pensiez-vous à votre poids ou à votre alimentation ?

Je tente de calmer mes mains tremblantes, sans grande réussite.

— Souvent.

Elle prend des notes.

— Toutes les semaines ? Tous les jours ? Plusieurs fois par jour ?

— Au moins toutes les heures, j'admets.

Hochant la tête, elle sourit avec compassion.

— Sawyer, les troubles de l'alimentation ne se limitent pas à l'anorexie ou à la boulimie. Mon avis, en toute franchise ? Tout porte à croire que vous souffrez d'un grave problème alimentaire mais aussi de troubles de l'image de soi.

Elle n'a pas tort.

J'exhale un souffle saccadé.

— Oui... ce n'est pas impossible.

Elle pose son stylo et son carnet.

— Je dois vous poser une autre question importante.

— D'accord.

— Après votre sortie de l'hôpital, j'aimerais vous accueillir trois semaines dans ma clinique spécialisée dans les troubles alimentaires... après cela, nous nous retrouverions toutes les semaines en consultation. Qu'en pensez-vous ?

J'en pense que... putain, ça fait beaucoup à encaisser.

— Ce que j'en dis, c'est que ça me rend nerveuse, j'avoue avant qu'une inquiétude survienne. Et je dois passer mes examens de fin d'année bientôt et...

— Je peux m'arranger pour que votre lycée transmette vos cours à la clinique pour éviter que vous preniez du retard. (Elle croise les mains sur ses genoux.) Mais le plus important... ça ne marchera pas, et je ne peux pas vous aider, si vous n'en avez pas envie. C'est essentiel que ce soit ce que vous voulez.

Les larmes irritent le fond de ma gorge.

— Je sais que je veux me sentir mieux dans ma peau. Je sais que je ne veux plus reprendre de l'Adderall pour maigrir.

— C'est un bon début, dit-elle avant de jeter un œil à sa montre. Vous savez, je n'ai pas d'impératif avant une bonne heure. Et si vous me parliez un peu de vous ?

Une partie de moi me pousse à m'enfuir pour ne pas affronter ces problèmes qui me terrorisent.

Toutefois, la plus grande partie de moi, celle qui bat dans ma poitrine, et qui a failli mourir parce que je ne me sentais jamais assez bien, aspire à se rétablir, pour moi-même.

Et pour les gens que j'aime.

96

Sawyer

Je m'apprête à me lever pour me dégourdir les jambes – parce que j'ai beau avoir mal partout, ces maudites infirmières insistent pour que je bouge – quand on tapote à la porte.

— Je peux revenir plus tard si t'es occupée, dit Bianca.

— Pas du tout, entre, je réponds juste avant qu'elle s'évapore.

Elle fait quelques pas timides dans la chambre.

— Je suis juste passée prendre de tes nouvelles. Je serais venue plus tôt, mais j'ai préféré te laisser quelques jours, pour te réadapter…

Comme elle commence à divaguer, je la coupe.

— Ça me fait plaisir de te voir.

Elle s'agite, tellement mal à l'aise que je ravale un rire.

— Je suis désolée pour toutes les méchancetés que j'ai pu te dire. Je ne… j'espérais juste t'aider à te défendre contre ces pétasses. Je ne pensais pas…

— T'en fais pas pour ça.

Je sais que dans le fond – tout au fond – Bianca n'avait que de bonnes intentions.

— Je… hmm. J'espère qu'on est toujours amies. Bon, si t'en n'as pas envie, je comprends. (Son regard s'humidifie.) C'est que… il n'y a que peu de personnes en qui j'ai confiance…

— Bien sûr qu'on est toujours amies.

Cette fille est particulière, mais je sais que sous la provoc, se cache un cœur en or.

Son visage s'éclaire.

— Juré ?

Je n'ai pas le temps de répondre qu'elle jette ses bras autour de moi… en quelque sorte.

C'est l'étreinte la plus alambiquée que j'ai jamais échangée, mais elle m'émeut car quelque chose me dit que Bianca enlace peu – ou pas – les gens.

C'est un énorme pas pour elle.

— Je suis contente que tu n'aies pas clamsé. Comme ça, j'ai encore des chances de te persuader de te faire une frange asymétrique.

Revoilà Bianca dans toute sa splendeur.

Un soupir m'échappe.

— Oui, oui, je vois.

Nous nous écartons.

— Oh ! avant que j'oublie. Tu te rappelles quand je t'ai dit que tu valais cinq sur dix ?

— Bah ouais.

Elle esquive mon regard.

— Tu vois… j'étais une sacrée conne, dit-elle avant que ses yeux retrouvent les miens. La vérité, c'est que t'es un pur dix, la Bigote.

Bouche bée, je feins la stupéfaction.

— Moi, un dix ?

— Disons neuf virgule huit, dit-elle avec un clin d'œil. Le dix, ce sera avec ta frange asymétrique.

— Besoin de rien ? demande Cole, l'air soucieux.

— Je t'avoue que j'ai… une petite faim.

Je grignote les plateaux de l'hôpital depuis six jours mais je sature.

J'ai retrouvé l'appétit, il fait même un retour en force, si bien que j'ai besoin de vraie nourriture.

Il sourit en connaissance de cause.

— Je comprends. La bouffe est limite, ici. Une envie, en particulier ?

— Tout me va. Tant que tu ne me fais pas avaler des flocons d'avoine ou de la soupe.

— Compte sur moi. Je reviens vite, dit-il avant de me faire un petit baiser.

Punaise, je l'aime tellement que j'ai parfois l'impression que je pourrais éclater comme une *piñata* dans un goûter d'anniversaire.

J'ajuste les oreillers dans mon dos et attrape la télécommande. Je choisis une émission de téléréalité pour tuer le temps quand on toque à ma porte.

Oakley.

J'espérais sa visite.

J'ai extrêmement envie de clarifier les choses avec lui mais je ne voulais pas le faire par téléphone.

Il mérite des excuses de vive voix.

Je me redresse aussitôt.

— Salut.

Son expression est si lugubre que mon cœur s'effondre.

— Qu'est-ce qui ne va pas…

Je n'ai pas terminé ma question qu'il noue ses bras autour de moi, si fort que je peux à peine respirer.

— Je te demande pardon, Sawyer.

Je ne sais pas ce qu'il a à se faire pardonner. Si quelqu'un a des raisons de s'excuser, c'est moi.

Quand je m'écarte pour le regarder, des larmes emplissent ses yeux.

Il me fend le cœur.

— Pour quel motif, Oak ? Tu n'as rien à te reprocher.

— Je n'aurais pas dû te filer ces gélules. T'as frôlé la mort à cause de moi.

Qui de nous deux devrait faire amende honorable ?

— Erreur. J'ai frôlé la mort à cause de moi. Tu m'as procuré de l'Adderall uniquement parce que je te l'ai demandé. (Je prends son visage entre mes mains.) C'est moi qui suis désolée. La manipulation... les horreurs que je t'ai dites. Je ne les pensais pas une seule seconde, dis-je, en larmes à mon tour. Tu es l'une des plus belles personnes que j'ai rencontrées de toute ma vie, je suis désolée de t'avoir bl...

— Qu'est-ce que tu fous ici ? gronde Cole.

Mon regard pivote vers la porte.

— On se calme ! C'est quoi, ton problème ?

Cole pose lourdement un sachet sur ma tablette.

— Je refuse qu'il s'approche de toi.

Il y a assurément un problème à régler.

Oakley se prépare à décamper mais je le rattrape par le bras.

— Reste.

Il semble vouloir s'opposer mais je ne lui en laisse pas le temps.

— S'il te plaît.

L'irritation transparaît sur le visage de Cole.

— C'est à cause d'Oakley si tu as failli finir dans un cercueil, et tu lui demandes de rester ? Tu m'expliques, Sawyer ?

— Je suis la seule raison qui a failli me coûter la vie, Cole.

De toute évidence, il y a un malentendu et je dois le démêler rapidement.

Pas besoin d'être un génie pour comprendre que si Cole tient Oakley pour responsable de mon hospitalisation... il n'est certainement pas le seul.

— Réunis tout le monde.

Cole cligne les yeux.

— Pourquoi…

— Magne-toi, je réplique et, comme je sais qu'il est têtu, j'ajoute : ne contrarie pas la fille qui a fait une crise cardiaque.

Les yeux ronds, il s'empresse de faire marche arrière.

— Je reviens tout de suite.

Oakley me considère d'un air perplexe.

— Qu'est-ce que tu mijotes ?

Je lui attrape la main.

— Ce n'est pas ta faute, Oak.

Et je vais le démontrer.

Mon grand-père et mon oncle sont repartis, mais par chance, mes parents, Dylan, Jace et Bianca s'attardaient encore dans les couloirs.

Une fois qu'ils sont tous regroupés, je révèle la vérité au grand jour.

— J'ai dit à Oakley que j'avais besoin d'Adderall pour m'aider à réviser. C'est pourquoi il m'en a dégoté. Il pensait me donner un coup de main, il connaît mon planning surchargé et il voyait que je m'épuisais pour rendre tous mes devoirs dans les temps. Quand il s'est rendu compte que je mincissais, il m'a questionnée. Mais je lui ai assuré que je gérais, que je gardais les gélules pour étudier.

Je regarde chacun d'eux.

— Je lui ai menti les yeux dans les yeux… de la même façon que je vous ai menti à tous.

Cole tente de prendre la parole mais l'index dressé, je l'arrête.

— Je n'ai pas terminé.

Cette fois, je pivote vers Oakley.

— Quand il m'a dit qu'il ne m'en céderait plus… je l'ai manipulé. J'ai menacé de divulguer ses secrets, je l'ai traité de camé bon à rien… j'ai eu recours à des tactiques vraiment moches. (Mon regard survole le groupe.) Et vous savez ce qu'il a fait ?

— Quoi ? demande Dylan, le visage plissé par l'intérêt.

— Il a quand même refusé de m'en donner, et il m'a mise à la porte de la dépendance. Il m'a dit de revenir quand je serais redevenue la Sawyer d'avant. (Je presse la main d'Oakley.) Il s'est comporté en véritable ami, même si je ne le méritais pas. Et si cela pose un problème à l'un de vous… je lui suggère de tourner la page. Ou de faire porter le chapeau à la seule vraie responsable. (Je regarde Oakley.) Parce que ce n'est pas Oakley. C'est moi.

Cole prend une longue inspiration.

— J'ignorais que ça s'était déroulé de cette façon. (Il s'adresse à Oakley.) Tu as essayé de m'en parler.

Les épaules d'Oakley s'affaissent.

— Beaucoup trop tard.

— N'empêche que tu as essayé de faire le nécessaire, murmure Dylan. Et s'il est vrai que je déteste rejeter la faute sur Sawyer, tu as comme nous tous été laissé dans l'ignorance. (Elle souffle, me regarde dans les yeux.) Je pense parler en notre nom à tous si je te supplie de ne plus jamais toucher à cette saloperie. Tu es tellement plus que de stupides chiffres sur une balance.

La honte m'embrase les joues, et les larmes me piquent les yeux.

— Je suis désolée de vous avoir fait du mal.

Ses yeux s'assombrissent de tristesse.

— Je suis désolée que tu te sois fait du mal.

97

Sawyer

Oh ! non !

L'appréhension me saisit en le découvrant à ma porte.

— Bonjour, monsieur Gonzalez. Entrez, dis-je, un sourire plaqué sur mon visage.

Je m'attends à ce qu'il m'annonce mon renvoi, mais à ma grande surprise, il m'entoure de ses bras.

— Ne meurs pas, s'il te plaît.

Finalement, je rectifie : cette étreinte est celle qui me rend la plus mal à l'aise de toutes.

Il sanglote pratiquement dans mes bras.

— Stone est un serveur catastrophique. Il mélange toutes les commandes. Il dit des gros mots aux clients. Tout le monde se plaint.

Je ne peux m'empêcher de rire.

— Il finira par s'améliorer… un jour.

Il recule un peu, le regard implorant.

— Quand peux-tu revenir ?

Déjà ?

— Je sors demain… mais je dois rester trois semaines dans une clinique spécialisée.

— Oh ! fait-il, le regard paniqué. Mais après tu reviendras ?

Tiens, le vent a tourné…

— Bien sûr, oui.

Il brandit un sachet.

— Formidable. Je t'ai apporté du poulet.

Je m'en empare en toute hâte. Ça sent délicieusement bon.

— Merci, m'sieur G.

— Alors à dans trois semaines, dit-il en repartant. Tâche d'être ponctuelle.

Certaines choses ne changent pas.

Soupirant, j'ouvre le sac et hume le contenu. Du pur bonheur.

— Pour l'amour du ciel, Sawyer Grace. Tu as fait une attaque il y a deux semaines et tu t'empiffres de poulet frit ?

Et c'est reparti.

Je comptais aborder le sujet. Simplement, je reportais la conversation parce que je sais que ça va la blesser.

Mais pas autant que moi.

Elle est ma mère. La femme qui m'a donné la vie.

Elle m'a emmenée chez le médecin, soignée quand j'étais malade, elle a fêté mes anniversaires, assisté à toutes mes remises de prix à l'école, et à tant d'autres événements au fil des années.

Mais… elle m'a aussi laissé des cicatrices.

Toute ma vie, j'ai tâché de comprendre son attitude. Pourquoi elle est obsédée par l'apparence au point que cela prenne le pas sur tout le reste, mais franchement je n'ai pas la réponse.

Ma grand-mère ne s'étant jamais embêtée de questions superficielles, et mon grand-père étant dans le même esprit, ce n'est pas logique.

Et ça fait tilt. La société l'a aussi détraquée.

Toute sa vie, les gens ont encensé sa beauté. Son sourire éblouissant. Ses dents et ses cheveux irréprochables. Son visage sublime. Son corps remarquable.

Mais personne ne lui a jamais dit qu'elle était bien davantage que n'importe lequel de ces éléments.

Donc, elle croit que son physique est son unique atout.

Hélas, elle a transmis cette croyance toxique à ses filles.

Elle a besoin d'aide.

Mais en attendant qu'elle l'obtienne, je dois accomplir la chose la plus ardue que j'ai jamais faite.

Je dois couper le lien avec ma mère.

— Je t'aime, maman.

Et je le pense sincèrement. Malgré ses mauvais côtés… je l'aime quand même.

À tout jamais.

Mais je dois rompre ce lien et faire ce qui est mieux pour moi.

Elle cille, l'air tellement embarrassée que je pourrais hurler.

— Si tu cherches à m'adoucir pour que je t'autorise à manger ce poulet…

— Maman, j'ai réellement besoin que tu m'écoutes.

L'inquiétude domine sur son visage.

— Qu'est-ce qui t'arrive ? On ne te laisse pas sortir demain…

— Je sors demain.

L'inquiétude cède la place à la confusion.

— Alors que…

— Toute ma vie, tu m'as fait sentir que j'étais imparfaite.

Elle ne cache pas son mécontentement.

— Grands Dieux, Sawyer Grace. Cesse de faire des histoires pour un rien. Je voulais seulement t'aider.

— M'aider à quoi ? je lui demande en toute honnêteté, parce que s'il y a une leçon à tirer de tout cela, je suis manifestement passée à côté.

— T'aider à être en meilleure santé. (Ses mains trouvent ses hanches.) Quand bien même les médecins s'époumoneraient à rejeter le blâme sur l'Adderall, entre nous, je pense que c'était plutôt un effet secondaire de ton surpoids. Je t'avais dit que tes kilos en trop nuisaient à ta santé.

Mon cœur s'effondre. Elle ne comprendra jamais.

— Tu nuis à ma santé.

La mâchoire lui en tombe.

— Pardon ?

— Tu m'as entendue, maman. J'ai dit que tu étais nuisible à ma santé. Raison pour laquelle, dès ma sortie de l'hôpital, je logerai chez Dylan et Jace. Du moins jusqu'à l'ouverture des dortoirs de Duke's Heart. En deux mots, je déménage.

La nouvelle a brisé le cœur de mon père, mais il me soutient, pourvu que mes actions m'aident à ne pas retourner à l'hosto.

— Comment ? Pourquoi ? demande-t-elle.

Je répète.

— Parce que tu n'es pas bonne pour moi. (J'essuie mes larmes sur mes joues.) Et je suis lasse de ne pas être à la hauteur de tes exigences… alors je renonce. À toi aussi.

Le moment est venu pour moi de vivre selon mes propres critères.

— Comment ça, tu renonces à moi ? Je suis ta mère, Sawyer Grace. Tu ne peux pas me quitter.

— Alors soigne-toi. Consulte un psy. Parle à quelqu'un, prends-toi en main. Parce que ta façon de me traiter… comme tu te traites… ça ne va pas.

— Sawyer Grace, tu ferais bien de cesser de me parler sur ce ton. Je ne suis pas folle.

— Et moi, je ne suis pas grosse, je hurle, ma voix se fêlant. Je suis ta fille. Une fille que tu es censée aimer… mais tu en es incapable, à moins que cette fille ne soit parfaite. (Je la regarde dans les yeux.) Je ne serai jamais parfaite, maman. Ce qui signifie que je ne peux pas être ta fille… pas tant que tu ne m'accepteras pas et que tu ne m'aimeras pas telle que je suis.

— J'en ai assez que l'on me reproche de vouloir t'aider. Mais vas-y, Sawyer Grace. Continue de faire l'autruche et de te bercer d'illusions, puisque tu tiens tellement à croire que tu n'es pas grosse. Je te garantis que tu referas bientôt un séjour ici.

Elle disparaît si vite qu'elle laisse une traînée de poussière dans son sillage.

J'aimerais pouvoir dire que cela me surprend mais ce serait faux.

Peu importe mon chagrin, je sais que j'ai pris la bonne décision.

98

Sawyer
Trois semaines plus tard…

— Ne crise pas, m'avertit Dylan en forçant sur la fermeture Éclair.

Pile les mots que j'ai envie d'entendre pendant que ma meilleure amie ajuste ma robe pour le bal de promo.

— Quel est le problème ?

— C'est impossible de la remonter jusqu'en haut. Mais, tu sais, tu n'y es pour rien. C'est à cause de Jace.

Je lui jette un regard par-dessus mon épaule.

— Quel est le lien entre Jace et la taille de ma robe ?

— Il a branché un humidificateur pour soulager sa sinusite, et cela a clairement rétréci ta robe. Il nous gonfle avec ses éternuements, dit-elle en se renfrognant.

Je masque mon amusement. Sa façon de me protéger de la vérité me touche infiniment.

J'ai repris du poids à la clinique… et pas qu'un peu.

En fait, il suffit de ne plus engloutir d'amphétamines et de se remettre à s'alimenter pour que l'organisme absorbe les calories comme une éponge.

J'avais pressenti que ma robe ne m'irait plus. D'ailleurs, je suis surprise d'avoir pu l'enfiler, mais elle est tellement jolie que je n'ai pas pu m'empêcher de l'essayer.

Fort heureusement, j'ai conservé chez Dylan ma robe de demoiselle d'honneur, celle du premier essayage.

— Pas grave. Je mettrai la…

— On se bouge, les filles ! J'ai pas toute la journée, moi, lance Bianca en déboulant dans la chambre.

Quand je l'ai informée que j'avais l'intention de me coiffer et de me maquiller seule pour la soirée, elle a presque fait une syncope.

Du coup, la voilà qui débarque… avec une valise remplie de maquillage et d'accessoires de coiffure… et son regard fâché.

— Je parle chinois ou quoi ? demande-t-elle en parodiant des mouvements de karaté avec ses mains. On se bouge, c'est pas assez clair ? Le bal débute dans deux heures !

J'échange un coup d'œil avec Dylan.

Bianca hausse un sourcil impeccablement épilé.

— Qu'est-ce qui vous chiffonne ?

Dylan se place devant moi d'un geste protecteur.

— Je te le dis, mais si tu fais une seule remarque négative, je t'enfonce ton fer à friser dans le cul et je te transforme en marionnette. (Elle s'éclaircit la gorge.) La robe est trop petite.

Je m'attends à ce que Bianca pète un câble, mais curieusement elle reste d'un calme olympien.

— Bon, dit-elle en m'examinant de la tête aux pieds. Y a pas de malaise. C'est pour ça que les plans B ont été inventés. (Elle regarde Dylan.) Tu sais, ce fer à friser que tu veux me planter dans le cul ?

Dylan cille.

— Ouais.

— Branche-le pour moi. Je reviens, dit-elle en tapotant sur son téléphone.

Je suis perplexe.

— Où vas-tu ?

— Laisse faire ta bonne fée.

Sitôt revenue, Bianca me lance un sac en toile noir.

— Attrape ça.

— C'est quoi ?

— Ta robe pour le bal de fin d'année, banane, dit-elle en ouvrant le sac.

Comme on pouvait s'y attendre, c'est ma robe.

Je regarde la robe identique, suspendue à la porte de la chambre de Dylan.

— Mais c'est…

— Je suis allée en chercher une neuve.

Les larmes me chatouillent la gorge.

— Il ne fallait pas…

Elle impose le silence d'un claquement de doigts.

— Blablabla. Cesse de bavasser, la Bigote. Le temps presse. Dépêche-toi d'enfiler cette chose.

Je lance mon peignoir et me glisse dans la robe.

— Quelle taille… je commence à demander, mais je la boucle.

La taille m'est bien égale.

Je vais assister au bal de fin d'année dans une robe magnifique, avec un garçon qui m'aime pour ce que je suis.

— Oh purée, soupire Dylan, t'es trop sublime !

Bianca tire un mouchoir en papier de la boîte et se tamponne les yeux.

— C'est mon plus bel ouvrage à ce jour. La putain de perfection, dit-elle en reniflant. Tu te sens prête ?

Après tous ces efforts ? J'ai carrément hâte.

Me tenant par les épaules, elle me fait pivoter.

Mouais, pas vraiment ce que j'attendais.

La robe longue en satin vert, aux épaules dénudées avec décolleté plongeant, et dotée d'une taille empire met effectivement ma silhouette en valeur. Dans cette robe, je me sens splendide.

Mais il y a un hic.

— Euh, Bianca ? Loin de moi l'idée de critiquer tes talents ou je ne sais quoi mais tu m'as maquillée ?

Je suis exactement moi. Certes, en un peu moins fatiguée et avec des lèvres brillantes.

— Bien sûr que oui. De l'anticernes sous tes yeux. Un peu de poudre sur le nez, et même ton brillant à lèvres préféré… le clair.

Nos regards se rencontrent dans le miroir, et elle appuie son menton sur mon épaule.

— Je te l'ai dit… tu es un dix.

Mon premier réflexe est de réfuter, ou de tourner cela à la plaisanterie.

Mais finalement pas cette fois.

À la place, je regarde mon reflet et souris.

Parce que s'il y a chose que j'ai compris en thérapie, c'est que mon cœur déborde d'amour… et qu'à moi-même je n'en ai même pas donné une miette.

99

Sawyer

L'hôtel est plus magistral que tous ceux que j'ai visités à ce jour, et tellement chic et glam que cela justifie le thème « tapis rouge » de la soirée.

Je lève les yeux vers le gigantesque lustre en cristal qui se balance au-dessus de nos têtes.

— C'est magnifique.

Cole secoue la tête comme pour redescendre sur terre.

— Pardon. Tu disais ?

— Je commentais le lustre.

Il regarde le plafond.

— Oh ! c'est joli… pour un lustre, dit-il en haussant les épaules.

Je fournis un effort monstre pour rejeter toute pensée négative, mais c'est plus fort que moi. Cole est distrait ce soir. Comme s'il était préoccupé.

Par quelque chose qui n'est assurément pas moi.

Il nous fait virevolter sur la piste de danse.

— À quelle heure ça se termine, au fait ?

Il plaisante, j'espère.

C'est sûr que cette teuf est un peu barbante. D'accord, hyper barbante. Mais dans la vie, on ne fête qu'une seule fois la fin du lycée.

— 23 heures, je réponds avec une pointe d'agacement.

La frustration froisse son beau visage.

— Et il est quelle heure ?

— Je n'en sais rien.

Car contrairement à lui je ne suis pas une impatiente pressée de foutre le camp.

Ça m'énerve que l'anxiété me contracte l'estomac.

Mais pas autant que je déteste cette voix négative qui me chuchote à l'oreille de fausses vérités pleines d'animosité.

Des choses comme : Cole ne veut plus de moi parce que j'ai repris du poids.

C'est une voix stupide. Je sais pertinemment qu'il ne faut pas l'écouter.

Rien de positif ne découle de cette voix. En fait, elle ruine à peu près tout dans ma vie.

Cependant, c'est la première fois depuis l'hôpital que nous disposons d'un peu de temps à deux… et il n'a même pas fait ne serait-ce qu'une allusion au sexe.

Je connais mon homme – et même parfaitement bien – et cela ne lui ressemble pas.

Étant donné que la seule chose qui ait changé depuis notre dernière relation est mon apparence… ma prise de poids m'apparaît comme l'unique conclusion plausible.

— J'ai besoin de prendre l'air.

Nan, ne fuis pas.

Sandy m'apprend une technique qui consiste à faire face à mes pensées pessimistes au lieu de les enfouir.

Parce que les enfouir m'a conduite à être hospitalisée pour un problème cardiaque.

— En fait, non, je n'ai pas besoin de prendre l'air.

Il cligne les yeux.

— OK.

J'appuie mon doigt sur son torse.

— Que ce soit bien clair entre nous, mon gars. Si tu n'as pas envie d'être avec moi, ou si je ne t'attire plus parce que j'ai grossi… va te faire foutre.

Y en a marre, de cette voix négative.

Ses sourcils remontent sur son front.

— Pour…

La musique s'éteint brusquement.

— Mesdames et messieurs, votre attention s'il vous plaît. Il est l'heure d'annoncer le roi du bal… et sa reine.

Les acclamations fusent. J'ai vraiment mal choisi mon moment pour amorcer une confrontation.

Je sens tous les regards sur moi. Enfin, pas sur moi. Sur Cole.

Le grand favori.

Cela dit, Cole a l'air de se moquer prodigieusement d'être élu roi de la soirée.

— De quoi tu parles ?

Je me penche vers lui.

— Autrefois, tu ne pouvais pas t'empêcher de me toucher. Mais ce soir ? Tu ne m'as même pas ne serait-ce que peloté la fesse.

Et voilà que je me sens nulle.

Quelle fille saine d'esprit engueule son mec parce qu'il ne lui pelote pas les fesses pendant une soirée étudiante ?

Moi.

— Déso…

La main dans ma nuque, il m'attire contre lui pour me donner un baiser tellement torride et volcanique qu'il diffuse un accès de chaleur de la pointe de mes escarpins au sommet de mon crâne.

— C'est le bal de promo, tu es superbe et tu portes une robe élégante, dit-il d'une seule traite. J'essayais de me montrer respectueux, un gentle…

— Le nouveau roi de promo de la Royal Hearts Academy est, intervient l'animateur. Notre *quarterback* préféré... Cole Covington !

Maintenant, je me sens encore plus idiote. Il s'efforce de me respecter et de mon côté, je le supplie presque de me sauter dessus en public.

— Je suis déso...

D'un geste rapide, sa main s'enroule autour de mon poignet, et il me tire à l'écart.

Oh ! mince ! Il marche si vite que j'arrive à peine à le suivre.

— Où m'emmènes-tu ? je demande, une fois dans le couloir.

Il m'entraîne vers une salle de réception désertée, juste à côté.

— Je nous ai réservé une chambre d'hôtel pour la nuit.

La surprise me coupe le souffle quand il me soulève et m'assoit sur la table.

— Mais j'en peux plus d'attendre.

Décidément, je suis une vraie crétine.

— Alors n'attends pas.

Il appuie sa bouche sur la mienne.

Notre baiser est le feu et la glace... un saint rencontrant une pécheresse.

Un besoin exalté et tangible tellement inflammable que des flammes devraient nous encercler.

J'abaisse brusquement sa braguette pendant qu'il sème une ligne de baisers sur ma nuque, mes seins dans ses mains.

— Désolé, dit-il d'une voix cassée.

— Pourquoi...

J'ai à peine prononcé un mot que j'entends le tissu se déchirer, et que mon sein jaillit dans sa paume avide.

— Voilà pourquoi.

Ma tête bascule en arrière dès qu'il se met à aguicher mon mamelon à coups de langue fiévreux.

— Oh ! mon Dieu !

Il émet un grognement grave et féroce.

— Tu m'as terriblement manqué.

Mon cœur s'envole.

— Tu m'as manqué aussi.

Pétrissant mon sein d'une main, il aspire mon téton dans sa bouche, les yeux levés vers moi.

— Je lui parlais à lui.

J'aurais dû m'en douter.

— Salopard.

Avec un sourire obscène, il glisse la main sous ma robe.

— Tu devrais arrêter de porter des culottes.

— Pourquoi ?

Il déchire mon sous-vêtement en dentelles en plein milieu, aussi aisément que s'il était en papier.

— Elles me dérangent à chaque fois.

Sans perdre un instant, il lèche deux de ses doigts et les introduit en moi.

— Baise mes doigts. *Vite.*

Bien, m'sieur.

Et c'est ce que je fais, pendant qu'il se caresse de sa main libre.

— Quelqu'un aurait aperçu Cole Covington ? demande l'animateur, dans la grande salle. Nous devons lui remettre sa couronne.

Son regard s'obscurcit.

— Écarte les jambes, Bigote.

Dès que je les écarte le plus largement possible, il glisse les mains sous mes fesses pour orienter mon bassin.

Nous poussons tous deux un cri étranglé lorsqu'il plonge en moi d'un unique mouvement puissant.

— Putain.

Il se retire puis s'enfonce d'un coup. Plus vigoureusement cette fois.

— Oh ! c'est le pied.

Je ne peux pas dire mieux.

— Bon, passons à la reine de la promo, déclare l'animateur. Sans grande surprise, il s'agit de Casey Mulligan.

— Baise-moi plus fort, je gémis en frottant mes ongles dans son dos.

Il me baise avec tant d'ardeur que notre table tape contre le mur. Bruyamment.

— Entendez-vous ce bruit ? crie une femme.

— Tu vas jouir pour moi comme une gentille fille ? rugit Cole en redoublant d'énergie.

Il me baise tellement bien que je ferai tout ce qu'il voudra.

Un plaisir intense grésillant le long de mon échine, je lui griffe le dos.

— Oh ! mon Dieu. Putain de bordel.

— À présent, le roi et la reine du bal sont appelés à danser, déclare nerveusement l'animateur. Une fois encore… quelqu'un aurait-il vu le roi du bal de promo ?

Ouais, il est occupé à baiser sa copine.

Agrippée à ses épaules, je balance mes hanches, la tension crispant les muscles de mon ventre.

— Ça vient.

Sa main se faufile entre nous, pour caresser énergiquement mon clito.

J'essaie de me retenir de hurler quand la tension portée à son comble se libère, peine perdue. C'est trop bon.

— Putain, ouais, grogne-t-il quand je me contracte et tremble autour de lui. Jouis et trempe ma queue.

Mon orgasme est si puissant que je ne vois pas juste des étoiles, je vois le système solaire entier.

— Si belle. Tu es si belle, Sawyer.

J'appuie mes lèvres sur sa joue pendant qu'à son tour, il jouit en moi.

— Toi aussi.

Son visage est couvert de sueur, ses cheveux sont emmêlés, et son costume est en désordre… mais il ne m'a jamais paru aussi sexy.

Et je ne me suis jamais sentie plus sexy.

Parce qu'il m'aime.

Et qu'il m'aimait déjà avant que j'apprenne à m'aimer.

100

Sawyer

Mon téléphone vibre pour ce qui me semble la centième fois en une heure.

Cole : Cesse de m'ignorer, Bigote.

Il abuse un peu.
Après m'être assurée qu'ils en sont encore à la rangée B, je réponds.

Sawyer : Je t'ignore parce que je vais bientôt recevoir mon diplôme, et tout ce qui t'intéresse c'est de savoir si je porte une culotte.

Cole : Et alors ?

Un autre SMS suit de près.

Cole : Je t'ai posé une question, j'exige une réponse, Church.

Sawyer : Non.

Cole : Non, pas de culotte ? Ou non, tu ne répondras pas à ma question ?

Un sourire flottant sur mes lèvres, je prépare ma réponse.

Sawyer : Tu le découvriras plus tard, Covington.

La tête penchée, je jette un œil quelques rangées plus loin. Je souris. Cole se mord les phalanges.

Peu après, je reçois un SMS.

Cole : *Here comes the sun.*

Il fait soleil ? Perplexe, je regarde autour de moi.

Sawyer : Il pleut.

Cole : Référence à la chanson des Beatles.

J'en tomberais presque de ma chaise.

Sawyer : Depuis quand tu écoutes les Beatles ?

Cole : Je te le dirais quand tu auras répondu à ma question.

Tête de mule.

Sawyer : Ça ne marche pas comme ça, mon pote. Va falloir trouver mieux.

Cole : Mieux comment ?

Sawyer : Mieux, genre Jonas.

Cole : Plutôt me couper une oreille.

À cela, je souris largement.

Sawyer : OK, je remets ma culotte.

Malgré les sept chaises qui nous séparent, je peux sentir l'ardeur de son regard.

Cole : Bordel, tu me tues.

Cole : C'est comme si tu m'avais enchaîné.

Décidément… c'est un peu dramatique, tout ça

Cole : Mais l'idée que n'importe qui d'autre puisse t'avoir me rend jaloux.

Cole : C'est pourquoi je te veux toujours auprès de moi.

Un instant…

Ses derniers SMS sont des titres de chansons de Nick.

Mes doigts volent d'une touche à l'autre… Jusqu'à ce qu'un garçon à côté de moi se mette à râler.

— Tu avances ?

Oh zut. Fatalement, c'est à ce moment précis qu'ils convoquent notre rangée.

Je regarde Miles Wilson, le major de la promotion, traverser l'estrade pour recevoir son diplôme.

Je pourrais gaspiller mon temps à ruminer sur le fait que je ne sois pas reconnue comme la première de la classe.

— Sawyer Church, appelle l'animateur.

Mais je préfère me concentrer sur ce qui compte véritablement.

J'inspire à fond puis m'avance sur l'estrade.

— Bravo, Demi-portion ! criaille Oakley depuis la rangée du fond à l'instant où je reçois mon diplôme.

— Sawyer, Sawyer ! m'acclament Dylan, Jace et Bianca.

— C'est mon bébé ! rugit mon père, suscitant les rires de l'assemblée.

Ceux qui ont toujours été là pour moi.

Mon cœur bat si fort qu'il pourrait percer ma poitrine quand ils appellent Cole.

— Le 7 porte-bonheur ! crie quelqu'un quand il s'empare de son diplôme, mais l'attention de Cole est focalisée sur moi.

C'est l'amour de ma vie… qui ne cessera jamais de m'époustoufler.

Je ne peux m'empêcher de sourire quand il m'étreint pour m'embrasser.

En début d'année, je pensais savoir avec précision ce que serait ma vie.

Mais je me trompais.

Parce que, parfois, quand on s'y attend le moins…

Le *quarterback* le plus populaire peut tomber amoureux de l'intello fana de Jésus.

Le cœur gorgé de fierté, je laisse éclater ma joie quand Oakley monte sur la scène pour prendre son diplôme.

Le fumeur de joints du lycée peut devenir quelqu'un de brillant.

Des larmes me picotent les yeux alors que j'aperçois des ailes aux pointes vertes et noires qui volètent au-dessus de nous.

Un papillon apparaîtra au cœur de la tourmente.

Épilogue

Sawyer
Trois mois plus tard…

— Où m'emmènes-tu ? bougonne Cole en essayant de soulever le bandeau sur ses yeux.

Je repousse ses doigts d'une tape.

— Pas touche, sinon je te ligote les mains.

Ses lèvres frémissent.

— Petite coquine.

Dès que je tire sur son bras et que nous recommençons à marcher, son expression redevient austère.

— Sérieusement, où allons-nous ?

— Tu vas très vite le savoir, garçon dont c'est l'anniversaire.

— Alors j'espère que cela implique un lit. Et t'as intérêt à être à toute nue.

Ça, c'est pour plus tard.

— Détends-toi, Colton. Encore dix secondes de patience.

— Je ne sais pas pourquoi tu t'es donné autant de mal. Je t'ai dit que ce n'était pas si imp…

— Ton anniversaire sera tous les ans une immense fête pour moi.

Je vois clairement qu'il a envie de désapprouver, mais comme nous arrivons à destination, je dénoue le bandeau.

Ses sublimes yeux verts brillent un peu plus à mesure qu'il découvre les lieux.

— Le terrain de foot de Duke's Heart ?

— Ouais. Je voulais t'emmener là où tes rêves se concrétiseront, dis-je en sortant le cadeau de mon sac. Et te donner ça.

Il fronce les sourcils.

— Tu n'étais pas obligé de m'offrir quelque chose.

Je pose le sac entre ses mains.

— Ouvre-le.

Il m'a fallu des semaines d'heures supplémentaires pour réunir la somme nécessaire, mais son expression quand il déplie le maillot signé par Tom Brady vaut tous les efforts du monde.

— J'y crois pas… c'est… putain, il bredouille avec un sourire radieux. Je n'aurais pas dit que t'étais fan de Brady, ma Bigote.

— Oh ! je ne le suis pas. Mais je sais que tu l'es.

Je le regarde, mon cœur se gonflant dans ma poitrine. Son premier match a lieu la semaine prochaine, et je sais que le stress le ronge.

— Je sais aussi que tu seras meilleur que lui.

Il commence à parler mais je n'ai pas terminé.

Je pose mes mains sur ses joues car je m'apprête à faire une déclaration essentielle et je tiens à ce qu'il m'entende.

— Quoi qu'il advienne sur ce terrain ces quatre prochaines années, tu resteras mon numéro un. Que tu perdes ou que tu gagnes, je t'aimerai toujours, Colton.

Que le monde garde le numéro 7 porte-bonheur… mon cœur appartient à tout jamais à Colton Covington.

L'émotion pure dans ses yeux me fait oublier de respirer, alors que sa main plonge dans sa poche arrière.

— J'ai aussi quelque chose pour toi.

Inutile de dire que je suis déconcertée.

— Pourquoi ? C'est ton anniversaire. Tu n'es pas censé m'offrir un cadeau.

— Très bien, dit-il en mettant un genou en terre. Alors es-tu partante pour un pari ?

Avec un petit sourire en coin, il ouvre l'écrin qui abrite une éblouissante bague en diamant.

— Je parie que tu m'épouseras dans quatre ans.

Un flot d'émotions étreint mon cœur et me serre la gorge.

— Pari accepté, je murmure.

Puis je lui souris à mon tour.

Ce pari, il ne le perdra pas.

Vous avez aimé *My Arrogant Knight* ?
Retrouvez l'univers
de la Royal Hearts Academy :

Composé et édité par HarperCollins France.

Achevé d'imprimer en août 2022.

FIRMIN-DIDOT

à Mesnil-sur-l'Estrée (Eure)

Dépôt légal : septembre 2022.

Pour limiter l'empreinte environnementale de ses livres, HarperCollins France s'engage à n'utiliser que du papier fabriqué à partir de bois provenant de forêts gérées durablement et de manière responsable.

Imprimé en France